芥川龙之介全集

第①卷 小说

高慧勤 魏大海 主编

五卷装

山东文艺出版社

作者像

东京帝国大学英文科入学时

东京帝大毕业时

执笔《罗生门》时的芥川

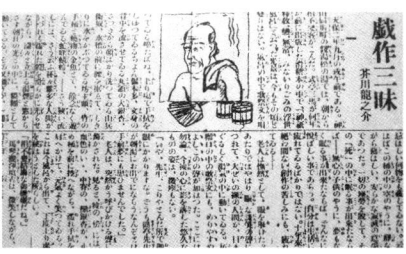

一九一七年报载《戏作三昧》

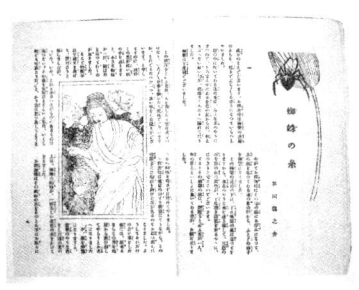

《蜘蛛之丝》

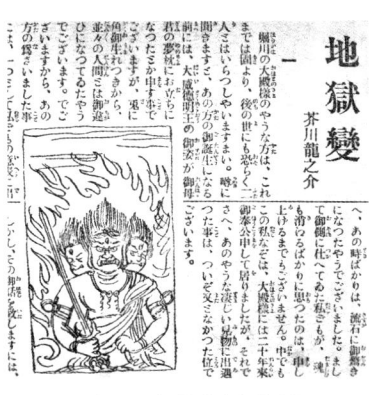

一九一八年报载《地狱变》

《鼻子》插图

《罗生门》插图

《山药粥》插图

《戏作三昧》插图

《戏作三昧》插图

《袈裟与盛远》插图

《蜘蛛之丝》插图

《地狱变》插图

《基督徒之死》插图

《枯野抄》插图

《圣·克利斯朵夫传》插图

前　　言

高慧勤

　　1916年2月，芥川龙之介在大学毕业前夕，创作伊始，于《新思潮》复刊号上发表短篇小说《鼻子》，文坛大家夏目漱石读毕，即亲笔致函，称赞不已："小说十分有趣。首尾相顾，无戏谑之笔，却有滑稽之妙，不失上品。一见之下，材料非常新颖，结构相当完整，令人敬服。像这样的小说，若再写上二三十篇，必将成为文坛上无与伦比的作家。"芥川果不负所望，佳作迭出，成为日本短篇小说一大家。悠悠岁月，大浪淘沙，一个现代作家，能经得起时间的筛选，能在文学史上占有光辉的一席，具有文学史的意义，足以代表一国的文学，为世界所认同，当自有其卓绝之处。

　　上世纪初，日本文学经过自然主义的狂飙，从观念、内容到形式，完成了向现代的转变。但是，由于这种文学十分强调客观，追求真实，排斥虚构，忽视了小说的技巧和艺术，有重内容轻形式之嫌，进而又发展成专写作家身边事的"私小说"。这类作品，虽不乏细节的真实，却缺少新鲜灵动的艺术魅力。为此，一代一代的作家殚精竭虑，致力于艺术形式与技巧的探索。是芥川，打破了那种单一、刻板的创作模式，拨正了自然主义的"跛脚发展"。芥川龙之介同素有"短篇小说之神"美称的白桦派作家志贺直哉，将明治初年由国木田独步所奠定的日本短篇小说这一样式发展到极致。志贺直哉从日本民族特有的审美心理着笔，出于日本人的偏爱，被誉为写心境小说的能手。而芥川龙之介，着意于吸纳西方现代小说的方法，将虚构的方式重新引入文学的创作之中，开创了一种崭新的文风。他不是以日本独有的话语方式写作，而是采用世界都能理解的手法构筑他的小说。

芥川龙之介，以其35年短暂的生命，写出不少精彩的短篇，为日本和世界留下若干不朽的华章。

出生的烦恼

芥川龙之介，1892年生于东京，生当辰年辰月辰时，故取名龙之介。父名新原敏三，经营牛奶业并拥有牧场。母亲芥川富久，于龙之介出生后八个月精神失常。母兄芥川道章无子，龙之介遂由舅父收养。1902年，生母去世，过了两年，12岁时，生父废去其长子继承权，一个月后，销去他在新原家的户籍，由此，龙之介正式成为芥川家的养子，易姓芥川。养父在东京府任土木科长，出身于没落的旧世家，虽小有财产，却也要撙节度日。按照芥川的自述，养父家属于"中产阶级的下层，为维持体面，不得不格外苦熬"（《大导寺信辅的半生·五贫困》）。这样的家庭，家教严格，礼法繁缛，作为养子的龙之介，少不得事事都要学会隐忍。养父一家颇好文艺，具有江户文人趣味，故芥川自幼便受传统文化的熏陶，很早即接触日本和中国古典文学。尽管大姨母富纪一生未嫁，犹如生母一般养育、呵护龙之介，但是，因爱成恨，彼此伤害的事，自是难免。芥川曾对作家佐藤春夫说过："造成我一生不幸的，就是××。说来她还是我唯一的恩人呢。"生母发狂，为人养子，个性压抑，终生背着精神负累，这是芥川龙之介与生俱来的不幸，是他的命运。他弃世前给挚友小穴隆一的遗书中写道："我是个养子。在养父家里，从未说过任性的话，做过任性的事（与其说是没说过、没做过，倒不如说是没法说、没法做更合适）……

如今，自杀在即。也许这是我此生唯一的一次任性吧。我也与所有的青年一样，有过种种梦想。可如今看来，我毕竟是疯子所生的儿子。"看得出，芥川终其一生，为生母发狂，为身为养子，而苦恼不已。

芥川自幼身体孱弱，非常聪敏，但有些神经质。成绩一向优秀。据说"但将落叶焚，夜见守护神"，是他小学四年级时作的俳句，显示出非凡的文学才能。中学时代，酷嗜读书，汉文修养出类拔萃，除日本文学外，广泛涉猎欧美文学，开始接触易卜生、法朗士、梅里美等西方作家的作品。中学毕业时，成绩优异，受到表彰，免试入第一高等学校；同学中，有日后成为作家或诗人的久米正雄、菊池宽、山本有三、土屋文明、藤森成吉以及丰岛与志雄等。或许这也是命运使然，倘若他不曾结识这些朋友，或许就不会走上作家之路。1912年，写有散文《大川之水》，以抒情的笔调，略带青春的感伤，描写他生于斯、长于斯的大川端一带，表达他对乡土的热爱。翌年，以第二名的成绩，由一高毕业，并于当年九月，升入东京大学，攻读英文专业。1914年2月，同丰岛与志雄、久米正雄、菊池宽、山本有三这些未来的作家，第三次复刊《新思潮》。芥川先后发表处女作短篇小说《老年》、剧本《青年与死》等。文学史上，特将他们称为"新思潮派"作家。1915年，芥川于《帝国文学》上发表小说《罗生门》，可惜这一名篇当时未引起文坛重视。这一年，经同学林原耕三介绍，出席夏目漱石的"木曜会"，由此以师事之。鲁迅当年曾推崇夏目漱石是"明治文坛上新江户艺术的主流，当世无与匹者"。

大学毕业前夕，即1916年2月，芥川龙之介又同久米正雄和菊池宽等五人第四次复刊《新思潮》，芥川于复刊号上发表前文提到的小说《鼻子》。芥川见重于这位"当世无与匹者"，自我策励，相继发表《孤独地狱》、《父亲》、《酒虫》等作。经夏目门生铃木三重吉推荐，开始为《新小说》写稿，刊出《山药粥》，随后又于《中央公论》发表《手绢》。芥川时年24岁。一个不为人知的无名作家，能在《新小说》和《中央公论》这两大刊物上发表作品，崭露头角，深受好评，实属难得。芥川终于以其创作实绩，奠定了其新进作家的地位，登上文坛。当年7月，芥川以第二名的成绩，由东京大学英文专业毕业，论文题目为《威廉·莫里斯研究》。毕业后，一度在横须贺海军机关学校教授英语，不过三年便辞去教职，进入大阪每日新闻社，开始其专业作家的生涯。

古典的发现

同许多作家比，芥川龙之介的创作时间不能说长，如果从1914年算起，前后不过13年，共创作短篇小说148篇，并小品、随笔、诗歌、游记、评论多种。其小说可分为历史与现代两类。早期以历史题材居多，晚期以现代生活为主。

芥川不是那种以自己丰富的经历进行创作的作家。他只活了短短的35年，人生经历并不复杂，基本上是一介书生，坐在书斋里以写作为生的文人。但他性喜读书，还在"十二岁念小学时，便常常夹着饭盒和笔记本，走上十二里路，去图书馆"看书。他所有的知识都是从书本学来的，"为了了解人生，他不是去观察街头的行人。毋宁说，是为观察街头的行人，才先去了解书中的人生。……欧洲世纪末的小说和戏剧，让他发现，在冰冷的寒光中所展现的人间喜剧"，走的是"从书本到现实"（《大导寺信辅的半生》）的路线。芥川不仅从书中认识人生，了解人性，同时也从书中取材。他毫不隐讳地说，其小说素材，"大抵得之于旧书"（《我与创作》）。他能从书中读出自己的体会和心得，借书意发挥，触发灵机，巧手妙裁，构思自己的短篇华章，"在艺术上予以强有力的表现"。

给他带来成功的《罗生门》和《鼻子》，便属于历史类，取材于日本12世纪的一部短篇故事集《今昔物语》，无论在主题或是艺术上，一向被视为芥川的代表作。已经写出《狂人日记》、《孔乙己》、《故乡》等名篇的鲁迅，早在1923年，芥川还在世时，就已译介了这两篇作品，收入《日本现代小说集》。芥川曾撰文《中国翻译的日本小说》，特别提及此事。《罗生门》以微带嘲讽的文体，写一个被主公解雇的下人，在弱肉强食的社会里，面对生存的危急关头，展示他内心的道德冲突：是当强盗，还是饿死？其结果是，为了一己之生存，只能不顾他人死活，揭示出人性恶的一面。小说在短短三四千字的篇幅中，提出人性利己这一深刻主题。《鼻子》，围绕老僧禅智内供的长鼻，以犀利的笔锋，挖掘"旁观者的利己主义"与幸灾乐祸，以及人对生存的不安与苦恼；作品在艺术上，较《罗生门》更为精纯工整。久米正雄说，《鼻子》既是芥川的处女作，也是他"最后"的作品，最为完美，最为成功。（《鼻子与芥川龙之介》）

由于芥川熟悉典籍，自然是先从历史故事或神话传说中撷取精华，写成立意新颖、精致优美的作品。他向历史寻求美的理想，汲取创作的源泉，发掘古今人类共同的人性、一脉相通的心理。他从《今昔物语》看出"野性之美"，深感其中跃动着艺术的生命，认为这部古书以"最野蛮、最残酷的方式，描写了古人的痛苦……是王朝时代的人间喜剧"（《关于〈今昔物语〉》）。除《罗生门》、《鼻子》外，他还据此写出《山药粥》、《竹林中》、《六宫公主》等名篇佳作。因他家庭颇富江户传统文化情趣，故有《大石内藏助的一天》、《枯野抄》、《戏作三昧》、《报恩记》、《丝女纪事》等作。由于汉文学很有功底，故成功写出《女体》、《黄粱梦》、《英雄之器》、《杜子春》、《秋山图》、《南京的基督》、《湖南的扇子》

等中国题材小说;讲起元代画家来,如数家珍,令身为中国人的笔者都感汗颜。他对宗教十分关心,对神秘事物也甚有兴趣,便写了《烟草与魔鬼》、《基督徒之死》、《鲁西埃尔》、《圣·克利斯朵夫传》、《众神的微笑》等等。不过,芥川的这类作品,都"不以再现历史为目的",实是借他人之酒杯,浇自己之块垒,借再叙述,作新阐释,予以现代的解读。

例如,在《大石内藏助的一天》里,芥川借用四十七武士为主公复仇的著名史实,剖析主人公大石内藏助的心理:"大业完成后的幻灭感"(参见吉田精一著《芥川龙之介》),与《鼻子》、《山药粥》、《秋山图》等主题相近。再如,在芥川自己"颇感满意"的《枯野抄》中,准确描写了俳谐大师芭蕉临终时,一干弟子的心理活动,于无限悲痛之中,隐含着从大师的人格压力下"解脱的喜悦"。1916年12月9日,夏目漱石逝世,芥川为恩师守灵,这篇小说当流露出作者本人几许微妙心情。对于《袈裟和盛远》、《丝女纪事》中的两个女主人公,历史上本已有定评,但在芥川的笔下,竟颠覆了她们作为"烈女"和"贞女"的形象,从另一侧面切入,具有偶像破坏的意味。

从历史中取材,也是芥川艺术表现上的需要。芥川进入文坛时,风行一时的自然主义文学开始衰落,代之以自然主义文学的变种——"私小说"。以芥川为首的新思潮派作家,既反对自然主义那种呆板滞重的纯客观描写,也不认同仅写身边琐事的"私小说"。芥川创作伊始,便拒绝"把自己当成主角,将自家一己的私事,不知羞耻地写给人看"(《澄江堂杂记》)。还说:"把'私小说'说成是散文的正道,看来恐怕是一种谬论。"(《〈论"私小说"〉一文浅见》)所以,芥川没有走前人铺就的"私小说"这条路,而是另辟蹊径,采用虚构的方法,营造自己的艺术殿堂。芥川曾在随笔《澄江堂杂记》中,就自己为什么写"历史"小说做过解释:"我设定一个主题,为了在艺术上予以强有力的表现,需要借助某一异常事件。倘如把这一异常事件写成发生在今天的日本……读者会感到不自然。为此只能假托是过去发生的事,或是日本以外的地方现时发生的事,或是日本以外的地方过去发生的事。我之所以取材于历史,都是迫于这种需要……借助历史的舞台",演出当今的悲剧,穿着古人的服装,赋予今人的个性。换言之,芥川从古典中发现了现代,或曰,赋予古典以现代意义。

人性的探求

读芥川的小说,常让人惊讶:他对人,对人性,怎么会有如许深刻的认识和了解!在细小琐碎平平常常的事物中,竟能将人性的某些方面,剖析得那么尖锐而透彻!芥川自己曾说过:"我经常对'人性'表示轻蔑,那是事实。但又常常对'人性'感到喜爱,那也是事实。"轻蔑,是因为看到人性的弱点;喜爱,是借故事新编能写出新意来。芥川擅长短篇,限于篇幅,不可能对广阔的社会生活作气势磅礴的描绘。但他作品的精妙之处,却不乏对社会人生做哲理的探求和索解。对世间的尔虞我诈,人性的自私自利,芥川有深切的了解,所以常常通过不同题材来挖掘人性中的这种利己本质。而这种索解,又导致他的悲观失望和怀疑主义。正如鲁迅所说,芥川的作品,"所用的主题最多的是希望之后的不安,或者正不安时之心情"。《罗生门》和《鼻子》都触及人性中的根本问题。可以说芥川创作的基本主题,直到他最后的遗稿,都贯穿着这种对人性利己的剖析,对丑恶现实的鞭挞以及对生存的不安与苦恼。

1914年夏,芥川龙之介爱上一个女孩,遭到养父家尤其是大姨母的反对,他"哭了通宵",不得已于翌年年初与女孩分手。此事对他影响甚大,平生第一次在人生大事上遭遇挫折——触碰到人的自私,哪怕是亲人也不例外。他为人性的根本问题而苦恼。所以他问:"究竟有没有无私的爱?……倘若没有,人生会无比痛苦。"(1915年2月28日致恒藤恭)与此同时,他也更加意识到身为养子的不幸。心境消沉,于是寄情于创作,先后写出《罗生门》和《鼻子》。因为他"想摆脱现实,尽可能写得愉快些"(《文友旧事》),便从《今昔物语》中抽出相关素材,以此表现自己对人性的思考与认识。在《罗生门》里,芥川表现了人的利己本性,通过《蜘蛛之丝》,则进一步揭示这一利己本性足以导致人的毁灭:纤纤一根蛛丝,上通天堂,下连地狱,虽是大盗,但有一善举即可升入天堂,而萌生恶念便永堕苦海。小说原本是当作童话写给孩子看的,写得珠圆玉润,清通简约,仅两千余字,篇章虽小,所喻甚大,仿佛是一篇佛经故事。无怪乎身为作家的主编铃木三重吉看到此稿,不禁"叹为名作,实乃童话创作之最高范本"。据日本学者考证,小说取材于法国宗教学者保罗·卡吕(Paul Carus,1852—1919)所著《业》(KARMA)一书。不过,芥川舍弃了原作中抽象的说教,能匠心独运,推陈出新,从中抉发古今人类天性中缺憾的一面,写成一篇寓意深刻的哲理短章。

在表现这一类主题的作品中,如以内容的丰富、寓意的深刻、手法的别致、技巧的完美而论,当推《竹林中》一篇:竹林中发生一起凶杀案,有个年轻武士被杀,美貌的妻子遭到大盗的凌辱。可是大盗与妻子各执一词,都自供是凶手。而死者亡灵借灵媒之口却说是自杀身亡。那么究竟谁是凶手呢?小说没有结论。整篇作品由七个人的口供组成,从各自的角度提供不同的说法,案情扑朔迷离,疑团重重,悬念始终未予解决。七段口供以三个当事人的最为关键,其中必有人将真情隐去,补以谎话,或每人的话里都有真有假。那么,他们为什么要说谎呢?可见,每人心里都有不可告人的隐情。作者似乎想说明:人常要用谎言来文过饰非,事实的真相常被歪曲隐没，以致客观真理不可认识。芥川在小说中，暗喻人心微妙，难以捉摸，表现出一种怀疑主义情绪——他自称"一向是个怀疑派"（《河童》十五）。小说故意留下空白，耐人寻味。写的虽是一桩情杀案，却不是通俗的破案小说，而是通过这个没有结论的案子，引导读者去探求人性的弱点，深意自见。

芥川在探讨人生、考察人性的过程中，发现了人世间的丑恶。"周围净是丑恶。自己也丑恶……面对周围的丑恶，活着就是一种痛苦的事。"（1915年2月28日致恒藤恭）所以，他不能不感到失望。这种失望感，见诸《鼻子》、《山药粥》等作品中。《鼻子》已如前所述。《山药粥》是写一个处处受人嘲弄的下级武士，一生的唯一愿望是痛快地喝一顿在当地视为美味的山药粥。可是，武士一旦有机会实现自己的"理想"时，不知怎的，竟倒了胃口。小说喻示理想永远存在于追求之中，一经实现，随即幻灭。"神韵缥缈"的《秋山图》，也属同类主题。取材恽南田《瓯香馆画跋》中《记秋山图始末》一文，假托元朝画家黄大痴的《秋山图》，被奉为画中神品，但等见到实物，在鉴赏者眼中，竟成下品。神品《秋山图》——美和理想，只存在于人的想象之中。其实，这也是作者本人心情的写照，反映了知识分子对社会现实的一种幻灭感。

芥川的小说，因探求人性而揭露出人性恶，但并非为揭露而揭露，实是他对人性善的一种向往，追求美好愿望的一种折射。他在给同学井川恭的信中写道："读波德莱尔的散文诗，最令人感动的，不是对恶的赞美，而是他对善的憧憬……"（1914年1月21日）这也是芥川的"憧憬"。

"艺术即表现"

大凡一个有成就的艺术家，创作上都不会无视技巧的锤炼。芥川当然也不例外。自知不是行动的巨人，遂把自己的文艺随感戏称为《侏儒的话》。其中有多处谈到创作，认为艺事除了人力，还要靠天分，并引赵瓯北七绝云："少时学语苦难圆，唯道功夫半未全。到老始知非力取，三分人事七分天。"在日本，芥川一向有"鬼才"之称，而这位"鬼才"，却极为重视艺术的表现。他在《艺术及其他》一文中说，任何一种艺术活动都是艺术家"有意识"的创造。"艺术家首先应尽力使作品完美。否则，献身艺术，便毫无意义可言。"并反复强调："艺术始于表现，终于表现"，"艺术即表现。而所表现者，乃作家其人。"他认为，作家尤应具有创新精神，所以，他"同情艺术上的一切叛逆精神"。在另一篇文章中，他还主张，艺术家须以追求完美为务，实现其艺术上的理想，"不论情愿与否，都应磨炼技巧"，"须臾不可怠惰"。因为"技巧是表现内容、创造形式的手段"（《文艺讲座：文艺概论》）。那些"轻视技巧的人，压根儿不懂艺术"。倘若艺术家在艺术表现上"不能令人陶醉，作为小说家便不算胜任"（《小说作法十则》）。毫无疑问，作为小说家，芥川可谓胜任。其作品历经八十余载，至今犹保持鲜活的生命力与艺术美感，究其原因，便是芥川对艺术表现的重视，对写作技巧的锤炼，对艺术理想境界孜孜不倦的追求以及苦心孤诣的独到功夫。

芥川乍登文坛，便显得身手不凡。每作都锐意精进，不断创新，再三锤炼。不论是现代题材，还是历史题材，都可以说几近完美，臻于艺术精品。除上面提到的几篇外，像《戏作三昧》、《蜘蛛之丝》、《地狱变》、《基督徒之死》、《圣·克利斯朵夫传》、《舞会》、《秋山图》、《山鹬》、《竹林中》、《一块地》以及《玄鹤山房》等，都写得相当精致，立意警拔，形式多样，文字简洁，富于节奏感，极有表现力。芥川的小说，一般不大渲染社会环境，主要从人物的心理变化，揭示矛盾，展开情节，刻画性格。描写人物时，用超然的态度，冷峻的笔调，至多对他同情的人物给予一点善意的揶揄，对他否定的人物加以一点微讽。谋篇布局，可以说是极尽巧思，具有一种形式美和结构美，达到了相当高的艺术成就。

芥川虽然"不赞成为艺术而艺术"，但艺术上始终作不懈的追求，"把创作视为生命"（《齿轮》）。甚至说，为了写出"非凡的作品，有时难免要把灵魂出卖给魔鬼"（《艺术及其他》）。从这种对美的追求以及为表现内容而对形式的经营中，不难看出芥川创作上的唯美倾向。他本有一颗纤细而敏感的心，现实的丑恶鄙俗使他厌恶；严格的家教，束缚了他的个性发展；波德莱尔、法朗士、魏尔伦、易卜生、斯特林堡等欧洲世纪末文学，对他的思想和创作也不无影响。他孤独、苦闷，于是潜心写作，倾毕生精力去追求艺术的理想境界。《戏作三昧》、《地狱变》、《沼泽地》等作品，都可看出他的这种倾向。

《戏作三昧》以江户时代作家马琴为主人公。这位著名戏作小说家，时时为艺术与道德的冲突而感到无所适从。"身为道德家"的马琴，对"先王之道"从未疑心过。可是，"先王之道"赋予艺术的价值，同作为艺术家的他想赋予艺术的价值，却相去甚远。他否定戏作的价值，称之为"劝善惩恶的工具"，"可一旦碰上奔涌而来的艺术灵感，心里立即会感到不安"，对这一艺术价值存有疑问。但是，作家马琴一旦入得创作三昧，艺术便变得至高无上。"他那有如帝王般威严的眼睛里，既不是利害得失，也非爱恨情仇，更看不到一丝一毫为毁誉所苦的心怀，而是充满不可思议的喜悦。或者说，那是一种感激之情，悲壮得让人神往。不懂得这种感激之情，怎么能哑摸到戏作三昧的甘美呢？又怎么能理解戏作家庄严的灵魂呢？这不正是'人生'吗？残渣污秽荡尽之后，仿佛一块崭新的矿石，光彩夺目，呈现在作者面前……"这是小说的最后一段，既写马琴，也是芥川本人的抒怀。"我的马琴仅为表述自己的心情而假托其人。"（1922年1月19日致渡边库辅）芥川是在借马琴抒发自己的思想、感情，吐露创作的甘苦。

《地狱变》又进一步，孤高倨傲的画师良秀，虽然能超越世俗，摈弃一切利害打算，为了艺术的完美，不惜牺牲一切，甚至女儿的生命，可是，画出稀世杰作之后，他终究悬梁自尽了。在艺术上，良秀是成功的，但现实里，他却失败了。《戏作三昧》里，艺术是崇高的、庄严的，艺术家"有如帝王般威严"，但在《地狱变》中，面对现实，面对强权，艺术家只有失败的份儿。艺术家在艺术与道德的冲突中，在与强权的对立中，作家芥川，不得不给良秀安排这一悲剧结局。"凡是在艺术家和他们周围的社会环境之间存在着不协调的地方，就会产生为艺术而艺术的倾向。"（普列汉诺夫《艺术与社会生活》）良秀的悲剧，也是芥川的悲剧。从孤高自傲、献身艺术的画家身上，我们可以看出，芥川龙之介作为一个高尚正直的作家，面对龌龊鄙俗的现实，不肯随波逐流、屈从时势的狷介态度。所以他才说："人生还不如波德莱尔的一行诗。"（《傻瓜的一生》）

芥川不是有神论者，但由于他道德上的"洁癖"，极为重视人的精神世界。在芥川看来，虔诚的信仰和内心的清明，可以形成一种崇高的道德情操。弃世前半个月，他完成一篇描写耶稣基督生平的《西方之人》，开头即表明："我大约在十来年前，开始从艺术的角度喜欢基督教，尤其是天主教。"就是说，从1917年前后，芥川开始关注基督教。他最后的绝笔，是弃世前日脱稿的《西方之人》续篇；临终时，摆在枕边的，是一本打开的《圣经》。不过，尽管有位虔诚的朋友一再劝说，他终究未入教，始终是个冷静的旁观者。"要他相信上帝，相信上帝的爱，他毕竟做不到。"（《傻瓜的一生》）诚如芥川所说，他之喜欢基督教，是从"艺术的角度"，是创作的需要。他尤其对殉教者的事迹感兴趣。所以，芥川的小说中,有相当一部分是基督教题材,如《烟草与魔鬼》、《尾形了斋备忘录》、《浪迹天涯的犹太人》、《基督徒之死》、《鲁西埃尔》、《圣·克利斯朵夫传》、《南京的基督》、《众神的微笑》、《报恩记》、《阿吟》、《丝女纪事》等等。芥川不是讽刺宗教的欺诳,而是赞美那种出自坚执的信仰,对精神的提升。其中最著名的,当属《基督徒之死》与《圣·克利斯朵夫传》,芥川自己也很中意这两篇小说。

《基督徒之死》尤其是这类作品中的"杰作",也是"他整个创作生涯中的佳品"(吉田精一语)。按照芥川自己的说法,他特意"模仿文录庆长(1592—1615)年间,天草、长崎出版的日本耶稣会布道书的文体",取其"简素古朴"的氛围,描写"日本圣教徒的轶事"。小说叙述的是主人公罗连卓女扮男装,受诬陷而被逐出教会,但她坚信上帝,以德报怨,最终殉教。这里,芥川看重的不是悲剧的本身,而是那种为信仰奉献一切的牺牲精神,并由此带来生命的升华。小说末尾有这样一段:"却说这女子的生平,除此之外一无所知。究竟是何道理?概而言之,人生刹那间的感铭,实千金难求,至尊至贵。好有一比,人之烦恼心如茫茫夜海,当一波兴起,明月初升,能览清辉于波上,岂非生命之意义?如此说来,知罗连卓之最后,亦足可知其一生耳。"这一段应是这篇小说的点题之笔。作者所追求的便是这一"千金难求"的"人生刹那间的感铭",是《戏作三昧》中"悲壮得让人神往"的"感激之情",是画家良秀孜孜以求的艺术的"法悦",是生命中最充实、最光辉的瞬间!

芥川在致友人函中不止一次地说,他喜欢罗曼·罗兰的《约翰·克利斯朵夫》。固然这部巨著在中国也影响了几代人,但对芥川来说,想必尤为属意于小说的结尾:圣·克利斯朵夫背负基督过河的描写。芥川的这篇《圣·克利斯朵夫传》,即是根据西方《圣人传》而创作的。小说中最为感人的部分，也正是这段过河描写：

> 约莫一个多时辰，克利斯朵夫历尽艰辛，终于像一头斗得筋疲力尽的狮王，气喘吁吁，摇摇晃晃，爬上了对岸。他将粗粗的柳木拐杖插入沙中，从肩上将童子抱了下来，长吁一口气道：
> "哎呀，孩子，连高山大海都没你沉哪！"
> 童子微微一笑，暴风雨中，头上的金光愈加灿烂辉煌，仰起头望着巨汉的面孔，仁慈地答道：
> "不错。今晚，正是今晚，你背负的是一身承受着全世界苦难的耶稣基督！"声音如铃声一般美妙动听……

对未来的"恍惚不安"

芥川前期创作中也有一些现实题材作品，像批判军队中士兵的非人待遇、人不如猴的《猴子》，描写小人物的《毛利先生》，叙述劳动人民纯朴真挚感情的《橘子》，表现人生无常、纵如烟火般辉煌却转瞬即逝的《舞会》，刻画现代男女青年微妙心理的《秋》，嘲讽军神乃木希典的《将军》，描写少年对人生的失意与落寞心情的《斗车》，表彰见义勇为的童话《小白》，以及表现乡间沉重劳作与贫困生活造成婆媳间利己打算的《一块地》……这些现代小说，也都写得颇有特色。但到后期，即1925年底，芥川以人生回忆的形式，写了带有自传小说性质的《大导寺信辅的半生》。之后，芥川的创作完全转向了现实，风格与方法也有所改变。由揭露他人的利己主义，进而剖析自己的灵魂深处，客观、冷静，流露出悲凉、沉郁的色调。

芥川体质素弱，1922年后，神经衰弱、胃痉挛、肠炎、心悸等多种疾病接踵而来。到了1926年，神经衰弱等症越发严重，不得不时时去汤河原疗养，"过着半卧床的生活"，"想写作，因病弱而不能；痛苦，亦因病弱而益甚"。他需要的是"动物的精力"！当年九月，芥川写了一篇描写母亲、姐姐与父亲之死的小说《点鬼簿》，"补写几页，竟耗去数日时间，小生前途颇暗淡矣"（致佐佐木茂索函），对自己的创作似乎也失去了信心。他在致作家稻垣足穗的信中说："Fancy（想像力）也弃我而去。"他尤其担心母亲的精神病会遗传给他。其时，他已萌发自杀的念头。还在四月里，携妻小去鹄沼疗养之前，便向挚友画家小穴隆一透露此意。尤其他当时常出现幻觉，"困扰不已"，神经脆弱得"总觉得有什么东西在算计我，让我每走一步都感到忐忑不安"，甚至"门边一片朦胧中，有人欠伸也心惊"。在遗稿《齿轮》和最后两年的《书简》中对此都有所述及。此后的作品，几乎都是在"多病、多事、多忧"之中写成的。

1927年初，二姐家失火，房屋全毁。此前姐夫投巨额保险，故怀疑是其纵火。两天后，姐夫卧轨自杀。姐姐一家，无处容身，投靠芥川，加上姐夫所欠高利贷、火灾保险、生命保险等等，一切善后，全部落在芥川头上。芥川本是泥菩萨过江，现在又雪上加霜，疲于奔命，焦头烂额。这一时期给亲友的信函中，屡屡提到此事。致斋藤茂吉的信中写道："小生来世但愿托生为一粒沙石，不然，来世但为水，或做檐头冰。此愿若成就，喜乐满心中。"他本有辞世之念，新的变故，更加速他奔向死亡的步伐。然而，芥川虽然心力交瘁，却照旧写出《玄鹤山房》、《海市蜃楼》、《河童》、《齿轮》、《暗中问答》、《傻瓜的一生》、《西方之人》等重要作品；尽管身心疲惫不堪，仍然不改其"争强好胜"之性格，与谷崎润一郎进行文艺论争，写完《文艺的，过于文艺的》长篇评论。想必在他心底，已知来日无多，要给此生画上一个圆满的句号。

《玄鹤山房》发表于年初,芥川颇为看重这篇作品,在给朋友的书简中一再提及:"此次拟写一篇力作。"但同时,他也一再强调,这是一篇"极其阴郁的力作"。确如作家所说,这篇小说写得颇阴郁,通过缠绵病榻的老画家之死,表现家庭的纠葛、人生的惨淡与"痛苦的存在"。这一家庭的悲剧,宛如人生的缩影。小说的结尾,芥川有意安排一个新人——正在阅读李卜克内西的大学生。在致青野季吉的信中,作者表明其创作意图:"主人公玄鹤山房的悲剧,是最后要接触山房以外的世界。(除最后一章,全部场景均在山房之内,原因便在于此。)我还想暗示:外面的世界,正孕育着一个新时代。"芥川已感知"新时代"的脚步。他在《书简》中说,"《玄鹤山房》虽为力作,但有种脚力尽处看庐山之感。"

《河童》是篇寓言体小说,系采用一个疯人的自白,叙述他臆想中在河童国的经历,借以揭露社会的种种黑暗,谴责垄断资本对工人的压榨、权力对艺术的扼杀,以及帝国主义战争之可憎。芥川对这篇小说比较满意,他说:"《河童》将是在下的 Reineke Fuchs(狐狸故事)。""以近年来所没有的速度写成","聊解郁闷之心怀"。(《书简》)作者虽然说,"《河童》是对一切事物——也包括对自我的厌恶而创作的",但小说不像《玄鹤山房》、《点鬼簿》等作那么阴暗、沉重,写得较为明快。

《齿轮》和《傻瓜的一生》是两篇遗稿,日本评论界普遍将其视为芥川最后的杰作。《齿轮》逼真地描绘了主人公行将崩溃的精神——被害妄想,幻觉世界,因恐惧引起神经的战栗等;在《傻瓜的一生》中,芥川以"一双冷峻的临终之眼",通观其一生,"将其三十几年的生涯,浓缩成一个个印象式的优美片断"(吉田精一《芥川龙之介》),充满了对现实的否定和对人生的绝望,描述芥川生前对未来的"恍惚不安",表现了一个高尚灵魂由希望、探索而至幻灭的痛苦挣扎,是他灵魂的记录。笔者在阅读译稿时,看到文末的写作年代，1925、1926、1927，不免要计算离他弃世还有两年、一年、几个月……也禁不住要想：他是以怎样的心境在写这些作品？可以想象得出，这些作品，无一不是他面对死神的频频招手，内心在滴着血，饱含他的全部精魂，以其最后屈指可数的岁月，奋力完成的。每一篇作品，都是从他"笔端流淌出来的生命"（《齿轮》）！阅后，使人心中不禁亦为之战栗。

芥川龙之介的一生，正像《地狱变》里的良秀一样，是一个悲剧结局。他虽然才气横溢，极具浪漫气质，对现实的态度却是严肃的。他深入现实，探讨人生，结果"看到的是资本主义产生的罪恶"（《傻瓜的一生》）；也曾不断追求理想，得到的却总是幻灭的悲哀。虽然他看到无产阶级力量的兴起，对他们"抱有相当的希望"，认为只有无产阶级文学才能"如煤炭一般发出黑油油的光芒，具有诗的庄严"，达到"艺术的极致"，但又认为自己的"灵魂上打着阶级的烙印"，"不能超越时代"，也"不能超越阶级"。（《文艺的，过于文艺的》）尽管他"不像契诃夫那样，对新时代发出绝望的笑声，但也缺乏拥抱新时代的热情"（《致青野季吉函》）。他极感矛盾，深为痛苦，觉得"人生比地狱还要地狱"（《侏儒的话》）。他虽然也想"奋力挣扎"，"重新做起"（《遗稿·暗中问答》），然而，他已"精疲力竭"，"拄着一把缺了刃的细剑"（《傻瓜的一生》），终于在现实面前"败北"。

1927年7月24日，正当人生旅途之半，在大有作为的年纪，芥川龙之介心怀对未来的"恍惚不安"，服安眠药自杀身亡。

芥川之死，令日本举国震惊，《东京日日新闻》等各大媒体，都以整版篇幅报道他弃世的消息。文坛更是不胜痛惜，认为他的死，标志着一个文学时代的结束。"他的文学，是逐渐上升到自我否定的具体表现。他的虚无精神，在阶级社会发展时期，具有一定程度的进步意义。"（宫本显治《败北的文学》）"他代表了从大正到昭和初年，日本知识分子最优秀的一面。"（荒正人《概论现代日本文学史》）——盖棺论定，以最高的评价，发抒世人心中最深的惋惜。

余　　响

　　我有时会想，二十年后，五十年后，甚或一百年后的事。那时节，已不会知道曾经有过我这样一个人。我的作品集，想必积满灰尘，摆在神田一带旧书店的角落里，徒然等着读者的光顾吧？不，说不定某个图书馆，只剩下孤本一册，封面已给虫蛀得残缺不全，字迹也模糊不清。可是……
　　我转念又想。
　　我的集子，难道就不会有人偶然发现，读上某个短篇，或某几行字吗？说起来，心里甚至还存个奢望：那一篇作品或那几行文字，难道不能为我所不认识的未来读者，约略展现一个美丽的梦境吗？
　　我并不指望，百年之后仍有知音。我承认，自己的想法和信念之间，有多么矛盾。
　　可是，我依然要想。寂寞百年身，哪怕只有一位读者，能手捧我的书，在他心扉前，尽管依稀微茫，呈现出一片海市蜃楼……

上面一段文字，引自芥川的随笔《澄江堂杂记》"后世"一节。文中，芥川想象"寂寞"身后事，感慨良多。天才的芥川龙之介，无须那样悲观，更无须"奢望"！现实已非像他当年所臆想的。他去世后七年,即设立以他名字命名的"芥川龙之介文学奖",七十年来,已成为奖掖优秀青年作家的最高奖项。他在本国虽不像夏目漱石那样被看作是"国民作家",但是,直到近几年,从日本读书调查看,芥川的小说,一直排在前四五位,超过两位诺贝尔文学奖得主,更遥遥领先于当红作家村上春树之前。即便在全世界,也有许多"知音"。尤其在他的邻国,他曾经游历过,表示"除了东京,最愿寓居在北京"的中国,岂止"有一位读者",又岂止读他的"某个短篇"或"某几行文字"!近三十年来,《芥川龙之介小说十一篇》、《芥川龙之介小说选》、《罗生门》、《地狱变》等等,芥川的小说不断翻译出版,不仅一般读者喜欢,他的中国同行作家也颇为称道。眼下,至少又有十五位热忱而优秀的译者,不分昼夜,呕心沥血,将他全部作品,巨细无遗,翻译了出来;山东文艺出版社更不惜工本,精心印制,出版洋洋三百万言、皇皇五大巨帙的《芥川龙之介全集》。迄今为止,还没有哪位日本作家,在中国能出全集,享此殊荣。

芥川的生命固然短暂,但作为作家的艺术生命却长存于天地间。其最佳作品,凝结着他的博学与才情,显示出一种东方的特色,东方的智慧,早已超越国界,成为人类精神文明宝库中的财富。即便置身世界短篇名家之间,也毫不逊色!

芥川倘若地下有知,定会深感欣慰吧。

2004 年 12 月 8 日

重印序

魏大海

芥川龙之介（1892—1927）是近现代日本文学史上最重要的小说家，生于东京，本姓新原，号"柳川隆之介"、"澄江堂主人"、"寿陵余子"，笔名"我鬼"。出生后9个月，其母精神失常，旋被送至舅父芥川家做养子。芥川家为旧式封建家族，家庭氛围对芥川龙之介日后的生命历程和文学生涯皆产生很大的影响，芥川中小学时代的读书经历或阅读范围包括江户文学、《西游记》、《水浒传》以及泉镜花、幸田露伴、夏目漱石、森鸥外等近代日本文学巨匠的作品。1913年，芥川考入东京帝国大学英文科；1914年同丰岛与志雄、久米正雄、菊池宽等两次复刊《新思潮》，促进了文学新潮流的文坛传播。随后发表的短篇小说名作有《罗生门》（1915）、《鼻子》（1916）、《芋粥》（1916）等，确立了芥川新兴作家的地位。1917年至1923年，先后出版6部短篇小说集，题名为《罗生门》、《烟草与魔鬼》、《傀儡师》、《影灯笼》、《夜来花》、《春服》。芥川龙之介的文学创作始自历史小说，后转向明治时期的文明开化题材，最后则是现实题材的小说。1927年7月24日，芥川因健康、思想压力等多重原因在自家寓所服安眠药自杀，时年35岁。一般认为，"芥川自杀"与当时的社会文化状况相关，在无产阶级文学迅速兴起的文坛状况下，追求"艺术至上"的芥川龙之介感到了强烈的时代躁动与不安（"恍惚的不安"），过分敏感的神经令其怀疑自己小说的艺术价值。文友菊池宽和久米正雄逃向通俗小说领地，芥川亦苦于无法效仿。他这样表述自己的心中苦闷：
"我所期望的是不论无产阶级还是资产阶级，都不应失去精神的自由。"

芥川是20世纪初日本"新思潮派"最重要的代表作家，集新现实主义、新理智派和新技巧派文学特征于一身，代表了当时日本文学的最高成就。他发展了日本的短篇小说文学类型，借鉴、吸纳了西方现代小说的结构样式，打破了"私小说"单一、消极的写实性创作模式，强化了日本现代小说的虚构性。芥川龙之介在现代日本文学中确立起独特的创作方法和文学地位。在20世纪以来的日本文坛，其影响力不仅体现在"芥川文学"本身特异的文学价值上，也体现在"芥川之死"包含的文学史分期的象征意义上（日本现代文学起始之象征）。"芥川之死"对当时的日本社会和日本文坛形成了巨大的冲击，有人谓之为"北村透谷第二"。此外一年一度、延续至今的"芥川文学奖"亦是日本现、当代文坛最具影响力的纯文学大奖，长期发挥着重要的奖掖和推动作用。

芥川龙之介最重要的文学成就在小说，样式上擅长的是类似于江户、明治时期历史小说的特殊类型。早期名作《鼻子》刊于《新思潮》，获夏目漱石高度赞赏。《鼻子》的创作特征在于以现代小说的创作方法将日本古典《今昔物语》第二十八卷中的特定故事及《宇治拾遗物语》中一段相似的故事，以简素的语言实现了再创作。短篇名作《罗生门》亦为同样类型的历史小说，出处同样是《今昔物语》。据日本文学史论家西乡信纲的说法，《今昔物语》原本的相关描述朴素而简单，显现为一种没有思想性虚饰的原色调；芥川却给那般"存在"增添了人类的"认识"与"逻辑"，芥川的历史小说通过生动的故事性虚构探究了相对抽象的观念问题。例如，《罗生门》的描写悬念迭起，同时显现出故事中探究抽象理念或哲学问题的意欲——仆人和身为盗贼的老妪处于同样的生存理由中，饿死抑或沦为盗贼。另一部历史小说代表作《地狱图》亦在环环相扣的精湛描写中，展现了惊心动魄的哲理性或理念性艺术画面，通过一种极端化图景展示了权力与艺术的对垒。《地狱图》也被称作芥川龙之介"艺术至上主义"的一个宣言。芥川的创作生涯前后历时仅十余年（1916—1927）。创作倾向上，他厌弃自然主义的忠实告白，题材上，则选择了无关乎"自我"的往昔世界——《鼻子》、《罗生门》、《地狱图》及其他名作《枯野抄》、《孤独地狱》、《忠义》、《基督徒之死》和《戏作三昧》等，皆为特具类型特征的历史小说。芥川历史小说的一个重要特征还在于，一般认为，森鸥外的历史小说是尊重历史事实的，芥川却以近代式的理性的精神自由，随意地解释历史或披着历史的外衣描写现实性主题。有观点认为，芥川的历史小说并非真正意义上的历史小说，而是卢卡契所谓的"历史现代化"或"历史的假托"。

亦须指出，芥川龙之介的文学观念或作家气度也曾受到森鸥外和夏目漱石的影响，其现实生活异常纯粹，一切围绕着文学。他十分了解日本、中国和西洋的历史与文化艺术，对日本的和歌、俳句、现代诗歌乃至古代美术和戏剧，也有较深的造诣或了解。芥川龙之介又被称作日本最后一位富有东方文人色彩的文学大家，一种另类批评值得一提。在当代日本著名文学评论家柄谷行人的《日本现代文学的起源》中，也曾提及举足轻重的芥川文学。他说有趣的是某种反"文学"志向（"私小说"）促成了日本"纯文学"的形成，日本"私小说"作家对于"透视法式的装置"或超越论式意义缺乏清醒的自觉也没有那般自觉的必要，相反对此具有明确自觉意识的却唯有晚年开始厌恶结构式写作的芥川龙之介。柄谷行人认为，重要的并非芥川对第一次世界大战后日本文学动向的敏感，也不在其有意识地创作那般"私小说"；重要的是，芥川把西欧的动向与日本"私小说式的作品"结合在一起，使此类"私小说式的作品"作为走向世界最前端的形式具有了意义。这样的评价有趣而独特。柄谷又说,"私小说"作家其实无法理解(芥川的)这种视角,(唯美派作家)谷崎润一郎也没有意识到这一点。在"私小说"作家的观念中,他们以为是在自然而然地描写"自我",与西欧作家的所作所为一致。实际上芥川看到的并非"自白"与"虚构",而是"私小说"具有的"装置形态"问题,芥川的观察基于无中心的、片段的和诸多关系的视点。柄谷行人这些评价似乎有点不易理解,却异常难得地证明了"芥川文学"对于日本现代文学的重要而特殊的意义。

在此,简单回顾芥川文学的中文译介是必要的。芥川小说的中文译介最早见之于鲁迅、周作人编选的《现代日本小说集》(商务印书馆,1923年)。鲁迅最早翻译的是芥川的名作《罗生门》和《鼻子》。1927年,开明书店出版了鲁迅、方光焘、夏丏尊等翻译的《芥川龙之介集》,《罗生门》和《鼻子》仍采用了鲁迅的译作。夏丏尊翻译了若干中国题材小说如《南京的基督》、《湖南的扇子》等,以及芥川非小说类作品中至关重要的《中国游记》,游记涉及章太炎、郑孝胥等当时的中国名流,也十分彻底地展示了大家芥川的文化关注或作家底蕴。芥川去世后,鲁迅在其创刊的《文学研究》(1930)上刊出了唐木顺三的文章《芥川龙之介在思想史上的位置》(韩侍桁译)。长期以来,中国的文学创作界和翻译、研究界一直重视芥川龙之介在近现代日本文学史上的重要影响与地位。20世纪80年代以后是中国翻译、绍介日本文学的新的高潮期。关于芥川文学,湖南人民出版社出版了楼适夷翻译的《芥川龙之介小说十一篇》(1980);人民文学出版社出版了文洁若、吕元明等翻译的《芥川龙之介小说选》(1981);一些日本文学选集中,也重点纳入了芥川的作品(文洁若、高慧勤分别选编、出版的《日本短篇小说选》等)。1998年世界语出版社出版了叶渭渠主编的《芥川龙之介作品集》。2005 年,山东文艺出版社出版了高慧勤、魏大海主编的《芥川龙之介全集》。再版全集,拟沿用高慧勤先生的"前言",笔者又勉为其难地写了个再版序,仅为再度强调芥川文学的基本特质和重要性,同时对芥川非小说类散文作品的重要性略作说明。再版对所选译者和译作也做了少许调整(并不关涉译者的翻译水准)。还有一个必须说明的问题是,在原先的全集中因故略去芥川一个短篇小说《掉头的故事》,回过头来看似无必要,再版补齐了这个短篇,译者是芥川文学研究者秦刚。

必须强调,芥川的非小说类散文作品(包括游记和读书随笔等)是芥川文笔生涯中尤为重要的内容,体现了 20 世纪初日本一代文豪特有的文体特征和文化关注,自然也是了解、感知、解读、研究其文学作品(主要是小说)的十分重要的途径。如前所述,2005 年山东文艺出版社出版的《芥川龙之介全集》纳入了芥川所有的非小说类散文作品,这对解读、研究芥川文学乃至近现代日本文学无疑是十分重要的一项铺垫性工作或基础工程。需要说明的是,再版这套《芥川龙之介全集》之前,柳鸣九先生主编《世界名家散文丛书》(八卷本)收入笔者主编的《芥川龙之介散文选》(30 万字),另一实力出版社委托笔者主编了《芥川龙之介读书随笔》(30 万字,书名暂定为《文艺的,过于文艺的》)。由此可见,中国文坛对芥川的非小说类散文作品十分关注和重视。

总的说来,芥川的创作以短篇小说为主,兼有和歌、俳句、随笔、散文、游记、评论等多种文类。前面再三提到,山东文艺出版社的《芥川龙之介全集》悉数翻译、出版了芥川的非小说类散文作品。但多数散文、随笔并未受到特别的关注,惟《中国游记》是个例外。游记包容了时代、国别、地域等比较性的多种文化要素,为历史、现时特定的比较性文化、文学研究,提供了重要的意义解读范本。例如,游记中涉及的芥川与中国国学大师章炳麟先生的对话,曾令巴金等中国作家、文化人反感和不满。究竟缘之于何,读者当自行揣摩。关乎这部游记已有许多前沿性研究。有趣的是,芥川在1924年的随笔《僻见》中论及章太炎,却褒崇之意溢于言表。他说"先生确乃圣贤之人。时闻外国人嘲笑山县公爵、赞扬葛饰北斋、痛斥涩泽子爵,闻所未闻哪位日本通似章先生那般一箭射向因桃而生的桃太郎。先生此箭,其真理性超乎所有日本通的雄辩。"游历中国之前,芥川心目中的中国是古典作品中理想的中国,现实中芥川却感受了强烈的反差,他并不喜欢现实中异化的上海,映入眼帘的欧化的上海正是"不合时宜的西洋"(西洋的翻版)。这部游记不时体现出作者自幼惠受的中国古典文学、文化之影响,仰慕之情随处可见,种种犀利、直率的批评亦切中中国之时弊。芥川循着独自的作家秉性和写实性短篇小说的辛辣文体有感而发,全然不知取巧地刻意回避。众所周知,最早翻译芥川小说代表作《罗生门》的鲁迅,创作上明显受过芥川文体之影响。鲁迅也曾注意到中国文坛对于《中国游记》的种种反应,却同时强调中国的青年应更多阅读芥川的作品。鲁迅声称,自己也会继续翻译芥川的一些作品。鲁迅并不以为芥川是在说中国的坏话,他希望中国青年更多了解芥川的文体和思考问题的方式。

在短短12年创作生涯中,芥川写过148篇小说、55篇小品文、66篇随笔以及大量的评论、游记、札记、诗歌等。芥川的小说文字典雅、洗练、辛辣,精深有趣,寓意深刻。这种特征在其非小说类作品散文、游记、札记乃至读书随笔中,亦有十分透彻的展示或体现。除了《中国游记》,林少华译《侏儒警语》亦具代表性。芥川有许多类似文章——厚积薄发、洋洋洒洒、信手拈来、有感而论的散文杂感。芥川解释说,《侏儒警语》未必传达了我的思想,却可从中不时窥见我思想变化的轨迹,仅此而已。较之一根草,或许一条藤蔓能伸出更多分枝。《侏儒警语》的小标题别具一格:

"星"、"鼻"、"修身"、"自由意志与宿命"、"小儿"、"尊王"、"佛陀"、"政治天才"、"陀思妥耶夫斯基"、"福楼拜"、"理性"等，诸如此类。有的小节仅一句——"人生悲剧的第一幕始自母子关系的形成"，顿悟般的一个警句，也许正是芥川读书之后的有感而发或生活中的偶有所悟。许多警句般的小节标题仅一"又"字。"忍让"一节，仅有十个文字——"忍让是浪漫的卑躬屈膝"，可谓登峰造极。这种文体，的确是芥川非虚构类散文作品一个别具的特征，常常无法明确地加以归类。芥川全集中各类散文占了相当大的比重，重要的有《大川之水》、《京都日记》、《东京小品》、《东洋之秋》、《素描三题》、《本所与两国》、《肉骨茶》、《日本小说的中国译本》、《我与创作——〈烟草与魔鬼〉代序》、《野人生计事》、《中国绘画》、《澄江堂杂记》、《杂笔》等。这些作品如前所述，反映了芥川小说以外创作的另一侧面，更加直接地展现了作家芥川的内在品格——文化关注、精神气质、文体风格、艺术创作理念及与现实相关的诸多问题。《澄江堂杂记》第三节的《将军》原为芥川一部小说题名，嘲讽了日本军神乃木希典。杂记《将军》则写道："我的小说《将军》中几行文字被删除了……政府当局一脉相承地强制虚伪，一面又喊着不可失却'××之念'。这与旧藩纸币摆在人家面前硬要兑换金币又有什么两样？幼稚可笑的政府当局。"由芥川的各类散文亦可了解到，芥川对西洋的文学极为熟悉。例如在随笔《近期的幽灵》中，历数了西洋小说中的幽灵，述及英国作家华尔浦（名著《奥特朗托城堡》的作者）、安·拉德克里夫、马杜林（其小说《流浪者梅莫斯》影响了巴尔扎克和歌德）及冠之以"修道士"绰号的刘易斯，述及司各特、利顿、霍格以及美国的爱伦·坡和霍桑等。洋洋洒洒的万言随笔《古董羹》中的《轻薄》一节，则借中国的文化典故，鄙夷了塞尚画册前喋喋不休大谈色彩亮度的浅薄的鉴赏者。其他小节有《俗汉》、《同性恋》、《雅号》、《青楼》等，或借西洋作家逸闻趣事贬抑日本政坛、文坛，或由别的视角触及、议论西洋作家。他信手拈来地不时涉及中国的古典名著或中国古代文人的逸闻趣事——《古董羹》开篇写到葛饰北斋《水浒画传》中的插图，称那画面与实景中的中国差异很大云云。此时的芥川尚无中国文化的实地体验，心中的中国印象来自中国的古典名著，却已足令读者拍案称奇，文中提及中国北宋的文人、画家文同（1036—1101）且以"文湖州"之号呼之。寥寥数百字述及元代李衎①、北宋东坡（苏东坡）、山谷（黄庭坚之号）等中国古代名流。深厚的汉学修养，对于中国古代文化典故的熟知乃至广泛涉猎后的信手拈来，实令当世中国文化人汗颜。此类杂文具有类似的文体——包含了若干小节，各不相联。其他作品如《杂记》、《点心》等，涉及的内容同样重要且有趣。

最后再来说说芥川散文中一再提起的《中国游记》，有评价称，《中国游记》展现了20世纪20年代中国的历史断层，是"日本人眼中现代中国"的代表性文本之一。归纳起来，芥川的散文特色首先关联于其短篇小说"鬼才"的特殊文体或写实性的写作功力；其次在于有感而发的作家秉性——大家芥川善于观察、善于提炼、微显阐幽、直抒胸臆；芥川散文的第三个重要特征在于文豪的博文强识和博通经籍。这样的文体特征同样显见于《中国游记》和《侏儒警语》。博古通今学贯西东的现代文豪熟知西洋乃至中国的文学、艺术掌故，其文章的美感来源之一也在其真实感受的如实抒发。前述游记作品中写到中国的第一印象（第一瞥），毫不掩饰地表达自己对于絮絮叨叨、乞丐一般的卖花老太的厌弃之感。其游记散文近乎绝对的真实感受之抒发，也体现了近现代日本写实性文学传统的一个特征，——虽说有些抒发给人的感觉具有负面效应。

---

① 李衎（1244—1320），元代画家，字仲宾，号息斋道人，蓟丘（今属北京市）人。

且看游记中如下这段经典描写:"那个中国人正悠然地往湖内小便……态度和面孔上是一副只能让人做出负面判断的悠闲。高耸入云的中式亭子、溢满病态绿色的湖面和那斜刺里注入湖水的隆隆的一条小便——不啻是一幅令人倍感忧郁的风景画。"现实的中国不同于芥川梦幻之中的中国,"我闻到空气中飘荡着沉闷的尿骚。一闻到这尿味儿,梦幻即刻破灭了。湖心亭终究还是湖心亭,小便终究还是小便。我踮着脚匆匆循着四十起氏的足迹追去,全然无暇沉溺于毫无意义的咏叹之中。"关乎中国第一印象的这般描写,显然三笔两笔就将当时典型的中国表象勾勒出来——贫穷、破败、肮脏乃至民众的麻木确是20世纪初中国世态的典型特征之一。应当说无论是中国作家还是西洋乃至日本的作家,基本的感触是一致的。芥川作为现代日本写实主义小说家的杰出代表,也由此产生了独自的感触和联想。目睹衣衫褴褛的中国乞丐,除肮脏、下作并无太多联想,芥川却以神秘和浪漫形容之。除了近乎绝对的真实抒发,芥川的散文尤其是这部游记,如前所述处处展现出作者对于中国文化和文学艺术的熟知。初次访华期间患病入院,自然而然联想到明末诗人王彦泓(字次回)《疑雨集》中的诗句"药饵无征怪梦频"。观赏中国京剧同样颇多感触与联想。他说京剧中演员模仿拉开沉重门闩的动作时,观众便须想象空间中门的存在,而当演员威风凛凛地抡起手中坠着流苏的鞭子时,观众就想象演员胯下性烈、撒泼大声嘶叫的紫骝。这与日本的能乐①有异曲同工之妙。芥川将京剧中的那般象征性表现归之于写实主义,同时强调,有时甚至可以意外地让人发现那一步之隔的虚拟世界中的美。芥川提到筱翠花在《梅龙镇》中扮演的酒栈少女,每次跨过门槛,必定会从黄绿色的

---

① 能乐,日本剧种之一。其脚本大都取材于历史故事或神话传说。角色很少,往往戴面具,在特设的舞台上演出。

裤脚下亮出小巧玲珑的鞋底来。他说这一亮鞋底的动作很是典型,若是没有那道虚拟的门槛,也就不会有那般惹人怜爱的动作。芥川的观戏颇具水准,非常细致地发觉并批评当时京剧中日常小道具的滥用(或是国人性格中不拘小节之显现)。他说《梅龙镇》若按《戏考》① 分,并非当世故事,而是明朝武宗在微服私访的中途,和梅龙镇酒栈少女李凤姐一见钟情。芥川发现,那少女手中所端的却是一个绘着玫瑰花、盆底镶着金银边的陶瓷盆,一看便知那是某百货商店里的陈列物。

芥川强调并一再于创作中证明,他所尊崇的文艺美学首先是真实,许多真实的场景或感受若是不写出来,其小说、其散文、其游记就会白白失去真实性,也会对不起读者。这种特质,尤其淋漓尽致地表现在芥川与中国文化名流章炳麟的面晤、对谈中。他写到章炳麟的一段陈述:"那么,为了中国的复兴,该怎样做才好呢?此等问题不论去怎样解决,都不可能来自空谈。古人云'识时务者为俊杰'。其方法,并非演绎自一个片面的主张,而是从无数事实中归纳、总结出来,这才叫做识时务。识时务之后再制订计划,所谓'因时制宜',说的正是这个道理。"前面提到,芥川敬佩章炳麟的学识与人格,包括章对日本民间艺术形象"桃太郎"的凌厉一箭。然而,芥川的现场对话却显得十分尖刻,在他的头脑里,与艺术相比,那些或许都是低俗得多的政治问题。换而言之,芥川并不屑于做一个"识时务者"。他一方面对中国和西方的文化艺术不吝溢美之辞,也津津有味地比较了中国女人与日本女人的美丑,同时又毫无掩饰、直言不讳地挑毛病。日本作家在细微之处的观察和描写上十分独到。他说,中国女人……我认为最美的地方是耳朵,

---

① 《戏考》,民国初期王大错编撰,收录京剧剧本五百余出,共四十册,由上海中华图书馆刊行。

我对中国人的耳朵怀有不少敬意。日本女人在这方面，根本比不上中国女人。日本人的耳朵扁平而且肉厚。其中有很多，与其叫它耳朵，倒更像是长在脸上的木耳。他进而联想到《西厢记》中的莺莺也一定长着那样一对美丽的耳朵。他说，笠翁曾详细历数过中国女子之美（见李渔《闲情偶寄》卷之三《声容部》），但关于耳朵却只字未提。就这一点来说，芥川不无得意地说，伟大的十种戏曲的作者李渔，理应将发现的功劳让与芥川龙之介。

最后应强调的是，揭侠译《"私"小说论小见》和《芭蕉杂记》，刘立善译《文艺的，过于文艺的》和《西方之人》等文艺杂论，从各个方面论述、讨论、辨析了文艺的本质。文论中，芥川不仅表现出博览群书的大家风范，且从各个方面强调了自己对于文艺或艺术的认识。他在《文艺的，过于文艺的》一文中，说到了自身的定位问题。他说："不知是谁给我贴的标签，我成了所谓'艺术派'的一员。（世界上恐怕仅有日本存在这等名称，或存在产生此等名称的氛围。）我并非仅为自身人格的完成而写作，当然，也不是为了革新现今社会组织而创作，我的创作只为造就我内心世界的诗人或造就诗人与记者。故此我无法等闲视之'野性的呼声'。"

这，或许正是对芥川所有文学创作的一个注解。

谨以全集之再版，纪念同编《芥川龙之介全集》的高慧勤老师，并向诸位译者表示衷心的感谢。

2012 年 5 月 29 日于燕郊

目　录

小　说

老年 …………………… 魏大海译　3
青年与死 ………………… 魏大海译　8
假面丑八怪 ……………… 魏大海译　15
仙人 ……………………… 魏大海译　22
罗生门 …………………… 魏大海译　29
鼻子 ……………………… 郑民钦译　35
孤独地狱 ………………… 郑民钦译　42
父亲 ……………………… 郑民钦译　46
虱子 ……………………… 郑民钦译　51
酒虫 ……………………… 郑民钦译　56
野吕松木偶 ……………… 郑民钦译　64
山药粥 …………………… 魏大海译　68
猴子 ……………………… 魏大海译　83
手绢 ……………………… 魏大海译　89
烟草与魔鬼 ……………… 魏大海译　97
烟管 ……………………… 郑民钦译　105
MENSURA ZOILI ………… 郑民钦译　114
运气 ……………………… 魏大海译　120
尾形了斋备忘录 ………… 郑民钦译　128

道祖问答	郑民钦译	132
忠义	郑民钦译	136
貉	郑民钦译	152
世之助的故事	郑民钦译	155
偷盗	郑民钦译	164
浪迹天涯的犹太人	魏大海译	219
两封信件	魏大海译	227
大石内藏助的一天	魏大海译	239
单恋	魏大海译	249
女体	魏大海译	255
黄粱梦	艾 莲译	257
英雄之器	艾 莲译	259
戏作三昧	艾 莲译	262
西乡隆盛	魏大海译	288
掉头的故事	秦 刚译	301
袈裟与盛远	艾 莲译	310
蜘蛛之丝	艾 莲译	318
地狱变	魏大海译	322
文明的杀人	魏大海译	348
邪宗门	魏大海译	358
基督徒之死	艾 莲译	402
鲁西埃尔	魏大海译	411
枯野抄	艾 莲译	416
毛利先生	刘光宇译	425
魔笛与神犬	侯 为译	438
文友旧事	侯 为译	447
开化的丈夫	侯 为译	462

圣·克利斯朵夫传 ……………	艾 莲译	477
橘子 …………………………	刘光宇译	490
沼泽地 ………………………	刘光宇译	494
龙 ……………………………	刘光宇译	497
疑惑 …………………………	罗 嘉译	506
路上 …………………………	侯 为译	517
于连·吉助 …………………	侯 为译	566
妖婆 …………………………	侯 为译	569
魔术 …………………………	艾 莲译	599
大葱 …………………………	侯 为译	608
灵鼠神偷次郎吉 ……………	侯 为译	616
舞会 …………………………	艾 莲译	629
尾生之信 ……………………	侯 为译	636
秋 ……………………………	侯 为译	638
黑衣圣母 ……………………	侯 为译	650
复仇之旅 ……………………	侯 为译	655
女性 …………………………	侯 为译	665
素戋呜尊 ……………………	侯 为译	668
老年素戋呜尊 ………………	侯 为译	713
南京的基督 …………………	罗 嘉译	727
杜子春 ………………………	艾 莲译	738
弃儿 …………………………	杨 伟译	749
影子 …………………………	杨 伟译	756
阿律和孩子们 ………………	杨 伟译	772

小说

老　年

魏大海译

　　桥场有家茶馆式的料理店，店名玉川轩。那里正在举行一中节①的顺讲②。

　　打早开始，天空阴沉沉的。中午总算下起雪来。到了点灯时分，院里松树上防雪的草绳已沉甸甸地压弯了。屋里的火盆暖气烘烘，加上玻璃窗和拉门的双层阻隔，令人昏头涨脑。六金身着青色素底的短褂，罩着均匀茶色的外衣。不怀好意的中洲③大将④一把揪住了六金，嘲笑地说："嗨！把你的衣服脱下一件。给我擦擦发油。"除了六金，另有三人来自柳桥，还有来自代地做女侍的一位主妇。反正净是些年过四十的老家伙。外加小川少爷、中洲大将等人的妻室和一个老头儿，共有六人。男客中有个驼背名叫宇治紫晓，是唱"一中"小曲的师傅。另有七八位良家妇女的男人。其中三人知晓"三座"⑤戏曲和山王御览节。所以，这些人说起深川鸟羽屋寮的义太夫演习和山城河岸津藤主持的千社札会，简直热闹得炸了锅。

　　离客厅稍远，有处十五铺席大小的房间，尤为宽敞。笼式方形

---

① 一中节，日本曲艺上方净琉璃的一个派别。
② 顺讲，一中节曲艺的演习会。
③ 中洲，东京都中央区、隅田西岸、新大桥以南填埋地名。建成于江户后期安永年间。
④ 大将，玩笑时的昵称。
⑤ 三座，江户时代中期至后期风行的歌舞伎戏曲小屋，形成了日本独自的传统艺能歌舞伎。

纸灯中圆形的灯球，灯影处处散落在生长着神代古杉的天井中。光线微暗的客厅里，寒梅和水仙柔和地插在古铜色的花瓶中。画轴是太祇①的笔迹。黄色的芭蕉布②上古旧的宣纸上下对裁，纸上以纤细的笔迹写着"红果遍山野，深秋归鸟和冬椿"。静寂之中，青瓷制的小香炉搁置在紫檀木的台子上，没有香烟，却充满了冬天的气息。

台子前面不曾铺设地板，却铺了两张毛毡。鲜艳的红色温暖地反射在三弦的鼓皮上，同样也反射在琴师的巧手以及剜有七宝菱状花纹的纤细的桐木谱架上。众人在毛毡的两侧相对而坐。上座是师傅紫晓，次座是中洲大将，再下面便是小川少爷和那些男人们。女人们都坐在相对的左方。右边的尾座，坐着我们将要说到的老人。

老人名叫阿房，前年刚满六十一。打十五岁那年起，他便领略了茶屋这儿的好酒。二十五岁是他交厄运的前一年。据说那年，他和年轻的金瓶大黑③制造了一个殉情事件。事后不久，他便继承了父母的糙米批发生意。阿房天性笨拙，又有嗜酒如命的毛病，所以一度沦落。他一会儿想做歌泽谣曲的师傅，一会儿又想做俳谐诗句的点评人，试过三次，无甚收益，便不了了之。幸好一位远亲领他来到这家料理店，他才有了快活的老年生活。依照中洲大将的说法，阿房童心未泯乃因其壮年时代开始脖颈上挂有神田祭夜的护身符，外褂上亦写有"野路村雨"的字样。近来，老人明显衰老，他放弃了曾那般喜爱的歌泽谣曲，连一度形影不离的黄莺也没了踪影。过去每逢唱戏，老人都不会放过。现今没了老段子"成田屋"和"五代目"，老人便也失去了看戏的兴致。今儿破天荒，老人身着黄色的秩父和服，系着茶色的博多腰带，落座于茶屋的末席。看

---

① 太祇，江户中期俳句诗人，号不夜庵。诗风谙于世事，高雅、清新。
② 芭蕉布，冲绳、奄美诸岛的特产布，用作坐垫、蚊帐等。
③ 金瓶大黑，梵妻。僧侣之妻的俗称。

那气度，实在不像是个一生放荡、耽于游艺的老人。中洲大将和小川少爷缠着老人："阿房，唱一段板新道的——什么来着……对了对了，八重次菊。好久没有听到那段唱词了。"老人却摩挲着秃头，将瘦小的身体蜷缩起来说："不唱了。没有心情再唱这个了。"

奇妙的是，老人听过两三段，听到唱词"往事如云烟，黑发撩得心中乱"，听到"金线缀得夜来字，襟前沉眠清十郎"或秀雅文句伴着三弦的琴声回旋时，那锈迹斑驳的沙哑嗓音竟渐渐唤醒了老人的心。老人原先弓着身子倾听的，不知不觉间却直起腰来。六金唱着《浅间之上》，唱到"无论是怨还是恋，晚寝温心永不变"一句时，房老眯缝着眼睛，仿佛在伴随着丝弦的音响微微地晃动肩膀。从一旁看来，老头儿似乎在回味着往日的旧梦。想必在那抑郁的沙哑中，"一中"的歌弦隐含着长歌①、清元②里难以显现的艳泽。无论是老是少，皆可由此感受到人间的酸甜与苦辣。阿房心中无疑也泛起了超越时空的情感波澜。

《浅间之上》终了之后是《花子》的合奏。阿房说了声"先行一步"，起身离去。恰巧此时中场用膳，你一言我一语好一阵喧闹。中洲大将倍感惊异的正是业已年迈的房老。

"嗨！真是怪事哩。这老房都这份上了，像个守街的老梆子。"

"你上次说的就是他吗？"六金问道。

"师傅知道知道。你小子听着。这老头儿对于曲艺是无师自通。会唱'歌泽'，也会唱'一中'，甚至唱过什么'新内'小曲。过去他和师傅一样，也曾在宇治师家学艺。"

"驹形的那位'一中'师傅叫什么来着？——是叫紫蝶吗？和那个女人搞到一起，也是在那段时间吧？"小川少爷也插言道。

---

① 长歌，江户时代作为歌舞伎舞蹈伴奏音乐发展而来的三弦音乐。
② 清元，清元节之略。江户净琉璃之一。创始者为清元延寿太夫。

围绕着老房的话题，大家说了半响。此时柳桥的老伎开唱《道成寺》，客厅这才又寂静了下来。此曲终结，便将轮到小川少爷的《景清》。少爷的屁股在座位上挪了挪，旋即谦恭地站起身来。其实，他是要顺便出来吃个生鸡子儿。他悄悄地来到廊下，中洲大将竟也悄悄地跟了出来。

"小川兄，偷着喝一杯去吧？你唱完就该我的《钵木》了。可不喝酒就是心中没底。"

"我也正想吃个生鸡蛋呢，或是灌上一杯凉酒。跟你一样，不喝酒，心里真是有点儿发虚。"

两人一起解了小手，沿着过廊来到上房。不知何处，听得见有人在窃窃私语。长廊的一边是玻璃拉门。院内的竹柏和高野罗汉松上挂满了积雪，微微地泛出蓝色。从阴暗的屋内望去，隔着暗夜中的大河流水，可清数对岸昏黄的点点灯光。大河的上空闪烁着灯光，仿佛一柄银色的剪刀。一只白鸰孤鸣过后，户外户内一派静寂，连三弦的声音也全然不闻。耳边听到的，唯有埋没柑子树丛中红色果实的积雪声——积雪层层覆盖的声响和积雪滑落八手金盘枝叶的音响。那音响仿佛缝纫针线般的嗫嚅。某人的话音不断消隐在微微的嗫嚅之中。

"小猫饮水轻，看似有音却无声。"小川少爷嘴里喃喃道。他们停下脚步细听时，声音仿佛来自右边的拉门之中，时隐时现，只是听出个大概。

"你这人也真是少见。别那么哭哭啼啼的啦。怎么，真的迷上了纪国屋的混混蛋蛋？——别开玩笑！要你这种老女人干吗？你的麻烦怎样了结呢？唉，问你这些也没用。有你这么个东西，我哪里会有别的女人呢？毕竟咱们相好一场。演习歌泽谣曲那会儿，我唱的便是《已物》。你那时唱的什么呢……"

"像是阿房呀。"

"都这般年纪了还不消停一些。"小川少爷这么说道。他眯缝着眼睛,小心翼翼地往里瞧。在两个人的幻想中,统统飘逸着脂粉的气息。

屋里灯光昏暗,电灯光竟无影像。三尺的平床上部孤零零悬着大德寺画轴,画轴上画的是中国水仙,青翠的嫩芽给人以俭朴之感。白交趾的水盘搁置其下。面对床前熏炉的正是老房。从外面看去,只能看到他的背影。但见那黑色的天鹅绒衣襟下面,披着八丈地方的薄棉睡衣。

打外面看不见女人的身影。只见藏青、白茶色格子图案的熏炉盖被上,铺展着两三册短歌唱本。还有一只颈项上悬着铃铛的小白猫,在一旁拨弄香盒。白猫的身子一动,颈上的小铃便丁丁作响。那铃声轻微得似有似无。老房的秃头离小猫很近,几乎蹭上了柔软的猫毛。他自言自语地重复着那些秀雅的语句,似乎并无任何对象。

"那时你来了。你说讨厌我说了那样的话。说到艺事⋯⋯"

中洲大将和小川少爷面面相觑,寂然无语。随后悄然走过长长的廊下,返回客厅之中。

雪花飘飘,没有停止的迹象⋯⋯

大正三年(1914)四月十四日

青年与死

魏大海译

　　无需任何背景。两个宦官说着话出场。
——这个月真是,又有六个宫妃要分娩。假如给她们称称体重,说不定一下就是数十人呢。
——难道统统不知何人所为?
——全然不知。按说不应该这样呀。后宫那种地方,除了你我这样的,男人进不去呀。可令人惊诧的是,每个月都有宫妃育子。
——是否有什么男人躲在后宫呢?
——我原先也那么想来着。可不管增加了多少守卫,都无法抑止宫妃们分娩。
——去宫妃中探听一下,是否会有结果?
——嗨,真是怪了。没少打听。据说,还真是有男人藏在宫里。可是只闻其声,不见其人。
——哦,真是奇怪呀。
——难以置信。对于那个奇异的隐身男子,我也是知之甚少。不论怎样,总得有个防备良策。你有何高见吗?
——我一时也无良策。反正男人的存在,确凿无疑是吧?
——想来如此。
——那么,能否在宫内撒些细沙呢?那男人总不会从天上飞来吧。只要在地上行走,总会留下足迹的呀。

——嘿!这倒是条妙计。只要他留下了足迹,抓他也就不难。
——不知是否奏效。试试吧。
——我马上去办。(两人离去)

一群宫娥播撒细沙。
——好啦。全都撒过了。
——那边的角落还没有撒到。(撒沙)
——来,过廊里也要撒上一些。(众人离去)

两位青年坐在烛灯之下。
B 到那儿去,已经一年有余啦。
A 时光如梭。一年之前,我已厌倦了唯一存在或至善至美的说法。
B 如今,连"自我"一词的含义亦已忘却。
A 我也是一样。早就告别了优婆尼沙土哲学①。
B 那时,我总对生死问题冥思苦想。
A 是啊。当时我们讨论的,都是自己的所思所想。说到思想,如今我等的言行,不知当作何解。
B 对呀。打那以来,我竟然从未考虑过死的问题。
A 说来,这也未尝不可。
B 那些问题,苦思冥想亦不得其解。执迷不悟岂非蠢瓜?
A 可我们毕竟难逃一死呀。
B 一年两年,还死不了。
A 但愿如此。

---

① 优婆尼沙土哲学,upanisad(梵),古印度婆罗门教哲学,主张宇宙本质与个人本质完全一致。

B　或许我们明日将死。可瞻前顾后，什么好事便都轮不到咱。
A　你这说法不对。整天预想着死亡，这种快乐还有什么意义？
B　我才不管什么意义呢。也没必要整日预想着死亡。
A　可这么活着，不是自欺欺人吗？
B　可也是。
A　你可以不过这样的生活。你不也是为了摆脱欺罔，才像今天这样生活的吗？
B　不管怎么说，我如今可是没心情思索。你说什么也是白搭。还能怎样活？
A　（露出哀怜的表情）听天由命吧。
B　别说这些没味的话了，天又要黑了，收拾收拾出门吧。
A　嗯。
B　去，把那件隐身斗篷给我拿来。（A取过斗篷，交给B。B穿上斗篷，他的身影便消失了。只能耳闻其声）好了，走吧。
A　（穿上斗篷，同样消失了身影。仅闻其声）夜露降临了呀。

　　黑暗。（仅闻其声）

A的声音　好黑呀。
B的声音　你快一点。我都要踩到你斗篷的下摆了。
A的声音　我听见喷泉的声音了哎。
B的声音　嗯。我们已在露台之下了。

　　暗光之中，女人们全部裸体，有坐姿，有站姿，也有睡姿。
　　——怎么今晚还不来呢？
　　——月儿都躲进了云层。
　　——快点儿来吧。
　　——平常到这时候，就可以听见他们的脚步了。

——光听见声音，其实更急人。

——是啊。还得接触肌肤。

——开始还挺吓人的哩。

——我那天惊颤了一个晚上。

——我也是呀。

——他说"别怕"，是吗？

——是啊是啊。

——可我还是害怕。

——生下他的孩子了吗？

——早就生下了。

——喜欢吗？

——孩子挺可爱。

——我也想做一回母亲呢。

——哎呀，烦死了，我可一点儿不想做母亲。

——为什么？

——唉，你说讨厌不讨厌？我喜欢的只是男人的爱抚。

——那也难怪。

A 的声音　今夜华灯初上，你们的肌肤蠕动在青纱之中，真是美妙绝伦。

——啊呀！是你在那儿吗？

——到我这儿来嘛。

——今夜该到我这儿来呀。

A 的声音　你是戴着金手镯的吗？

——是啊。你怎么知道的？

B 的声音　那算什么。你的秀发，发出素馨的清香。

——呜。

A 的声音　你还是在颤抖呀。

——我高兴呀。

——到我这里来嘛。

——怎么还到你那儿去呢?

B 的声音 你的纤手多么柔软呀。

——你永远这样待我，好吗?

——讨厌！今夜为何不来爱我?

——别丢下我。好吗?

——啊！啊！

女人的声音渐渐变为轻微的呻吟，最后便无声无息。

沉默。突然大量的兵士持枪冲了进来。兵士的嘈杂声。

——这里有脚印！

——这里也有！

——看！往那边逃跑啦。

——抓住他！别让他跑了。

骚乱。女人尖叫着四处奔逃。兵士们循着足迹四下搜寻。灯光熄灭。舞台变暗。

A 和 B 身着斗篷出现。相反的方向出现一个男子，戴着黑色的面罩。光线微暗。

A 和 B 请问来者何人?

男　子 你们不会忘记我的声音吧。

A 和 B 你是谁?

男　子 我是死。

A 和 B 你说什么?

男　子 我是死。

A 和 B 死?

男　子 不要大惊小怪。我过去存在，如今存在，将来也存在。说起来，能够称作"存在"者，舍我其谁?

A　那你来此做什么?

男子　我要做的事情,从来只有一件。

B　你就是为此而来吗?啊?是不是为此而来?

A　噢,你是为此而来。我早就等着你呢。我们还是初次见面吧。来吧!索命来吧。

男子　(对B)你也在等着我吗?

B　不,我没有等你。我想活着。求你啦,让我再品尝一些生命的滋味好吗?我还年轻,我的血管里还流动着温暖的血液。求求你,让我再多少领略一些生命的快乐吧。

男子　你也该知道吧,我是从来不听什么哀求的。

B　(绝望的样子)那我是非死不可啦?呜呼!我真的非死不可了吗?

男子　你打记事的那天起,就已经形同死尸了。能够仰望太阳时至今日,全是我的慈悲赏赐。

B　那可不是我一人的过错。所有的人不都是这样的命运吗?一出生即背负着死亡的重负。

男子　我说的可不是这个意思。在此之前,想必你已忘记了我。你根本没有听到我的呼吸。你果真浑然不知吗?你的初衷原本是要打破所有的欺罔,获得快乐。然而,你所获得的快乐不过是另一形式的欺罔。在你将我忘却的日子里,你的灵魂处于饥饿的状态。饥饿的灵魂总在寻找着我。显然你想远离我,相反却将我招到了身边。

B　呜呼哀哉。

男子　我并非在毁灭一切。而是在孕育一切。你忘记了,我是万物之母。忘记了我,也就忘记了生。忘记了生的人,只有毁灭一途。

B　呜呼!(倒地而死)

男子 （笑）愚蠢的家伙。（对 A）没有什么可怕的，到我的跟前来吧。

A 我在等你。我不是一个懦夫，我不害怕。

男子 你不是想看看我的面容吗？天就要亮了，你可以好好地看我。

A 你就是这般模样吗？我没有想到，你的面容竟然这般美丽。

男子 我并非来向你索命的。

A 不，我一直在等你。除了你，我对世事一无所知。我留着这条性命也是白搭。你带我走吧，拯救我于苦难之中。

第三者的声音 不得胡言！好好看着我的面孔。拯救你性命者，乃是你心中有我。然而，我未曾说过你的行为统统正确。你看着我的面孔。你明白你的错误了吗？从今往后，你能否好好地活着，全靠你自己的努力。

A 的声音 在我眼中，您的容颜益发年轻。

第三者的声音 （静寂之中）天已放亮，你随我来，去到那无限的世界。

在黎明的光线之中，蒙着黑色面罩的男子与 A 一同走去。

五六个兵士在拖曳 B 的尸骸。裸体的尸骸遍布伤痕。

——改编自《龙树菩萨俗传》

大正三年（1914）八月十四日

假面丑八怪

魏大海译

吾妻桥旁,许多人凭栏伫立。不时地出现一个警察,对着人群叱责。可一会儿工夫,人群又聚集过来。他们来此,是为了观赏桥下通行的观花船。

观花船在退潮的河面上,由下游逆溯而上,每次只有一两艘。这种小船张着帆布的顶篷,挂着红白相间的横向条纹布帘,船头插着旗子,还有古朴风情浓厚的条状旗幡。船上的看客,似乎都是醉鬼。由挂帘的隙间可以看到船上看客的发式,有吉原式亦有米屋式。他们正在"一啊二啊"地划拳,也有的歪着脖子痛苦地哼唱着什么小曲儿。那情形在桥上看客的眼中,真的是非常滑稽。此种观花船配备有伴奏的乐队。通过桥下时,桥上发出了哄笑声。甚至听到有人喊道:"傻瓜!"

从桥上望去,河面反射着太阳的光线,就像一块白亮的马口铁。河面时而飘过一团蒸汽,令河面更加炫目,仿佛在波纹上横添了一层镀色。在这样平和的水面上,伴随着欢畅的鼓声、笛声、三弦声,各类音响像虱咬一般令人刺痒。土堤的两侧,雾霭般的白色层层叠叠,绵延而去,那便是正值盛期的樱花。在观者云集的栈桥边,停泊着许多和式舢板与小艇。举目望去,大学的船库恰巧遮挡了阳光,好多船体黑黢黢地蠕动着。

又有一艘小船从桥洞下划出。显然也是观花的驿船,与先前通过的几艘小船别无二致。红白相间的帐幔旁,立着红白相间的旗幡，包裹了船头的纯色布巾将樱花染成了红色。船头的两三人交替摇动着船橹和力撑竹篙，可是船速仍旧缓慢。帐幔之下坐着的观客，少说也有五十人。船过桥洞前，船上的两柄三弦演奏着《梅春》之类的曲目。一曲终了，突然一个爷们儿在人群中跳起怪异的舞蹈。桥上的观客们哄然笑起来，人声鼎沸。听得受挤的孩子哇哇哭闹，也听见一个女人用尖利的嗓音喊道："瞧啊！有个人在跳舞呢！"船上，一个尖嘴猴腮的矮个男人，伴着音乐入迷地舞动。

丑八怪脱去了秩父丝绸的外褂，身上仅着一件友禅丝染，配着斑驳花纹的长袖，艳美的内衫时隐时现。但见其黑八丈式衣领皱巴地外敞着，紫色的博多锦带松垮垮耷拉在身后，活脱脱一个醉鬼。他的舞蹈全无章法，只是像雅乐堂上的傻瓜一样摆弄姿势，重复着单调的手形。反正汉子的舞姿，不断地显现出醉鬼的憨态。他时而失去了重心，仿佛要跌落下船舷。手足的舞动有助他恢复平衡。

汉子的舞姿越发怪异。桥上一阵骚动，发出噢噢的呼喊。人们说笑着评头论足。"看那舞姿，还真有两下子。""这小子哪儿来的？得意忘形了。""不过挺有趣的。瞧，跌跌撞撞的样子。""其实不戴假面跳舞更好。"……交谈的内容大致如此。

此时，或许是先前的酒劲儿顶了上来，丑八怪的舞步变得益发怪异。观花客们包裹着手巾的头颅，频频地探出船体之外，仿佛不规则的 Metronome（机械运动）。船尾的老大感觉担心，两度大声地警示观客，可人们并不理会。

一艘江轮通过河面，劈出的波浪斜刺里滑过河面，剧烈地晃动着驿船的船底。只见丑八怪那渺小的躯体，被波浪冲击后踉跄地向前扑了三步，好容易稳住了脚跟，又像骤然停止了旋转的陀螺一般，在空中画了个大大的圆圈，仰八叉地呱唧一声摔在了驿船之中。两条穿着日式针织细筒裤的干腿，高高地抛向空中。

桥上的看客见状，又哄然大笑起来。

刹那之间，船上的三弦琴杆亦被折断了。由帐幕的间隙中望去，兴致勃勃的人们一会儿站起一会儿坐下，醉醺醺地喧闹不已。之前的滑稽伴奏，此时无有声息地戛然而止。只听见人们哇啦哇啦的喧闹声。这种嘈杂的喧闹令人难以想象。片刻之后，一个赤脸男子从帐内探出头来，惊惶失措地挥动着双手，慌慌张张地对船老大述说着什么。不知何故，驿船倏忽间打满了左舵，船头向着樱花反向的山宿河岸驶去。

约莫过了十分钟光景，桥上的观客们才听到舞者骤逝的消息。更加详细的情况，刊载在翌日的综合新闻栏目中。舞者名叫山村平吉，骤亡的病因是脑溢血。

山村平吉自父亲那辈起，就在日本桥的若松町开画具店。他现年四十五岁，留下了一个满脸雀斑的干瘦婆娘和一个正在军队服役的儿子。日子过得虽然说不上富裕，但比起常人还算过得去。家里还有三四个雇工。据说，在日清战争（中日甲午战争）前后，他家囤积过大量的秋田绿颜料。而此前，不过是一间老铺罢了，并无特别叫得响的品牌。

平吉是个圆脸男人，头顶微秃，眼角挤满小皱纹，莫名其妙地给人一种滑稽的感觉。他对所有的人都谦恭有礼。说到嗜好，也就是喜欢喝酒。酒过之后，并没有过分的失态，只是醉酒之后有个毛病，总要癫狂般地手舞足蹈。按照山村本人的说法，以前在浜町丰田的女主人学习神社巫女舞蹈时，自己也曾跟着练习。他说，当时不论在新桥还是在芳町，祭神乐舞都曾十分流行。当然他的舞蹈并不像他自吹自擂的那般神奇。说得不好是没章法，说得好倒也并不令人讨厌，居然还会跳什么喜撰①乐舞。其实这家伙心里特别明戏，不喝酒的当口儿他从来不提祭神乐舞之类字眼儿。有人对他说："山村君，给咱跳一段吧。"他马上支吾打岔，借故溜走。但他只要稍稍沾上点儿酒，即刻便将手巾扎在头上，嘴里哼着短笛和大鼓的调子，绷紧腰板，晃动肩胛，跳起他那假面丑八怪的舞蹈。而且一跳起来，就会得意忘形，哪怕一旁并无三弦的伴奏或歌者的伴唱。

嗜酒的恶果则是几度中风跌倒，甚至一度昏迷。一次是在町内的澡堂子里，平吉正用清水浇洗着身子，却噗地跌倒在搓背的水泥台上。当时只是在他的腰部拍打，约莫十分钟才苏醒了过来。第二次则是倒在家里的库房中。连医生都叫来了，这样那样地忙活了半个钟点光景，总算救了过来。每次出事，医生都再三地嘱咐要禁酒。但在医生的面前决心挺大，掉过头便当作耳旁风。每次都是"就喝一盅"，可喝着喝着就没了谱。过不了半个月，不知不觉间又恢复到原先的酒量。说起来，他还感觉若无其事："啊呀，要是不喝酒，我这身子反而感觉不舒服。"

其实平吉的饮酒，并不像他自己解释的仅为一种生理的需要。从心理方面讲，他同样离不开酒。因为喝了酒，他便感觉增添了一股豪气，在任何人面前都不再唯唯诺诺，想跳舞时便跳舞，想睡觉时便睡觉，谁也管不着。对平吉来说，这是十分重要的一种感觉。可为何这般重要呢？他自己也搞不懂。

平吉只是感觉到，自己一醉酒，就全然变成了另一个人。当然傻跳傻舞地酒醒之后，熟人碰见时会说："哎，昨晚跳得真棒啊！"此时的他顿时变得十分腼腆："醉醺醺的不成体统。我也记不得昨

---

① 喜撰，歌舞伎的舞蹈之一。

晚干了些什么。今天早晨睁开眼，好像在梦中似的。"这瞎话编的，真是不高明。实际上现在，跳舞也好睡觉也好，他心里都跟明镜似的。不过记忆中的自己和此时此刻的自己，简直是判若两人。若问到哪个平吉是真正的平吉，他自己亦全然不晓。醉酒自然是一时性的，多数时间应当是清醒的呀。那么是否不醉的平吉才是本真的平吉呢？奇怪的是，要想让他说出这个答案，简直是难上加难。因为平吉令人感觉十分反常的时间多数都是在他醉酒之后。瞎跳乱舞算不得什么，他还糟践鲜花，挑逗女人。简直无法用文字来表达。他本人也认为，那不是自己正常时的所作所为。

据说有个双头神仙叫做 Janus①，无人知晓他真正的头颅是哪颗。平吉似乎与之相像。

就是说，凡常时的平吉和醉酒时的平吉迥然不同。也许在平常，像平吉那么会撒谎的人寥寥无几。平吉自己也常常这么认为。当然这绝不等于说，平吉的撒谎有什么得失的算计。他在撒谎，但他几乎从未意识到自己在撒谎。谎话出了口，自然也会意识到不好。但在当时的现场，他却全然没有时间预想到结果。

平吉不明白，自己为何好端端的非要扯谎。其实他并不想说谎。但是当他与人谈话时，谎言却自然而然地脱口而出。这种状况，并未给他带来什么痛苦。他自己也并不觉得自己干了什么坏事。每天，平吉还是在若无其事地说谎。

平吉说过，十一岁那年曾在南传马町的纸店里做工。店里的老爷执迷于大法华经。每天的一日三餐，他都要在饭前唱颂七字"南无妙法莲华经"。然而就在平吉来到店里的两个月之后，店里的老板娘却因一时的偶然冲动，穿着平素的衣服偕同店里的年轻伙

---

① Janus，意大利人的古代门神，有前后两个头颅。

计逃往他乡。纸店的老爷信奉法华经，原本是为了一家的安稳，然而他的信念却没有发生任何效用。据说当时的家里真是炸了窝。老爷忙不迭地让门徒们更换信仰，或将帝释天佛的佛座放入河中，或将七面鸟的神像放在炉灶里焚烧。

　　二十岁之前，平吉一直在这里帮佣。他时常将店里的账务置于脑后，独自溜出去玩耍。此间，他也曾有过令他颓丧的回忆。一个相好的女人拉他一同去殉情，结果他找了个借口溜之大吉。听说过了大约三天之后，那女人又跟一个装饰店的匠人殉情而死。说是因为相好的男人看上了旁的女人，气不过非要拉个替死的一块儿寻死不可。

　　到了二十岁，父亲过世了，他便跟纸店的老板告了假，返回了家乡。半个月光景后的某一天，打老爷时代沿用至今的掌柜想请少爷帮忙写一封信。这掌柜五十有余，耿直本分，当时右手的手指受了伤，连笔都无法握住。他要写的只有一句："万事如意，近期前往。"收信人是位女性。有人打趣说："干吗躲躲藏藏的呀？"掌柜回答："这是老朽的姐姐。"过了三天，掌柜便将顾客打发到附近的店铺，离家出走了。打那之后竟杳无音信。查账的时候才发现，账面上出现巨大的亏空。信件自然发给他那相好的女人。而接手此等苦差的只有平吉这样的傻瓜……

　　这些统统都是谎言。平吉的一生（众所周知）除去了这些谎言，想必便空空如也。

　　今日，平吉在町内的赏花船中，跟伴奏的哥们儿借来丑陋的假面，登上船舷，像往日一样卖劲地舞蹈起来。接着便像前面写到的那样，舞蹈之中跌入船内猝死。船上的人们都吓坏了。而受到最大惊吓的是一位清元净琉璃的师傅，平吉的躯体竟然坠落在他的头顶上，接着又从他的头顶滚落到摆放紫菜卷和煮鸡蛋的两人之间的红毛毡上。町里的一个长者以为平吉又在胡闹，发自内心地忠告说："不要胡来。真要摔伤了怎么办呢？"而平吉却一动不动。

此时，长者身旁的理发匠老爹感觉有些不对劲儿。他用手拍拍平吉的肩膀，呼唤道："嗳！你醒醒……醒醒呀！……怎么啦？"可是平吉却没有任何反应。握握他的手指，冰凉。老爹和长者合力抱起平吉，人们脸上露出不安的表情，纷纷围拢到平吉的身旁。"嗳！你怎么啦？……你……醒醒呀……"理发匠老爹的呼唤变成了尖利的叫喊。

假面之下，一个微弱的声音传到老爹的耳中。那声音微弱得像呼吸。"假面……把假面……拿下来。"长者和老爹颤抖着双手取下了头巾和假面。

然而假面下面的平吉的面容，已经和往日截然不同。小个儿的鼻子塌陷着，嘴唇失去了血色，苍白的脸上流着油汗。一眼看去，谁还能想到这就是那个说话风趣、充满滑稽魅力的平吉呢？永远不变的只是那具丑陋的假面。尖嘴猴腮的假面横置在人们之间的红毛毡上，用一副懵懂的神态仰视着平吉的面容。

大正三年（1914）十二月

仙　人

魏大海译

上

　　故事的年代不详。说是中国北部城市间走街串巷的一个街头艺人，名叫李小二。他的营生是"老鼠演戏"，因而所有家当只是一个装着老鼠的口袋、一只装有戏装和面具的箱子，外带一个临时性的小舞台。

　　遇上好天气，他便来到十字路口人来人往的地方，肩上扛着他的那架小舞台，然后敲起鼓点，唱起戏来。城里的人们爱看热闹，大人、孩子们听见音响，便纷纷聚近前来。不一会儿，观者便围起了一堵人墙。李小二从口袋里取出一只老鼠，给它穿上戏装，戴上面具，然后令其由舞台的暗道里登场。老鼠戏角儿似乎早就习以为常，它急匆匆地走上舞台，将那丝绢一般闪光的尾巴煞有介事地晃了晃，然后小心翼翼地仅用两只后足站立起来。印花布装下露出的两只前足，翻出的脚掌微微泛红。……这只老鼠出演的，不过是之后老鼠杂剧中的所谓"楔子"。

　　观客里的孩子们可高兴了，一开场便拼命地鼓掌。大人的脸上却没有表情。这种破戏有什么看头？有人冷冷地叼着大烟袋，有人则一根一根地揪扯鼻毛，反正多以轻蔑的表情，凝视着舞台上来去周旋的老鼠角色。伴奏的戏曲时而变换，各式鼠角儿纷纷由暗道登场。有穿着锦缎碎片衣装的正旦，也有戴着黑色假面的净角儿。它们一面翻转腾跃，一面伴着李小二的唱词与道白，做出各式各样的动作。此时，观者的兴头儿总算提了起来，周围人群中有人发出"好！好！"的叫喊声。还有人喊道："大声唱！"李小二这才化了装，敲着急促的鼓点，指挥所有的鼠角儿登场。"沈黑江明妃青冢恨，耐幽梦孤雁汉宫秋"的破题唱词一出口，舞台前面的那只破盆中，眼见着便堆满了铜钱……

然而靠这种营生糊口绝非易事。遇上十个八个阴雨天，就得饿肚子。夏天的麦熟时节之后，时常进入降雨期。那些小戏装和面具，不定何时便会霉点斑斑。冬天时而刮风时而下雪，生意也会经常泡汤。这些倒霉的时候，小二也想不出什么办法，只好窝在阴暗的客栈角落里，守着那帮老鼠排遣郁闷。这种不安定的流浪生活，他早已过得不耐烦。小二共有五个鼠角儿。他将自己家人的名字，分别安在了五个鼠角儿身上。其中有父亲、母亲、妻子和两个不知去向的儿子。这些小鼠角儿有时一只只爬出口袋，在没有炉火的房间中战战兢兢地走动，或由小二的足尖爬上膝盖，做着危险的杂技动作，且用小玻璃球似的黑眼睛盯望着主人的脸。此时此刻，即便是饱经风霜的李小二，也免不了热泪横流。但更多的时间，他无暇顾及那些可怜的鼠角儿。他要惦记着明日的生活，也会常常为了排抑心事，产生莫名其妙的怨恨与烦躁。

年龄日增，身体也是每况愈下，哪儿还有力量去做其他生意呢？就连曲调较长的戏词，他都唱得上气接不了下气，嗓音也不如过去那般清亮。这种状态下，谁能担保不出问题呢？……这种不安仿佛中国北部的冬天，在凄惨的艺人心中遮断了仅有的阳光和空气，也将最终仅有的一线希望残忍地掐断了。他只希望像普通人一样地活着。活着为何这么苦？这么苦为何还要活着？当然李小二从来没有考虑过这样的问题。但他仍旧感觉这种苦难是不公平的。在他的无意识中，他憎恨那种苦难的根源……实际上他并不知道根源在何处。也许，李小二那种漠然的、反抗一切的情绪，正是他无意识中的憎恨之源。

尽管如此，李小二仍像所有的东方人一样，不愿在命运的面前屈服。一个风雪之日，小二在客栈的居室中饥肠辘辘。他对五只老鼠说道："忍着吧。我也是腹中空空。多么寒冷的天气。反正要想活着，就得受苦。没什么奇怪的。其实，我们人类比你们鼠类，苦难更加深重呀……"

中

雪日的天空阴沉沉的。不知不觉间，变成了夹杂着雪花的寒雨。一个酷寒的冬日下午，狭窄的小路上泥泞没胫。李小二走在卖艺的归途。他肩上挎着装有老鼠的口袋，可怜的是忘记了带伞，浑身上下淋了个透湿。这里已经没有道路，处于城市的边缘。路边，突然出现了一座小小的破庙。这时候，雨雪下得更大了。小二抱紧肩膀往前走，鼻尖上滴着水珠，雨水顺着衣领往里流。小二走投无路。恰巧此时出现了小庙，他便慌不迭地跑到了屋檐下。他擦了擦脸上的雨水，挤了挤湿透的袖口，总算松了一口气。他抬头望了一眼庙上的匾额，但见写有"山神庙"三字。

他走上入口处的几个石阶，山门虚掩，看得见庙内的景象。里面不像他所想象的那般宽敞。正面的一尊金甲山神，尘封于蛛网之中漠然地等候夜黑。山神右边是一判官。不知是何人作孽，判官没了头。左边是一小鬼，绿面朱发，面相狰狞，小鬼则没了鼻子。在神像前面布满灰尘的供案上，堆放着许多纸钱。昏暗的光线中原本难以分辨。小二根据那微微的闪亮，料想有金纸还有银纸。

小二看到的只有这些。随后他的视线由庙内转到了庙外。适逢此时的刹那之间，纸钱的堆积中出现了一个人形。实际上，那个人原本就蹲在纸钱之中，只是小二的眼睛刚刚适应了昏暗的光线，那人才突然现形罢了。小二就觉得，那人是突然由纸钱堆里钻出来的。小二感觉毛骨悚然。他战战兢兢地以一种似看非看的表情，无言地窥视着那个人。

那是一个丑陋的老人，身着肮脏的道袍，头发乱得像鸟巢。（哈哈，李小二心想，原来是个叫花子道士呀！）道士的双手抱住自己瘦削的膝盖，并将生着长须的下颌抵在膝盖上。他睁着双眼，却不知看着何方。他的道袍也是湿唧唧的，显然也被雨雪淋过。

李小二见到那个老人，只觉得应当凑近前去与之搭话。理由有两个，一是看见老人淋得像个落汤鸡，同情之心油然而生；二则出于人情世故，不知何时养成了主动问候的习惯。也许，这里或多或少还有一个原因，即要努力忘却当初令人生惧的那般心情。于是李小二近前搭话说：

"这天气真是恼人咧。"

"是啊。"老人自膝盖上抬起下颌，总算仰脸望了望小二。他夸张地扇动了几下鸟喙一般弯曲的鹰钩鼻，紧蹙着双眉望着李小二。

"像我这样的生意人，遇上下雨天，真是哭都来不及。"

"哦，你做的什么生意？"

"耍鼠戏的。"

"这活儿不大听说呀。"

两人就这样一问一答地聊了片刻。说话间，老人亦由纸钱堆中站起身，和小二一起坐在了庙门附近的石阶上。此时，他的容颜清晰可辨，给人的感官冲击却更加强烈。他简直是形同枯槁。而即便如此，小二仍旧感觉遇见了谈话的知己。他将口袋、道具箱等往石阶上一撂，就像与同辈人一样，聊起了种种话题。

道士寡言少语，半天也没一句应答。每次都"是吗"、"是啊"的简略短句。没了牙齿的嘴巴呱唧呱唧地蠕动，仿佛在咀嚼着空气。只见他牙根近旁，脏兮兮的黄胡子随着咀嚼上下活动，那模样简直丑陋不堪。

李小二觉得，和这个老道士相比，自己无论从哪个方面讲，都是生活优越者。当然，这样一种感觉也会令他愉快。与此同时，李小二又莫名其妙地感觉到，自己这种优越感中也带着对于老人的内心歉疚。歉疚的心情令李小二有意将话题转移到自己的生活苦难上，且将那般生活的苦难故意地加以夸大。

"真的，我的生活苦不堪言，经常都是一日三餐没有着落。最近我常常苦苦思量，真的是我在靠老鼠戏班子混饭吃吗？还是老鼠戏子们在支配着我，靠我来谋生呢？实际上是它们在靠我呀。"

李小二心中怅然，连这样的话都说了出来。然而道士的表情却毫无变化，仍旧是默然无语。小二此时的神经已大大地松弛下来。（师傅，你是否感觉我说的事情恍若隔世？我是否多嘴多舌啦？也许不该说这些……）小二在心中这样子责怪自己。他偷偷地用余光瞟了一眼老人，只见道士的脸庞朝着小二相反的方向，盯视着庙外的雨中枯柳，且用一只干手不断地梳理着自己的长发。他的面容无法看见，但那副姿态似乎表明，他早已看透了小二的心思而不屑于搭理。想到这儿，小二感觉到些许不快。当然更多的是对于自己的不满。自己竟然无法充分地表达自己的同情之心。接下的话题转到年内秋季的那场蝗灾。他是想由本地遭受的惨重灾害，说到所有农家的贫穷与困苦，进而证明老人的穷苦状况并非个案。

话才说了一半，老道士转过头来看着李小二。他那皱纹叠合的脸部肌肉给人以紧张之感，仿佛在抑制着自己的荒诞感觉。

"你说这些，是在同情我吧？"老人说完，到底憋不住，哈哈地放声大笑起来。那笑声尖利、嘶哑，像乌鸦的叫声。"我哪里是缺钱花的人哪？你要是需要，你的生活费用我可以给你呀。"

小二的话说至半道儿，只是茫然地望着道士的面容。"这家伙是精神病"？小二哑口无言地怔了片刻，心中总算得出了这么一个结论。然而这个结论很快就被老道士之后的话语摧毁了。

"你要多少？千镒①？两千镒？我现在就可以给你。其实呀，老朽并非凡人。"老人简略说到自己的经历。他说自己原是某地城镇的屠夫，偶遇吕祖，转而修道。说完道士静静地站起身来，走进庙中。他一只手召唤着小二，另一只手将地上的纸钱拢归一处。

李小二此时仿佛失却了五感，木然地跟随着走进庙中。地上全是老鼠的粪便与灰尘，小二双手着地匍匐着，抬起头仰视着老道的面容。

道士痛苦地伸展着弯曲的腰肢，用双手将拢在一处的纸钱，从地面上捧了起来。然后用两只手掌搓揉着，迅疾地撒在脚下。只听得丁丁当当一阵响，瞬间压住了庙外的寒雨声。撒下的纸钱在离开双手的瞬间变成了无数的金钱和银钱……

李小二在这钱雨之中，一动不动地趴在地上，始终木然地仰望着老道的脸庞。

下

李小二意外成就陶朱之富②。时常有人怀疑仙人的存在，每逢此时，小二便将当时老人写下的四句箴语展示出来。记得在很久以前的哪本书中见过这几句话。遗憾的是作者忘记了原本的说法，只有将中文大致的意思翻译成日文，并将它作为这个故事的结尾。据

---

① 镒，秦始皇时期的通用货币，有说法 20 两或 24 两为一镒。
② 陶朱之富，指累积财富可比陶朱公。陶朱乃历史上弃政从商的陶朱公范蠡。

说这也是李小二探寻的一个答案——仙人为何扮作乞丐。

"人生有苦当求乐,人间有死方知生。脱得死苦太平淡,凡人面之胜仙人。"

或许,仙人乃是留恋人间的生活,才特意四下漫游,自寻苦难。

大正四年(1915)七月二十三日

罗 生 门①

魏大海译

某日黄昏，一个仆人在罗生门下避雨。

宽阔的罗生门下，仆人孤零零地伫立着。粗大的门柱朱漆斑驳，柱上趴着一只蟋蟀。罗生门位于朱雀大道。路上三三两两尚有几人。有的头戴遮雨的仕女斗笠，有的顶着揉乌布帽②。可罗生门下唯有仆人。

两三年来，京都的灾害连续不断，地震、狂风、大火、饥馑，此起彼伏，搞得京都城里异常凋敝萧条。据说许多佛像、佛具已被砸碎，涂着朱漆或镶有金箔银箔的木料堆积路旁当作柴火卖。京都城里都是这副模样，罗生门的修缮当然不会有人顾及了。罗生门的荒敝倒是便宜了狐狸，它们开始做窝于此。盗匪也会不时地来此落脚。末了人们还养成了一个习惯，但凡遇见无人认领的死尸，便会弃置在罗生门下。现如今太阳下山之后，给人阴森可怖的感觉，便不会有人到罗生门一带行走。

相反大群的乌鸦不知由何处汇聚于此。昼间，无数的乌鸦在空中盘旋，围绕着罗生门的鱼尾檐饰飞翔，嘴里呱嘎叫个不停。而在罗生门天空映红的晚霞中，一只只乌鸦显现得明晰可辨，仿佛天幕上撒下的一把芝麻。当然，乌鸦是来啄食门上死人肉的……今日天

---

① 罗生门，由日本平安京、平城京时代"罗城门"演化而来的称谓。
② 揉乌布帽，一种软布帽，始自镰仓时代，多戴于军阵将士头盔下。

色已晚，看不见一只乌鸦踪迹，只在那崩塌的间隙里长满青草的石阶上，白点斑驳地粘着许多乌鸦的粪便。石阶共有七层。仆人将褪色的藏青色袄襟垫于身下，坐在最高一层的石阶上。他带着木然的表情盯着下雨的景象，且轻轻用手摩挲着右侧脸庞上生出的酒疱。

作者写道"仆人在等雨停"，而此刻即便雨停下来，仆人仍旧无事可做。若是平常，他自该回到主人家中。可是现在，四五天前已被主人扫地出门。如前所述，当时的京都城里凋敝不堪，眼前这仆人被侍奉多年的主人辞退，也是京城凋敝的小小余波。所以，与其说"仆人在等雨停"，不如说"困顿雨中的仆人无处投身，穷途末路"。且今日的天空景象，也大大影响了这平安朝仆人的 Sentimentalism（心情）。起于申时的降雨仍无停息迹象。仆人此时感到烦心的，乃是明日的生计。就是说，在这种走投无路的境况下，总得想个办法才是呀。仆人不着边际地胡思乱想，神情恍惚地倾听着朱雀大道没完没了的降雨声。

大雨笼罩着罗生门。雨声哗哗地由远及近，令人心烦。晚霞渐渐压低了天空。仰脸望去，罗生门斜刺里探出的屋檐支撑着沉重、黯淡的阴云。

穷途末路中只想着摆脱困厄，哪还顾得上选择手段？挑三拣四，就只有等待饿死在墙边或路旁，或被抬到罗生门上像野狗一样被人丢弃。仆人的思绪在相同的路径中徘徊，最终撞入了逼仄的窄巷。"假定"，永远是"假定"。仆人似已肯定了所谓的不择手段。但要确认"假定"的方向，他还缺乏勇气。自己将于"无奈之中沦为盗匪"？他不敢做出积极的肯定。

仆人打了个大大的喷嚏，而后无精打采地站起身。晚间寒冷的京都，已经是围聚火盆的季节。薄暮之中，寒风在罗生门的门柱间无情地穿行。栖息于红漆门柱上的蟋蟀，此时已不知去向。

仆人的藏青色外套里，是一件棣棠花面料的汗衫。他紧缩脖颈，高耸双肩环顾着罗生门四周。他多想找一个避风雨、没人烟的地方，舒舒服服地睡上一晚。倘可如愿，他要一觉睡到天亮。说来也巧，他突然看见了登上罗生门楼的梯子。梯子很宽敞，上面也涂有红漆。仆人心想，上面即便有人，也都净是些死人。他紧握鞘内的圣柄战刀，穿着草鞋的双脚迈向了楼下的第一个阶梯。

须臾，在通向罗生门楼上的宽阔楼梯中段，一个男人猫也似的蜷身屏息，窥伺着楼上的状况。楼上泄露的火光，令男子右侧的脸庞微微濡湿。短硬颔须的脸庞上，泛现出面疱红色的脓肿。仆人方才有些掉以轻心，他以为楼上只有死人，而登上了几个阶梯才发觉，楼上有人点着灯火。火光不住地四下晃动。昏黄、浊暗的烛光闪烁着，照亮了蛛网密布的天井角落。无可置疑，在这样一个风雨之夜，来罗生门城楼点燃烛光者定非等闲之辈。

他像壁虎似的蹑手蹑脚，总算爬上了陡峭楼梯的最高一层。他竭力猫低腰，抻长脖子，战战兢兢地窥望楼内。

果不其然，正像外面传说的，楼上乱七八糟地抛弃着许多尸骸。火光照见的地方异常狭小，看不清到底有多少尸体。朦胧之中可以断定的，只是有的裸体，有的着衣。当然有男也有女。仆人疑惑地观望着，甚至不能判定这些尸骸曾经有过生命。尸骸横七竖八地丢在地板上，就像一堆泥土捏成的玩偶，有的张大了嘴巴，有的高举起双手。朦胧的火光照耀在肩膀、胸脯等高耸部位，低平部位则益发暗郁，像哑人一样持续在恒久的静寂中。

尸骸散发出腐烂的恶臭，仆人不由得捂起鼻子。可刹那之间，他又忘却了掩捂鼻子。一种异常强烈的情感，仿佛完全剥夺了仆人的嗅觉。

突然，仆人看见尸骸中蹲着一个人，一个白发老妪，瘦骨嶙峋，身材矮小，身着丝柏皮色衣物，像是一只猴子。老妪手持燃火松枝，直勾勾地注视着一具死尸的脸庞。那死尸头发很长，像是一具女尸。

仆人揣着六分恐怖四分好奇,一时间忘却了呼吸。借用一位旧事记者的形容,那感觉真是"毛骨悚然"。老妪将松枝插在地板缝隙间,双手捧起眼前的尸骸脖颈,像母猴在为小猴捉虱子,一根一根地顺势揪拽长发。

看着老妪揪拔头发的模样,仆人心中的恐惧竟也渐渐地消失了。与此同时,仆人心中一点点积累起对于老妪的强烈憎恶。——不对,说是憎恶老妪或为一种语病。毋宁说,那是与时俱增的、对于所有邪恶的强烈反感。仆人伫立门下时苦思冥想的,是或饿死或为盗的二者择一。然而此时再要提及那般选择,仆人将毫无迟疑地选择饿死。仆人憎恨邪恶的心情,就像老妪插在地板上的松枝熊熊地燃烧起来。

仆人并不知晓老妪为何要揪拔死尸头发,自然也无法合理地辨其善恶。仆人只是觉得,在这风雨之夜的罗生门上揪拔女人头发,肯定是无法容忍的一种邪恶。仆人早已忘记自己也曾打算去做强盗呢。

突然间,仆人的两腿一使劲儿,便由楼梯跃上了顶层。他手握圣柄大刀,大步走到老妪身旁。老妪自是大吃一惊。

看见仆人,老妪仿佛惊弓之鸟跳将起来。

"老东西!哪里跑?"

老妪惊慌失措中被死骸绊了一下,爬起身又要逃。仆人挡住老妪去路。老妪推开仆人,试图脱身。仆人再次挡住通路,将老妪推回原处。两人在尸骸中一言不发地扭打了片刻,胜负了然。仆人一把抓住老妪的手腕,粗鲁地将她扭倒在地。那手腕细得皮包骨头,像一根鸡爪。

"你在干什么?说!再不老实,当心这……"

仆人松开老妪,噌地退去了刀鞘,将白色的钢刃逼放至老妪眼前。老妪一言不发，双手哆嗦，浑身战栗，且耸动肩膀喘着粗气。她瞪大了两眼，像个哑巴似的拒不回答，两只眼睛的眼球像要掉出眼眶。眼前的这般状况，令仆人明确意识到自己的意志完全支配着老妪的生死。这种意识使此前凶暴燃烧的憎恶无形间冷却下来，余下的只有圆满完成一项工作后的坦然、得意和满足。仆人俯视脚下的老妪，语调稍微变得柔和了些。

"我不是衙门差役，过路，正好路过罗生门。你放心，我不会用绳子把你捆到官府里去。但你必须告诉我，你在罗生门上干的是什么营生。"

听了这话，老妪圆睁的双眼瞪得更大了。她直勾勾地瞅着仆人的脸庞，眼眶是红色的，尖利的目光像只食肉恶鸟般逼人心魄。她的脸上满是皱褶，和鼻子几乎连为一体的嘴唇咀嚼似的蠕动着，细长脖颈下的尖耸喉结也在运动。老妪喉咙里喘出粗气，昏鸦嘶鸣似的声音传到了仆人耳中。

"我揪这头发，揪这头发，是用作假发。"

仆人没有想到老妪的回答如此平常，不由得感觉失望。在感觉失望的同时，先前的憎恶连同冰冷的轻蔑，重又兜上了仆人心头。仆人的脸色变了。老妪也看在眼里。她一只手仍旧握着死尸头上揪下的头发，嘴里像蟾蜍一样咕哝着。

"当然啦，揪死人头发也许是作恶。但是揪罗生门上的死人头发，有何相干呢？就像刚才被我揪下头发的女人，什么坏事儿没干过哪？她将死蛇切成四寸一段，晒干后说是干鱼，竟卖到了武士阵前。要不是得了瘟疫送命，她如今还在干那营生。都说女人卖的干鱼味道鲜美，武士们喜欢。其实我并不以为那女人做的营生有什么不好。那也是没有办法呀，总比饿死了好吧。我也不觉得自己做了什么坏事。不这样，我也就只有等着饿死啦。我想那个女人心知肚明，我这样做全是出于无奈，所以她会原谅我的。"

老妪嘟嘟囔囔说了这些话。

仆人将大刀插入鞘中，左手按着刀柄，冷冷地倾听老妪述说。当然他的右手挡在赤红的面颊上，不想让人看见鼓起脓疮的大面疱。听着听着，仆人的心中鼓起了勇气。方才于罗生门下，仆人缺少的正是此般勇气。这勇气比之方才爬上顶楼捕捉老妪的勇气却是截然相反。仆人已不再为饿死、为盗的两难选择而烦恼，在他此时的心情或意识中，饿死的选择又完全剔除在外了。

"别无选择了吗？"

老妪说完之后，仆人带着嘲弄的口吻问道。他往前走了一步，右手突然离开了面疱，一把揪住老妪的衣襟，凶狠地说道：

"那我要剥去你的衣服，你不会怪我吧？要不这样，我也会饿死的呀！"

仆人三下两下揪下了老妪的衣物，将踉跄的老妪一脚踢进了死骸堆中，然后三步五步跨到楼梯口，将丝柏皮色的衣衫夹在腋下，跃入陡梯下的夜幕之中。

过了一会儿，仿佛死人的赤裸老妪从死骸堆中爬起身来，口中发出呻吟般的嘟哝。火光仍未熄灭。老妪在火光中爬至楼梯口。她的白色短发倒悬梯旁，窥测着罗生门下一片黑洞洞的夜幕。

仆人的去向无人知晓。

大正四年（1915）九月

鼻　子

郑民钦译

说起禅智内供①的鼻子，池尾一带无人不晓。它足有五六寸长，从嘴唇上方一直垂到下巴。那形状，上下一般粗，酷似一根细长的香肠从脸庞的正中间耷拉下来。

内供已经年过半百。从当小和尚开始，一直到升任内道场供奉的今天，这个鼻子始终是一块心病。当然，表面上还要装出一副若无其事的样子。这倒不仅仅因为觉得自己应该是一个一心向往来世净土的僧侣，不能把鼻子的事情放在心上，其实是不愿意别人知道自己一天到晚对鼻子耿耿于怀。平时谈话，他最怕提"鼻子"二字。

内供讨厌鼻子有两个原因：一个是鼻子长的确不方便。首先，没法一个人吃饭。一个人吃饭，鼻尖就会杵到饭碗的米饭里。于是，内供吃饭的时候，就让一个徒弟坐在矮餐桌对面，用一块大约一尺长七寸宽的木板把自己的鼻子托着掀起来。但这么个吃法，无论对徒弟还是对内供，都绝非轻而易举之事。有一次，中童子②替那个徒弟来托木板，不料打了个喷嚏，拿着木板的手一抖，内供的鼻子便掉进粥里。这件事还传到了京都。不过，这还不是内供为鼻子苦恼的主要原因，他真正痛苦的是鼻子使自己的自尊心受到了

---

① 禅智，民部少辅行光之子。内供，即内供奉僧。广义指被选拔侍奉宫中内道场，担任法会、讲经等职责的十个高僧。
② 中童子，在寺院打杂的十二三岁的儿童。

伤害。

　　池尾町的人都说禅智内供幸亏离俗出家。长了这么一个大鼻子，有哪个女人肯嫁给他啊。甚至有人妄加推测，说内供就是因为这个鼻子才出家的。但内供并不觉得自己当了和尚，就减少了几许鼻子带来的烦恼。内供的自尊心取决于最后那个结果——能否娶上妻子。他显得格外敏感。为此，他打算从积极和消极两方面恢复受到伤害的自尊心。

　　内供首先想到的方法，是让别人眼中的鼻子显得比实际小一点儿。于是没人的时候，他就对着镜子，从各个不同角度反复照看，细心琢磨。有时觉得光是变换脸的位置还不够理想，便一会儿支起腮帮，一会儿托着下巴，不厌其烦。但不论怎么摆弄，鼻子看上去从来没有缩短到让他满意的程度。甚至有时觉得，越是煞费苦心，鼻子看上去反而显得越长。每当这个时候，内供就把镜子放回匣子里，无奈地叹口气，不情愿地回到桌旁开始诵读观音经。

　　内供还不断注意别人的鼻子。池尾寺是僧侣经常讲经的地方，寺院里僧房鳞次栉比。僧人每天都在澡堂里烧水。所以到这里来的僧人和俗人形形色色，什么人都有。内供耐心地观察他们的脸，若是发现有一个人长着和自己一样的鼻子，心里便稍微得到一点儿安慰。在他眼里，根本就没有什么深蓝色绸衣或白麻单衣，平时看惯的橘黄色帽子和深灰色袈裟更是视若无睹。内供不看人的模样，只看鼻子。可他看来看去，鹰钩鼻子倒是有，像他这样的鼻子一个也没有发现。每每如此，心里不由得逐渐气恼起来。心中不快，他才会一边与人说话，一边不由自主地捏着垂下的鼻头，没有出息地满脸涨红起来。

　　最后，内供甚至想从佛经以及其他书籍里寻找出一个长着和自己一样鼻子的人物，也好排遣一下心头的苦闷。但却没有一部经典记载目犍连①和舍利弗②是长鼻子。当然龙树③、马鸣④两尊菩萨的鼻子也和常人没什么两样。内供听别人讲中国的故事，听到蜀国的刘备长耳垂肩，心想要是鼻子的话，自己将会得到多大的宽慰啊。

内供一面这样费尽心机地采取消极的方法，同时不言而喻，也采取积极主动的方法。他试图缩短鼻子，几乎试过了所有的方法。他喝过王瓜汤，还往鼻子上抹过耗子尿，可却统统都不管用，那个五六寸长的鼻子依然故我，照样耷拉在他的嘴唇上面。

一年秋天，内供的弟子上京都办事，想起内供之事，便从一位认识的大夫那里讨到一个缩短鼻子的秘方。那位大夫来自中国，当时在长乐寺当供僧。

内供照样装出一副对鼻子满不在乎的样子，故意不说马上试试这个办法，可又以漫不经心的口气说，每次吃饭的时候总要麻烦弟子，心里过意不去。他内心是盼望弟子劝说他试一试这个方法。弟子也明白内供的苦心，虽然有点儿反感，但内供的策略毕竟赢得了弟子更多的同情。弟子终于开口，极力劝说内供试用此法。内供也在弟子的热心劝说下表示了同意。

这个秘方其实非常简单：先把鼻子泡在热水里，然后让别人用脚踩。

寺院的澡堂每天都烧水。弟子立刻到澡堂提回来满满一桶烫得伸不进手的热水。但是这样把鼻子直接放进去，弄不好蒸汽会烫伤脸，于是便在木托盘上开了个窟窿，盖在水桶上，鼻子从窟窿眼儿伸进热水里。鼻子泡在热水里，竟然一点儿也不觉得烫。过了一会儿，弟子说："烫好了吧？"

---

① 目犍连，释迦牟尼的高足之一。
② 舍利弗，释迦牟尼的高足之一。
③ 龙树，公元前三世纪南印度的大乘佛教的倡导人。
④ 马鸣，公元前三世纪西印度的大乘佛教的理论家。

内供不由得苦笑一下。他想，光听这句话，恐怕谁也想不到说的是鼻子吧。鼻子被热气一蒸，像被虱子咬一样发痒。

内供把鼻子从木托盘的窟窿眼里抽出来，弟子就开始两脚用力地踩踏这热气腾腾的鼻子。内供侧身躺着，鼻子摊放在地板上，看着弟子的两只脚在自己的眼前不停地上下踩踏。弟子的脸上不时露出愧疚的神色，低头看着内供的秃顶，说道："痛吗？大夫说要使劲踩，可是……痛吧？"

内供想摇头表示不痛，可鼻子被弟子踩在脚底下，脑袋瓜动弹不得。他只好翻开眼睛，看着弟子皲裂的脚丫，用气鼓鼓的声音说："不痛。"

其实鼻子发痒的地方被踩，感觉还挺舒服。

一会儿，鼻子上出现了许多小疙瘩，整个形状活像一只拔了毛准备烧烤的小鸟。弟子见状，停止踩踏，自言自语般地说："大夫说要用镊子拔。"

内供似乎不高兴地鼓起腮帮，一声不响地任凭弟子摆布。他心里当然明白弟子是出于一番好意。可不管怎么说，自己的鼻子像一个物件似的由别人随意摆弄，心里总是不愉快。就像自己信不过的医生给自己动手术一样，内供显出极不情愿的表情，看着弟子用镊子从鼻子的毛孔里取出脂肪。脂肪的形状像鸟的羽茎，拔出来大约有四分长。

拔过一遍，弟子舒了一口气，说道："再烫一次就好了。"

内供依然皱着眉头，满脸不悦，却也只好依着弟子。

第二次烫过以后，抽出来一看，果然短了，和一般的鹰钩鼻没什么差别。内供一边摸着缩短的鼻子，一边不好意思地用弟子拿来的镜子打量自己。

鼻子——原先耷拉到下巴的长鼻子，现在萎缩到上唇上面苟延残喘，简直令人不敢相信。鼻子上满是红斑，大概是踩踏的痕迹吧。这样子，就不会有人再嘲笑自己了。镜子里面的内供看着镜子外面的内供的脸，满意地眨了眨眼睛。

但是，内供那一天心里还是惴惴不安，担心鼻子又会变长。不论读经的时候，还是吃饭的时候，一有空就悄悄伸手摸摸鼻头，他发现鼻子规规矩矩地呆在嘴唇上面，并没有垂下来的迹象。睡了一宿，第二天一早醒来就摸鼻子。鼻子安然无恙，还是那么短。内供的心情就像花费几年工夫抄写《法华经》大功告成那样的舒畅高兴。

可过了两三天，内供发现了意想不到的情况。一个武士有事到池尾寺来，和内供见面的时候，他的表情非常奇怪，话也没说几句，只是目不转睛地盯着内供的鼻子。不仅如此，曾经让内供的鼻子掉进稀粥里的那个中童子在经堂外面遇见内供，起先低着脑袋使劲儿忍着笑，最后终于憋不住扑哧一声笑出声来。还有，内供对小和尚们吩咐事情，他们当面毕恭毕敬地听着，但只要内供转过头去，马上就听到窃窃低笑声。这种情况不止一次两次。

内供起先以为是因为自己变了个模样，后来觉得不仅仅是这个原因——当然，中童子、小和尚发笑肯定有这个因素。不过同样是笑，总觉得与长鼻子时候不尽相同。看惯了长鼻子，短鼻子一下子还没习惯，便觉得滑稽。这种解释似乎还不能令人信服。

内供读经，常常刚一开始又停下来，歪着秃顶，自言自语道："以前可没有笑得这么露骨啊。"

每当这个时候，这位可爱的内供总是呆呆地凝视着挂在一旁的普贤菩萨画像。想起四五天前还是长鼻子的情形，颇有"今朝冷清叹沦落，昔日荣华空相忆"之感，心情郁闷。可惜内供没有足够的智慧解开这个疑团。

人心总是存在两种互相矛盾的感情。当然任何人对别人的不幸都有同情之心。而一旦不幸的人摆脱了不幸，旁人又觉得若有所失。说得夸大一点，甚至希望这个人重新陷入和以前同样的不幸。于是，就会不知不觉对之产生某种消极的敌意。

内供这样想。虽然不明白什么缘故，但从池尾町僧人和俗人的态度里，他感觉到旁观者的利己主义，心里很不痛快。

于是内供的脾气一天比一天坏，不管对什么人，没说上两句话，就横眉竖眼地斥责对方。最后连给他治疗鼻子的那个弟子也在背后说："内供将来要遭刻薄罪报应的。"最让内供恼火的是那个可恶的中童子。有一天，内供听见外面狗的狂吠声，悄悄走出来一看，只见中童子手里挥舞着二尺长的木板，正追打一条很瘦的长毛狮子狗。要是光追打也就罢了，他一边追一边嘴里还念叨着："不打鼻子，嘿，不打鼻子！"内供见状，气得一把夺过中童子手中的木板，狠狠地给他了一个嘴巴。原来木板就是以前用来托自己鼻子的那一块。

内供对自己鼻子变得半长不短反而感到后悔。

一天夜里，由于天黑后突然起风，塔上的风铃噪音喧闹，加上寒气袭人，年迈的内供辗转反侧，怎么也睡不着。就在被窝里翻来覆去的时候，忽然感到鼻子发痒。他用手一摸，觉得鼻子像水肿一样有点儿肿大起来，而且还发热。

内供立刻用佛前献花那样虔诚恭敬的手势按住鼻子，低声嘟囔道："说不定是缩短得太急，弄出毛病来了。"

第二天早晨，内供照样醒得很早，只见寺院里的银杏、七叶树一夜之间树叶落尽，庭院里铺了一层黄金般明亮耀眼。大概塔顶已有薄霜，在淡淡的朝阳映照下，塔刹闪闪发光。禅智内供站在打开板窗的檐廊上，深深吸了一口气。

就在这时，内供鼻子上又出现了几乎快要忘记的那种感觉。

内供急忙伸手摸鼻子。他摸到的不是昨天晚上的那个短鼻子，而是从嘴唇上方一直耷拉到下巴的原先那个五六寸长的鼻子。他明白自己的鼻子在一夜之间恢复了原样。与此同时,他感觉到与鼻子变短时候同样的舒畅心情。

内供在早晨的秋风里摇晃着长鼻子,心中自言自语:"这样一来,再也没有人笑话我了。"

大正五年(1916)一月

孤独地狱

郑民钦译

  这个故事我是从母亲那儿听来的。母亲说她是从我的叔祖父那儿听来的。故事的真伪我不清楚,但从叔祖父的品性推断,我想很可能实有其事。

  叔祖父是一个深谙世故的人,在幕府末期的艺人、文人中有很多知交挚友,例如河竹默阿弥①、柳下亭种员、善哉庵永机、同冬映、九世团十郎、宇治紫文、都千中、乾坤坊良哉等。其中默阿弥在《江户樱清水清玄》中塑造的纪伊屋文左卫门就是以叔祖父为模型的。叔祖父去世已有五十年,生前曾被人起外号叫今纪文,现在也许还有人知道他的名字——姓细木,名藤次郎,俳号香以,俗称山城河岸的津藤。

  有一次,津藤在吉原的妓院玉屋结识了一位僧侣。据说这位僧侣是本乡②附近某寺的住持,名叫禅超。他也是一个嫖客,是玉屋一个名叫锦木的妓女的常客。那个时候,禁止和尚吃荤娶妻,所以表面上当然不能什么时候都显示自己是一个出家人。他身穿黄地褐色条纹丝绸和服,外套印有家徽的双面织仿绸黑礼服,自称医生。叔祖父和他是偶然相识的。

  在挂灯笼时节③的一天晚上,在玉屋的二楼,津藤上完厕所出

---

① 河竹默阿弥(1816—1893),江户末期至明治初期的歌舞伎狂言作者。
② 本乡,地名,在今东京都文京区。
③ 吉原仲之町的风俗,阴历七月一日至三十日挂灯笼。

来，正从走廊经过，却见一人倚栏望月。他剃着光头，个子略显瘦小。津藤借着月光，以为是常来冶游的那个态度热情却医术平庸的医生竹内。津藤从他身旁走过时，伸手轻轻拽一下他的耳朵，本想待他回头，再笑着和他打招呼。

可那人回过头来，使津藤大吃一惊。除了光头，别的地方与竹内毫无二致——对方额头宽广，眉间却窄小得可怕，大概因为脸颊消瘦，眼睛显得很大。在朦胧的月色下，也能清楚地看见他左边脸颊上有一颗大痦子。颧骨很高。这样的长相断断续续地映入慌张失措的津藤眼帘。

"你有什么事？"那光头的声音有点儿气恼，似乎还带着酒气。

刚才忘记说了，当时津藤还带着一个艺妓和一个随从。那个光头家伙要津藤赔礼道歉，随从当然不会袖手旁观，于是他代替津藤对自己的冒失向对方表示歉意。这时，津藤带着艺妓急忙回到自己的房间。尽管津藤饱经世故，但对这件事还是觉得有点儿不好意思。光头听了津藤的随从解释误会的原委以后，立刻消了气，哈哈大笑起来。不言而喻，这个光头就是禅超和尚。

接着，津藤让人给和尚送去点心，表示歉意。和尚也觉得过意不去，特地过来还礼。两人从此结下交情。不过，虽说结下交情，其实也只是在玉屋的二楼碰面，似乎并没有什么来往。津藤滴酒不沾，禅超却是海量。相比之下，禅超的衣着用品更加穷奢极侈，而且最后沉湎女色也比津藤有过之而无不及。津藤曾经感叹说，不明白到底谁是出家人。津藤身材高大健壮，其貌不扬，前额剃成月牙形，胸前挂着银项链，下端坠有筒状护身符，平时爱穿藏青平纹布服，束白色腰带。

有一天，津藤在玉楼遇见禅超。禅超身披锦木的短袖衣服，正弹着三弦琴。他的气色本来不好，今日更加难看，眼睛充血，嘴角松弛的皮肤不时地颤抖。津藤一看，心想他今天大概出了什么事儿吧，于是用委婉含蓄的口气说："如果有什么事儿需要商量的话，请不要客气。"可那禅超好像并没有什么事要和自己推心置腹地商量，他比平时更加沉默寡言，还经常忘记话题。津藤便以为这只是嫖客常见的一种倦怠。沉迷酒色者的这种倦怠是不可能以酒色治愈的。两人表面应酬，逐渐转入倾心交谈。禅超像是心血来潮似的突然说了这样一段话：

据佛经说法，地狱也有各种各样，但好像大致分为三种：根本地狱、近边地狱、孤独地狱。从"南瞻部洲下过五百踰缮那乃有其狱"① 这句话证明看，大概地狱自古就在地下。唯有孤独地狱会突然出现在山间、旷野、树下、空中等任何地方。就是说，眼前立刻会出现地狱的苦难。我从两三年前就已经堕入地狱，对一切事情都失去了永恒持续的兴趣。人生总是一个又一个地变换境界，当然还是不能从地狱中逃脱出来。如果我不变换境界，那就更加痛苦。所以只好这样每天不停地变换着境界生活，以便忘记痛苦。但是，如果这样最终还是苦不堪言，那就只好死去。以前虽亦痛苦，却拒斥死亡。现在……

最后这句话，津藤没听见。因为禅超又弹起了三弦琴，且说话的声音很小。从此以后，禅超再也没有来过玉屋。谁也不知这位骄奢淫逸、放荡不羁的和尚后来怎么样了。只是那一天，禅超把一部手抄本《金刚经》忘在了锦木那儿。津藤后来家道破落，蛰居下总②寒川，桌上常摆的书籍中就有该手抄本。津藤在封面的背后还写有他创作的一首俳句："堇花原野惊寒露，不觉人生四十年。"如今此书不知去向，恐也无人记得此句。

这是安政四年（1857）前后的事。母亲大概出于对"地狱"

---

① 语见《具舍论》，南瞻部洲位于须弥山南面，原指印度，现亦指现世。"踰缮那"，计算里程的单位。
② 下总，地名，在今千叶县、茨城县、埼玉县之间。

一词的兴趣,才记住了这件事。

　　我每天大部分时间都待在书房里,从生活这个方面说,我所居住的世界与叔祖父、禅僧毫无关系。即使从兴趣这个方面说,我对德川时代的戏作①、浮世绘②也没有特殊的兴趣。但我心灵深处的某种情绪,却会经常通过"孤独地狱"这个词语倾注对于他们生活的同情。我不想否认这一点。因为从某种意义上说,我也是在孤独地狱里受苦受难的一个人。

大正五年(1916)二月

---

① 戏作,江户时代流行的通俗读物,尤指小说。
② 浮世绘,江户时代的风俗画。

父 亲

郑民钦译

这件事发生在我上中学四年级的时候。

那一年秋天，学校组织我们修学旅行，从日光①到足尾②，要住三个晚上。学校发给我们的蜡纸刻写油印的通知上写着："早晨六点三十分在上野停车场集合，六点五十分出发……"

那一天，我匆匆扒了几口早饭，就急急忙忙出了门。我知道乘坐电车到上野停车场用不了二十分钟，心里却很着急。站在电车站的红柱子前面等车的时候，也是心神不定。

那天是阴天。四面八方工厂的汽笛声颤动着深灰色的水蒸气，我想也许会化作蒙蒙细雨从天上飘洒下来。天色阴霾沉闷，火车从高架铁路上驶过。马车慢吞吞地往服装厂走去。店铺一家又一家地开门。我的旁边也站着另外两三个人。他们都愁眉苦脸地在调整似乎睡眠不足的表情。冷。这时，电车过来了。

我在拥挤的车厢里，好不容易抓到一个吊环拉手。这时觉得有人在身后拍打自己的肩膀，急忙回头一看。"你早。"——原来是能势五十雄。

他也和我一样，身穿深蓝色的混纺马海呢制服，大衣卷起来，挂搭在左肩，脚上穿着麻布护腿套鞋，腰间挂着饭盒、水壶等

---

① 日光，地名，今枥木县日光市。以古迹东照宫著称。
② 足尾，地名，今枥木县上都贺郡。有铜矿。

东西。

　　能势和我同一个小学毕业,又进了同一个中学。他没有哪门功课特别好,也不见哪门功课特别差。能势有些小聪明,流行歌曲听一遍就能记住曲调。他没准儿打算修学旅行期间某一天晚上在旅馆里露一手。他会吟诗①、萨摩琵琶②、落语③、讲谈④、模仿⑤、魔术,样样都会,而且那动作、表情,一举一动,独有其趣,让人笑破肚皮。所以在班上很有人缘,老师对他的印象也不错。不过,虽然我们互有来往,却谈不上是密友。

　　"你也早。"

　　"我一贯早起。"能势翕了翕小鼻头。

　　"可是前几天你还迟到了。"

　　"前几天?"

　　"上国语课的时候。"

　　"噢,你是说挨马场骂那一次吧。那家伙啊,我是智者千虑,也有一失。"能势对老师从来都是直呼其名。

　　"我也被那个老师骂过。"

　　"因为迟到吗?"

　　"不是,忘了带书。"

　　"仁丹太讨厌了。""仁丹"是能势给马场老师起的外号。

　　两人一路闲聊着,不觉车到上野停车场。和上车时一样,两人从拥挤的乘客中挤下车,走进停车场。时间还早,班上的同学才来了两三个人。互相问好以后,便争先恐后地坐在候车室的木椅子

---

① 吟诗,吟咏汉诗。
② 萨摩琵琶,起源于萨摩地方(今鹿儿岛县西部)的四弦四柱的琵琶。
③ 落语,类似我国的单口相声。
④ 讲谈,类似我国的评弹。
⑤ 模仿,指模仿别人的声音动作等。

上,然后照例你一言我一语开始大声聊天。这个年龄段的学生,都不愿意说"我",喜欢自称"老子"。于是,从"老子"们的嘴里接连不断地吐出对这次旅行的设想、对同学的评判和对老师的冷嘲热讽,等等。

"泉真滑头,那小子有老师用的英语教材,所以从来不用复习。"

"平野更滑头,听说那小子考试的时候,把历史年代都写在手指甲上。"

"这么说,老师也是滑头。"

"一伙滑头。本间连 receive 的 i 和 e 哪个在前哪个在后都搞不清楚,还当老师?净敷衍塞责地糊弄别人。"

我们说别人,无论对谁都是"滑头",却没有举出一个"滑头"的例语。这时,能势对坐在旁边椅子上正在看报的一个看似工匠的人发表评论,说他的皮鞋是"开口笑"。当时流行一种叫做"麦金利"的新款鞋。可是这个人的皮鞋没有一点光泽,而且前面还开了个大口。

能势说:"开口笑真不错。"

大家哄堂大笑。于是,我们一个个都洋洋得意,开始对候车室里的人们评头论足。那种狂妄傲慢、讽刺挖苦的语言只有东京的中学生才说得出来。这种时候,没有一个学生自甘逊色,自甘落后。其中能势的语言最尖酸刻薄,也最诙谐可笑。

"能势,能势,你看那个少妇。"

"瞧那模样,就像河豚怀孕似的。"

"喂,能势,你看那个行李搬运工像什么?"

"那家伙像卡洛斯五世①。"

---

① 卡洛斯五世(1500—1558),即西班牙国王卡洛斯五世,也是德国皇帝。

最后变成好像就能势一个人在说别人的坏话。

这时一个同学发现有一个人站在火车时刻表前正仔细查看时间。那个人看上去有点儿奇怪。他身穿黑紫色西服，深灰色粗纹裤里的一双细腿像体操球的细木棍①，头戴老式宽檐黑呢礼帽，露出花白的头发，年龄似乎不小，脖子围着黑白格花纹色调鲜艳的围脖，一根长长的竹杖夹在腋下，像夹着一条鞭子。不论从服装打扮还是从风度姿态来看，简直像从讽刺画中剪下来的人物站立在候车室的人流里。

这个同学好像又发现了一个取笑的对象，一边颤动肩膀笑着一边拉着能势的手，说道："喂，那家伙怎么样？"

于是我们一起看着这个奇怪的男人。只见他稍稍挺起胸，从西服背心的口袋里掏出紫色绦带拴着的镍钢怀表，认真地核对查看火车时刻表的时间。我一眼看去，尽管是侧面，也知道是能势的父亲。

但是同学们都不知道，所以大家都盯着能势的脸，期待他说出一句形容这个滑稽老头的妙语，然后哈哈大笑。作为中学四年级的学生，我还没有推测能势这时的心态的本事。我差一点脱口说出"那是能势的父亲"。

这时，只听能势说道："那家伙吗？那家伙是伦敦乞丐②。"

不言而喻，大家哈哈大笑起来。还有一个同学故意模仿能势的父亲挺起胸脯、取出怀表的动作。我不由自主地低下头去，因为我没有勇气看一眼这个时候能势的表情。

"说得太贴切了。"

"你们瞧，你们瞧那帽子。"

---

① 体操工具，长约1.5米的细木棍两端系着木球。
② 据说伦敦的乞丐身穿西服，一副绅士派头。

"日影町①吧?"

"连日影町都没有。"

"那就是博物馆的啰。"

大家又嘻嘻哈哈笑起来。

阴天的停车场像傍晚一样昏暗。我在昏暗的空间里,不动声色地偷看这"伦敦乞丐"。

这时淡淡的阳光开始照射进来,窄小的光束从高高屋顶的采光窗似有若无地斜洒下来。能势的父亲恰好罩在阳光里。周围的一切都在运动,在我们看得到的地方,在我们看不到的地方。这运动变得无声无息,如烟雾笼罩着巨大的建筑。但是只有能势的父亲一动不动。这位与现代无缘的老人,身穿与现代无缘的西服,在眼花缭乱运动的人的洪水里超越现代。黑色的礼帽戴在后脑勺,拴着紫色绦带的怀表放在右手掌上,依然如气筒般伫立在火车时刻表前……

后来,我曾不露声色地问过能势,才知道那时他父亲在学校的药房里工作,想在上班路上看一眼儿子和同学们去修学旅行的情景,事先没告诉能势,特地来到停车场。

能势五十雄在中学毕业后不久,因患肺结核不治身亡。在学校的图书馆举行追悼会的时候,由我念悼词。我站在头戴学生帽的能势的遗像前面,在悼词里加进这样一句话:"你孝顺父母。"

大正五年(1916)三月

---

① 日影町,东京港区新桥一带的地名,多旧服装店。

虱　子

郑民钦译

一

元治元年（1864）十一月二十六日，当时任京都守护的加州家的随从们恰好参加讨伐长州的战争，以国家老①之长大隅守为首领，从大阪的安治川乘船出发。

小头目有两个，一个名叫佃久太夫，另一个叫山岸三十郎。佃率领的队伍插白旗，山岸率领的队伍插红旗。五百石的金毘罗②船上迎风飘扬着白旗或红旗，从河口驶向大海。那景观何等浩浩荡荡、威武雄壮！

但是船上的战士却无法表现出勇敢出征的激动热烈的情绪。首先，每条船上都乘坐着三十四个官兵，加上四个船员，一共三十八人。大家挤得身子几乎无法动弹。而且船舱里摆着一排装满腌萝卜的圆桶，连放脚的地方都没有。起先，大家不习惯这种味道，一闻就恶心，谁都呕吐过。还有，因为出海是在阴历的十一月下旬，海风凛冽，寒冷刺骨。尤其天黑以后，从摩耶山上刮来的山风和海水的寒气上下夹攻，这些年轻的北方武士大多都冻得上下牙打仗，直打哆嗦。

---

① 国家老，江户时代诸侯到江户参见将军并在幕府工作期间，在领地留守的家臣之长。相对于江户家老。
② 金毘罗，保护航海安全之神。金毘罗船，参拜金毘罗神的人们搭乘的船。

除此之外，船上虱子奇多。而且这不是钻在衣缝里那种普通的虱子。它们聚集在风帆上，聚集在旗帜上，聚集在桅杆上，聚集在铁锚上。夸张一点说，不知道这条船装载的是人还是虱子。既然满船都是虱子，衣服当然不能幸免，至少也都聚集着几十只。它们只要碰到皮肤，立刻兴高采烈，使劲儿叮咬。若是仅有五只十只，总有办法彻底扫荡。而若多得像是船上撒满了白芝麻，便委实没有对付的办法。所以不论是佃的队伍，还是山岸的队伍，船上所有的将士，身上都被虱子咬得伤痕累累，像出荨麻疹一样，胸部、腹部全是红红的肿块。

虱子没有办法彻底消灭，但也不能这样置之不理，任其为所欲为。于是大家一有时间，就开始捉虱子。上至家老下至奴仆，都把衣裤脱掉，捉住虱子放进茶碗里。在濑户内海冬天阳光的照耀下，扬起巨大风帆的金毘罗船里，三十多个只穿着一条裤衩的武士，每人手持一只茶碗，在缆绳底下铁锚后面专心致志地寻捉虱子。想象一下当时的情景，今天谁都会觉得滑稽可笑。但在"必要"的情况下，一切事情都变得严肃认真。这种事情虽说发生在维新之前，与今日却没有什么区别——于是，光着身子的武士，自己就像大虱子一样，每天都忍受着寒冷在船上走来走去，一丝不苟地寻找虱子，捉住并掐死。

二

佃的队伍里有一个脾气古怪的人，名叫森权之进，五十上下，性格怪异，身份是七十俵五人扶持的御徒士①。就他一个人与众不

---

① 七十俵五人扶持的御徒士，将军出行时，在前面行走开道的下级武士。一年的俸禄米为七十俵。

同，不捉虱子。因为不捉虱子，自然全身都是虱子，有的爬到发髻上，有的在裙裤腰部的边上横行，他对此竟毫不介意。

是虱子不咬他吗？也不是。他也和别人一样，全身净是金钱斑似的一块块红肿。看他用手使劲挠的样子，好像也是很痒。但是，尽管浑身痒得难受，他仍然处之泰然，对虱子不予置理。

自己对虱子听之任之也就罢了，看见别人捉虱子，他就说："捉了以后，别掐死。放在茶碗里，我要。"

大家都惊讶地问他："你要这个干什么？"

"养起来。"森漠然回答道，"记住了，别掐死。"

大家都以为他是开玩笑。两三个人花半天时间抓到两三茶碗的虱子，把这几个茶碗放在了森面前，对他说："好，拿去养吧！"他们以为森再充好汉，恐怕也不敢逞能接受。

可是，没等别人说话，森先开了口："捉着了吗？要是捉着了，就给我。"

众人都大吃一惊。

森满不在乎地把衣领张开："来，放到这儿来。"

"别逞强了，一会儿你要吃苦头的。"大家都劝他。

森却充耳不闻。大家便把各自茶碗里的虱子倒进森的衣领里，就像米店用斗倒米一样，虱子一股脑儿都从他的衣领倒了进去。倒完以后，森一边小心翼翼地拾起掉到外面的虱子，一边自言自语地说："谢谢。从今天晚上起，睡觉就暖和了。"然后咧嘴笑起来。

大家惊愕地面面相觑，不由得说道："和虱子一起睡觉，就暖和吗……"

森把刚刚倒进去虱子的衣领细心整理好，用蔑视的眼光环视一遍在场的人，然后说道："大伙儿最近都冻感冒了吧。瞧瞧我怎么样？一个喷嚏都没打，也没流鼻涕，什么发烧、手脚冰凉，统统与兄弟无缘。你们知道我这是多亏了谁呀？告诉你们吧，多亏了虱子！"

大家洗耳恭听森的高论：身上有虱子，虱子要咬人。虱子一咬人，身上就发痒。身上一发痒，就要用手挠。虱子咬全身，双手挠全身。越痒越要挠，越挠越发痒。挠着挠着，被挠的地方就会发热。全身这么一发热，睡觉就暖和。睡觉一暖和，也就不知道发痒了。身上虱子多了，睡觉又香，又不得感冒。所以，无论如何，必须善待虱子，只能养之，不可杀之……

"哦，果然高论。"森的两三个同事似乎十分佩服。

三

于是，有一个人也学着森的样子养起虱子来。他虽然也和别人一样，只要一有空就端着茶碗到处捉虱子，但是与众不同的地方，就是把捉到的虱子一只一只放进自己的怀里，当宝贝似的养着。

但是，不论哪个国家，不论哪个时代，Précurseur（先驱者）的观点，极少能令所有人都接受。在船上，就有很多Pharisien（墨守成规者）反对森的虱子论。

最激烈的Pharisien是一个名叫井上典藏的御徒士。他也是一个怪物，捉到的虱子都要吃下去。晚饭过后，他把茶碗放在面前，一个人津津有味地嗑着什么，人们过去一看，发现茶碗里盛着大家捉的虱子。问他什么味道，他回答说："有一种油味，像炒米的味道。"时常见到把虱子放在嘴里咬死的人。井上却不一样，他每天吃虱子，就像吃点心一样。所以井上第一个对森的理论表示反对。

除了井上，船上没有其他人吃虱子，但支持井上观点的人不在少数。他们认为，人的身体绝不会因为有了虱子变得暖和。更何况《孝经》上说："身体发肤受之父母，不敢毁伤，孝之始也。"自愿让虱子这类东西叮咬自己的身体，简直是大不孝。所以无论如何，对待虱子，只能杀之，不可养之……

接着，事态发展到森派和井上派时常发生争论。如果光是动动嘴皮也就罢了，两派争斗逐渐升级，最后甚至动起刀枪来了。

有一天，森又想养一批虱子，便把别人捉来的虱子倒进自己的茶碗里，放在一旁。但稍不留神，一转眼工夫就被井上吃了个精光。森过来一看，茶碗里一只虱子也没有了。这个 Précurseur 立刻火冒三丈。

他双手交叉胸前，气势汹汹地责问井上："你干吗吃别人的虱子？"

井上一副不屑一顾的样子，好像不想和他交锋："其实啊，养虱子真蠢。"

"吃虱子才蠢哩。"森反唇相讥，气得一边拍打船板一边叫嚷，"你说说，这船上哪一个人没有受到虱子的恩惠？还要吃虱子，这和恩将仇报有什么两样！"

"我根本就没有受到虱子的什么恩惠。"

"即使你没有受到恩惠，这样妄自杀生，实在残酷无情！"

两人这样争执几句，森突然勃然大怒，手抓住腰刀把手。井上自然不甘示弱，立刻抓住长刀的红色把柄，站起身来。要不是正在捉虱子的其他人赶紧把他们按住，恐怕准有一方危及生命。

据当时在场的人说，两个人被大伙儿使劲抱住的时候，还唾沫四溅地大声争吵，叫喊着"虱子！虱子！"

四

在船上的武士们为虱子动刀争吵不休的时候，似乎只有金毗罗船对所发生的事情不闻不问，在阴暗欲雪的天底下，寒风翻卷着红色和白色的旗帜，往西行驶在讨伐长州的漫漫征途上。

大正五年（1916）三月

酒　虫

郑民钦译

一

　　这是最近几年从未有过的酷暑。抬头看去,一间间土墙泥壁房子的屋顶瓦片都如铅一样反射着沉闷的日光。在这样的热浪里,真叫人担心屋檐下眼窝里的雏燕和燕蛋会不会被热坏。田地里,不论是亚麻还是黍子,都被滚烫的土气蒸得无精打采耷拉着脑袋,所有的绿叶都懒洋洋地发蔫。天空大概也因这一阵子的高温热烤,尽管是晴天,靠近地面的大气也显得浑浊昏沉,天空到处飘浮着如在锅里煮糯米点心糖那样形状的云峰。——《酒虫》说的就是在这大热天里特地到打谷场来的三个男人的故事。

　　奇怪的是,其中一人赤身裸体地仰面躺在地上。不知何故,他的手脚被细绳捆住了好几道。但他好像并没有感觉到什么痛苦。此人身材矮小,脸色红润,胖得像猪,给人以笨重的感觉。他的枕边还摆着一个不大不小的陶缸,不知道里面装着什么东西。

　　另外一人身穿黄色袈裟,戴着小青铜耳环,一看就是相貌古怪的和尚。他皮肤黢黑,发须卷曲,像是来自葱岭①以西,刚才一直不停地挥动朱柄拂尘为那个裸体男人驱赶虻蝇。他像是有点儿疲劳了,走到陶缸旁边,装模作样地蹲下来端详,状如火鸡。

---

① 葱岭,今中亚地区。

还有一个人离他们很远,站在打谷场角落的草房檐下。此人下巴尖上长着几根耗子尾巴似的胡子,身穿皂布长衫,几乎盖住脚后跟,褐色腰带的结头松弛地耷拉下来。他手持白色羽扇,不时轻摇几下,看样子准是儒生。

三个人不约而同地默不作声,一动不动,像在凝神屏息、饶有兴趣地等待着即将发生的事情。

日正当午,大概狗也在午睡,听不到一声狗叫。打谷场四周亚麻、黍子的绿叶晃着耀眼的阳光,一片宁静。整个天空燥热难耐,炎霭似燃,那云峰仿佛也热得气喘吁吁。放眼望去,活着的好像仅此三人。他们却似关帝庙里的泥菩萨,沉默不语……

当然,我说的并不是日本的故事,而是某年夏天发生在中国一个叫做长山①地方的一户刘姓人家打谷场上的趣事。

二

赤身裸体躺在大太阳底下的是打谷场的主人,刘姓名大成,是长山一带屈指可数的富翁之一。此人嗜酒如命,从早到晚,几乎杯不离手,酒量似海,"每每独酌辄尽一瓮"。且如前所述,"负郭之田三百亩,半种黍",所以万无豪饮而累及家产之虞。

他为何裸体躺在地上呢?事出有因。——那一天,刘大成和酒友孙先生(就是手持羽毛扇的儒生)在一间通风、凉快的屋子里,倚着竹夫人②下棋。这时,丫环来报:"门口来了一位自称保幢寺的和尚,求见主人。如何是好?"

"什么?保幢寺……"刘大成眨了眨明亮的小眼睛,站起身

---

① 长山,山东省的一个县。
② 竹夫人,夏天床席间取凉用具。用竹青篾编成,或用整段竹子做成,圆柱形,中空,周围有洞,可通风。

来，肥胖的身躯显得难耐溽热，"让他进来吧。"接着瞟了孙先生一眼，补充一句，"大概就是那个和尚吧。"

这位保幢寺的和尚，就是从西域来的蛮僧。此人既通医术，又懂房中术，在这一带颇有名望。比如说，经他一治，张三的黑内障立见好转，李四的痼疾手到病除，近乎奇迹，传得神乎其神。这些传言，刘孙二人亦有所耳闻。今天这位蛮僧有什么事特意前来造访呢？当然，刘大成从来没有主动地邀请他来。

刘大成这人并不好客。不过有客在场，又有新客，一般都会高兴地接待。这样可以在客人面前炫耀自己贵客盈门，满足一下小孩子般的虚荣心。今天的来客是在这一带有口皆碑的蛮僧，不会失了自己的身份。基于上述原因，刘大成决定见他。

"会有什么事呀？"

"大概来要布施的吧。"

两个人正聊着，丫环带着客人进来了。来客身材高大，目如紫水晶，面貌怪异，身穿黄袈裟，卷发垂肩，看上去很不顺眼。他手执朱柄拂尘，缓缓而进，立于屋内，既不问候，也不说话。

刘大成犹豫片刻，心里忽然忐忑不安起来，便开口问道："有什么事吗？"

蛮僧反问道："那个好酒的人，就是你吧？"

"是啊。"刘大成冷不丁被这么一问，含含糊糊地回答，转眼看着孙先生，希望他说话。但孙先生装模作样独自在棋盘上摆子儿，一副目中无人的样子。

"您知道自己得了一种怪病吗？"蛮僧的口气显得斩钉截铁。

刘大成听对方说自己有病，表情惊讶，一边抚摸竹夫人一边说："你是说……我有病吗？"

"是的。"

"噢，我从小……"

蛮僧打断刘大成的话:"您喝酒不会醉吧?"

刘大成盯着对方的脸,沉默下来。他的确不论喝多少酒,从来没有醉过。

"这就是您得病的证据啊。"蛮僧微微一笑,继续说道,"肚子里有酒虫。不除掉酒虫,您的病就好不了。贫僧就是来给您治病的。"

"治得好吗?"刘大成未免有点发慌,心里没底,自己也觉得不好意思。

"正因为治得好,才来的。"

这时,一直默不作声地在一旁听着他们说话的孙先生突然插话说:"用什么药?"

蛮僧态度不悦地说:"此病无须用药。"

说起来,孙先生几乎是无端地蔑视道佛两教,所以和道士、僧侣在一起的时候,很少开口。现在突然插嘴说话,完全因为听到"酒虫"这两个字,为其心动。他也好酒,担心自己肚子里莫非也有酒虫,但是听到蛮僧态度傲慢的回答,觉得自己被对方小瞧,于是皱了皱眉头又重新独自摆棋。同时,心想这个刘大成居然和这种狂妄骄横的和尚见面,实在糊涂。

刘大成自然没把这点事放在心上。

"那么,是用针灸吗?"

"不用,还要简单。"

"是念咒语吗?"

"不,也不是咒语。"

两人这样一问一答,最后蛮僧把疗法简要地告诉刘大成:"只要脱光了身子晒太阳就行了。"

刘大成觉得这个疗法太容易了,如果这样能治好病,没有比这再好的了。另外,在潜意识里,蛮僧治病也多少使他动了好奇之心。

于是，终于轮到刘大成低头请求蛮僧："那就请您医治吧。"——这就是刘大成赤身裸体大热天躺在打谷场上的原委。

蛮僧说"身体不能动"，就用细绳把刘大成的身体捆起来，然后吩咐一个侍童，拿一个陶缸装满酒放在刘大成的脑袋旁边。既然刘大成的糟丘好友孙先生恰好在场，自然一起陪同见识这奇怪的疗法。

酒虫是何物？肚子里没有酒虫以后，人会变成什么样？放在枕边的酒缸有何用处？这些只有蛮僧一个人知道。嗨！刘大成竟一无所知地赤身裸体晒太阳，岂不很愚蠢？然而，普通人在学校接受教育其实也大抵如此。

三

热！汗水不断从额头冒出来，汇成汗珠，热乎乎地流到眼睛里。双手被细绳捆着，没法擦汗。于是摇动脑袋，想改变汗水流动的方向，可没摇几下，就觉得头晕目眩，只好遗憾地放弃了这个打算。汗水却毫不留情地流进眼眶，再顺着鼻翼流到嘴边，一直流到下腭。刘大成心里实在难过。

起先他还睁开眼睛，一动不动地盯着灼热发白的天空和叶子耷拉下来的亚麻，但是大汗淋漓以后，他只好放弃了原先的念头。此时，他才第一次知道汗水沁入眼睛里的滋味是多么难受。于是，他如同屠宰场里的羊羔，老老实实地闭着眼睛，忍受着太阳的暴晒。不一会儿，面部、身体，只要是暴露出来的部分，皮肤逐渐发痛。体内有一种力量要把整个皮肤向四面八方扩张，但是皮肤本身毫无反应，而且浑身上下开始火辣辣的——可以形容为疼痛。这种痛苦要比流汗厉害得多。刘大成开始有点儿后悔接受了蛮僧的治疗。

不过事后想起来，这点痛苦还算不了什么。——更要命的是喉咙干渴。刘大成记得像是曹操来着，为解战士口渴而谎称前方有一片梅林。但是现在，不管自己的脑子里怎么想象梅子的酸甜，也是无济于事。他动动下巴，搅搅舌头，嘴里仍然干渴难耐。倘若自己脑袋旁没有这个酒缸，没准儿还能忍耐几分。然而酒香扑鼻，也许是心理作用，这芳香的酒气浓烈醇厚。刘大成睁大眼睛，想看一眼酒缸。他使劲向上翻眼珠，好不容易才看见缸口和圆鼓鼓的缸肚，他脑海里浮现出满满一缸黄澄澄金光荡漾的美酒，他不由得伸出干燥的舌头舔了舔干裂的嘴唇，却没有唾液分泌出来。连汗水也被太阳晒干，不像刚才那么流淌了。

接着，脑子接连两三次剧烈地眩晕，头痛欲裂。刘大成心里更加怨恨蛮僧，也怪自己为何轻信那厮的巧言，结果这样遭罪，实在愚蠢。一会儿，喉咙更加干渴，胸口堵得慌，开始恶心。他实在无法忍受下去，终于决心要自己枕边的蛮僧停止治疗，他喘着气张口正要说话……

就在此时，刘大成觉得有一团难以言状的东西正从胸腔一点一点爬上喉咙，像蚯蚓蠕动，又像壁虎爬行，总之是一团柔软的东西一点一点地顺着食道拱了上来。最后硬是从喉头下面挤过，突然像一条泥鳅出洞似的，猛然从他的嘴里蹿了出来。

说时迟那时快，酒缸里传来扑通一声响，好像什么东西掉进酒里。

一直若无其事稳坐大成身边的蛮僧，这时急忙站起身来，把捆在他身上的绳子解开，说道："酒虫已经出来了，您就放心吧。"

"出来了吗？"刘大成的声音有气无力。他抬起晕乎乎的脑袋，觉得此事新鲜，也忘记了干渴，赤裸着身子爬到酒缸旁边。孙先生见状，用白羽毛扇遮挡太阳，疾步走近前来。三人一起探头看着酒缸，只见一条肉色似朱泥、形状似小鲵鱼的东西在酒里游动。那东西长约三寸，有嘴有眼，好像一边游动一边喝酒。刘大成一看，突然感到恶心……

四

　　蛮僧的疗效立竿见影。刘大成从此以后滴酒不沾。现在据说连酒味也觉得讨厌。奇怪的是，他的身体状况逐渐衰弱。今年是他吐出酒虫的第三年，先前那种圆鼓肥胖的风采已无影无踪，油腻腻的皮肤黯然失色，脸色苍白，皮包骨头，花白的鬓发稀疏地残留在太阳穴上，一年里头，不知道有多少天卧病在床。

　　不仅如此，刘大成的家业也每况愈下。如今，三百亩负郭之田多半落入他人之手，刘大成本人也不得不拖着病弱之身下地干活，勉强打发清贫的日子。

　　刘大成吐出酒虫以后为什么健康恶化？为什么家道中落？如果追究吐出酒虫与刘大成后来破败衰微的因果关系，谁都会产生这样的疑问——凡是住在长山的人，不论干哪一行，都在不断地思考这个问题，而且也得出形形色色的答案。以下列举的三个答案，是其中最有代表性的。

　　答案之一：酒虫是刘大成之福，并非其病。偶遇此愚昧蛮僧，致使自己断送掉天赐之福。

　　答案之二：酒虫是刘大成之病，并非其福。每饮必尽一瓮，绝非常人所能想象。酒虫不除，他不久必死无疑。这样看来，贫病交加，对刘大成来说应该是幸福。

　　答案之三：酒虫既非刘大成之病，亦非其福。刘大成一生嗜酒，除了酒，没留下任何东西。这样看来，刘大成就是酒虫，酒虫就是刘大成。除掉酒虫无异于自杀。就是说，从他不能喝酒的那一天开始，刘大成就不复存在。刘大成本身已死，他昔日的健康、家产落花流水也是理所当然的。

我也不知道哪一个答案最为妥当。我只是模仿中国小说家的 Didacticism（劝诫），在这个故事的结尾，列举上述道德性判断。

大正五年（1916）四月

野吕松木偶

郑民钦译

  我突然收到一张请柬，请我去看野吕松木偶戏①。发请柬的人我不认识，来信却说，他是我朋友的朋友，"K先生也将前来观赏"。自然，K先生是我的朋友。于是，我决定应邀前往。

  野吕松木偶是什么样的木偶戏，在那天K对我讲解之前，我一直不太清楚。后来看《世事谈》，上面记载："江户和泉太夫，由野吕松勘兵卫操作脑袋扁平、脸色青黑之滑稽木偶表演戏曲，此谓野吕松木偶，简称野吕松。"据说以前藏前的扎差②、各大名③的御金御用④、长袖人⑤都喜欢玩耍。现在会操作这种木偶的人大概寥寥无几。

  二月末的一天，我乘车去日暮里的某人别墅观看木偶表演。那一天是阴天，时近傍晚，阳光似有若无地荡漾在马路上。空气含带着湿润，虽然还不能催诱树木萌芽，却已令人感觉到一丝暖意。我一路上打听了两三次，才终于找到这户人家位于偏僻胡同里的别

---

① 野吕松木偶，宽文十年（1670）左右，江户艺人野吕松勘兵卫首创的木偶戏，在木偶净琉璃的席间演出的"间狂言"（滑稽短剧）。木偶的脸谱多为青黑色的漫画式怪异模样。
② 藏前，地名，今东京都台东区隅田川西岸一带。江户时代为幕府粮仓。扎差，是代替旗本、御家人领取禄米的人。
③ 大名，诸侯。
④ 御金御用，江户时代，幕府或者各诸侯国为弥补财政不足，向御用商人征收临时赋税的人。
⑤ 长袖人，相对于武士而言，公卿、医师、神主、僧侣、学者等文职人员。

墅。不过，这住宅似乎并没有我所想象的那么宁静。从普普通通的便门进去，沿着窄小的花岗岩石板路走到门口。门口的台阶柱子上挂着一面铜锣，旁边放着一根大小适度的红漆木棒。我心想，客人来此都要敲锣通报吧，正要伸手取木棒，却听见门口的拉门后面传来一个人的话语声："请进来。"

在类似门卫的地方，我在竖线条纹的签名册上写了自己的名字，然后便被让进屋里。里面是八张和六张榻榻米大小的两个房间，已经打通，略显昏暗，坐着不少客人。我出门应酬都穿西服。要是穿和服裤裙，必然拘束于礼节。穿着裤子，日本的 étiquette（礼节）再繁琐也便无须计较。对于我这个不拘礼节的人来说，非常方便。所以那一天，我身穿大学制服前往，没想到在场的人没有一个穿西服的。更让我吃惊的是，我认识的一个英国人也穿着带家徽的和式礼服和斜纹哗叽裤裙，面前端端正正地摆着一把扇子。K那样的商人子弟自然更是一身结城绸双层和服。我和这两位朋友打过招呼，落座时，产生了一些 étranger（异国人）之感。

"这么多客人来，××大概十分高兴吧。"K对我说。他说的××，就是给我寄请柬的那个人。

"他也会木偶吗？"

"嗯。听说正在学第一场还是第二场。"

"今天也表演吗？"

"大概不会吧。今天都是行家里手表演。"

接着，K给我讲解野吕松木偶的各种知识，原来的节目总共有七十多部，使用的木偶二十多种。我不时地看着搭在六张榻榻米房间正面的舞台，一边心不在焉地听着K的讲解。

所谓舞台，其实就是高约三尺、宽约十一尺的贴金隔扇屏风。K说，这叫"手摺"（边栏），故意设计得随时都可以拆除。左右两边垂挂着崭新的三色缎子屏障，后面好像圈围着金地屏风。昏暗之中,隔扇屏风和金地屏风的金箔像抹上一层烟色一样吃力地泛闪在昏黄暮色之中。我看着这简朴的舞台,心情甚好。

"木偶有男女之分,男偶有青头、文字兵卫、十内和老僧等。"K 说起来津津有味,不知疲倦。

"也有各种女木偶吗?"英国人问。

"女偶有朝日、照日、巫婆、恶婆吧。其中最有名的是青头,据说从元祖传到现在的本家……"

这时,我想上厕所小解。

等我从厕所出来,房间里已经亮起了灯。一个黑纱罩面的人手持木偶站在"手摺"后面。狂言就要开场了。我一边点头一边从其他客人中间通过,回到刚才的位置上,坐在 K 和身穿和服的英国人中间。

舞台上的木偶是身穿蓝色素袍、头戴黑漆帽的大名。木偶表演者这样说道:"我尚无可炫耀之宝,所以到京城寻求稀世之宝。"不论是台词还是语调,与"间狂言"并无多大差别。

一会儿,只听大名说:"快把与六叫出来。喂,喂,与六在吗?"接着,另一个黑纱蒙面者手持太郎冠者①木偶应道"在",一边从左边的三色缎子中走了出来。他手中的木偶身穿上下一样茶色的和服坎肩和长裤裙,腰间不佩刀剑。

这时,大名的左手按在小刀柄上,右手的扇子指着与六,吩咐道:"天下大治,盛世太平,到处都忙于寻宝。你也知道,我尚无可炫耀之宝,你速去京城,寻求稀世之宝!"与六回答:"噢。"大名说:"快去!""噢。""啊。""噢。""啊。""噢,老爷……"接着是与六大段的 soliloque(独白)。

木偶的制作非常简单,裤裙下面没有脚,与后来眼睛会动、嘴

---

① 太郎冠者,狂言中,跟随大名、武士的仆从常用的名字。

能张合的木偶大不一样。虽然手指可以活动,但极少表现出来,只是身体前俯后仰,手臂左右活动,此外没有任何活动的部位,显得落落大方,沉着稳重,格调高雅,更加深了我对木偶 étranger 的感觉。

阿那托尔·法朗士说过:"不受时代与地点制约的美是不存在的。我喜欢某个艺术作品,只是在我发现自己与这部作品的生活关联的时候。Hissarlik(希沙立克)的陶器使自己更加喜欢《伊里亚特》。如果不了解十三世纪佛罗伦萨的生活,我肯定不能像现在这样欣赏《神曲》。所以我认为,一切艺术作品,只有了解其创作地点和时代以后,才能合理地喜爱它,并正确理解。"

我看着在金地屏风背景下,蓝色素袍和茶色和服两个木偶重复着同样缓慢悠长动作的表演,不由得想起法朗士上述这段话。我们创作的小说恐怕有一天也会变成野吕松木偶这样的东西吧。我们愿意相信不受时代和地点制约的美。为了我们自己,也为了我们尊敬的艺术家,愿意这样坚信无疑。然而那不仅仅是一种愿望,真有这样的事吗?

木雕白脸的野吕松木偶正在金地屏风前的舞台上表演,仿佛是在否定这种可能性。

狂言的剧情接着是出现一个骗子,蒙骗与六,与六回来后,受到大名的斥责。伴奏音乐好像是没有三弦的歌舞伎音乐与能乐的混合体。

在等待下一场节目演出的时候,我没有和 K 聊天,独自默默地喝着朝日啤酒。

大正五年(1916)七月

山 药 粥

魏大海译

八成是元庆末年仁和初年的事吧。不管哪朝哪代，好歹跟这个故事无甚关系。看官只当是很久以前平安朝①的事就成。——话说当时藤原基经摄政，手下侍卫中，有某位五品。

在下本不愿写成"某位"，蛮想弄清是何方人士，姓甚名谁。偏巧那名儿竟没能流传下来。想必是个凡夫俗子，没资格留名青史吧。看来终究是史书作者，对凡人凡事，没甚兴趣使然。这一点倒同日本的自然派作家大相径庭。须知，王朝时代的小说家，并非有闲之人。总之，藤原摄政王的侍卫中，那位五品武士是这故事中的主人公。

这位五品其貌不扬。身材矮小。红鼻头，八字眼。嘴上的胡须，不消说，稀稀拉拉。瘦瘦的两颊，显得下巴格外尖。嘴唇嘛……要一一细数起来，真个是说也说不尽的。我们的这位五品天生邋遢，非同一般。

五品是何时何以来侍奉基经的呢？谁也不晓得。反正很久以来确凿无疑的，他总是穿着同一件褪了色的短褂子，戴着同一顶瘪塌塌的京式乌帽，每天不厌其烦地恪尽职守。结果呢，谁见了也不会想到，这家伙居然也有过青春年少的时光（五品已经四十开外）。

---

① 平安朝，公元794—1192年，建都于平安京（即京都），是日本古代政治、文化极其辉煌灿烂的一个历史时代。元庆（877—885）、仁和（885—889）两朝约为平安前期。

相反让人觉得，凭他那寒碜通红的鼻子和徒有其名的几根胡须，生来就该在朱雀大街上任凭风吹雨打。上起主人基经，下至放牛娃，不知不觉，谁都这么认为，无人怀疑。

一个人有了这样一副尊容，所受到的待遇，恐怕无须在下多费笔墨。在班房里，五品甚至不如一只苍蝇，一干武士对他爱搭不理。连同有品无品的下属侍卫总共二十来号人，对他的进出皆带搭不理。五品吩咐什么事的当口，一伙人绝不会停止闲聊。对他们来说，五品的存在，好比空气一样无影无形，眼里就没有他这个人。底下人尚且如此，更不消说上面的头儿脑儿了，压根儿不把他当回事。说来也是他命该如此。他们对待五品，冷冷的表情背后，藏着类似小孩子家无聊的恶意，要说什么话，全凭打手势。人之有语言实非偶然，手势时常不能达意。他们认定五品悟性不佳。于是，手势一旦行不通，他们便从五品头上那顶瘪塌塌走了样的京式乌帽，一直到脚下一双快要磨破的草履，仔仔细细上上下下打量一番，然后嗤鼻一笑，陡地转过身去。尽管如此，五品却从不动气。那些不平之事，他仿佛全然不觉，为人竟窝囊怯懦到如此地步。

可那些同僚武士，更得寸进尺地拿他寻开心。年长的拿他丑陋的仪表当笑料，总说些老掉牙的打趣话；年轻的学样儿，也借机取乐逗哏耍嘴皮子。他们当着五品的面，对他的鼻子、胡子、纱帽、短褂，大肆品评而不知餍足。不仅如此，他那个五六年前就分了手的包天婆娘，连同跟那婆娘相好的酒鬼和尚，也常常成为他们的笑料。更有甚者，他们还不时弄些恶作剧，在此无法一一列举。譬如把他竹筒中的酒喝掉，将尿灌进去。在下仅举一端，其余则概可想见。

然而，五品对于这些嘲弄，全然无动于衷。至少别人看来浑似无动于衷。不论别人说他什么，五品连个脸色都不变一变。他一声不吭，将着那几根胡子，做他该做的事。只是他们的恶作剧，有时让他过于难堪,诸如把纸条别在他顶髻上,或把草屐插在刀鞘上,此时他才脸上堆着笑——也分不清是哭还是笑,说道:"莫如此呀,各位仁兄!"凡看见他这表情、听见他这声音的人,一时之间,竟会油然生出怜悯之情(受欺侮的何止红鼻五品一人。许多并不相识的人,都会借五品的表情和声音,谴责彼等的无情)。——这种感情虽然淡薄,刹那间浸透彼等的心田。只是能将当时这种心情始终保持住的人,微乎其微。就在这微乎其微的人中,话说有个无品的侍卫,乃丹波国人士,一个嘴上茸毛刚刚长成胡子的年轻后生。当然,这后生起初也和众人一样,没来由地轻蔑红鼻五品。可有一日,凑巧听见——"莫如此呀,各位仁兄!"这声音竟在脑中盘旋不去。从此以后,唯有在这后生眼里,五品才完全变成另一个人。因为,从五品那张营养不良、面带菜色、木讷迟钝的脸上透露出,这是一个饱受世间迫害的"人"。这位无品的侍卫,每每想起五品的遭遇,便由衷感到人间的一切,赫然显露出本来的卑劣。与此同时,那只冻红的鼻子和稀疏的几茎胡须,却仿佛是一丝慰藉直透他心底……

不过,这仅限于后生一人而已。除却这一例外,五品依旧还得像狗一般生活在周围的轻蔑之中。首先,他连一件像样的衣服都没有。只有一件海昌蓝的短褂和一条同样颜色的裙裤,现已旧得泛白,变成蓝不蓝青不青的。短褂还凑合,单是肩膀处略微塌了下来,圆纽带和菊花襻有些褪色而已,裙裤的裤脚管则破得不成样子,里面没有衬裤,露出两条细腿,真好比瘦牛拉瘦官,一步一颤悠。即使嘴不损的同僚,见了也都觉得寒碜。再说,身上佩的一把刀也糟糕透顶,刀柄上的贴金已经变色,刀鞘上的黑漆也斑斑驳驳。他却照旧带着一只红鼻子,踢踢踏踏拖着那双草屐。本来就驼背,数九寒天下,腰越发猫了起来。他迈着细碎的步子,眼馋地东张张西望望,难怪连街上的商贩都要欺侮他。眼下就有这样一桩事。

一日，五品去神泉苑经过三条城门，看见六七个孩子聚在路边，不知在做什么。心想，是在玩陀螺吗？便凑到背后去瞧了瞧。原来是在抽打一条跑丢的狮子狗，颈上还拴着绳子。胆小怕事的五品一向虽有同情之心，却因顾忌别人，从来不敢挺身而出。唯有这一次，他见对方是几个孩子，便鼓起几分勇气来。他脸上堆着笑，在一个像是孩子头的肩上拍拍说："就饶了它吧。狗挨打也会痛呀。"那孩子转过身来，翻起白眼，藐视地盯着五品，那神情就跟班房里侍卫长见他没领会自己的意图瞧他时的那副表情一模一样。"不用你多管闲事！"那孩子退后一步，撇着嘴说，"你个酒糟鼻子！算什么东西！"五品听了这话，宛似抽在脸上的一记耳光。倒不是因为遭人辱骂生气光火的缘故，而是自家多嘴，自讨没趣，觉得实在窝囊。他只好用苦笑掩饰起羞辱，默默地继续朝神泉苑走去。身后，那六七个孩子挤作一堆，有的做鬼脸，有的伸舌头。五品当然不知道。即使知道，这对不争气的五品来说，又能怎样呢？

且说这故事中的主人公，倘若生来就专给人作践，活着没有一点盼头，那倒也不尽然。自打五六年前，五品就对一种《山药粥》异常执著。说起这山药粥，乃是将山药切碎，用甜葛汁熬成的粥。当时，作为无上的珍馐美味，其身份之高，甚至摆到了万乘之君的御膳里。因此，像我们五品这种人，只有一年一度，基经府上贵客临门时，才能沾光尝尝。即使那时，能喝到嘴的，也少得仅够润润喉咙而已。于是，很久以来，饱餐一顿山药粥，便成了他唯一的愿望。当然，这愿望他从没告诉过人。甚至连他自己都还不清楚，这是他的平生之愿。也不妨说，他事实上就是为这盼头而活着的。——为了一个不知能否实现的愿望，人有时会豁出一辈子的。笑其愚蠢的人，毕竟只是人生中的过客而已。

不料，五品"饱餐一顿山药粥"的梦想，居然轻而易举变成了现实。欲道出个中始末，正是在下写这篇《山药粥》的目的。

话说有一年，正月初二，正是基经府上贵客临门之日（这一日，与皇后和太子两宫之宴乃在同日，摄政关白府设宴招待王公大臣，与两宫之宴并不逊色）。五品也挤在侍卫之间，面对满桌的残羹剩肴。那时尚无扔掉剩肴让人捡食的做法，而是让家臣聚集一堂，共而食之。虽说可同两宫之宴比美，终究是在古时，纵然品类多多，美味却不多。无非煮年糕、炸年糕、蒸鲍鱼、风干鸡、宇治小香鱼、近江鲫鱼、鲷鱼干、鲑鱼镶鱼子、烤章鱼、大虾、大酸橙、小酸橙、柑橘、柿饼之类。其中便有话说的山药粥。五品年年盼着这山药粥。可是，人多嘴多，每次能吃到自己嘴里的，却多乎不多。今年的粥又格外少。这么一来，兴许是五品心里作怪，觉得那粥，较往日尤其甜美可口。于是，他盯着一只喝光的空碗，将稀稀拉拉的胡子上沾的粥星儿，用巴掌抹了一把，自言自语道："几时才能称心喝个够哟！"

话音未落，便有人戏谑地问："大夫阁下竟没称心吃过山药粥？"

俨然一介武夫的声音，低沉而威严。五品从他的驼背上抬起头，怯生生地朝那人看过去。声音的主人是民部卿时长的公子藤原利仁，那时也在基经府内当差。他是个膀阔腰圆、身量超群的伟男子，一面嚼着烤栗子，一面一杯复一杯地喝黑酒。人已喝得半酣。

"好可怜哟。"利仁见五品抬起头，声音里半带轻蔑半带怜悯，接着说道，"愿意的话，我利仁可让阁下称心如意吃个够。"

即便一条狗，终日受虐待，偶尔给块肉，也不会轻易凑上去的。五品照例挤出那副不知是笑还是哭的笑脸，看看利仁的面孔，又看看手上的空碗。

"不愿意？"

"……"

"怎么样？"

"……"

这时，五品感到众人的目光都猬集在自己身上。一言之差，定然又要招来一通嘲弄。甚而觉得，回答什么都会照旧受人戏耍，真是左右为难。这时，要不是对方声音不大耐烦地说："不愿意，也不强求。"五品说不定会把空碗和利仁，一直比来比去，看个没完。

听见这话，他慌不迭地答道：

"岂敢……不胜感谢。"

凡听见两人对话的人，一时都失声笑了出来。"岂敢，不胜感谢。"甚至还有人这样学舌。在盛着黄橙绿橘的槲叶盘和高脚漆盘之上，众多软筒硬筒京式乌帽，便一齐随着笑声，如同波浪般摇晃起来。其中笑得最响最开心的，自是利仁。

"那就改日有请尊驾。"说话之间，他蹙起眉头来。是涌上来的笑声和酒气一起噎在喉咙里的缘故。"……不知意下如何？"

"不胜感谢。"

五品红着脸，把方才的话结结巴巴地重复了一遍。不用说，这次又引起哄堂大笑。至于利仁本人，正是要叫五品再说一遍，才故意这样问，所以，觉得比方才还可乐，更笑得前仰后合。这个来自朔北的粗野汉子，生活里只懂两件事，一是豪饮，一是狂笑。

幸而谈话的中心，不久即离开他俩。即便是打趣逗笑，总盯着这位红鼻五品，也许会招别人不快。总之，话题一个接一个，直到酒菜即将告罄，一个见习侍卫讲笑话，说有个人要骑马，两脚却套在一只皮护腿里，才又引动一座人的兴头。可是唯独五品，浑然充耳不闻。想必"山药粥"这三字，已占据他全部心思。哪怕面前摆着烤山鸡，筷子都不去碰一碰。杯里有黑酒，他嘴也不去沾一沾。自管两手放在膝上，宛如大闺女相亲，憨厚地红着脸，连花白的两鬓都红了起来，始终盯着空空如也的黑漆碗，傻乎乎地笑着……

过了四五天，一个上午，两个骑马人沿着加茂川畔，径朝粟田口缓辔而行。其中一人，上穿深蓝色猎衣，下着同色裙裤，佩了一把镶金包银的大刀，是个"须黑鬓美"的男子。另一人则在海昌蓝的短褂上加了一件薄薄的棉衣，是个四十来岁的武士，看他那情景，无论是马马虎虎系着的腰带，还是鼻孔里粘满鼻涕的红鼻头，浑身上下，无处不显得寒酸破落。至于坐骑，两人骑的倒都是骏马，前面一匹是桃花马，后面一匹是菊花青，三岁的牙口，神骏得连路上的小贩和武士都要回头张望。他们后面，还有两人拼命紧跟在马后，自然是持弓背矢的亲随和牵马执镫的马夫。毋庸赘言，这一行人，正是利仁和五品。

尚在隆冬，倒恰逢天气晴和，没有一丝风，白花花的河石间，清潺潺的溪水中，蓬草枯立，纹丝不动。临河低垂的柳树间，叶子落光的树枝上，洒满柔滑如饴的阳光。蹲在枝头的鹡鸰鸟，尾巴动一动，影子都会鲜明地投射在街面上。一片暗绿的东山，上方露出圆陀陀的山头，犹如霜打过的天鹅绒，想必是比睿山吧。鞍鞯上的螺钿在阳光下晶光闪亮，两人不着一鞭地径朝粟田口徐徐前进。

"您说，要带在下出去，究竟去哪里呢？"五品两手生分地拉着缰绳问道。

"就在前面。并非阁下担心的那么远。"

"这么说，是粟田口那里吗？"

"暂且先这样想吧。"

今早，利仁来邀五品，说东山附近有处温泉，想去一趟，两人便出了门。红鼻五品信以为真，恰值很久没有洗澡，这一向身上刺痒难熬。刚刚美餐过山药粥，若再洗个温泉澡，真是天幸其便。这一盘算，便跨上利仁事先牵来的菊花青。不料并辔来到此处，利仁的目的地似乎并非这附近。现在，不知不觉已过了粟田口。

"原来不到粟田口啊？"

"不错，再往前走一点，我说您哪。"

利仁面带笑容，故意不看五品，静静地策马而行。两旁的人家渐渐稀少，此刻，冬日广漠的田野上，只见得觅食的乌鸦；山阴的残雪，也隐隐地笼上了一层青烟。虽然天晴日朗，但望着野漆树的梢头，尖棱棱地指向天空，都令人觉得刺眼，不禁生寒。

"那么，是在山科一带啦？"

"山科，这儿就是。还要往前哩。"

果然，说话之间已过了山科。何止如此。不大会儿工夫，关山也已掠在身后，终于晌午将过时，来到三井寺。三井寺内，有个僧人与利仁交情颇厚。两人前去拜访，讨了一顿午饭。饭后又骑马赶路。一路上，较方才的来路，人烟更加稀少。尤其当年，盗贼四处横行，世道甚不太平。五品把个驼背愈发低低地弓了起来，仰视着利仁的面孔问道：

"还在前面吧？"

利仁不觉微微笑了起来，仿佛小孩子家被人发现了恶作剧，冲着大人微笑的样子。鼻尖上的皱纹，眼角旁的鱼尾纹，像在犹豫要不要笑将出来。他忍不住这样说道：

"其实呢，是要请阁下前往敦贺。"利仁一面笑着，一面举鞭指向遥远的天际。鞭子下，一片银光闪烁，近江湖水正辉映着夕阳。

五品惊慌起来。

"敦贺？敢是越前那个敦贺吗？越前那个……"

利仁自从到敦贺做了藤原有仁的女婿之后，多半住在敦贺，这事平素不是没有听说过。可是，直到此刻他都没有想到，利仁居然要把自己带到大老远的敦贺去。别的不说，跑到山重水隔的越前国去，仅仅带这么两个随从，怎么能保路上平安无事呢？何况这里一向传言，说是有过往行人为强盗所杀。五品望着利仁哀叹道：

"您又戏言了。原以为是东山，岂知是山科。以为是山科，谁料是三井寺。结果，是越前。究竟是怎么回事呢？倘使开头直说，也该多带上几个下人吧——去敦贺，这如何使得！"

五品几乎带着哭腔，嗫嚅着。若非有"饱餐一顿山药粥"的念头鼓起他勇气，恐怕他早就作别而去，独自回京都了。

"无须担心。有我利仁，一以当千。"

见五品如此惊慌，利仁不禁皱了皱眉头，嘲笑地说。然后叫过随从，将带来的箭筒背在身上，又接过一张黑漆弯弓，横放在鞍上，旋即一马当先，向前奔去。事已至此，怯懦的五品，唯以利仁的意志是从。他胆战心惊，东张西望，环顾周遭荒凉的原野，口中喃喃祷告，念诵依稀记得的几句观音经。那只红鼻子几乎蹭到马鞍的前桥上，依旧有气无力地催动着快慢不匀的马步。

原野上，嗒嗒的马蹄声喧，遍地遮满了黄茅，茫茫一片。一处处水洼，冷冰冰地映着蓝天，不由得令人暗想，这冬日的午后怕是终究会给凝冻住吧？原野尽头是一带连山，大概是背阴的缘故，本该熠熠生辉的残雪竟没有一星光芒，长长一道浓暗略呈紫苍。就连这些也为几丛萧瑟的枯茅遮断，许多景物是两个步行随从所看不到的。这时，利仁蓦然回过头，向五品开口道：

"且看！来了个好使者。可报信敦贺矣。"

五品不大明白利仁的意思，战战兢兢顺着弯弓方向望去。那本是望不到人影的所在。只见一只狐狸，落日下披一身暖融融毛色，慢吞吞走在不知是野葡萄藤还是什么攀缠的灌木丛中。霎时，狐狸慌忙纵身奔逃。利仁急忙挥鞭纵马追去。五品也没头没脑地追随其后。不用说，两个随从也不能落后。马蹄踏石的嗒嗒声，一时间冲破了旷野的寂静。俄顷，利仁已勒马停住，竟不知何时捉住了狐狸，倒提着两条后腿于鞍侧。想必追得狐狸走投无路，驯服于马下任其擒拿。五品揩拭髯上汗水，好歹策马赶到跟前。

"喂，狐狸，好生听着！"利仁将狐狸高高提至眼前，煞有介事地说，"去告诉他们，敦贺的利仁今夜将回府。就说'利仁陪同一位稀客正在途中。明日巳时时分，派人来高岛迎候，同时再备上两匹好马。'明白了吗？切不可忘记！"

说毕，一挥手，将狐狸远远抛进草丛。

"哎呀，跑啦！跑啦！"

刚刚赶上来的两名随从，望着狐狸逃走的身影，拍手嚷道。夕阳下，狐狸脊背的毛色近似落叶，它不辨树根与石块，一溜烟没命地逃去。一行人所立之处，望之尽收眼底。在追逐狐狸的当儿，不知何时已来到旷野高处，那是一面缓坡，低处与干涸的河床相连。

"好个宽宏大量的主儿！"

五品肃然起敬，衷心赞叹，仿佛刚认识一般，仰视着这位连狐狸都使唤得了的草莽英雄，却顾不得思量自己同利仁之间，究竟有何等差别。他感铭良深，只觉得利仁支配的范围有多大，自己也便跟着沾了多大的光。——这种时候，恐怕最易自然地阿谀奉承。然而，列位看官，此后倘从红鼻五品的态度中，看出什么逢迎拍马之类，切不可以此对他的人格妄加怀疑。

狐狸给抛了出去，骨碌碌地跑下斜坡，从干涸河床的石头间，轻捷地蹦蹿过去，又一鼓作气跑上了对面的斜坡。一面跑，一面回头望。捕获自己的武士一行，犹自并辔立在远远的斜坡上，看起来只有巴掌大小。尤其是桃花马和菊花青，沐浴着落日，衬托在寒霜凝露的空气中，比绘画还要鲜明。

狐狸一扭头，又在枯茅中，如疾风一般飞跑而去。

一行人照准于翌日巳时来到高岛。这是个小小的村落,地处琵琶湖畔,与昨日大异其趣,阴霾的天空下,只有疏疏落落的几椽茅屋。岸边的松林间,展露出一泓湖水,意态清寒,水面上灰蒙蒙的涟漪仿佛是忘了打磨的一面镜子。到了这里,利仁方回头望着五品道:

"请看!众人已经前来迎候。"

果不其然,只见湖畔松林中,二三十人有的骑马,有的步行,牵着两匹备好鞍鞯的马。人们短袢上的宽袖在寒风中翻飞,正急匆匆朝他们赶来。转眼之间到了跟前,骑马的慌忙滚鞍下马,走路的赶紧跪在路旁,一个个恭候利仁到来。

"看来那狐狸果真报了信呢。"

"天生变化多端的畜类,区区小事,何足道哉。"

五品和利仁说话的工夫,已来到众家臣迎候之处。利仁道了声"辛苦了",跪踞之人才连忙站起,接过两人的马。顿时气氛轻松起来。

"昨夜,有件稀奇之事。"

两人下马之后,刚要在皮褥上落座,一个白发苍苍的家臣,穿了件红褐色短袢,走到利仁面前禀告。

"什么事?"利仁一面将家臣随从等端来的酒馔,给五品斟上,一面大模大样地问。

"是这样一回事。昨晚戌时前后,夫人忽然失去神志,开言道:'吾乃阪本之狐是也。今日特来传达主公命令。请仔细听令!'我等走上前去,但听夫人说出这样一番话来:'主公陪同一位稀客,此刻正在途中。明日巳时,派人前往高岛迎候,再备两匹好马。'"

"这事的确稀奇。"五品着意瞧瞧利仁又瞧瞧家臣,随声附和着,讨得两方都很满意。

"这样说还不算。而且,她战战兢兢,浑身发抖:'万万不得迟误。如有迟误,吾将被主公赶出家门矣。'说着大哭不止。"

"那么,现在如何了?"

"后来便安心昏睡过去。我们出来时,似乎还没有醒。"

"如何?"听完家臣的话,利仁得意地瞧着五品说,"连畜类都要听我利仁驱使!"

"真叫人不胜惊讶。"五品搔着红鼻子,俯首致敬,且张嘴结舌,故意显出惊诧不已的样子。胡子上还沾了一滴方才喝的酒。

当天夜里,五品在利仁府上的一间屋内,茫然瞧着方角坐灯,竟难以入睡。漫漫长夜,眼睁睁直挨到天明。傍晚到达此地之前,一路上,同利仁及其随从谈笑风生,经过松山、小溪、枯野,看见荒草、落叶、岩石、野火、青烟——诸般物事一件件又在五品的心头浮现出来。尤当黄昏时分,暮霭沉沉之中,终于来到了这处府邸,看见长钵里炭火熊熊,不觉体会到长长松口气时的那份心情。此刻,居然躺在此处,一路历见仿佛都化为遥远的往事。棉花足有四五寸厚的黄被下,五品惬意地伸直了腿,情不自禁地呆呆看起了自己的睡姿。

被下,两件浅黄色的厚棉衣是利仁借与的,让他暖得动辄出汗。晚饭时,几杯老酒下肚,醉意更使他浑身热烘烘的。枕畔,格子板窗外面即是寒霜委地的大院子。他是这样的陶陶然,没有一丝苦寒的感觉。这一切与自己在京都的衙房相比,简直有云泥之别。尽管如此,我们的五品心里还是七上八下,像是总有那么一抹不安。首先,时间慢得令人望眼欲穿。却又觉得,天亮——也就是说,喝山药粥的时刻不要来得太快。两种矛盾的感情相生相克,盖因境遇之变化急剧,心情也变得不安起来,就如今日的天气一样,陡然变得冷飕飕的。凡此种种,置于脑后。难得这样暖和,竟也不能轻易入睡。

这时，听见外面院子里有人高声说话。听声音，像是今日中途接他们的那个白发家臣，像在吩咐什么事情。声音干涩，许是从满地霜华上传过来的缘故？凛然似寒风，句句穿透其骨髓。

"这边的下人听着！奉主公之命，明晨卯时前，每人须交长五尺、粗三寸的山药一根。万万不可忘记，务必于卯时前交来。"

这话反复说了两三遍，俄顷，寂然，周遭随即一如方才渺无人声，恢复冬夜的宁静。静寂中，只有灯油嘶嘶作响。火苗像条红丝绵，摇曳不定。五品把个哈欠硬是忍了回去，旋又沉入胡思乱想——提到山药，准是要拿来做山药粥。这一想，刚才只顾注意听外面而暂时忘却的不安，不知何时竟又潜入心头，比方才更加强烈。他不愿过早就把山药粥吃个够。这念头偏生跟他作对，总在脑中盘旋，不肯离去。"饱尝山药粥"的夙愿要是这样轻而易举兑现，几年来好不容易忍到今天盼到今天，岂不白费力气了吗？倘若可能，他宁愿突然来个什么节外生枝，山药粥喝不成了。等除掉麻烦，再费尽九牛二虎之力喝个够。五品的心思就像陀螺一样，滴溜溜总围着一处转，这时，因旅途劳累，不知不觉酣然睡去。

翌日清晨，五品一睁开眼，便惦记起昨夜的山药一事，所以什么都不顾，先打开了格子板窗。这才发现自己睡得人事不知，早已过了卯时。院子里铺了四五张长席，上面两三千根圆木似的东西堆得像座小山，竟与那斜伸出去的桧皮房檐一般高。定睛一瞧，五尺长三寸粗，齐刷刷的净是大得出奇的山药。

五品揉着惺忪睡眼，看得目瞪口呆。偌大的院子里好似新打的桩子上，依次安了五六口能盛五石米的大锅。不下几十个穿着白布裋子的年轻侍女，围着大锅忙活。烧火的，掏灰的，将白木桶中的甜葛汁舀到锅里去的，都在为熬山药粥忙得不可开交。锅下冒出的青烟，锅内升腾的热气，同尚未消尽的晨霭融成一片，广阔的庭院整个笼罩在辨不清物事的灰蒙蒙中,唯有锅下熊熊燃烧的烈焰,发出红彤彤的亮光。所见所闻,乱乱哄哄,就像战场或火灾现场似的。五品这才了解到,熬山药粥竟用这样大个的山药在这样的大锅里煮!自己就为喝这口粥,馋巴巴地从京都跋涉到越前的敦贺来。这一切使他越想越不是滋味。我们五品那值得同情的胃口这时其实早已倒掉了一半。

一小时之后,五品同利仁、利仁的岳丈有仁共进早膳。面前一个带梁的大银锅里,漫然如同海水般装了满满一锅的正是那可怕的山药粥。五品方才看见几十个年轻后生,灵巧地舞弄薄刃,从一头将堆得房檐高的山药麻利地切碎。然后,那些侍女跑来跑去,把切好的山药拾掇起来放进一口口大锅里。等到长席上的山药一根不剩时,便见几团热气从锅中冉冉升腾到晴朗的晨空。混合着山药味、甜葛味的粥香扑鼻而来。目睹这一切的五品,此刻面对着银锅里的山药粥,不等品尝就已腹满肚胀了。恐怕一点儿也不夸张。——五品面对银锅,难为情地揩着额上的汗水。

"这山药粥,您从未喝个够。现在不用客气,只管喝吧。"

岳丈有仁吩咐童儿们,又在桌上摆了几只银锅。每锅的山药粥,都满得几乎溢出来。五品本来就红彤彤的鼻子,现在越发透红,他将锅里的山药粥盛出一半倒在大土钵里,闭着眼睛,硬着头皮喝了下去。

"家父也说了,务请不要客气。"

利仁从旁不怀好意地笑道,劝他再喝一锅。五品哪里吃得消?这山药粥,打一开始,他就一碗都不想喝。如今捏着鼻子才勉勉强强喝了半锅。再多喝一口,不等下咽就会呕吐出来。可话说回来,倘若不喝,等于辜负利仁和有仁的一片厚意。于是,他又闭上眼睛,把余下的半锅喝掉了三成。最后,连一口都难以下咽了。

"感谢不尽,已经足够了。——哎呀呀,实在感谢不尽。"

五品语无伦次，尴尬透顶，胡子上、鼻尖上淌着豆大的汗珠子，简直不像在寒冬季节。
　　"吃得太少啦。客人显然客气哩。喂喂！你们在干什么呢？"
　　童儿们随有仁吩咐，又要从银锅往土钵里盛粥。五品挥动着两手像驱赶苍蝇一样，表示坚辞之意。
　　"不能要了，已经够了。……太失礼了，足矣足矣。"
　　若不是利仁这时指着对面屋檐说："瞧那边！"有仁不定还会不停地劝五品喝粥。幸好利仁的声音把众人的注意力引到了那处房檐。朝阳洒在桧皮葺的屋檐上。炫目耀眼的阳光下，老老实实地坐卧着一只毛色润泽的畜类。一看，正是前日利仁在荒郊枯野路上捉过的那只阪本野狐。
　　"狐狸也要吃山药粥哩。来人哪！赏它些吃的！"
　　利仁的吩咐当即照办。狐狸从屋檐上跳了下来，直奔院里去吃山药粥。
　　五品瞧着狐狸吃山药粥，回想起来此之前的自己，心中充满眷恋。那是受众多武士愚弄的他，是挨京都娃儿辱骂的他——"你个酒糟鼻！算什么东西！"他穿着褪了色的短褂和裙裤，像条丧家之犬，彷徨在朱雀大路上，可怜而孤独。但同时又是将"饱餐一顿山药粥"的夙愿，独自珍藏在心的幸福的他。——他放心了，可以不必再喝山药粥了，满头的大汗也渐渐从鼻尖开始消去。天气晴朗，敦贺的早晨却寒风刺骨。五品忙不迭地捂起鼻子，却冲着银锅打了好大一个喷嚏。

大正五年（1916）八月

猴　　子

魏大海译

那时，我刚刚完成一次远洋航行，"雏妓"（军舰上对见习军官的称呼）见习期即将结束，乘坐的 A 号军舰驶入横须贺港后的第三天下午，大约三点前后，上岸人员集合的喇叭声嘹亮地吹响。记得轮到右舷的同伴上岸，以为大家已列队甲板，突然又响起了全体集合的号角。想必肯定出了大事。我们一无所知，一边登舱一边互相探问："怎么回事？"

全体人员集合后，副舰长含糊其辞地说："……最近，本舰发生了两三起窃案。尤其是昨天，城里钟表商来，丢了两只银壳怀表。所以，现在要对全体人员搜身检查，还要检查你们的随身物品……"钟表商丢失东西，我是第一次听说。但舰上有物品被偷，我们却皆有耳闻。一个军士、两个水兵的钱被偷走了。

搜身检查，当然都要脱了衣服。幸好还是十月初，太阳照耀港内海面的红色浮标，给人夏天的感觉，所以并不感觉多么难受。可是那些打算早早上岸爽一把的伙伴丢了丑，一搜身，口袋里搜出春宫画或是避孕套。众人起哄，弄得他们面红耳赤，无地自容，扭扭捏捏地不愿受检，结果有两三个人挨了长官的嘴巴。

舰上全员六百人之多，统统查一遍，谈何容易。要说天下奇观，六百个人赤身裸体排列在军舰甲板上，堪谓一景。其中脸膛、手臂黢黑的轮机兵曾受怀疑，所以满脸怒气，摆出一副脱下裤衩任你搜个遍的架势。

上甲板如此折腾，中甲板和下甲板也开始检查物品。所有舱口都布置了见习军官，所以上甲板的人不可能下降半步。我被指派检查中下甲板，便和同伴一起检查士兵的衣服袋子、小箱子之类。自我上舰，干这种事还是头一回。查检横梁后头和放衣服袋子的隔板里，真是难以想象的麻烦。但是，和我一样的见习军官牧田终于发现了赃物。手表和钱都在一个名叫奈良岛的信号兵的放帽子的盒里找到，还发现了服务生丢失的那把柄上镶嵌蓝色贝壳的小刀。

　　于是宣布解散。紧接着命令信号兵集合。其他人自然高兴得不得了，尤其是曾被当作怀疑对象的轮机兵更是兴高采烈。但信号兵集合后，却没见奈良岛。

　　我没有经历过这类事情，毫无经验。不过听说军舰上发现了被盗赃物时，常常找不到窃贼。当然都是面临着自杀之命运。自杀的方式十之八九是吊死在煤炭储藏室里而几乎没人跳海。还听说这艘军舰发生过小刀剖腹事件，幸而被人发现保住了性命。

　　正因如此，军官们一听说奈良岛不在，便统统大惊失色。尤其是那个副舰长，惊慌失措的样子至今还历历在目。听说他在上一次战争中还是英勇善战的骁将哩，彼时却也脸色煞白，乱了方寸，看上去实在可笑。我们互相交换眼色，露出轻蔑的神情。这个人，平时开口闭口就是精神修养什么的，瞧现在这副狼狈相……

　　副舰长一声令下，立刻开始全舰搜索。此时感觉到愉快兴奋者，大概不止我一人。就像失火时看热闹的那种心情。警察抓罪犯的时候，还会担心对方拒捕，而军舰上绝无此虞。尤其是我们与水兵间的上下等级森严——没进过军队的人几乎无法理解——正是这严格的等级使我等无所顾忌。我几乎一跃而起跑下舱口。

　　和我一起下来的还有牧田，他好像也很兴奋，从背后拍着我的肩膀，说道：

　　"喂，真让我想起抓猴子的事。"

"嗯,今天这猴子没那只敏捷,放心好了。"

"你这么麻痹大意,会让它跑掉的。"

"什么?跑掉?一只猴子罢了。"

我们说笑着跑下舱去。

刚才说的猴子,是本舰开往澳大利亚远洋航行时,布里斯班港的某人送给炮长的。可是在军舰驶进威廉港的两天前,猴子拿着舰长的手表不知去向,闹得军舰上天翻地覆。或因大家长期航行在海上,百无聊赖,才会发生那般事情。炮长自不待言,我们也全体出动,工作服都没脱就下机房上炮塔,四下找寻,闹腾得人仰马翻。搜寻中,竟发现其他人弄来、买来的各类小动物——小狗在脚边碍事地跑动,塘鹅鸣叫,挂在绳上笼子里的鹦鹉发疯似的拍打翅膀,简直就像马戏团着了火。这时,那只猴子不知从什么地方钻出来,突然蹿到甲板上,手里还拿着那只手表,像要爬上桅杆的样子。恰好两三个水兵在那儿干活,当然不能让猴子跑掉。其中一人一把抓住猴子的脖子,制服了它。手表也只是玻璃外壳破裂,基本没损坏。后由炮长提议,猴子受到禁食两天的惩罚。可笑的是,也是炮长破坏自己规定的惩罚期限,不到两天,就给猴子吃了胡萝卜和芋头。他的理由是:"瞧它垂头丧气的样子,虽是猴子,也于心不忍。"实际上,现在我们寻找奈良岛的心情与那时寻找猴子的心情差不多。

我第一个跑到下甲板。大概您也知道,下甲板从来都是黑咕咚的地方,到处堆放着擦得锃亮的金属器件或喷漆的钢板,泛着淡淡的微光。——我总觉得有点儿喘不上气来。我在昏暗中朝着煤炭储藏库走了两三步,突然看见储藏库的装煤口露出一个人的上半身,吓得我差一点惊叫起来。这个人正从窄小的装煤口往储藏库里爬,所以先把脚伸了进去。他的脸被裹有蓝色水兵服的肩膀和帽子遮住,无法辨认是谁,且因光线暗淡,只看见黑黢黢的上半身。直觉告诉我这正是奈良岛。要果真是他,他进煤炭储藏库里来,没准儿是打算自杀。

我感到异常兴奋,一种浑身热血沸腾般难以言状的愉快的昂奋,也可以说像是手持猎枪的猎手发现猎物时的那种心情。我不顾一切地向对方扑去,双手比猎犬更加敏捷地紧紧按住他的肩膀。

"奈良岛!"

我的声音既不像斥责也不像怒骂,莫名其妙地发尖而颤抖。不言而喻,他就是犯人奈良岛。

奈良岛并没有挣脱我抓住他的手,他上半身依然探在装煤口上,仰脸平静地看着我的脸。"平静"这个词不足以形容当时他的神情。他要迸发出自己的全部力量,却又必须保持着平静。"平静"透现着万般无奈或迫不得已,仿佛被狂风吹折的帆桁在风暴过后却勉为其难地返航。我没有遇到潜意识中预想的反抗,萌生了一种类似不满的情绪,烦躁气恼、默不作声地俯视着那张"平静"的脸。

我从来没见过这等面容。这面容,连魔鬼看了都会哭。我说我的,你没亲眼见,仍是无法想象。我或许能把他那泪水汪汪的眼睛形容给你。你或许能想象他嘴角肌肉突然不由自主地痉挛。他那汗水津津的惨白脸色不难形容,但那整体上惊恐万状的表情,却是任何小说家都无法描写的。你是写小说的,这一点我敢对你断言。我感觉他的表情如一道闪电给了我致命的一击。那个信号兵的表情居然给我如此强烈的震撼。

"你要干什么?"

我机械式地发问。大概由于精神作用,这个"你",听起来像是指自己。"你要干什么?"——要是别人这么问我,我该怎么回答呢?"我要把这个人作为犯人抓起来。"谁都可以这样理直气壮地回答。看见这张脸,任何人都会这么说。我这样写成文字,像是经历了好长时间，其实几乎在一瞬之间，某种自责掠过我的心头。就在这时，一个微弱的声音尖锐地钻进我的耳朵："我没脸见人。"

也许你可以形容，我听到的是自己心灵发出的声音。我只觉得那句话像一根针扎入我的神经。我恨不得和奈良岛一道说"我没脸见人"，我们面对的是比我们强大的无形压力。我不知不觉松开了抓住奈良岛肩膀上的双手，仿佛自己才是被抓的犯人，我们呆呆地站在煤炭储藏库前。

后来发生的事情大抵不言自明。当天，关了奈良岛一天禁闭，第二天即被送往浦贺的海军监狱。我不太愿意说的是，那监狱经常让囚犯"搬运炮弹"。就是在相距大约八尺的两个土台之间，囚犯抱着二十来斤的铁弹不停地来回搬运。折磨犯人，大概没有比这种方法更痛苦的了。记得先前跟你借过陀思妥耶夫斯基的《死屋手记》，其中写道："只要让囚犯徒劳地重复某种工作，比如把甲水桶里的水倒在乙水桶里，再把乙水桶里的水倒回甲水桶里，囚犯非自杀不可。"浦贺的海军监狱实际上就是这么干的，没有囚犯自杀不可思议。被我抓住的那个信号兵送到那儿去了。他脸上有雀斑，个子不高，看上去懦弱而老实……

那天，我和几个见习军官倚在栏杆上，眺望着暮色初降的港口。牧田走到我身旁，带着揶揄的口气说道："你活捉了猴子，可立了大功啊。"他或许以为我内心洋洋得意。

"奈良岛是人，不是猴子。"

我没好气地把他顶回去，转身离开。其他人肯定觉得奇怪，我和牧田打海军军官学校时就是好朋友，从未吵过嘴。

我独自在上甲板上从舰尾走到舰头，想起副舰长担心奈良岛生死时那副惶惶不安的神情，不禁感到亲切。当我们把那个信号兵当作猴子对待的时候，只有副舰长对他显示了人的同情。我们蔑视信号兵的那种态度实在愚蠢至极。我突然低下头去，感觉到一种羞愧。我在暮色昏暗的甲板上从舰头走回舰尾，尽量不让皮鞋发出声音。让关在禁闭室里的奈良岛听见我们急促有力的皮鞋声，我心里过意不去。

据说，奈良岛的偷窃行为还是起因于女人。我不知道他的刑期有多长。至少几个月，他必须在黑暗的牢房中度过。猴子可以免受惩罚，人却无可幸免。

大正五年（1916）八月

手　　绢

魏大海译

东京帝国法学科大学教授长谷川谨造①先生坐在阳台的藤椅上，阅读斯特林堡②的《剧本创作法》。

先生的专业是殖民地政策研究。所以，读者或对先生阅读《戏剧理论》感到有些唐突。不过，先生作为颇负盛名的学者和教育家，即便是与专业研究无关的书籍，只要某种意义上关联于现代学生的思想或感情，他便要尽量抽空去浏览。就说眼下，兼任校长先生只有一个理由——这些书是这所高等专科学校学生喜欢看的书。就因为这个原因，他甚至不辞辛劳地阅读奥斯卡·王尔德③的《深渊》和《意愿》。这样一位先生在阅读欧洲近代戏剧、演员论，就不足为怪了。因为先生熏陶下的学生要写易卜生论、斯特林堡乃至梅特林克④论，有的则要继承近代戏剧家的事业，立志献身于戏剧之创作。

先生每看完一章寓意深刻的文章，便将黄皮布面的书籍放在膝

---

① 该文的长谷川谨造以新渡户稻造为模特儿。
② 斯特林堡（1848—1912），瑞典剧作家、小说家。著有小说《红房子》、《女佣之子》、《新国王》，戏剧《父亲》、《朱莉小姐》、《到大马士革去》、《死的舞蹈》、《古斯塔夫·阿道尔夫》等。
③ 王尔德（1856—1900），英国作家。著有童话集《快乐王子集》，剧本《温德梅尔夫人的扇子》、《理想丈夫》、《莎乐美》，小说《道连·格雷的画像》等。
④ 梅特林克（1862—1949），比利时剧作家、诗人。作品具有神秘象征性，曾获诺贝尔文学奖。诗集有《温室》，戏剧有《盲人》、《佩利亚斯与梅丽桑德》、《青鸟》等。

盖上,漫不经心地瞥一眼挂在廊檐下的岐阜灯笼①。奇怪的是,每逢此时,先生的思绪便离开了斯特林堡,而想起和自己一起去买这个灯笼的夫人。先生在美国留学期间结婚,夫人自然是美国人。然而她喜欢日本和日本人的程度与先生没有丝毫差异。尤其对日本做工精致的工艺美术品,更是爱不释手。所以把岐阜灯笼挂在廊檐下,与其说是先生的喜好,不如说由此窥见了夫人的日本情趣之一端。

先生每次合上书本,就想起夫人和岐阜灯笼,以及灯笼所代表的日本文明。先生深信,日本文明在最近五十年里,物质方面获得了相当显著的进步,但精神方面几乎没有看到明显的进步。岂止如此,从某种意义上说,精神文明正在堕落。那么作为现代思想家,当务之急是发现有何办法能抑止那般堕落。先生断定,除了日本传统的武士道,别无他法。武士道绝非局限于狭隘的岛国国民道德,其中竟至包含着与欧美各国基督教精神一致的东西。倘能以武士道精神认知现代日本的思潮走势,则不仅是对日本精神文明的贡献,也有利于欧美各国国民与日本国民的相互理解,或许还能促进世界和平。——先生平素立志成为这个领域东西方联结的桥梁。因此,夫人和岐阜灯笼乃至灯笼所代表的日本文明,才在先生的意识里相互间保持着一种和谐,这无疑是皆大欢喜之事。

但是在获得了几次这样的心理满足以后,先生发现自己的思绪与正在捧读的斯特林堡渐趋渐远。他不满地摇摇头,眼睛又回到细小的铅字上,重新开始认真地阅读。他刚好看到这样的一段文字:

> 演员体会最普通的感情,发现一种恰如其分的表现手法。当他通过这个方法获得成功时,就容易落入俗套,即

---

① 岐阜灯笼,岐阜特产,骨细纸薄,绘有山水花鸟。夏日挂于檐下,有凉爽感觉。

不论时间、场合是否合适,动辄运用老套手法。一方面乃因驾轻就熟,另一方面也是因为已曾获得了成功……

先生与艺术,尤其与戏剧,本来是风马牛不相及的关系。即使是日本戏曲,至今也只看过屈指可数的几次。——他一个学生写的小说里出现"梅幸"这个名字,素来博闻强记十分自负的先生竟对之全然不知。于是在为该书写序的时候,他把学生叫来,问道:

"这梅幸是什么意思?"

"梅幸……吗?这个梅幸,就是丸之内帝国剧场的专职演员哪,现正在《太阁记》第十场里扮演操这个角色哩。"身穿小仓裙裤的学生恭敬地回答。

所以,先生对斯特林堡精准地评论各种表演方法的文章,谈不出任何个人见解。他只能藉之联想起在西方留学期间看过的一些戏剧中的场面,从中领略几分旨趣。就是说,这和中学英语老师为寻找英语的习惯用语而阅读萧伯纳的剧本没有多大区别。兴趣嘛,毕竟只是兴趣而已。

廊檐上挂着尚未点燃的岐阜灯笼。长谷川谨造先生坐在藤椅上捧读斯特林堡的《剧本创作法》。我只要写这么一件事,读者大概就能轻而易举地想象这是何等漫长的夏日午后时光。然而千万不要因为我这一说,就认为先生百无聊赖。如若有人这般解释,则肯定是故意嘲讽曲解我写作的心情。——此刻,先生连斯特林堡也只得暂且搁下。女佣突然禀告,有客来访。这就大扫先生之雅兴。世间的时光漫长,先生却不得片刻清闲……

先生放下书本,拿起女佣送来的小名片瞥了一眼。象牙色的纸片上,字体纤细地写着"西山笃子"。先生觉得,此人以前似未谋面。先生交际很广。他从藤椅上站起来,为慎重起见,还是在脑子里又翻阅了一遍名单,仍旧不记得见过这么个人。于是先生把名片当作书签夹在书里,把书放在藤椅上,然后匆忙地整理了一下丝绸单衣前襟,望着眼前的岐阜灯笼。这种时候,大概谁都没有例外,主人往往比在外面等待的客人更着急。想必无须特别说明。先生性格严谨,即使不是今天这样的陌生女客,他也总是显得局促不安。

须臾,先生估摸了一下时间,便推开会客室的门。就在他松开门把手之时,几乎同时,约莫四十岁的女客也从椅子上站了起来。客人的穿着出乎先生意料,温文雅致。她身穿铁青色和服单衣,外罩黑色罗纱短外套,胸前细细的衣缝上清爽的菱形翡翠带扣格外显眼。对这些琐事原本迟钝的先生一看她的发型,也知道那是圆髻。她长着一张日本人独特的圆脸,皮肤呈琥珀色,看似贤妻良母。先生瞧她一眼,觉得在哪里见过。

"我是长谷川。"

先生和蔼地招呼道。心想,若是以前见过面,这一说,对方没准儿会主动提起。

"我是西山宪一郎的母亲。"

对方声音清晰地自我介绍,然后恭恭敬敬地还礼。

先生还记得西山宪一郎,也是他的学生,写过关于易卜生、斯特林堡的评论,专业像是德国法律。进大学以后,还经常带着思想问题,到先生这里来请教。今年春天因患腹膜炎,住进了大学的医院,先生还顺便去看望过一两次。先生觉得这个妇女似曾相识,也不是没有道理。那个浓眉、快活的青年与眼前这位妇女,简直像一个模子刻出来的,惊人的相似。

"哦,是西山君的……是嘛。"

先生兀自点点头,指着茶几那边的椅子道:

"请坐吧。"

妇人先对自己的突然来访表示歉意,恭恭敬敬地施礼后,坐在椅子上。紧接着,她从衣袖里取出一块白色的东西像是手绢。先生一见,即把茶几上的朝鲜团扇递了过去,自己也在这边的椅子上落座。

"贵宅真漂亮。"

妇人略显做作地环视屋内。

"哪里,就是大一点儿,没什么用。"

先生早已习惯此类寒暄。这时,女佣端来凉茶。先生让女佣把凉茶放在客人面前,改变话题问道:

"西山同学怎么样?病情有好转没有?"

"是啊。"

妇人谦恭地把双手重叠在膝盖上,略一停顿,接着平静地说下去,语调沉着而流畅:

"其实,今天我也是为孩子的事登门拜访的。他终于去世了。生前一直受到先生关照……"

先生以为,妇人没有喝茶是客气,于是自己端起盛着红茶的茶杯送到嘴边。他觉得,与其勉强相劝,不如自己先端起茶杯。然而茶杯还没有触及柔软的髭须,妇人的一番话却让先生猛然一惊。听到学生的死讯,这茶是喝还是不喝呢?——本来与青年之死全然无关的问题,瞬间却使先生左右为难。茶杯已经端在手里,也不能就这样放下来。先生终于下了决心,咕嘟一口喝了半杯,他微皱眉头,用好像呛着的声音说道:"太可惜……"

"他住院的时候一直惦念先生,知道先生很忙,思前想后还是前来通知一声,表示感谢……"

"哪里,您太客气了。"

先生放下茶杯,又拿起涂有一层青蜡的团扇,怃然说道:

"到底还是去世了啊。正是大有作为的年龄……我也好久没去医院看望,以为他痊愈了呢……噢,什么时候去世的呢?"

"昨天刚好是头七。"

"在医院去世的吗?"

"是的。"

"呀,真的很意外……"

"不过,已经尽力而为了,只好认命。到这个地步,也没必要怨天尤人了。"

交谈之间,先生突然发现一个意外的事实:这个女人的态度举止一点儿不像在谈论自己儿子的死。眼睛里没有泪水,声音也和平时一样,甚至嘴角还泛出一丝微笑。不听内容,光看外表,简直就像一个妇人在聊着茶余饭后的闲事儿。——先生觉得有点儿奇怪。

先生在柏林留学的时候,当今德国皇帝恺撒的父亲威廉一世驾崩。当时先生正在一家经常光顾的咖啡馆里,听到这个讣告,只是平常事一般地感慨一番,且如平时一样,拐杖夹在腋下,精神抖擞地回到了住处。开门之后,主人家的两个孩子却从两边抱住了先生的脖子,哇地一齐大哭起来。一个是十二岁的女孩子,穿着茶色上衣;另一个是九岁的男孩子,穿着深蓝色短裤。先生素来喜欢孩子,不明白发生了什么事儿,只好一边抚摸他们色泽光亮的头发,一边问:"怎么啦? 怎么啦?"他们却仍然伤心地哭泣不停,抽搭着呜咽道:"陛下老爷爷去世了。"

先生觉得不可思议。一个国家元首去世了,会使小孩子如此悲伤? 他不禁思考了皇室与国民的关系问题。来到西方国家后,西方人冲动的感情表白常使先生为之惊异,但孩子们的反应更让信奉武士道精神的日本人先生大为吃惊。当时惊讶与同情融为一体的感触至今难以忘怀。——现在先生正是从这个角度出发,觉得眼前这个女人反而不流泪,实在出乎人之常情。

先生这第一发现后,很快又有了第二发现。

主客间的话题从回忆去世的学生转到日常生活,再回到死者缅怀。此时,先生手中的朝鲜团扇,一不小心啪啦地滑落到拼木地板上。两人的谈话并无火烧眉毛般的刻不容缓。先生从椅子上俯身伸手取地板上的扇子。扇子掉在茶几底下——妇人套在拖鞋里的白布袜子旁边。

这时，先生的目光偶然落到妇人的膝盖上。她拿着手绢的手放在膝盖上。当然，这没什么可奇怪的。但先生同时发现妇人的手在剧烈地颤抖。大概为竭力控制激动的情绪，她两手使劲儿攥着手绢，像要撕裂的样子。被攥得皱皱巴巴的手绢刺绣花边，在她纤细柔软的手指间微风吹拂般地抖动。——妇人脸上一直挂着微笑，其实全身都在恸哭。

先生拾起扇子，抬起头来的时候，他的脸上浮现出方才没有过的表情。这种表情极其复杂——看了不该看的东西的虔敬心情，交融于来自那般心情、意识的某种满足感，间或带有些许做作与夸张。

"我没有孩子，但非常理解您的痛苦心情。"

先生像是看着一个晃眼的东西，脖子略微夸张地后仰，声音低沉，充满感情。

"谢谢。但是现在不论说什么，人不能死而复生……"

妇人带着感激略微欠身，明朗的脸上依然荡漾着优雅的微笑。

两个小时以后，先生洗完澡，吃过晚饭和饭后的水果樱桃，又舒适地坐在廊檐的藤椅上。

夏季的白天很长，黄昏也久久泛留着朦胧的亮光，敞开玻璃窗的宽大廊檐很难暮暗下来。先生左腿叠放在右腿上，脑袋靠在藤椅上，在黄昏的微光中呆呆凝视着岐阜灯笼的红流苏。虽然手里还拿着那本斯特林堡，却一页也没看。这也难怪——先生满脑子还是西山笃子夫人那显现坚强的言谈举止。

先生一边吃饭一边把这事的始末告诉夫人，称赞道这正是日本妇女的武士道。夫人热爱日本和日本人，闻之自然同情不已。先生发现夫人是自己的热心听众，心满意足。夫人、刚才那个妇人，还有岐阜灯笼——如今三者以某种伦理的背景，浮现在先生的意识里。

不知先生有多长时间沉浸在这样幸福的回忆里。在回忆的过程中，突然想起一家杂志向自己约稿。这家杂志以《致现代青年的信》为题，征询各方名流关于公众道德的见解。先生挠了挠头心想，以今日之事为素材，尽快写出一篇感想寄去吧。

先生挠了脑袋的手持着斯特林堡。他开始注意刚才一直没有顾及的书，翻开了夹有名片的那一页。这时，女佣过来点亮了头顶上的岐阜灯笼，便可认读书上细小的铅字了。其实先生并没有看书的心情，只是目光漫不经心地落在书页上。斯特林堡如是说：

> 我年轻时，听说过海堡夫人手绢的故事。大概是巴黎生产的手绢吧。那是面带微笑、手撕手绢的双重表演。我们今天将这种演技称之为"臭派儿"……

先生把书放在膝盖上。书打开着，西山笃子的名片还夹在书里。此时先生的心里想的已不再是那个妇人，也不是夫人或日本文明，而是一种试图破坏均衡和谐的莫名其妙的东西。斯特林堡批判的表演方法与实践道德自然是不同的问题。然而从刚才看到那段话的暗示中，一种莫名的东西搅乱了先生沐浴后平静闲适的心情。武士道及其模型……

先生心情不快地摇了两三下脑袋，然后翻眼一直瞧着描绘有秋草图案的明亮的岐阜灯笼……

大正五年（1916）九月

烟草与魔鬼

魏大海译

日本原先没有烟草这种植物,那么什么时候船运而来的呢?年代的记载不尽相同。有的说在庆长年间①,有的说在天文年间②。不过,庆长十年左右,似乎各地都有种植。到文禄年间③,吸烟已普遍流行,还出现这样的讽刺打油诗:"莫听禁烟令,有钱鬼推磨。天皇玉音远,玄啄尽庸医。"④

那么,是谁把烟草带到日本来的呢?历史学家皆云,是葡萄牙人或西班牙人。其实未必尽然,还有一个传说似的答案:烟草是魔鬼从哪儿万里迢迢带到了日本。这个魔鬼是天主教神甫(大概上或为方济各)。

也许这么说,天主教徒会谴责我诬蔑他们的神甫。但我觉得,事实或的确如此。正如南洋的神渡来之时,南洋的恶魔也随之而来,西洋的善输入之时,恶亦随之而来。这是再自然不过的事情。

但我无法保证实际上就是这个魔鬼把烟草带了进来。阿那托尔·法朗士⑤在他的著作中说,魔鬼想用桂花引诱一个和尚。这样

---

① 庆长年间,1596—1615 年。
② 天文年间,1532—1555 年。
③ 文禄年间,1592—1596 年。
④ 江户幕府颁布禁烟令,制定流通货币。玄啄,京都鹰峰东面的地名。
⑤ 阿那托尔·法朗士(1844—1924),法国作家、文学评论家、社会活动家。1921 年作品《苔依丝》获诺贝尔文学奖。

看来，魔鬼将烟草带来日本的传说未必是一派胡言。退而言之，即使是编造的谎言，某种意义上这个谎言或也出乎意外地接近于事实。——基于此念，我想把烟草进入日本的传说记录下来。

天文十八年，魔鬼变成方济各·沙勿略①手下的一个传教士，经历了漫长的海上航行安然抵达日本。魔鬼变成传教士，乃是因传教士真人在阿妈港②之类的地方上了岸，黑船上的其他人并未觉察就启航了。于是，一直用尾巴缠在桅杆上、倒挂着身子偷偷观察船内动静的魔鬼立刻变成这个传教士的模样，朝夕侍奉于方济各神甫身边。这恶魔去拜访浮士德的时候，还能变成身披红斗篷的潇洒骑士。所以这么点儿小把戏无足挂齿。

可是到了日本一看，与他在西洋阅读的《马可·波罗游记》大相径庭。书上说此国遍地铺金，实际上全无那等景象。看来，只要自己用指甲在十字架上搓磨几下变出黄金，就有大大的诱惑力。另外马可·波罗说，日本人有珍珠起死回生术，看来也是谎言。既是谎言，自己只消往各地的井里吐口唾液，让疾病流行，人们就会无奈地把死后升天堂的事儿忘得一干二净。——魔鬼跟在方济各神甫后面，装作一本正经的样子到处参观，心里却在盘算这些事，脸上露出得意的微笑。

但他却面对着唯一的一个难题。这难题让魔鬼亦束手无策。方济各神甫初来乍到，还没有开始传教，日本连一个天主教徒都没有，也便没有自己的引诱对象。魔鬼感觉相当作难，首先不知道如何打发这段无聊的时光。

魔鬼左思右想，决定种植园艺植物来消磨时光。他离开西洋

---

① 方济各·沙勿略（1506—1552），西班牙天主教耶稣会传教士。1549 年去日本，1551—1552 年两次到中国广东上川岛。
② 阿妈港，指澳门。日本在室町时代称为"天川"，因有妈祖庙而又称"阿妈港"。

时，把各种各样的植物种子装在耳朵里带了来。于是借了一块附近的田地。恰巧方济各神甫也对此事极为赞成。当然，方济各神甫还以为是自己手下的传教士，想把西方的药草之类移植到日本。

魔鬼立刻借来犁锄，辛勤地开垦路旁的田地。

正值初春，空气湿润，云霞暧昧，远处寺院传来柔和荡漾的钟声，似催人眠。那钟声柔沉恬静，不像听惯了的西方教堂的钟声，清越嘹亮地贯通脑门。但是，魔鬼绝不可能身处这样的和平环境，心情即变得轻松愉快。

魔鬼一听这寺院钟声，比听圣保罗教堂的钟声还要难受痛苦，皱起眉头，拼命翻地。因为听到这悠扬舒缓的钟声，沐浴着温煦和暖的阳光，心灵不知不觉间松弛下来，既不想行善也不想作恶。这样的话，特地跨海引诱日本人的计划，莫非就要泡汤？魔鬼本来讨厌干活儿——因手掌没有伊凡妹妹看重的老茧①，现在这样卖力地挥动锄头翻地，就是为驱赶不断袭击身体的道德性睡意。

经过数日劳动，魔鬼终于平整好了这块土地，便把藏于耳中的种子播种在田垄上。

几个月后，魔鬼播下的种子发芽生长。至夏末，宽大的绿叶茂密地覆盖着整个田地。没有一个人知道这是什么植物。连方济各神甫询问他，魔鬼也没有回答，只是咧嘴嬉笑。

不久，植物的茎部顶端绽开了簇簇花朵。花色淡紫，状如漏斗。魔鬼看着辛勤劳动的结果，心里非常高兴。除了早晚祈祷，他总在地头精心培育。

---

① 俄国作家列夫·托尔斯泰的童话《傻瓜伊凡》中说，到伊凡家吃饭的客人，伊凡的妹妹都要先看他们的手掌，如果没有干活的老茧，就不许入座。

有一天（方济各神甫去外地传教的几个日子里），一个牛贩子牵着一头黄牛从田地旁经过，见一个身穿黑袍、头戴宽边帽的南蛮①传教士，正在栅栏圈围、紫花锦簇的旱地里，专心致志地捉拿叶上的虫子。牛贩子没见过这种花，觉得好奇，不由得停下脚步，摘下斗笠，十分客气地向传教士打招呼。

"请问神甫先生，这是什么花呀？"

传教士回过头去。牛贩子一看，原来是一个鼻矮眼小的洋人，看上去和蔼可亲。

"你是问这个吗？"

"是的。"

洋人一边走到栅栏旁边一边摇头，用磕磕巴巴的日本话说："对不起，这个花的名字，我不能告诉别人。"

"哦？是方济各神甫大人不让说的吗？"

"不，不是的。"

"那您还不能告诉我吗？我最近也受到方济各神甫大人的教导，信教了呀。您看……"

牛贩子洋洋得意地指着胸前。传教士一看，果然脖子上挂着小小的铜十字架，在阳光下闪闪发亮。也许觉得晃眼，传教士微皱眉头，低下脑袋，但立刻又抬起头来，用更亲切温和的语调半认真半玩笑地说：

"还是不能说。这是我的国家之规定，不许告诉别人。不过，你猜猜看吧。日本人很聪明，一定猜得着的。你要是猜着了，把这地里长的东西全送给你。"

牛贩子以为传教士在和自己开玩笑，那被太阳晒黑的脸上泛起

---

① 南蛮，日本室町时代至江户时代对泰、吕宋、爪哇等南洋岛屿的称呼。也指经南洋到日本的欧洲人及物品。

微笑,故意装模作样地略歪脑袋,说道:

"这是什么花呢?一下子还真想不出来。"

"不一定非得今天,给你三天时间,好好考虑。也可以去问别人。猜中了,把这些都给你。另外送你红葡萄酒或人间乐园图吧。"

牛贩子似乎对传教士的热情感觉吃惊:

"要是猜不着,怎么样呢?"

传教士把帽子往后脑勺推了推,摆了摆手,笑起来。他的笑声尖利,却像乌鸦叫,牛贩子有点儿惊讶。

"要是猜不着,我就跟你要点儿什么。打赌吧。猜得着猜不着,就拿这个赌。要是猜着了,全给你。"

洋人的声音又变得温和下来。

"好,就这样。我也豁出去了,你要什么,我给您什么。"

"什么都肯给吗?这头牛呢?"

"没问题呀,输了就给您。"

牛贩子笑着抚摸牛的额头。他似乎认定这待人热情的传教士是在开玩笑。

"我赢了,就把这一片开花的草给我?"

"是的,没错,一言为定。"

"一言为定,以圣主耶稣基督的名义发誓。"

传教士听牛贩子这一说,那一双小眼睛闪闪发亮,满意地呼哧两三下鼻子,然后左手叉腰,稍微挺起胸脯,右手摸着紫花,说道:

"要是猜不着,我就要你的肉体和灵魂。"

洋人说完,伸出右手,举到头上,摘下帽子,只见蓬乱的头发里长着两只山羊一样的犄角。牛贩子吓得面色苍白,手里的斗笠掉到地上。大概由于太阳西斜的缘故吧,刚才还耀眼闪亮的紫花顿时黯然失色。连黄牛似乎也感到害怕，低头发出粗重低沉的叫声……

"记住咱俩的约定。你得对着我不能说出名字的花草起誓了。别忘了，三天期限。好吧，再见。"

魔鬼恭敬礼貌的口气显然含带着轻蔑。说完，他还故意对牛贩子深鞠一躬。

牛贩子后悔自己糊里糊涂中了魔鬼圈套。照此下去，自己肯定要被这恶魔抓住，肉体和灵魂皆在"永无熄灭的烈火"中焚烧。那自己抛弃了以前的信仰接受天主教洗礼，不是徒劳吗？

不过，既然以圣主耶稣基督的名义起了誓，就要信守诺言。当然，方济各神甫在的话，或许还有办法。偏巧或许不在。这三天里，牛贩子晚上未曾合眼，绞尽脑汁要想出一个办法巧妙地对付魔鬼。想来想去，唯一的办法是必须知道植物的名称。可是连方济各神甫都不知道，谁还能知道呢？

在限定的最后那天晚上，牛贩子又无奈地牵着那头黄牛悄悄来到传教士住所。传教士的家挨着田地，面朝大路。走近窗户前，屋里漆黑，传教士或已睡觉。月亮高悬，仍是朦胧夜色，寂静无声的田地里一片紫花在黑暗中泛着凄凉的微光。原来牛贩子想好了一个对策，虽无充分把握，毕竟悄悄来到了这里。可看到这万籁俱寂的景象，心里忐忑不安起来，甚至打算转身回府。尤其想到那个头顶长着山羊角的先生正在那扇门后面做着地狱梦，好容易勉强鼓起的勇气沮丧地消失殆尽。但是，想到自己的肉体和灵魂就要交给那个恶魔，又暗下决心绝不能气馁示弱。

于是，牛贩子只好祈求圣母玛丽亚保佑自己，他断然实施了制订的计划。要说计划，其实不过是把牵来的黄牛缰绳解开，在牛屁股上使劲一击，把牛赶进地里。

牛的屁股被打痛了，跳跃起来，冲破栅栏，在田地里狂跑乱踩,牛角几次撞击了传教士家的板墙。蹄子声、吼叫声,震撼着淡薄的夜雾,偌大的骚动响彻四方。这时,有人打开了窗户探出头来。天黑,看不清什么模样,但肯定是变成传教士的魔鬼无疑。大概是心理作用,牛贩子在黑暗里清清楚楚地看见了对方头上的两只角。

"这畜生,怎么踩踏我的烟草地?"

魔鬼一边挥手一边用发困的声音吼骂。大概魔鬼刚刚入睡就被吵醒,气得火冒三丈。

然而魔鬼的这句话对于躲在田地后面偷看动静的牛贩子,简直如上帝之言……

"这畜生,怎么踩踏我的烟草地?"

与所有类似的故事一样,这个故事的结局也十分圆满。牛贩子不费吹灰之力说出了植物的名字,彻底赢了魔鬼,地里的烟草全部归他所有。

我觉得,这古老的传说包含着更加深刻的意义。魔鬼没有得到牛贩子的肉体和灵魂,烟草却在日本全国普及开来。牛贩子的胜利伴随的是堕落,魔鬼的失败却伴随着成功。魔鬼是不会吃亏的。当人类以为自己战胜魔鬼的引诱时,说不定已经失败了。

顺便简述魔鬼的结局:方济各神甫从外地回来,凭借神咒的威力把魔鬼赶出此地。后来,魔鬼好像仍旧装作传教士的样子到处流浪。据载,在修建南蛮寺的这段时间里,他经常出入京都。据说把松永弹正[1]玩弄于股掌之间的果心居士就是这个魔鬼变的。此说出

---

[1] 松永弹正,即松永久秀(1510—1577),日本室町时代末期武将。三好长庆的家臣,弹正少弼,在信贵山筑城,消灭主家,投降织田信长,后又背叛,失败死亡。

自拉夫卡迪奥·赫恩①所著,恕不赘述。及至丰臣、德川颁布禁教令②,起先还时有露面,最终则离开了日本。——有关魔鬼的记载,到此为止。明治时期以后,他又来日本,对其情况毫无所知,实为遗憾……

大正五年(1916)十月

---

① 拉夫卡迪奥·赫恩,即小泉八云(1850—1904)。作家,英国人,1890年到日本,与日本女子小泉节子结婚,遂入日本籍,改日本名。
② 丰臣秀吉于1587年下令禁止天主教。德川家康于1613年重新下令禁止天主教。

烟　管

郑民钦译

一

加州石川郡金泽城城主前田齐广在江户参勤①时，每次登上江户城的中心城堡，必定带着他爱不释手的烟管。这个烟管出自当时著名的烟管商住吉屋七兵卫之手，纯金制作，雕刻有剑梅家徽，做工极其考究。

根据幕府的规制，前田家自五世加贺守纲纪以后，在大廊下②的位置世代摆在尾纪水三家之后。当然要说富裕，在当时的大小诸侯中可说无人能比。所以城主齐广手持纯金烟管，不过是与之身份相符的装饰品而已。

齐广对自己持有这个烟管非常得意。不过这洋洋自得或由衷的高兴，并非缘自任何时候皆可把玩烟管，而是平素得以将这样的烟管叼在嘴里，显示优越于其他诸侯的权势。可以说，他把纯金烟管视为加州百万石诸侯的象征，不论前往何处，他都志得意满地随身携带。

正因如此，齐广每次登上江户城，都是烟管不离手。和别人谈话的时候自然如此。一个人独处的时候，也经常从怀里掏出来，派

---

① 参勤，诸侯每隔一年来江户谒见将军并留在幕府供职一年的制度。
② 大廊下，江户城中心城堡里的房间，分上下两层。上层的房间供三家、三卿使用，下面的房间供前田、岛津、三家的子弟等使用。

头十足地含在嘴里，然后悠闲自得地品味着香味浓郁的长崎烟丝。

当然，也许他原先得意洋洋的心态，并未傲慢狂妄到以烟管或烟管象征的百万石权势向别人炫耀的程度，但他即使无意炫耀，将军府的人也把目光集中到了这支烟管上。齐广意识到大家的目光，产生一种愉快的感觉。——实际上，当同座的大名夸他的烟管精致，提出鉴赏的要求时，齐广竟觉得嘴里的烟味都比平时更加愉快地刺激舌头。

二

对齐广的纯金烟管惊叹不已的人群中，最好议论的要数谓为坊主①的一个阶层。他们凑到一起，就兴致勃勃地谈论这支加贺烟管。

"真不愧是大名用的烟管。"

"同样都是烟管，那玩意儿，当金子卖也值不少钱哩。"

"要是放在当铺里，能值多少钱？"

"谁像你呀，没人把它拿去典当。"

有一天，他们五六个人又凑到一块儿，圆圆的光脑袋堆在一处，一边吸烟一边照例聊起烟管。这时，数寄屋坊主②河内山宗俊偶然走了过来。此人后来是"天保六歌仙"中的主要 rôle（成员）。

河内山眼角不屑一顾地扫了一遍这些光头，趾高气扬地说："哼，又是聊烟管！"

"你看那雕刻，纯金的材料，多棒哪！我们这种连银烟管都不配有，看一眼，大饱眼福……"

那个名叫了哲的坊主谈兴正浓，突然发现自己的烟袋不知道何

---

① 坊主，伺候幕府、诸侯的侍者，剃光头，从事茶水、饮食等杂役。
② 数寄屋坊主，江户幕府时代掌管茶礼、茶器的小官吏。

时被宗俊拿了去，掏出烟丝装在他自己的烟管里，正悠然自得地吐着烟圈。

"喂，喂，这不是你的烟袋。"

"行了，行了。"

宗俊瞧也不瞧了哲一眼，又开始装烟丝。抽完以后，打个小哈欠，把烟袋扔回去。

"烟丝不咋样。还说喜欢烟管，不嫌丢人哪。"

了哲急忙把烟袋收起来。

"瞎说。要是纯金烟管，我这烟抽起来还是很不错的。"

"哼，又是什么纯金烟管……这么喜欢，怎么不去要来呀？"

"把它要来？"

"是啊。"

了哲对宗俊这种旁若无人的态度似乎也感到惊讶。

"你瞎说什么？我再贪得无厌，也不至于……有一支银烟管也就满足了……要知道，那可是纯金的呀。"

"当然知道。正因为是纯金的，才去要哩。黄铜的谁还要啊。"

"不过，我还是有点害怕。"

了哲拍了一下光秃秃的脑袋，做出一个不敢的动作。

"你不去要，我可去要啰。以后别眼红。"

河内山说完，一边磕打烟管，一边摇晃着肩膀冷笑。

三

时隔不久。

齐广和往常一样在将军府的一间屋子里吸烟。这时，描绘有西王母故事的金色隔扇不声不响地打开了。一个坊主身穿印有家徽的、黄地黑条纹丝绸的和服外褂，恭恭敬敬爬到他跟前。光头没有

抬起来,齐广不知来者何人。齐广以为他有公干,便一边磕打烟管,一边朗声问道:

"何事?"

"嗯,宗俊有一事相求。"

河内山略一停顿,继续说道。一边说一边抬起头来,目不转睛盯着齐广的脸。这种人往往有一种讨人喜欢的态度,但那双眼睛却像蛇盯住猎物一样可怕。

"其实并不是什么大事,只是希望大人将手中的烟管赏赐于小人。"

齐广不由得看着手中的烟管。当他的视线落到烟管上时,河内山及时地紧追一句:

"怎么样?请大人恩赐。"

宗俊的口气不仅是恳求,同时包含着坊主阶层对所有大名的威胁之意。将军喜欢复杂繁琐的典章故事,因而所有诸侯皆须听从坊主指导。齐广出于这种无奈,另一方面也不愿别人在背后说自己吝啬,加之对他来说,纯金烟管也不是什么稀罕之物——当这两种因素交织在一起的时候,他便不由自主地把手中的烟管伸到河内山面前。

"噢,给你,拿去吧。"

"多谢大人。"

宗俊接过纯金烟管,毕恭毕敬地捧举过头顶,匆匆退到隔扇外面。刚一退下,即有人从后面拉着他的袖子。他回头一看,原来是了哲。了哲那张浅麻子脸嬉笑着,手指着宗俊手上的纯金烟管,一副垂涎三尺的神情。

"你瞧。"

宗俊低声说,把烟管的烟斗一端伸到了哲的鼻头前。

"你终于把它弄到手了。"

"我不是说过了吗？现在眼红可来不及了。"

"下次我也要去。"

"哼，随你的便。"

河内山掂了掂烟管的分量，从隔扇上方朝齐广瞥了一眼，又摇晃着肩膀冷笑起来。

四

自己的烟管被人蒙走，齐广并无心情不快之感。他从城堡上下来的时候，显得格外高兴，那些随从们都觉得不可思议。

他把烟管送给了宗俊，从中获得一种满足感。或许可以说，比自己手持烟管的时候获得更大程度的满足。其实，这是极其自然的。因为正如前面所说，他对自己持有这支烟管洋洋得意并非出于赏玩烟管，而是通过烟管的形式炫耀自己百万石俸禄的权势。所以，正如持有纯金烟管可以满足自己的虚荣心一样，把烟管毫不吝啬地送给别人也可以满足这种虚荣心。虽然所送的人是河内山，当时由于对方的原因有些无奈，但这丝毫不影响他内心得到的满足。

齐广回到本乡的公馆，就愉快地对身边侍从说："烟管被宗俊坊主拿走了。"

五

家臣们闻知此事，都对齐广的慷慨大方感到吃惊。但是唯有御用部屋①的山崎勘左卫门、御纳户挂②的岩田内藏之助、御胜手

---

① 御用部屋，江户城内各诸侯的政务所。
② 御纳户挂，掌管衣服、物品的官吏。

方①的上木九郎右卫门三人紧皱眉头。

当然,一支纯金烟管的费用,对于加州藩的经济来说,算不了什么。但齐广在节庆、朔望登上城堡,倘若每次都被坊主索去一支,这开销就非同小可,说不定还会导致增加赋税——以弥补制作烟管的开支。真若那样,后果不堪设想。三个忠臣不约而同地惶恐不安。

他们立即开会研究对策。其实对策只有一个,就是改换制作烟管的材料,让那些坊主失去兴趣。但在换成什么材料的问题上,岩田和上木发生了意见分歧。

岩田认为使用劣质于银的金属做材料,有碍主公体面。上木则认为,为了防止坊主的贪婪之心,使用黄铜是再好不过了。现在还顾虑什么体面,那是姑息纵容之见。两人各持己见,互不相让。

于是,老成持重的山崎提出折中的方案:两个人的主张都很有道理,但先用银制作,如果坊主还要,再改成黄铜也不晚。对此,其他二人当然不会有异议。接着,三人又研究决定,命住吉屋七兵卫监制银烟管。

六

从此以后,齐广每次登上城堡,手里拿的都是银烟管。同样精雕细刻有剑梅家徽,十分精致考究。

当然,他对这新烟管不像以前那样自鸣得意,和别人谈话的时候,很少拿在手里,往往拿出来又马上收起来。同样是长崎烟丝,不如用纯金烟管抽的时候那么芳香馥郁。当然,烟管的材料改变不

---

① 御胜手方,掌管会计的官吏。

仅对齐广产生影响，正如三个忠臣预料的，也影响到了坊主们。这个影响，最后竟引出与他们的预料完全相反的结果。原先是纯金烟管，有的人还不敢张口要，现在换成银的，一个个争先恐后跑来索要烟管。齐广把纯金烟管给人都满不在乎，更何况银烟管，他一点儿都不觉得可惜，有求必应。最后变得连自己都搞不清楚，登上城堡是否就是为了给别人赠送烟管。

山崎、岩田、上木听到这种情况以后，又愁眉苦脸地聚在一起商量对策。到了这步田地，只好实施上木的方案，制作黄铜烟管。受命制作者仍是住吉屋七兵卫。就在这时，一个近侍前来传达齐广的意旨。

"主公说那些坊主对银烟管贪得无厌，命令你们制作以前那样的纯金烟管。"

三人哑口无言，不知所措。

七

河内山宗俊看见其他坊主争先恐后去要齐广的银烟管，心里很不是滋味。尤其是了哲，他在八月朔日①齐广登上城堡的时候拿到了一支银烟管，那副兴高采烈的样子，让宗俊真想操着天生的尖嗓门劈头盖脸骂他一句"混蛋"。他并不是不想要银烟管，但自己也和其他坊主一起追着要，真是过分给银烟管"贴金"了。他备受折磨，承受着傲慢与贪婪纠结的痛苦，心里却很不服气——瞧着吧，老子非把你们镇住不可。表面上若无其事的样子，其实一直虎视眈眈地觊觎着齐广的烟管。

---

① 八月朔日（一日），此日农民第一次收谷，庆祝农业丰收。天正十八年（1590）的这一天，德川家康第一次进入江户城，定为特别节日，大小诸侯等皆登城诵读贺词。

一天，他发现齐广用以前那样的纯金烟管悠然自得地吸烟。好像还没有一个坊主前去索要。恰好了哲经过，他喊住了哲，用下巴悄悄向齐广那边扬了扬，低声说道：

"瞧，又用上金的了。"

了哲神情惊愕地看着宗俊，说：

"不要贪得无厌好不好？我们连银烟管都是死皮赖脸去要的呢。可他怎么又用金烟管了呢？"

"你说那是什么？"

"大概是黄铜的。"

宗俊摇晃着肩膀，但顾忌周围有人，没有放声笑出来。

"好，黄铜就黄铜，我去要来。"

"你怎么知道那又是金的呢？"了哲似乎对自己的想法产生了怀疑。

"你们的心人家早就看透了。像是黄铜，其实那是纯金的。你想想，百万石俸禄的老爷好意思用黄铜烟管吗？"

宗俊匆匆说完，毫不理会站在绘有西王母故事贴金隔扇外面瞠目结舌的了哲，径自向齐广走去。

大约半个小时以后，了哲在榻榻米走廊上又碰见宗俊。

"那件事怎么样？宗俊。"

"哪件事呀？"

了哲努出下唇，目不转睛地看着宗俊的脸："别装蒜。就是烟管的事呀。"

"哦，烟管啊。烟管嘛，给你吧！"

河内山从怀里掏出金光闪亮的烟管，突然往了哲的脸上扔去，然后疾步离去。

了哲一边摸着脸上，一边发着牢骚弯腰把掉在地上的烟管拾起来。一看是剑梅家徽精巧细致的黄铜烟管。了哲气狠狠地把烟管扔在榻榻米上，然后抬起穿着白布袜子的脚，做出使劲踩踏的动作……

八

从此以后，坊主再也没有向齐广索要烟管。因为宗俊和了哲一起证实齐广的烟管是黄铜的。

于是，以黄铜烟管冒充纯金烟管欺骗齐广的三个忠臣再次商议，命令住吉屋七兵卫重新制作纯金烟管，与被河内山拿走的那一支大小、形状、花纹一模一样。齐广手里拿着烟管，洋洋得意地登上城堡，心里想着大概又要被那些坊主索走。

但却没有一个人提出索要烟管的要求。就连要走两支纯金烟管的河内山也只是瞟一眼，弯着腰从前面走过。同座的其他大名也都是默不作声，谁也没有说想欣赏一下。齐广觉得奇怪。

齐广不仅感到奇怪，到后来心里忐忑不安起来。于是，等河内山从他面前走过时，他主动对河内山说："宗俊，要烟管吗？"

"不，谢谢。以前已曾领赐。"

宗俊大概以为齐广在愚弄自己，语言恭卑，口气却很硬。

齐广一听，大为不快，脸色阴沉下来。长崎烟丝也觉得味道不对。他突然觉得，先前那种百万石俸禄的权势如同纯金烟管冒出的青烟消失得无影无踪……

据年代久远的传说，前田家自齐广以后的齐秦、庆宁都使用黄铜烟管。或许是尝过纯金烟管苦头的齐广留给后代的遗训吧。

大正五年（1916）十月

MENSURA ZOILI [①]

郑民钦译

我在轮船的休息室正中间,隔着桌子,与一个古怪的男人相对而坐。

且慢,我说是轮船的休息室,其实并不确切,我只是根据房间的样子以及窗外的海洋,才勉强做出这个判断,也许只是一个更平常的地方。不,还是轮船的休息室。如果不是,不至于这么摇晃。我不是木下杢太郎[②],不明白什么叫几厘米的摇晃。但的确是在摇晃。要当我是瞎说,你看一下窗外的水平线一上一下,就会立刻明白。在灰蒙蒙的阴天下,一望无际的大海呈现出一片含混不清的青绿色,圆形的窗框一直以各种各样的弦线切割出海水与灰云交接的地方。其间有蓝天一色轻飘飘的东西飞翔,或是海鸥之类的海鸟吧。

与我相对而坐的古怪男人戴着高度近视眼镜,似乎百无聊赖地看着报纸。他大胡子,方下巴,好像在哪里见过,却怎么也想不起来。看那一头乱蓬蓬的长发,想必属作家、画家这等阶层。不过那身茶色西服总觉得不合身。

我偷偷注视着他,且一小口一小口品尝着小酒杯里的甜味洋酒。我也正觉得无聊,本想与之聊天,可对方的长相显得冷若冰

[①] 意为佐利亚价值测定仪。芥川的造语。
[②] 木下杢太郎(1885—1945),诗人、剧作家。与北原白秋创刊《昴》、《屋上废园》。诗集有《饭后之歌》,戏剧有《和泉屋染坊》等。

霜，我便犹豫着没有开口。

这时，方下巴先生使劲伸直两条腿，忍住哈欠说道："啊，真没劲儿！"然后从眼镜里瞟我一眼，继续看报。这时，我更觉得和他见过面。

休息室里只有我们两个人。

一会儿，这个古怪的男人又重复一遍："啊，真没劲儿！"然后把报纸扔在桌子上，茫然地看着我喝酒。于是我说："陪我喝一杯，好吗？"

"哦，谢谢。"他不说喝还是不喝，略低下头，说道，"啊，太没劲儿了。这样子，船到那边，也许人都要闷死了。"

我表示同意。

"要踏上 ZOILIA① 的土地，大概还需要一个多礼拜吧。我坐船已经坐够了。"

"是……ZOILIA 吗？"

"是呀，ZOILIA 共和国。"

"有 ZOILIA 这个国家吗？"

"这就怪了。您不知道 ZOILIA 吗？我真没想到。我不知道您究竟打算去哪里。不过这条船是驶往 ZOILIA 港啊，早就已是惯例啦。"

我感到困惑。仔细一想，自己甚至都不知道为什么要乘坐这条船。更何况 ZOILIA 这个国家，从来没有听说过。

"是吗？"

"当然是啊。ZOILIA 是一个很有名的古老国家。您大概也知道，被荷马骂得一塌糊涂的也是这个国家的学者。在 ZOILIA 首府，现在还有他很漂亮的颂德碑哩。"

---

① ZOILIA，虚构的国家。取意于以语言刻薄著称的评论家 Zolius 的名字。

我大吃一惊，没想到这方下巴还这么博学。

"这么说，那是相当古老的国家啦。"

"嗯，相当古老。神话里说，原先那里只有青蛙，是智慧女神雅典娜把它们变成人的。所以，有人说 ZOILIA 人的声音像青蛙。不过，我觉得这说法不正确。根据现有的记录，被打败的那个豪杰是最早的 ZOILIA 人。"

"那么，现在还是高度文明的国家吗？"

"当然。尤其是在首府的 ZOILIA 大学，集中该国出类拔萃的学者，不亚于世界任何其他大学。最近这所大学的教授发明的价值测定仪，获得了高度的评价，可以说是现代科学的奇迹。当然，我这是从 ZOILIA 出版的《ZOILIA 日报》上看到的信息。"

"价值测定仪是什么东西？"

"就是字面所说的，测定价值的仪器。本来像是用来测定小说、绘画价值的。"

"什么价值？"

"主要是艺术价值。当然也可以测定其他价值。在 ZOILIA，因为这关系到祖先的名誉，所以命名为 MENSURA ZOILI。"

"您见过那东西吗？"

"没有。只看过《ZOILIA 日报》上的插图。从表面上看，与普通的计量器一模一样。只要把书或者绘画放在上面就行了，画框或者装帧对测定会有所影响，但把这些误差修正过来，问题不大。"

"这倒是很方便。"

"非常方便。这就是所谓文明的利器。"方下巴从口袋里掏出一支朝日牌香烟，叼在嘴里，说道，"有了这个东西，那些挂羊头卖狗肉的作家和画家就不得不销声匿迹了。因为作品的价值如何，可以通过数字明明白白地显示出来。尤其是 ZOILIA 国民，立刻把这些数据存储在海关里，我认为这是最聪明的做法。"

"这又是为什么呢？"

"外国进口的书籍和绘画每一件都通过这个仪器测定，没有价值的东西，就绝对禁止进口。听说最近对日本、英国、德国、奥地利、法国、俄国、意大利、西班牙、美国、瑞典、挪威进来的作品都进行测定，其中日本的作品成绩最差。可是在我们偏袒的眼光里，日本也有不少出色的作家和画家啊。"

我们这样闲聊的时候，休息室的门打开了，一个黑人男童服务生走进来。他穿着蓝色的夏天衣服，看上去敏捷机灵。服务生将夹在腋下的一叠报纸默默地放在桌子上，然后立刻消失在门后。

方下巴一边磕烟灰，一边拿起一份报纸。那是所谓的《ZOILIA 日报》，他看得懂这楔形文字一样稀奇古怪的文字，我对他的学识渊博又一次感到吃惊。

"还净是 MENSURA ZOILI 的事。"他看着报纸，说道，"这里刊载的公开意见，是评价日本上个月发表的小说价值，还附有测定工程师的记录。"

"有关于久米①的吧？"我惦念着我的朋友。

"久米吗？一篇名叫《银币》的小说吗？有的。"

"价值如何？"

"不行。上面是这么写的：他的创作动机是发现无聊的人生，且整个格调过于老成，作品总体显得低俗卑微。"

我听了以后，心里很不痛快。

"可惜啊。"方下巴冷笑着说，"也有你的《烟管》。"

"怎么写的？"

---

① 久米，即久米正雄（1891—1952），小说家，剧作家。1915 年与芥川、菊池宽等创刊第四次《新思潮》。代表作有《牛奶铺的兄弟》、《学生时代》等。

"也差不多,说是没有任何常识性以外的东西。"

"哦……"

"还有这么一句话:该作者很快就开始粗制滥造……"

"哎呀呀……"

不快的感觉过后,我开始觉得有点儿受到愚弄。

"不仅仅是你,所有的作家和画家,只要用测定仪一测,全都完蛋。因为弄虚作假根本不管用。哪怕是自己的得意之作,价值反映在测定仪上,原形毕露。当然,互相吹捧也改变不了测定的事实。所以啊,只有下苦功精心创作真正有价值的作品。"

"可是,怎么判断这种测定仪的评价是正确的呢?"

"只要把名著放在上面就知道了。如果把莫泊桑的《女人的一生》放在上面,指针立刻显示出最高价值。"

"就这么一放吗?"

"没错。"

我没有说话,因为觉得方下巴的话里含有一种荒谬的逻辑。我又产生了一个疑问。

"那么,ZOILIA 的艺术家创作的作品也要通过测定仪评判吧?"

"ZOILIA 的法律禁止这样做。"

"为什么呀?"

"因为 ZOILIA 的国民不同意,这没办法。ZOILIA 自古就是共和国,严格奉行 Voxpopuli,voxDei(人民的声音即神的声音)。"

方下巴表情神秘地微笑起来,继续说道:"听说把他们的作品放在测定仪上,指针指向最低价值。如果真是这样,他们不是左右为难?要么否定测定仪的准确性,要么否定自己作品的价值。不论怎样,对他们都不是一件好事儿。——不过,这只是传闻。"

这时,轮船忽然剧烈颠簸摇晃起来,方下巴一下子从椅子上滑落下来,桌子也倒下来压在他身上。酒瓶、酒杯翻倒了,报纸也掉在地上。看不见窗外的水平线。传来盘子破碎、椅子倒地的声音,接着是波浪撞击船舷声——咣唧!咣唧!莫非是海底火山喷发?

我忽然惊觉醒来,发现自己正坐在书房的摇椅上一边看着 St. John Ervine（约翰·耶威因）① 的脚本《The Critics（评论家）》,一边打瞌睡。我刚才一直以为自己在轮船上,大概是因为摇椅摇晃的缘故吧。

方下巴好像是久米,又好像不是久米,至今还不清楚。

大正五年（1916）十一月二十三日

---

① 耶威因（1883—1971）,英国剧作家、小说家。

运　气

魏大海译

　　网眼疏露的挂帘悬于门口，在作坊里，也能清楚地看见街上的情形。这条街道通往清水，人来人往。手敲金钲的僧侣走了过去，身着壶装①的妇女走了过去。接着，十分罕见的黄牛网代车②也过去了。这一切，都是透过宽叶香蒲草帘稀疏的网眼看到的。有的从左往右，有的从右往左，来来往往。只有和煦的春日午后阳光烘烤下的狭窄土色没有变化。

　　一个年轻武士，从作坊百无聊赖地看着街上行人来往。突然冷不丁地对作坊主人陶匠说：

　　"参拜观音菩萨的人还真是不少啊。"

　　陶匠或正专心于工作，心不在焉地应道：

　　"是啊。"

　　这老头儿小眼睛，鼻子上翘，长相有点儿滑稽，但无论长相还是表情，都让人觉得全无恶意。他身穿麻布单衣，头戴皱皱巴巴的软乌漆帽，倒像是近来声名大震的鸟羽僧正画卷中的人物。

　　"我也想每日参拜呢，否则真是背运难改。"

　　"别开玩笑。"

---

① 壶装，平安时代至镰仓时代中流阶层以上妇女徒步外出的装束。
② 网代车，一种牛车。大臣、纳言、大将等外出时乘坐。车厢外面包有用竹子或扁柏木片编织的网状罩。

"不是玩笑。只要能转好运,我也会虔诚信佛。日参①也好,参笼②也好,我也可以做到呀。就当是和神佛做一笔买卖呗。"

年轻武士口无遮拦,他舔着下唇,烦躁地环视作坊。——这作坊背靠竹林,稻草葺顶,陋屋窄小得鼻子碰壁。门帘外面的街道上人来人往,屋子里却似已有百年宁静。赭红色陶器瓶瓶罐罐,沐浴着舒缓的春风。可连燕子没准都不愿在这家梁上做窝……

年轻武士见老头儿没有回答,继续说道:

"老爷子活到这岁数,见多识广。你说说看,观音菩萨真的会予人好运吗?"

"是啊。过去时有耳闻。"

"怎么样呢?"

"这可不是一两句话能说清楚的。而且,你们也不会对这样的故事感兴趣。"

"别这么说,我还是有一点虔诚之心的呀。要是能转好运,我明天就……"

"您那是有虔诚之心,还是买卖之心哪?"

老头儿挤着眼角皱纹笑起来,手里的泥土已捏成壶的形状,好像来了点心气儿。

"我就是说了神佛真意,你们这年龄也听不明白呀。"

"听不明白?正因为不明白,才问你老爷子啊。"

"不是神佛给运不给运,而是给的好运还是坏运。"

"好运坏运,不给怎么能知道呢?"

"这种事,恐怕您一时半会儿难以明白。"

"不是不明白什么运好运坏,是不明白这个道理。"

---

① 日参,每日参拜。
② 参笼,即宿寺参拜,在神社、寺院里居住数日,昼夜祈愿。

太阳西斜,落在街上的影子比刚才稍稍长了一点儿。两个头顶木桶的卖货女人拖着长长的身影,从门帘外走过。其中一人手里拿着樱枝,大概是送给店主的礼物。

"如今西头儿市场开麻纺线店铺的老板娘也这样。"

"我这不是一直想听老爷子说这些故事吗?"

两人沉默片刻,年轻武士用指甲揪拔下巴的胡子,同时心不在焉地望着街道。街道上泛着贝壳般的白色亮光,莫非是刚才的樱花映照?

"老爷子,你不想说吗?"

年轻武士带着困意问。

"您这么说,那就说一个吧。不过是老掉牙的故事。"

陶匠老头儿先这样一番表白,然后慢慢地开始讲述,用那种忘却了日子长短的人才有的慢条斯理的语调娓娓道来。

"说来是三四十年前的事了。那女人还是个姑娘,去清水寺乞愿观音,望一生平安、安乐。姑娘唯一的亲人母亲死后,每天的日子苦不堪言,所以向观音菩萨祈愿,是十分自然的。

母亲原是白朱神社的巫女,一度非常红火,后来传说她会降伏狐狸的巫术,就门庭冷清,很少有人再来找她。加之脸上生有一些浅白色麻子,年轻水灵又与实际年龄大不相符。她人高马大,瞧那模样儿,别说狐狸,降伏男人也不在话下……"

"别讲她妈的事儿,我爱听姑娘怎么了。"

"别呀,这是开场哪。——母亲死后,靠姑娘的柔弱肩膀支撑家业,可不管怎样拼死拼活,日子还是难以为继。那么聪明漂亮的姑娘去宿寺参拜,却因衣衫褴褛,耻于见人。"

"哦,姑娘真个这么漂亮啊……"

"是没错啊,无论气质还是外貌,连我这种挑剔的人,都觉得是百里挑一,到哪儿也毫不逊色。"

年轻武士稍微拽了一下褪色的蓝水干①袖口,说道:

"真可惜啊,生不逢时。"

老头儿鼻子哼哼着一笑,继续慢慢地说下去。屋后的竹林传来阵阵莺啼。

"姑娘在寺院做了三七忌②,到结愿那天晚上,突然做了一个梦。当时,同在大殿祈愿的一个驼背和尚正嘟嘟哝哝地念着什么陀罗尼经③。或因精神作用,姑娘困得迷迷糊糊,耳边却一直萦绕着念经声,仿佛蚯蚓在廊檐下低鸣。——那声音不知不觉间变成人声,对她说道:'你回去的路上,有一个男人会和你说话。他怎么说,你就怎么做。'姑娘一下子从梦中惊醒了,却听见和尚还在念陀罗尼经。她竖起耳朵,却不知念的什么。随之,她不经意地扫看了一眼,只见昏暗的长明灯映照出观音菩萨的坐像,如平素参拜时一样端庄神妙。不可思议的是,此时仿佛有一人在耳边低语:'他怎么说,你就怎么做。'于是姑娘一心认定,那是观音菩萨的神谕。"

"真是怪事。"

"夜深以后,姑娘离开寺院,沿缓缓的山坡下去,想去五条街。路上,冷不丁一个男人从背后抱住了她。那时正是温暖的早春,暗夜之中,看不清对方的脸,更不知道对方穿的是什么衣服。只是当她甩开对方时,不经意地触到了男人的胡子。哎呀呀,结愿之夜果真灵验。

"姑娘问男人姓甚名谁,没有回答;问其住处,亦无回答。只说'老实点儿',便连抱带拽沿下坡路一直往北。姑娘又哭又叫。但三更半夜,路上连个人影儿都没有,又能奈何?"

---

① 水干,类似猎装,原为民间服装,后为公卿便服。
② 人死之后的三七二十一天,在寺院做法事。
③ 又称大悲心陀罗尼经。以"广大圆满无碍大悲心"作喻。

"噢，后来呢？"

"后来，姑娘被拽到了八坂寺寺塔中。当晚就在塔里过的夜。——嗨，这一夜的详情，无须老朽赘言。"

老头儿挤着眼角的皱纹笑道。街上来往行人的影子越来越长，微风轻拂，不觉间把飘落委地的樱花吹拢身边，粉白的花瓣点点零落在屋檐下的滴水石上。

"你可别胡编乱造啊。"年轻武士拔着下巴的胡须，突然想起了什么似的说道，"说完了？"

"哪里啊。要是光这些，就没必要特地讲给您听了。"老头儿继续摆弄着手里的陶壶，说道，"天亮以后，男人对姑娘说：'不管怎么说，我们能够这样，也是前世姻缘，我要娶你为妻。'"

"哦，是吗？"

"若非神佛托梦，姑娘肯定不从。但她认定此乃观音菩萨旨意，只好点头应承。于是两人走形式般地碰了杯。接着，男人从塔内拿出十匹绫罗、十匹丝绸给姑娘。——瞧您这么神气，能做到这样么？"

年轻武士嘻嘻笑着，没有回答。黄莺也不再啼叫。

"接着男人说黄昏时回来，就把姑娘一个人留在塔中，慌慌张张不知去了哪里。姑娘觉得孤寂难耐，再聪明伶俐，到这时也会心里发慌。姑娘闲得无聊，走到塔内东张西望。一看不要紧，不仅有绫罗绸缎，还并排码着好几个箱子，装着珍珠宝玉或金沙。连这性格沉稳的姑娘，看了也大惊失色。

"拥有这么多的金银财宝，可以肯定地说，他不是劫匪就是窃贼。想到这里，何止是百无聊赖，突然间产生了恐惧之感，觉得一刻也不能在这儿继续待下去。万一倒霉被捕快抓住，不知要遭多大的罪。

"姑娘正要返回塔口逃走，突然听见箱子后面传出嘶哑的声音。她原以为塔里没有其他人，不禁大受惊吓。只见一团像人又像海参的物体团坐在堆积起来的金沙袋子中。姑娘定睛一看，原来是个满脸皱纹、烂眼角、弯腰驼背、个子矮小、六十开外的尼姑。她仿佛看出姑娘的疑惑，往前挪了挪膝盖，用一种极不相称的温柔和姑娘打招呼。

"姑娘觉得这时不能叫嚷，自己想溜的企图要是被对方觉察就麻烦了，于是勉强把手臂支在箱子上，心不在焉地和老尼姑聊天。听这老太婆的意思，她以前是那个男人的做饭女佣。可男人做的什么生意，她却只字不提。姑娘急着要离开，老太婆却又耳背，同样的话翻来覆去要问好几遍，姑娘简直想哭。

"她们一直聊到中午时分，什么清水寺的樱花开了，什么五条街的捐助桥建成了。幸好，大概因为年龄不饶人，姑娘说话也前言不搭后语，老太婆支撑不住开始打盹。姑娘趁机悄悄地爬到塔口，把门打开一道细缝往外一看，恰好一个人影也没有。

"要是姑娘立刻逃走，就不会发生后来的事情。她忽然想起男人早晨送给自己的绫罗绸缎，便又悄悄回到内室去取。可一不小心，脚绊在金沙袋子上，一个趔趄，手触及老太婆的膝盖。老尼姑惊醒过来，一度没弄明白怎么回事儿，惊愕地瞪着眼睛，随后突然发疯一样紧紧抓住了姑娘的脚，带着哭腔大声叫嚷起来。她说得很快，断断续续的大概意思是，姑娘要是逃走了，自己就要遭殃了。可姑娘心里明白，留在塔里，恐自己生命难保，所以根本不听老太婆的。两个女人扭打起来。

"她们又打又踢又扔金沙袋子，闹得天翻地覆，连梁上的耗子都差一点掉下来。老太婆疯狂扭斗，不好对付，但毕竟年老力衰，不是姑娘的对手。很快，姑娘腋下挟着绫罗绸缎，气喘吁吁地从塔口溜出。而老尼姑已累得说不出话。后来才听说，老尼姑的尸体仰面躺在昏暗的角落里，鼻孔出血，脑袋上压着金沙袋子。

"姑娘溜出八坂寺，一路避开人口稠密区，来到五条京极附近的朋友家里暂避。这个朋友也是穷人。姑娘送给朋友一匹丝绸，于是为她烧水煮粥，安排周当。姑娘总算松了一口气。"

"这下子我也放心了。"

年轻武士拔出插在腰带里的扇子，眺望着门帘外的夕阳，轻松地扇动着。这时，五六个贱民打闹嬉笑着从帘外走过，留下了一串身影……

"这故事到这里就该结束了吧？"

"还没有哩。"老头儿动作夸张地摇摇头，"姑娘住在这朋友家里，路上的行人突然增多，且听得七嘴八舌的谩骂声：'快看，快看，就是这家伙！'姑娘心中本来没底，听这一嚷，心慌意乱。她害怕那个盗贼来报复，或自己落入捕快之手。这么一想，已无心思喝粥。"

"哦，是吗？"

"于是，姑娘打开一道门缝，偷偷观察外面，只见在看热闹的男女中，有五六个放免①，还有一个狱官气势威严地从门外走过。他们押着一个绳索捆绑的男人。男人身上的衣物被撕得稀烂，头上的乌漆帽也不知踪影，被拖着往前走。像是被抓的小偷带到住家起获赃物。

"姑娘定睛一看，那小偷不就是昨天夜里五条坂与她搭话的男人吗？姑娘不由得泪水盈眶。后来她亲口对我说，并非自己爱上那男人，而是见他五花大绑的样子，自己突然间痛苦难抑，情不自禁地流下眼泪。我听了她这个故事，心里很有感触……"

"什么感触？"

"也不能随便向观音菩萨祈愿哪。"

---

① 放免，下级狱吏。

"不过,老爷子,那个女人后来生活过得不错吧?"

"岂止不错,她把那些绫罗绸缎卖了做本钱,现在不愁吃穿。这一点,观音菩萨就说到做到。"

"要是这样,吃那点苦头也值得啊。"

外面的阳光不知不觉暗淡下来,黄昏将至。只听得风吹竹林的窸窣声,街道上似也不见了过往的行人。

"杀人,做盗贼的老婆,皆非她意愿中事,不得已啊。"

年轻武士把扇子插回腰带,站起身来。老头儿也在水桶里清洗沾满泥土的双手。——两人都从迟暮春日和对方的心情中感觉到些许失落。

"不管怎么说,那个女人是幸福的。"

"您开玩笑吧?"

"绝非玩笑。老爷子,你也这么认为吧?"

"我呀,我可不要那种运气。"

"哦,是吗?要是我的话,二话不说,要。"

"那您就虔信观音吧。"

"没错。从明天开始,我也去宿寺参拜。"

大正五年(1916)十二月

尾形了斋备忘录

郑民钦译

近时，天主教信徒在村中宣邪教、惑人心，兹将己之见闻逐一禀报官家。久疏问候，尚希鉴谅。

敬启者，今年三月七日，本村农民与作之遗孀阿篠来到敝舍，称其女儿阿里（当年九岁）患重疾，恳求我予以诊疗。

篠乃农民惣兵卫之三女，十年前嫁给与作，生女儿里后不久，其夫去世。后未婚，以织布及家庭副业为生，尚能糊口。然不知何故，邪念攻心，与作病逝后，一心皈依天主教门，频繁出入邻村传教士罗德里格斯①家，以致本村盛传其成为该传教士之妾。人言可畏，谴责之声不绝于耳。其父惣兵卫及姐弟苦口婆心百般规劝，然无济于事，篠声称天主乃无上至尊，痴迷不改。朝夕唯与女儿里祈拜谓为十字架的小磔刑柱形状之护身本佛，甚至不去祭扫与作之墓。今与亲属断绝来往，村人数次商议，欲将其驱逐出村。

其前来敝舍恳求治病，余告知难以从命，篠泣归。翌日（八日）又来，恳求道：“恳请予以疗治，不忘一世之恩。”余一再拒绝，篠执意不归，泣跪门口，怨道：“医生之道，治病救人。小女患此重疾，尔却无动于衷，实难理解。”余称：“所言极是，然不予诊治，亦非全无道理。尔平日行状委实不轨，竟屡屡毁谤我等村

---

① 罗德里格斯（1561—1634），葡萄牙人，耶稣会传教士。1577年来日本，1596年任司祭。殁于澳门。

民信奉神佛，诬之而为邪门歪道。尔既信奉纯洁正道，缘何求痴迷魔道者为尔女诊治？可向平日信仰之天主求治。余倘施治，尔今后须坚决放弃信仰天主教。如不可，即便医者仁术，亦恐神佛惩罚，断不敢从命。"如此一番话，篠亦无言以对，垂头丧气而归。

翌日（九日）拂晓起，大雨如注，路人绝迹。卯时前后，篠冒雨前来，亦不打伞，浑身湿透如落汤鸡，再次恳请。余道："君子一言，驷马难追。女儿性命或天主耶稣，二者必弃其一，此为关键。"篠闻之，跪于前，发疯般磕头合掌求拜："所言极是，然天主教义认为，如若叛教，灵肉世代毁灭。此心可怜，万求体恤宽恕。"言辞恳切，声音哽咽。虽为邪教之徒，母爱之心一般无二，未免哀怜同情，然岂有以私情废公道之理，不论其如何恳求，如不改信，难以治病。余言毕，篠默然不语，抬头看我，凝视片刻，簌然泪下，伏我脚下，低声泣诉。外面雨声哗哗，篠声如蚊吟，未能听清，再三询问，闻知篠言："既然如此，唯有弃信。"余道："何以为证？"篠道："以此为证。"遂起立，取出怀中十字架，置于门口铺板，用脚连踩了三次。其时态度平静，未见痛苦状，似已泪干，然注视脚下十字架之眼神却如高烧病人，我与仆人皆生恐惧之感。

满足了我之条件，即命仆人肩扛药箱，与篠冒雨出行。彼宅狭小，里独自枕南而卧。里发高烧，近神志不清，可怜双手还不停地在空中画着十字，嘴里含糊念叨"哈利路亚"，每念一遍，均发出会心微笑。"哈利路亚"乃天主教徒赞美神之颂词。篠在其枕边一边哭泣一边安慰。我立刻诊病，伤寒无疑，且为时已晚，无可救药，恐性命难过今日。无奈如实相告，篠又发疯般哀求道："我之弃信，全为挽救小女一命。如未能保全其命，改信便毫无意义。恳请体恤我背叛耶稣天主之痛苦心情，无论如何，救女儿一命。"篠向我磕拜，亦跪求仆人。然病入膏肓，无力回天，遂劝其多加珍摄，不可迷乱。留下熬药三副。时逢雨停，正欲离去，篠拽我衣袖，不让出门。似有所诉，却只见唇动，未闻其声，脸色瞬间煞白，昏厥倒地。余大惊失色，遂与仆人抢救护理，须臾醒来，无力站起，哀泣悲切："只因我浅薄利己之心，致女儿性命与耶稣天主二者皆失。"我百般安慰，无济于事。且其女儿确已无可救药，只好与仆人匆匆归宅。

此日未时过后，名主塚越弥左卫门之母前来诊病，称弥左卫门传言，篠女已死，篠悲伤过度，终致发疯。据其所言，我离开后约两个时辰，巳时上刻，篠即心神狂乱，抱着女儿遗体，高声诵读洋经。此景为弥左卫门亲眼所见，且村里的嘉右卫门、藤吾、治兵卫等皆在场，千真万确，无可置疑。

翌日（十日），早晨小雨，辰时下刻，春雷隆隆，略现蓝天。村里乡士梁濑金十郎差马接余去其府上诊病。我即离家，乘马前往。至篠家门前，见许多村人立于门前，大声叱骂"鬼传教士"、"天主邪教"。无法行进，便由马背上探看屋内情景。篠家门皆敞，里面有一个洋人、三个日本人，身穿似法衣之黑袍，皆手执十字架或者类似香炉之物，齐声念诵"哈利路亚"、"哈利路亚"。篠头发蓬乱，怀抱女儿，蹲在右边之传教士脚下，似乎依然神志不清。更令我震惊的是，女儿里双手使劲抱着母亲篠的脖子，有气无力地念诵"哈利路亚"和母亲的名字。我老眼昏花，未能看得真切，但见其女儿脸色红润，美丽异常。她松开抱着母亲脖子的双手，似乎要抓住香炉状物体上袅袅升起的香烟。我立刻下马，向村人打听其女阿里死而复生的详情。原来是那个传教士罗德里格斯，今晨带着信徒从邻村赶到篠家，听过篠之忏悔，乃祈求天主保佑，有的焚香，或洒神水，篠迷乱之心逐渐平静，不久阿里亦苏醒过来。众人皆感恐惧。自古以来，死而复生者不在少数，然多为酒精中毒或瘴气感染，染病伤寒死而复生者闻所未闻。由此事亦可知晓天主教乃邪门歪道，尤其传教士来到本村时，春雷震天，谅必招致天谴也。

另外，篠及女儿里当天即随传教士罗德里格斯搬至邻村，其宅由慈元寺住持日宽派人烧毁。此事名主塚越弥左卫门谅已禀报，我之见闻粗略禀报如上。万一有遗漏之处，容后书面补充。以上谨为余之备忘录。

伊予国宇和郡一村

医师　尾形了哉

申年三月二十六日

大正五年（1916）十二月

道祖问答

郑民钦译

　　天王寺别当①道命②阿阇梨悄悄从被窝里爬起来，慢慢膝行到经桌旁边，在灯下翻开摆在桌上的《法华经》第八卷。

　　小灯台丁香花一般的火花，明亮地映照着螺钿镶嵌的经桌。耳边的声响，或是睡在屏风那头的和泉式部③轻微均匀的呼吸。春夜的曹司④万籁俱寂，连老鼠的叫声都没有。

　　阿阇梨坐在白锦镶边的稻草圆蒲团上，怕吵醒式部，便中音静诵《法华经》。

　　这是他长年养成的习惯。身为傅大纳言藤原道纲之子，又是天台座主慈惠大僧正⑤的弟子，却不修三业，不持五戒，甚至过着那种寻花问柳、放荡不羁的 dandy（颓废）生活。奇怪的是，空闲时他必定独自诵念《法华经》。他自己好像并不觉得有丝毫的矛盾。

---

① 别当，统管寺院事务的僧官。
② 道命（974—1020），平安时代中期歌人、僧人。父为藤原道纲，母为源近广之女。
③ 和泉式部（生卒年不详），日本平安时代（794—1192）中期的女歌人、文学家。中古时期的三十六歌仙之一。大江雅致之女，和泉守橘道贞之妻。受宠于为尊亲王、道敦亲王，侍奉中宫彰子。一生婚恋曲折，最后嫁给丹后守藤原保昌。在和歌方面，继承并发展《古今和歌集》的风格，是平安朝最著名的女歌人。著有歌集《和泉式部集》、日记《和泉式部日记》。
④ 曹司，宫中或官府供官吏或女官使用的房间。
⑤ 大僧正，僧官中的最高位置。

就说今天他来拜访和泉式部,当然不是以修验者①的身份,而是作为这位美女的众多情人之一,悄悄前来偷香窃玉,共度寂寞之春宵。然而,还没听见鸡鸣头遍,他就轻手轻脚地爬起来,张开残留着酒气的嘴唇,诵念一切众生皆成佛道的善经。

阿阇梨整了整偏衫衣领,专心致志地读经。

不知道念了多长时间,只觉得灯火渐暗,发蓝的火苗亮度减弱,丁香花般的火球周围出现了黑色的烟结,灯火的形状眼见得变细如线缕。阿阇梨轻轻地挑了两三次灯芯,依然无济于事。

他还突然发现,随着灯火的逐渐暗淡,灯台那头有一处显得特别黑,这一团黑影渐渐变成一个人影。阿阇梨不由得停止念经。

"谁?"

黑影声音含糊地回答说:

"对不起。我是住在五条西洞院旁的老翁。"

阿阇梨身子稍稍后退,定神注目盯着黑影。那老翁合拢白色水干衣袖,坐在经桌对面,似有什么心事。阿阇梨看不真切,但见他黑漆礼帽带子长垂,举止神态倒不像是狐狸精。尤其手持着一把黄色纸扇,昏暗灯火中,竟显得气质高雅。

"老翁何许人也?"

"哦,光说老翁,未能知晓。我乃五条之道祖神②。"

"道祖神为何前来?"

"闻你念经,不胜欣喜,特来道谢。"

阿阇梨觉得蹊跷,皱起眉头:"道命常诵《法华经》,不只是今晚。"

"原来如此。"道祖神略一停顿,黄发稀疏的脑袋稍稍歪斜,

---

① 修验者,修验道的修行者,祈祷神佛保佑、显灵的行者。修验道是役小角开创的密教的流派之一。
② 道祖神,保护行人安全的护路神。

依然用低声细语般的声音说道,"身心清净读经之时,上自梵天帝释,下至恒河沙粒之诸佛菩萨,悉能听闻。为此老翁亦不觉下民之悲近在身旁。今夜……"说到这里,突然变成讽刺的语气,"今夜你未曾沐浴净身,与女人尽欢愉,此般诵经,诸路神佛皆嫌不净,故未显灵至此,老翁方能有空前来,道谢闻经之礼。"

阿阇梨大为恼火,尖声喝道:

"你胡说什么?"

道祖神依然不动声色,继续说道:"惠心高僧亦云,勿破念佛读经四威仪①,老翁之因果报应,正是险入地狱之恶道。将来……"

"住嘴!"

阿阇梨摸着手腕上的水晶念珠,目光凶狠地瞥了老翁一眼。

"道命虽不肖,却也读过所有经文论释,各种戒行德目未必无修。难道你以为我是对那些话一无所知的蠢人吗?"

道祖神没有回答,蹲在矮矮的小灯台后面,一动不动地低垂脑袋,似乎对阿阇梨的话充耳不闻。

"你好好听着:生死即涅槃也好,烦恼即菩提也好,都是说静观自身佛性之意。我的肉身等同于三身②即一之本觉如来,烦恼业苦之三道等同于法身般若解脱之三德③,娑婆④世界等同于常寂光土⑤。道命乃无戒之比丘,已深知三观三谛即一心⑥之醍醐。所以在道命眼

---

① 四威仪,佛教指行、住、坐、卧的规矩。
② 三身,佛教一般指法身、报身、应身。
③ 三德,佛教指涅槃具备的三德:法身、般若、解脱。
④ 娑婆,俗世。
⑤ 常寂光土,天台宗四土之一。法身佛所在的净土。
⑥ 一心三观,天台宗同时观察自己内心的空观、假观、中观三谛的方法。

里，和泉式部也就是麻耶夫人①。男女交欢乃万善功德。久远②本地③之诸法、无作④法身之诸佛皆显灵于我们之住所。如此，道命之住所乃灵鹫宝土，并非尔等小乘持戒之丑类妄自容足之佛国。"

阿阇梨言毕，正言厉色，挥动手腕，厌恶地斥骂道：

"业障，速速退去！"

老翁打开黄纸扇，像是遮挡脸面，人影逐渐淡去，与变得如萤火虫般的灯火一起，猝然消失。这时，远处依稀传来高昂的第一声鸡鸣。

"春天的黎明"时刻将至。

大正五年（1916）十二月十三日

---

① 麻耶夫人，即摩迦摩耶，释迦牟尼之母。
② 久远，《法华经》指释迦如来等佛。
③ 本地，为普度众生而显现的"垂迹身"的本源佛或菩萨。
④ 无作，指非因缘生成的自然境界。法性、涅槃的异称。

忠 义

郑民钦译

一 前岛林右卫门

板仓修理病愈后，疲劳稍感略有减轻，却又紧跟着患上了严重的神经衰弱。

肩肿头痛。平时喜欢读书，也受了大大的影响。只要廊上有脚步声或家人的说话声，其注意力立刻受袭扰。久而久之，只要有些许细微刺激，其神经就备受摧残。

如烟灰缸泥金画的黑底上描着金色的蔓草，纤细的蔓和叶却令之心绪不宁。还有如象牙筷、青铜火筷这种一头尖细的物什亦令之不安。甚至连榻榻米边缘交叉的方角和天井的四隅，都像看着刀刃一般令之感到神经极度紧张。

修理只好一天到晚愁眉苦脸待在起居室。不论做什么事，他都觉得痛苦万分。他时时想，要是存在意识也消失了那该多好。但过敏的神经由不得他。他就像掉进蚁狮深穴的蚂蚁，焦躁地环顾四周。然而，周围只有对其心情毫无理解、谨小慎微的谱代①之臣。"我很痛苦，然无人察知我的痛苦。"想到这里，他痛苦倍增。

因无周围人的体谅，修理的神经衰弱越发严重。每每发作便大声叫嚷，闹得左邻右舍鸡犬不宁，且几次将手臂放在了刀架的

---

① 谱代大臣，世世代代服侍同一家主子的家臣。

长刀上。这种时候,在大家眼里他简直就是一个陌生人。瘦削的黄皮脸不时痉挛着,眼神都带着一种难以言状的杀气。严重发作时,他总是用颤抖的双手抓挠左右两鬓的毛发。——身边伺候的人一看他抓挠鬓毛就知道又发作了。大家面面相觑,谁也不敢靠近他。

发疯——修理本人亦心存恐惧,何况周围的人。当然修理很反感周围人的那种反应,但他无法抗拒自己心中的那般恐惧。发病过后,当心情更加忧郁、更加沉重时,他不时意识到这恐惧像闪电一样威胁着自己,一种凶兆似的不安袭扰着自己:恐惧莫非就是发疯的前兆?"真要疯了,我可怎么办?"想到这些,他眼前仿佛突然间一片黑暗。

当然这恐惧不断被外界刺激引发的烦躁所抵消,反之又不时引发他新的恐惧心情。换言之,修理的心情就像想追扑自己尾巴的猫一样,骨碌碌无休止地重复着不安。

修理的疯病是全家人莫大的忧患。其中最劳心吃力的是家老①前岛林右卫门。

林右卫门说起来是家老,其实是本家板仓式部派来的亲信,修理平时也要敬他三分。林右卫门黑红脸膛,身材魁梧,几乎从来没有生过病,文武双全,家中武士少有出其右者。正因为这种关系,他对修理一直充当"谏臣"的角色。大家称其为"板仓家的大久保彦左②",正是起因于忠谏的外号。

林右卫门眼见修理神经发作,夜不能寐,为主家殚精竭虑,尽心尽力。既然病已康复,虽身体疲惫,也须在近日之内登上城堡。

---

① 家老,江户时代大名的重臣,统率家中的武士,总管家中一切事务。
② 大久保彦左(1560—1639),江户前期的旗本,奉仕德川家康,立有战功。后奉仕秀忠、家光,无欲恬淡。

但是若在上殿的时候，在陪同的各位大名、列席的旗本①同事面前发病的话，那是何等失礼啊。万一有一天发生杀戮事件，板仓家的七千石俸禄就会被幕府完全没收。殷鉴不远，不能发生堀田稻叶那样的争吵了。

林右卫门想到这里，每天坐立不安。而且按他的说法，修理的发病不是身体的疾病，而是心病。于是，正像他谏诤放荡不羁的生活、谏诤奢侈浪费一样，他打算果敢地向修理谏诤神经衰弱。

所以一有机会，林右卫门就向修理苦谏，但对修理的发病毫无减缓的效果。反而是林右卫门越谏诤，修理越焦急，病情越厉害，有一次甚至差一点要砍杀林右卫门。修理怒不可遏地说道："你这家伙不把主子放在眼里，要不是看在本家的份上，一刀宰了你。"当时，林右卫门从修理的眼睛里看到的不仅是愤怒，还有难以磨灭的憎恨。

主仆之间亲密的感情由于林右卫门的不断苦谏，不知不觉变得疏远紧张起来。当然不仅是修理憎恨林右卫门，林右卫门也在不知不觉之中产生憎恨修理的萌芽情绪。当然他并没有意识到憎恨情绪的产生。至少除了最后一刻，他对修理的耿耿忠心没有发生丝毫的变化。"君不为君，臣不为臣。"这不仅是孟子之道，其基础是为人之道。然而，林右卫门不承认这一点……

他始终坚持为臣之道。但是，苦谏的无效使他品尝到痛苦的滋味。于是他决心，使用一直在心中盘算的最后一招。这最后一招就是强迫修理隐退，从板仓家族中拥立养子。

林右卫门认为，"家族"为本。现在这个户主，必须在"家族"面前牺牲自己。尤其板仓本家乃名门世家，自其祖先板仓四郎左卫门胜重以来，未尝有丝毫瑕疵。第二代左卫门重宗继承父

---

① 旗本，江户时代直属将军的武士之一种。

业，担任所司代①，光宗耀祖之事，不胜其数。其弟主水重昌在庆长十九年（1614）大阪冬季战役媾和之时，不辱使命，此后于宽永十四年（1637）岛原之乱时，统率西国之军，在天草讨伐战斗中，高举将军御名代之旗帜。这世代名门望族，万一蒙受耻辱，如何是好？作为臣子，岂有脸面在九泉之下见板仓祖辈父老？

于是，林右卫门私下秘密在家族里物色合适的人选。结果发现当时任若年寄②的板仓佐渡守有尚未继承家督的三个孩子。只要把其中一个孩子定为继承人，提出养子申请，表面上的事情都好办。当然，这件事原本只能瞒着修理及其妻子秘密进行。他绞尽脑汁想出这个主意，现打算第一次公开出来。这时，他感觉一种从未有过的悲哀使自己的心情暗淡沉闷。这一切都是为了这个家族啊！——他的决心里渗透着月晕般的、本人只能朦胧意识到的保护什么东西的某种努力。

身体虚弱的修理首先对林右卫门健壮的身体恨之入骨，接着憎恨他作为本家的仆人却实际上如此大权在握。最后，修理还憎恨他以"家族"为核心的忠义思想。"这家伙不把主人放在眼里。"——修理的憎恨情绪如同余烬燃烧的暗火隐藏在这句话里。

就在这个时候，修理突然从妻子那里听到林右卫门的这个恶毒阴谋。妻子偶然听说林右卫门要逼迫修理隐退，然后扶持板仓佐渡守的儿子为养子。不言而喻，修理听到这个消息后，气得发直眦裂。

原来如此！也许林右卫门把板仓家族看得高于一切，但是这种

---

① 所司代，京都所司代，江户幕府的官职。掌管朝廷、公卿事务，监督京都、伏见、奈良的町奉行，负责近畿诉讼、管辖寺院等。
② 若年寄，江户时代的官职，仅次于老中的重要职务，监督管理旗本、御家人等。

所谓"忠义",所谓为了"家族"的利益,难道就可以蔑视现在所侍奉的主人吗?再说,林右卫门对"家族"的忧虑也可以说是杞人忧天。因为这个庸人自扰,他竟然要强迫自己隐退。说不定在冠冕堂皇的"忠义"背后,隐藏着伺机霸占这个家庭的野心。——想到这里,修理觉得对这个不忠不义之臣的行径,无论采用什么酷刑进行惩罚都不为过。

修理从妻子那里听到这个消息后,立即把他以前的哺育管家田中宇左卫门叫来,对他说:"把林右卫门这小子处以斩首刑。"

宇左卫门歪着头发花白的脑袋,那一张显得比实际年龄更老的脸盘由于最近辛苦操劳的缘故,更增加了许多皱纹。他对林右卫门的图谋也很不以为然。不过,不管怎么说,他毕竟是本家派来的随从。

"斩首刑恐怕不妥,要是让他剖腹自尽,保持武士的气节,倒没什么关系。"

修理一听,用嘲讽的眼神看着宇左卫门,然后使劲摇了两三次脑袋。

"这个可恶的混蛋,没必要让他剖腹自尽。斩首!必须斩首!"

修理一边说着,却不知何故,眼泪顺着没有血色的苍白脸颊簌簌流淌下来。接着,像往常那样,双手开始抓挠鬓发。

修理斩首林右卫门的命令立刻通过林右卫门的心腹传到他的耳朵里。

"好哇!我林右卫门也要争这一口气,绝不能拱手送死啊。"

他无所畏惧,凛然回答。他一听到这个消息,心中一直挥之不去的一种难以言状的不安情绪随之消失得无影无踪。如今心里只有对修理的深仇大恨。修理已不再是自己的主子,所以可以毫无顾忌地憎恨他。他在瞬间无意识地认识到这种逻辑关系,所以心头一下子敞亮起来。

于是，林右卫门率领老婆、孩子以及部下在大白天离开修理的宅院。按照规矩，他把迁移的地址写在纸上，贴在客厅的墙壁上。林右卫门亲自把长枪夹在腋下走在前头。这一行人，包括扛背武器、扶老携幼的年轻武士和仆人在内，总共也就十人。林右卫门带着他们不慌不忙地出门上路。

此时正是延享四年三月末。暖风卷起樱花和尘埃吹拂着武士宅院的外屋窗户，林右卫门站在风中，左右环视一遍街道，然后用长枪指挥一行人往左出发。

二　田中宇左卫门

林右卫门离开宅院以后，田中宇左卫门取代他担任老中。由于他曾经是修理的哺育管家，看待修理的目光自然与其他人不同。他以亲人般的感情，关怀修理的病情。修理似乎也只对他的话能听得进去。于是，主从关系远比林右卫门在的时候和谐顺畅。

修理的神经发作随着夏天的到来逐渐减少，宇左卫门为此感到高兴。他不是不担心修理万一在殿上突然发病有失体统。但是，林右卫门的担心是认为此乃有关"家族"的大事，而宇左卫门的担心是认为此乃有关"主子"的大事。

当然，他也考虑"家族"的事。即使发生变故，因为只是导致单纯的"家族"灭亡，这并非大事。但因"主子"导致"家族"灭亡——使主子负不肖之名，此乃大事。那么，如何防范大事于未然呢？这一点宇左卫门似乎没有像林右卫门那样具有明确的见解，大概除了祈祷神明保佑和通过自己的赤胆忠诚希望修理停止发病外，别无他法。

这一年的八月一日，德川幕府举行八朔仪式①，这是修理病愈以后第一次外出参加公务活动。于是顺便拜访当时在西丸的若年寄板仓佐渡守。修理在殿上好像并无失礼轻率之处。宇左卫门紧锁的眉宇也终于舒展开来。

但是，宇左卫门的高兴还不到一天，晚上，板仓佐渡守突然派人来，让宇左卫门赶紧过去。他心头感觉到一种凶兆的威胁。从林右卫门担任老中的时候开始，还从来没听说过别人夜晚派使者登门的情况。而且今天是修理病愈后的第一次上殿。宇左卫门怀着不祥的预感，慌慌张张赶往佐渡守官邸。

不出所料，果然是修理对佐渡守有失礼之举动。今天公务结束以后，修理身穿白色麻布正装礼服到西丸拜访佐渡守。他看上去脸色不太好，佐渡守以为他虽已病愈，却尚未完全康复。说话之间，倒还正常，不像病人的样子。于是佐渡守放下心来，轻松聊天。聊天之中，佐渡守像往常一样，照例问起前岛林右卫门的情况。修理一听，脸色立刻阴沉下来，说道："林右卫门这小子，前些日子悄悄从我家里逃走了。"佐渡守对林右卫门的为人十分清楚，心想他绝对不会无缘无故地背弃主人出走的。于是询问究竟是怎么回事，并且向修理提出忠告：林右卫门毕竟是本家派来的，不论发生什么事，不和亲属商量，也不通知亲属，这样做是不妥的。但是修理一听，脸色陡变，手按刀柄，说道："佐渡守似乎特别偏袒林右卫门，但是我对自己部下怎么处理，由我一个人说了算。即使像你这样现在飞黄腾达的若年寄，也用不着多管闲事。"佐渡守没想到修理会如此无礼，一时目瞪口呆，最后推说公务繁忙，急忙起身离座。

佐渡守把事情的始末告诉宇左卫门，依然面带苦涩。他认为：

---

① 八朔，旧历八月朔日，庆贺农家收获新谷，举行赠答仪式。

首先，没有把林右卫门离开修理家的原委通知家族，这是宇左卫门的罪过；第二，修理病情尚未稳定，还有神经发作的迹象，让他参加公务活动，也是宇左卫门的罪责。修理的这番狂言幸亏是对佐渡守说的，要是在列席的各位大名面前如此大放厥词，板仓家族的七千石俸禄将立刻被取消。

"你记住了，以后一定不能让他外出，尤其坚决不能让他上殿参加公务活动。"佐渡守说完，眼睛紧紧盯着宇左卫门，"我只是担心主人在他们面前发病。明白了吗？我这是严肃的吩咐。"

宇左卫门紧皱眉头，口气坚决地回答："知道了，以后一定谨慎从事。"

"嗯，绝对不能再出差错。"佐渡守的口气十分严厉。

"宇左卫门以生命担保，一定照办。"

他噙着泪水，以恳求般的眼神看着佐渡守。但是，他的眼睛除了乞求哀怜的神情外，还流露出一种无法动摇的决心——这并非能够禁止修理外出的决心，而是一旦无法禁止修理外出时，将采取什么措施的决心。

佐渡守一见他这副模样，又皱起眉头，厌恶似的把脑袋转向一边。

如果遵从"主子"的旨意，就会危及"家族"。如果维护"家族"，就要违背"主子"的旨意。林右卫门也曾经陷入这进退两难的苦境。但他具有舍"主子"保"家族"的勇气。也许他从一开始就没有把"主子"看得很重，所以能够轻易地为维护"家族"而牺牲"主子"。

但是自己做不到这一点。自己正是为了谋求"家族"的利益，才与"主子"无比亲近。为了"家族"，仅仅为了"家族"这个名义，为什么要强迫"主子"隐退呢？在自己看来，现在的修理与手不能拿驱魔弓箭玩具的幼年修理没什么两样。自己为他讲解的小人书,自己手把手教他的难波津民谣,还有自己制作的风筝……这一切都还残留在自己的记忆里。

如果对"主子"放任不管,灭亡的不只是"家族","主子"本人也凶多吉少。从利害得失的角度看,林右卫门采取的策略无疑是唯一明智的方法。自己也承认这一点。但是自己就是无法付诸实施。

闪电划破远处的天空,宇左卫门回到修理的宅院,双手交叉胸前,反复思考这些事情。

第二天,宇左卫门把佐渡守的话原原本本地告诉修理。修理虽然立刻脸色阴沉下来,但没有像平时那样怒气冲冲。宇左卫门提心吊胆地察言观色,却略微放下心来。这一天总算平安无事地过去了。

此后修理总是待在起居室里,差不多有十天没有出门,默默地思考着什么。看见宇左卫门,也不说话。只有一次,那一天细雨霏霏,他听见杜鹃鸣叫的声音,自言自语地说道:"这鸟占据黄莺的窝巢。"宇左卫门趁机接过他的话茬,和他说话。但他立刻又沉默下来,凝视着昏暗的天空。其他时间里,他就像哑巴一样,一声不吭、一动不动地看着拉门,脸上毫无表情。

一天夜里,离十五日的上殿还有两三天时间,修理突然把宇左卫门叫来,屏退旁人,脸色阴沉,说道:"佐渡守也说过,我这样的病体,不宜参加公务活动。我思来想去,不如索性隐退。你觉得如何?"

宇左卫门犹豫着没有开口。如果修理说的话出于真心,那是求之不得的。为什么修理这么痛快地让出继承权呢?

"您说得对。佐渡守阁下也这么说。遗憾的只是,除此之外,没有别的办法。那么我先向亲属们通报一声……"

"不，不，隐退这件事与对林右卫门的处理不同，不用和亲属商量，他们也会同意的。"修理的脸上露出苦涩的微笑。

"恐怕不妥吧？"

宇左卫门愁眉苦脸地看着修理，但是修理充耳不闻。

"要是隐退的话，想上殿也上不了。所以嘛……"修理盯着宇左卫门的脸，一字一句加重语气说道，"在我隐退之前，上殿一次，这次想去西丸的吉宗官邸拜见他。怎么样？让我十五日上殿吧？"

宇左卫门紧锁眉头，没有回答。

"就这一次。"

"对不起，我想还是不妥……"

"不让我去吗？"

两个人默默地对视着，房间里，除了灯芯吸油的声音外，一片宁静。宇左卫门觉得这片刻的时间如同一年一样漫长。他既然已经在佐渡守面前坚决表态，如果自食其言，允许修理上殿，自己的武士操守就会毁于一旦。

"我对佐渡守阁下承诺过，所以求您不要去。"

沉默片刻，修理说道："我知道，如果你允许我上殿，会引起亲属们的不满。这么看来，我修理是一个疯子，不仅家族亲属，连部下都对我不屑一顾。"修理的声音逐渐激动颤抖起来，再一看，他的眼里含着泪水。他继续说道："我修理受人冷嘲热讽，还要把继承权让给别人，天日无光，照不到我的身上。我今生今世唯一的愿望就是想上殿一次。我想宇左卫门不会阻止我吧？宇左卫门对我只有怜悯，不应该是憎恨。修理把宇左卫门视为自己的父亲，视为兄弟。不，比亲兄弟更亲。世界如此之大，可是我信得过的只有你一个人。所以，我有时也提出使你为难的要求。但是现在这要求一生只有这一次。宇左卫门，请你体谅我的心情，请你宽恕我的任性。我向你恳求……"

修理双手按地，泪水流淌，俯身于家老面前，额头抵在榻榻米上。

宇左卫门深受感动："快请起来，快请起来！不敢消受。"

他拉着修理的手，强行让他坐起来，自己也落下泪水。随着泪水的流淌，心里不由自主地逐渐涌现一种安心的感觉。他在泪水中再一次清晰地想起自己在佐渡守面前的许诺。

"好吧，不管佐渡守阁下怎么说，如果出现万一的情况，我宇左卫门甘愿剖腹谢罪。以我一人之过失，定然请您上殿。"

修理一听，立刻兴高采烈，与刚才简直判若两人。变化之快如同演员出色的表演，同时又具有演员所没有的自然。他突然怪声怪气地笑起来。

"噢，你同意了呀？感谢之至。不胜感谢。"接着，他高兴地环视左右，说道："大家好好听着，宇左卫门同意我进殿了。"

但是，起居室里除了他和宇左卫门，没有别的人。"大家——"宇左卫门不放心地膝行靠前，在昏暗的灯光下，忐忑不安地瞧着修理的眼睛。

三　刃杀

延享四年八月十五日早晨八时许，修理在殿中无缘无故地杀死肥后国熊本城主越中守细川宗教。事件的始末是这样的：

细川家族在诸侯中尤其出类拔萃，英勇善战，威名远扬。甚至连相传原先为贵族小姐的宗教之妻也精通武艺。宗教洁身自好，毫无疏放之处。至于民谣所唱的"细川三斋到末日，青皮刀下死非命"，完全是天命。

后来想起来，在细川家族发生凶变之前，也有几个前兆。第一个前兆是那一年的三月中旬，品川伊佐罗子的宅院毁于一场大火。这座府邸供有妙见大菩萨，而且摆放在神前的名叫"水吹石"的石头一旦发生火灾，都会喷水，所以从未被烧毁。第二，五月上旬，贴在门上的护符，从鱼篮观音的爱染院献上的护符来看，"武运长久、消灾延命"这几个字中少了一个"灾"字。经向上野宿坊①的院代②咨询，赶紧让爱染院重写。第三，八月上旬，每天夜晚总有一团很大的怪火从宅院大厅附近向草坪方向飞去。

此外，八月十四日白天，一个名叫才木茂右卫门的精通天文的家臣来到目付③那里，说道："明天十五日，老爷本人也许会有血光之灾。昨夜观天文，见将星将落。所以请他务必审慎小心，不要外出。"目付本来对这种星术学不太相信，但因为主子平时相信这个人的预言，所以让部下把这个意思传达给越中守。于是，越中守取消了原本定于十五日举行的能狂言演出和进殿后顺便去别人家做客的安排。但进殿乃是公务，这项活动似乎无法推辞。

第二天，又出现一个不祥的前兆。十五日，越中守按照惯例，换上一套上下麻布的武士礼服，然后向八幡大菩萨敬献神酒。但是，当他从侍童手里接过放着装有神酒的两个瓶子的供盘，准备向神前供奉时，不知道怎么回事，两个瓶子突然倒下来，神酒洒到外面。当时在场的人都不由得脸色大变。

十五日，越中守进殿，先由坊主田代祐悦引导进入大厅。一会

---

① 宿坊，信徒所属的寺院。
② 院代，虚无僧寺的住持。
③ 目付，检察大名、若年寄等有无违法行为，并向主君汇报的监察官。江户时代直属于老中。

儿，越中守内急，便由坊主黑木闲斋引路，走入饮水处旁边的厕所。便后出来，正在昏暗的洗手处洗手，突然有人从背后大喝一声砍杀过来。越中守大吃一惊，急忙回头，这时长刀第二次劈来，从眉宇间掠过。鲜血立刻溅入眼睛，看不清对方是谁。对方趁此机会，接连不断挥刀砍杀。越中守跟跟跄跄地挣扎，但终于倒在"四间"外走廊上。杀人者把短腰刀扔在一旁，仓皇逃走。

但是，陪同越中守的坊主黑木闲斋面对突发事件，惊慌失措，自己先慌慌张张地逃往大厅，然后找个地方躲起来，所以没有人知道刚才发生的杀人事件。过了一会儿，一个名叫本间定五郎的仆人从值班室来到仆从室的时候，才发现这件事，便立刻报告徒目付①。于是，徒目付队长久下善兵卫、徒目付土田半右卫门、菰田仁右卫门等人迅速跑到现场。整个宅第像捅了马蜂窝一样，乱成一团。

大家把伤者抱起来，只见全身鲜血淋漓，血肉模糊，根本看不出模样，辨别不出是什么人。但是，用嘴对着他的耳朵大声叫喊，他勉强用微弱的声音回答说："我是细川越中。"接着问："什么人杀你？"回答说："穿着上下一色的礼服。"再问的时候，越中守已不能回答。伤口是"脖子约七寸，左肩约六七寸，左右双手约有四五处，鼻上、耳旁、头部有两三处，从后背至右腰间约一尺五寸"。于是，在值班目付土屋长太郎、桥本阿波手以及大目付②河野丰前守的陪同下，大家把伤者抬到"焚火"（有地炉）房间里，四周围上小屏风，由五个坊主看守，大厅里的大名轮流前来照顾。其中松平兵部少辅一路上对伤者最为亲切关照，其情甚笃，令观者不禁黯然落泪。

---

① 徒目付，江户幕府的官职。受目付领导，担任警卫、侦察等工作。
② 大目付，直属老中领导，监督大名的目付。

同时，立即派人向老中、若年季禀报此事。且为防万一，里里外外全部关门锁户，戒备森严。在大门外等候的各个大名的家臣大吃一惊，知道宅府里发生了大事，虑及主家安全，立刻骚动起来。目付几次出来制止，无济于事，如惊涛骇浪，冲击大门。这时，府邸里面也更加混乱。目付土屋长太郎带领徒目付、火番①等人，在宅府内搜寻犯人，但是怎么也找不着这个"穿着上下一色礼服"的人。

然而，一个名叫宝井宗贺的坊主却在人们意料不到的地方发现了这个人。宗贺素来胆大，他一个人在别人不去的地方寻找。走进"焚火"房间附近的厕所里一看，发现一个鬓发乱蓬蓬的人黑糊糊地蹲在地上。因为里面昏暗，一下子没看清是什么人。只见他从"鼻纸袋"②里掏出剪子，正剪掉自己乱蓬蓬的鬓发。宗贺走到他身边，问道："您是谁啊？"

对方用沙哑的声音回答说："我杀了人，现在正剪头发。"

毫无疑义，此人就是杀人犯。宗贺立即叫人来，把他从厕所里拖出来，交给徒目付。

徒目付又把此人带到"苏铁"房间里，由大目付以及其他目付共同审问杀人的详细经过。但是这个人只是目光茫然地看着混乱的情景，不能清楚地回答问题。偶尔开口说话，也是说什么杜鹃鸟。而且好几次用沾满鲜血的双手抓挠鬓发。——修理已经完全疯了。

细川越中守在"焚火"房间里咽气。按照吉宗的指示，对外只说受伤，放在轿子里，从"中口"出"平川口"抬回家里。到

---

① 火番，江户幕府的职称，负责江户城内的防火工作。
② 鼻纸袋，里面装有钱、口巾纸、药品等物的随身携带的皮袋子。

二十一日才宣布去世。

越中守死后,修理立刻被关在水野监物①家里。也是把他装在轿子里,从"中口"出"平川口"。水野家的五十个徒步武士一律身穿崭新的茶色单衣和崭新的白色半短裤,手持崭新的木棒,簇拥在轿子周围,戒备森严。——万无一失的周到安全的护送受到大家的称赞。这些家丁都是水野监物平时精心豢养的,以备不时之用。

事件发生后的第七天,二十二日,大目付石河土佐守传达了将军的指示:"虽谓疯癫,精神错乱,然刃伤细川越中守,以致死亡,着其于水野监物宅第剖腹。"

修理在大目付石河土佐守面前,面对依照规矩递给他的匕首,只是茫然无措地双手叠放在膝盖上,不想接刀。于是,介错人②水野家的家臣吉田弥三左卫门只好从后面砍落其头颅。说是砍落,其实脖子的肉皮还没有全部切断。弥三左卫门手拿脑袋,让检使③官员检验。此人高颧骨,黄皮肤,闭着眼睛,面目狰狞,惨不忍睹。检使闻着血腥味,用满意的口吻说:"很好。"

同一天,田中宇左卫门在板仓式部的府邸被处以斩首罪。其罪状是:"虽多次向板仓佐渡守保证禁止病中之修理外出,然自作主张,允许其进殿,故导致凶杀事件发生,实属可恶。剥夺七千石俸禄,并处斩首。"

不言而喻,板仓周防守、板仓式部、板仓佐渡守、酒井左卫门尉、松平右近将监等家族诸人均受远虑④之惩罚。此外,对越中守

---

① 监物,江户时代的职称,直属中务省,掌管大藏、内藏的出纳。
② 介错人,站在剖腹自尽者身边,将其头颅砍下来的人。
③ 检使,调查非正常死亡者的官员。
④ 远虑,江户时代刑法之一。犯有轻罪的武士闭门思过,不得外出。但允许夜间从便门外出。

见死不救、临危逃脱的黑木闲斋，剥夺其俸禄，驱逐出家门。

修理的杀人大概是一个过失，因为细川家族的九曜星家徽与板仓家族的九曜巴家徽很相似。修理本想刺杀佐渡守，却误杀了越中守。以前，水野隼人正刺杀毛利主水正也是这样的误杀。尤其是在洗手处这样光线昏暗的地方，看不清楚，容易发生误伤事件。——这是当时人们的一致看法。

但是只有板仓佐渡守反对这个观点。一听到有人这么推断，他就苦涩着脸说道："我觉得自己没有任何会被修理刺杀的理由。那是疯子干的事，刺杀肥后诸侯，大概是无缘无故。什么杀错人了，都是不负责任的妄加猜测。修理在大目付面前不是说什么杜鹃鸟吗，这么说，说不定他把肥后诸侯当作杜鹃鸟杀的哩。"

大正六年（1917）二月

貉

郑民钦译

据《书纪》①记载，日本于推古天皇②三十五（628）年春二月在陆奥等地区出现貉精变人的现象。但据异本记载，不是"化人"，而是"比人"，不过无论哪一种，后来都"歌之"。不论是"化人"（变成人）也好，"比人"（装扮成人）也好，被人们编成歌谣似乎确有其事。

据比推古天皇更早的垂仁纪记载，八十七年，丹波国一个名叫瓮袭的人，他养的狗吃掉了貉，从貉肚子里发现有八尺琼曲玉③。马琴在《八犬传》④中，在八百比丘尼椿出场时，借用这块玉钩。不过，垂仁天皇时代的貉的肚子里只藏有珠宝，不像后来的貉那样千变万化。因此，貉变成人还是始于推古天皇三十五年春二月。

当然，从神武天皇东征的古代开始，貉就住在山里。到纪元一千二百八十八年⑤，貉第一次变成人。——这种观点，也许乍听甚觉荒谬，但恐起于此事。

当时陆奥一个取海水的姑娘与同村一个烧海水的青年相恋。姑

---

① 《书纪》，即《日本书纪》，成书于奈良时代的日本最早的敕撰正史。
② 推古天皇（554—628），日本第三十三代天皇，最早的女天皇，592—628年在位。
③ 八尺琼曲玉，用大块玉制作的玉钩。一说为系有八尺穗带的玉钩，三种神器之一。
④ 马琴，即曲亭马琴（1767—1848），江户时代后期的通俗小说家。代表作有《八犬传》等。
⑤ 日本皇纪一二八八年也即推古三十五年，公元628年。

娘与母亲住在一起。他们每天晚上都偷偷约会，感情甚笃。

小伙子每天晚上都翻山越岭，来到姑娘家附近。姑娘也估摸着时间，悄悄从家里溜出来。但是姑娘毕竟顾忌母亲，经常晚来。有时候在月亮西斜的时候才能脱身出来，有时候到鸡叫头遍时还没出来。

这种情况连续出现几次以后，小伙儿蹲在屏风般的岩石背后等待，为了排遣寂寞，便大声唱歌。他把朝思暮想的着急情绪集中在嘶哑的喉咙里，为了不让汹涌澎湃的涛声掩盖自己的歌声，他扯着嗓门歌唱。

母亲听到青年的歌声，便问睡在身边的女儿，那是什么声音。女儿起先装睡，但母亲问了好几遍，只好回答说好像不是人的声音。——姑娘心慌意乱，随口回答，糊弄母亲。

母亲又问："不是人的话，是什么在唱歌？"

女儿灵机一动，回答说："可能是貉。"

恋爱自古以来就让姑娘变得聪明机智。

第二天，母亲就把听见貉唱歌的事告诉附近编织草席的老太婆。老太婆夜里也听到了歌声。"貉能唱歌吗？"——虽然心里半信半疑，却又把这件事告诉割芦苇的男人。

一传十，十传百，这件事传到来村里讨饭的和尚耳朵里。和尚向大家详细解释貉唱歌的原因——按照佛教的轮回转生之说，也许貉的灵魂原先是人的灵魂。如果是这样的话，人能做的事，貉也能做。所以在月夜里唱歌这样的事，不足为奇……

此后，村里又有几个人听见过貉唱歌。最后甚至还有人说自己亲眼看见过貉。那是一个去海边寻找海鸥蛋的人，于回来路上的残雪微光中，看见一只貉一边唱歌一边在海边的山上动作缓慢地徘徊。

既然看见了身影，全村男女老少都听到貉的歌声自然完全合情合理。貊的歌声有时从山上传来，有时从海边传来，有时甚至从散落在山岭与大海之间的茅草屋顶传来。不仅如此，连姑娘本身有一天夜里也突然被歌声震惊……

　　姑娘当然知道这是小伙子的歌声。她听着母亲均匀的呼吸，知道母亲睡得很香，于是轻手轻脚爬出被窝，把门打开一道细缝，观察外面的动静。外面只有淡淡的月光和温柔的浪声，看不见小伙子的身影。姑娘环视四周，仿佛突然受到春夜的冷风吹袭，姑娘捂着脸颊，吓得僵立不动。因为她借着朦胧的月光，看见门前的沙地上清晰地印出点点貊的脚印……

　　这件事传到几百里以外的京畿地区。于是山城的貊变成了人，近江的貊变成了人，最后连与貊同类的狸也开始变成人。到了德川时代，佐渡一个名叫团三郎、非貊非狸的先生甚至会变成大海彼岸的越前国人。

　　也许大家会说，不是真的会变，而是人们相信它会变。但是，真的会变和相信会变之间，究竟有多少区别呢？

　　不仅貊。对于我们来说，一切存在的东西，归根结底，难道不只是相信其存在吗？

　　叶芝在《凯尔特的曙光》中说，吉尔湖边的孩子们从小就坚信身穿蓝色和白色衣服的基督新派少女就是圣母玛利亚。从同样活在人心里这个角度上看，湖上的圣母与山泽的貊毫无二致。

　　正如我们的祖先相信貊会变人一样，我们不是也相信活在我们心中的东西吗？而且按照所相信的东西的命令，决定我们的生活方式。

　　这就是不可轻视貊的原因所在。

大正六年（1917）三月

世之助的故事

郑民钦译

上

朋友：我向您请教一件事。

世之助：什么事？怎么这么客气……

朋友：今天和平时不一样。你近日就要从伊豆的什么港乘船去女护岛，今天是为你饯行。

世之助：是啊。

朋友：所以，要是我说出来，害怕扫了大家的兴，在太夫①面前，也有点诚惶诚恐。

世之助：那就别说。

朋友：可是不说不行。不然的话，我就不会问了。

世之助：那你说吧。

朋友：可我又不好开口。

世之助：为什么？

朋友：无论是对我，还是对你，都不是什么好事。尤其是你，即将出发，所以我今天才下决心问你。

世之助：到底什么事？

朋友：嗯，你觉得会是什么事？

---

① 太夫，最高规格的妓女。

世之助：你这个人真叫人着急。快说，什么事？

朋友：你这么痛快，反而叫我不好开口。就是……最近我看西鹤①写的书，说你七岁就和女人有那种关系……

世之助：喂、喂，你是不是想劝阻我呀？

朋友：不要紧，大叔你还年轻得很。……你今年六十岁，这六十年里，和三千七百四十二个女人发生过……

世之助：你这家伙说话一点儿也不客气。

朋友：和三千七百四十二个女人睡过觉，玩弄过七百二十五个少童，这是真的吗？

世之助：真的，是真的。不过请你说话委婉一点儿。

朋友：我有点儿不相信。就算你再厉害，这三千七百四十二个女人，也太多了。

世之助：哦，是吗？

朋友：尽管我很尊敬你，可是……

世之助：那你随便打折扣好了。……瞧，太夫正笑着哩。

朋友：管他太夫笑哩，这样子我还是想不通。你老实坦白，不然的话……

世之助：怎么？想灌醉我吗？我可受不了。其实，这有什么难的？只是我的算盘和你的算盘有一点不一样。

朋友：哈哈，这么说，是差一根竖桁吧？

世之助：不是。

朋友：那是……喂，我说，你才叫人着急哩。

世之助：你也对这些无聊的事感兴趣啊。

朋友：不是感兴趣，可是，我自己不也是一个男人吗？不弄明

---

① 井原西鹤（1642—1693），江户时代前期的通俗小说家。代表作有《好色一代男》、《好色一代女》、《日本永代藏》等。

白到底打多少折扣,绝不罢休。

世之助:真拿你没办法。好吧,我就把我的算盘算法告诉你,算是临别的纪念吧。——喂,加贺小调先别唱了。将那把上面有祐善绘画的扇子给我拿来。还有,谁把蜡烛挑亮一点儿?

朋友:哎呀,还这么摆谱啊。这么一安静下来,好像连樱花也觉得寒冷。

世之助:那我就开始了。当然,我只说一个例子,这一点请大家谅解。

中

这已经是三十年前的旧事了。我第一次来江户的时候,记得是从吉原①回去,带着两个帮闲,乘船过角田川。现在记不清是在哪个渡口,也忘记自己打算去哪里。现在只是朦朦胧胧地浮现出当时的情况……

正是樱花时节,天色薄阴的午后,河边一带,放眼望去,到处都是阴沉单调的景色。水面泛着幽暗的波光,对岸的户户人家仿佛也笼罩在似真非真的梦幻之中。回头看去,堤坝上的松树之间,半开的樱花如同抹上一层厚厚的浑浊的颜色,而那种耀眼的白,给人沉重的感觉。天气有点格外暖和,稍微活动一下身体,就立刻汗水津津。当然在这样温暖的天气里,河面上连一丝喘息般的微风也没有。

船客还有另外三个人,一个好像是从国姓爷②木偶戏中跑出来

---

① 吉原,江户的妓院区。
② 国姓爷,即中国明末的抗清名将郑成功,南明唐王朱聿键赐其国姓"朱",故称"国姓爷"。日本戏剧家近松门左卫门创作有《国姓爷大战》。

的人物挖耳匠，另一个是二十七八岁、剃掉眉毛①的商人妻子，还有一个大概是这个女人的陪同、流着鼻涕的童仆。因为船只很小，大家挤在一起，尽量都蹲在船舱中间的地方，膝盖互相接触，非常不便。而且，大概因为人太多的缘故，船沉得很深，船舷几乎浸在水面上。可是艄公满不在乎。这个表情冷漠的老头儿戴着竹叶斗笠，手持竹篙，左右撑掌，灵活机巧。竹篙的水滴还时常滴落在乘客的衣袖上。不过艄公似乎对此视而不见。——对这一切满不在乎的不只是艄公，还有那个挖耳匠。他身穿样式古怪的唐装，帽子上插着鸟羽，肩上插着招牌小旗，如登上狮子城望楼的甘辉②，雄踞在船头。船一开动，他就捋着翘起来的胡子③，不停地哼唱歌曲，一边煞有介事地摇晃着他那眉头稀薄、下唇突出、表情高傲的脑袋，一边兴致勃勃地唱道："山谷④堤坝下，弃儿无人认。"不仅是我，连两个帮闲也觉得有点儿难以忍受。

"唐人的《四特天小调》⑤，我可是第一次听到。"

一个帮闲使劲拍打着扇子，兴趣索然地说道。我对面的那个女人大概听到了这句话，瞟了一眼挖耳匠，又马上回眸看着我，露出黑褐色的牙齿，亲热地微笑起来。她微笑的时候，唇间微露出光泽闪亮的黑牙齿，右边脸颊出现浅浅的酒窝，嘴唇上好像抹着口红。我莫名其妙地感到心惊肉跳，狼狈周章，好像自己看到了不该看的东西，心头一阵面红耳赤般的害羞。

我这么说，可能大家摸不着头脑。其实，事情还得从乘船的时

---

① 女子婚后剃眉涂铁浆。
② 甘辉，《国姓爷大战》中的人物，狮子城城主，起先与郑成功敌对，后归顺，一起反清复明。
③ 江户时代，把松脂和蜡混合在一起，粘住胡子，使其往脸颊两边翘起来。
④ 山谷，现东京都台东区。1657年吉原町遭火灾烧毁后，妓院迁往该地，形成新妓院区，也称新吉原。
⑤ 《四特天小调》，元禄宝永年间流行的小调。

候说起。——我们从堤坝走下来,扶着摇摇晃晃的木桩才好不容易上了船。由于脚下站不稳,船身一偏,船舷拍打河水,剧烈摇晃起来。就在这时,我闻到一股头油的味道扑鼻而来。因为船上有女人。当然,我在堤坝上就已经看见船里坐着一个女人。但是,船上坐着一个女人这一点并没有使我产生特殊的感觉(也由于我刚从妓院出来)。所以,当我闻到头油味道的时候,首先觉得意外,接着感觉到一种刺激。

绝不可小看这味道。至少对于我来说,很多事情大抵都奇怪地与嗅觉相关。最典型的是小时候的心情。我去学习书法,经常受到顽皮孩子的欺负,如果告诉老师,又害怕过后更加厉害的惩罚,于是只好忍气吞声,拼命练习纸上涂鸦。这种时候寂寞凄凉、孤独无助的感觉,到成年以后都忘得一干二净,即使想回忆,也很难记得起来。但是只要一闻到那种臭烘烘的油墨味,就会立刻唤回当时的心情,让我重温孩童时喜怒哀乐的感受。——这是题外话。我只是想说,这头油的味道甚至都会使我突然开始注意这个女人。

我注意看她一眼,只见她身材微胖,身穿黑地窄袖夹衣,露出红绸底襟衬里,显得色调和谐。不论是五彩条纹丝绸腰带的系结,还是岛田式发型的折髻上插的一对装饰性木梳,都显示出行家的水平,妖艳妩媚。她的脸盘正如西鹤所说:"现今世人喜欢圆脸,肤色如樱花浅红。"但五官却略显局促,未能舒展开来。涂脂抹粉,掩饰不住少许雀斑。嘴巴、鼻子稍嫌卑贱。不过,幸好发际漂亮,遮掩了那些缺点。我见她这副模样,昨夜的余醉顿时清醒过来,便坐在她旁边。就在坐下来的时候,又有一个故事。

我的膝盖接触到她的膝盖。我身穿淡黄色绉绸窄袖方领衣服,里面大概是深红色衬衣。但是,我还是知道自己的膝盖接触着她的膝盖。我感觉到的不是穿着和服的膝盖,而是肉体的膝盖。柔软的圆圆的膝盖上面,有一个浅浅的凹窝,凹窝里存着一层薄薄的油脂。

我让自己的膝盖和她的膝盖接触在一起,一边和两个帮闲随意聊天戏谑,一边心里似乎有所期待,身子一动不动。当然,头油的味道、白粉的味道一阵阵扑鼻而来。一会儿,我的膝盖感觉到她的体温。我实在无法形容当时产生的那种刺痒战栗的感觉。我只能用我自己的肢体动作进行阐释。我轻轻闭上眼睛,张大鼻孔,舒缓地深呼吸。这一切感觉只能让你自己去体会。

然而,这种感觉又立刻唤起理智的欲望。我产生了一个疑问:对方是否也有和我同样的感觉呢?是否也在享受着同样的快感呢?于是,我抬起头,若无其事地凝视着她的脸。然而,我的伪装平静立刻被彻底摧毁了。因为在对方渗出些许汗水的脸上,肌肉显得松弛,嘴唇像在寻找吸取的东西似的微微颤抖。这显然是对我的疑问的肯定回答。而且她知道我的心情,甚至从中感受到某种满足。我有点儿心慌意乱,不好意思地把脑袋转向帮闲那边。

这个时候,正好那个帮闲在说:"唐人的《四特天小调》,我可是第一次听到。"所以,我情不自禁地和听到挖耳匠哼唱歌谣发笑的女人对视,并感觉到一种羞耻,并非偶然。当时我觉得是对她感觉羞耻,但后来一想,其实是对她以外的其他人感觉羞耻。不,我这么说,还是不够准确。人在这种时候,对一切人(包括这个女人)都感觉羞耻。你也不会不知道,当时我虽然感觉羞耻,但是对她却逐渐大胆起来。

我尽量敏锐地调动全身所有的感觉,以品香人的心理"鉴赏"对方。我对几乎所有的女人都是这样,以前好像也对你说过。我欣赏她细汗微沁的面部皮肤以及从皮肤散发出来的缕缕香味,接着鉴赏她反映出感觉与感情微妙交错的晶莹明亮的眼睛,然后品尝她在红润光滑的脸颊上微微颤动的睫毛的影子,还有放在膝盖上的那一双手,细腻柔嫩的纤纤十指交叉的姿态,还有从膝盖到腰肢富有弹性的丰满部位，还有……我这么形容下去，没有尽头，就此打住吧。总之，我细致尽情地品尝了这个女人身体的所有部位。我说"所有部位"，绝非言过其实。因为我的感官力量无法到达的地方，便通过想像力进行弥补，甚至加入推理的手段。我调动视觉、听觉、嗅觉、触觉、温觉、压觉……不论哪一种感觉，这个女人都让我心满意足。不，甚至感觉到超越上述的一种满足……

接着，我听到她说了这样一句话："东西别忘了。"于是，我看见了她细细的喉咙。不言而喻，那带着鼻音的娇滴滴的媚声和白粉稍微浓厚的消瘦的喉咙给我以几分刺激。但更使我动心的，是她把头转向孩子时膝盖的动作给予我膝盖的感觉。我刚才就已经感觉到她膝盖的形状，但这次感觉到她膝盖的一切——包括膝盖的肌肉和关节，如同用舌尖感触香橙的核一样，一个一个细细感受。可以毫不夸张地说，她身上的黑地窄袖夹衣对于我已不复存在。如果你知道下面发生的故事，你就不会不同意我的感觉。

一会儿，船只靠到栈桥上。船头一碰上木桩，挖耳匠第一个跳上栈桥。我趁机故意装作在摇晃的船上站立不稳的样子（我上船时，就已经摇晃过，所以大概装得极其自然），身子趔趄着，伸手搭在站在船舷上的女人的手上。这时，帮闲伸手扶住我的腰。我说一声："对不起。"你认为我当时是什么心情？我预想到从这个接触将会产生的相当强烈的刺激，甚至觉得我过去的体验大概将得到最后的完成。但是，我的预想完全落空了。当然，我感觉到光滑——莫如说是冷漠——的手以及柔软而有力的肌肉的力量。但这些感觉不过是以前体验的重复。同样的刺激随着次数的增加，会逐渐减弱。更何况当时抱着很大的期待。我心情索然，只好平静地离开她的手。如果我以前的体验完全没有鉴赏这女人的身体，无论如何也无法说明这种失望的情绪。我感觉性地了解这个女人的一切。——我只能如此考虑。

另外，从这个角度也可以理解，就是把我昨天狎昵吉原的妓女与这个女人进行情绪上的比较。一个是彻夜长谈的女人，一个不过是同坐一条船的短暂的乘客。但她们的区别瞬间不复存在。我几乎不清楚她们中哪一个给予我更多的满足。所以，我对她们的怜惜之情（如果有的话）完全一样。我右耳听着江户的三弦琴声，左耳听着隅田川的水声，仿佛两边都弹奏出同样的曲调。

这也算是我的发现。然而，没有比这种发现更使人感到岑寂的了。我看着这个眉宇发青的女人带着小孩，在阴沉的天色下，踏着轻缓的脚步，跟在挖耳匠后面跨上栈桥的时候，心头涌起一种难以言状的寂寞感。当然，我对她并无爱恋。但我从触摸她的手而她没有拒绝的反应中，知道她的心情大概与我一样……

什么吉原的妓女呀？那个妓女和这个女人简直截然相反，就像一个小木偶人。

下

世之助：大致情况就是这样，因为把与这个女人的这种关系也计算在内，所以总共与四千四百六十七个男女有过关系……

朋友：哦，这么一听，似乎有道理。不过……

世之助：不过什么？

朋友：不过，这不是很危险的故事吗？这样的话，谁还敢让老婆、孩子上街啊？

世之助：危险不危险，这是真的事情，就是这样。

朋友：这样的话，说不定朝廷就要颁布禁止男女同席令了。

世之助：瞧现在这个样子，也许要颁布吧。不过，颁布的时候，我已经到女护岛了。

朋友：真羡慕你。

世之助：其实啊，去女护岛也好，留在这儿也好，没什么不一样的。

朋友：要是使用刚才的算法，的确这样。

世之助：反正都是虚无缥缈的梦幻。好了，继续听加贺小调吧。

大正六年（1917）四月

偷 盗

郑民钦译

一

"大娘,猪熊①大娘。"

在朱雀大街与绫小路的十字路口,一个身穿朴素的深蓝色便服、头戴软乌漆礼帽的年轻武士举着细骨折扇,喊住正从这儿经过的老太婆。这个武士也就二十左右,相貌很丑,是个独眼龙。

正值七月的一天正午,暧暧着闷热夏日云霞的天空屏气般覆盖在万家屋顶。武士站立的十字路口上,有一株瘦长的柳树,枝条稀疏,像是也传染上最近肆虐的疫病一样,把瘦骨嶙峋的影子投在地上。那一天,连这儿也没有吹拂干枯树叶的风丝,更何况烈日暴晒的大路上。大概实在酷暑难耐,几乎不见人影,只有长长的两道刚刚驶过的牛车留下的弯弯曲曲的车辙,还有被牛车碾死的小蛇。伤口发青的小蛇起先还颤动尾巴,不大一会儿,肥胖的白肚皮就翻上来,一动不动了。放眼看去,在炎热的尘埃弥漫的这个十字路口,如果说有一滴潮湿的东西点缀的话,那就是从蛇的伤口里流出来的腥臭的血液。

"大娘!"

老太婆慌忙转过身来。她约莫六十上下,身穿脏兮兮的暗红色

---

① 猪熊,地名。位于京都市西大宫与堀川之间。

麻布单衣，披散着一头发黄的头发，拖着一双半截草鞋，拄着一根长长的蛙腿形拐杖，圆眼睛，大嘴巴，一张癞蛤蟆似的脸，显得卑微低贱。

"哦，是太郎呀。"

老太婆的嗓子眼像被强烈的阳光噎住一样，声音干涩。她拖着拐杖后退两三步，开口说话之前，先伸出舌头舔了一下上嘴唇。

"有什么事吗？"

"没，没有什么事。"

独眼龙生有浅麻子的脸上勉强挤出了微笑，用不太自然的声音故作快活地说道："只是想知道，这一阵子，沙金在哪里？"

"你要一有事，准是我女儿的事。老鸹生小鹰，瞧你比你老子多有出息呀。"

猪熊大娘厌恶地挖苦他，噘起嘴唇，嘻嘻一笑。

"其实也算不了什么事，我还不知道今天晚上是怎么安排的。"

"安排怎么会有变化呢？罗生门集合，时间是亥时上刻①——一切都按照以前定下来的老规矩办。"

说罢，老太婆眼睛狡猾地环顾四周，见路上没人，大概放下心来，又舔了舔厚嘴唇，继续说道："家里的样子，听说女儿差不多给打听出来了。好像武士里还没有手脚利索的。详细情况，今天晚上大概她会告诉你吧。"

这个名叫太郎的武士一听这话，黄纸扇遮阳的脸上现出嘲笑般的表情，撇了撇嘴："这么说，沙金又和哪个武士搞得挺热乎的了？"

"什么呀！她好像是装扮成走街串巷的小商贩还是别的什么去的。"

---

① 亥时上刻，上午十点半左右。

"不管装扮成什么去的,她这个人靠不住。"

"你这个人还是那么疑心重,所以招女儿讨厌。就是吃醋,也要适可而止。"

老太婆冷笑着,举起拐杖,杵了杵路边的死蛇,麇集在尸体上的绿头苍蝇轰地飞起来,又立刻停回原处。

"这事儿要是不抓紧啊,那就会被次郎弄走哟。其实被他弄走也好,不过要是那样的话,事情就闹大了。连老爷子也会时常发火的,你就更不用说了吧。"

"这我明白。"武士皱着眉头,气狠狠地往柳树根上吐一口唾沫。

"其实你并不明白,就说现在,连你也若无其事的样子,可是发现她和老爷子的关系的时候,不是也跟发了疯似的吗?那时候,老爷子要是稍微逞强的话,马上要对你动刀子的。"

"那都是一年前的事了。"

"不管多少年前,事情一个样。不是说干过一次的事,还要干三次吗?要是只干三次,那算是好的。像我这样的人,活到这个岁数,同样的蠢事不知道干过多少次。"老太婆说完,露出稀疏的牙齿,笑起来。

太郎被太阳晒黑的脸上流露出急躁不安的神色,他改变了话题:"说正经的,今天晚上的对手,好歹是藤判官,已经准备好了吧?"

这时,大概是一朵云团遮住太阳,周围倏然阴暗下来,只有死蛇肚皮的肥白显得更加刺眼。

"什么藤判官!充其量手下有那么四五个青皮[①]。就连我也是多年练就的真功夫。"

[①] 青皮,原文为"青侍",指穿青色衣服的、六位以下的低身份武士。

"哼,老太婆你好厉害啊。我们这边多少人?"

"跟往常一样,男的二十三个,再加上两个女的,我和女儿。阿浓那一副身体,所以就让她在朱雀门等候。"

"这么说,阿浓快临产了?"

太郎又嘲笑般撇了一下嘴巴。几乎就在同时,那朵云彩消失了,大街突然恢复原先刺眼的明亮。猪熊大娘也挺起腰杆,扬起一阵乌鸦聒噪般的怪笑声。

"那个蠢货,谁占了她的便宜?——说起来,阿浓对次郎本来一直痴心不改,会不会是那小子……"

"行了,别在这儿盘查了。不管怎么说,那副身体很不方便。"

"其实也有办法,可是她不同意,真没辙。结果弄得我一个人去通知大伙儿。真木岛的十郎、关山的平六、高市的多襄丸这三家还没去哩——哎呀,瞧,和你聊天这工夫,都快到未时①了。你听我唠叨也听腻了吧?"

老太婆一边说一边动着拐杖。

"可是,沙金呢?"

太郎的嘴唇不易觉察地轻轻抽搐一下,老太婆似乎没有发觉。

"今天吗?这时候大概在我家里午睡吧,昨天还不在家哩。"

独眼龙定睛看着老太婆,然后平静地说:"那好,就这样。天黑以后再去见她。"

"那就去吧,去之前,你也好好睡个午觉吧。"

猪熊老太婆口齿伶俐地一边回答,一边拖着拐杖往前走去。她顺着绫小路往东,暗红色麻布单衣罩在身上,状似猴子,半截草鞋在身后扬起灰土,顶着烈日,一路走去。

武士看着老太婆逐渐离去,渗出汗水的额头可怕地掀动一下,

---

① 未时,下午两点。

又往柳树根上啐一口唾沫，然后慢慢转过身去。

麇集在死蛇上的绿头苍蝇在酷热的阳光里发出轻微的嗡嗡声，乍飞又停……

二

猪熊老太婆披散着发黄的头发，发根已经被渗出的汗水湿透。她不顾落在脚上的夏日灰白尘土，拄着拐杖一步一步往前走。

这是一条走惯的老路，但是与自己年轻时候相比，到处都发生了令人难以置信的变化。想起自己还是在台盘所①当佣人——不，想起自己意外地被那个与自己身份悬殊的男人勾引，终于生下沙金的时候，今天的京城，徒有虚名，当时的遗迹几乎荡然无存。当年牛车来往频繁的大路上，如今只有蓟花卷缩在阳光里岑寂地开放。残破歪斜的板墙里，无花果缀挂着青绿的果实，成群的乌鸦大白天也聚集在干涸的池塘里，对人毫不畏惧。而自己也不知不觉地头发变白、皱纹增多，最后成为这样弯腰驼背的老人。京城已非昔日之京城，自己亦非昔日之自己。

不仅外表在变，人心也在变。第一次知道女儿和自己现在的丈夫发生关系时，自己又哭又闹。但是后来，也觉得这是很自然的。偷盗也好，杀人也好，只要习惯了，就和家庭职业一样。就像京城大街小巷芜杂横蔓的野草，自己的心也已经被伤害到不知痛苦的程度。但是从另一个角度来看，一切看似变化，却又没有变化。女儿现在干的事情和自己过去干的事情其实十分相似。就是那个太郎也好次郎也好，他们干的事和自己现在丈夫年轻时候干的事也没有多大的差别。这么说，不论什么时候，人总是重复同样的事情。这么

---

① 台盘所，贵人家的厨房。

一想,京城还是昔日的京城,自己也还是昔日的自己……

这种想法蓦然浮上猪熊老太婆的心头。大概由于这种对身世伤感的情绪影响,她滚圆的眼珠变得柔和,癞蛤蟆般脸上的肌肉也松弛下来——这时,她布满皱纹的那张脸突然露出生动快活的笑容,开始更加急促地移动蛙腿形拐杖。

她也必须加快脚步,在前面两三丈远的地方,在大路与狗尾草芜杂蓬乱的原野(也许原先是谁家宽阔的院子)之间,是一堵就要坍塌的瓦顶板心泥墙,里面有两三棵开始衰老的合欢树,被烈日炙烤的深绿色瓦上垂挂着无精打采的红花。树下有一间四角支着枯竹为柱、张挂旧草席为墙的古怪小屋——不论从地点还是从外形来看,都像是乞丐栖身之地。

尤其引起老太婆注意的是,小屋前面站着一个十七八岁的年轻武士,他身穿枯黄色的麻布单衣,腰间横着黑鞘长刀,双手在胸前交叉着,不知何故,眼睛瞧着屋里,好像发生了什么事。老太婆从他幼稚的眉宇间透出的尚未脱尽的孩子气以及消瘦的脸颊,一眼就认出来他是谁。

猪熊老太婆走到他旁边,停下拐杖,一边翘着下巴,一边说道:"在这儿干吗呢,次郎。"

次郎吃惊地回过头,一看她满头白发下面的癞蛤蟆脸上正舔着厚嘴唇的舌头,便露出洁白的牙齿微笑着,默默地指了指小屋。

小屋里面,地上铺着一张破旧的榻榻米,一个四十岁左右的小个子女人头枕石头躺在上面。她全身几乎裸体,只有一件麻布衫盖在腰间。仔细一看,胸部、腹部皮肤黄肿滑亮,仿佛用手一按,就会流出带血的脓水。借着从草席的裂缝照射进来的阳光,只见她的腋下和脖颈有一块块烂杏般的黑斑,似乎正发出一种难以言状的恶臭。

枕头旁边,扔着一个边口残破的陶罐(罐底粘有一些饭粒,大概原先是盛稀粥的)。不知道是谁搞恶作剧，罐里整整齐齐地堆叠着五六块沾满泥土的石块，而且正中间插着一枝花叶完全干枯的合欢花，大概是模仿在高脚漆盘上铺垫色纸装饰的情趣吧。

看到这些，一向胆大的猪熊老太婆也不由自主地皱起眉头往后退，而且就在这一瞬间，脑子里浮现出刚才看见的那条蛇的尸体。

"这是怎么啦？是得了传染病吧？"

"是的。大概是附近什么人家看她不行了，就扔到这儿来。这哪儿都不好办呢。"次郎又露出白牙微笑起来。

"你干吗在这儿看着啊？"

"我刚从这儿过，看见两三条野狗好像找到什么好吃的东西，要吃她，就用石头把野狗赶走。我要不来，说不定这会儿胳膊已经被吃掉一只了。"

老太婆把拐杖支在下巴上，又端详一遍女人的身体。只见从破旧的榻榻米上，在道路扬起的尘土中，斜伸出两只胳膊，水肿的土黄色皮肤上，清晰地印记着三四个尖锐的牙印——次郎说差一点被野狗吃掉的大概就是这只胳膊。女人紧闭眼睛，不知道是否还有呼吸。老太婆又一次觉得，一种强烈的厌恶感扑面而来。

"她究竟是活着还是死了？"

"我也不知道。"

"这样子痛快呀。人一死，被野狗吃掉，又何妨呢？"

老太婆说完，伸出拐杖，远远地捅了一下女人的脑袋。那脑袋离开枕着的石头，一下子掉在榻榻米上，头发拖在脑后。但是，她仍然闭着眼睛，脸上的肌肉纹丝不动。

"你别这么做。就是刚才狗要吃她，她也是这样一动不动。"

"那不就是死了？"

次郎第三次露出白牙微笑起来。

"就是死了，被狗吃掉，也太惨啦。"

"有什么惨的？人一死，就是被狗吃，也不觉得痛。"老太婆拄着拐杖一边跷起脚一边睁圆眼睛，嘲笑般地继续说道，"就算没死，这种奄奄一息的样子，还不如索性让狗咬断喉咙来得痛快哩。反正这样子，就是活着也没多长时间。"

"可是，眼看着人被狗吃掉，我也不能袖手旁观啊。"

猪熊大娘舔了一下上唇，一副目中无人不屑一顾的样子。

"说得好听，你们不是互相都满不在乎地看着杀人吗？"

"这么说也是。"

次郎稍微挠一下鬓角，第四次露出白牙微笑起来，和蔼地瞧着老太婆，说道：

"大娘，你去哪里啊？"

"真木岛的十郎、高市的多襄丸——啊，对了，关山的平六那边，你给带个口信吧。"

猪熊大娘一边说一边拄着拐杖已经迈出两三步。

"噢，我可以去。"

次郎也顾不得小屋里的病人，和老太婆并肩在烈日炎炎的大路上慢悠悠地走去。

"看见那个人，心情坏透了。"老太婆做作地紧皱眉头，"嗯……你知道平六的家吧？顺着这条路一直往前走，在立本寺的大门前往左拐，那儿是藤判官的宅院，再往前走差不多一町①就到了。你顺便在藤判官的宅院周围转一转，为今天晚上做准备，查看一下地形。"

"其实我到这儿来，本来就是这个打算啊。"

"是吗？你是个机灵人。要是你哥哥，他那副长相，弄不好就被人家看出来，所以不能让他去察看地形。要是你去，我就放

---

① 町，日本距离单位，1町约合109米。

心了。"

"大娘你议论我哥哥啊,哎哟,真够受的。"

"什么呀!其实我说得最多的就是他。要是和老爷子在一起,还要说那些对你不好说的事。"

"那是因为有那件事。"

"就是有,不是也没说你的坏话吗?"

"这么说,大概是把我当小孩看待吧。"

两个人这样一边闲聊一边在狭窄的街道上慢慢走着。每走一步,京城就愈显出荒凉衰败的景象,房子与房子之间杂草丛生,散发着闷热的暑气,沿途断断续续净是残破坍塌的瓦顶板心泥墙,唯有几株松树和柳树旧貌犹存。放眼望去,在飘荡着些微死人腐臭的空气里,到处都令人感觉到这是一座行将毁灭的大都市。一路上只遇见一个人,还是手套木屐在地上爬行的乞丐。

"不过,次郎,你可要注意呀。"猪熊大娘忽然想起太郎的那张脸,苦笑着说,"因为你哥哥大概也迷上了我的女儿。"

她似乎没想到这句话对次郎的心理影响比自己想像的要大得多。次郎清秀的眉宇间突然蒙上了一层阴影,不快地低下眼睛。

"我也得注意点儿。"老太婆说。

"注意又怎么啦……"

老太婆对次郎情绪如此急剧的变化略感吃惊,舔了几下嘴唇,低声说道:"还是要注意吧。"

"可是,哥哥有他自己的想法,我有什么办法呀。"

"这么说就太浅露了。其实啊,昨天我和女儿见了面。不是今天未时下刻①在立本寺门前和你见面吗?而且有近半个月没让你哥哥和她见面了。太郎要是知道这事儿,大概又要和你大闹一

---

① 未时下刻,下午三点半左右。

场吧。"

次郎默不作声,只是急躁不安地几次点头,像是要打断老太婆的侃侃而谈。但猪熊大娘一旦开口,并没有很快住嘴的意思:"刚才在那边的十字路口碰见太郎,我也对他明说了,要是这样的话,自己人不是就要动刀子吗?我只是担心,要是真的动刀动枪,万一有个闪失,伤了我的女儿,那可怎么办?女儿就是那种脾气,太郎也是一个死心眼,所以我想把这事托付给你。因为你心地善良,连狗吃死人都于心不忍。"

老太婆说完,故意沙哑着嗓门笑起来,像是为了强行克制心中突然产生的惊恐不安的情绪。但次郎仍然阴沉着脸,若有所思,耷拉着眼皮继续走着……

猪熊大娘一边加快脚步,一边心底开始虔诚地祈祷:"最好别出大事……"

差不多也是在这个时候,街上的三四个小孩子用树枝挑着死蛇,正从躺着病人的小屋外面走过,其中一个淘气的孩子弯着腰,把死蛇远远地朝女人的脸上扔去。死蛇那发青油白的肚皮恰好落在女人的脸颊上,流着臭水的尾巴耷拉在她的下巴上。孩子们高兴地欢叫起来,却又立刻吓得四散惊逃。

一直像死人一样一动不动的女人这时突然睁开松弛下垂的黄眼皮,腐烂变质的鸡蛋清一样的眼睛浑浊呆滞地盯着空中,一只沾满沙土的手指轻轻颤动一下,从她干裂的嘴唇深处流出微弱的一声,说不清是叹息还是呼吸。

三

猪熊大娘走后,太郎沿着朱雀大路,一边时不时摇着扇子扇风,一边在烈日之下,慢慢往北走去。

中午的大街上,行人极少。一个头戴蔺草盔笠遮阳的武士骑在平纹油漆镶嵌马鞍的栗色马背上慢悠悠走过,他的身后跟随着身背盔甲箱的仆从。他们过去以后,只有匆匆忙忙的燕子翻闪着白色的肚皮不时从大路的沙土上掠过。团聚在木板屋顶、扁柏板屋顶上空的旱云也一直纹丝不动,依然肆虐着熔金烁铁的猛威。大路两旁的家家户户都寂静无声,仿佛木窗板、草帘子后头的人们都已经死绝。

(正如猪熊大娘所说,沙金被次郎抢走的危险已经迫在眉睫。那个女人——现在甚至委身于养父的那个女人——看不上麻子脸、独眼睛、长相丑陋的自己,而移情于虽然脸庞被太阳晒得很黑,却五官端正的年轻的弟弟,这本来没什么可奇怪的。自己只是坚信:次郎——这个小时候对自己崇拜的次郎能够体察哥哥的心情,慎重行事,即使沙金主动向他伸手,也能拒绝对方的勾引。然而现在看来,这只是偏护弟弟的一厢情愿的想法。其实自己的错误在于,与其说把弟弟看得过高,不如说过于小看了沙金卖弄风骚妖媚勾人的本事。不仅一个次郎,那个女人一个秋波,为之粉身碎骨的男人比炎热天空下飞翔的燕子还要多。就说自己吧,也只是见她一次,就这样神魂颠倒……)

这时,一辆车厢缀饰红色捻绳的女式牛车在四条坊门的十字路口从太郎前面缓缓地往南驰去。虽然看不见车里的人,但挂在帘子内侧从上到下渐次深红的生丝帷帐,在荒凉的街道上格外显眼妖艳。跟随的牛童和仆从眼神奇怪地瞟了太郎一眼,只有牵牛低垂犄角,目不斜视,沉着稳重地起伏着黑漆般的脊背慢吞吞往前走。太郎正沉浸在漫无边际的思绪里,眼里也只有骄阳下金光闪闪的金属车具的印象。

他停下脚步,让牛车先过,然后一只眼睛瞧着地面,继续默默往前走。

(一想起自己在右监狱当捕快的事,便感觉仿佛那已经是遥远的过去。今昔相比,连自己都觉得判若两人。那个时候,我既不忘尊敬三宝①,又严格遵守王法。然而现在,偷盗放火,无法无天,甚至杀人,也不止干过两三次。啊,过去的我——总是和那些差役伙伴们一起赌博,玩得兴高采烈。现在看来,那时的自己是何等幸福啊。

那是一年前的事情。但现在回忆起来,依然历历在目。——那个女人因犯盗窃罪,被捕尉送进监狱。也是偶然的一次机会,我和那个女囚隔着铁格子攀谈起来。随着交谈次数的增加,双方都把自己的私事告诉对方。最后发展到猪熊大娘带着盗贼同伙劫狱把这个女囚救出去的时候,我视而不见,故意放走他们。

从那一天晚上开始,我就开始多次出入猪熊大娘的家门。沙金估摸着我快到的时候,就拉上一半板窗,眺望着暮色苍茫的街道,一看见我,立刻模仿老鼠的叫声②发出暗号,让我出去。家里除了女佣阿浓,没有别人。于是立刻拉好板窗,点亮油灯,在小小的榻榻米房间里,摆满方形餐食木盘和高脚漆盘。两人推杯换盏,最后又哭又笑,又好又闹。像世上的所有恋人那样,一直玩闹到天亮。

日暮而来,天明而归。这样的日子大概持续了一个月,我渐渐了解到,沙金虽是猪熊大娘的亲生女儿,现在的父亲却是继父。她如今是二十多人的盗窃团伙的"老大",经常在京都一带骚扰滋

---

① 三宝,佛教异称。
② 妓女拉客发出的声音。

事，且平时还出卖色相，过着妓女一样的生活。但是这一切反而使这个女人如同小说里的人物那样，全身笼罩着不可思议的光环，毫无低贱卑微的感觉。当然，她经常拉我入伙，但我始终没有答应。于是，她骂我是胆小鬼，瞧不起我。我因此经常大为恼火……）

"驾！驾！"传来吆喝马的声音。太郎赶紧让开大路。

一辆左右两边各装两袋大米的马车从三条坊门的十字路口拐弯，顺着大路往南过来。车夫只穿着一件麻布汗衫，在炎热的阳光里，也顾不得擦汗。马的身影鲜明地印在灼热的地面上，一只燕子闪动着光亮的羽毛从黑影上斜飞上天，紧接着又像一块石头掉落似的俯冲下来，从太郎的鼻尖前横掠而过，飞进对面的木板屋檐里去。

太郎一边走一边不时吧嗒吧嗒地扇着黄纸扇。

（这样的日子断断续续地延续着，我偶然发现了沙金与她养父的关系。我不是不知道，并不是我一个人如此放任沙金。甚至沙金本人也多次自豪地向我提起与自己有染的公卿、法师的名字。不过我想，这个女人虽与许多男人发生肉体关系，她的心也许为我一个人独占。对，女人的贞操不在肉体。我相信这一点，以此克制自己的嫉妒。当然，这也许不过是我不知不觉间学到的这个女人的想法。但不管怎么说，这么一想，我痛苦的心灵就会得到几分缓解。然而她与自己养父的关系又是另一回事。

当我感觉到这件事的时候，心里非常不愉快。对于干这种事的父女俩，就是杀了他们也不能解心头之恨。还有那个对此熟视无睹的亲生母亲，也是畜生不如的无耻之徒。我每次看见那个醉鬼老头，不记得有多少次把手按在刀柄上，但沙金每次都当着我的面无情地嘲弄欺负养父。奇怪的是，这种拙劣的手法却立刻使我的心软了下来。一听她说"我非常非常讨厌这个父亲",我即使对沙金的养父恨得咬牙切齿,对沙金却怎么也恨不起来。所以我和沙金的这个养父虽然互相虎视眈眈,却至今还是相安无事。如果那个老头再勇敢一点——不,如果我再勇敢一点,恐怕我和他之间有一个人早就死了……)

太郎抬头一看,自己不知不觉已经拐过二条街,来到耳敏川的小桥前面。干涸的河道上只有一条细流如锐利的刀刃在强烈的阳光下闪闪发亮,穿越断断续续的柳树与房舍之间,发出轻微的潺潺水声。远远的下游,有两三个黑色的东西,像是鱼鹰,搅乱水光,大概是孩子们在玩水吧。

幼时的记忆顿时浮现在太郎的心头——他和弟弟一起在五条街桥下钓丁斑鱼的记忆如同热天里的一丝凉风,唤起一种悲伤的亲切。自己和弟弟都已经不再是过去的兄弟了。

太郎过桥的时候,麻子脸上又掠过一道阴险的神色。

(那个时候,弟弟在筑后①的前司②那里做小舍人③。突然有一天,我接到通知说,弟弟因偷盗嫌疑被关进左监狱。我自己是个放免,对监狱里受的苦比谁都清楚。想到弟弟身体还很稚嫩,我不由得心急如焚,于是和沙金商量。她却若无其事地轻松说道:"劫回来不就得了。"在旁边的猪熊大娘也极力怂恿这么干。我终于下定决心,和沙金一起,招集五六个盗贼策划。那天夜里,我们冲进监狱,顺利地把弟弟救了出来。那一次行动,我的胸口受到的创伤至今还留有伤痕。但是更叫我忘不了的是,我第一次杀了人——亲手

---

① 筑后,旧国名,在今福冈县南部。
② 前司,前任的国司。
③ 小舍人,公卿等的小差役。

杀死一个放免。他的凄惨的叫声和血腥味至今还令我记忆犹新。在今天这样闷热的空气里,我仿佛还能感觉到当时的惨烈景象。

从第二天开始,我和弟弟就躲在沙金家里,不敢露面。只要犯过一次罪,不管以后是老老实实做人,还是继续为非作歹,在检非违使①眼里都是一个样。反正早晚都是死罪,那就尽量多活几天。于是,我终于听从沙金的劝告,和弟弟一起上了贼船,从此杀人放火,无恶不作。当然,开始的时候我也害怕,但干了以后,觉得没什么,不费事。我逐渐认为,干坏事也许是人的本性……)

太郎几乎是无意识地在十字路口拐弯。十字路口上有一座土坟,四周用石头堆积成一圈。土坟上并排立着两个墓碑塔,暴晒在午后的烈日里。墓碑塔的底部趴着几只蜥蜴,它们烟灰一样黑色的身体令人恶心。大概被太郎的脚步声惊动,没等太郎走近,它们一下子惊醒过来,接着一溜烟四处逃窜。太郎无心看这些东西一眼。

(随着自己的坏事越干越多,感觉到自己对沙金也越来越爱。不论是杀人还是偷盗,都是为了这个女人。就说劫狱吧,除了想救出弟弟之外,还因为害怕沙金笑话我对唯一的弟弟见死不救。——想到这些,更觉得自己无论失去什么,也不能失去这个女人。

然而,我的亲弟弟要抢走这个女人。沙金要被我拼死相救的次郎抢走。我现在甚至搞不清楚,是要抢走呢,还是已经抢走了。我从来都不怀疑沙金的心,她勾引别的男人,我也认为这是为了干坏事的需要而默许她。后来,她和养父发生关系,我认为这是那个老头子凭借父亲的权势威严,在她本人一无所知的情况下诱惑,因此也就视而不见,以求平安。然而,她和次郎的关系又是另一码事。

---

① 检非违使,平安朝时代的官名,掌管保安、监察和审判。

我和弟弟的性格表面上似乎大不一样,其实相差无几。当然,由于七八年前的那场天花,我的病情重,他的病情轻,结果造成了外貌的差异。次郎天生眉清目秀的容貌没有受损,所以现在成为一个美男子。而我因为天花瞎了一只眼,成为后天的残疾。如果说我这个丑陋的独眼龙一直抓住沙金的心——这也是我的自负吗?——那肯定是因为我的心灵的力量。这么说,同一父母所生的亲弟弟也会和自己有一样的心灵。更何况无论在谁看来,他的确都比我英俊。所以,沙金迷上弟弟,原本是理所当然的。且设身处地地想一想,次郎终归抵挡不住这个女人的勾引。不,我始终对自己的这副丑陋嘴脸感到自卑,所以与沙金的行乐大多主动自我节制。但即使如此,我仍然发疯地热恋着沙金。那么,深知自己美貌的次郎怎么能对这个女人的妩媚勾引无动于衷呢?

这么一想,沙金和次郎的勾搭也是合情合理的事。不过正因为合情合理,才使我更加痛苦。弟弟要从我手里把沙金抢走。而且总有一天,要抢走沙金的一切。啊,我失去的不只是沙金一个人,连弟弟也要一起失去,取而代之的是出现一个名叫次郎的敌人。——我对敌人毫不留情。大概敌人对我也绝不手软。这样的话,结局不言自明:或者我杀死弟弟,或者我被弟弟杀死……)

太郎突然闻到一股强烈的尸体腐烂的气味,不由得大吃一惊。然而他心中的死亡还没有腐臭。一看,原来在猪熊小路边上,竹枝墙底下摞着的两具赤身裸体的幼儿尸体已经腐烂,在烈日的照射下,变色的皮肤上到处都是一块块黑紫。一些绿头苍蝇叮在上面。其中一个孩子朝着地面的脸上,已经有一些蚂蚁在爬动……

太郎看着眼前的这一切景象,仿佛看到自己的结局也是如此,便情不自禁地紧紧咬着下唇……

（这一阵子，沙金也在躲避自己。偶尔见面，也没有好脸色，还时常说一些难听的话。我就火冒三丈，也打过她，踢过她。但是在打她踢她的时候，我心里就是在自我折磨。这是理所当然的。我的二十年人生都深藏在沙金的那双眼睛里。所以，失去沙金，无异于失去自我。

失去沙金，失去弟弟，最终失去自己。也许我失去一切的时刻已经来临……）

他边想边走，不觉来到猪熊大娘挂着白色布帘的家门口。这里还能闻到尸体的臭味。但大娘家门边种有一棵枇杷树，暗绿色的叶子把影子洒在窗户上，在炎热中透出一丝凉意。他不记得自己有多少次从这棵树下走进这间屋子，但是今后呢……

太郎突然感觉到一种精神疲劳，沉浸在一缕感伤情绪里，不由得泪水盈眶，便悄悄走近门口。这时，就在这时，从屋里突然传来女人尖锐的声音，还掺杂着猪熊老头的声音，一起灌进他的耳朵。这女人要是沙金，绝不能置之不理。

他立刻掀开门口的布帘，急忙一脚迈进昏暗的屋内。

四

与猪熊大娘分手以后，次郎心情沉重地一级一级登上立本寺的石阶，走到朱漆剥落厉害的圆柱子下面，疲倦地坐下来。炎热的太阳被斜伸出来的高高屋瓦挡住，照不到这里。往后一看，只见昏暗中一尊金刚菩萨脚踩青莲，左手高举一根铁杵，胸前落满鸟粪，独自在光天化日下守护着岑寂无人的寺院。走到此处，次郎的心情才开始平静下来，似乎才能理智地思考问题。

阳光照样发出白炽的烈焰，照耀着眼前的大路。燕子在空中穿梭飞翔，羽毛闪烁着黑色绸缎般的亮光。一个身穿白色麻布单衣、打着大遮阳伞的男人，手持夹有文书的青竹文杖，一副炎热难耐的样子慢慢走过。此后，长长的瓦顶板心泥墙上连一只狗的影子也没有。

次郎抽出插在腰间的扇子，手指把黑柿木扇骨一根根地打开，再合上，脑子里思考着自己与哥哥今后的关系。

为什么非要如此痛苦地自我折磨呢？就这么一个哥哥，还要把他当做敌人。每次见面，即使我先开口和他说话，他也是爱搭不理的样子，根本谈不下去。考虑到我与沙金现在的关系，他的态度也是可以理解的。然而，每次和这个女人见面，我心里总觉得对不起哥哥。尤其见面以后的寂寞心情，越发觉得哥哥可怜，常常暗自落泪。现在甚至都想离开哥哥和沙金，独自一人去东国①，哪怕是一次也行。那样的话，也许哥哥就不会憎恨我，而我也会忘记沙金。因为自己这么想，便去见哥哥，本来打算不露声色地向他辞行，没想到他对我还是那么冷若冰霜。而且一见沙金，所有的决心都化为乌有。为此，我不知道有过多少次自责。

然而，哥哥不知道我心中的痛苦，一心认定我是他的情敌。我可以被他骂得狗血喷头，可以让他把唾沫啐在我的脸上，甚至可以被他杀了，但是，我只希望他知道，我对自己的不仁不义是多么深恶痛绝，我对哥哥是多么同情怜悯。只要哥哥理解我，哥哥如何处置我，我都心甘情愿。不，与其现在这样心如刀绞，索性一死了之，也许更加幸福。

我对沙金又爱又恨。一想到这个女人水性杨花的秉性，我就满腔忿恨。而且她经常撒谎，更可怕的是，连哥哥和我都觉得下不了手的残酷杀人，她居然满不在乎。当看着她淫荡下流的睡相时，我

---

① 东国，日本关东一带。

常想自己为什么会如此痴心地迷恋这样的女人呢？尤其看见她与素不相识的男人也那样厚颜无耻地淫乱时，真恨不得亲手宰了她。我对沙金如此恨之入骨，然而一看见她的眼睛，却立刻陷入她的诱惑。没有一个女人像她这样，丑恶的灵魂与美丽的肉体如此结合在一起。

哥哥似乎并不知道我对沙金的憎恶情绪。不，其实哥哥好像原本就不像我这样憎恨这个女人的野兽心肠。比如，在对待沙金与其他男人的关系上，哥哥与我的看法就大相径庭。不论沙金和什么人睡觉，哥哥总认为她是逢场作戏，寻欢作乐，而采取宽容的默许态度。但我绝不这么认为。我认为玷污沙金的肉体，也就是玷污她的心灵，甚至比玷污心灵更严重。当然，我也绝不能容许沙金见异思迁，移情别恋。然而，人尽可夫比喜新厌旧更令人痛苦。正因为如此，我对哥哥也感到嫉妒。既歉疚，又嫉妒。这么看来，我与哥哥对沙金的恋情出自完全不同的态度。而这种差异更导致两人关系的恶化……

次郎呆呆地望着大路，一心想着自己的心事。这时，从街上的什么地方突然传来一阵尖锐的笑声，仿佛振荡得晃眼的阳光。伴随女人尖锐笑声的是一个男人呜噜呜噜的含混话声，掺杂着肆无忌惮的淫声秽语。次郎不由自主地把扇子插在腰间，站起来。

次郎离开柱子，正要迈步走下石阶的时候，看见一男一女顺着小路从他面前走过往南而去。

男的身穿粉白色武士礼服，头戴软乌漆帽，腰间松松垮垮地佩挂着砸花刀柄的长刀，三十岁上下，喝得醉醺醺的样子。女的身穿白地浅紫花纹罩头衣服，头戴市女笠①，从声音举止上看，显然是沙金。——次郎走下石阶，一直紧咬嘴唇，故意移开视线。然而，

---

① 市女笠，原为女商人戴的斗笠。菅茅草或竹皮编织而成，中间凸起，晴雨两用。

这两个人似乎瞧也不瞧次郎一眼。

"那你答应，一定别忘了。"

"没问题。既然我答应了，你就把心放在肚里好了。"

"可我是拼着命的，所以必须这样叮嘱。"

男人张开略有红胡须的嘴大笑起来，笑得几乎能看见他的咽喉，一边用手指头轻轻捅了一下沙金的脸颊，说道："我也是拼着命的呀。"

"说得好听。"

两人从寺院门前走过，来到刚才次郎与猪熊大娘分手的十字路口，停下脚步，旁若无人地互相调戏，然后分手。男人一边走一边几次回头，像是戏逗着什么，往东拐去。女人转过身，一边哧哧笑着，一边顺着原路往回走。——次郎站在石阶底下，看着沙金那一双乌黑的大眼睛。不知道是由于高兴还是自悲的情绪，从罩头衣服里露出的她的脸蛋如小孩子般发红。

沙金解开罩头衣服，露出汗水津津的脸，笑着问："看见刚才那个家伙了吗？"

"没看见。"

"那家伙呀……噢，坐在这儿吧。"

他们并排坐在石阶上，寺院门外唯一一棵细小的枝干扭曲的赤松树影，恰好落在他们身上。

沙金将坐未坐的时候，摘下市女笠，说道："那是藤判官那儿的武士。"

沙金这个二十五六岁的女人，身材适中，不胖不瘦，小巧的手脚像猫一样敏捷灵活。她的脸蛋可以说把可怕的野性与异常的美丽融合成一体，额头窄小，脸颊丰腴，牙齿洁白，嘴唇性感，眼睛锐利，眉毛整齐——这一切本来难以搭配在一起，但在沙金的脸上却融合得如此完美，简直无可挑剔。尤其是她那一头披肩发，在阳光映照下，乌黑闪亮，青光泛动，宛如鸟羽。次郎看着这个女人总是这么妖艳妩媚的姿态，甚至感觉到一种憎恶。

"那还是你的情人吧？"

沙金眯缝着眼睛笑起来，表情天真地摇了摇头，说道："要说愚蠢，再没有比那家伙更愚蠢的了。他就像狗一样，对我俯首帖耳。所以啊，我什么都知道了。"

"你知道什么？"

"知道什么？就是藤判官宅院的内部情况啊。他简直滔滔不绝，连最近宅院买马的事都告诉了我。哦，对了，要不让太郎把那匹马偷出来。说是陆奥产的三岁马驹，我看不一定。"

"对，哥哥对你的话唯命是从。"

"说什么呀？我最讨厌别人吃醋。太郎也是这样，起先我也有这种感觉，现在好了。"

"说不定我也会这样的吧？"

"这我可不知道。"沙金又尖声笑起来，"怎么，生气了？我跟他们说你不来了，好吧？"

"你这个人，简直就是母夜叉。"

次郎皱起眉头，拾起脚下的一个石子扔出去。

"这么说，也许我就是一个母夜叉。不过，迷上我这个母夜叉，可就是你的命了。怎么，还在怀疑吗？那就随你的便吧。"

沙金说完，看着大路，突然目光锐利地转过头盯着次郎，嘴角掠过一丝冷笑，说道："你还是这么怀疑的话，告诉你一件事吧。"

"什么事？"

"嗯……"

沙金把脸靠近次郎的脸，淡妆的味道伴着汗味扑鼻而来，次郎感觉到一种强烈的刺激，仿佛全身发痒，情不自禁地把自己的脸转向一旁。

"我把那件事都告诉他了。"

"哪件事？"

"就是今天晚上大伙儿去藤判官宅院的事。"

次郎简直不敢相信自己的耳朵，令人窒息的感官刺激瞬间消失得无影无踪。他只是半信半疑地、目光茫然地看着她的脸。

"干吗这么大惊小怪的？这没什么大不了的啊。"沙金稍微压低声音，用嘲笑的口气说道，"我对他是这么说的：我睡觉的房间就靠着大路的木板墙旁边，昨天夜里听见五六个人，大概是小偷，在木板墙外商量说要去你那儿，而且就在今天晚上。因为咱们俩关系亲密，我才告诉你。你要是不戒备，可就危险了。所以，今天晚上对方肯定做好准备。那家伙正去招集人哩，他说叫二三十个武士来没问题。"

"你干吗说这些多余的话？"

次郎依然平静不下来，用疑惑不解的目光看着沙金。

"我说的话并不多余。"

沙金阴险地微笑着，左手轻轻地抚摸次郎的右手，说道："这是为了你。"

"怎么是为我呀？"

次郎的心感觉到一种恐惧，难道她……

"你这还不明白吗？我这么一说，再让太郎去偷马……他再有本事，一个人也干不了。不过，叫别人帮忙，也没几个人。这样的话，你我不就如愿以偿了吗？"

次郎仿佛被当头浇了一桶冷水。

"你是说杀死我哥哥？"

沙金手里玩弄着扇子，坦率地点点头。

"不好吗？"

"不是不好……这样子设圈套……"

"这么说，你能杀得了他？"

次郎感觉到沙金的眼睛像野猫一样尖锐地盯着自己，她的眼睛具有可怕的力量，逐渐地麻痹了自己的意志。

"可是，这样做很卑鄙。"

"卑鄙又有什么法子？"

沙金扔掉扇子，双手握住次郎的右手，逼视着他。

"而且，要是哥哥一个人也就罢了，还要连累其他同伙去送死……"

次郎话一出口，就觉得糟了，这个狡猾的女人自然绝不会放过这个机会。

"这么说，让他一个人去干啰？为什么要这样？"

次郎从女人的手里抽出自己的手，站起来，依然铁青着脸，让沙金在前面走，自己跟在她后面，或左或右地走着。

沙金从下面仰视次郎，尖刻地说道："既然同意干掉太郎，赔进去几个同伙也不要紧的吧。"

"大娘怎么办？"

"要是死了，再说死的事。"

次郎停下脚步，俯视着沙金的脸。女人的眼睛燃烧着轻蔑与爱欲的炽热烈焰。

"为了你，我谁都敢杀。"

她的话如蝎子般刺心，次郎又一次感到浑身战栗。

"可是，那是哥哥……"

"我不是连老母亲都不要了吗？"

沙金说完，垂下眼睛，紧张严峻的面部表情突然松弛下来，泪水簌簌滴落在烈日照耀闪亮的灼热沙子上。

"我已经把事情告诉那家伙了，现在反悔也来不及了。要是太郎还有那些同伙知道这件事，肯定要把我杀死的。"

听着沙金这断断续续的话，次郎的心里涌现出一种绝望般的勇气。他脸色煞白，默默地跪在地上，冰冷的双手紧紧握住沙金的手。

他们在紧紧相握的双手里，感觉到凶残的承诺意志。

五

太郎掀开白布，一脚踏进家里，却被眼前的景象惊呆了。

在不大宽敞的屋子里，通往厨房的一扇拉门斜倒在竹皮屏风上，大概被屏风碰倒的烧火驱蚊的陶罐碎成两半，满地都是尚未烧尽的松叶或烟灰。地上躺着一个十六七岁、脸色苍白的胖女佣，她满头烟灰的卷发被一个酒满肠肥的秃顶老头抓着，身上的麻布单衣被扯乱，露出胸脯，双脚使劲挣扎，发疯似的尖声叫喊。老头左手抓着女人的头发，右手举着一个缺口的瓶子，要把瓶子里黑褐色的液体强行灌进女人嘴里。那浅黑色的液体在女人的眼睛、鼻子上到处流淌，却好像几乎没有流进她的嘴里。于是，老头更加气急败坏地想强行掰开女人的嘴巴，但是女人不顾头发被老头抓住，拼命甩动脑袋，就是不张嘴。两个人的手脚互相纠缠在一起。太郎从阳光明亮的外面一下子进入光线昏暗的屋里，不能立刻分清各是谁的手脚，当然一眼就知道他们是谁。

太郎手忙脚乱地脱下草鞋，慌忙跨进屋里，眼疾手快地一把抓住老头的右手，顺手夺下瓶子，怒气冲冲地大喝一声："你干什么？"

老头立刻不甘示弱地反问道："你要干什么？"

"我吗？我要干这个。"

太郎把瓶子一扔，又把老头的左手从女人的头发上分开，然后抬腿，一脚把他踹倒在拉门上。阿浓没想到有人搭救自己，慌慌张张往后退爬了三五米。可是看见老头倒在后面,像求神拜佛一样,双掌合十,浑身颤抖,对着太郎低头拜谢,她便蓬头垢面地急忙转身,光着脚跑到廊檐下面,敏捷地钻进白布里面。猪熊老头突然猛扑过去,还想拽住她,被太郎狠狠又踢一脚,跌倒在烟灰里。这时,女人已经气喘吁吁地从枇杷树下跌跌撞撞地往北跑去……

"救命啊!要杀人啦……"

老头叫喊着,却已经失去刚才的气势,踩着屏风,想往厨房方向逃去。太郎轻舒长臂,一把抓住他的浅黄色水干衣领,拽倒在地上。

"杀人啦,杀人啦,快救命啊!杀父亲啦……"

"混账话!谁要杀你……"

太郎把老头压在膝盖底下,大声地嘲笑他。与此同时,一股杀死这个老头的强烈欲望突然难以抑制地涌上心头。杀死这个老头当然易如反掌。只要捅一刀——往他那皮肤松弛、耷拉下来的红红脖子上捅一刀,一切都结束了。刀刃砍进榻榻米时的感觉,还有手握刀柄感觉到对方临死前的挣扎,以及反冲着刀刃喷涌而出的鲜血的腥味——这一切想象使得太郎不由自主地伸手握住葛藤包缠的刀柄。

"你撒谎!撒谎!你一直想杀我……啊,快救命啊!杀人啦,杀父亲啦!"

猪熊老头大概看穿了太郎的用心,又猛力想反扑,最后声嘶力竭地大喊大叫。

"你为什么要那样欺负阿浓?说清楚!不然就……"

"我说,我说——可是我说了以后,也保不住你不会杀我。"

"别啰嗦!说不说?"

"说,说,说,你先把手放开,不然我憋着气,说不出来。"

太郎根本置之不理,依然杀气腾腾地重复一遍:"说不说?"

"我说。"猪熊老头扯着嗓门,还想反抗,终于一边挣扎一边说道,"我说,我只是让她喝药。可是,阿浓这个蠢货就是不喝,所以,我也就粗暴起来。就是这么点事。不,还有,是老婆子买的药,和我无关。"

"什么药?是堕胎药吧。对方不情愿,不管是不是蠢货,你这么干就是凶暴残忍。"

"瞧你,你叫我说,我都说出来了,可是我说了以后,你还是要杀我。你是杀人犯!你才心狠手辣!"

"谁说要杀你?"

"要是不想杀我,为什么你握住刀柄?"

老头抬起大汗淋漓的秃脑袋,翻着上眼皮看着太郎,嘴角满是泡沫。太郎心头猛然一震,要杀就得现在动手,这个念头一闪而过。他不由自主地膝盖使劲,手握刀柄,目不转睛地盯着老头的脖子。稀疏的花白头发圈围着后脑勺,两条血管在红红的满是疙瘩的皮肤皱纹里面不太明显地显露出来。——太郎看见这个脖子的时候,莫名其妙地产生了一种怜悯的情绪。

"你是杀人犯!杀死亲爹!骗子!杀死亲爹!"

猪熊老头不停地声嘶力竭地叫喊着,终于从太郎的膝盖下面挣扎着爬起来,然后迅速抓起拉门作为防身盾牌,眼睛四处转动,打算伺机逃跑。他的脸又红又肿,鼻歪眼斜。太郎一看这狡猾奸诈的嘴脸,就后悔自己刚才没有下手。他渐渐松开握着刀柄的手,仿佛自我怜悯似的,嘴角浮出一抹苦笑,缓缓坐在榻榻米上。

"杀你的那把刀,还没带来哩。"

"你要是杀了我,那可是杀父啊。"

猪熊老头放下心来,从拉门后面慢慢磨蹭出来,在斜对着太郎的榻榻米上忐忑不安地坐下来。

"杀了你,为什么说是杀父?"

太郎眼睛看着窗户，没好气地问。透过窗户能望见四方形的天空，枇杷树梢上密密的叶子在阳光映照下，表面和背面呈现出各种各样亮度不同的绿色，纹丝不动。

"为什么说是……杀父呢？沙金是我的养女，你和她有了关系，不也就是我的儿子吗？"

"那你把她当作妻子，这又是什么？你是畜生还是人？"

老头一边看着刚才争斗中撕破的袖子，一边气哼哼地说："就是畜生，也不能杀老子！"

太郎歪着嘴唇冷笑着说："这张嘴还是那么厉害。"

"我的嘴怎么厉害来着？"

猪熊老头突然恶狠狠地盯着太郎，接着嗤笑起来："我问你，你认不认我做父亲？不，是能不能认我做父亲？"

"这还要问吗？"

"你是说不能？"

"嗯，不能。"

"你说了不算。你听着，沙金是大娘的亲生女儿，我既然和大娘结了婚，沙金就是我的孩子。你既然要和沙金结婚，就应该认我做父亲。但是你不认我这个父亲。不仅不认，有时还打我骂我。你究竟为什么要我把沙金作为自己的孩子？我把她作为妻子，有什么不好？如果我把沙金当作自己的妻子是畜生，你想杀死父亲，难道不也是畜生吗？"

老头一副洋洋自得的神情，满是皱纹的食指指着太郎的鼻子，两眼发亮，滔滔不绝。

"怎么样？是我没道理，还是你没道理，这种事你总该明白吧？我还告诉你，我和大娘，从我在左兵卫府当仆人的时候就已经是老相好了。她对我怎么想，我不知道。我一直爱恋她。"

太郎做梦也没想到，会在这种场合，从这个狡诈卑鄙、嗜酒成性的老头嘴里听到这样的往事。他甚至怀疑这个老头是否具有普通人的感情。爱恋猪熊大娘的猪熊老头和被猪熊老头爱恋的猪熊大娘……想到这里,太郎感觉到自己的脸上浮现出一抹微笑。

"后来,我发现大娘有情人。"

"这不是说明人家讨厌你吗?"

"有情人不能成为讨厌我的证据。你要是打断我的话,我就不说了。"

猪熊老头一本正经地说。接着,他又立刻膝行靠近太郎身边,咽下几口唾液,继续说道:"后来,大娘就怀了这个情人的孩子。这倒没什么,叫我吃惊的是,大娘生完孩子不久,就不知去向。一打听,有人说得传染病死了,有人说去了筑紫①,后来才知道住到奈良坂②的熟人那里。这下子我突然觉得人活着真没意思,于是开始喝酒赌博,后来甚至被人拉上贼船,偷盗抢劫。能偷丝绸,就偷丝绸;能偷锦缎,就偷锦缎。脑子里就想着大娘一个人,过了十年,十五年,好不容易又和大娘见面了……"

老头现在已经与太郎坐在同一张榻榻米上。话说到这个地步,大概由于他的感情逐渐亢奋起来,竟然老泪纵横,嘴巴颤抖着,说不出话来。太郎睁开他的独眼,看着对方抽抽搭搭的样子,像是看一个陌生人。

"见了面以后,才发现大娘已经不是过去那个大娘,我也不是过去那个我了。但她带来的那个女孩子就是沙金,长得很像她母亲。看见她,就像年轻时候的大娘又回到身边。于是我想,如果和大娘分手,肯定也要和沙金分开,如果不想和沙金分开,就必须和

---

① 筑紫,今日本九州地区。
② 奈良坂,奈良县北部经般若寺前往本津的山路。

大娘在一起。好吧，既然如此，索性娶大娘为妻吧。这样，就有了猪熊这个穷家……"

猪熊老头哭丧着脸靠近太郎，声音哽咽，刚才一直没有注意到的一股酒气扑鼻而来。太郎慌忙用扇子遮住鼻子。

"你知道，我这一辈子一心一意只喜欢过去的那个大娘，也就是现在的这个沙金。可是，你动不动就骂我是畜生。你就那么憎恨我这个老头吗？要是你恨我的话，索性杀死我算了。现在你就可以杀我。死在你手里，我也心甘情愿。你要明白，你杀死父亲，你也是畜生。畜生杀畜生，这倒很有意思。"

随着泪水渐干，老头又恢复了那副无赖的嘴脸，他甩动皱巴巴的食指，大叫大嚷："畜生杀畜生，来啊！你是懦夫。哈哈，刚才我给阿浓喝药，你见了火冒三丈，好像就是你把那个蠢货的肚子搞大的。你这个家伙不是畜生，谁是畜生？"

老头一边说一边迅速退到倒塌的拉门后面，打算夺路逃命。他脸色发紫，龇牙咧嘴，凶相毕露。太郎被他一顿臭骂，实在忍无可忍，站起来，手按刀柄，但是他没有拔刀，嘴唇急速抖动着，突然把一口痰啐到老头脸上。

"你这样的畜生，只配这个！"

"你别叫我畜生。沙金不是你一个人的老婆。她不也是次郎的老婆吗？这么说，你偷弟弟的老婆，你也是畜生。"

太郎又一次后悔没有杀了这个老头，但同时也害怕再产生杀人的念头。他的独眼火冒金星，狠狠地一跺脚，打算离开。就在这时，又听见猪熊老头在背后指手画脚地破口大骂。

"你以为我刚才说的话都是真的吗？告诉你，全是假的。什么大娘是我的老相好啊，什么沙金长相很像年轻时候的大娘啊，全是我胡编乱造的假话。你能拿我怎么样？我是骗子！我是畜生！我是差一点死在你刀下的混蛋……"

老头唾沫飞溅,骂不绝口,口齿渐渐含糊不清,但浑浊的眼睛依然充满仇恨,捶胸顿足,大叫大喊。

太郎实在无法忍受从心底涌上来的厌恶感,捂着耳朵,匆匆离开猪熊的家门。太阳开始偏西,仍然热浪袭人,只有燕子在空中轻灵地飞翔。

"上哪儿去呢?"

走到外面,太郎一下子清醒过来,意识到自己到这儿来是为了找沙金。可是到哪儿才能见到沙金呢?他不知该往哪儿去。

"管他哩,反正去罗生门,等到天黑再说。"

他的这个决定当然包含着几分能见到沙金的希望。因为沙金平时在天黑以后,喜欢女扮男装,以便夜间打劫。那些行头和家伙都放在罗生门楼上的箱子里。太郎打定主意,沿着小路大步往南走去。

太郎从三条大街往西拐,顺着耳敏川走到四条大街——刚刚进入四条大街的时候,看见一男一女两个人一边说话一边从立本寺的瓦顶板心泥墙下面顺着这条大街往北而去。

男的身穿枯黄色的麻布单衣,女的身穿浅紫色衣服,两人身影时常重叠在一起,从小路走过大街的一路上,留下串串爽朗的笑声。男的腰间佩带的乌鞘长刀,在燕子繁忙穿飞的阳光下闪闪发亮。一眨眼的工夫,两人已经走远。

太郎满脸阴霾,不由自主地驻足路旁,痛苦地自言自语:

"所有的人都是畜生。"

六

夏天的夜晚很快就到深夜的亥时上刻。

月亮还没出来,京城无声无息地沉睡在一望无际的令人窒息的沉重黑暗里。加茂川的河面在几许星光的映照下，泛着微弱的白光。大街小路，灯光渐熄，不论是皇宫，还是原野，或者千家万户，都在这静谧夜空下，无限地扩展着色彩、形状朦胧的广阔平面。不论是左京还是右京，除了偶尔穿飞的杜鹃叫声外，万籁俱寂。如果说其中有一点让人感觉亲切的灯火的摇曳或者轻微的声音，那也许就是在香火缭绕的大寺院大殿里，参笼香客跪拜在金粉、铜绿斑驳的孔雀明王画像前祈祷的长明灯；或许是一群乞丐在四条大街、五条大街的桥下为度过夏日的短夜而焚烧垃圾的火光；或许是朱雀门的狐狸精每天夜晚在瓦上草间点燃的吓唬过往行人的一闪一灭的鬼火。除此之外，北起千本，南至鸟羽街道的尽头，只有弥漫着驱蚊燃烧的草叶味道的深沉夜色，没有一丝风，连河滩的艾蒿也一动不动。

这时，位于皇宫北面的朱雀大街尽头的罗生门旁边，响起蝙蝠拍动翅膀一样的敲击弓弦的声音，互相呼应。于是，或一人，或三人，或五人，或八人，一身奇怪的装束，从四面八方逐渐聚集到一起。透过朦胧微弱的星光，只见他们都佩着刀，有的背箭，有的执斧，有的持戟，各自全副武装，打着绑腿，脚穿草鞋，威风凛凛，来到罗生门前的石桥旁边，整齐列队。站在队伍最前列的是太郎，他身后是猪熊老头，似乎已经忘记了刚才与太郎气急败坏的争吵，手持长矛，矛头在黑夜中凛然闪亮。再后面是次郎、猪熊大娘，稍远处站着阿浓。沙金站在他们中央，她身穿黑色水干，腰佩长刀，身背箭袋，以弓为杖，环视一下大家，然后张开她的灵巧漂亮的小嘴说道：

"大家听着，今天晚上的对手比以往都更难对付，都要做好这个精神准备。这样分头行动：太郎带十五六个人从后面进去，其他人和我从前面进去。进去以后的目标是后面马厩里的陆奥马。太郎，这事就交给你办。行吗？"

太郎默不作声，看着天上的星星，只是咧着嘴点点头。

"另外，我宣布一项决定：不许把女人、小孩作为人质。因为这样做处理起来很棘手。好，要是齐了，就出发吧。"

沙金举起弓，指挥大家行动。但她回头对咬着手指头、情绪低落的阿浓亲切地说道："你就别去了，在这儿等吧，过一两刻钟①大家就都回来。"

阿浓像小孩一样呆呆地看着沙金的脸，轻轻点头。

"好，走吧！多襄丸，别大意。"

猪熊老头一边把戟夹在腋下，一边回头对身边的一个同伙说。那个身穿深红色水干的同伙只是摇晃手中的长刀护手，响了几下，哼了一声，没有搭理他。倒是一个肩扛斧头、满脸黑胡子的潇洒利索的男人从旁插嘴道："我看倒是你自己别再让影子吓得屁滚尿流才好。"

二十三个强盗一起低声嗤嗤笑起来。他们以沙金为中心，如一团乌云，杀气腾腾地向朱雀大街涌去。像从沟渠里流溢出来的泥水向洼地漫延扩散，他们在黑夜的掩护下，迅速消失在黑暗里，不知去往何方……

天空透出淡淡的微亮，罗生门高高的屋瓦俯视着寂静无声的大路，还有杜鹃时近时远断断续续的叫声。一直伫立在七丈五级大石阶上的阿浓也不见踪影。不久，罗生门楼上突然亮起昏暗的灯光，一扇窗户哗啦一声打开，露出一张瘦小的女人的脸，眺望远处的月出。阿浓一边俯视逐渐明亮起来的京城，一边感受着腹中的胎动，每次都高兴地微笑起来。

---

① 一刻相当于现在的两个小时。

七

次郎挥动沾满血迹的长刀,和两个武士、三条狗拼死搏斗,顺着小路往南后退二三町。现在他已经无暇顾及沙金的安危。对方仗着人多势众,一拥而上,紧逼不懈。恶狗也立毛耸背,前后左右,猛扑撕咬。在月光的映照下,大街微明,大体看得清楚互相挥舞的兵器——次郎被人和狗包围着,浴血奋战。

不是杀死对手,就是死于对手刀下,二者必居其一,别无生路。次郎已经横下一条心,一种异常的凶狠勇气不断在他全身凝集成力量。他挡住对方的长刀,并且奋力回砍的时候,脚下还要敏捷地躲开扑上来的狗——他几乎同时完成这些动作。不仅如此,甚至当他反手利用对方砍过来的长刀时,还必须防备从身后扑上来的狗。但是,自己不知道什么时候还是受了伤。月光底下,发现一道暗红色的东西和汗水一道顺着左鬓角流淌下来。次郎正在你死我活地拼杀,一点儿也不觉得疼痛。脸色苍白,优美的眉毛横拧成一字,仿佛他被长刀舞弄一样,顾不得帽子掉落,衣服撕破,只是一个劲地挥动大刀,上下纵横,血刃相交。

不知道厮杀了多长时间,只见对着自己上半身砍杀过来的一个武士突然往后一闪,紧接着一声惨叫,次郎以迅雷不及掩耳之势对着他的侧腹一刀砍下去,直至腰窝。他听到砍断骨头的沉重声音,横扫过去的刀光在昏黑夜色中倏然闪亮。紧接着,长刀在空中一抡,恰好砍断正从下面杀将过来的一个武士的胳膊,对方立刻顺着原路逃去。次郎追上去举刀正要砍下来,一条猎狗像皮球一样蹦跳起来,对着他的手腕扑咬上来。他不由自主地后退一步,血刃高举,却眼看着对方趁着月黑落荒而逃,不由得全身肌肉仿佛一下子松弛下来似的沮丧。次郎这才如同从噩梦中醒来,发现自己站立的地方正是立本寺门前。

大约半刻以前，从正门攻击藤判官宅院的这群强盗突然受到中门左右两边、车棚内外的箭矢夹攻，乱箭凶猛，令他们胆战心寒。冲在最前面的真木岛的十郎大腿中箭，箭杆深深插进肌肉里，站立不住，滑倒在地。紧接着两三个人有的脸部中箭，有的胳膊受伤，慌忙后退。对方躲在暗处，不知有多少弓箭手。各色翎羽的锋镝响着尖锐的声音，如雨点般射来。连退在后面的沙金，黑色水干的衣袖也被箭矢斜着射穿。

"保护头领，不能让她受伤。射吧！射吧！老子也有弓箭。"

交野的平六使劲拍着斧柄，大声叫骂。于是听见有人噢噢地回答，同时也开始响起向对方射箭的镝鸣声。手握刀柄退到后面的次郎听见平六这句话，感觉到一种苛责，悄悄从侧面瞟了沙金一眼。只见沙金面对这一场恶战，沉着冷静，背对月光，手持弓仗，嘴角露出微笑，目不转睛地看着箭矢交飞的场面。

这时，又听见平六急躁地吼叫起来："怎么把十郎扔在这里没人管？你们怕被箭射中，难道就对伙伴见死不救吗？"

十郎的大腿被箭射中，站不起来，只好扶着长刀，挣扎着两腿往前蹭，如同被拔掉羽毛的乌鸦一样，一边躲闪不断飞来的箭矢。次郎见状，浑身一阵异常的战栗，不由自主地挥起腰刀。平六觉察出次郎的意图，斜眼瞧着他的脸，用嘲笑的口吻说道："你陪着头领好了。十郎交给这些小喽啰就足够了。"

次郎从这句话听出嘲讽的轻蔑，咬着嘴唇，以眼还眼地狠狠回瞪平六。

几个人立刻向十郎跑去，打算救他出来。然而没等他们跑到十郎身边，只听得一声刺耳的号角，在乱箭纷飞之中，六七条耳朵尖竖、牙齿锐利的猎犬气势汹汹地狂吠着从门内冲出，卷起阵阵白烟，恶狠狠猛扑过来。紧随其后的是十几个武士，手持武器，一声呐喊，争先恐后地往宅院外蜂拥过来。这一方当然也不甘示弱，抡着斧头的平六打头阵，在枪林箭雨之中，大刀闪烁，矛戟横扫，吼声四起，杀声震天，似野兽狂叫。开始时的胆怯情绪一扫而光，个个精神抖擞，热血沸腾，杀红了眼。沙金也箭搭弦上，依然挂着微笑的脸上掠过一抹杀气，迅速躲到路边的破墙后面作为掩护，准备迎敌。

很快，双方混战一场，分不清敌我，狂呼乱叫，在十郎倒地的地方展开了肉搏战。又听猎犬狂叫，那叫声充满血腥味。双方拼搏杀戮，血肉横飞，不知谁胜谁负。这时，从后门进攻的一个人满身汗水尘土，而且大概还身受两三处轻伤，血迹斑斑地跑过来。从他扛在肩上的长刀的刀刃缺口来看，似乎打得格外艰苦。

"那边都要撤退了！"他借着月光，来到沙金面前，气喘吁吁地说，"因为带队的太郎在门内被他们包围了，打得很苦。"

沙金和次郎在昏暗的板墙后面，不由得对看一眼。

"被包围了……怎么回事？"

"我也不知道怎么回事。不过，看来……他这个人，我想大概不要紧的。"

次郎转过脸，从沙金身旁走开。当然那个小喽啰不会在意。

"还有，老爷子和老太婆好像手都受伤了。看那样子，被他们杀死的也有四五个。"

沙金点点头，从后面追上次郎，声音严厉地说："那我们也撤。次郎，你吹口哨吧。"

所有的表情在次郎的脸上仿佛都已经凝固，他把左手指含在嘴里，吹出两声尖锐的口哨。这是通知大家撤退的暗号。但是，大伙儿听到这个信号后，似乎没有人转身撤退。（实际上，大概因为被敌人和狗围困着，连转身撤退的机会都没有。）口哨的声音撕破闷热的夜气，空虚地消失在远处的小路那头。人的吼叫声，狗的狂吠声，兵器的撞击声，地动山摇，震撼着高渺的星空。

沙金仰望月亮，闪电般挑动着眉毛。

"真没办法，那我们先回去吧。"

她话还没说完，次郎仿佛充耳不闻似的又把手指含在嘴里，正要吹第二遍口哨，只见几个同伙突然乱了阵脚，左右分开，敌人带着狗直向他们冲来。——说时迟，那时快，只听见沙金手里的弓箭嗖的一声，跑在最前面的一条白狗哀叫着应声倒下，箭矢射进它的肚子，斑斑黑血流淌在地面的沙子上。跟随在狗后面的一个武士，毫不畏惧，挥舞长刀向次郎横扫过来。次郎几乎是下意识地挡住对方的武器，刀刃相击，铿锵一声，火花迸溅。——借着月光，次郎看见对方汗水湿透的红胡须和破裂的粉白色武士礼服，认出了对方。

他的脑子里立刻浮现出立本寺门前的景象，同时突然感到一种可怕的疑惑的威胁：沙金会不会和眼前这个家伙合谋，不仅要杀死我哥哥，还要杀死我呢？瞬间产生的怀疑化作冲昏头脑的震怒，次郎脱兔般敏捷地躲闪过对方的长刀，双手紧握刀柄，奋然跃起，直刺对方胸部。对方立即倒地，次郎用脚上的草鞋狠狠踩踏对方的脸。

他感觉到对方热乎乎的鲜血溅到自己的手上，便用刀尖触碰他的肋骨，感觉到强烈的抵抗。奄奄一息的对手在次郎的草鞋踩踏下，依然几次咬他。这一切自然都对他的复仇心理产生刺激的快感，但同时也有一种难以言状的精神疲惫袭上心头。如果周围环境允许的话，他肯定会不顾一切地躺下去，痛痛快快地休息。但是，在他踩着对方的脑袋，把血淋淋的长刀从对方的胸部拔出来的时候，有几个武士已经把他团团围住。岂止如此，一个武士从背后偷偷上来，把矛头对准次郎的后背正要刺进去。就在这时，这个武士突然往前趔趄，身子前倾，矛头刺破次郎的衣袖，脸朝下扑倒在地。原来在他的矛要刺进次郎后背的千钧一发之际，一支箭嗖的一声从后面飞来，深深穿进他的后脑勺。

后来发生的事情，连次郎都觉得是在做梦。他像野兽一样怒吼怪叫，不看对手是谁，死命抵挡前后左右砍来的长刀。他觉得周围声音腾沸，人的吼叫和兵器的撞击声混成一片，血汗模糊的脸在刀光剑影中闪动出没——除了这些，次郎的眼里没有别的东西。不过，他还是惦念留在后面的沙金，如长刀撞击时迸溅的火花一样，时常在心里闪现。然而，这种闪烁的思绪立刻消失在眼前生死关头的搏斗里。接着，刀枪碰撞和弓箭呼啸的声音如遮天蔽日的蝗虫拍动翅膀，在被倒塌的土墙堵塞的小路上惊天动地地震撼回响。次郎在这样杀得天昏地暗之中，被两个武士和三条狗紧追不舍，顺着小路渐渐往南后退。

次郎杀死一个武士，又把另一个武士杀得落荒而逃，于是他觉得对付三条狗没什么可怕。然而他想得太简单了。这三条狗都是狗中良种，论个头，比起小牛犊有过之而无不及，论毛色，都是茶色花斑。它们的嘴边沾满人血，照例从左右两边向次郎的脚下扑来。次郎踢开一条狗的下巴，另一条狗扑上他的肩膀，而同时第三条狗差一点咬住次郎拿着长刀的那只手。接着，三条狗在次郎的前后左右摆出三角形的阵势，尾巴坚硬竖起，像闻着地面沙土的味道似的，前脚紧贴下巴，汪汪狂叫。次郎杀死武士对手以后，松了一口气，没想到又被这些猎狗顽固地纠缠，比刚才更令人恼火。

次郎越是气恼，他的长刀越是落空，甚至自己还常常站立不稳。狗趁他脚下趔趄，喷吐着热气，没完没了地扑上来。次郎心想，到了这个地步，只有这最后一招了。他拖着砍空的长刀，从准备咬他脚部的一条狗的背上勉强跳过，借着月光，拼命逃跑。他心存一线希望，要是狗追得筋疲力尽，也许他可以死里逃生。次郎的这个想法本身就像溺水者抓住一根稻草想救命一样无济于事。狗见他逃跑，一齐卷起尾巴，排成一列，后脚扬起尘土，饿虎扑羊般紧追不舍。

次郎的这个计谋不仅没有让他摆脱猎犬的追赶，反而使他陷入了虎口。——次郎在立本寺的十字路口勉勉强强往西拐去，大约跑出两町左右，突然听见从破晓的前方传来比后面追赶上来的狗更多更响的狗吠声。在月光照耀下，小路上拥挤着一群乌云般的野狗，左冲右撞，乱成一团，像是在抢夺食物。几乎就在同时，迅速追赶上来的一条猎犬超过他，像呼唤其他狗一样高声叫起来，于是这群发疯一样的野狗竞相猎猎狂叫。次郎立刻被卷进这群散发着腥膻臭味的狂乱的动物的漩涡。一群野狗深更半夜麇集在小路上本来是很少有的。原来这十几二十条狰狞凶猛的野狗在这京城的废墟上肆无忌惮地为所欲为，饥饿贪婪地寻找血腥味，是为了抢夺因为传染瘟疫被抛弃在这里的那个女人。它们龇牙咧嘴，凶残地撕咬女人的肌肉和骨头，你抢我夺，暴戾恣睢。

这群野狗一见又有新的食物，呼啦一下子如被狂风吹动的稻穗从四面八方向次郎扑上来。一条健壮的黑狗从他的长刀上一跃而过，紧接着一条没尾巴如狐狸的狗从后面跳起蹿过他的肩膀，血淋淋的胡须从他的脸颊掠过，沾满泥沙的脚毛从眉宇间斜擦而过。他握着手中的刀不知道该砍还是该挡，不论前后，见到的都是晶亮的绿光和喘着粗气的狗嘴。而且这无数的眼睛和嘴巴从路上密密麻麻地紧逼上来。次郎一边挥动长刀，一边突然想起猪熊大娘的话："反正是死，索性横下一条心痛痛快快地死算了。"他心里叫喊着这句话，干脆闭上眼睛。一条要咬他脖子的狗吐出的气息热乎乎地喷在他的脸上，他又不由自主地睁开眼睛，长刀横扫过去。不知道经过多少次搏斗，大概臂力逐渐衰弱，手里的长刀越来越重，而且脚下站立不稳。这时，比被他砍杀的狗数量更多的野狗成群结队地从原野上、从坍塌的板墙边接连不断地飞跑集结过来……

次郎抬起绝望的眼睛，瞥了一眼天上小小的月亮，双手持刀横在胸前，如电光石火一样想起哥哥，想起沙金。自己本想杀死哥哥，却死在野狗嘴下。这是上天对自己最好的惩罚。想到这里，他情不自禁地热泪盈眶。然而，狗仍在向他疯狂进攻。一头猎犬忽然扫动茶色斑点的尾巴，猛扑过来。次郎的左大腿立刻感觉到被尖利的牙齿狠咬一口。

这时，一阵遥远的嗒嗒马蹄声从月色微明的两京二十七坊的夜色深处如风一样向着天空扩散传来，压倒喧嚣狂躁的狗叫声……

在这场腥风血雨的战斗期间，只有阿浓一个人站在罗生门楼上，脸上浮现出安详的微笑，眺望天边的月出。热得消瘦的月亮在微明泛青的天色中岑寂地从东山徐徐爬上天空，于是，加茂川的木桥在灰白的水光上逐渐暗淡地浮现出来。

不仅加茂川，连眼前的京城街道，刚才还黑暗地笼罩着死人气味，倏忽之间，也如同镀上一层金色的冷光，九层塔、寺院的屋顶等一切物像泛动着似有若无的微光，若隐若现地包裹在渐明尚黑的天色里，犹如越①人所说的海市蜃楼。环绕街道的群山仿佛还在经受白天的余热，山顶月色朦胧，所有的山峰都如同陷入沉思，从淡薄的雾霭上面宁静地俯视一片荒寂的街道。阿浓闻到一缕淡淡的凌霄花的香味。原来在罗生门大门左右的浓密草丛里，一簇一簇的凌霄花伸展着花蔓，缠绕着破旧的门柱，大概要向着岌岌可危的屋瓦、布满蜘蛛网的椽子攀援上去……

倚靠在窗边的阿浓使劲翕动鼻翼，一边尽情吸着凌霄花的香气，一边亲切地想着次郎，想着希望早日问世的腹中的胎儿，想着各种各样的事情，漫无边际。她不记得自己的亲生父母，甚至也完

---

① 越，越国，北陆道的旧称。

全忘记了自己生在什么地方。只记得小时候有一次被人抱着或是背着从罗生门这样的朱漆大门下走过。当然，这个记忆究竟有几分可信，现在也不得而知。要说多少记得的，还是自己懂事以后发生的事情。然而，这些能记得的事情又净是最好不要记住的事情。比如说，有时候受到别的孩子欺负，把自己从五条街的桥上倒挂着扔进河里；有时候因为饿得实在受不了就偷东西吃，结果衣服被剥得精光，吊在地藏堂的房梁上。由于犯事儿被沙金救了一命，便很自然地加入了盗贼一伙，然而受痛受罪并不因此而有所减少。虽然她的天性几乎和白痴没什么两样，但也有感受痛苦的心灵。阿浓只要违背猪熊大娘的话，就经常遭受毒打。猪熊老头往往借着酒醉，故意刁难她。甚至平时对她关心照顾的沙金，一旦被惹怒了，也会揪着阿浓的头发乱揍一顿。每次挨骂挨打以后，阿浓就跑到罗生门楼上，独自伤心流泪。要不是次郎经常过来安慰她，用亲切的话语鼓励她，也许她早就从城楼上跳下去自杀了。

如烟灰般的东西在月亮里翩翩翻飞，从屋瓦下面向着窗外微蓝的天空飘去。当然，这是蝙蝠。阿浓望着天空，入迷地凝视着稀疏的星星。这时，她又感觉到腹中胎儿的活动。她急忙竖起耳朵，凝神谛听胎儿的动作。如同她的心灵拼命挣扎着要逃脱世间的痛苦，腹中的胎儿也在挣扎着要到世间来品尝痛苦。不过阿浓并不考虑这样的事。即将成为母亲的喜悦，还有，自己也能成为母亲的喜悦，如同凌霄花的芳香一样，一直充满她的整个心怀。

她突然觉得胎儿这么动大概是因为睡不着觉的缘故吧。也许因为睡不着觉，正挥手蹬脚地啼哭哩。她不由自主地对胎儿低声说道："小宝宝，好乖乖，睡吧。好好睡吧，天快亮了啊。"这么一说，胎儿似乎不动了，却又立刻动起来。而且疼痛也逐渐厉害起来。阿浓离开窗边，就势蹲下来，背对灯台的昏暗灯火，想抚慰腹中的胎儿，便轻声唱起歌谣。

> 岂能抛弃君,
> 我心自轻浮。
> 波涛越松山,
> 波涛越松山。①

　　模糊记忆的歌声随着摇曳的灯火在楼上颤颤巍巍断断续续。这是次郎喜欢唱的歌谣。他一喝醉酒,肯定要手拿扇子,一边打着拍子,一边闭着眼睛,反复歌唱。沙金经常拍掌笑话他唱走了调。——腹中的胎儿一定也喜欢这首歌谣。

　　然而,谁也不知道这胎儿是否真的是次郎的孩子。阿浓本人对此事讳莫如深。每当有同伙不怀好意地打听谁是孩子的父亲时,阿浓总是双手抱在胸前,羞涩地垂下眼睛,绝不开口。每当这时,她那脏兮兮的脸上总是泛起少女的红晕,连眼睫毛也噙着泪花。同伙见状,更是起哄吵嚷,取笑她是一个傻女人,连肚里孩子的父亲是谁都不知道。然而,阿浓心里坚信自己怀的是次郎的孩子。她相信因为自己爱恋次郎,所以怀上他的孩子是理所当然的。她每次在这罗生门的楼上孤独睡觉的时候,都要梦见次郎。如果次郎不是孩子的父亲,那又能是谁呢?阿浓轻声哼唱歌谣,眼睛凝视着远方,连被蚊子叮咬也没在意,仿佛坠入梦境。这是忘记世间痛苦,又给世间痛苦涂抹上某种色彩的美丽而凄惨的梦境。(没有经历过痛苦的人绝不会做这样的梦。)在梦里,一切罪恶都从眼底消失得一干二净。但只有人的悲伤——人的巨大的悲伤,如同充满天空的月光,依然孤寂而严酷地存在……

---

① 《古今集》中的东歌。

波涛越松山,

波涛越松山。

歌声与灯火一起逐渐变细变弱,最后消失。与此同时,无力的呻吟开始呼唤黑暗。阿浓唱到一半,忽然感觉到腹部剧烈的疼痛。

由于对方严阵以待,将计就计,攻击后门的强盗从一开始就遭到对方箭矢的猛烈射击,接着又受到从中门出击的武士们的沉重反击。几个打先锋的强盗本来以为这些武士不过是小毛孩的本事,根本不把他们放在眼里,现在却阵脚大乱,纷纷逃命。其中最贪生怕死的要数猪熊老头,比谁都跑得快,但不知道怎么回事,慌乱中方向错误,竟不知不觉地闯进提刀搏斗的对方武士群里。不论是肥头大耳的体格,还是提着长矛的可怕模样,都使他被对方认为是一员骁勇的干将。武士们一见猪熊老头,互相使个眼色,两三个人一组端着武器从前后步步紧逼上来。

"别搞错了!我是这家老爷的仆人。"猪熊老头惊慌失措地大声叫喊。

"胡说!你以为老子是那么容易上当受骗的傻瓜吗?你这个老不死!"

武士们破口大骂,准备一刀砍下去。这个时候,已经无路可逃,猪熊老头的脸色像死人一样煞白。

"我没有撒谎,我没有撒谎!"

他使劲睁大眼睛,环顾四周,迫不及待地想找一条逃生之路,额头上直冒冷汗,双手不停地颤抖。但周围还是双方殊死搏斗的战场,在宁静的月光下,武士和强盗厮杀在一起,刀光剑影,血肉横飞,狂呼乱叫,惊心动魄。猪熊老头觉得反正自己求生无望,立刻与刚才判若两人,横眉怒目,满脸杀气,龇牙咧嘴,猛端长矛,气势汹汹地叫骂起来:"老子撒谎又怎么样?你们这些蠢货!混账!畜生!来啊!"

话未落音,矛头就飞溅出火花,一个满脸横肉、脸上有红痣的武士第一个跳出来从旁边猛砍过来。猪熊老头本来就已经年迈,自然不是这个膂力过人的武士的对手,还没战十个回合,就自觉体力不支,枪法逐渐混乱,只有招架之功。猪熊老头且战且退,退到小路中间,那个武士举起刀来,只听他突然大叫一声,猪熊老头的长矛柄咔嚓一声从中间折断。紧接着,他的长刀从老头的右肩朝胸部斜砍下来。猪熊老头一屁股蹾坐下去,倒在地上。他圆睁眼睛,大概无法忍受恐惧和痛苦,魂飞魄散地四肢爬行后退,颤抖着声音叫喊起来:"我遭暗算了!遭你们暗算了!救命啊!"

红痣武士从后面跷起脚,举起沾满鲜血的长刀。这个时候,如果没有一只像猴子一样的东西在月色里掀动着麻布单衣的下摆跳进他们之间,猪熊老头肯定已经成为刀下鬼了。只见那只猴子一样的东西挡在猪熊老头和那个武士之间,匕首迅疾一闪,插进武士的乳房下面。与此同时,武士的长刀也横扫在他身上,他发出可怕的叫声,像踩在烧红的火筷子上一样蹦跳起来,然后扑在武士的脸上,两人一起倒地。

接着,两人互相抓住对方,开始野兽般酷烈残暴地殴打、撕咬、揪头发……纠缠在一起,简直分不清谁是谁。一会儿,"猴子"骑在武士身上,只见匕首又一闪亮,被压在下面的武士的脸除了那一颗红痣还保留原样外,立刻变成血红一片。接着,大概"猴子"也精疲力竭,仰面瘫软地倒在武士身上。这时,借着月光,才看清楚这个断断续续大口喘息的满脸皱纹的"猴子"原来是长着一张癞蛤蟆脸的猪熊大娘。

老太婆抽动着肩膀喘气,躺在武士的尸体上面,左手还紧紧抓住他的发髻,发出痛苦的呻吟。接着她使劲翻了一下白眼珠,两三次极力张开干裂的嘴唇，呼唤丈夫："老爷子，老爷子。"

声音极其微弱，但包含着亲切的感情。没有人回答。猪熊老头在老太婆前来搭救她的时候，早已扔掉武器，在遍地血泊里连滚带爬地逃之夭夭了。当然，后来还有几个强盗在小路上挥舞武器和对方殊死搏斗。但对于这个垂死的老太婆来说，这一切都与自己毫无关系。猪熊大娘用越来越微弱的声音呼唤自己的丈夫。她的每次呼唤，都没有得到丈夫的回答，这种凄凉悲痛比身上的重伤更加尖锐地刺伤她的心灵。她的视力迅速衰弱，周围的景象逐渐变得模糊不清，除了自己眼前一望无际的巨大夜空和那一轮小小的白色月亮，其他一切都没有清醒的意识。

"老爷子……"

老太婆满嘴是血，自言自语地低声呼唤，神志恍惚，逐渐昏迷过去——也许就这样昏昏沉沉地坠入再也无法苏醒的沉睡的深渊……

这时，太郎骑着一匹没有鞍辔的栗色骏马，口衔沾满血迹的长刀，双手抓着缰绳，如旋风般飞驰而过。不言而喻，这就是沙金想弄到手的那匹陆奥产的三岁马驹。强盗们被打得七零八落，撇下尸体，尽行撤退。月光下的小路白得如同铺了一层寒霜。太郎骑在马上，微风吹拂着他的一头乱发。他环顾四周，充满自豪地望着在他后面谩骂叫嚷的人群。

他理所当然地感到骄傲。当他看到同伙不敌对手的时候，心想即使别的东西抢不到，至少也要把那匹马弄到手。决心既定，便挥动那把葛藤缠柄的长刀，乱砍乱杀，只身冲进门内，一脚踢开马厩的门，飞身上马，切断缰绳，两腿一夹，四蹄腾空，冲破一切障碍，突出重围。为此身上不知道多少处受伤，衣袖撕裂，帽子掉落，挂在带子上，破烂不堪的裙裤血迹斑斑。一路上刀山枪林，太郎大发神威，见一个杀一个，见两个杀一双。现在想起当时冲锋陷阵、杀开一条血路的情景，不禁无限欣喜骄傲。他不时回首看着身后的人群，嘴角露出爽朗的胜利微笑，意气风发地策马飞奔。

他心里想着沙金，同时也想着次郎。他虽然自责自欺欺人的懦弱，却仍然幻想着有一天沙金会重新倾心自己。除了自己，谁还能在这恶战中夺来这匹骏马呢？对方不仅人数众多，而且占据地利的优势。要是次郎的话——他的脑子里突然闪过弟弟伏尸武士刀下的场面。当然，对他来说，这个想象没有丝毫不快的感觉，甚至可以说是他心底暗自祈祷的某种事实。无须亲自动手，借别人的刀杀死次郎，这不仅可以不受良心的苛责，而且从结果来看，也不用害怕沙金为此而憎恨自己。他心里虽然这么想，但毕竟为自己的这种卑鄙心态感到羞耻。于是，他右手拿下衔在嘴里的长刀，慢慢揩拭上面的血迹。

血迹擦完以后，他把长刀插入刀鞘，拐过十字路口，只见月光下，前面有二三十条野狗汪汪狂吠，而且在野狗之间，有一个模模糊糊的人影背对着坍塌的板墙挥刀搏斗。就在这时，太郎的坐骑高声嘶鸣，甩动长长的鬃毛，四蹄生风，卷起沙尘，疾风般飞奔过去。

"是次郎吗？"

太郎忘乎所以地大叫，剑眉紧锁，看着弟弟。次郎也一边挥刀砍杀，一边扬脖看着哥哥。就在这一瞬间，他们都感觉到对方眼睛深处潜藏着的那种可怕的东西。这的确是刹那之间的感觉。马大概受到这群狂叫的野狗的惊吓，高昂脑袋，前蹄划个大圈，更加急速地跳跃起来，只见扬起的灰蒙蒙的尘土化作一道白柱升上夜空。次郎遍体鳞伤，仍然站在野狗群中孤身作战……

太郎苍白的脸上已经没有刚才的微笑，他心中只是一个劲儿地对自己说："快跑！快跑！"只要跑出一会儿，不，哪怕是半会儿，就万事大吉。他要做的事，总有一天要做的事，现在狗替自己做了。有个声音在他的耳边一直回响着:"快跑!怎么还不跑?"是啊,反正这件事总要发生,早晚而已。如果今天弟弟和自己换个位置,他肯定也会采取自己现在的这种态度。"跑吧!罗生门离这儿不远。"太郎的独眼像发烧一样闪动着亮光,半是下意识地踢了马腹一脚。骏马四蹄迸溅出火花,尾巴、鬃毛披拂长风,一往无前地狂奔而去,月光里的小路如湍急的河水在他的脚下迅速倒流……

然而,一个亲切的词语不由自主地从他的嘴里流淌出来:"弟弟。"他是自己难以忘怀的亲生弟弟。太郎紧紧抓住缰绳,脸色苍白,紧咬牙关。面对这个词语,一切判断都从眼前消失。这并非是被迫选择弟弟还是沙金。这个词语如电光石火震撼他的心灵。他看不到天空,看不到小路,更看不到月亮,看到的只是无边无际的黑夜,还有如黑夜般深深的爱憎。太郎发疯地叫了一声弟弟的名字,挺起身子,侧身使劲拉起缰绳,只见马立刻转变方向。马的嘴巴流溢出白雪般的泡沫,马蹄清脆地敲打着大地。——太郎阴惨黯淡的脸上,独眼冒出火花,驱使汗水津津的骏马朝原路飞奔而去。

"次郎!"

他一路上高喊弟弟的名字,心中翻江倒海般的感情风暴借此宣泄出来。这声音带着敲打烧红的铁块般的回响,尖锐地穿透次郎的耳朵。

次郎神情严峻地看着骑在马上的哥哥。这不是平时所见的那个哥哥,甚至也不是刚才见死不救飞马而去的哥哥。从哥哥那紧蹙的眉头、紧咬下唇的牙齿,还有闪动着怪异光亮的那只独眼,次郎发现正燃烧着一种几乎接近于憎恶的爱——先前从未见过的不可思议的爱。

"次郎,快上马!"

太郎策马以陨石坠落之势冲进狗群里,在小路上斜跑转圈,用叱咤的声音呼喊着。这个时刻,容不得任何的犹豫和踌躇。次郎把手里的长刀使劲往远处扔出去,趁着狗回头追赶长刀的空隙,轻巧敏捷地跳上马背。太郎也立即伸出手臂,抓住弟弟的衣领,拼命把他拖上来。马甩动脖子,鬃毛拂动月光,就地转动三圈的时候,次郎已经稳稳坐在马背上,紧紧抱着哥哥的胸部。

这时,一只满嘴沾满鲜血的黑狗怒吼着,卷起一阵沙尘向马鞍扑上来,尖利的牙齿差一点咬着次郎的膝盖。危急时刻,太郎抬腿狠狠踢了马肚子一脚。马一声长嘶,摆动尾巴。那尾巴扫了一下黑狗的嘴边。黑狗扑了一个空,只扯断次郎的绑腿,一头栽到低着脑袋的狗堆里。

次郎出神地看着这一切,仿佛看着一场美梦。他的眼睛,既看不见天,也看不见地,只觉得抱着他的哥哥的脸——这张脸全神贯注地注视着前方,半边沐浴着月光,显得和蔼而庄严。他感觉到心里逐渐充满无限的安全感。这是离开母亲身边以后多少年没有感受过的那种宁静而强大的安全感。

"哥哥。"

次郎似乎忘记自己是在马上,用力抱着哥哥,高兴地微笑着,脸颊贴在太郎的胸脯上,簌簌落泪。

一会儿工夫,他们来到阒无一人的朱雀大街上,静静地策马缓行。哥哥默不作声,弟弟也沉默不语。在万籁俱寂的夜晚,只有清脆的马蹄声回响,他们头顶上横亘着清冷的银河。

八

罗生门的夜晚还没有破晓。从下面看上去,只有斜月残光在冷露濡湿的屋瓦和朱漆剥落的栏杆上迟迟徘徊。罗生门下面,由于斜着伸出的高高屋檐遮风挡月,又热又黑,豹脚蚊十分猖獗,空气如腐烂般凝固沉闷。从藤判官的宅院撤退出来的这一群强盗围坐在黑暗中，点燃微亮的火把，三五成群，或立，或卧，或蹲在圆柱底下，正忙着包扎伤口。

伤势最重的要数猪熊老头。他把沙金的旧夹衣铺在地上，仰卧在上面，眼睛半睁半闭，不时用嘶哑的声音发出惊悸般的呻吟。他疲惫困顿的心灵甚至时常搞不清楚自己是刚刚躺在这里的呢，还是一年前就已经这样睡在此地。像是嘲弄这个即将死去的老头，他的眼前出现各种各样的幻影，不停地忽来忽去。对他来说，这些幻影与现在罗生门城楼下发生的事情总归要成为同一个世界。他分辨不出时间与地点，在昏迷之中，以准确而且超越理性的某种顺序重新开始自己丑陋一生的各种生活。

"喂，老婆子，老婆子怎么样了？老婆子……"

他被产生于黑暗又消失于黑暗里的可怕幻影吓得胆战心惊，扭动着身子，挣扎着呻吟。

这时，用汗衫袖子包裹额头伤口的交野的平六从旁边探出脑袋，说道："你问老婆子啊？老婆子已经去极乐世界了。大概现在正坐在莲花座上着急地等着你哩。"

说完以后，他为自己开的玩笑乐得哈哈大笑起来，并回头对正在另一个角落里为真木岛的十郎包扎腿伤的沙金说："头儿，看来老爷子活不成了。看着他这样痛苦，太残忍了，索性我送他上西天算了。"

沙金声音清脆地笑起来："开玩笑！反正都是死，让他自己死吧。"

"哦，好。那就这样吧。"

猪熊老头听着他们的对话，一种预感和恐惧袭上心头，全身如冻僵一样的感觉。接着，他又大声呻吟起来。这个对敌人怕得要死的胆小鬼也曾经以刚才平六所说的理由，不知用矛头杀死过多少个濒临死亡的同伙，而其中大多仅仅是出于杀人这个兴趣，或者仅仅为了向别人和自己显示勇气这样单纯的目的，竟然干出如此丧尽天良的事情。然而，今天……

有人——不知道他的痛苦似的——在灯影里哼起歌谣。

> 黄鼠狼吹笛子，
> 猴子吹奏乐器，
> 蝗虫打着节拍，
> 蟋蟀跳起舞蹈。

接着突然响起啪的拍打蚊子的声音，还有"哟——嗨嘿"唱和歌谣的节拍声。两三个人似乎在摇晃着肩膀，压低声音嘿嘿笑起来。——猪熊老头浑身颤抖，为了确认自己还活着，使劲睁开沉重的眼皮，一动不动地看着火光。火光在火焰四周扩散着无数的圆圈，在黑夜的顽强进攻下，放射着细微颤动的亮光。一只小金龟子嗡嗡地叫着飞来，一接触光圈，翅膀就被烧掉，掉落下来，一股臭味扑鼻而来。

自己也会像这只小虫子一样，很快就要死去。这副血肉之躯，死去以后，总归要被蛆虫、苍蝇吃得精光。啊，我就要死去，而同伙们仍然若无其事似的又唱又笑又闹。想到这里，难以言状的愤怒和痛苦咀嚼着猪熊老头的骨髓，同时，一个辘轳似的不停旋转的东西飞溅着火花落到他的眼前。

"畜生！混蛋！太郎，喂，你这个混账！"

这些话从他无法活动的舌尖不由自主地断断续续流淌出来。

真木岛的十郎尽量避免大腿伤口疼痛，慢慢地翻转过身子，用干哑的声音对沙金低声说道："他怎么这么恨太郎啊。"

沙金皱起眉头，瞥了猪熊老头一眼，点点头。

有人用哼歌一样的鼻音很重的声音问道："太郎怎么样了？"

"恐怕没救了。"

"谁说看见他死了?"

"我看见他和五六个人砍杀。"

"哎呀呀,顿生菩提,得道成佛了。"

"也没见次郎啊。"

"说不定也是同样下场。"

太郎死了。老太婆也已一命归天。自己大概也马上就要呜呼哀哉。死。死究竟是什么?无论如何,自己不想死。可是,肯定要死。像一只小虫那样,轻贱地死去。——这些漫无边际莫名其妙的想法如同在黑暗中嗡嗡叫的豹脚蚊从四面八方恶毒地刺着他的心。猪熊老头仿佛感觉到,这看不见摸不着的无形而又令人恐惧的"死"正从朱漆柱子后面耐心地一动不动地注视着自己的呼吸,残酷而又沉着地凝视自己的痛苦,并且正一点一点地膝行过来,如即将消失的月光,逐渐来到自己的枕头旁边。但是,无论如何,自己实在不想死……

> 夜晚与谁眠,
> 共寝常陆①介②,
> 同衾多欢乐。
> 红叶男山峰,
> 此名天下扬③。

鼻音哼唱的歌谣与榨油木棒一般嘎吱嘎吱的呻吟声混为一体。有人在猪熊老头的枕边一边吐唾沫一边说:"怎么不见阿浓这个傻

---

① 常陆,旧国名,在今茨城县。
② 介,律令制的四等官的第二位,辅助长官。
③ 见于《枕草子》第七十六段。

瓜啊?"

"是呀，怎么不见啊?"

"我想十有八九在上面睡觉。"

"啊，听上面猫在叫。"

大家一下子安静下来，只剩下猪熊老头断断续续的呻吟声和微弱的猫叫声。这时，温暖的晚风开始从柱子间吹过，轻轻送来凌霄花淡淡的芳香。

"听说猫也成精了。"

"阿浓的对手也就是变成猫精的老头吧。"

沙金衣服窸窣响动，用责怪的口气说："不是猫。谁上去看看?"

交野的平六答应一声，把长刀靠在柱子上，站起来。脚步声在柱子那边通往楼上的二十多层楼梯上吱嘎吱嘎响起来。所有的人都莫名其妙地紧张起来，谁也没有说话，只有含带着凌霄花香气的微风轻轻拂过。突然听见平六在楼上大声叫嚷起来。接着，响起一阵急促的下楼的脚步声，搅乱了惊恐而沉滞的黑暗。——一定出了大事。

"你们说怎么回事? 阿浓这女人生孩子啦。"

平六一下来，就把旧罩头衣服包裹的一个圆鼓鼓的东西伸到火光下。散发着女人气味的脏兮兮的衣服包裹着刚刚出生的婴儿。那婴儿与其说是人，不如说像一只剥皮的青蛙，摇动着沉重的大脑袋，皱着丑陋的脸蛋大声哭叫。不论是胎毛，还是细小的手指，身上所有的一切都引起大家的厌恶感和好奇心。平六环视左右，摇晃着手里的婴儿，洋洋自得地说起来：

"我上去一看，阿浓趴在窗户下面，像死过去一样，不停地呻吟。虽说是傻子，毕竟是女人啊。我以为她生病痛苦，走到身边一看，叫我大吃一惊。像被掏出来的一堆鱼肠一样的东西在昏暗中啼叫。我用手一摸，那东西动了一下。看它身上没毛，觉得肯定不是猫。我一把把它抓起来，在月光下一照，原来是刚刚生下来的婴儿。你们瞧，大概是被蚊子叮的，胸部、腹部都是红斑。阿浓也做母亲了。"

平六站在火把前面，他周围的十五六个强盗或立或卧，都伸出脖子，露出陌生人般的亲切微笑，凝视着这刚刚被赋予生命的红红的丑陋的肉块。婴儿也不安静，手舞足蹈，最后脑袋往后一仰，又张开没有牙齿的嘴巴，尖声哭起来。

"哎呀，还有舌头。"

刚才哼唱歌谣的那个人傻乎乎地叫起来，惹得大家哄堂大笑，忘记了伤口的疼痛。这时，猪熊老头似乎拼尽剩余的全部力量突然从大家身后大声说道："让我看看这孩子。喂，让我看看。不给我看吗？喂，混蛋！"

平六用脚捅了捅他的脑袋，带着威胁的口吻说道："想看，给你看。你才是混蛋哩。"

平六弯腰把婴儿随意伸到猪熊老头眼前，猪熊老头睁大浑浊的眼睛，目不转睛地盯着。他的脸色逐渐变得像蜡一样苍白，眼皮满是皱纹的眼睛泪水盈眶，颤抖的嘴唇荡漾着奇异的微笑，从未有过的天真表情使他脸上的肌肉慢慢松弛下来。而且，原本好唠叨的他，现在却沉默不语。大家知道，"死亡"终于俘虏了这个老人。然而，谁也不明白他的微笑的含义。

猪熊老头慢慢伸手，摸了一下婴儿的手指。婴儿似乎被针刺了一下，立刻疼痛似的大哭起来。平六真想斥责他几句，却又忍住了。因为他看见老头没有一点血色的肥胖的脸上此时闪现着一种与平时不同的、难以侵犯的严峻神情。甚至站在他前面的沙金，也仿佛等待着一种什么东西似的屏息凝神注视着她的养父——也是自己的情人。猪熊老头还是没有开口，但是一种神秘的喜悦，如恰好吹来的黎明暖风一样,在他的脸上平静而愉快地荡漾开来。这时,他透过黑夜,在人的眼睛无法到达的遥远高空,看见即将岑寂而冷漠地来临的永恒的黎明。

"这孩子……这是……我的孩子。"

他的话十分清楚明白。接着,他又摸一下婴儿的手指。他的手软弱无力,眼看着要掉下来。站在一旁的沙金赶紧轻轻扶住他的手。十几个强盗都仿佛没听见这句话似的,屏息不动。于是,沙金抬起头,看着怀抱孩子的平六的脸,点点头。

"这是痰堵塞喉咙的声音。"

平六自言自语地低声说。在婴儿害怕黑暗的啼哭声中,猪熊老头带着些微痛苦,如即将熄灭的火把,平静地停止了呼吸……

"老爷子终于也死了。"

"他那样虐待阿浓,也该死了。"

"尸体只好埋在这树丛里了。"

"要是被老鸦吃掉,也实在有点可怜。"

在有点寒冷的空气里,强盗们你一言我一语地议论着。这时,远处传来轻微的鸡叫声。好像天快亮了。

沙金问:"阿浓呢?"

"我把所有的衣服都盖在她身上,让她睡觉。瞧她的身体,够呛。"平六的语气中也带着平时没有的亲切感。

两三个人把猪熊老头的尸体抬出门外。外面依然一片黑暗。在即将破晓的淡淡月光里,稀疏萧森的树丛轻轻摇摆着枝梢,凌霄花的香气愈加浓烈。不时听见极其微弱的声音,那大概是露珠在竹叶上滑动吧。

"生死事大。"

"无常迅速。"

"这张脸,死后比活着的时候显得和蔼。"

"是啊,变得像个人样了。"

猪熊老头血迹斑斑的尸体在人们的议论声中逐渐被深深埋进竹子和凌霄花的茂密树丛里。

九

第二天,在猪熊大街的一户人家里,发现一具被残酷杀害的女人尸体。这是个年轻的女人,身体肥胖,容貌漂亮。从伤口的形状来看,进行过强烈的反抗。一个证据就是她的嘴巴堵塞着浅黄色的水干的衣袖。

还有一件奇怪的事情,这户人家的女佣阿浓当时也在场,却丝毫没有受伤。在检非违使厅接受调查的时候,她做了大致这样的供述。说是"大致",是因为阿浓天生接近白痴,无法进行更明确的叙述。

那天夜里,阿浓半夜醒来,听见太郎、次郎两兄弟和沙金在大声争吵。她弄不明白究竟是怎么回事,次郎突然拔刀朝沙金砍去。沙金大喊救命,拼命往外跑。这时,好像太郎也给她一刀。接着,只听见兄弟两人的谩骂声和沙金痛苦的呻吟声。可是后来沙金断气的时候,他们俩相拥默默而泣,哭了好长时间。阿浓从板窗的缝隙偷看外面发生的这起事件,她之所以不去救主,完全是害怕怀里的孩子受到伤害。

"还有,那个名叫次郎的,是这个孩子的父亲。"阿浓说这句话时,突然满脸通红。

"后来,太郎和次郎就到我的屋子里来,对我说多保重。我让他们看孩子,次郎笑着抚摸孩子的脑袋,眼睛里还满含泪水。我希望他们多待一会儿,可是他们急匆匆地出门,跳上大概拴在枇杷树上的马,不知上哪儿去了。马不是两匹。我抱着孩子,从窗户看下去,因为有月亮,看得很清楚,是两个人骑一匹马。后来,我也不管主人的尸体,自己又钻进被窝里睡觉。我经常看见主人杀人,所以对尸体一点儿也不怕。"

检非违使终于弄明白了这起事件的始末,于是认定阿浓无罪,将其释放。

十几年以后,阿浓已削发为尼,一直养育着孩子。有一天,她看见以骁勇著称的丹后守的贴身警卫——一个身材高大的男人从路上经过。她告诉别人此人就是太郎。这个男人的脸上也有一些麻子,而且也是独眼。

"要是次郎的话,我会立刻跑上去,可是他很可怕……"阿浓说话的口气、动作像姑娘一样。

至于这个警卫到底是不是太郎,谁也不得而知。但是,后来有些风闻,说他也有一个弟弟,侍奉同一个主人。

大正六年(1917)四月二十日

浪迹天涯的犹太人

魏大海译

基督教国家诸如意大利、法国、英国、德国、奥地利和西班牙等等，几乎无一例外流传着"浪迹天涯的犹太人"的传说。因而，古往今来关于这个题材的艺术作品非常之多。古斯多夫·德莱的绘画我们耳熟能详。尤迦恩·斯、德库塔·库洛里也都写过此类题材的小说。蒙克·鲁伊兹著名的小说，则让我们记住了鲁西法和"滴血的女人"，同时也记住了"浪迹天涯的犹太人"。最近，别称费奥纳·玛库莱奥德的威廉·谢夫又借用这个素材，创作了一篇短篇小说。

那么，"浪迹天涯的犹太人"描述了怎样的一段故事呢？它描述了犹太人在耶稣基督的诅咒下，一面等待着最终的审判，一面继续着永远的流浪生活。根据不同的记载，那位犹太人的姓名并不一致——有时叫做卡尔塔费尔斯，有时叫做阿哈斯费尔斯，有时叫做布塔迪斯，也有时叫做伊沙克·拉克艾达姆。他的职业，亦因记载的不同而形形色色——有时是耶路撒冷的门卫，有时则是海盗的仆役。当然也有鞋匠一类的职业。不过记载中关于基督诅咒的原因却是大致相同的。耶稣被押解到各各他（地名）时，曾在犹太人的家门口停留，耶稣想在那儿小憩片刻，却遭到犹太人无情的詈骂和残暴的殴打。当时的咒语是这样的："诅咒无法让耶稣死去，你就在那儿等我回来。"后来犹太人像接受保罗的洗礼那样，接受了阿纳尼亚斯的洗礼，并获得了教名——约瑟夫。然而，一旦背负了那个咒语，便将永世无法获得解除，哪怕到了世界末日。关于 1721 年 6 月 21 日现身慕尼黑的说法，在霍鲁玛耶尔①的手记中曾有记载——

近期，但凡查找古代的有关文献，即可随处发现与此相关的记录。最早的记录，恐怕是玛西·帕里斯编撰的塞特·阿尔巴鲁斯修道院年代记中的有关记事。依据这段记事，翻译奈特说大亚美尼亚大主教访问塞特·阿尔巴鲁斯修道院时，时常与之相伴的正是"浪迹天涯的犹太人"和那张餐桌。此外，佛兰德的历史学家菲利普·姆斯克，在其 1242 年撰写的韵文年代记中，也曾有过同样的记述。所以，在十三世纪以前，或许，起码是为了以正视听吧，犹太人并未浪迹欧洲各地。然而 1505 年，波西米亚一位名叫克可特的织匠，在犹太人的帮助下发掘出祖父六十年前埋下的财宝。1547 年，汉堡教会的大主教巴尔·冯·阿伊采恩听取了犹太人的祈祷。从那个时候一直到十八世纪初叶，许多文献上都有记载，犹太人开始出现在南北两欧的土地上。这里，可以举出几个最为显明的例证：1575 年出现在马德里，1599 年出现在维也纳，1601 年则出现在利佩茨克、里拜尔和库拉卡三个地方。鲁道夫·波特莱斯认为，1604 年前后，他也曾出现在巴黎，然后经由瑙姆堡和布鲁塞尔，造访了莱比锡。据说 1658 年，斯坦福一位男子萨姆埃尔·奥利斯身患肺疾，犹太人教授他一个恢复健康的秘方——两片红色鼠尾草叶，加上一片其他种类的树叶，泡在啤酒中饮用。接着，犹太人经由慕尼黑，再度进入英国，在那里回答了剑桥大学和牛津大学教授们的质疑。而由丹麦到了瑞典之后，却最终去向不明。从那时起直至现在，可以说音信杳然。

通过以上的简略描述，剖示了"浪迹天涯的犹太人"之人物

---

① Joseph Von Hormayr（1787—1848），德国政治家、历史学家。

背景，以及他过去拥有的所谓历史。然而在下的目的，并非仅仅传达此般信息。我是想通过这样的传奇人物，提出曾经持有的两个疑问，进而绍介自己先前偶尔发现的古代文书。最后，亦将自己已经解决的两个问题公之于世。古文书中的相关内容，也一并公之于此。那么，我曾经持有的两个疑问是什么呢？

第一个疑问，完全是关于事实的问题。"浪迹天涯的犹太人"，出现在几乎所有的基督教国家。那他是否也曾到过日本呢？这里权且不论现代日本的信教状况，早在十四世纪后半叶的日本西南部，几乎所有的信教者都是天主教徒。由戴尔布洛图书馆东方馆可以查知，十六世纪初期，法蒂拉率领的阿拉伯骑兵攻陷埃尔班镇时，便在战场上发现了《浪迹天涯的犹太人》。书中写到，Allah akubar（神法无边）的祈祷一直伴随着法蒂拉。在"东方"，显然已经留下了他的足迹。当时，日本尚处封建时代，贵族被称为大名。当时的贵族们胸佩黄金十字架，口中念着基督圣祷文。贵族的夫人们则手捻珊瑚念珠，跪伏在玛利亚圣母像前祈祷。所以毫无疑问，他早已抵达了日本。引用当时极其普通的说法，我怀疑当时的日本已经输入了与之相关的传说，就像"玻璃"和葡萄牙四弦琴一样。

与第一个疑问相比，第二个疑问则有些许不同的性质。"浪迹天涯的犹太人"是因为虐待了耶稣基督，才背负了永久流浪的命运。然而将基督钉在十字架上，令之备受折磨的，并不仅仅是这么一个犹太人。有人给他戴上了蔷薇的花冠，有人为之缠上了紫色的衣袍，还有人在十字架上钉上了 I·N·R·I 的牌子。向他扔石块、吐唾沫者，更是数不胜数。那么为何仅有犹太人背负了基督的那般诅咒呢？这是我的第二个疑问。应当如何解释呢？

多年以来，我一直带着这样的两个疑问，却徒然徜徉于东方、西方的古文书中，至今未有任何线索。而涉及"浪迹天涯的犹太人"的文献,却是非常之多。我希望通读相关的诸多文献。但至少在日本,那是完全没有可能的。我担心,自己将永远无法解答这些疑问。去年冬天,我陷身于那般绝望之中。作为最后的尝试,我遍历了两肥和平户天草的诸多岛屿,目的还是收集古文书。结果,在偶然间获得的文禄年间 MSS.① 中,发现了关于"浪迹天涯的犹太人"的传说。在此无法详细叙述有关古文书的鉴定情况,只须简要描述文书的来龙去脉。其实,不过是当时一位天主教徒的传闻,原样不动地将其口述记录了下来。

根据这段记录,"浪迹天涯的犹太人"是在平户至九州本土的渡船上邂逅弗郎西斯·札比埃罗②的。札比埃罗单独侍奉老神甫。神甫描绘了当时的情景。这种描述又在信徒当中传播开来,渐渐地传遍四方,终于在数十年之后传到了"记录"的作者耳中。如果可以相信那位作者的记录,那么"弗郎西斯神甫与浪迹天涯的犹太人的问答",正是当时天主教教徒间有名的故事之一。这段故事,似乎经常被用作传教的材料。在大致介绍了"记录"内容的同时,我想引用两三段"记录"原文,让读者一同领略消释疑团的喜悦——

首先,"记录"中讲到,渡船里"装载了各色各样的水果"。所以,当时的季节或可推断为秋季。后段有关无花果之类的果物记述,亦是极其鲜明的凭据。此外那艘渡船,似乎也是独一无二的。时间则是正午。——笔者在进入正文之前只写这么多,倘若读者希望复原当时的情景,不妨由记录的其他内容中,加入自己的独自想象。阳光照耀在海面上,反射出鱼鳞一般耀眼的光芒。读者可以想象到渡船中装满的无花果和石榴,也可以想象到三个红毛鬼坐在船

---

① 抄本。
② Francisco De Xavier(1506—1551),西班牙耶稣会神甫,1549 年到日本传教。

舱中，津津乐道地谈天说地。自己不过一介书生，所以不可能栩栩如生地描绘出真实之中的景象。

倘若读者亦觉困难，不妨参阅贝克所著《历史·欧普·斯坦福》。也许，书中时而涉及的"浪迹天涯的犹太人"身着的服装，可以有效地启发读者的想象。贝克这样描述道："他的上衣是紫色的，纽扣一直系至腰间，裤子也是紫色的，看起来不算太旧。鞋子是纯白色的，鞋面不知是亚麻还是毛绒。须髯和头发也都是白色。手中还握有一根白色的手杖。"以上是身患肺病的萨姆埃尔·奥利斯之亲眼所见，贝克只是将它记录下来而已。所以在弗朗西斯·札比埃罗的时代，或许已经有了那样的服装。

那么如何知晓这便是"浪迹天涯的犹太人"呢？"因为神甫在祈祷之时，他也在恭恭敬敬地祈祷。"据说，是弗朗西斯首先近前搭话的。两人交谈片刻，弗朗西斯便已知晓此非凡人。无论是说话的内容还是说话的气度，皆与当时浪迹东洋的冒险家或旅行家不同。"他对天竺南蛮的古往今来，竟然了如指掌……据说老神甫对此亦瞠目结舌。"便问："你是何方人士哪？"对方回答："吾乃居无定所的犹太人。"起先，神甫亦对此人的真伪感觉到些许怀疑。"记录"中写到神甫问及"来世、天国和誓约"，对方"便就誓约之类的话题与神甫交谈，涉及形形色色的问题"。从那些问答中可以获知，最初他们只是探讨了历史存在的事实，几乎完全没有触及宗教上的问题。

他与老神甫一起，说到一万一千童贞少女的"为主献身"，讲到帕特里克神甫洗净罪业的传说，又谈及当今信徒间的传教，最终说到耶稣基督在各各他背上十字架。这段记事中还记述到，恰巧说到这儿，船上的水手送来了船上装载的无花果，神甫和"浪迹天涯的犹太人"一同品尝了水果。此前说到季节的时候亦有涉及，这里再度提起。当然，实际上这里并无过多含义——从他们的问答中亦可看出。大致的情形，如下所述。

神甫问："我主耶稣受难时，你在耶路撒冷吗？"

"浪迹天涯的犹太人"答道："是啊，我在现场仰望着受难的主。本来我叫约瑟夫，是住在耶路撒冷的工匠。当日，我主受到了皮拉特殿下的裁判，我竟然把全家老小统统唤至门口。真是罪不可赦呀，我们就那样说说笑笑地观望我主受苦受难。"

"记录"当中又这样写到，基督"在疯狂的群众当中"背负十字架，跟随着人群踉跄而行。守卫在身旁的则是法利赛人（基督时代犹太教的戒律主义者）和祭司。基督肩上披着紫衣，额头戴着蔷薇花冠。他的手上脚上布满了鞭伤和刀伤，像玫瑰花似的留着红色的印迹。只有那双眼睛仍旧像平常一样。"主那寻常一般的蓝澈目光"，没有悲哀，没有喜悦，充满着超越万物的奇异表情。这种表情，在不信"拿撒勒（耶稣故乡）木匠之子"教诲的约瑟夫心中，也留下了异常的印象。借用他的一段表述。他说："即便在这种时候，每当看见主的目光，便会产生莫名的亲切之感。也许是因为，那目光很像自己死去的哥哥。"

当时，基督灰头土脸、周身汗污地途经犹太人家门口，他停留下来期望小憩片刻。门口有扎着鞣皮皮带、指甲长长的法利赛信徒，也有头发染成青色、散发出干松油脂气息的娼妇。或许那里还有罗马士兵佩带的盾牌，在晃眼的夏日阳光里，左右两面都闪闪发光。然而"记录"之中只是写到，当时的那里"人头攒动"。约瑟夫"在众人面前，竭力向祭司们表现忠心"，他看见基督的脚步停了下来，就一只手挟着一个孩子，另一只手腾出来，揪住"人类之子"的肩膀粗暴地推搡："他对基督恶言相向：一会儿让你慢慢受用磔刑，把你的身体钉在那十字架上，而且双手要高高举起。"

基督闻言，静静地抬起头来，责难似的看着约瑟夫。他以庄重的目光看着约瑟夫，那目光多像已经死去的哥哥。基督说："诅咒无法让耶稣死去，你们在那儿等我回来。"犹太人望着基督的眼睛，感觉那些话像热浪一般强烈，仿佛瞬间燃烧到他的心头。基督究竟是否说了这样的话呢？其实犹太人自己也说不清楚。约瑟夫真的担心，"这样的咒语将留在自己的心中耳中，永无解脱"。他举起的双手自然地耷落下来，心头的憎恨亦自然地消解。犹太人抱着自己的孩子，不由得跪在了大街之上。他战战兢兢将嘴唇贴在剥去指甲的基督脚旁。然而天色已晚。基督在士兵们的驱赶下，已经离开门口五六步远。约瑟夫茫然地目送着基督那紫色的衣衫，不一会儿便消隐在杂沓的人群之中。与此同时他意识到，一种无以言表的后悔之情在他的心底翻动。但却没有一个人对之表示同情。他的妻子、儿子也是同样的解释，认为约瑟夫那样做，与戴上蔷薇花冠的行为没有两样，也是对于基督的嘲弄。自然，街上的人们都在耻笑他，感觉十分有趣。耶路撒冷的阳光晒得石头发焦。约瑟夫顶着铺天盖地的沙尘，眼里含着泪水，一动不动地久久跪伏于路边，他甚至不记得自己怀中的孩子，何时已被妻子抱走……

"呜呼！耶路撒冷如此广大，然而，知道令主蒙羞的罪过者，恐唯己一人。正是因为我知道这样的罪过，我才受到了那般诅咒。犯了罪却不知罪者，天罚又有何用？那么，我便独自承受了将主钉在十字架上的罪业。而接受惩罚者方能赎罪。所以日后受到主之拯救者，亦非己莫属。说到底，对于有罪知罪者，上天会同时颁下惩罚和救赎。"——在记录的最后部分，"浪迹天涯的犹太人"回答了我的第二个疑问。这里，没有必要探究回答的恰当与否。因为好歹有了一个答案，我已十分满足。

倘若有人在古文书中，发现了有关"浪迹天涯的犹太人"为我释解疑难的答案，望不吝赐教。本来我想列举出上述引用书目，且将这小小论文的体裁发挥透彻。不巧，自己无暇实现这一初衷。

我只有简略绍介贝林古德的一些说法。这些说法涉及了"浪迹天涯的犹太人"的传记起源——马太（耶稣的十二个门徒之一）传中的第十六章第二十八节以及马可传中的第九章第一节。

大正六年（1917）五月十日

两封信件

魏大海译

一个偶然的机会，使我获得了如下两封信件。两封信都是付过邮资寄给警察署长的，一封是今年二月中旬发出的，另一封则是三月上旬发出的。将这两封信件公之于世的原因，览信之后便可知晓。

第一封信

警察署长阁下：

首先，请阁下相信我正派的为人。我可以向所有的神圣起誓，做出自己的保证。请您相信，我的精神并无异常。否则，我将此信呈于阁下便完全没有意义。但我因为何等苦恼，非要发出这封长信呢？

阁下，写信之时，我也曾犹豫不定。为什么呢？因为要将此信写出来，我就必须将自己全家的秘密暴露在阁下面前。那当然会大大损害我的名誉。可是不写呢，我又强烈地感觉到，每一分钟的存在都是痛苦不堪的。我终于毅然决然下定了决心。

在无奈的急迫感觉中，我写了这封信。您该不会不予理睬，把我当作疯子吧？我再次向您提出请求，请相信我是一个正派的人。百忙之中，请您务必阅读此信。因为这关系到我和我妻子的名誉。

阁下公务繁忙，阅读这样絮絮叨叨的来信，肯定烦不胜烦。然而阁下唯有了解了信中描述的事实性质，才能相信我的正派为人。不然的话，您凭什么来认证那般超越自然的事实真相呢？又怎会认可那种创造性精力的奇怪作用呢？我恭请阁下留意于此。这个事实，也增添了一种奇异的性质。所以我死乞白赖地提出如上请求。也许无论怎样写，都避免不了无尽的毁谤，但却证实了我的精神状况是正常的。同时有人认为，这样的事实并非古往今来绝无仅有。我的信件，对于了解如上观点具有相应的必要性。

　　历史上最为著名的实例之一，恐怕正是叶卡捷琳娜女皇现象。此外更加著名的例证，则是所谓歌德现象。以上皆为脍炙人口的事例，不再赘述。我只想尽可能简略地通过两三件权威实例，说明那件神秘事实的性质。首先，咱们从 Dr Werner 的实例入手。依据他的说法，路得维希堡的宝石商人 Ratzel，一天夜里转过一个街角，突然间撞上一个男人，跟自己长得一模一样。没过多久，那个男人帮助一位樵夫砍伐橡树，结果被大树压死了。与此相似者，尚有罗斯托克（德国地名）数学教授 Becker（贝克）的实例。说的是一天夜里，五六个乞丐朋友发生了有关神学的争论，必须找到一本文书引以为证。于是一个乞丐潜入了数学教授的书斋。在数学教授每天落座的椅子上坐着一个人，正在读书。乞丐惊诧地隔着那人的肩头瞥了一眼。是《圣经》？人物的右手指点着这样一段："快去准备你的墓葬吧。你的死期将至。"乞丐返回朋友们的居室，对大家说了自己的坏消息。果然不出所言，翌日下午六时，乞丐静静地离开了人世。

　　如此看来，Doppelgaenger① 的出现预告了死亡。但亦未必如此。Dr. Werner 又这样记录道，一位被称作迪莱尼斯夫人的女性带着自己六岁的儿子和小姑，看见了身着黑衣的第二个她。然而事

---

① 某一人物同时出现在两个场所的现象。

后，却没有发生任何变故。这种现象，也是映入第三者眼中的一个实例。此外，Stilling（斯蒂林）教授提出了魏玛官吏特里普林的实例以及他所熟悉的 M 夫人的实例等，也都属于相同的类型。

进而言之，倘若追寻第三者眼前现身的离魂者（指容貌酷似者），就会了解到此般现象的司空见惯。听说 Dr Werner 自己也曾发现，其女仆具有双重性人格。其次，伍尔姆的高等法院院长 Flizer（弗雷泽）提出了一个确切的证明，他说自己的一位官吏朋友，曾在自己的书斋里看见了远在哥廷根的儿子。此外，《幽灵性质探究》的作者提出的实例是，在卡姆巴兰德之克格林顿教会区，一名七岁的少女发现了父亲的二重性人格；《自然阴暗面》的作者举出的实例则是，一名科学家兼艺术家 H 在 1792 年 3 月 12 日夜晚，发现了其叔父的二重性人格。诸如此类的例证，真是数不胜数。

诚惶诚恐，列举出以上实例，浪费了阁下的宝贵时间。谨望阁下告诉我，您并不怀疑那些事实。或许，您认为我的说法捕风捉影，是全然没有根据的一派胡言。其实我也为自己的"失魂者"之说痛苦不堪。这正是我向阁下提出请求的一个原因。

我描写到，自己亦曾有过"失魂者"的体验。详细说来，其实是我和我妻子的"失魂者"。我是佐佐木信一郎，家住本区××町××巷××号，年龄三十五岁，毕业于东京帝国文科大学哲学系，职业是私立××大学伦理学和英语专业教师。妻子名叫总子，四年前与我结婚，现年二十七岁，尚无子女。这里，我特别提请阁下注意的是，我妻子有点气质性的歇斯底里。这种情况在我们结婚前后，曾经异常严重。那段时间，她竟无法和我进行语言上的沟通，沉浸于极度的抑郁状态之中。不过近年以来很少发作，脾性也较以前开朗得多。去年秋天开始，她的精神状况又出现了很不稳定的状态。近期则时常出现过激的言语和动作，令我十分痛苦。您或许要问，干吗老讲妻子的歇斯底里呢？原因在于，那与我自己对于此般奇怪现象的一个阐释有关。关于这个阐释，将在之后的描述中细细道来。

述及我和我妻子的"失魂者"事实，究竟是怎样一种状况呢？说起来，那般现象大致发生了三次。现在，就以我的日记为参照，尽量准确地向阁下一一描述。

第一次发生在去年的十一月七日，时间大约是晚上九点或九点三十分。当天，我和妻子一同参加了有乐座的慈善演艺会。坦白地说，演艺会的入场券是朋友让与我的。他们夫妇有事去不了，便十分友善地将戏票转让给我。关于演艺会，本无必要啰里啰嗦。其实我向来对音乐、舞蹈没有兴趣，只是为了妻子才勉强同行，所以多半节目只是徒然增加了我的倦怠或疲惫。所以，即便要说演艺会，我也没有足够的材料。在我的记忆之中，幕间休息之前是一段有关宽永御前竞赛的讲谈。当时我就思量，从自己内心里讲，自然期待着获得某种异常的收获，然而这种悬念会否伴着宽永御前的讲谈一扫而空呢？

幕间休息，我们来到走廊里。我将妻子独自留在那边，自己去厕所解小手。这种时候的狭窄过廊里，自然挤满了人，转个身都是困难的。解完手，我从人缝里挤回来。弧形的过廊绵延至正门。正如我所期待的，我的视线落在了妻子的身影之上。她倚着对面的过廊墙壁，站在明亮耀眼的灯光中，腼腆的目光低垂。她静静地站着，脸庞侧向着我，并无奇异之处。然而，偶然间一种超越了人的意志力的玄妙感觉袭击了我。我的视线似乎感觉到，妻子身旁一个背对的男人正在警惕着我。这是一个令人恐惧的瞬间，我的视觉乃至我理性的主权几乎同时粉碎了。

阁下，当时正是通过那个男人，我才认识了自身。

第二个我和第一个我穿着同样的外衣，也和第一个我穿着同样的裙裤，甚至和第一个我的姿势都全然如一。如果他转过脸来，他的相貌或许也跟我一模一样？我不知道怎样形容自己当时的心理感受。我的周围人头攒动。头顶上许多电灯泡，放射出白昼一样的光亮。不妨说，在我的前后左右充斥了各种神秘的、难以并存的条件。实际上，在这样的一种外界之中，我突然放大地看到了"自我"存在之外的别样存在。我因此而震惊不已。我的恐怖也益发强烈。要不是当时妻子抬头看了我一眼，我或许要大声地喊叫起来，将周围的注意力吸引到奇怪的幻影这边。

幸运的是，妻子的视线和我的视线碰在了一起。几乎与此同时，第二个我以极快的速度在我眼前消失了，宛若龟裂的玻璃一般。我像一个梦游症患者，恍恍惚惚地走近妻子身边。然而妻子并没有看见"第二个我"呀。我走到她的身边时，她用和往常一样的语调说："好长时间呀。"然后看着我的脸，露出担心的神态问："怎么了？"我当时一定是面如土色。我擦擦脸上的冷汗，一时拿不定主意。方才看到的超自然现象，要不要向妻子说明呢？看着妻子那副担心的模样，我真的无法挑明真相。当时我就下定了决心，不能让妻子跟着我那样担忧。关于"第二自我"的一切，必须要只字不提。

阁下您想，要是妻子不爱我或者我不爱妻子，怎会下不了那般决心呢？我可以在这里断言，我们夫妻直至今日，一直都是相亲相爱的。可是外人却不以为然。阁下，那些人认为我的妻子是不爱我的。简直令人感觉恐怖，感觉耻辱。对我而言，否定了我对妻子的爱，则是无法形容的屈辱。外人真是得寸进尺，他们又开始怀疑妻子的贞操。

我的情绪激昂，我的叙述不知不觉地离了题。

从那天晚上开始，我沉浸在一种不安的感觉之中。恰如前述实例所示，离魂者的出现常常预告了当事者的死期。然而在这种不安之中，大约一个月的光景却平安无事。就这样一年过去了。我当然不会忘记"第二个我"。随着日月的推移，我的恐怖和不安渐渐淡化了一些。不，实际上，有时我统统以幻觉的名义加以解释。

于是，那"第二自我"再次出现在我的面前。仿佛在惩戒我的疏忽或大意。

那是元月十七日发生的事情，时值周四正午时分。那天我在学校里上班，突然一位故交来访，下午正好没课，便一同离开了学校，去往骏河台下的一家酒馆用餐。骏河台下是个热闹地方，十字路口附近有一挂大钟。走下电车的时候，我无意间看了一眼大钟，时针正指在十二点十五分。当时的我望着那挂大钟，总觉得有一种恐惧之感。天上下着雪，天空是铅色的，大钟的白色基盘在那般背景下纹丝不动。或许，这也是一种前兆？我在这突然袭来的恐惧心情下，眼望着大钟的目光无意间又落在相隔一条电车轨道的中西屋前停车场。我看见，在那里的赤色柱子前，我和我的妻子肩并着肩，亲密地相拥而立。

妻子身着黑色大衣，围着一条烤茶色的丝织围巾。我则穿着一件灰色的大衣，戴着一顶黑色的呢帽。妻子似乎正跟"第二个我"说话。阁下，那天的我——所谓"第一个我"恰恰穿着灰色的大衣，戴着黑色的呢帽。当时的我望着两个幻影，眼里充满了极端的恐怖。我的心中燃烧着憎恶的烈焰，尤其是，当我看见妻子的目光带着妩媚投向"第二个我"时——啊！那简直是一场噩梦！我已没有勇气再现当时自己的奇怪位置。我下意识地抓住了朋友的胳膊，神情恍惚地呆立于路旁。此时，外壕线的电车由骏河台方向飞驰而下，发着喧嚣的轰鸣，在我眼前一晃而过。那真是一种神明的冥助啊！当时，我和我的朋友正想穿过外壕线的铁轨。

转瞬之间，电车在我们面前飞驰而过。而后挡住我们视线的，便是中西屋前的那根赤柱。在电车遮挡的一瞬间，两个幻影已消失得无影无踪。朋友的脸上露出诧异的表情。我的脸上则是尴尬的笑容,一面催促着朋友大步离去。后来,那位朋友放风说我患了精神病。根据我当时的异常表现,那样说也是理所当然。然而,倘若将我患病的原因归罪于妻子的不忠,则是对我的一大侮辱。最近我已致函那位朋友,与之绝交。

我忙于此般事实的记述,但却并未证明,当时的妻子只是妻子的幻影。那时,时值正午前后,妻子的确不曾外出。妻子正是这样说的,家里使唤的女佣也做了证明。再说,妻子日前患了头疼的毛病,精神抑郁,怎么会突然跑到外面去呢?这样看来,当时映入眼帘的妻子,一定是一个幻影。当我询问妻子那时是否外出时,妻子瞪大了眼睛断然否定。妻子的那般表情,至今仍然历历在目。倘若真如世人所言,妻子她欺骗了我,那么她绝对不可能做出那样无辜的表情呀。

毫无疑问,我在相信存有自己的"第二自我"之前,对自己的精神状态也是持有怀疑的。然而实际上,我的头脑没有丝毫的混乱。我睡眠正常,学习也没有问题。当然第二次见到了"第二自我"以后,我动辄受到惊吓,这是遭遇奇异现象的结果,而绝对不是原因。因为此时我必须相信,在"自我"存在之外尚有另外的一个存在。

当时,我仍旧没有把幻影之事告诉妻子。倘若命运许可,或许直到今天,我也不会把那事实说将出来。可是"第二自我"异常地执拗,他又第三次出现在我的面前。此事发生在上个周二,也就是二月十三日下午七点前后。当时,我的感觉非常窘迫,似乎非得向妻子挑明一切。无奈,好像唯有如此才能减轻我们的不幸。唉,算了,还是以后再告诉她吧。

那天轮到我值班。下课后不久,我就感觉到强烈的胃部痉挛,遵照医生的忠告,我匆忙坐车返回了家中。午间开始的降雨伴着狂风,等我赶到家门附近时,大雨似瓢泼一般。我急急忙忙付了车费，冒雨奔向家门口。门上的木格子，像往日一样里面上了插销。那插销是可以从外面打开的。我便打开格子门，进了屋。也许外面的雨声太大，开门的声音竟然无人听见。里面不见一个人。我脱了鞋子，将泥帽和大衣挂在衣钩上，便由门口走到隔着一个房间的书斋前，然后拉开了隔扇门。我有一个习惯，在去茶室之前，总要将装有教科书之类物品的提包放在书斋里。

可是这时，突然一个意外的情景出现在我的眼前。北向窗前的书桌、桌前的转椅和周围的书架，自然没有任何变化。可是横在眼前的书桌旁边站着的女人，还有坐在转椅上的男人，到底是谁呢？阁下，当时我与我的幻象以及妻子的幻象，真的是近在咫尺。我无论如何都无法忘记当时的恐怖印象。我站在门槛边上，从侧面俯视着并立桌前的两人面容。窗外的冷光照射在他们脸上，使两人的脸部明暗分明。他们面前悬有一盏黄色丝绸灯罩的电灯，照得我的眼前一片昏暗。这真是天大的讥讽。他们竟然在翻阅我记录了那般奇怪现象的日记！我看见了桌上那本书的形状，立刻就辨认出来。

我是在无意之中看到了这般景象。在我的记忆之中，几乎同时，我发出了尖利的叫喊声。连我自己都说不清楚，我怎么会发出那样的声音。我还记得，喊过之后，两个幻影同时转过头来望着我。倘若他们不是幻影，我就可以问我妻子，当时的我是怎样的一副模样。然而，那当然是不可能的事情。当时给我留下确切记忆的，只是一种强烈的晕眩之感。除此之外，什么都没有。我扑通一声跌倒在地，失去了知觉。妻子听到声响，惊慌地从茶室跑了出来。与此同时，那该死的幻影也消去无踪。妻子帮我躺在了书斋里，又赶忙将冰袋放在我的额上。

过了大约三十分钟光景，我恢复了知觉。妻子见我醒转过来，突然间失声痛哭。妻子说，我近期的言语行为令她难以理解。"你是在怀疑着什么，对不？那你为什么不跟我说明白呢？"妻子这样责怪道。阁下知道，世人是在怀疑妻子的贞操呀。当时，我已经听到了一些风言风语。也许这种令人惧怕的传言，也刮到了妻子的耳中。我感觉到妻子的话音在颤抖，她是担心我也怀疑着她。妻子似乎感到，我的任何异常行为或言语，都是因为那般怀疑。我若继续沉默下去，唯有令妻子徒然地遭受折磨。于是，我小心翼翼地将目光转向妻子，防止冰袋掉落下来。我低声对妻子说："原谅我，我是有事瞒了你。"我一五一十地将幻影者的三次现身说了出来。然后，我又一本正经地对妻子强调说："有人在传说，说是看见我的幻影和你的幻影在幽会，那纯属捏造。我对你是绝对信任的。你也要绝对相信我。"妻子毕竟是一弱女子，成为众矢之的，令她感到痛苦异常。或许，幻影者现象是极端异常的，谁都无法解答此类难题。打那之后，妻子总在我的枕边嘤嘤哭泣。

我只有一点一滴地向妻子解说。我利用前述种种实例，说到幻影者存在的可能性以及其他种种情况。阁下，您知道吗？像我妻子这种具有歇斯底里禀性的女人，特别容易发生此等奇怪的现象。相似的例证不胜枚举。例如索姆纳比尔笔下著名的 Auguste Muller 等，就时常显示出这样的二重性人格。不过，或许有人要提出非议，认为此等情况下出现的幻影者与我妻子的情况不同。因为前者的依据是梦游病患者的意志，而我的妻子却全然没有那般意志。退而言之，即便那样的状况可以解释妻子的二重性人格，或许也会产生另外的疑问而无法解释自己的二重性人格。这些问题，原本并不复杂，并不像它的解释一样令人困窘。为什么呢？因为无可置疑的事实在于，时常有人具有揭示他人二重性人格的特异能力。据说弗郎兹·冯·巴蒂尔在致 Dr. Werner 的信中提到，埃卡鲁茨哈兹恩临死之前曾经坦言，自己有揭示他人二重性人格的能力。如此看来，第二个疑问也与第一个疑问相同，关联于妻子是否具有前述意志。然而意志的有无，也是异常难以确定的呀。当然，妻子是无意显现为幻影者的。对于我,她显然时时惦记在心。或者说,她始终怀有的一个愿望便是与我同行。这里值得思考的问题,在于具有妻子这般天性的人常会引致相同的结果——意识幻影者的出现。至少,我自己有了类似的体验。况且像我妻子这样的,尚可举出三两个实例。

我对妻子如此这般地说了一通。我竭力安慰妻子。妻子总算满意了我的解释。她直直地望着我的脸,眼泪汪汪地说道:"对不起。"

阁下,以上便是我历经二重性人格的大致经过。在此之前,作为我和我妻子之间的一个秘密,从未向任何人泄露。但是此一时彼一时。如今,有人竟公然地开始嘲笑我们,也有人向我妻子表示出憎恨,甚至编出了讥讽妻子品行不端的歌谣,边走边唱路过我的家门口。面对这种情况,我哪里还能沉默不语呢?

然而之所以向阁下倾诉此般冤屈,并不纯粹因为我们夫妇遭受了没有理由的屈辱。原因还在于,倘若我们忍受了那般屈辱,妻子的歇斯底里倾向会益趋严重。或许,这种倾向与幻影者的出现频度是密切相关的。那样的话,世人对于妻子贞操的怀疑,也将越发加剧。我不知如何摆脱这般窘境。

阁下,我处于极端困窘的状况之中,唯有仰赖阁下的庇护。这是我最后的也是唯一的活路。请您相信我的陈述,并对受到世人残酷迫害的我等夫妻表示同情。您看,我的一个同僚竟然跑到我们面前,絮絮叨叨地大声描述报上的通奸新闻。我的一个前辈给我来信,冷嘲热讽了妻子的不端行为,并劝我与之离婚。我的学生也是一样,不仅不好好听我讲课,还在我的教室黑板上画出了我和妻子的漫画,下面写着"美丽又可爱"。以上实例,都是与我或多或少有些关联的人。近来,一些素不相识的人,也常常对着我们施予意外的侮辱。有人发来匿名的明信片,将妻子比作禽兽。也有人在我家的黑墙上画画、写字，那般手段比学生有过之而无不及。更有大胆者悄悄地潜入我家院子，窥视妻子和我的晚餐景象。阁下，这般所为还像个人吗？

我想跟阁下说的，大致就是信中描述的这些。他们对我们夫妇的凌辱和胁迫，警方当如何处置呢？当然这是阁下考虑的问题，而不是我等考虑的问题。我确信，贤明的阁下一定会为我们夫妇做主的，一定会最最适当地行使阁下的职权。

谨祝阁下的辖区歌舞升平，太平无事！

阁下若有问讯之处，可随时传唤。就此搁笔。

第二封信

警察署长阁下：

阁下的玩忽职守，使我们夫妻遭遇了最后的不幸。我的妻子昨日失踪了，到现在仍旧杳无音讯。我非常担心。也许，妻子是无法承受世间的压迫，自杀身亡了？

世间，到底这样子滥杀了无辜。阁下呢，也是令人憎恨的一个帮凶。

今天，我决定离开本区的居处。在无为无能的警察阁下管辖下，居民何以获得安全的生活？

阁下，前天我已向学校辞职。我今后打算全力投入到超自然现象的研究之中。阁下或许会像一般的世人那样，对我的计划报以冷笑吧？然而身为警察署长，却否定一切超自然现象，您不感觉耻辱吗？

阁下是否考虑过？您太缺乏人类的同情心。您手下的许多警察患有传染病。您做梦也没有想到吧？尤其是，这种传染病因接吻而迅速地传播。此等事实的知情者，舍我其谁？这些事例，足以破坏阁下傲慢的世界观……

其实我写了很长的一封信，涉及许多空泛的哲学问题。我又感觉没有这个必要了，便将之统统删去。

大正六年（1917）八月十日

大石内藏助的一天

魏大海译

　　晴日的阳光照耀在关闭的隔扇上。那棵嵯峨老梅，树影里领受了几间屋室的光亮。从右到左，鲜明似画。原浅野内匠的家臣——寄居于细川家中的大石内藏助良雄，端然盘坐于隔扇之后，正在专心地阅读。所读之书，许是细川的一个家臣借予他的——《三国志》中的一册。

　　前厅原有九人。片冈源五右卫门外出入溷。早水藤左卫门在下房议事。余下的六人是吉田忠左卫门、原物右卫门、间濑久太夫、小野寺十内、堀部弥兵卫和间喜兵卫。他们仿佛忘记了照耀隔扇的日影，有的在专心读书，有的在整理讯息。六人皆寂然无声。都是五十开外的老人了，坐在这初春的客房里仍觉拘拘寒冷。时而有人在轻轻咳嗽。但那音响，似不足以摇动屋里飘逸的淡淡墨香。

　　内藏助的目光时而离开《三国志》呆望着远方。他将双手静静地罩在火盆上。火盆上面是一层铁网，看得见炭盆底下美妙的红色。那红色将炭灰照耀得微微泛红。内藏助感受着火盆的温暖，心中充满了无虑的满足。此时的满足，好像去年年末十五的那般满足。内藏助为亡故的主君复仇之后，退隐泉岳寺。当时他曾自吟一诗："往事犹新历在目，无云月夜浮世清。"

　　退出赤穗古城之后，业已度过了近乎两年的岁月。近乎两年的时光里，他一直在焦虑的筹划之中度过。他的余党们总想轻举妄动。内藏助却要稳定局势，慢慢等待时机的成熟。这样做对他并非难事。然而仇家派出的奸细时刻窥测于身旁。表面上，他装作玩世不恭，企图蒙蔽奸细的目光。同时他又必须消解同志者的疑惑，以免为自己的假象所蒙蔽。他回想起当初的山科与圆山谋反。当时的苦衷仍历历在目。不过所有的人，现已各得其所。

如果说现在还缺少点儿什么，那便是幕府对这一党四十七人下达的指令。想必，那指令近期即将送达。这是没有疑义的。党羽们皆已到达了指定地点。然而此举并非单纯的复仇之举。诸人以近乎一致的形式，成就了他的道德要求。他体味了事业成功的满足，也同时体味了道德实现的满足。那般满足，无论从复仇的目的上看，还是从复仇的手段上看，都没有丝毫良心的愧疚或阴翳。对他而言，显然没有比这更大的满足了……

想到这里，内藏助的眉头舒展开来。抬眼望时，吉田忠左卫门好似读书倦怠了，书卷铺在膝盖上，在用手指习字。内藏助隔着火盆搭话道：

"今天的天气很暖和呀。"

"是呀。这么耗着，暖洋洋的快要睡着了呢。"

内藏助微微一笑。他的心中，浮现出年初正月的元旦景象。当时，富森助右卫门三杯屠苏酒醉，吟诗一句——"早春在今日，酒醉不耻睡武士"。这句小诗，确切地体现了良雄此刻的满足心境。

"说来还是有所疏忽。未能实现初衷呀。"

"是啊，所言极是。"

忠左卫门拿起手边的烟袋，谦恭地吸了一口。烟雾在早春的午后滞留片刻，又在那明媚、静寂的空中化作淡淡的蓝色散去。

"一起过着这样悠闲的日子，真是做梦也未曾想到呀。"

"是啊，我也是做梦都没有想到。不能想象还能够再度幸逢春天。"

"看来，我等真是幸运之人哪。"

两人心满意足，眼睛里充满了笑意。——此时，良雄身后的隔扇上映出一个人影，那人影在手触隔扇拉手的瞬间消失了。而后，早水藤左卫门强健的身躯出现在客厅中。倘非如此，良雄还会久久地陶醉在惬意、温暖的春日之中，回味那洋洋自得的满足之情。然而现实却伴着藤左卫门复杂的微笑，无情地将二人拉了回来。藤左卫门的两颊健康红润。当然他微笑之间的含义，二人尚未察觉。

"下房里好像很热闹呀。"

忠左卫门说道。他又抽了一袋烟。

"今日的当班是传右卫门。他嘴里俏皮的闲话不断。片冈他们也来了，正坐在一起闲聊呢。"

"怪不得呢。来得晚了些吧？"

忠左卫门被烟呛了一口，苦笑着说。小野寺十内正在写字。他抬起头来，仿佛想到了什么，旋即又将目光留在纸上，一个劲儿地书写。或许，他是在给京都的妻女写信？

内藏助眯起眼睛笑道：

"有什么逸闻趣事呀？"

"哪里，净是些不着边际的废话。不过，近松方才讲到有关甚三的故事，逗得传右卫门都笑出了眼泪。还有——啊，对了，要说还有一个有趣的话题。据说，我们杀死了吉良将军之后，江户城里时有仇杀的事件发生呢。"

"哦，那倒是没有想到啊。"

忠左卫门面带诧异的表情，望着藤左卫门。对方看到自己的话题引起了兴趣，露出十分得意的神态。

"还有三两个类似的话题。比较可笑的当属南八丁堀凑町附近的斗殴事件。事件的起因，是米店的掌柜和临街的染匠伙计在浴池里打架。就为着一点鸡毛蒜皮的小事儿，好像是谁把水溅到了谁的身上。结果,米店的掌柜就被染匠的伙计用澡堂的木桶,没头没脸地打了一顿。这样一来,米店的一个学徒记下了仇。当晚染匠的伙计外出时,他便躲在暗处往伙计肩上抢了一铁钩。说是这里有个说法,叫什么'主子结仇徒儿报'……"

藤左卫门手舞足蹈地大笑道:

"这真是无法无天哪。"

"那伙计好像伤得不轻。奇怪的是,附近的人们都说米店的徒儿仗义。余下的趣事发生在通町三巷和新麹町二街。还有一个什么地方来着?反正,据说这样的事情随处可见。可笑的是,人们都说这些寻仇事件是在仿效咱们。"

藤左卫门和忠左卫门笑着互望一眼。显然,闻听复仇之举在江户的人心之中产生了影响,哪怕是细微之处的些许影响,也是令人愉快的。唯有内藏助一人沉默不语。他用手臂挡住额头,露出尴尬的神情。——藤左卫门的话题虽然让他也感到了些许满足,但同时令之感受到一缕奇妙的抑郁。当然他并不想为自己所有行为的结果负责。实现了复仇之后,江户城中的寻仇事件频发。这与他们的良心,当然风马牛不相及。但即便如此,内藏助方才心中的春日温馨,亦已冷却了几分。

事实上,当时他仅对己方行为的影响造成的那般意外波动,感觉到些许惊诧。放在平常,他可能和藤左卫门、忠左卫门一笑了之。然而此时的这件事实,却在他领受了极大满足的心中,突然播下了恼人的种子。也许,他那满足的底部是悖理的。对于那般行为与结果的完全肯定,或亦带有自私的性质。在他当时的心中,当然还完全没有涉及那样的思想解剖。他仅在春风之中感受到一丝冰冷,感受到莫名的抑郁之情。

不过内藏助的心中抑郁,并没有特别引起身旁两人的注意。藤左卫门是个善人。他确信不疑的是,自己这般感觉有趣的话题,内藏助一定也会感觉有趣。否则,他便不会特意跑到下房,将当班的细川家家丁堀内传右卫门带到这里来。厚道的藤左卫门回头望望忠左卫门说:"我去叫传右卫门过来吧。"说罢,他急乎乎拉开隔扇,满面春风地去了下房。须臾,他便满脸漾着往日的微笑,得意洋洋地将传右卫门带了过来。一眼望去便可知晓,这是一个粗鲁的人。

"哎呀,诚惶诚恐。怎敢劳您大驾?"

忠左卫门一见传右卫门,立刻替代良雄笑脸相迎。传右卫门性格素朴而直率。忠左卫门一行寄宿于此之后,早就与之打成一片,建立了故旧一般的朋友温情。

"早水氏非得要我过来。可我觉得,过来会添麻烦的呀。"

传右卫门一落座,便挑动着粗壮的眉毛,环视着屋里的诸位说道。太阳晒得黝黑的面颊肌肉,总是似笑非笑地抽动着。他向屋里的所有人打招呼,不论是看书的还是习字的。内藏助也礼貌地点头示意。让人感觉有些滑稽的是堀部弥兵卫。他正手捧着《太平记》苦读。他戴着眼镜,一副瞌睡相。此时,他睁开眼睛看了一眼,旋即又慌乱地正了正眼镜,小心地低下头去。还有就是间喜兵卫。间喜兵卫好像感觉十分可笑,他朝向一旁的屏风方向,表情痛苦地抑止住笑意。

"传右卫门先生也讨厌老人是吗?怎么从来不到我们这边来呢?"

内藏助说道。他的语调不同寻常,言语流畅。此时,他心中已被搅乱的情感得以恢复,先前的满足之情又暖融融流入他的心田之中。

"不,不能那么说。我是因为拗不过他们,才不自量力地乱说了一气。"

"听说您的故事很有趣呀。"

忠左卫门也在一旁插言道。

"有趣……什么故事?"

"就是江户城中效仿仇杀的故事呀。"

藤左卫门提醒道。传右卫门和内藏助面带微笑地对视片刻。

"哦,你说的是那个故事吗?人情这个东西,有时真的非常奇妙。町人百姓,也会感受忠义之情,并仿而效之。无论怎样堕落的风俗,都将发生改变。正好,眼下的流行,净是些没人爱看的东西,什么净琉璃呀,歌舞伎啦,诸如此类。"

下面的会话,内藏助已完全没有兴趣。他特意用一种沉闷而谦卑的语调,巧妙地将话题转换了方向。

"感谢夸奖吾等之忠义。但依个人所见,吾等首先感觉的乃是耻辱。"

说了这句话,他抬眼望望在座各位。

"为何这么讲呢?赤穗一藩,人数众多。可是如您所见,余下者皆为无名之辈。尤其是那位名叫奥野将盐的藩头,曾经参与了我们的策反。可他中途又改变了主意,退出了我们的同盟。这的确非常遗憾。此外,进藤原四郎、河村传兵卫、小山源五右卫门等人,地位都在原物右卫门之上。佐佐小左卫门等人的身份也在吉田忠左卫门之上。然而所有这些人物,都在临近举事的当口变了卦。其中,竟然还有在下的亲属。你说,我们是不是要首先感觉到耻辱?"

在场的空气随着内藏助的这番话,顿时变得凝重起来,而失去了先前的那般明朗。从这个意义上可以说,他确实如愿以偿地转换了话题。不过,内藏助对于这样的转换是否感觉愉快,则是另外的一个问题。

听了他的一番话,早水藤左卫门攥紧了拳头,在膝上蹭了两三下。

"他们都是一帮畜生,臭名远扬,没有做人的资格。"

"正是如此。说到高田群兵卫之流，那更比畜生还不如。"

忠左卫门扬眉看看堀部弥兵卫，似乎在谋求赞同。弥兵卫乃一血性男子，当然不会沉默不语。

"回来的那天早晨我遇见了他，我朝着他啐了一口唾沫，但是不解恨。必须让那恬不知耻的家伙颜面丢尽，方能解我心头之恨。"

"高田这个混蛋自不必说，其实，小山田庄左卫门那小子，也是一个十足的混蛋。"

间濑久太夫这样自言自语道。原物右卫门和小野寺十内也都随声附和着，唾骂那些背盟之徒。就连平日里沉默寡言的间喜兵卫，也在频频颔首。间喜兵卫口拙，只好用满是白发的脑瓜，表达出对于同伴意见的赞同。

"真是不可思议呀。同处御藩，怎会有诸位这般忠臣，又有那般负义之徒呢？那种无功受禄的败类，自然会遭到武士和町人百姓的唾骂。去年，冈林夯之助剖腹自杀了，据说原因就是亲朋好友群起攻之，不得已而为之的。到了那步田地，亲朋好友也是没有办法，总不能为之承担污名吧。外姓人对之自然更加苛刻。在当今的江户人眼中，效法复仇，乃见义勇为之举。人们早已义愤填膺，就是将那些败类砍了头曝尸荒野，也毫不为过。"

传右卫门气宇轩昂地说道，仿佛自己并非局外人。他的那副模样似乎表示，为众人复仇，乃是自己当仁不让的大事。在他的鼓动下，吉田、原物、早水、堀部几人，均处在一种亢奋的状态之中。他们义愤填膺地痛斥乱臣贼子。——唯有大石内藏助一人，双手放在膝盖上，一副无动于衷的神情。他的言语越来越少，呆呆地望着火盆里的炭火。

他发现了一个新的事实——自己转换的话题，变成了诛伐昔日负义朋辈的战场。己方的忠义受到世人盛赞。与此同时，那心中拂过的春风,却再次降低了几分温度。他转换话题,乃是对于背盟之徒心存惋惜。实际上,他对朋辈的负心感觉遗憾,同时也感觉到某种不快的心情。他对不忠的武士并无怨恨,而唯有怜悯。他早已尝遍了人情向背与世故流转。在他看来,那些变节者的行为都是非常自然的。若说还能运用率真一词,那便是一种可悲的率真。为此,内藏助才对那些背盟者始终怀着宽容的态度。而在复仇之举实现之后的现在,能够给予他们的就只有怜悯的微笑了。世人的感觉是,即便杀了他们,仍旧不解心头之恨。为什么?为什么将吾等尊为忠义之士,就必须让彼等沦为畜生呢?其实,吾等与彼等并无太大的差异。——在内藏助心中,对于江户町人的那般影响并不令人感觉愉快。若在稍许不同的意义上考量背盟者所受的影响,传右卫门的观点显然代表了一种天下公论。内藏助绝非偶然地流露出那般痛苦的表情。

然而内藏助的那般不快却又是一种命运的体现——承受最终结局的命运。

在传右卫门眼中,内藏助的沉默或许显现了特有的谦虚。为此,他的人品才越发受到人们的敬佩。为了表达人们的这种敬佩,质朴的肥后(地方名)武士又生硬地突然转变了话题。他开始盛赞内藏助的忠义之魂。

"日前一位智者说,唐土(中国)一勇士吞炭致哑,终为主公杀死仇人。可那勇士跟咱内藏助大人相比,真是算不了什么呀。内藏助大人曾无奈地遭受着精神沦落的煎熬。"

传右卫门说出这样的开场白后,又絮絮叨叨地说了一年之前内藏助自我放纵的一件逸闻。当时,他正在高尾和爱宕观赏红叶。那样子装疯卖傻,曾令他苦不堪言。在岛原和祇园赏樱的酒宴上,他愣是演出了一场苦肉计。想必当时的他,一定痛苦万分……

"听说当时京都流行的那首歌谣——'大石做小材,碎粉铸壳型',就与大人的品行相关呀。显然,没有足够的隐忍之心,就不可能那样子瞒过天下所有人。方才,天野弥左卫门大人所言极是。沉着、勇敢的赞美之词,内藏助大人当之无愧。"

"哪里哪里,那不是什么了不起的事情。"内藏助勉为其难地应答着。

传右卫门略觉不足者,乃是内藏助的神态不够高傲。与此同时,内藏助在他心中又变得更加高尚。他充满热情地表露着自己的敬佩之心,甚至要到小野寺十内那里提出辞呈。他要辞去京都的长期外勤,而来侍奉内藏助。他的那副模样就像一个孩子。一党之中,素有万事通之誉的、名望颇高的十内感觉可笑,同时也感觉可爱。他一本正经地接过传右卫门的话头,一五一十地讲述了另外的一段趣事。当时,内藏助为了欺瞒仇家的奸细,曾裹着法衣出没于升屋的夜雾之中。

"那般不苟言笑的内藏助,竟也作过一首歌谣——'乡里风情'。那首歌谣,竟也大受好评,且在当时的烟花柳巷中颇为流行。当时,内藏助的装束是墨染的法衣。祇园的樱花散落时节,他经常醉醺醺地在园中游荡。'乡里风情'的歌谣大为流行,内藏助的放浪形骸也闻名遐迩。这种状况并没有丝毫的奇怪。因为,无论是论及夕雾还是论及浮桥,岛原或撞木町的著名大夫们都会七嘴八舌地说,对于内藏助,人人皆刮目相看。"

内藏助听着十内的这番话,毋宁说感觉十分痛苦。他感觉到,那几乎是一种侮辱。同时,这些话自然而然地勾起了他放浪形骸的往昔回忆。对他而言,那些回忆有着异常鲜丽的色彩。在那些回忆之中,他看见了细长蜡烛的亮光,闻到了沉香香油的馨香,也听到了加贺节庆的三弦声。他联想到十内方才提及的"乡里风情",也联想到如下一个诗句——"泪滴濡湿袖,蒲叶浮露珠"。那般风情与诗句,伴随着太子宫中溜出的夕雾与浮桥,美妙的影像历历在目地浮现于心中。毫无疑问，他曾无怨无悔地生活在记忆中所有的放浪生活中，也曾在放浪的生活中，完全忘却了复仇义举而享用着短暂的惬意瞬间。他是一个极端诚实的人，却自我欺瞒地否定了这个事实。对于明了人性真谛的他，那当然是做梦未敢想象的悖德之举。因此当人们盛赞自己，或将自己所有的放浪行为说成是实现忠义的手段时，他便会感觉到不快和负疚。

怀有这种思想情愫的内藏助，自然对佯癫苦肉计之类的褒扬，感觉到十分痛苦。他意识到，自己在遭受着第二次打击。仅存于胸间的那缕春风，眼见得拂面而过，而后则在那冷冷的寒影中，仅仅留存下对于所有误解的反感，以及未能预知误解的、自身愚钝的反感。他觉得这样下去，他的复仇，他的同志，还有他自身，或许都将在一种乱七八糟的赞赏声中留传后世。——他面对着这样一种令人不悦的事实。他的双手仍旧罩在火盆上面，但盆里的火势却越来越弱。他回避开传右卫门的眼光，漠然地叹了口气。

就这样过了几分钟。大石内藏助借口入溷，溜出前厅。他独自倚在廊柱上，观赏着寒梅老树、古庭绿苔与山石间的美丽鲜花。日色渐淡，树丛中的竹叶阴影，宛若率先展开了黄昏的幕帐。拉门之中，人们仍在津津有味地说话。他听着听着，一种莫名的哀愁渐渐包围了他。他闻见了寒梅的馨香，同时感受到一种冷彻心底的孤寂。这种莫名的孤寂来自何处呢？——内藏助仰望着仿佛镶嵌于蓝天之上的冻僵的花朵，一动不动地久久伫立。

大正六年（1917）八月

单　　恋

魏大海译

（夏天的一个午后，我在京浜线的电车里遇见了大学时代的一位好友，从他那里听说了这样一段故事。）

故事发生在为公司赴Y方出差的途中。Y方为我举办了一次招待宴会。我只有一切听从Y方的安排。高台间悬着一幅乃木大将的石版画，画前则是一株人造的牡丹插花。夕阳时分，外面下起了雨，参加宴会的人数不多，心里感觉，比预想的要好。恰巧，二楼也在举行一个宴会。所幸参加者相对文静，不似当地的民俗。你，就在那陪酒的侍女当中——

还记得吗？当初我们时常去饮酒的U店里，有位名叫阿德的侍女——那个塌鼻子、低额头、爱搞恶作剧的家伙呀。瞧，她来了。身着日式客厅的裙衣，手执长把酒壶，竟对在座的朋辈露出一副奇怪的骄矜姿态。一开始，我还真的没认出她来。走近一瞧，果然是阿德。每说一句话，总要抬起下巴颏，跟过去一模一样。——实际上，此时的我产生了无常之感。我知晓，你原先可是志村的恋人。

当时，志村那小子装模作样地板着脸，走近青木堂，要来装有薄荷酒的小瓶，还说什么"甜的呀，喝喝看"。酒自然甜，可更甜的却是志村。

就是那个阿德，如今却在这种地方做生意？身在芝加哥的志村知道这消息，会是怎样的心情呢？想到这里，我想叫住阿德。想想又忍下了。——这就是阿德的情况。我不是说过嘛,那酒店位于日本桥附近。

此时,对面传来阿德的应酬声。"啊呀!好久没有见面了呀。我在 U 店的时候就见过你呀。真是一点儿都没变。"——阿德这家伙,来此之前已经喝得半醉。

不管她醉了没醉,毕竟多日没见,即便为着志村的关系,也有很多话要说呀。从你的脸色上看,你显然体会到伙伴们的猜忌之心,有意夸张地喧闹着。我却感觉为难。因为在主家的倡议下,每个来宾都要先做自我介绍,否则不得离开座位。我便十分愚蠢地说到了志村的薄荷酒话题。我说:"这女人和我一个挚友相好。"这家的主人也已一把年纪,他一见面就把我带到了茶室。

说到隐私,大伙儿统统拥近前来,连那些艺伎也都凑了过来,对阿德冷嘲热讽。

然而,阿德亦即福龙却全然不知。——福龙别来无恙?在《八犬传》有关龙的解说中这样写道:"取名为优雅自在的福龙"。可笑的是,福龙却是那般优雅不自在。当然,这些统统都是题外话。——说到全然不知,也是完全符合逻辑的。"志村喜欢我,难道我就非要喜欢他吗?我没有这个义务呀。"

她又说道:"要不是因为他,我早就过上好日子了。"

据说,这就是所谓单恋的悲哀。这里的结果正是一个实例。阿德说出了一段奇妙的情恋故事。而我要说给你听的,也正是阿德讲述的那个故事。原先以为,那不过是她的个人私情,味同嚼蜡。

令人感觉奇异的是,那恍若梦幻的爱情故事,竟也那般引人入胜。

(当时我曾说:"那种事情除了当事人,谁会感觉有趣呢?""那么,小说中要写到梦幻和爱情,也是非常困难的,对吧?""至少,感觉性的梦幻出现在小说中时,从来都缺乏真实之感。""可是，为何有那么多的恋爱小说呢？""令人担忧的是，许多劣作根本无法传之后世呀。"）

听懂这些话，心里就踏实多了。反正这也是劣作之中的劣作。模仿阿德的口吻便是这样："嗨，那有什么？不就是我的单相思嘛。"你就怀着同样的心情，听我说下去吧。

阿德恋慕的男人是个戏子。据说还在浅草田原町父母家中留住时，她就在公园里对他一见钟情。这样说，不过是宫户座或常盘座剧团里的龙套演员。然而并非如此。你以为他是日本人吗？错了。他是个洋鬼子。阿德对任何事情都是一知半解，十分可笑。

所以，她连男人的姓名都不知道，更不知他的住所。甚至，连他的国籍都不知道。阿德这个蠢东西，只问那人，有老婆没，是独身吗？多可笑呀。就是说单恋吧，也不至于那般愚蠢呀。我们去若竹那会儿，即便听不懂曲艺说唱，总还知道唱者乃日本人，艺名叫升菊。——我这么取笑道。我站在阿德面前，她说："我也希望听懂呀。可是听不懂又有什么办法呢？说到底，不过是幕上相会。"

真是莫名其妙。幕上？若说是幕中，倒还可以理解。而细细问来，她的那个恋人竟是西洋活动写真（电影）中的曾我之家①。这令我大为惊诧。没错，那是幕上的相会。

许多同伴会觉得，那是一个糟糕的结局。有人甚至说："哼！讨厌。这不是作弄人吗？"有船到港，人心躁动。表面上，阿德不像是在说谎。当然她的眼睛里，流露出混沌不清的感觉。

"我没有钱，不能每天去那里，只能勉强地一周看上一次罢了。"是啊。随后的解说特别有趣："我总是缠着妈妈，让我去看一次嘛，总算征得了妈妈的同意，却常常是人山人海。我只好坐在犄角旮旯里。好不容易出现了他的面容，却被拉得又扁又长。我好

---

① 曾我之家，日本大正时期（1915年前后）的喜剧剧团。

伤心，好伤心呀。"——她掀起围裙捂在脸上，伤心地哭了起来。是啊，好不容易看到了银幕上的恋人面容，却被弄成了倭瓜盆子，怎能不伤心呢？对此，我也感觉到同情。

"在我看过的片子里，他演的角色有十二三个。有时是长脸，有时是瘦子，有时还蓄着胡须。他总是好穿黑色的衣服，就像你身上穿着的那种。"——我当时穿的是晨装礼服。我整理了一下衣襟问道："你看我像他吗？"她看了却说："比你？帅多啦！"好挑剔的目光呀！还"帅多啦"！

"说来说去，你只是在银幕上与他相会，对不？假如他活生生地站在你面前，跟你说话，也就可以眉目传情了呀。哪像你现在，那不过是写真呀。"而且是活动写真。尽管可见形象，却可望而不可即呀。"人们常说的是相思，对不？即便对自己无所牵挂，也要去感受他那牵挂。志村常常送来清酒。可我并不能感受到那样的牵挂。这就是因果的关系呀。"所有的事物都不出其右。显然，阿德是落入难解的怪圈之中了。

"日后做了艺伎之后，我也时常拉着客人去看活动写真。可不知为何，他的写真却再也没有出现过。无论何时，都是《名金》①和《齐哥马》②之流的片子，我根本就看不下去。最后我也绝望了，感到真的是无缘。可是你……"

其他的伙伴都不理她，阿德只有拉住我，跟我述说她的不幸感受。她一边说，一边哭泣着。

"还记得初次踏上这块土地的那个夜晚吗？几年之后，他出现在活动写真中。——写真当中，显然是一处西洋街市，地上也是这样的铺路石，中间栽着梧桐树。两侧则是西洋式小楼。只是那写真

---

① 《名金》，美国早期系列闹剧电影。
② 《齐哥马》，法国早期犯罪电影。

时间太久了,像黄昏似的蒙蒙泛黄。画面中的树木,仿佛亦在玄妙地颤动,一幅寂寥的景象。此时,有人牵着一条小狗,抽着香烟,出现在画面当中。是你。你仍旧穿着黑色的衣服,支着手杖,和我儿时见到的一模一样……"

转眼十年逝去,好歹又与恋人邂逅。对方是写真,不会有变化,而这边却已变成了阿德福龙。想到这里,顿生怜悯。

"他走到那棵树下,停留了片刻,看着我,摘下帽子笑笑。他是在向我致意呢。如果知道他的姓名,真想唤住他……"

唤吧。外人看来或许精神失常。可在 Y 地谁会相信有一个恋慕着活动写真的艺伎。

"这时,对面走来一个女洋人,对他纠缠不已。解说:那是他的情妇。那情妇人老珠黄,帽子上插着膨大的鸟羽,庸俗不堪。"

阿德又在嫉妒。可那也是写真中的故事呀。

(说到这里,电车到了品川。我得在新桥下车。朋友知道,车快到站了,他便不时地朝那窗外张望,担心故事说个一半。我只好加快了故事的节奏。)

后来,写真中又发生了种种变故。结局是男人被警察抓走了。为何被警察抓走呢?阿德是对我说起过的,不巧我却忘记了。

"人山人海。他被人绑了起来。不,此时的背景已不是刚才的街道。好像是一处西洋的酒馆,酒瓶子排着长队,顶端处挂着一个鹦鹉笼。仿佛是夜间,周围是一派昏暗背景。我在那昏暗之中,看见了一个哭泣的面容。你要是看见那面容,肯定也会为之忧伤。那哭泣的脸庞泪水涟涟,芳唇半开……"

此时吹响了警笛。写真消失了,剩下的唯有白色的银幕。阿德的结语说得好:"一切皆已烟消云散。消失正是无常。反正世间万物,莫过于此。"

听到这里,真是茅塞顿开。阿德哭哭笑笑,带着某种令人厌弃的语调，对我说起了那些。说她不好？那你便是歇斯底里。

然而即便真的歇斯底里，也有极端认真的时候。也许，说到恋慕写真乃是杜撰。现实之中，或许是在单恋着我等之中的某一位呢？

（两人乘坐的电车，恰巧驶抵了薄暮之中的新桥停车场。）

大正六年（1917）九月十七日

女　体

魏大海译

　　杨是中国人。某夏夜，天气闷热异常。杨醒转后趴在床上，胳膊肘支着下巴颏，陷入漫无边际的妄想之中。突然，他发现一只虱子趴在床沿。屋里灯光昏暗，灯光下虱子的微小脊梁，闪现出银色的光亮。莫非，它瞅上了一旁熟睡的妻子肩头？虱子蠢蠢进逼。裸睡中的妻子一直面朝着杨，发出安稳的熟睡声。

　　杨盯视着虱子缓慢的步伐，心中猜想那虫子的世界。人类仅需两步三步跨到的距离，虱子竟要爬上一个钟点。而且遍游的疆域，不过是床沿上下。他想，那么假如自己生为一只虱子，该有多么寂寥呀……

　　在这种漫无边际的遐想中，杨进入到朦胧的意识之中。当然，那里既非梦境，亦非现实，杨只是莫名其妙地陷入了恍惚的心情底部。突然，他感觉到自己又警醒过来，无形之中自己的魂魄进入到虱子的躯体之中，在汗臭熏天的寝床上蠢蠢蠕动。杨感觉这个现实太过意外，不由自主地昏然悚立。令之惊悚不已的尚不仅于此——

　　在他行进的前方，是一座高高的山脉。那山脉温暖、浑圆，自然天成。山体高大，望不见顶，仿佛一块巨大的钟乳石，悬垂到寝床之上。紧挨着寝床的部位，仿佛是微微泛红的石榴籽儿，暖暖的，像包容着火焰。其他部位，则是丘陵一般洁白无垠的山脉。那洁白是柔润的、圆滑的，像凝脂一般。和缓的山腰起伏有致，又仿佛月光照耀的白雪上，微微泛出蓝色的阴影。迎着光亮的部位，化出了水乳交融的玳瑁色光泽。遥远的天际，描画着弯弓似的美丽曲线。这样的山脉，堪谓天下仅有……

杨惊叹地睁开了双眼，注视着美丽的山脉，这才知晓，原来那山脉正是娇妻的一只乳房。此时，他的惊诧无法言喻。他目不转睛地盯视着象牙一般的巨大乳房，忘却了爱，忘却了恨，甚至也忘却了性欲。惊叹之中，他更像凝固了似的一动不动，甚或也忘掉了寝床上下的汗臭气息。——杨在化作虱子之后，才真正意识到娇妻的肉体之美。

而对于艺术家，确应像虱子一样细致观察者，并不单单是女人的肉体之美。

大正六年（1917）九月

黄 粱 梦

艾 莲译

卢生自忖已经死去。眼前一片漆黑,子孙的啜泣声也渐远渐逝。脚上仿佛拴着无形的秤砣,身子越发觉得下沉。蓦地,矍然而惊,睁开眼来。

道士吕翁依然坐于枕畔,店家煮的黄米饭尚未熟。卢生揉揉眼睛,大大打个哈欠,离开青瓷枕。太阳照在木叶尽脱的秃枝上,邯郸的秋日傍晚,毕竟有些凉意。

"醒啦?"吕翁咬着胡须,忍住笑问。

"嗯。"

"可得好梦?"

"得了一梦。"

"梦见了什么?"

"很多,梦甚长。先是娶清河崔氏女为妇。似乎是个姿容端丽的小姐。翌年,中进士,任渭南尉。而后,历经监察御史,起居舍人知制诰,步步高升,直至中书门下平章事。因遭谗言,险些被杀,仅留得一命,放逐至驩州。在那里蹭蹬五六年。不久洗冤昭雪,应召还京,官拜中书令,封为燕国公。不过,那时年已老迈,子孙满堂。"

"后来如何?"

"下世了。仿佛已八十有余。"

吕翁得意地捋了捋胡须。

"夫宠辱之道,穷达之运,个中滋味,可说尽已尝之。妙哉。人生与子之所梦并无二致。据此,子对人生之执著与热情,该可减却几分吧?既知得失之理,死生之情,人生诚无意义耳。然否?"

听吕翁话,令卢生颇不耐,在其谆谆叮嘱之际,卢生扬起年轻的面庞,目光炯炯,朗朗答道:

"唯因是梦,尤需真活。彼梦会醒,此梦亦终有醒来之时。人生在世,要活得无愧于说:此生确曾活过。先生不以为然乎?"

吕翁一脸无奈,却也道不出一个不字来。

大正六年(1917)十月

英雄之器

艾　莲译

"项羽其人,终究非英雄之器。"

汉大将军吕马通将一张马脸拉得越发长了,捋着几茎稀稀拉拉的胡须说道。他身旁有十余人,中间一盏灯火,将一张张面孔映得通红,衬托在夜晚的营帐上。每张脸上,都浮现出难得一见的笑容。想必是今日一仗,取下西楚霸王的首级,得胜的喜悦还没消失的缘故吧。

"是吗?"

其中一张面孔,鼻梁笔挺,目光锐利,嘴唇上浮出不屑的笑容,盯着吕马通的眉心应了一声。不知为什么,吕马通似乎有些狼狈。

"当然,项羽力大盖世,听说连涂山禹王庙的石鼎都能折断。今日一仗也是如此。一时之间,在下以为要性命不保。李佐被杀,王恒被杀。那气势,真个无敌。确实力大盖世。"

"呵呵。"

对方脸上依然不屑地笑着,鹰扬威武地点了点头。营帐外,阒然无声。远处,响起两三声号角,此外就连马的鼻息都听不到一丝。这时,不知从何处飘来枯叶的气味。

"然而——"吕马通环伺所有的面孔,煞有介事地眨了一下眼睛,"然而,确非英雄之器。证据,便是今日之战。楚军败退至乌江畔,仅剩二十八骑。面对敌军如林,虽战,亦无济于事。据闻乌江亭长曾驾舟前去接应,本可退至江东。倘项羽确为英雄之器,当忍辱渡江,待他日卷土重来。岂可因小失大,为区区面子而耿耿于怀!"

"照此说来,英雄之器者,乃工于算计之谓乎?"

众人随即异口同声笑将起来。然而,吕马通毫不气馁,他手松开胡须,略挺一挺胸脯,不时睃一眼那张鼻高眼利的面孔,比手画脚,振振有词道:

"非也。非此意也。曾闻项羽其人,于今日开战之前,对二十八名部将说过:'此天之亡我,非人力之不足也。以现有之兵力,必三胜汉军,当令诸君知之。'诚然,岂止三胜,实为九战九胜。但依在下之见,此乃懦怯之言。将自家之失败,归咎于天——老天岂不困惑至极!项羽此话,倘系渡过乌江,纠集江东健儿,再度逐鹿中原之后所说,则又当别论。然而,事情恰恰相反。本可活得轰轰烈烈,却自蹈死路。在下谓项羽非英雄之器者,并非仅因其不工于算计。将成败委诸天命,以为搪塞,则万万不可。萧丞相这等饱学之士如何说,在下虽然不知,但窃以为,英雄者,决非此等人物。"

吕马通面带得色,环顾左右,一时缄口。众人也许认为言之有理,彼此轻轻点了点头,沉默不语。不料,唯有其中那张高鼻子面孔,眼中突然现出感动的神情,黑眸子热辣辣地闪闪发亮。

"当真?项羽说过此话?"

"据闻说过。"

吕马通将一张马脸上上下下大大点了两下。

"岂非怯懦?至少,非大丈夫之所为。窃以为,英雄者,乃敢与天斗之人也。"

"不错。"

"知天命,犹与天斗,方为英雄。"

"不错。"

"如此说来,项羽……"

刘邦抬起一双目光锐利的眼睛,凝神望着秋风中闪烁不定的灯火。隔了一会儿,自言自语似的徐徐说道:

"真一世之英雄也!"

戏作三昧①

艾 莲译

一

天保二年（1831）九月的一天上午。神田同朋町的松汤澡堂，照例从一清早，浴客便熙熙攘攘。式亭三马②几年前出版的滑稽本里曾写道："那浮世澡堂，简直便是神、释、色与无常的大杂烩。"如今这澡堂中的光景，实与那时毫无二致。但见澡堂里热气蒸腾，透过窗户射进来的日光，影影绰绰能瞧见一个个湿淋淋、光溜溜的身子，挤在狭窄的冲澡处，晃来晃去：一个梳老婆髻③的，泡在池子里哼"俗曲"；有个梳本多髻的，站在穿衣处拧手巾；还有个锛儿头上挽个大银杏髻的，正让人搓他那刺过青的后脊梁；另一个梳由兵卫髻的家伙，从方才就一个劲儿地洗脸；有个秃子坐在水槽前，不停地冲澡；再就是留着娃娃头的小小子，一心在玩小竹桶和瓷金鱼。真个是热闹非凡。先是哗哗的浇水声和木桶的碰撞声，其次便是聊大天哼小调的，最后，从账房那边还不时传来木铎声。总

---

① 戏作，系日本江户中期流行的一种俗文学，特指小说一类作品，分读本、黄表纸、洒落本、滑稽本、人情本等类。多反映市井小民的喜怒哀乐，世态人情。本篇主人公曲亭马琴（1767—1848），本名泷泽兴邦，系戏作代表作家，其主要作品有《椿说弓张月》、《八犬传》等。《八犬传》，我国有李树果译本。
② 式亭三马（1776—1822），亦为戏作家之一，其代表作《浮世澡堂》，有周作人译本。
③ 明治维新前，日本男子梳发髻，下文提到的本多髻、大银杏髻、由兵卫髻等，均为不同的发型。

之，池汤的入口处，人称"石榴口"，里里外外一片嘈杂，就跟打仗一样。且不说商贩乞丐之流会掀开帘子闯进来，洗澡客进进出出，更是不在话下。

就在这片闹嚷嚷之中，有个年过六旬的老人，斯斯文文挨在角落里，静静地搓着身上的污垢。两鬓的头发黄得挺寒碜，眼睛好像也有些毛病。人虽瘦，身子骨倒还蛮结实，可以说挺硬朗。手脚上的皮已经松了，不过，却透着股不服老的劲头。脸盘也如此，宽宽的腮帮子，略嫌大的嘴巴周围，显得精力旺盛，有股子野劲儿，几乎不减当年。

老人仔仔细细洗完上身，也不用存在澡堂里的自留桶冲一冲，便洗起下身来。不论用黑色的搓澡巾搓多少遍，他那又干又皱的皮肤上也没搓出什么污垢来。八成是勾起了迟暮之感，老人只洗了一条腿，忽然泄了气似的，拿搓澡巾的那只手竟停了下来。望着桶中混浊的水面，分明映出窗外的天空，红红的柿子，稀稀拉拉挂在枝头，下面，露出瓦屋顶的一角。

这时，老人的心头投下一道死亡的阴影。倒也不是要过他命、令人忌讳的那种死。说起来，不过像这桶中的天空一样宁静可人，是一种解脱烦恼、安然寂灭之感罢了。要是能摆脱一切尘劳，长眠不起——像个无知无识的孩童，梦都不做一个，就那样睡过去，该是何等快意！想我非但为谋生疲于奔命，几十年来还苦于不停地写作，弄得身心疲惫不堪……

老人不禁怃然，抬起眼睛。周遭的谈笑依旧好不热闹，与此同时，一个个浴客赤条条的，在水蒸气里动来动去，令人眼花缭乱。石榴口那儿的俗曲声中，这会儿又夹着别的小调。此刻落在他心头的阴影，永恒之类的问题，在这里当然丝毫也看不到。

"哎哟，先生！想不到会在这种地方遇上您老。曲亭先生一清早就来洗澡，在下真是做梦也想不到。"

老人冷不防给人一招呼,这才回过神来。一看,身旁有个人红光满面,中等个儿,梳着细银杏髻,面前摆着自留桶,肩上搭块湿手巾,笑得甚开心。看样子是刚从池子出来,正要用干净水冲身。

"你照旧好兴致,好得很嘛。"

马琴泷泽琐吉微微笑着,略带挖苦地答道。

二

"哪儿的话,一点也不好。要说好,先生的《八犬传》,才越写越出彩儿,越发有奇趣,写得棒极了!"

细银杏髻说着,把肩上的手巾放到桶里,抬高嗓门,高谈阔论起来。

"想那船虫①装成盲女,要杀小文吾。小文吾给抓起来,遭到严刑拷打,被庄介救了出来。这一安排,实在妙不可言。于是乎庄介与小文吾才有重逢的机缘。不才我,近江屋平吉,虽说只是一个小杂货店主,但对小说,自信颇懂行。而先生的《八犬传》,就连在下,也无可挑剔,令人佩服之至。"

马琴一声不响,又洗起脚来。当然,对爱看他小说的读者,他一向颇有好感。不过,他倒不会因为有好感就改变对那人的看法。像他这种聪明人,这么做,本是顺理成章的事。反过来说,即使对某人有看法,也从不会影响他对其人的好感,这确也有点怪。所以,有的场合,他对同一个人既瞧不起,又抱有好感。像这位近江屋平吉,便是这样一位读者。

"能写出那样的杰作,花的心血,想必也非同寻常。在当今,先生可谓日本的罗贯中哩——哎呀,这话说得冒失啦,得罪得罪。"

---

① 船虫及下面出现的小文吾、庄介等,均是《八犬传》中的人物。

平吉放开嗓门大笑起来。八成让他的声音吓了一跳，旁边有个矮个子正在冲澡，皮肤黑黢黢的，挽个小银杏髻，长了一对斜眼，回头瞅瞅马琴和平吉，做了个怪相，朝地上唾了一口痰。

"你还热衷于写俳句吗？"马琴巧妙地换了个话题。倒不是在乎斜眼的表情。以他衰退的视力哪儿还能看清这些个，这倒是他不幸中的万幸。

"承先生垂询，惶恐之至。在下虽好此道，却作不好。尽管腆着脸到处现眼，今儿参加个诗会，明儿又去赴个诗社，却不知为什么，总不见长进。先生如何？对和歌、俳句之类，是不是也饶有兴趣？"

"不，不大擅长此道。原先倒也写过。"

"您这是说笑话。"

"哪里，看来是与性情不合，至今都没入门呢。"

马琴说到"与性情不合"，格外加重了语气。他并不认为自己作不来和歌、俳句。当然，在这些事上，也自认并不缺少才气。只不过他一向瞧不起这类艺术。因为，和歌也罢，俳句也罢，形制实在过于微小，容纳不下他的全部构思。一首和歌，一句俳句，无论叙景抒情有多精彩，所表现的内容，较之他的作品，充其量只抵得数行而已。在马琴眼里，那是第二流的艺术。

三

马琴加重语气，说"与性情不合"，就包含了这层轻蔑。不幸的是，这位近江屋平吉，压根儿没听出其中的弦外之音。

"噢，竟是这么回事啊。在下还以为，像先生这样的大作家，写什么都能得心应手。咳，俗话常说，人无全才。"

平吉拿拧干的手巾，吭哧吭哧把皮都搓红了，带点客套地这样说道。马琴原是谦虚之辞，平吉竟照字面去领会。自尊心甚强的马

琴,大为不满。尤其平吉客套的口吻,更叫他不痛快。他便把手巾和搓澡巾往地上一扔,坐直了身子,板起脸,盛气凌人地说道:

"话又说回来,像时下的和歌诗人,或是俳句宗匠,他们那点能耐,我自信还及得上。"

话一出口,顿时难为情起来,觉得自己的自尊心,简直像个小孩子家。方才平吉对《八犬传》大加赞赏,自己也没觉得有多高兴,这会儿,给人家看成不会写和歌、俳句,倒又不满意起来,这不明摆着自相矛盾吗?他猛省过来,慌忙拿起桶,从肩膀一直浇了下去,像是要把心里的羞愧给冲掉似的。

"就是嘛。要不然,您老也写不出那样的杰作呀。这么说来,在下能看出先生会作和歌、俳句,实在是好眼力呀。咳哟,怎么自吹自擂起来啦。"

平吉又放开嗓门,大笑起来。方才那个斜眼已经不在跟前了。吐的那口痰,也让马琴的冲澡水冲掉了。可是,马琴倒比刚才越发感到不安。

"哎呀,尽顾了说话,我也该到池里泡泡了。"

马琴有说不出的狼狈,一面打着招呼,慢腾腾地站起身来,一面又生自己的气,感到该离开这位好心眼的忠实读者。见马琴那么神气十足,平吉好像觉得,连他这个读者都脸上增光似的,便朝马琴的身后说道:"那么,请先生改天作首和歌或俳句,好吗?您老答应啦?可千万别忘喽。那在下也就此别过了。知道您老忙,不过,路过我家的时候,请进来坐坐吧。在下也要去府上叨扰。"

说完,又涮起手巾来,眼睛望着马琴走向石榴口的背影,心里琢磨着,遇见曲亭先生这件事,回家后,该怎么讲给老婆听才好呢?

四

石榴口里暗得像傍晚一样，热气蒸腾，比雾还浓。马琴眼睛不好，跌跌撞撞地扒拉开浴客，好歹摸索到池汤的一角，总算把满是皱纹的身子泡了进去。

水有点热。他感到热水连指甲都浸透了，不禁长长吁了口气，慢悠悠地四下里打量着。昏暗中，好像露出七八个脑袋。有说话的，有唱小曲的。热水融化了人身上的油腻，滑不唧溜，水面上反射着从石榴口照进来的昏暗光线，悠悠地晃荡着。令人恶心的澡堂子味儿，直冲鼻子。

马琴的想象，向来带点浪漫色彩。就在这澡堂的热气里，无意中，眼前浮现出一个场景，是他正打算写的小说里的。一艘沉甸甸的乌篷船。船外，海面上似乎正日暮风起。浪打船舷，听来沉重滞浊，像油在晃动。与此同时，乌篷船也呼啦呼啦作响，八成是蝙蝠在拍打翅膀。有个船夫放心不下这声音，悄悄从船舷探出头去察看。海面上雾蒙蒙的，只有红红的月牙儿，阴沉沉地挂在天上。于是……

正想到这儿，一下子给打断了。因为他忽然听见石榴口那边，有人对他的小说在说长论短。声调也好，语气也好，分明是故意说给他听的。马琴本想从水池里出来，却又打消了念头，一动不动听他数落。

"什么曲亭先生、著作堂主人的，净说大话，马琴写的那玩意儿，全是炒人家的冷饭。说白了吧，他那本《八犬传》，还不是现成抄的《水浒传》！话又说回来，咳，要是不挑剔，有些故事还算有点意思。好歹有人家中国小说打底儿不是？所以呀，他那本书，光是看一遍，就乖乖不得了。可是，这回干脆又抄起京传①的来了。我简直傻了眼,气都生不出来了。"

马琴老眼昏花,眯缝着眼去看那个嚼舌头的人。因为热气挡着,看不大清,像是方才身边那个挽小银杏髻的斜眼儿。要真是他,没准是平吉刚才夸《八犬传》,惹他憋了一肚子火,才故意拿马琴出气。

"头一点,马琴写的玩意儿,全靠耍笔头子,肚里没一点货色。就算有,也像个教私塾的冬烘先生,不过讲一通四书五经罢了。因为他对当今世事,一窍不通。证据就是,除了陈年旧事,他压根儿没写过别的。把阿染和久松②写得活灵活现,他没那本事。所以,才写什么《松染情史秋七草》③。照马琴大人的口气学舌的话,这种例子多得数不胜数。"

要是有一方自认高出对方,你就是想恨他也恨不起来。对方这么损自己,马琴尽管恼火,却也怪,竟恨他不起来。相反,倒是极想表示一下自己的轻蔑。之所以没这么做,恐怕是因为上了年纪,火气压得住的缘故。

"要讲写小说,一九④和三马才了不起呢。人家写的人物,浑然天成,都写活了。决不靠耍小聪明,卖弄半吊子学问,胡编乱造。这一点上,跟蓑笠轩隐者⑤之流,不可同日而语。"

凭马琴的经验,一旦听到别人说自己作品的坏话,不但会不高兴,而且还感到害处不小。要说呢,倒不是因为承认人家说得对,就会沮丧,没了勇气。其实,他的本意是,如果硬要否定人家说得不对,往后创作起来,动机反会变得不纯。动机一不纯,其结果,

---

① 即山东京传(1761—1816),江户后期的戏作家,所著读本、洒落本自成一家。
② 阿染与久松实有其人,因双双情死,成为江户时代歌舞伎、木偶净琉璃脚本的题材。
③ 《松染情史秋七草》(1808),系马琴根据阿染和久松情死事件改编的小说。
④ 一九,即十返舍一九(1765—1831),江户后期的戏作家,以《东海道徒步游记》等滑稽小说而知名。
⑤ 马琴的别号。

创造出来的艺术，往往就不成样子，他怕的是这个。那些专门媚俗的作者又当别论，但凡有点骨气的作家，格外容易陷入这种险境。所以，别人对自己小说的恶评，直到如今，马琴尽量不去看。不过，想归想，却又禁不住想看看究竟是怎样的恶评。此刻，他之所以在澡堂里听小银杏髻信口雌黄，一半原因也是受了这念头的蛊惑。

他觉察到这一点，立马责备自己，竟然还泡在池汤里虚度光阴，真是愚不可及。于是，不再理会小银杏髻的尖嗓门儿，一脚跨出石榴口。隔着热气，看得见窗外的蓝天，还看见蓝天下，暖洋洋地沐浴着阳光的柿子。马琴走到水槽前面，平心静气地用清水冲身。

"反正马琴欺世盗名。亏他号称日本的罗贯中呢。"

澡堂里，那人大概以为马琴还在场，照旧痛斥腓力①，骂不绝口。偏巧是个斜眼儿，兴许没看见马琴早已跨出了石榴口。

五

然而，马琴出了澡堂，心里沉甸甸的。斜眼儿倒是得计了，那番刻薄话，起码在这点上，还真奏了效。马琴走在秋高气爽的江户街头，对方才在澡堂听到的恶言恶语，以自己的眼光，一一审视，严加品评。他当即就弄清一件事：不论从那一点上来看，都是不值一顾的谬论。话虽如此，一度给扰乱的心情，却轻易平静不下来。

他抬起闷闷不乐的眼睛，望着两旁的店家。店里的人，与他的心境了不相涉，个个都为当日的营生忙活。土黄布上印着"各地

---

① 此处芥川用的是英文"Philippics"一词的日文外来语，借雅典 Demosthenes 抨击腓力王演说一事，转指小银杏髻之批评马琴。

名烟"的布帘子，梳子形的"正宗黄杨木"的黄招牌，写有"轿灯"字样的挂灯，还有上书"卜筮"二字的算卦招子——这些东西杂乱无章地排了一溜，乱糟糟地从他眼前掠过。

"这些恶言恶语，我压根儿不放在眼里，可为什么心里这样烦躁呢？"

马琴接着又想：

"让自己不高兴的，首先是那个斜眼儿对自己心怀恶意。不拘什么理由，只要别人对自己怀有恶意，心里就会别扭。这有什么法子！"

想到此处，对自己的怯懦，不免有些羞愧。其实，像他那样目空一切的人固然不多，对别人的恶意敏感到这地步的，也着实少有。从行为上说，虽说结果相异，原因实乃相同，即同一神经不同作用之故也。这事他当然老早就有所察觉。

"不过，让我不快活的，还另有缘故。那就是，自己被迫落在这样一个处境，成了斜眼儿的对头。我一向不喜欢跟人交恶，所以从来不去争强斗胜。"

推究至此，还想再深究一步时，不料心情起了变化。他嘴巴本来抿得紧紧的，这时忽然咧了开来，从这一点上也看得出来。

"最后，把自己弄到这地步的，居然是那个斜眼儿。这事儿真让人不痛快。要是对手多少高明些，自己准不甘示弱，将这不痛快回敬过去。可是，要跟那么个斜眼儿叫阵，再怎么着，也不屑于此啊。"

马琴一面苦笑，一面仰望高空。老鹰欢快的叫声，同阳光一起雨点般地落了下来。一直郁闷不舒的心情，渐渐轻快起来。

"总之，不管斜眼儿如何恶意中伤，顶多让我不自在罢了。老鹰叫得再响，太阳也不会停止旋转。我的《八犬传》，必能完成。到那时，日本就有了从古到今无与伦比的一大传奇！"

他恢复了自信，安抚自己道。在窄巷中拐了个弯，静静地朝家走去。

六

到家一看，暗乎乎的门厅里，脱鞋石上摆了一双麻花绊的雪屐，挺眼熟。一见之下，来客那张平板单调的脸，立刻浮在眼前。一想到又要耽误工夫，心里不免生厌。

"今儿上午算又白糟蹋了，唉！"一边想，一边上了木板地。女佣人阿杉慌忙出来迎接，手拄地上，跪在那儿，仰头看着他脸说道：

"和泉屋老板正在屋里等您回来呢。"

马琴点了点头，把湿手巾交给阿杉。可他不想马上进书房。

"太太呢？"

"朝香去了。"

"少奶奶也去了？"

"是。带了小少爷一起去的。"

"少爷呢？"

"去了山本老爷家。"

家里人全出门了。他有点扫兴。不得已，只好拉开挨着门厅的书房门。

一看，客人端坐在屋子中间，正在抽一管细细的银烟袋，白脸膛上油光光的，拿捏着一股子劲儿。马琴书房里，除了裱着拓本的屏风，壁龛里挂着一对"红梅黄菊"条幅外，再没一件像样的装饰品。挨着墙，清一色摆了一排五十几只桐木书箱，倒也古色古香。窗户纸恐怕过了年还没换过。东一块西一块补窟窿的白纸上，在秋阳的辉映下，斜映出硕大的芭蕉残叶在婆娑弄影。正因此，客人的华丽服饰,同书房的氛围就越发显得不相称。

"哟,先生,您回来啦。"

隔扇一拉开,客人就圆滑地打招呼,还毕恭毕敬低头行了个礼。他就是书铺老板和泉屋市兵卫。当时《新编金瓶梅》声誉甚高,仅次于《八犬传》,便是由他承印的。

"等了不少工夫吧?偏巧今儿一早去洗了个澡。"

马琴不经意地皱了下眉头,依旧彬彬有礼地坐下来。

"哎呀,一清早去洗澡?真是不错呢。"

市兵卫一声感叹,好似大为钦佩的样子。不论多点小事,他都能信口恭维,钦佩一番,这种人很少见。何况那钦佩又是装出来的,就更加少见。马琴慢条斯理地抽着烟,照例赶紧把话转到正事上。他尤其不喜欢和泉屋老板钦佩人的劲儿。

"不知今儿有何贵干?"

"嗳,那个,又来请您赐稿哟。"

市兵卫指尖捏着烟袋转了一下,说话一副娘娘腔。这家伙性格有些怪。多数场合,表里不一。而且,何止是不一,经常是完全相反。一旦执意要做一件事时,说起话来,准是拿出一副娘娘腔来。

马琴一听这声音,不由得又皱起眉头。

"要稿子?那可不成。"

"哦,有什么为难吗?"

"何止为难!今年我接了几部小说,压根儿腾不出手弄长篇。"

"难怪。真是大忙人呀。"

说完,用烟灰筒磕了磕烟袋上的灰,刚才的话仿佛忘得一干二净,脸上像没事人似的,冷不丁提起鼠小僧次郎太夫的事来。

七

鼠小僧次郎太夫原是有名的大盗,今年五月上旬被捕,八月中给枭首示众的。他专偷大名府,偷来的钱财全施舍给穷人,所以得了个"侠盗"的怪名,到处备受称赞。

"先生,听说被盗的大名府有七十六家,盗走的钱共有三千一百八十三两二分之多,真令人吃惊。虽说是个强盗,却非一般人所能做到。"

马琴不禁动了好奇心。市兵卫说这话,心里得意得很,因他总能给作者提供些素材。这一得意,不用说,常惹得马琴恼火。恼火归恼火,好奇心照旧给吊起来。马琴有相当的艺术天赋,这方面格外容易上钩。

"嗯,是了不起。我也听到种种传说,没想到真如此厉害。"

"反正该算是盗中豪杰吧。听说从前当过荒尾但马守的随从,所以对大名府内的情形,才轻车熟路的。行刑前游街示众,据看光景的人说,人长得胖墩墩的,还挺招人喜欢,身穿一件越后产的蓝绉绸裰子,里面衬的是白绸子单和服。这人物,不恰好该在先生的小说里出场嘛!"

马琴含糊其辞地应了一声,又点上一袋烟。而市兵卫可不是含糊其辞就能打发掉的。

"您看怎么样?能不能把这个次郎太夫写进《新编金瓶梅》里?您忙,我再清楚不过了。就请勉为其难,答应下来吧。"

说到这里,从鼠小僧一下又回到催稿的事上。他这套把戏马琴早已见惯,仍是不肯应承。非但如此,比方才越发不痛快。虽说是一时中计,上了市兵卫的当,自己居然动了几分好奇,真是愚蠢透顶。烟抽得寡淡无味,一面说出这样一番道理来:

"首先，勉强去写，总归也写不出好东西来。不用说，那会影响销路。你们也会觉得没意思不是？所以呀，照我的意思去办，对双方都好。"

"话虽如此，可还是想请您勉力而为，您看行不行？"

市兵卫一边说，一边用视线"抚摸"马琴的脸（这是马琴形容和泉屋老板某种眼神的话），鼻孔里不时喷出烟来。

"无论如何也写不出来。就是想写，也没工夫。没法子。"

"那可难倒我了。"

说着，这回突然把话锋转到作家同行之间的事上来。两片薄薄的嘴唇，依旧叼着细细的银烟袋。

八

"听说种彦①又有新书要出版了。无非是丽辞华藻、哀戚悲切的故事罢了。种彦写的东西，自有他种彦才有的独特之处，别人是写不来的。"

不知市兵卫是什么心思，凡提到作家名儿，不管对谁，从不加尊称。马琴每回听他这么直呼姓名，心里就想，他背后对自己恐怕也是直呼"马琴"的吧。这种浅薄小人，把作家当成雇来的伙计，称名道姓的，自己凭什么要给他写稿子？——逢到肝火旺的时候，就越想越来气，这是常有的事。本来就没好脸色，这会儿一听种彦的名儿，就越发难看起来。市兵卫却好像满不在乎。

"然后我们还琢磨着，要不要出春水②的小说。先生讨厌他，可他倒挺投合那班俗人的趣味呢。"

---

① 柳亭种彦（1783—1842），江户后期的戏作家，《伪紫田舍源氏》为其代表作。
② 为永春水（1790—1843），江户后期的戏作小说家，以人情本小说《春色梅儿誉美》著称。

"唔，是吗？"

记得几时曾见过春水来着，眼前浮现出他那张脸，显得格外的猥琐。春水直言不讳，说："我才不是作家呢。不过是为赚钱，投读者之所好，写些艳情小说供他们消遣罢了。"这话马琴早就有所耳闻。不用说，他从心里瞧不起这号不像作家的作家。尽管如此，此刻听见市兵卫不加尊称，直呼其名，仍情不自禁感到愤愤然。

"总之，要说写那类色情故事，他最拿手啦。而且，笔头上是出名的快手。"

说着，市兵卫睃了马琴一眼，然后赶紧又盯住衔在口中的银烟袋杆。刹那间，他的表情显得非常下流。至少马琴这么觉得。

"他写得那么快，据说是走笔如神，不写上三两章，就不能罢手。先生有时是不是下笔也很快呀？"

马琴心里不仅不痛快，还觉得受了胁迫。他自尊心甚强，不愿意别人拿自己和春水、种彦之流相提并论，看究竟谁的笔头快。马琴其实是属于写得慢的。他认为那是自己没能耐，也常有泄气的时候。可是话又说回来，他又时时把笔头的快慢，当作衡量自己艺术良心的尺度，而且深以为贵。可是，自己心里怎么想又当别论，听任那班俗物来妄加訾议，则断断不容许。于是，他朝壁龛的红枫黄菊望过去，一吐心中块垒道：

"那得看时间和场合。有时快，有时慢。"

"哦哦，得看时间和场合。原来如此。"

市兵卫第三次叹服。不过，他决不会这么叹服一下就罢休的。紧接着，劈面就问：

"那么，一再提到的稿子的事，您是不是已答应下来了？像春水他……"

"我跟春水先生不一样。"

马琴有个毛病，生起气来，下嘴唇爱朝左撇。这工夫，猛一下朝左撇了过去。

"恕不从命。——阿杉，阿杉！和泉屋老板的鞋子摆好了吗？"

九

马琴将和泉屋市兵卫撵走后，一个人靠着廊柱，望着小院里的景致，肚里的火还没消，他极力想法儿压下去。

阳光洒满一院子，叶子残破的芭蕉，快秃光的梧桐，青青的罗汉松和绿绿的竹子，暖洋洋地一起领受这只有几坪①大的秋色。这边，净手钵旁的芙蓉花，七零八落，只剩下了几朵。对面，种在袖篱外的桂花，却依旧香气袭人。老鹰的叫声，似笛子般清脆，时不时自蓝天远远飘落下来。

面对自然，他不由得想起人世间的卑劣来。人之所以不幸，就缘于住在这卑劣的人世间，为这卑劣所烦恼，连自己的言行也不得不变得卑劣起来。就在方才，自己把和泉屋给撵走了。撵人走这种事，当然不是什么高尚之举。可是，对方实在卑劣，自己是给逼到那一步上的，非那么做不可。结果，就那么做了。那么做，只能说明自己也变得卑劣起来，跟市兵卫是半斤八两。换句话说，自己身不由己，已然堕落到这个份儿上了。

想到这里，他记起前不久发生的同样一件事。去年春天，有个叫长岛政兵卫的人，住在相州朽木上新田一带，写信给马琴，要拜他为师。信上称，我自二十一岁耳聋，便决心要以文章扬名天下，直到二十四岁的今天，始终潜心于写小说。不用说，我是《八犬传》和《巡岛记》的忠实读者。不过，待在这种乡野，对修业习艺，总归多有不便。因此，能否到府上来，收留我权当门客？另

---

① 坪为日本土地或建筑面积单位，一坪约合3.3平方米。

外，我还有够出六册书的小说原稿，想请您斧正，并代觅合适的书局出版。——信的大意如此。在马琴看来，对方这些要求，全是一厢情愿的如意算盘。马琴苦于视力不好，知道对方耳聋，便生出几分同情。于是，回信说，所求之事，碍难接受。马琴这么写，可以说是够郑重其事的了。岂料对方回信，从头到尾，除了谩骂，就没别的。

信的开头是这么写的：你的《八犬传》也罢，《巡岛记》也罢，写得又长又臭，我是耐着性儿才看完的，而你，对我的小说，仅有六册，却连看都不肯看一眼。你的人格有多低下，这不是明摆着的事吗？结尾则大肆攻击：身为前辈，竟不肯收留个晚辈当门客，真是吝啬鬼。马琴一怒之下，当即回信。信中还写了这样一句话：我的小说，竟为足下这种浅薄之徒所读，实为我终生之耻。从那以后，就杳无音信。如今那个政兵卫是不是还在写小说？是不是还在梦想着，有朝一日，他的小说在日本广为传诵呢……

想起这件事，不禁觉得政兵卫很可怜，自己也很可怜。这样一来，又引发马琴一种说不出的寂寥之情。太阳无忧无虑地照着桂花，香气四溢。芭蕉和梧桐悄然无声，叶子连动都不动一下。老鹰也和原先一样，叫得还是那么欢快。这大自然，还有这人世间……马琴像做梦似的，靠在廊柱上发呆，直到十分钟后，女佣人阿杉来禀报，午饭已经做好了。

十

马琴一个人无情无绪地吃完午饭，这才回到书房。心里有说不出的烦乱，很不痛快。为让自己平静下来，便翻开很久都未翻过的《水浒传》。一翻就翻到风雪夜，豹子头林冲在山神庙看到火烧草料场那段。戏剧性的场面，照例引起他的兴致来。可是看了一段，反倒有些不安起来。

家人朝香去,还没回来。屋里鸦雀无声。他打起精神,对着《水浒传》,百无聊赖地抽起烟来。烟雾中,脑子里又冒出向来就有的一个疑问。

身为道德家和艺术家,那个疑问,一直缠绕不去。以前,对"先王之道"他从来没疑心过。就像他自己公开说过的那样,他的小说就是"先王之道"在艺术上的表现。这倒没什么矛盾。可是,"先王之道"赋予艺术的价值,同他在感情上想赋予艺术的价值,想不到相差甚远。他心中道德家的一面,肯定前者,而艺术家那面,当然是认可后者。讨个巧,用妥协的办法来摆脱这矛盾,他也不是不想。其实,他就公开说过些模棱两可的话,想拿调和的腔调,掩饰他对艺术的含糊态度。

然而,他骗得了人,却骗不了自己。他否定戏作的价值,称之为"劝善惩恶的工具",可一旦碰上汹涌而来的艺术灵感,心里立即会感到不安。《水浒传》中的一段,之所以出其不意,给他的心情以这种影响,就是这个因由。

在这点上,马琴心里是胆小的,他一声不响地抽着烟,硬把心思转到还没回家的亲人身上。然而,《水浒传》就摆在眼前。不安的念头始终围着《水浒传》兜圈子,怎么也赶不走。正在这工夫,好久没上门的华山渡边登①来了,来得恰是时候。穿着和服外褂和裙裤,腋下夹了个紫包袱,大概是来还书的。

马琴好高兴,特意走到门厅去迎接这位好友。

"今儿个来,一是还书,二来有件东西想请您看看。"

华山一进书房,果然就这样说道。再一看,除了包袱,还拿着

---

① 华山渡边登(1793—1841),江户后期的画家,并精通汉学、兰学。因著书谴责幕府闭关自守政策,被迫自杀。

一卷像是绢画的东西,外面用纸裹着。

"要是有空,就请过过目。"

"噢,那就让我先睹为快吧。"

华山似乎有些兴奋,故意微微一笑,来掩饰自己的心情,一边打开卷在纸里的绢画。画上画着几株萧森、光秃的树,远远近近,稀稀落落,林间站着两个抚掌谈笑的男人。无论是散落在地上的黄叶,还是麇集在树梢上的乱鸦,画面上无处不流露着微寒的秋意。

马琴凝视着这幅淡彩的寒山拾得像,眼里渐渐闪动着柔和温润的光辉。

"你总是画得这么出色。让我想起了王摩诘。是意在'食随鸣磬巢乌下,行踏空林落叶声'吧?"

十一

"这是昨天刚画完的,还算满意。要是您老人家喜欢,打算送给您,所以就带来了。"

华山摸着刚刮过胡子还青乎乎的下巴,踌躇满志地说。

"当然,说是满意,不过是在至今所画的画里差强人意而已。总是画得不能得心应手呀。"

"那太谢谢了。一向承你厚赠,实在过意不去。"

马琴眼里看着画,嘴上喃喃道着谢。不知怎的,心里蓦地闪过,还有工作搁在那里没做完呢。而华山,好像也在琢磨自己的画儿。

"每次看古人的画,总要想,怎么画得这么精妙!树是树,山石是山石,人物是人物,真是绘影绘神,把古人的心情画得悠悠然,简直呼之欲出。能画到这一步上,实在了不起。而我,说起来,水平还及不上个孩子。"

"不过,古人也说过,后生可畏呀。"

马琴瞅着华山,见他只顾想自己的画,心里似乎有点妒忌,例外开了句玩笑。

"后生的确可畏。所以,我们给夹在古人和后生之间,身不由己,只有任人推着赶着往前走的份儿。恐怕不光我们是这样。古人大概也同样,后生想必也会如此。"

"不错,要不往前走,立即就会给推倒了。这样看来,最要紧的是,得先想法子,如何往前走,哪怕走一步也好。"

"正是。这比什么都要紧。"

宾主为各自的话所感动,两人一时都不做声,侧耳聆听秋日里那些轻微的动静。

"《八犬传》写得还顺手吧?"

隔了一会儿,华山转过话题问道。

"哪里,毫无进展,真没法子。这方面似乎也不及古人呢。"

"您老人家要这么说,我们就更惭愧了。"

"要说惭愧,我比谁都惭愧。不过,无论如何也得尽力而为,除此别无他法。最近,我准备豁出去,跟《八犬传》拼老命了。"

说着,马琴难为情似的苦笑了一下。

"虽然也想过,大不了是个戏作罢了,可是,做起来却没那么简单。"

"我画画儿也一样。既然画了,我就想,尽我所能,一直画到底。"

"彼此都在拼命哪。"

两人放声大笑起来。然而,那笑声里,充溢着只有他俩才知道的寂寞。与此同时,这寂寞,同样又使宾主二人感到一阵强烈的兴奋。

"不过,画画儿很叫人羡慕呀。至少不会受到公家指责,这比什么都强。"

这回马琴把话锋一转。

十二

"那倒没有。但您老人家写的东西，无需担这个心吧？"

"哪儿呀，多着呢。"

于是，马琴举了一件实事为例，说明书籍审查大人专横到了极点。他小说里有一段写到当官的受贿，为此便下令要他改写。对这件事，马琴批评道：

"审查大人那班家伙，越是找碴，越露马脚，有趣得很。他自己受了贿，就嫌人家写受贿的事，非逼你改掉不可。因为他们自己下流，爱动邪念，只要涉及男女之情的，不管什么书，立马就说是淫书。而且，还自以为道德上比作者高多少似的，真让人哭笑不得。俗话说，猴子照镜子——龇牙咧嘴。因为自知低人一等，有气。"

马琴一个劲儿地打着比方，华山不禁笑了起来。

"这类事大概挺多。不过，即使被迫改写，也不会有损您老人家的颜面。管他审查大人说什么，好作品总归是好作品。"

"话是这么说，蛮横无理的事，实在太多了。对了，还有一次，写到探监人去送吃的和穿的，也给删掉了五六行。"

马琴说着说着，竟和华山一起呵呵地笑了起来。

"可是，过了五十年一百年，那些审查大人已成粪土，而《八犬传》则与世长存。"

"《八犬传》留下来也罢，留不下来也罢，反正我觉得，不管什么时候都会有审查大人。"

"是吗？我倒不那么认为。"

"就算审查大人没有了,审查大人那一号人,不管什么世道都不曾断过。要是以为焚书坑儒只有古时候才有,那就大错特错了。"

"近来,您老人家净说些灰心的话。"

"倒不是我灰心。是审查大人横行的世道让我灰心。"

"那就努力创作,岂不更好?"

"看来只好这样了。"

"那咱们就一道拼命吧。"

这回,两人谁都没笑。非但没笑,马琴还神情庄重地瞅着华山。华山这句像是玩笑的话,竟令他出奇地觉着刺耳。

"年轻人首先得明白,活下去才是正经。想拼命,什么时候都能拼。"

过了一会儿,马琴这么说道。他知道华山的政治见解,这时,忽然感到一丝不安,故而才这么说。华山只是笑了笑,不想回答。

十三

华山走后,马琴趁这股兴奋劲儿还没退,觉着该接着写《八犬传》,便照常对着桌子坐了下来。他一向有个习惯,总是先把头天写好的通读一遍,然后再接着往下写。所以,今天也是先拿起行距又窄又密、朱笔改得满篇皆红的几页稿子,慢慢用心重读一遍。

不知何故,写的东西与自己的心意,一点都不贴切。字里行间,处处透着一种不纯的杂音,破坏通篇的和谐。起初,还以为是肝火太旺的缘故。

"得怪这会儿心情不好。这可是自己尽心尽力才写出来的。"

想到这儿,又重读一遍。可是,同方才没什么两样,还是很糟糕。心里一下慌了起来,都不像个老人样了。

"先头写的怎么样呢?"

他又看先前写的那段。照样是信手涂鸦,行文散乱,粗制滥造的词句比比皆是。接着又往前看。再接着往前看。

一直看了下去,展现在眼里的,竟是篇结构拙劣、章法混乱的作品。写景,不能给人留下一点印象;抒情,引不起别人的共鸣;而议论,又没丝毫道理可循。花了好几天的心血,写出来的几章稿子,今儿让他一瞧,净是些没用的饶舌。他顿时痛苦得像心上挨了一刀。

"只好从头再写了。"

马琴心里这样叫着,把稿子恨恨地一推,支起一只胳膊,侧身躺了下去。兴许还在惦记稿子的事,眼睛一直没离开书桌。就在这张书桌上,他写下了《弓张月》、《南柯梦》,如今又在写《八犬传》。桌上的端砚,蹲螭形的镇纸,蛤蟆形的铜笔洗,雕有狮子、牡丹的青磁砚屏,以及刻着兰花的孟宗竹根笔筒——所有这些文具,对他创作的艰辛,早已司空见惯了。看着这些文具,觉得这回失败,给他毕生的劳作投上了一道阴影——他禁不住怀疑起自己的真正实力来,不免忧心忡忡,有种不祥之感。

"直到方才,还寻思着,要写一部在当今之世无与伦比的巨著来着。没准也跟别人一样,不过是种自负而已。"

这种忧心,益增他孤独落寞之感,最是叫人不堪忍受。他并没忘记,凡是他尊敬的日本和中国文豪,在他们面前,自己从来都是谦恭的。但在同时代作家里,他对那些庸庸碌碌之辈,则极是傲慢不逊。结果,自己的能力竟同他们半斤八两,而且还是个讨厌的辽东豕[1],他马琴,怎能甘心承认这个事实呢?然而,他的"我执"太强,没法用"彻悟"和"断念"来解脱自己。

---

[1] 辽东豕,典出《后汉书·朱浮传》,系少见多怪、自鸣得意、自负之喻。

他躺在书桌前,瞧着这部失败的稿子,那眼神,就像遇难的船长,眼睁睁瞅着船往下沉。他闷声不响,一直在跟极度的绝望搏斗。要不是这当口,他身后的隔扇稀里哗啦给拉了开来,传来一声"爷爷,我回来啦",接着,一双柔嫩的小手搂住他的脖子,还不知要郁闷到什么时候呢。小孙子太郎一拉开隔扇,一下子就跳到马琴的腿上。只有小孩子才会这么大胆,没有顾忌。

"爷爷,我回来啦!"

"噢,回来得好快呀。"

说着,《八犬传》作者那布满皱纹的脸上,顿时笑逐颜开,就像换了个人似的。

十四

起坐间里很热闹,听得见老伴儿阿百的尖嗓子,还有儿媳妇阿路羞怯的声音。不时还夹带着男人的粗嗓门儿,好像儿子宗伯这时也赶巧回来了。太郎骑在爷爷腿上,故意装出一本正经的神气,望着天花板,像是侧耳聆听大人说话。小脸蛋给外面的凉气吹得红扑扑的,小小的鼻翼,随着呼吸一掀一掀的。

"我说呀,爷爷。"

穿着土红色出门衣裳的太郎,忽然开口道。孩子在极力想什么,又要拼命忍住笑,小酒窝儿一会儿露出来,一会儿又没了。那神情引得马琴直要发笑。

"每天要好好儿的。"

"嗯,每天要好好儿的?"

"用功啊!"

马琴扑哧笑了出来。一边笑一边接过话头问道:

"还有呢?"

"还有……嗯……还说不要发脾气。"

"哦哦,就这些吗?"

"还有哪。"

太郎说完,仰起梳着一绺髻的小脑袋,自己也笑了起来。他一笑,眼睛就眯成一条缝,露出白白的小牙,还有一对小酒窝儿。看他这小模样,怎么也想象不出,将来长大会变得像世人一样可怜。马琴虽然沉浸在天伦之乐里,心里却又这么嘀咕着。不过,却更忍不住想要逗他。

"还有什么?"

"还有哇,还有好多好多呢。"

"好多什么?"

"嗯——爷爷呀,以后会变得更了不起,所以……"

"变得了不起,所以?"

"所以说呀,您要好好忍耐。"

"是在忍耐啊。"马琴不由得严肃起来,答道。

"说是还得好好、好好忍耐。"

"是谁这么说的?"

"是……"太郎调皮地瞅了爷爷一眼,笑了起来,"谁呀?"

"对了,你今儿个朝香去了,是听庙里老和尚说的吧?"

"不对。"

太郎马上摇摇头,从马琴腿上欠起半个身子,略微扬起下巴说:

"是……"

"谁?"

"浅草寺的观音菩萨这么说的。"

说着就快活地笑了起来,声音大得全家都听得见,大概怕给马琴逮住,赶紧跳到一旁。没费劲儿便让爷爷上了他的当,开心得直拍手,一溜烟地朝起坐间逃去。

可是也恰在这一刻,马琴心里闪过一个再严肃不过的念头。他嘴上微微笑着,好不幸福。不知不觉,眼里噙满了泪水。这玩笑,是太郎自己想出来的,还是他娘教的?他不该问。这节骨眼上,能从孙子口中听到这样的话,马琴觉得不可思议。

"是观音菩萨这么说的?用功吧!别发脾气!而且要好好忍耐!"

六十多岁的老艺术家,含泪笑着,孩子气地点了点头。

十五

当天夜里。

座灯上罩着圆纸罩,光线不大亮,马琴在灯下开始续写《八犬传》。他写作时,家人谁都不得进书房。屋子里静悄悄的,只有灯芯儿的吸油声,和着蟋蟀的鸣声,枉然絮聒着漫漫长夜的寂寥。

刚下笔的时候,脑子里隐隐闪过一道光。等写过十行二十行,这光竟一点一点亮了起来。凭经验,马琴知道那是什么,便小心翼翼提笔往下写。灵感和火,如出一辙。不懂得生火,即使着了一下,马上又会熄掉……

"别急!尽量考虑得深一点!"

马琴几次提醒自己,不能由着一管笔,像脱缰的野马似的。方才脑子里那点光亮,微末如星,现在竟势同潮水,奔流直下,迅过江河。而且势头越来越猛,不容分说地把他推向前去。

不知什么时候,听不见蟋蟀声了。这会儿,圆座灯的光线虽不大亮,眼睛倒也不觉得吃力。一管笔气势如虹,纵横纸上。他拼着命写,那态度像同神明较劲儿似的。

脑子里的洪流,恰像横空的银河,不知从什么地方滚滚而来。

来势之猛，让他害怕。怕自己的体力，万一经不住怎么办？他紧捏着笔杆，一再对自己说：

"只要有口气，就一直写下去。要写的东西，这会儿不写，怕就写不成了。"

那股洪流像道朦胧的光，速度丝毫没有减缓。奔腾飞跃，让他应接不暇，淹没一切，汹汹然直袭而来。他完全给击垮了，把一切都抛诸脑后，顺着那股洪流，纵笔挥洒，势同狂风暴雨。

这时，他那有如帝王般威严的眼睛里，既不是利害得失，也非爱恨情仇，更看不到一丝一毫为毁誉所苦的心怀，而是充满不可思议的喜悦。或者说，那是一种感激之情，悲壮得让人神往。不懂得这种感激之情，怎么能咂摸到戏作三昧的甘美呢？又怎么能理解戏作家庄严的灵魂呢？这不正是"人生"吗？残渣污秽荡尽之后，仿佛一块崭新的矿石，光辉夺目，呈现在作者面前……

这时，起坐间里，阿百和阿路婆媳俩正对着灯，在做针线活儿。大概已经让太郎睡下了。身子瘦弱的宗伯，坐在一边，一直忙着搓药丸。

"你爹还没睡吧？"

阿百把针在油乎乎的头发上蹭了蹭，不大满意地嘟哝着。

"准是只顾写书，什么都忘了。"

阿路眼睛仍盯着针，低头答道。

"真拿他没办法。又赚不了多少钱。"

阿百说着，看了看儿子和媳妇。宗伯装作没听见，不言语。阿路也一声不响，继续飞针走线。不论这儿还是书房里，倒都听得见蟋蟀的唧啾，叫得秋意越发浓了。

大正六年（1917）十一月

西乡隆盛

魏大海译

　　这个故事，是本间先生告诉我的。本间毕业于大学历史系，比我高两三级。他可是个名人。他写过两三篇关于维新史的有趣论文。去年冬天，我迁居到镰仓。迁居的一周之前，我和本间在一起吃饭，偶然听他述及此事。

　　不知为何，他说的故事至今仍旧回旋在我脑际。所以，我要将之付诸笔端，也对新小说的编者们，聊尽一点寄稿之责。当然，之后我才听说，这个故事在文友之间乃一名段，被称作"本间先生的西乡隆盛"。这样说来，本故事在特定的社会层面中，或已人所共知。

　　本间先生叙述之时特别强调，"真伪的判断乃听者的自由。"本间先生所反对的，我自然也不会赞同。读者呢，只要像阅读过时的新闻报道那样，漫不经心地逐行阅读下去，我就心满意足了。

　　大约是八年以前的事情。一个寒冷的夜晚——时值三月下旬，虽说即将迎来清水樱花初绽的季节，但夹杂着雪花的降雨，仍旧令人感觉寒冷。当时的本间还是大学学生，晚上九点一过，他便乘坐京都始发的上行快车，在列车的食堂里，独自饮上几杯白葡萄酒，并昏昏然地抽着 M·C·C 牌香烟。列车经过了米原车站，很快便接近了岐阜县境。隔着玻璃窗注视窗外，外面是一片漆黑。不时看得见微小的火光流向车后。可那是远处的灯光，还是火车烟囱里迸出的火花？着实难以判别。耳边，交织着寒雨敲击车窗的声音以及喧嚣的车轮下单调的咣当声。

约莫一周之前，本间先生利用春假来此研究维新前后的史料。顺便，他也想独自逛逛京都。然而抵达之后，才发觉需要探究的问题很多，希望观赏的名胜也是形形色色。他感觉那个期间太忙了，不知不觉地压缩了休假的时间。甚至连新学期的备课时间，都已大大地减少。尽管他十分眷恋京都的舞蹈和保津川的乡间景色，也只好徒然地眺望东山。真觉得有点儿对不住自己。雨天，本间先生终于下了决心，他将物品收拾停当，走出草屋的大门。他身着制服、制帽，精力充沛地驱车到了七条的停车场。

然而赶上的却是一辆二等列车，车里挤得挪不开窝。列车员担心地望了望，总算为他找到了一块安身之地。可这点地方，根本无法睡觉。怎么办呢？卧铺自然早已售罄。本间先生暂时与一名陆军军官住在一起。那军官膀大腰圆，酒气熏天，一面睡觉，一面磨牙。旁边挤着的，是他的夫人。被胖子那样挤着，本间先生尽量将身子缩小，然后沉醉在青年一般、漫无边际的空想之中。不一会儿，空想渐渐地枯萎了，身旁的压迫感却益发强烈。本间先生不得已，站起身将制帽扔在脚下，躲到隔着一节车厢的餐车中避难去了。

餐车里倒是空荡荡的，仅有一位旅客。本间先生坐到最最顶头的餐桌前，要了一杯白葡萄酒。实际上他并不想喝酒，只是现在没了睡意，借此打发时间罢了。态度简慢的男侍将琥珀色的酒杯放在他面前，他也只是嘴唇稍稍抿一下，随即点燃了M·C·C牌香烟。他喷吐的一个个蓝色小圈，在明亮的灯光下袅袅升腾。本间先生将双腿长长地抻往桌下，心中顿时感觉到一缕舒坦。

身体倒是轻松了，心情却奇异地仍旧郁闷。总觉得这样坐在这里，玻璃窗外的那般黑暗就会突然间破窗而入。或者，那白色桌布上整齐码放的盘盘罐罐，将顺着列车行进的方向滑落在地。车窗外面骤雨哗哗。雨声之中，本间压抑的心情令之窒息。此时他感到一种莫名的痛苦抑压。他抬起眼睛，失神地环顾餐车内景。只见那镶着镜框的碗橱、几只颤动着点点光亮的电灯以及插着菜花的玻璃花瓶，一面发出无法耳闻的声响，一面急不可待地涌入眼帘。然而在所有的这些物象中，更加吸引本间注意的却是对面桌上的一位食客。那食客的胳膊肘支在餐桌上，捏着一只威士忌酒杯慢慢地抿用。

食客是位须发斑白的老绅士。老绅士红光满面的双颊上，蓄着稀稀拉拉像西洋人的额须。尖鼻子上，则戴着一副金属框的鼻夹眼镜，更加强化了一种骄矜的感觉。他的身上穿着一件黑色的西服。可是即便远远望去，也绝非上等洋服。——老绅士与本间几乎同时抬起了头，漫不经心地相互窥望。此时，本间心中不禁发出哎呀的轻微惊叫。

这是为何呢？本间只是感到，老绅士的这副面容，仿佛在何处见过。当然他也说不清楚，究竟是在现实之中见到的呢，还是在写真之中见到的，只是可以确认，自己一定在什么地方见过的。于是，本间慌忙在自己的心中搜索着熟人的姓名。

本间的搜索尚在进行，老绅士却突然间站起身来，在车身的摇动中平衡着身体，大步走向本间的身旁。他十分随意地坐在了桌子对面，用壮年人似的宏大嗓音，对本间说道："噢，失敬。"

本间有点儿摸不着头脑。他在年长者的面前露出暧昧的笑容，并从容地微微颔首。

"你认识我吗？什么，不认识吗？不认识也无妨。你是大学的学生吧？而且是文科大学。我做的营生跟你差不多呀。或许，我亦可算作同业公会的一员。你的专业是什么？"

"历史学科。"

"哈哈，史学。你也是乔森博士所蔑视者。乔森曰：历史学家不过是 almanac‐maker（历书制造者）。"

老绅士说完，仰面大笑。看来，这老头已酩酊大醉。本间并不答话，独自窃笑着打量长者的一举一动。他观察到，老绅士低矮的翻领下，系着一条黑色的领带。他的西装背心业已磨得破烂，胸前却煞有介事地挂了一块大大的银锁怀表。他穿着这样寒碜的服装，绝不像是因为贫穷。证据在于他的领口和衬衫袖口统统是新衣的白色，熨帖地靠在肌肤之上。也许他是属于学者一类的阶级，不修边幅？"历书制造者。真是名实相符。哎呀！依照我的思维方式，那里却存在很大的疑问。然而，我们可以不去理会那些。你告诉我，你最最希望从事的研究是什么？"

"是维新史。"

"那么，毕业论文的题目也在这个范围之内喽？"

本间感觉，整个儿是在经历着一场口试。听那口吻，简直是穷追猛打。此时他已茫然地预感到，自己将陷入异常窘迫的境况之中。本间若有所思地拿起葡萄酒杯，有意简单地回答道："打算探究的问题是西南战争。"

老绅士闻言，突然间一言不发，身子往后一仰，带着训斥般的口吻吩咐道："哎！再来一杯威士忌！"说完他又若无其事地转向本间，夹鼻眼镜的后面流露出一缕淡淡的嘲笑，继而说道：

"西南战争吗？有意思。老朽的叔父也曾加入叛军，且战死在沙场。为此，我曾特意地做过研究，探究了一些细节方面的事实真伪。我不知道，你是根据哪些史料进行研究。关于那场战争，曾有许多惊人的以讹传讹，而且误传竟可笑地源自正确的史料。所以，假如不能审慎地对史料加以取舍，就会犯下难以想象的谬误。你是要做研究的，恐怕首先亦要注意这个问题。"

本间揣测着对方的态度和语气，不知听了这样的忠告，是否该向长者表示感谢。他心中没底，便一口一口地抿着白葡萄酒，极度暧昧地"哦、哦"应付。老绅士丝毫没有注意本间的那般反应。此时，男侍将威士忌端了进来，老绅士咕咚地饮上一口，由口袋里掏出一只濑户烟斗，填入烟丝。

"当然，小心翼翼或许也会有危险。这样讲，似乎有点儿失礼，可是关于那场战争的史料，的确有许多怪异之处。"

"是吗？"

老绅士默默地点点头，擦着洋火，点燃烟斗。老绅士的面相颇似西洋人。红色的火苗在额下一闪，浓烟便掠过斑驳的额须，整个儿是一埃及佬。本间望着他，突然间感觉到，老绅士莫名其妙地让人感觉面目可憎。当然他是喝醉了酒。但是怎么可以不负责任地拉着人家听他吹牛，甚至让听者默默地感受惶恐？本间感觉，就是冲着自己制服上的这些金扣，都是有失颜面的。

"可我觉得，自己没有必要那么惶恐。——你那样想，理由是什么呢？"

"理由？没有理由。是事实。关于西南战争的史料，我都一一做了细致的查阅，其中发现了多处讹传。这就足够了。你说不是这样吗？"

"那当然。可以这样说。那么我想请教一下，您所发现的是怎样的事实？我想可以作为我重要的参考。"

老绅士叼着那只烟斗，沉默了片刻，而后眼睛望着玻璃窗外，双眉怪异地颦蹙着。眼前，横亘着一个停车场，那儿站着一些乘客。微微一闪亮，乘客们便在暗夜的细雨中被甩向车后。本间望着车外的景色，心中嘟囔了一句："活该！"

"倘若没有政治上的顾虑，我也不会憋在肚子里不说。——万一泄密的事让山县公知道，那可不是闹着玩儿的。那并非我个人的麻烦呀。"

老绅士思前想后，慢条斯理地这样说。之后，他调整了一下夹鼻眼镜的位置，来去打量着本间的面孔。他那脸上浮现的轻蔑表情，早在其眼神之中显现出来。他将杯中剩下的威士忌酒一口饮下，骤然将他那胡子拉碴的面孔贴近前来，满口酒气地在本间的耳际，耳语一般地嘟哝道：

"只要你肯保证绝不外传，我就向你透露一点儿秘密。"

这回轮到本间皱眉了。本间此刻的心中似乎感觉到，这家伙别是个疯子吧？在这般追究的同时他又觉得，这么眼睁睁放过了一个事实，也着实有点儿可惜。此时的本间，还真有点儿孩子般的不服气——哪能遇上这么点儿叫板就退却了呢？本间将 M·C·C 牌香烟的烟头扔到烟灰缸中，脖子挺得直直的，一板一眼地说道：

"好吧，你说吧，我不会外传。"

"那好。"

老绅士的烟斗里冒着浓烟。他的眼睛很小，却目不转睛地盯着本间的那张脸。本间奇怪，刚才为何没有感觉到呢？对方的眼神是正常的。不过话说回来，那眼神与凡夫俗子的眼神又不相同。老绅士的眼神睿智而亲善。那眼神是明朗的，始终包含着一种坦荡的微笑。本间默默不语，对视中强烈地感觉到，在自己的眼睛和对方的言行之间，存在着一种奇异的矛盾。当然，老绅士丝毫没有意识到这种矛盾。青色的烟雾绕过夹鼻眼镜，徐徐地散去。老绅士目送着烟雾去处，目光静静地游离开本间的脸庞，飘向了辽远的天空。他的头颅微微后仰，自言自语似的说了一些莫名其妙的话。他说：

"论及细小的事实出入，那可数不胜数。所以，我只说说那件最大的误传。那便是西乡隆盛并未战死在城山之役。"

听到这里，本间不由得笑了起来。这一笑打断了交谈。本间只好抽出一支 M·C·C 点燃，硬是装作一本正经地应付道："是吗？"他已经无心再听下文。西乡隆盛战死城山的事实，在所有的正史中皆有记载。而这个老人竟漫不经心地称之为"误传"。——仅凭这一点，本间便大致明晓了老人所谓的事实。当然，不能说他是精神异常。他不过是个乡巴佬罢了，要么将义经、铁木真混为一人，要么将丰臣秀吉看作私生子。本间想到这里，心中同时感觉到滑稽、气愤或一种失望，他决心尽快结束和老人的这般问答。

"你信不？西乡隆盛当时并未战死于城山，他如今还活在人世呢。"

老绅士说完，意气昂然地瞥了一眼本间。当然，本间仍旧漫不经心地"啊、啊"应付着。对方露出一丝讥讽般的微笑，之后以平静的口吻特意问道：

"你不相信我的话吗？我知道无须分辩，你是不信的。然而——我说西乡隆盛仍然在世，你不信的理由是什么呢？"

"你不是说，你对西南战争也感兴趣吗？你对那般史实进行了研究。那么这个问题干吗还要我来回答？既然阁下问到这儿，我便就我所知陈述一二。"

本间感到，老人那可恶的倚老卖老实在可恨，他巴不得一刀两断，赶紧了结掉这场喜剧。虽然显得有点儿小气，本间还是说了以上那样的开场白，接着连珠炮似的为城山战死说正名。我在这里无须详尽描述。不过，本间的议论还像平素的研究一般，追求的是具有决定性意义的、引证的确切性和逻辑的彻底性。对于撰写论文，这当然具有充分的必要性。然而那叼着濑户烟斗吞云吐雾的老绅士，听了之后却全然没有退缩之意。金属框夹鼻眼镜的后面，细小的眼睛仍然放射出温柔的光芒，脸上浮现出讥讽的微笑。老人的目光奇妙地挫败了本间的论锋。

"当然，在你的那种假论之上，你的论说是正确的。"

本间的论说告一段落，老人这样悠然地说道。

"在你所列举的记载中，有加治木常树的城山笼城调查笔记，还有所谓的市来四郎日记。这样的一些假定，当然都是确切无误的事实。可是对我来说，一开始就对这些史料持否定态度。所以你的那些枉费心机的名论，对我来讲只能说是彻头彻尾的空谈。啊，等一下。我想关于那些史料的正确性，你可以从诸多方面进行辩护。可是我呢，我却持有超越了一切辩护的确切实证。你知道那是什么吗？"

此时，本间仿佛堕入五里雾间，不知如何应答为好。

"因为，西乡隆盛和我就在同一列火车之上。"

老绅士用几近严肃的语调，不容置疑地断然说道。平素处事不惊的本间，此时不禁愕然。但是，尽管理性亦会受到威胁，却不应在这种问题上权威扫地。本间不由自主地从嘴边挪开了握着M·C·C香烟的手，慢悠悠将香烟吸回肚中，眼睛里流露出惊异的表情。他一言不发地凝视着老人高耸的鼻子。

"和我说的这种事实相比，你的那些破史料算是什么呀？不过是一张破纸罢了。西乡隆盛并未在城山战死。你要证据吗？他就在这趟上行快车的软卧车厢里。还有比这更加确切的事实吗？或者，你所信赖的不是活生生的人，而是写于纸上的文字？"

"好啊。你说他还活着，可我只有亲眼所见，才能相信呀。"

"亲眼所见？"

老绅士带着傲然的语调，重复着本间的猜忌。说完，动作缓慢地磕了磕烟袋里的烟灰。

"是的。亲眼所见是必须的。"

本间重新振作起精神，有意态度冷淡地强调了前述疑问。然而这种疑问对于老人，似乎并没有特别重大的效果。老人听着本间的描述，依然露出十分傲慢的态度，夸张地耸耸肩头。

"他当然是在我们的火车之中。你若想见，现在就可以见到他呀。当然，南洲先生或许已经睡下了。这样吧。反正隔着一列软卧,过去看看也无妨呀。"

老绅士说完,将那濑户产的烟斗装进口袋里,并以眼神向本间示意道:"跟我来。"随即,老人吃力地站起身来。本间见状,也不得不跟着老人站起身来。他嘴上叼着 M·C·C 烟,双手插在裤兜里,慢悠悠地离开了座位。本间跟在跟跟跄跄的老绅士身后,由两边并排的餐桌中间,大步走向餐车门口。餐车里剩下的,只是白色桌布上的两个酒杯,一只装过白葡萄酒,另一只装过威士忌。大雨倾盆,袭向行进中的列车。风雨声中,酒杯寂寞的身影瑟瑟颤抖。

大约过了十分钟光景,态度冷漠的男侍又将琥珀色的液体,注满在白葡萄酒和威士忌的酒杯之中。此外,戴着夹鼻眼镜的老绅士和身着大学制服的本间,也像先前一样地落座于桌旁。隔着一个餐桌的桌子旁,坐着方才擦肩而过、身着便装的一个胖男人,还有一个艺伎一般的女人,他们好像在用筷子食用炸虾。两人流畅的上方方言缠绵悱恻,其间掺杂着嘎吱嘎吱的刀叉声。

幸好本间对此全不介意。此刻,本间头脑里充斥了方才所见的、令人惊异的景象。软卧车厢茶绿色的凳子和相同色调的窗帘之间,卧着一位山样巨大的肥壮白头汉。——啊!本间简直不敢相信自己的眼睛。从那仪表堂堂的相貌上看,正是南洲先生的特有风骨啊。或许是因为心情的缘故,他感觉那儿的电灯并不比餐车的灯光明亮,但南洲先生那别具特征的眼睛和脸庞,远远地亦明晰可辨。不论怎样讲,那正是自己从小到大、始终确认不疑的西乡隆盛呀……

"怎么?你仍旧赞同'城山战死说'的主张吗?"
老绅士红润的脸上露出爽朗的微笑。他在等着本间的回答。
本间无言以对。他不知道自己该相信哪边。是相信万人确认的无数史料呢，还是相信眼前魁伟的老绅士？倘若怀疑了前者，则应怀疑自己的大脑；怀疑了后者呢，则当怀疑自己的眼力。本间的疑惑是完全正常的。

"你方才已亲眼看到了南洲先生，却仍旧相信那些史料吗？"

老绅士端起威士忌酒杯，像讲课一般继续说道。

"请你先思考一下，你所信赖的所谓史料究竟是什么？我们暂且不去考虑所谓的'城山战死说'。不妨说，世上并没有一种绝对正确的史料，可以给历史滥下断言。任何人在记录一种事实的时候，都会自然地对细节进行一些取舍选择。即便不是有意为之，事实也是如此。在此意义上，记录与客观的事实相距遥远。是这样吗？所以表面上看事情有了结果，实际上却完全不是那么回事。最近，一则消息时常成为话题中心——伍尔塔·拉雷废弃了曾已定稿的世界史著述。想必你也有所耳闻。实际上，我们连眼前的事象都没搞清楚。"

实话实说，老绅士所说的这些，本间并不清楚。沉默之中，老绅士兀自认定本间是知晓的。

"我们再来看看'城山战死说'。那些记录本身，即有着许多疑点。当然，关于西乡隆盛明治十年（1877）九月二十四日战死城山的记录，所有史料都是一致的。然而，实际上死去的，只是一个貌似西乡隆盛的人。那个人究竟是不是西乡隆盛，自然是另外的一个问题。你方才提到的情况也是事实。有人说发现了他的首级或没有首级的尸体。如此这般的奇谈怪论亦有许多。持有怀疑也是自然而然的事情。话说回来，即便仍旧持有疑问，即便你不肯承认你在车上见到了西乡隆盛，至少得承认见到了一个酷似西乡的人。这种情况下，你还能说自己确信那些史料吗？"

"可是，史料上说的确发现了西乡隆盛的尸体呀。那么——"

"天下相貌酷似者数不胜数。右腕留有刀伤旧痕者，也不会绝无仅有。你听说过狄青为浓智高尸检的故事吗?"

这次,本间老实地承认"不知道"。其实他正苦恼于长者的种种奇谈怪论,老人居然知道那么多的怪事儿。同时,他也渐渐由那夹鼻眼镜的长者面前,感觉到一种敬意。老绅士则由口袋里掏出他的濑户烟斗,慢悠悠地抽起了埃及香烟。

"狄青追了五十里,入大理境,发现一敌者尸骸,内着金龙衣衫。众人皆云,此乃智高。唯狄青不信。'焉知此非伪者?纵令坐失智高,亦不可欺瞒朝廷,枉自邀功。'这不仅是道德高尚的问题,也是对于真理应当持有的态度。然而遗憾的是,当时西南战争中指挥官军的诸将军们,却缺乏此般周密的思虑。为此,历史上的许多可能被当做了现实。"

老绅士说得本间哑口无言。无奈之中,他只有像个孩子一样尝试做最后的反驳。

"可是,哪里会有那么相像的人呢?"

老绅士闻言,突然将嘴上的濑户烟斗摘了下来,香烟呛得他拼命咳嗽。他哈哈大笑起来。那笑声惊得邻座艺伎回转过头,诧异地望着这边。老绅士的笑声难以止住。他一只手扶着夹鼻眼镜,以免笑得掉落在地,另一只手握着点燃的烟斗,由喉咙深处发出笑声。本间感到莫名其妙。他的白葡萄酒杯放在面前,只顾茫然地望着长者的面孔。

"当然会有啦。"老人答道。好大一会儿,总算喘过一口气来。

"你刚才不是亲眼所见的嘛。像那个男人,是不是酷似西乡隆盛呢?"

"那么,那个人是谁?"

"那个人吗?那是我的一个朋友,本职是医生,也擅长南画。"

"那他不是西乡隆盛喽?"

本间一本正经地这样问道,旋即感觉赧颜。因为此时,忽然间感觉到置身于新的光亮之中，意识到在此之前，自己扮演了多么滑稽的一个角色。

"倘若令你心中不快，还请多加包涵。我在和你谈话时，只觉得你的想法充满着青年人的诚实，所以便想与你开个玩笑。可是尽管如此，我所说的却是真话。——我就是这样的一个人。"

老绅士在口袋里摸索着，掏出了一张名片递给本间。名片上没有任何名分。可是本间看过名片之后，总算想了起来，自己与老绅士似曾谋面。老绅士注视着本间的面容，露出了满足的微笑。

"见到先生，真是做梦未曾想到。我说了许多无礼的话，诚惶诚恐。"

"不。刚才你的'城山战死说'，相当精彩嘛。你的毕业论文若能写成这个样子，便会得出有趣的结论。我的那所大学里，今年也有一位专攻维新史的学生。——啊呀不说啦，好好喝一杯。"

外面的雨雪似乎停息了，听不见窗子上雨击的声响。带着女伴的客人起身离去。唯有玻璃花瓶中插着的菜花，在冷澈的餐车中淡淡飘香。本间端起他的酒杯，将白葡萄酒一饮而尽。他用手撑着变红的脸庞，突然问道：

"先生是怀疑论者吧？"

老绅士夹鼻眼镜后的眼睛表示了肯定。那双眼睛是明朗的，始终在微笑。

"我是皮浪①的弟子。这已足矣。我们什么都不知道。对自己亦尚且不知，何况西乡隆盛的生死！所以，我要是撰写历史，才不写那种没有谎言的历史。只要能写出那种近似于史实的美丽的历史，我就会感觉满足。年轻的时候，曾想要做小说家。当时的理想成真，或许会写那样的小说。当初若真的做了小说家，也许比现在

---

① 皮浪，Pyrrhon，公元前三世纪的希腊哲学家。怀疑论的始祖。

的状况要好。总之我是一个地地道道的怀疑论者。你难道不这样认为吗?"

大正六年(1917)十二月十五日

掉头的故事

秦 刚译

上

何小二甩出了军刀，拼力抱住了马颈。自己的脖颈好像的确被刀砍到了，或许这是抱住了马颈后才意识到的。只觉得有什么东西噗的一声划入脖腔里，于是他便伏在了马上。战马好像也受了伤，当何小二刚一在马鞍的前鞍上伏倒，战马便仰天长啸一声之后冲出混战的敌阵，在一望无际的高粱地里奔驰起来。似乎有两三声枪声从身后响起，在他听来却仿佛已在梦中。

已长得一人多高的高粱在狂奔的战马的踩踏下，如波浪般汹涌起伏，从左右两侧扫过他的发辫，也拍打着他的军服。间或也擦抹着从他脖腔里流出的乌黑的鲜血。然而，他的意识无暇对此一一做出反应，唯有自己被刀砍到的单纯的事实，异常痛苦地烙印在脑海中。被砍到了！被砍到了！——他在心底反复地确认着，靴后跟机械般地一下又一下蹬着早已汗流浃背的战马的腹部。

十分钟前，何小二和几名骑兵队的战友，从清军阵地前往一河之隔的一个小村庄侦查的途中，在已泛黄的高粱地里，不期然遭遇到一队日本骑兵。由于过于突然，双方都已来不及开枪。伙伴们一见到镶着红边的军帽和两肋缝有红条的军服，都立即拔出腰刀，转瞬间便调转了马头。在那一刻，对自己可能被杀死的恐惧，没有闪现在任何人的脑海中,有的只是眼前的敌人,和一定要杀死敌人的意念。因此,他们调转过马头便凶犬般龇牙向日本骑兵扑杀过来。而敌人也被同样的冲动所支配,转瞬间,有如将他们的表情反射在镜子里一般,完全同样的一幅幅张牙舞爪的凶相便出现在他们前后左右。与此同时,一把把军刀开始在身边虎虎生风地挥舞起来。

此后发生的事情,就不再有明确的时间感觉了。他只清楚地记得,高高的高粱仿佛被暴风雨吹打了一样地疯狂地摇曳着,在摇动的高粱穗的前方,高悬着红铜似的太阳。那场乱战究竟持续了多久,期间又先后发生了怎样的事情,他却一点也不记得。当时,何小二只是疯狂地大声叫喊着自己也不明其意的话,拼命挥舞着手中的军刀。他的军刀似乎也一度染得血红,但他的手上却没有任何感觉。渐渐地手中军刀的刀柄变得汗湿起来,随之便感到口中异常干渴。正在此时,一个将眼珠几乎瞪出眼眶的日本骑兵张着大口突然出现在马前。透过镶着红边的军帽的裂口处,能够看到里面的寸头。何小二一见到对方,便使尽全身力气挥刀向那顶军帽砍去,但他的军刀既没碰到军帽,也没有砍到军帽下的头,而是砍到了对方从下方迎来的军刀的钢刃上。在周围一片混乱的嘈杂声中,随着咔的一声令人惊恐的清响,一股钢铁里磨出来的冷彻的铁臭传到了鼻腔里。与此同时,另一柄宽宽的军刀反射着炫目的日光,从他的头顶划过一条弧线。异常冰凉的异物嚓的一声进入了何小二的脖颈。

战马驮着因伤痛呻吟不止的何小二在高粱地里不停地奔驰,可是无论怎样飞奔,眼前都只是一望无际的高粱。人马的喊杀嘶鸣以及军刀的声声磕碰,不知何时已从耳边消失。辽东秋季的日光和日本没有丝毫不同。

何小二在摇晃的马背上因伤痛不时地呻吟着。然而,从他紧咬的牙缝中透出的声息,却包含着远远超出呻吟的更为复杂的含义。

其实，他并非仅仅因肉体上的苦痛而呻吟，而是在为经受精神上的苦痛——对死亡的恐惧以及奔涌着的无数复杂的情感而呜咽、哭泣。

他因自己将与这个世界永久地诀别而无限悲伤，并憎恨令他与这个世界诀别的所有人和事。而且，他对不得不离开这个世界的自己也感到愤懑。种种复杂的情感逐一纠结起来，无休无止地袭来，他也便随着这些情感的起伏，忽而大叫着"我要死了"，忽而喊叫着父母，也间或大骂日本骑兵。不幸的是这些声音一从口中吐出，就变成了含义不明的嘶哑的呻吟。他已经十分虚弱了。

"再没有人像我这样不幸的了。年纪轻轻就来到这里打仗，像狗一样被无端地杀死。首先，杀死我的日本人实在可憎，其次，派我们出来侦查的军队里的长官也可恨。最后，可憎的还有发动了这场战争的日本和大清国，可憎的还有很多很多，那些和我当上一名兵卒主事相关的所有人，都与敌人无异。因为这些人，我此刻才不得不离开还有很多事想做的这个世界。哎，任由那些人与事摆布的我，实在是一个白痴。"

何小二在呻吟中诉说着，头部紧贴着马颈的一侧，任战马在高粱地里飞奔。被马的来势所惊，时而有成群的鹌鹑一跃而起，但战马却毫不为其所动，依然不顾背上主人随时有坠落下来的危险，口吐泡沫地狂奔。

只要命运允许，何小二一定会在不停的呻吟声中向上苍继续诉说自己的不幸，在马背上摇晃整整一天，直到红铜色的太阳落入西边的云空。终于，平地渐变为一个缓坡，一条流过高粱地的狭窄而浑浊的小河的转弯处，命运让两三株河柳低垂着挂满将落的树叶的柳梢，威严地伫立在河畔。何小二的战马刚要从河柳之间穿过，浓密的柳枝便将他的身体卷起，头朝下抛在河边松软的泥土上。

那一刻，何小二因一时的错觉，仿佛看到了空中燃烧着鲜黄的火焰。那是他幼时在家里厨房的大灶下看到过的那种鲜黄的火焰。他意识到："啊，火在燃烧。"之后便失去了知觉。……

中

从马上跌落下来的何小二，真的失去了知觉？的确，不知从何时起他已感受不到伤口的疼痛了，然而，当他满身血水和泥土躺在杳无人迹的河边时，他记得自己看到了河柳枝叶轻抚的蓝天。那片蓝天比他以往任何时候看到的都要高远、蔚蓝，恰似从一个蓝色瓷瓶的下端朝上仰望时的心境。并且在瓷瓶的底端，如同泡沫凝聚起来的白云，不知从何处悄然飘来，又不知往何处悠然散去，仿佛是被摇曳着的柳叶涂抹掉了一般。

那么，难道何小二并未失去知觉？可是分明有许多并不存在的事物，如幻影般出现在他的眼前。最先出现的，是他母亲的微脏的裙裾，在他年幼时，不论高兴时或是悲伤时，他都无数次牵扯过。可是当他此刻伸出手来想要拽住时，它却已从视线中消失。消失的一刻，裙子忽然变成一丝薄纱，远处的云朵也如同一大块云母石般透明。

接着，是他降生的老屋后那片很大的胡麻地远远飘来。盛夏的胡麻地里，孤寂的花朵仿佛在等待日落似的开放着。何小二想寻找站在胡麻地里兄弟的身影，可是那里不见一人，只有浅色的花与叶片浑然一体，沐浴着微薄的日光。随之，一切又倾斜着被远远地拉走直至消失。

而后，一个更为奇妙的东西开始在空中舞动。仔细一看，原来是在元宵节之夜抬着巡街的巨大龙灯。长近十米的龙灯，由竹签扎起的骨架上贴纸制成，然后用红红绿绿的颜色涂抹得绚烂多彩。形状和在年画上看到的龙别无二致。那条龙灯若隐若现出现在蓝天上，分明是白昼，里面却透出烛光。更不可思议的是，那条龙灯真的有如活的一般，长长的龙须竟时而左摇右摆。——正在此时，它又渐渐游移到视野之外，忽而消失不见了。

龙灯远去之后，空中出现了一只女人纤细的脚。由于是缠了足的脚，长度只有三寸多。优美地弯曲起的脚趾上，浅白的指甲透着娇柔的肉色。初次见到那只脚时的记忆，仿佛梦中被跳蚤叮咬了一般，带着一份悠远的哀伤。如果能再一次触摸到那只脚的话——可是这显然已不再可能。这里和见到那只脚的地方相距数百里。想到这里，女人的脚眼看着变得透明，最后完全融入到云影之中。

在那只脚消失后，从何小二的心底生出一种从未有过的不可思议的寂寥感。在他的头顶，寥廓的苍穹无声地笼罩着。人只能毫无选择地任由天上席卷而来的狂风吹打，凄惨地存活。这是何等的寂寥！而这种寂寥迄今竟不为自己所知，真是不可思议。何小二不禁发出一声长叹。

这时，在他的视线和天空之间，头戴镶着红边的军帽的日本骑兵，以更加迅猛的速度慌张地猛冲过来，又以同样迅猛的速度，慌张地不知跑到何处。那些骑兵也一定会像自己一样孤寂，如果他们不是幻影的话，真想同他们相互抚慰，暂时忘却这份孤寂。可是，如今已经来不及了。

何小二的眼中涌出止不住的泪水，他用满是泪水的双眼回顾自己迄今为止的人生，发现其中充满了荒谬。他想对所有的人道歉，也想宽恕每一个人。

"如果这次我能够得救的话，我愿意为补偿自己的过去，去做任何事情。"

他边哭泣边从心底暗自念叨着。可是，无限高远、无限蔚蓝的天空似乎根本没有听到他的祈愿，只是一尺尺、一寸寸地向他胸前渐渐威压过来。蔚蓝色的雾霭中，一点点微微闪烁的，应该是白天看到的星辰。如今，那些幻影也不再出现在他眼前了。何小二又叹息了一声，然后突然嘴唇颤抖着，最后慢慢阖上了双眼。

下

日清两国讲和一年之后的一个早春的上午，在北京日本公使馆的一个房间里，任公使馆武官的木村陆军少佐与奉官令前来视察的农商务省技师山川理学士正围桌而坐，以一杯咖啡、一根雪茄暂时忘掉忙碌，专注于闲谈之中。虽说已是早春，但室内的火炉里仍烧着火，因此室内温暖得让人出汗。桌上摆放的盆景中的红梅，不时传来中国特有的香气。

当二人的话题，从一直谈论的西太后转向日清战争①的回忆时，木村少佐猛然想起什么似的，起身将放在房间一角的订在一起的《神州日报》拿到桌上，翻开其中的一页展示在山川技师的眼前，并用手指着其中的一处，用眼神暗示对方阅读。技师为这突然的一幕稍感惊讶，从平素的交往他已得知，眼前的这位少佐，是一个和军人并不相称的洒脱之人。他将目光投向报纸，便预感到这将是一个和战争有关的奇特的逸话。果不其然，如果转换成日本报纸惯有的语气，全部使用方块的汉字的这段堂堂的报道，大致为如下的内容。

——街上剃头店主人何小二，出征日清战争期间屡建奇功，成为勇士凯旋后却不修品行，沉溺酒色。某日，在一酒楼饮酒时与酒友发生争执，乃至两相厮打，后因颈部负重伤而顷刻毙命。尤其不可思议的是，其颈部之伤并非厮打之时凶器所致，而系日清之战的战场上遗留伤口开裂。据目击者称，格斗中该人连同酒桌跌倒的刹

---

① 日清战争，即中日甲午战争。

那间，头部只剩喉部的表皮相连，鲜血喷涌的同时躺倒在地。当局怀疑真相不实，当下正在对嫌犯严查之中。旧时有诸城某甲头落之事载入聊斋志异，此番的何小二与其相类也未可知。云云。

山川技师读罢，一副惊奇的表情问道："这是怎么回事？"于是，木村少佐悠然吐出雪茄的烟雾，沉稳地微笑着。

"有趣吧？这种事情，也只有中国才有。"

"若是哪里都有岂不是太荒唐了？"

山川技师也苦笑着，将长长的烟灰点落到烟缸里。

"更有趣的是……"

少佐摆出认真的神态，稍停顿了片刻。

"我见过那个叫何小二的人。"

"见过他？那太离奇了。莫不是你这个公使的随员也学了那些新闻记者，开始捏造起一些离谱的谎言？"

"我哪里会做那等无聊的事？我那时，正是在屯子之役负伤之后，那个何小二也被我军野战医院收容，也为学中国话，我和他交谈过两三次。如果是脖子上有伤的话，那么十有八九就是他。据说是出来侦察的时候碰到我军骑兵，脖子上被日本刀砍了一刀。"

"哈，真是奇妙的缘分。按这份报上所说，就是个无赖汉。这种人还不如当时就死掉呢，那样也许对世上更有些帮助。"

"可是他那时是一个非常正直、友善的人，在所有的俘虏中，也很难找到那样温顺的。看得出那些军医也很喜欢他，特别用心地为他治疗。他也会说起自己的身世，还讲过非常有趣的事情。我至今还清楚地记得，他对我讲起过脖子负伤后从马上跌落时的感受。他说当躺倒在河边泥地上时，仰望柳枝上的天空，清晰地看到了母亲的裙子、女人的脚、开了花的胡麻地等等。"

木村少佐丢掉了雪茄，将咖啡端到唇边，将目光投向桌上的红梅，自语一般地说道：

"记得他说当看到那些东西时,痛切地感到自己以往人生的可悲。"

"所以,战争结束后就成了一个无赖汉吧。可见人都是靠不住的。"

山川技师把头靠在椅背上伸出双脚,带着嘲讽地把雪茄的烟雾吐向天井。

"你的意思,是说他那时故做好人?"

"是的。"

"不,我不那样认为。至少那应该是他当时的真实感受。恐怕这次也是一样,在他的头落下的同时(如果如实使用报纸上用词的话),一定也会有同样的感受。根据我的想象,他在争吵时由于已经喝醉了,很轻易就被连桌子一起摔了出去。那一瞬间伤口裂开,垂着辫子的头部滚落在地。他曾经看到过的母亲的裙子、女人的脚和开着花的胡麻地等等,一定又一次朦胧地出现在他眼前。尽管酒楼有房顶,他也一定看到了又高又蓝的天空。于是他又痛切地感到了自己往日人生的可悲,只是这一次一切都晚了。上一次是在他失去意识后,被日本的护士兵发现救了下来,而这次吵架的对手却是冲着他的伤口又踢又打。所以,他是在无限的悔恨之中断气的。"

山川技师晃着肩膀笑着说道:

"你真是一个出色的空想家。只是,如果真的是那样的话,他为什么已经有过一次教训,却还是成为了无赖汉呢?"

"那只能说,在和你所说的不同的含义上,人的确是靠不住的。"

木村少佐又重新点了一支雪茄,以近乎得意的爽朗的语调微笑着说道:

"我们都有必要深切意识到我们自己靠不住的事实。实际上,只有了解了这一点的人才会有几分可靠。若不然,就像何小二掉头一样,我们的人格很难说什么时候就会像头一样掉落。所有的中国的报纸,都应该这样去阅读。"

大正七年(1918)

袈裟与盛远

艾 莲译

上

夜晚，盛远在泥墙外远眺月华，一边踏着落叶，心事重重。

独　白

月亮已上来了。向来都迫不及待企盼月出，可唯独今夜，倒有点害怕月色这般清亮。迄今的故我，将于一夜之间消失，明天就完全是个杀人犯了；一想到这里，浑身都会发颤。两手沾满鲜血的样子，只要设想一下就够了。那时的我，自己都会觉得忒地可憎。倘是杀一个恨之入骨的对手，倒也用不着如此这般于心不安，但今夜所杀，是一个我并不恨的人。

他，我早就认识。名叫渡左卫门尉，倒是因为这次的事儿才知悉的。作为男人，他过于温和，那张白净脸儿，忘了是什么时候见的了。得知他就是袈裟的丈夫，一时里确曾感到嫉妒。可是，那种嫉妒之情，此刻在我心上已消失得无影无踪，事如春梦了无痕。因此，渡尽管是我的情敌，但我对他既不憎也不恨。唉，倒不如说，我对他有点同情更好。听衣川说，渡为博得袈裟青睐，不知费了多少心思；我现在甚至觉得，这男子还挺讨人喜欢的。渡一心想娶袈裟为妻，不是还特意去学了和歌吗？想起赳赳武士居然写起情诗来，嘴角不觉浮起一丝微笑。但这微笑绝无嘲弄意味，只是觉得那个向女人献殷勤的男子煞是可爱。或许是我钟爱的女子引得那男人巴结如许，他的痴情，对身为情夫的我，带来莫大的满足也未可知。

然而，我爱袈裟能爱到那种程度吗？对袈裟的爱，可分为今昔两个时期。袈裟未嫁渡之前，我就爱上她了。或者说，我自认为在爱她。但，现在看来，当时的恋情，很不纯正。我求之于袈裟的是什么呢？以童男之身，显然是要袈裟这个人。夸张些说，我对袈裟的爱，不过是这种欲望的美化，一种感伤情绪而已。证据是，和袈裟断绝交往的三年里，我对她的确没有忘情。倘如在此前，同她有过体肤之亲，难道我还会不忘旧情，对她依然思念不已吗？羞愧管羞愧，我还是没有勇气作肯定回答。在这之后，对袈裟的爱恋中，掺杂着相当成分的对不识的软玉温香的憧憬。而且，心怀愁闷，终于发展到了如今既令自己害怕，又教自己期待的地步。可现在呢？我再次自问：我真爱袈裟吗？

然而，在做出回答之前，尽管不情愿，也还得追叙一下事情的始末根由。——在渡边桥做佛事之际，得与阔别三年的袈裟邂逅。此后的半年里，为了和她幽会，我一切手段都用上了，而且次次奏效。不，不光是成功，那时，正如梦想的那样，与她有了体肤之亲。那时左右我的，未必会像上文说的，是出于对不识的软玉温香的渴慕。在衣川家，与袈裟同坐屋里时已发觉，这种恋慕之情，不知何时已淡薄起来。因为我已非童身，斯时斯地，欲望已不如当初。但细究起来，主要原因还是那女人姿色已衰的缘故。实际上，现在的袈裟已非三年前的她了。肤肌已然失去光泽，眼圈上添出淡淡的黑晕。脸颊和下巴原先的那种美腴，竟出奇般地消失了。唯一没变的，要算那水汪汪黑炯炯的大眼睛啦。这一变化，于我的欲望，不啻是个可怕的打击。暌隔三年，晤对之初，竟不由得非移开视线不可。那打击之强烈，至今还记忆犹新……

那么，相对而言，已不再迷恋那女人的我，怎么又会和她有了关系呢？首先，是种奇怪的征服心理在作祟。袈裟在我面前，把她对丈夫的爱，故意夸大其辞。在我听来，无论如何，只感到是虚张声势。"这个娘儿们对自己丈夫有种虚荣。"我这么想。"或许这是不愿意我怜悯她的一种反抗心理也未可知。"我转念又这么想。与此同时，想要揭穿这谎言的心思，时时刻刻都在强烈鼓动着我。若问何以见得是谎言呢？说是出于我的自负，我压根儿没理由好辩解的。可尽管如此，我还是相信那纯是谎言。至今深信不疑。

不过，当时支配自己的，并非全是这种征服欲。除此之外——仅这么说说，就已觉羞愧难当了。除此之外，纯粹是受情欲的驱使。倒不是因为同她未有过体肤之亲的一种渴念，而是更加卑鄙的一种欲望，不一定非她不可，纯为欲望而欲望。恐怕连买欢嫖妓的人，都不及我当时那么卑劣。

总之，出于诸如此类的动机，我和袈裟有了关系。更确切地说，是戏侮了她。而现在，回到我最初提出的问题——唉，关于我究竟爱不爱袈裟，哪怕对自己也罢，事到如今，已无须再问了。倒不如说，有时我甚至感到她可恨。尤其是事后，她趴在那里哭，我硬把她抱起来时，觉得袈裟比我还要无耻。垂下的乱发也罢，脸上汗津津的剩脂残粉也罢，无不显出这女人身心的丑恶。如果说，在那以前，我还爱她，那么，从那天起，这爱便永久地消失了。或者不妨说，截至那天，我从没爱过她，而自那以后，我心里反而生出了新的憎恨。可是，唉，今晚，不正是为一个我不爱的女人，想去杀一个我不恨的男人吗？

这绝不是谁之过。是我自己公然说的。"不是想杀渡吗？"——想起当时对她附耳细语时，连我都怀疑自己在发疯。可我居然这么说了。尽管竭力忍着，心想别说，终究还是小声讲了出来。回想当时为什么要讲，自己至今也弄不明白。如果这样想也未尝不可，那就是我越瞧不起她、越恨她，就越发忍不住想凌辱她。唯有杀了渡左卫门尉——袈裟所炫耀的这个丈夫，而且不管她愿不愿意，都得逼她同意，才能让我称心。我仿佛被噩梦魇住一般，竟违心地一味劝她去谋杀亲夫。然而，若说我想杀渡，没有充分的动机，那就只能说是人间不可知的力（说是魔障也成），在诱使我的意志走入邪道，除此以外，别无解释。总之，我很固执，三番五次在袈裟耳边嘀咕此事。

过了会儿，袈裟猛地抬起头来，坦率地告诉我，同意我的计划。可我对这简捷的回答，不只是意外。看袈裟的脸，有种迄今未见过的、不可思议的光辉映在她眼里。奸妇——我立即萌生这意念。同时，又好像很泄气，这计划的可怕，突然展现在我眼前。在此期间，那女人的淫乱，令人作呕的衰容，使我不断为之苦恼，这已无须再说。要是还能挽回，我真想当场收回前言，然后，羞辱那不贞的女人，把她推到耻辱的深渊。那样，即使我玩弄了她，说不定良心上还可以拿义愤当挡箭牌。但我还顾不上那样做。那女人宛如看透我的心思，忽然换了副表情，紧紧盯着我的眼睛——说老实话，我已骑虎难下，不得不同她约好杀渡的日子和时辰，因为我害怕，万一我反悔了，袈裟会向我报复。时至今日，这种惧怯之情仍死死揪着我的心。有人笑我胆小，就随他笑吧。因为他没看到袈裟当时的神情。"假若我不杀渡，看来即使袈裟不亲自动手，我也准会被她弄死的。与其那样，不如我把渡干掉的好。"——望着那女人无泪干哭的眼睛，我绝望地这么想。我发过誓后，看到袈裟苍白的脸上泛起酒窝一潭，俯首垂目在笑，岂不更加证实我的恐惧不是毫无来由的吗？

唉，为了那可诅咒的约定，既不道德，又昧良心，现在还多了一重杀人的罪名。要是赶在今晚毁了约——这连我自己也不肯。一方面，我发过誓，而另一方面，我说过——是怕报复。这绝不是欺骗。但除此之外，好像还有些什么。究竟是什么呢？逼着我这个胆小鬼去杀一个无辜的男人，那巨大的力量到底来自何方？我不明白。我不知道，照理说——不，没这种事儿。我瞧不起那女人。我怕她。恨她。但即使如此，兴许还因为我爱那女人的缘故也未可知。

盛远还在徘徊踱蹀，已然不再做声。月光朗照。不知从何处传来时兴的歌声。

真个是人心非同无明之黑暗，好一似烦恼之火，命危夕旦……

下

夜晚，袈裟在帐子外，背着灯光，一边咬着袖子，陷入沉思之中。

独　　白

他究竟来不来呢？想必总不至于不来吧？月亮都快西斜了，可还没听见脚步声，他不会遽尔反悔吧。万一不来——唉，我又得像个妓女一样，抬起这张羞愧的脸，面对天日。我怎么会做出这种无耻的事来呢？那时，我与路旁的弃尸真毫无二致。受人侮辱，受人蹂躏，到头来落得厚着脸皮，丢人现眼，而且还得像哑巴一样，一声都不能言语。万一真是如此，纵然要死也死不了。不，他准会来。上次分手时，我盯住他的眼睛，心里没法不那么想。他怕我。尽管恨我，还瞧不起我，但却怕我。不错，要是就凭我自己，他未必肯答应来。可是，是我求他。我算准了他的自私心理。不，是看透了他那自私自利引起的卑劣的恐怖。所以，我才能这么说。他准会悄悄来的，没错……

然而，单凭我自己，休想能办到。我这人有多惨哪。要是在三年前，就凭我的美貌，比什么都管用。说是三年前，不如说到那天为止，倒更接近真实也未可知。那天，在伯母家见到他时，我一眼就知自己的丑相印在了他的心上。他装得若无其事，像是在挑逗我，对我温声软语。但是一个女人，一旦得知自己丑陋，几句话怎能安慰得了。我只是觉得窝心，感到可怕，伤心难过。儿时，奶娘抱我看月食，感觉很可怕，但那时的心情比现在不知要强多少。我的种种梦想，顿时化为泡影。过后，仿佛细雨潇潇的黎明，悽悽惶惶的感觉一直围绕着我——我被这孤寂所震慑，如同死了一般，委身于他，委身于那个并不爱我、那个恨我瞧不起我的好色之徒——向他显示自己的丑陋，难道是因为耐不住那份孤寂？还是因为我的脸贴在他胸前，像给烧昏了一样，霎时间把什么都搅糊涂了呢？要不，就是我跟他一样，被一种肮脏之心所驱使吧？这么想想，我都不好意思，感到害羞，无地自容。特别是离开他的臂弯，又复归自由之身时，我直觉得自己有多下贱呀！

气愤之情夹着凄凉之感，不管心里怎么想，千万不能哭，可眼泪还是止不住往下流。不过，这不仅是因为有亏妇道而倍感悲伤。妇德有失，加之又遭轻贱，如癞皮狗一般，被人憎恶，受人虐待，这比什么都让我伤心。后来，我做了什么呢？现在想来，好像过去很久了，只模模糊糊记得一些。我抽泣之际，觉得他的胡子碰了我的耳朵，随着一股热鼻息，听到他低声对我说："不是想杀渡吗？"听到这话，说来也奇怪，到现在也不明白，不知怎么当时心境一下豁亮起来。是兴奋吗？如果说这时月光很明亮，恐怕是因为我心里高兴的缘故。总之，和明亮的月光不一样，那是一种兴致勃勃的心情。然而我从这句可怕的话里，岂不是感到一丝快慰吗？唉，我这个女人呀,难道非要谋杀亲夫,还得照旧被人爱,才觉得痛快不成?

我好似这明亮的月夜,因为孤寂,因为心头一宽,又接着哭了一阵。接下来呢?然后呢?究竟是几时,诱使那人跟我约好来杀我丈夫这些事的?就在订约的那会儿,我才想起自己的丈夫。老实说,这还是头一回。在那之前,我一门心思只顾想自己的事,琢磨自己受人戏侮的事。只有在那时,才想到我丈夫,我那腼腆的丈夫——不,不能说是他的事。而是每当他要对我说什么时,总是微笑的面孔,清清楚楚呈现在我眼前。我的计策猛地兜上心来,恐怕也是忆起他那张面孔一瞬间的事。此言何出呢?因为当时我已决心一死了。能做出这样的决定,岂不高兴。但是,当抬起这张哭脸,向那人望去时,便又像上次似的,看到自己的丑陋映在那人心上,喜悦之情顿时化为乌有。于是,又想起和奶娘一起看月食时黑沉沉的光景。恍如隐藏在喜悦的心情之下,形形色色的怪物都给放了出来似的。我要做丈夫的替身,难道真是因为爱他?不,不,在这好听的借口后面,是因为我曾委身他人,有一种赎罪的心情。可我没有自戕的勇气。我想在世人眼里,多少会显得好一些,我心里还存有这么一种卑劣的念头。何况这么做,八成还能得到宽恕。而我比这还要卑鄙,也更加丑陋。那人对我的憎恶、轻侮以及邪恶的情欲,我美其名曰做丈夫的替身,其实,不是想对这些个进行报复吗?证据是,望着他的面孔,仿佛那月光一样,我的兴致忽然竟冰消瓦解,只有满腔的悲伤,转瞬间冻僵了我的心。我不是为丈夫去死,而是为了自己。我是因心灵受到伤害而感到愤然,身子受了玷污而为之悔恨,因这两个原因才去死的。唉,我活着毫无意义,而死也没有一点价值。

然而,我这没有价值的死法,比苟延残喘地活着,不知让人多开心哩。我忍住悲伤,强带欢颜,同他再三商定谋杀亲夫之约。可他也很敏感，从我的话语当中，也能听出一二，万一他失了约，恐怕也猜得出，清晨我会做出什么事来。既然如此，他誓也发过，是不会不来的。——那是风声吗？一想到自从那天以来，一直痛苦忧伤，今夜总算熬到了头，心里顿觉一宽。明天，太阳想必会在我无头的尸体上，洒下一抹寒光吧。看到尸体，我丈夫——不，不要去想他，他是爱我的。可我对这爱却无能为力。很久以来，我就只爱一个男人。而这唯一的男人，今夜却要来杀我。在我看来，这灯台的光，也显得晶光耀眼。更不消说，我是被情人折磨致死的呢。

……袈裟吹灭了灯台的火，不大会儿，黑暗中隐约听到撬开板窗的声音。与此同时，一线淡淡的月光泻了进来。

大正七年（1918）三月

蜘蛛之丝

艾 莲译

一

一天，佛世尊独自在极乐净土的宝莲池畔闲步。池中莲花盛开，朵朵晶白如玉。花心之中金蕊送香，其香胜妙殊绝，普熏十方。极乐世界大约时当清晨。

俄顷，世尊伫立池畔，从覆盖水面的莲叶间，偶见池下的情景。极乐莲池之下，正是十八地狱的最底层。透过澄清晶莹的池水，宛如戴上透视镜一般，把三恶道上之冥河与刀山剑树的诸般景象，尽收眼底。

这时，一名叫犍陀多的男子，同其他罪人在地狱底层挣扎的情景，映入世尊的慧眼。世尊记得，这犍陀多虽是个杀人放火、无恶不作的大盗，倒也有过一项善举。话说大盗犍陀多有一回走在密林中，见到路旁爬行的一只小蜘蛛，抬起脚来，便要将蜘蛛踩死。忽转念一想："不可，不可，蜘蛛虽小，到底也是一条性命，随便害死，无论如何总怪可怜的。"犍陀多终究没踩下去，放了蜘蛛一条生路。

世尊看着地狱中的景象，想起犍陀多放蜘蛛生路这件善举。虽然微末如斯，世尊亦施以善报，尽量把他救出地狱。侧头一望，说来也巧，净土里有只蜘蛛，正在翠绿的莲叶上，攀牵美丽的银丝。世尊轻轻取来一缕蛛丝，从莹洁如玉的白莲间，径直垂向杳渺幽邃的地狱底层。

二

这边犍陀多正和其他罪人，在地狱底层的血池里载沉载浮。不论朝哪儿望去，处处都是黑魆魆暗幽幽的，偶尔影影绰绰，暗中悬浮着什么，原来是可怕的刀山剑树，让人看了胆战心惊。尤其是四周一片死寂，如在墓中。间或听到的，也仅是罪人的叹息声。凡落到这一步的人，都已受尽地狱的折磨，衰惫不堪，恐怕连哭出声的力气都没有了。所以，任是大盗犍陀多，也像只濒死的青蛙，在血池里唯有一面咽着血水，一面苦苦挣扎而已。

偶然间，犍陀多无心一抬头，向血池上空望去，在阒然无声的黑暗中，但见一缕银色的蛛丝，正从天而降。仿佛怕人看到似的，细细一线，微光闪烁，恰在自己头上顺顺溜溜垂落下来。犍陀多一见，喜不自胜，拍手称快。倘抓住蛛丝，攀援而上，准保能脱离苦海。不特此也，侥幸的话，兴许还能爬进极乐世界哩。如此，再不会驱之上刀山，也庶免沉沦血池之苦了。

这样一想，犍陀多赶紧伸出双手，死死攥住蛛丝，一把一把，拼命往上攀去。原本是大盗，手并足抵，区区小事一桩而已。

可是，地狱与净土之间，何止千万里！不论犍陀多怎样心焦气躁，要想爬出地狱，谈何容易。爬了一程，终于筋疲力尽，哪怕伸手往上再爬一段，也难以为役了。一筹莫展之下，只好住手，先歇会儿喘口气，便吊在蛛丝上，悬在半空中，一面放眼向下望去。

方才是不顾死活往上攀，总算没白费力气，片刻前自己还沉沦在内的血池，不知何时，竟已隐没在黑暗的地底。那寒光闪闪，令人毛骨悚然的刀山剑树，也已在自己脚下。如果照这样一直往上爬，要逃出地狱，也许并非难事。犍陀多将两手绕在蛛丝上，开怀大笑起来:"这下好啦!我得救啦!"那吼声,自打落进地狱以来,多年不曾得闻的。可是,蓦地留神一看,蛛丝的下端,有数不清的罪人,简直像一行蚂蚁,不正跟在自己后面,一心一意往上爬吗?见此情景,犍陀多又惊又怕,有好一会儿傻愣愣地张着嘴,眨巴着眼睛。这样细细一根蛛丝,负担自家一人尚且岌岌可危,那么多人的重量,怎禁受得住?万一半中间断掉,就连好家伙我,千辛万苦才爬到这里,岂不也得大头朝下,掉回地狱里去吗?那一来,可乖乖不得了!这工夫,成百上千的罪人蠢蠢欲动,从黑洞洞的血池底下爬将上来,一字儿沿着发出一缕细光的蜘蛛丝,不暇少停,拼命向上爬。不趁早想办法,蛛丝就会一断两截,自己势必又该掉进地狱去了。

于是,犍陀多暴喝一声:"嘿,你们这帮罪人!这根蛛丝可是咱家我的!谁让你们爬上来的?滚下去!快滚下去!"

说时迟,那时快,方才还好端端的蜘蛛丝,竟扑哧一声,从吊着犍陀多的地方突然断裂开来。这回有他好受的了。霎时间,犍陀多像个陀螺,滴溜溜翻滚着,嗖的一头栽进黑暗的深渊。

此时,唯有极乐净土的蜘蛛丝,依然细细的,闪着一缕银光,半短不长的,飘垂在没有星月的半空中。

三

佛世尊伫立在宝莲池畔,始终凝视着事情的经过。当犍陀多倏忽之间便石头般沉入血池之底时,世尊面露悲悯之色,重又踱起步来。犍陀多只顾自己脱离苦海,毫无慈悲心肠,受到应得的报应,又落进原先的地狱。在世尊眼里,想必那行为是过于卑劣了。

不过,极乐莲池里的莲花,并不理会这等事。那晶白如玉的花朵,掀动着花萼,在世尊足畔款款摆动。花心之中金蕊送香,其香胜妙殊绝，普熏十方。极乐世界大约已近正午时分。

大正七年（1918）四月十六日

地 狱 变

魏大海译

一

像堀川大公这样的老爷,恐怕是前无古人,后无来者。传说堀川大公诞生之前,大威德明王曾在其母枕边显灵。总之他一出生,即与凡人不同。所以他所做的一切,都会出乎吾辈的意料之外。我曾有幸拜访了堀川府邸,那规模简直难以形容。壮观?豪放?非吾等凡夫可以想象。世人亦议论纷纷,有人将大公的秉性比同秦始皇或隋炀帝。其实,那真是人们常说的群盲摸象。大公的尊意,绝非仅顾一己的荣耀华贵。他更多考虑的是平民百姓——所谓天下为公,天下共乐。

所以即便遇上二条大宫百鬼夜行,他也不会有太多麻烦。在显现陆奥盐釜景色出名的东三条河原院,每天深夜都会出现融左大臣的鬼魂。可被大公呵斥过后,便销声匿迹了。在这样的威望下,当时京都城里的老少男女提及大公都毕恭毕敬,仿佛遇见了神灵显现。一次大内梅花宴之后,归途中拉车的老牛跑了,撞伤一位过路的老人。可那老人却合起双手,庆幸自己被大公的御牛撞上。

在大公的一生当中,这样传之后世的故事尚有许多。如盛宴之时赏赐白马三十,或长良桥桩伫立其恩宠童子,或令承袭了华佗之术的震旦(中国异称)高僧为自己疗治腿伤。诸如此类,数不胜数。而在这般逸事之中,最令人惊异的则是那件家传重宝——地狱变屏风的来历。平素处变不惊的大公，唯有此次流露出惊异的表情。毋庸置言，吾等侍奉左右的仆役更是惊吓得魂飞魄散。小的在大公身旁侍奉了二十年，见识这般令人惊恐的物什，也是头一遭。

描述这个故事之前，先得了解一下地狱变屏风的画师良秀。

二

说起良秀，如今或许还有人记得。他是一位名望很高、年龄约莫五十的画师。在当时画坛，无人能出其右。从表面上看，他却身段低矮，瘦骨嶙峋，让人感觉是一个心术不良的老头儿。他刚来大公官邸时，时常穿一身丁香色的狩衣便服，头戴一顶鸭舌帽，神态谦卑。不知何故，他的嘴唇不像老人，过分红润扎眼，像野兽般令人恶心。有人说，他常常湿舔画笔，才将嘴唇染成了红色。这说法或许有道理。也有人说话刻薄，说良秀举动像个猴子，所以送了他一个诨名——猿秀。

说到猿秀，还有这样一些说法。当时的大公官邸里有个十五岁的侍女，是良秀的独生女儿。姑娘生得乖巧可爱，完全不像她的生父，可谓天资聪颖。她虽幼时丧母，却因此变得少年老成，善解人意。所以大公夫人很喜欢她，府上的侍女们也都喜欢她。

一次，丹波国献上了一只驯服的猿猴。喜好恶作剧的少爷，偏巧给猿猴起了个名字就叫良秀。他是看到猿猴的样子可笑，才起了这个名字。官邸中的人见状哄堂大笑。笑笑也罢，人们还饶有兴趣地围着猿猴，一会儿让它爬上松树，一会儿叫它搬挪草席，且"良秀、良秀"地叫着，极尽虐待之能事。

某日，良秀的女儿手持拴有寒红梅枝的书信走过长廊。远处的拉门方向，突然蹿出了小猴良秀，它一瘸一拐地仓皇奔逃。看来是腿部受了伤，已无力像平素一样跃上门柱。小猴身后，少爷挥动着一根细枝追赶而来,嘴里喊着:"站住!站住!你这盗柑贼!"良秀之女见状迟疑片刻。抱头逃窜的小猴便一把揪住她的裙裾,低声哀鸣着,令姑娘骤然间感觉到无法抑制的悲哀之情。她一手拿着梅枝遮挡着,轻轻舒展开另一侧散发着紫丁地花香的宽袖,亲切地将小猴揽于怀中,对少爷微微欠身,用冷澈的语调说道:"少爷,只是一个畜生,饶了它吧。"

少爷气呼呼追赶过来,顿足捶胸,脸上一副不依不饶的表情。

"干吗护着它?它偷吃我的柑子!"

"只是一个畜生嘛……"

姑娘重又强调说,脸上依然是静寂的微笑。她狠了狠心,继续说道:

"一听良秀,总觉得是喊父亲,我怎能视若无睹呢?"

不愧是少爷,闻此言便顺从了姑娘。

"是吗?若是给你老爸求情,我便饶了它。"

少爷不大情愿地说完,将手中的细枝扔在地上,朝着来时的拉门方向离去。

三

打那之后,良秀女儿便与小猴亲密起来。姑娘将公主赠予的黄金铃铛,用美丽的红绳拴着,系于小猴的脖颈。小猴无时无刻不围绕在姑娘身旁。一次姑娘受了风邪,卧床歇息,小猴则规规矩矩地坐在枕旁,久久地咬着手指,一副忧心忡忡的模样。

奇怪的是,从此便无人像过去那样虐待小猴。相反,大家开始喜欢它,连少爷都时常过来喂食一些柿子、山栗之类的。倘若哪个侍卫不慎踢到了小猴,少爷便会大发雷霆。大公老爷听说了少爷发火的事,则令良秀之女抱着小猴上殿。自然,他也听说了姑娘怜惜小猴的故事。

"孝敬父母,弥值嘉奖。"

大公当即赠予姑娘一件红色的裙钗。小猴围着裙钗左右打量,且毕恭毕敬地代之奉受了赠品。老爷见状心中大悦。所以大公老爷偏爱良秀之女,完全是出于赞赏。赞赏姑娘对于小猴的怜爱,赞赏姑娘孝敬父母的恩爱,而绝不是世间传说的出于好色。自然,日后又有了另外一些传言,且听我慢慢说来。这里不妨将话挑明,良秀之女即便国色天香,也不过是画匠之女,大公老爷怎会寄情于她呢?

当然良秀之女堂前露脸,乃是因为她的聪明伶俐。她是正大光明的,因而不会招致其他侍女的嫉恨。相反,打那之后,众人对姑娘和小猴更加怜惜。二者每时每刻厮守在公主身旁,游览的车队出行时,也是每每伴之左右。

姑娘的故事暂且按下。我们先来说说其父良秀的故事。如前所述,大家转眼都对小猴表示出怜爱之情。可是对于关键人物良秀呢,大家仍旧表露着嫌恶之状,背地里仍旧"猿秀猿秀"地叫着。不仅在大公的官邸之中,连横川地方的僧都说到良秀,都脸色骤变地流露出嫌恶之情,仿佛遇见了一个魔障。(的确如此。尤其良秀在讽刺漫画中讥讽了僧都的品行,对僧都有失恭敬。)总之不论问谁,对于良秀的评价都是不敢恭维的。假如说有人说过良秀的好话,或许仅有他的两三位画师伙伴,或是只知其画、不知其人者。

其实,良秀不仅是相貌猥琐,他还有更加令人嫌恶的怪癖,所以完全是自作自受。

四

他都有些什么怪癖呢?吝啬、贪婪、无耻、怠惰。——哦,更有甚之，他还专横、傲慢，时刻以当朝第一画师自居。这些表现若仅仅限于画坛尚可原谅。可他死犟。世间的一切惯习或惯例，他统统嗤之以鼻。良秀一个年长的弟子说，邸里曾有一位著名的丝柏笆女巫跳神，嘴里喃喃着吓人的神谕。良秀却充耳不闻，随手抄起身旁的笔墨，一笔一画地画出了女巫的恐怖面容。在良秀眼中，恶魔作祟只是欺骗小儿的把戏。

良秀就是这么一个人物。他将吉祥天女画成了卑微傀儡。将不动明王（佛）描画成获赦无赖。总之他的行为无可饶恕，可你又无法责怪他。你说"良秀亵渎神佛，将会遭受报应"，那简直是对牛弹琴。对此，他的弟子们也是目瞪口呆。其中也有不少的人，忙碌中虑及未来的恐惧——简而言之，感觉罪孽深重。而良秀却时常在想，天下自己这样的伟人真正是绝无仅有。

无可置疑，良秀在画坛占有很高的地位。尤其是，他的画作无论画笔的运用还是色彩的运用，皆与其他的画师迥然不同。为此，有些与之作对的画家说，良秀乃一画坛顽主。那帮画家推崇的，则是川成或金冈之流。论及往昔的名匠之作，则有板户梅花月夜馨，屏风宫卿闻笛声，皆与优美的故事有关。而说到良秀的画作，则唯有奇异的惊悚之感。例如良秀的那幅龙盖寺门画作五趣生死图，描写的是深夜途经门下，耳闻天人叹息和啜泣之声。不仅如此，据说还嗅到了死人的腐烂恶臭。更有甚者，据说按照大公的吩咐，他也给宫中的侍女们作画。且但凡上了他的画作，三年之内必患绝症，不治而终。这些都是良秀沦落画道邪途的有力证据。

可是如前所述，他是一个刚愎自用的人。那般情状，反而令良秀更加傲慢。一次大公老爷打趣说："看来，良秀是偏爱丑陋的呀。"良秀竟咧开他那与年龄不符的赤唇，狂妄地奸笑道："没错。肤浅的画师哪里懂得丑中之美？"如此，良秀总以当朝第一画师自居，时常跑到大公老爷面前，发表一些高谈阔论。之前引以为证的弟子，私下里也给师傅送了一个诨名"智罗永寿"，讥讽他的狂妄自大。看来，这也并不过分。众所周知，"智罗永寿"是古时中国渡来的天狗之名。

然而正是这令人颦蹙的霸道良秀，却也保留着唯一的人类情爱。

五

良秀对身为侍女的独养女儿，表现出近似疯狂的怜爱。前面说到女儿亦是好姑娘，性情温和，体谅父母。可那良秀也为女儿操碎了心。信与不信由你，他连女儿的衣着、发饰都要管。他很吝啬。寺院向他化缘，他都一毛不拔。但在女儿身上花钱，他却大手大脚，毫无计较。

良秀一味疼爱着自己的女儿，却做梦也未曾想过，该为女儿尽快找个好人家了。倘若有人说了女儿的坏话，他便会暗地里纠集一些街头混混，去将人家暴打一顿。后在大公老爷的关照下，良秀之女到老爷府邸做了小侍女。可身为父亲的良秀同样是老大不悦。到了大公堂前，他也总是吊着个苦脸。因此人们揣测，一定是大公老爷倾心于姑娘的美貌，却不管做父亲的良秀是否情愿。

虽说那些传言未必属实，但一心惦念女儿的良秀确在祈望女儿的失宠。有一次，良秀又在大公的吩咐下画了一幅稚儿文殊图。画中御宠下的童子面容，真是画得奇妙绝伦。大公异常满足，谢道：

"我要奖赏你一件所欲之物。你说吧。"

良秀正襟危坐地沉思片刻，大大方方地说道：

"那么，请将我的女儿退还给我吧。"

哪有这种人呢？身居外邸，侍奉在堀川大公身旁，本来是那般得宠的幸事，良秀却提出这般无礼的要求。宽容大量的大公脸上亦露出一丝不悦。他一言不发地盯着良秀的面孔望了半晌，说道：
"那不行。"

而后起身离去。这样的事情竟重复了四五遍。大公注视良秀的目光，也随之渐渐地冷淡。女儿开始为父亲担忧，回到下房，每每泪湿裙袖。这样，大公恋慕良秀之女的传言，倒越发地流传开来。也有人捕风捉影地谣传说，正是由于姑娘不肯依从，大公才令良秀画了那幅地狱变屏风。

吾辈看来，大公不肯辞退良秀之女，完全是出于怜悯。与其将姑娘送回那冥顽不灵的父亲身边，不如将她留在邸中自由地生活。大公原本是想给性情温柔的姑娘更多照拂。若说大公出于好色之心，恐怕是牵强附会，更加确切地说，完全是捕风捉影的谎言。

总之为了女儿之事，良秀大大失了宠。不知为何，大公突然将良秀传到身旁，令他绘制一幅地狱变屏风。

六

提起地狱变屏风，那恐怖的画面景色顿时历历在目。

同样作地狱图，良秀笔下的地狱图在构图上，与其他的画师截然不同。在一帖屏风的角落里，人物、景象都是微观的，中间是十殿阎王，周边则是众眷属。另外一面则是猛烈的火焰，燃烧中的剑山刀树仿佛置身于糜烂的旋涡之中。冥官们像是身着唐装，衣裳上点缀着黄色和蓝色。近前则是一片红色的烈焰，黑烟和金粉漫天飞舞，仿佛描画出一个"卍"字的图像。

仅凭良秀的这般笔势，已令观者瞠目结舌。业火中备受煎熬的罪人，亦与一般地狱图中的情状不同。良秀地狱图中的罪人林林总总，上至月卿云客，下至乞食非人，笔下人物异常丰富——有扎着华丽腰带的上殿贵族，有身着艳丽礼服的美貌少妇，有手持佛珠搓捻的念佛僧人，有脚踏高底木屐的武士弟子，还有身段苗条的女童和串着纸钱的卦师。总之形形色色的人物逆卷于烟火之中，忍受着牛头马面、地狱小鬼的蹂躏。他们像大风吹散的落叶一样四方奔逃。一个女人如同神巫，头发缠在钢叉上，手脚蜷缩得像蜘蛛。一个看似新官的男人蝙蝠似的倒悬着，手刃穿透了胸前。有人在忍受铁条的鞭笞，有人被压在千斤磐石之下，有人被叼于怪鸟口中，也有人为毒龙的巨齿噬咬。——罪人不同，残虐的方式也不同。

其中最最令人惊恐的，是悬浮半空的一辆牛车。背景是野兽牙齿一般的刀树（刀树的树梢上挂着许多亡者的尸体）。牛车的挂帘被地狱的阴风吹起，分不清是女御还是更衣（皆为宫中女官）的一个侍女绫罗披身，黑色的长发飘拂于烈焰之中。我看见，侍女白皙的颈项向后弯曲着，一副痛苦不堪的模样。那姿态，和熊熊燃烧的牛车，皆令人联想到炎热地狱的痛苦煎熬。不妨说，宽幅画面中的恐怖景象，统统凝聚在了这一人物身上。画作的确出神入化，观赏者似乎自然而然地感觉到，耳际传入了凄惨的呼叫之声。

啊！多么恐怖。为了实现那般描写，就须体验那样的恐怖情景。否则，即便是良秀这样的画家，也无法生动地描画出地狱之中的那般苦难。在完成这幅屏风绘画的过程中，良秀也经历了生生死死的惨烈遭遇。不妨说，画中的这个地狱，正是当朝第一画师良秀自己将要堕入的境地……

我这样急迫地描述那般珍奇的地狱变屏风，或许无意间颠倒了故事的顺序。让我们回到本题，继续来描述良秀的故事——看他如何受命于大公，承担起地狱变绘画的重任。

七

在后来的五六个月时间里，良秀从未到过大公官邸，他专心致志地绘制着那幅屏风画作。奇异的是，为女儿身心憔悴的良秀一旦开始了绘画，便不再惦记着去见女儿。用此前那位弟子的话来说，这良秀只要投身在工作上，就像狐仙附体一样走火入魔。实际上当时就有人传说，良秀成名的原因是向福德大神祈了愿。还说，若在背阴之处悄悄窥测良秀的绘画，必定可以看见暗影之中有若干灵狐的身影，前后左右簇拥成群。这种状态下，只要拿起了画笔开始绘画，其他的一切都会忘到九霄云外。他不分昼夜，蜷缩在那间不见天日的画室中。尤其在绘制地狱变屏风的那段日子里，他着迷的程度真是无以复加。

他在白昼之时关门堵窗，于烛灯之下调制颜料秘方。或让弟子们身着各式各样的传统服饰，手把手地模仿画姿。不，——其实，这就是他平时怪异的工作状态，而不单单是在绘制地狱变屏风的非常时刻。绘制龙盖寺五趣生死图的时候也是这样。平常人看见路旁的那些死尸，多半掩目疾行，而这良秀，却悠悠然坐在死尸跟前，聚精会神地描画死尸那业已腐烂的脸面和手脚，甚至连一根毫发都不愿放过。有人表示无法理解，何必这般过分执迷呢？这里无暇详尽描述，仅述一主要事例，说与诸君知晓吧。

一天，良秀的弟子（还是此前的那位）正在研磨油彩，师傅入内称：

"吾欲午休片刻。然近日噩梦连连。"弟子闻言，不以为怪，继续研磨着应道：

"是吗？"

良秀此时，脸上流露出从未有过的孤寂之色，又说：

"我说，我午休的这段时间，你就坐在我的枕边。"

师傅客气地提出了请求。弟子感觉奇怪，师傅平素并不介意睡梦的呀，好在这也并非难事，便答应道：

"好啊。"

师傅仍旧踌躇不安地叮咛道：

"你到里面来。不过记住，其他弟子来时，不可接近我的午休之所。"

里面？里面是哪儿呢？那便是良秀的画室。当时的屋里，同样关门堵窗，像是暗夜，朦胧中唯有一盏油灯在闪烁。但见炭笔绘制的草图屏风，赫然立于烛光之中。至此，良秀以肘为枕，仿佛精疲力竭似的进入了梦乡。约莫过了半个小时光景，坐在枕旁的弟子，听见一种莫名其妙、毛骨悚然的恐怖音响。

八

开始，仅仅是一种声音。过了一会儿，渐渐变成了断断续续的呼救声，仿佛溺水者的水中呻吟。

"什么？你让我过来？——上哪儿？到哪儿去？去地狱？炎热地狱。——你是谁？是谁在那儿说话？——让我猜猜，你是谁呢？"

弟子此时停止了油彩的研磨，十分恐惧地直勾勾地盯着师傅的脸庞。只见良秀的脸上布满皱纹，脸色苍白，渗出大滴的汗珠。他口唇干裂，牙齿稀疏，张着嘴拼命地喘气。此外他的嘴里明显有个活动的物体，被一种看似丝线的物体拽动着。哦，原来是师傅的舌头。断断续续的话语，原来是从这根舌头里面发出的。

"哦，你是谁呢？我猜便是你。什么？你来接我吗？来吧。到地狱来吧。地狱里——地狱里有我的女儿。"

此时，弟子心中感觉到异常的恐惧，朦胧中仿佛看见一个怪异的影子，飘飘忽忽地掠过屏风的画面。不消说，弟子立刻抓住良秀的胳膊拼命摇动。师傅仍在梦幻中自言自语，怎么摇都醒不过来。弟子无奈，一把抓过身旁的笔洗，兜头泼在良秀脸上。

"等着你哪，上车上车——坐上这趟车，到地狱里去——"他仍在胡言乱语。他的嗓音，变得像从喉咙之中挤出的呻吟。良秀总算睁开了眼睛，却像针扎了似的猛然跳将起来，瞪着惊惶的眼睛。梦中那奇形怪状的异物，仍旧留存在他的眼际。好半天光景，他都瞪着恐惧的眼睛，嘴巴张得大大的，眼望着虚空。最后，总算清醒过来。

"没事了。你到那边去吧。"他态度漠然地吩咐道。弟子此时不敢违逆，否则将会遭到训斥，便站起身，匆匆离开了师傅房间。据说，当望见室外明亮的阳光时，只感觉自己刚从噩梦中醒转，整个身心都有一种轻松之感。

这样的经历还算好受。约莫过了一个月光景，良秀又将另一弟子叫到画室，仍旧是在那么暗淡的烛光中，嘴里咬着画笔。他突然转向弟子说道：

"辛苦你，把你的衣服脱掉。"师傅这样吩咐，弟子哪敢不从？便三下两下脱去了衣服，赤裸裸站在那里。良秀奇怪地皱着眉头，冷冷地说：

"我要观察铁链锁缚的人类。有劳你照我的要求做。"良秀仿佛全然没有同情之心。徒弟是体格强健的年轻人，与其说是握画笔的，不如说像个舞枪弄棒的。他显然受到了很大的惊吓。过了很多日子，说到此事，他还在不住地解释说："我只以为师傅的精神出了问题，他是要杀死我吗？"良秀却对弟子的磨蹭大为不满。他不知从哪儿哗啦哗啦拖出一根铁链，扑过来骑在弟子身上，不由分说将他的双手拧到身后，用铁链缠了个结实。接着他又拽住铁链的两头，狠毒地往上一提。弟子的身体就势横掼在地板上，震得地板咕咚作响。

九

当时那位弟子的模样,简直像一只放倒了的酒瓮。他的手脚凄惨地扭曲着,能够活动的唯有脖颈。在铁链的紧捆下,肥壮躯体里的血液循环不畅,以致脸庞和躯体全都憋得通红。良秀对此全然无心。他围绕酒瓮一样的躯体仔细打量,画了几幅近似的素描。而铁链捆绑下的弟子在承受多大的肉体痛苦,他却全然没有反应。

若不是突然发生了一个变故,徒弟还不知要受罪到几时。幸好(或应说是不幸)时过不久,房间一隅的大壶下面,一缕弯弯曲曲仿佛黑油似的物体流淌出来。开始,那物体蠢蠢欲动,给人一种黏黏糊糊的感觉。可是渐渐地,物体流畅地滑动起来,表面上闪闪发光。当它流淌至弟子的鼻下时,弟子不由得屏住了气息,大喊道:

"蛇——蛇!"不妨说,此时他全身的血液,都突然间冰冻起来。其实,黑蛇不过在铁链紧捆的脖颈上,用它那冰凉的舌头舔了一下。这意想不到的突发事件,令霸道的良秀也大吃一惊。他慌忙丢下画笔,弯腰一把揪住了黑蛇的尾巴,将它倒悬起来。黑蛇倒悬着抬起头,拼命往自己的躯体上方翻卷,但却无法翻卷至良秀的手部。

"畜生!害得我画错一笔。"

良秀恨恨地说。他将黑蛇投入墙角的大壶中,而后满脸不悦地解开了弟子身上捆绑的铁链。对那般顺从的弟子,他竟一句暖心的抚慰都没有。他异常愤怒的,不是黑蛇差点儿咬了弟子,而是那畜生搅坏了一笔绘画。之后闻说,那条黑蛇也是良秀专门饲养的,为着描绘毒蛇的形象。

听了这个故事,想必阁下便会了解良秀那般神经兮兮、令人不快的偏执。最后尚有一例。此番遭难者,是个十三四岁的弟子,也是为了地狱变屏风的绘制,险些丢了性命。这个弟子皮肤白皙,如同少女一般。一天夜里,他不知不觉地被师傅唤至画室。只见良秀立于烛台之下,手掌上托着一块鲜红的生肉,正在喂食一只奇异的大鸟。大鸟的个头儿仿佛一只家养的大猫。鸟的外形也似大猫,两旁爹出的羽毛像双耳,又大又圆的眼睛呈琥珀颜色。

十

良秀天性如此——最讨厌将自己的事情说与旁人。之前说到黑蛇,也是如此。自己的房间里有些什么?他要做什么?反正一切事情,他都无意告诉弟子。所以,他的桌子上有时放的是骷髅,有时放的则是银碗或漆器高脚杯。反正出现各类意想不到的物品,皆与他当时的绘画有关。可这些物品平时放在何处,却无人知晓。也许,良秀得到福德大神冥助的说法,还真的不是空穴来风。

年轻的弟子心中思忖,桌上的这只异样大鸟,肯定也是用于地狱变屏风绘制的。他毕恭毕敬地坐在师傅面前问道:"让我做什么呀?"良秀仿佛没有听见似的,用舌头舔了舔猩红的嘴唇,下巴点了点大鸟说道:

"怎么样?养得不错吧?"

"这是什么鸟呀?我还从未见过呢。"

弟子问道。说话间他盯着那只带耳朵、大猫一般令人感觉恐惧的怪鸟。良秀却仍旧以平素那般讥讽的语调说道:

"怎么,没有见过吗?难怪啦,城里人就是这样。这是两三天前鞍马的猎手送给我的,叫做鸱鸮(猫头鹰)。不过这样驯顺的鸱鸮,真不多见。"

良秀说完,缓缓地举起了手,小心地由下往上抚弄着吃过饵食的鸱鸮,轻捋鸱鸮背部的羽毛。此时,大鸟突然发出短暂而尖利的叫声。说时迟那时快,大鸟忽地从桌上飞起身来,张开那双利爪,凶猛地冲着弟子的面门扑飞而来。若非慌张地以袖掩面,弟子必定被那鸥鹣抓伤。弟子用自己的衣袖拼命驱赶着。可那鸥鹣转瞬之间又扑了下来,嘴里吱吱地尖叫着,开始了新的攻击。——弟子忘记了师傅的存在,一会儿站立防卫,一会儿坐下驱赶,没头没脑地在房间里逃窜。怪鸟自然继续追击。它忽高忽低地飞翔着,瞅冷子便照准猎物的眼睛突然扎下。每次攻击,鸥鹣的翅膀便发出啪嗒啪嗒的吓人声响。这声响令人想起风卷落叶、瀑布飞溅或馊变残留的猿酒。反正都是些怪异的感觉,令人感到无尽的恐惧。弟子还将黯淡的烛光,误认作朦胧的月明,而师傅的画室,则是远方的深山或妖气阴森的山谷。弟子感觉到毛骨悚然。

其实令弟子感觉恐惧的,还不仅仅是鸥鹣的攻击。他更加恐惧的正是师傅良秀。师傅竟冷眼观望着如此肉搏,且慢条斯理地摊开画纸,用舌头舔了舔画笔,开始描绘异形怪鸟残虐白嫩少年的惨烈景象。弟子慌乱中只望了师傅一眼,顿觉一种异常的恐怖之感。他一时间感觉到,自己将被师傅所谋杀。

十一

被师傅谋杀的可能性,其实不言而喻。当晚特意将弟子叫到画室,就是为了绘制鸥鹣追杀弟子逃窜的景象。所以弟子就那么望了师傅一眼,便不由自主地双袖抱头,不知缘由地厉声惨叫着逃窜到画室角落的拉门旁,翻滚着蜷缩于门下。此时,良秀也不知为何发出了慌张的喊叫,像要站起身来。一时间,鸥鹣的翅膀扑打声更加激烈,加上物体倒地、摔碎的声音,各种喧嚣的声响夹杂在一起。此时的弟子魂飞魄散,无意间再度仰起双手捂住的头。不知何时,房屋里变得漆黑一片,师傅焦躁地呼唤着其他弟子。

不一会儿,远处一个弟子有了回声。那弟子手护着小灯急急赶来。借着煤烟熏人的小灯一瞅,原来是弄倒了烛台。地板上,榻榻米上,全是油迹。再看那只翻倒在地的鸱鸮,只剩下一只翅膀痛苦地扑扇着。良秀在桌子对面半抬起身,早已看得目瞪口呆,嘴里嘟嘟哝哝地说着一些无人能解的话语。——这也难怪,那只鸱鸮的身上,缠着那条漆黑的毒蛇,毒蛇紧紧地缠住了鸱鸮的脖颈和一边的翅膀。也许,当弟子蜷缩到拉门旁时,碰倒了那里的大壶,壶里的黑蛇便爬将出来。鸱鸮不自量力地要去啄杀毒蛇,结果搞出了好大动静。两个弟子互相望望,半晌只是茫然地看着眼前的情景,而后给师傅弓了弓腰,小心翼翼地离开了画室。无人知晓,毒蛇和猫头鹰后来的结果如何。

诸如此类的事情还曾发生过多起。如前所述,良秀受命绘制地狱变屏风是在秋初,那么从秋初到冬末,弟子们不断受到师傅怪异行为的威胁。然而那个冬末,良秀的屏风画作也遭受了很大的阻滞。他的神态比以前更加抑郁,说话的态度也越发粗暴。他的屏风画作已有八成,往下却是难以进展。嗨,弄不好连之前完成的那些,都有涂掉重来的危险。

无人知晓,屏风是在哪些方面受到阻滞。或者也无人希望获知于此。在种种怪事之中吃尽了苦头的弟子们,只觉得自己是与虎狼同居一室,各人心中都在盘算,尽量离得师傅远些为好。

十二

相关于此的怪异故事,无须更多描述。说来尚有一件,顽固不化的老爷子竟莫名其妙地多愁善感起来,时常躲在无人的地方嘤嘤哭泣。特别是有一天,一个弟子来庭院做事,看见师傅站在庭院里,呆呆地望着春天的低空,泪水沾湿了他的面庞。弟子见状反而感觉无地自容，径自一言未发地悄悄退了回来。弟子们觉得十分诧异，师傅描绘五趣生死图，竟可描摹路旁的死尸，这样一个傲慢、偏执的人，怎会为着屏风绘画的进度受阻，就像孩子似的哭哭啼啼呢？

反正良秀执迷于屏风绘画的时候令人感到，他完全不像一个理智健全的人；同时不知何故，他的女儿也越发地性情忧郁起来。看到这些，我等亦潸然落泪。良秀之女原本生得多愁善感，肌肤白皙，腼腆拘谨，加上现今的忧郁，更让人感觉那湿沉的睫毛，发黑的眼圈，充满了孤寂的韵味。开始以为，她是在思念父亲，或者患了相思病。后来才知晓，她是因为无法违逆大公老爷的一个旨意。打那之后，人们突然间不再提起良秀的女儿了，仿佛将她忘却了一般。

适逢此期，一个夜阑人静的夜晚，我独自走过彼岸廊下。小猴良秀不知由何处突然跳将出来，拼命拽住了我的裙裤下摆。的确，那是一个温馨的夜晚，梅花飘香，月光如脂。透过月光望去，小猴露出它白色的牙齿，鼻尖紧皱，对着我声嘶力竭地尖声嘶鸣。此时的我确有三分恐惧和气恼。气恼的是它拽扯了我的新衣。起初真想一脚踹开小猴，自己走路。可转念一想不行。当初少爷教训小猴，都受了老爷的训斥呢。且看这小猴的样子，还真的出了什么事儿。我定下心来，顺着小猴拽扯的方向走去五六步远。

走过前方廊下的一处拐弯，透过夜色，是一处泛着白光的池水，在那边柔顺的松枝映衬下，池水给人以空旷之感。适逢此时，近处的房舍中传出了争斗之声。奇妙的是，那声音慌乱而鬼祟地袭击了我的耳膜。周围的一切阴森而静寂，分不清月光抑或雾霭。除了鱼跳之声，没有一丝人类动静。我不由得止住脚步。该不会有人施暴吧？我突然想去看个究竟，便悄然行至拉门外，屏住呼吸凑近前去。

十三

　　小猴良秀嫌我走得太慢，急不可待地几次蹿回我脚下，并由嗓子眼里挤出吱吱的嘶鸣。突然它单足一跃，跳上了我的肩头。我不由得回转头去，担心猴爪伤了我的肌肤。小猴却又抓住了我的衣袖，以免从我身上滑落掉地。——小猴的动作使我不禁跟跄了两三步。当我跑过了那处拉门时，小猴便拼命地拍打我的肩膀。这样，我便没有一刻踌躇地一把推开了拉门，跳进月光全然遮掩的房间之内。此时，遮挡在我眼前的——不，莫如说令我大吃一惊的，是在我进屋的同时，屋里像弹丸似的冲出了一个女人。女人差点儿撞在我身上，旋即一个跟斗摔在门外。不知何故，女人跪在门外呼哧呼哧地大口喘气，浑身颤抖着仰视我的脸，仿佛仰望着一个恐怖的怪物。

　　不消说，跌出门外的正是良秀之女。可是这天晚上，良秀之女仿佛完全变了一个人。她活生生地映入我眼帘，大眼睛闪闪发光，面颊也烧得通红。凌乱不堪的内外衣饰，也与往日的稚幼气质截然不同，相反却增添了几分妖艳的美丽。这哪儿是往日那个柔弱、矜持的良秀女儿呀？——我倚在拉门上，观望着月光下美丽的姑娘的身姿。此时，我听见另外一人慌张的脚步声渐趋远去。那是谁呢？我循着声音静静地用眼睛搜寻着。

　　姑娘咬住嘴唇，默默地摇头。她的表情令人感觉到十分委屈。

　　我弯下腰，将耳朵凑到姑娘耳旁，小声问道："他是谁？"姑娘却一言不发，只是摇着头。姑娘的长睫毛上挂满了泪珠，嘴唇咬得更紧了。

　　我这人生性愚钝，钻牛角尖。除了自己了解的事情，对不住，我是诸事不通。我也不懂得换个问话方式。半晌，只是呆若木鸡地伫立一旁，期待着倾听姑娘心中的悸动。自然，我的心中亦有一丝歉疚，不知自己的追问是否令姑娘作难……

这样不知过了多久，我关上开着的拉门，回首望见姑娘脸上的红晕也已稍稍褪去，便竭尽温柔地说道："回曹司（旧时女官的居所）去吧。"我亦感到心中不安，仿佛看见了不该看见的事情。此时此刻，真的感觉耻于见人，便悄悄沿着来时的方向走回转去。可是没出十步远，身后的裙裾又被拽住，拽衣者战战兢兢地乞我止步。我吃惊地回头望去，你道是谁？

但见小猴良秀伏于足下，人样儿似的合起双手，一面摇动着黄金小铃，一面毕恭毕敬地给我磕头。

十四

那晚之后，约莫过了半月光景，一天良秀突然来到官邸，请求拜见大公老爷。良秀的身份卑微，平日须是奉旨觐见，然而，那天大公却爽快地应承了良秀的请求，令其快快上殿。良秀身着平素的丁香色狩衣，头戴揉皱发软的便帽，带着比平常更加阴沉的表情，恭敬地匍匐堂前。过了一会儿，他嗓音沙哑地禀道：

"老爷先前吩咐的地狱变屏风，我日夜丹诚，竭尽薄力，总算不负执笔之劳，现已初见端倪。"

"恭喜恭喜。予亦十分满意。"

然而大公老爷的说话声音十分奇怪。不知为何，给人以无精打采的感觉。

"不，这完全不值得道贺。"良秀令人可气地耷拉着眼皮说道，"草图虽已完成，但尚有一处无法绘出。"

"什么？你还有画不出来的吗？"

"是的。说到底，我无法描绘我所不曾见过的事物。即便描绘出来,也肯定令人无法满意。那么跟我所说的无法描绘,并无二致。"

大公老爷听了这话,脸上浮现出嘲弄一般的微笑。

"那么,让你描绘地狱变屏风,就得到地狱去观望吗?"

"是的。那年遭遇大火灾,我亲眼目睹了火焰,仿佛看见了炎热地狱里的烈火。描绘不动明王中的火焰时,其实我也联想到那场火灾的景象。大人应当看过那幅画作。"

"可是要描绘罪人的话,怎么办呢?你见过狱卒吗?"大公好像根本没有听见良秀的描述,他这样反反复复地询问道。

"我见过铁链捆绑的人,也有怪鸟啄人的写生。说来,我略知种种备受残虐的罪人景象。不过狱卒嘛——"良秀泄出阴森的苦笑,"狱卒嘛,在我的梦境中也曾多次映现。或为牛头,或为马面,或是三头六臂的小鬼,他们击掌无音,张口无声,几乎每日每夜都来虐待我。我所想画而画不出的,并不是这样的景象。"

说到这里,大公才惊诧起来。半晌,他只有焦虑地瞪视着良秀的脸,而后吓人地颤动着眉毛,随口问道:

"那么,什么是无法描绘的呢?"

十五

"在我的屏风中央,有一辆槟榔毛车。我要描绘它从空中降落的景象。"良秀说。

此时,良秀开始目光炯炯地望着大公老爷。早就听说,良秀一旦涉及绘画就像一个偏执狂,而他此时的眼神,的确令人感觉恐惧。

"车中有一艳美贵妇,黑发散乱,忍受着烈火的煎熬。她在烟火之中,被熏得流泪蹙眉,半空之中仰望车篷。或为遮挡天上降落的火星,她用双手揪下了车上的竹帘。周围则是纷飞的怪鸟。十只?二十只?或许更多。怪鸟嘴里呱呱叫着,飞翔在周围。——唉!就是牛车上的这位贵妇,我实在画不出来。"

"那——怎么办?"

大公不知何故流露出喜悦之色。他催着良秀快说。可良秀却像平素红润嘴唇发热时的情况一样,浑身颤抖着,像说梦话一样地重复道:

"我所无法描绘的,就是这样的一幅情景。"突然,良秀歇斯底里地大声喊道:

"请在让我看见槟榔毛车之前,点燃大火。如果不能做到……"

大公老爷面色黯然,可突然间哈哈大笑起来。当他止住大笑时这样说道:

"好吧,一切就像你说的那样办吧。争来争去,毫无益处。"

听到大公这样说,我便产生了一种莫名的恐惧预感。实际上,大公的表情亦十分可怕。他嘴角泛起白沫,颤抖的眉际像是放电。给人的感觉,正是良秀的疯狂传染到了他的身上。大公话音未落,又爆发出刺耳的哈哈大笑,继而说道:

"槟榔毛车点燃大火。车里坐着一位艳丽女人,还要贵妇装扮。对不?在烈焰和黑烟的围困中,车上的女人在挣扎中死去——不愧是天下第一的画师呀,竟有这般天才构想。佩服,佩服呀。"

听了大公这番话,良秀突然间气喘吁吁,脸色大变,唯有嘴唇还在嚅动。他像被抽去了身上的筋骨一般,瘫软在榻榻米上。他双手伏地,用蚊子哼哼般的微弱嗓音,毕恭毕敬地向大公致谢。

"感谢老爷。这是我的福分。"或许良秀心中预想的可怕景象,竟伴着大公老爷的那般言语,实实在在地浮现眼前。此时,我这一生中唯有这一次,感觉到良秀是个可怜的人。

十六

两三天后的一个深夜,大公老爷如约召见了良秀,为了让他亲眼过目槟榔毛车的焚烧场所。值得一提的是,这里不是堀川御邸,而是京都城外一处已经烧失的山庄——俗称雪融御所,原先是大公妹妹的御邸。

雪融御所已经长期无人居住,宽大的庭院一片荒芜。拜谒者由御所名号亦可推知,庭院里一定是渺无人烟。大公的妹妹殁于此地。关于她的身世,亦有许多传说,说是在月儿藏身的每个夜晚,总有一个奇怪的身影穿着红色外衣,脚不沾地于廊下行走。这个说法并不奇怪。雪融御所白天也是静寂无声,天色一黑,池水的声响更加阴森,星光下飞舞的鹭鸶亦像怪物一般,令人毛骨悚然。

正好,这天夜里也是没有月亮,庭院里面一片漆黑,望得见大殿油灯的灯影。坐在廊下的大公身着浅黄便服,外套一件深紫色调的浮纹外衣。他在一个白底锦缘的圆垫上,高高地盘腿而坐。不用说,大公的前后左右站着五六个侍从恭敬地列成一排。其中有位体格强健的武士,凶神恶煞。据说当年陆奥之战时,他饿得生食人肉,之后还生生掰裂了鹿角。只见武士缠着腰带,身后反佩大刀,威风凛凛地蹲于廊下。——所有这些,都在夜风吹拂的灯光下,或明或暗,分不出是梦幻还是现实,总之透现着莫名的阴森和恐怖。

庭院中置放了槟榔毛车,高悬的车盖抑压着黑暗。毛车没有拴牛,黑辕斜搭在脚踏之上,金饰上的黄金像星星闪烁。放眼望去,这春季仍旧给人以寒冷之感。车上那浮线绫缘的青色挂帘,将车厢封闭得严严实实。谁知道车内是何物?周围则是一群杂役,手里举着松明火把。他们装模作样地调整着火势,担心油烟子飘向过廊。

当时的良秀位置稍远,恰好跪坐在回廊的对面。他仍旧穿着他的丁香色狩衣，头顶鸭舌帽。也许在星空的重压之下，他比平常显得更加瘦小，更加寒碜。在他身后，还蹲着一位同样装扮的人。想必那是良秀带来的一个弟子。他俩恰巧跪坐在远处的阴影中，由我这边的廊下望去，简直连狩衣的色调都分辨不清。

十七

时光大约接近深夜。林木和泉水包藏的黑暗，那样的寂静无声。我窥测了一下众人的情态，听见的却只有夜风吹拂。松明的烟雾在夜风的吹拂下，将油烟的气息捎带过来。大公许久一言不发，只顾观赏着夜幕中的奇异景色。又过一会儿，他将膝盖往前挪了挪，厉声唤道："良秀！"

良秀好像是答应了一声。可在我的耳朵听来，那应声简直是蚊子哼哼。

"良秀，今晚的火烧牛车，不是你要看的吗？"

大公说完，给周围的侍者递了个眼色。我看见大公和身旁的侍者们诡秘地微笑。难道是我神经过敏？良秀战战兢兢地抬起头，仰望廊上。他一言不发，只是默默地等待。

"你仔细看。这是我平日乘坐的车子。认得吗？现在，我便将这辆车子点燃。炎热地狱即将出现在你的眼前。"

大公欲言又止。他向身旁的侍者挤挤眼睛，接着突然变为十分痛苦的语调。

"车子里缚着一个侍女。她是有罪之人。只要点燃这辆车子，女人必死无疑，且将烧失肉身，烤焦筋骨，承受那无尽的苦难。你不是要完成那幅屏风吗？这是绝好的样本。好好看吧，烈火是怎样烧烂了雪白的肌肤。她的黑发也将化为火星，漫天飞舞。"

大公第三次停顿下来。不知他又产生了何等邪念，肩膀摇动着大声狂笑。

"此等景观空前绝后，予亦在此观赏呢。来来，将挂帘撩起来吧，让良秀看看车中的女人。"

闻言，一个杂役高举松明，粗鲁地走近大车。他突然伸出另一只手，将挂帘噌地掀了起来。顿时，现场发出了一阵骚动。燃烧的松明摇晃出红色，一时间将狭窄的车厢映照得鲜明透亮。车上的女侍被铁链捆绑着，惨不忍睹。——哎呀！阁下没有看错吧？女人身着华丽刺绣的樱花唐衣（古时日本的女式礼服），柔顺的黑发婀娜下垂，内弯的黄金钗子闪耀出美丽的光芒。而女人的身段小巧玲珑，与身上的装饰并不般配。她的颈项上套着一只小猴用过的项圈，侧旁望去，姑娘的芳容无限孤寂，无限恭谨。无疑，这正是良秀的女儿呀！我差点儿惊吓得叫出声来。

对面的武士慌忙起身，手握刀柄，严峻地注视着良秀。良秀看到这般景象，惊吓得几乎晕厥过去。当初他是跪坐于廊下的，此刻腾地跳将起来，双手伸向前方，懵懵懂懂地冲着大车方向奔去。如前所述，良秀的面容远远地居于阴影之下，无法看得清楚。而转瞬之间，煞白煞白的良秀面容或被无形力量悬浮空中的良秀身影，突然间摆脱了那般黑暗，鲜明地浮现在我们眼前。此时，随着大公的一个号令"点火"，杂役们将松明火种投向了女子乘坐的槟榔毛车。顿时燃起了熊熊大火。

十八

大火眼见包围了车篷。车篷边缘的紫色流苏，被风火吹得向上飘拂。下面则是夜幕之中的蒙蒙白烟，旋涡似的翻卷着。挂帘、袖裾、梁上的金饰，一时间粉碎飞扬。漫天飞舞的火星像是细雨，一派恐怖的景象。更为可怖的则是两侧窗棂的火舌，熊熊升腾于半空之中。烈焰的色调像是日轮落地，天火迸发。当初几近喊叫出声的我，此番已是魂销魄散，只有茫然地张开大口，呆呆地观望着恐怖的景象。然而，其父良秀的情况如何呢？——

良秀当时的表情，令我终生难忘。他懵懵懂懂地跑到毛车近前，大火熊熊燃烧起来之后，他便停止了脚步。他仍旧向前伸出双手，目不转睛地注视着毛车周边的烈焰和烟尘。他周身沐浴在火光之中，满是皱纹的丑陋面孔，连胡子尖都是清晰可辨的。然而无论是圆睁的双眼，扭歪的嘴唇，抑或是不断痉挛的脸颊，都活生生显现出良秀复杂变幻的恐惧、悲哀和惊悚。——即便是刑场上将被斩首的盗匪，或绑上阎王殿、十恶不赦的罪人，都无法显现出那般痛苦的表情。就连那位威勇强悍的武士，都不禁骇然失色，战战兢兢地仰视着大公的脸。

大公紧紧地咬着嘴唇，不时发出摄人心魄的大笑，目不转睛地盯视着燃烧大火的毛车。我到底没有勇气详尽描述——啊！在熊熊大火的毛车之中，我看到姑娘怎样的一幅情景呢？我看到的只是浓烟呛翻的苍白面容，横扇烈焰的黑乱长发，以及转眼间化为火焰的美丽的樱花唐衣——多么惨烈的景象呀！尤其在夜风的吹拂之下，浓烟摇曳，红色的火焰播撒着金粉漫天飞舞，火中的人儿咬住猴辔，在铁链的捆绑中苦苦挣扎。我真怀疑亲眼看见的是地狱之中的惧人业苦。何况是我，就连那强健的武士，也禁不住毛发倒竖。

随后又是一阵夜风吹过，但见庭院的树梢上嗖地发出一个声响。——谁都无法想象，黑暗的夜空之中，那声响仿佛从天而降。但见一个黑色的物体像皮球一般跃出，既非跳跃亦非飞翔地径直由御所的屋脊，跃入了毛车的恐惧烈火中。涂着朱漆的两侧窗框，已烧得七零八落往下掉。黑球一把抱住了反绑双手的姑娘肩头，随着极端痛苦、撕心裂肺的一声尖叫，飞扬起一缕细长的烟云。随即又传出了几声啼鸣——所有观者不禁啊地喊出声来。而背向烈焰火壁、紧紧抱住姑娘肩头的，正是那只拴在堀川官邸、诨名良秀的小猴。

十九

　　小猴的身影显现仅在一瞬之间。恍若金梨子一般飞舞的火星，呼地升腾于空中。小猴和姑娘的身姿，亦迅疾隐没到黑烟之中。唯有庭院中央剩下的那辆火车，呼啦呼啦地熊熊燃烧。不，与其说是火车，不如说是火柱，撑悬于星空之下，燃出了摄人心魄的烈焰。

　　良秀面对火柱伫立，脸上的表情似已凝固。——不可思议！开场之前，良秀还在为地狱的苦难而烦恼，可是现在，那皱纹密布的脸上却浮现出令人费解的光辉，宛若恍惚之中的法悦（佛）光辉。他仿佛忘记了大公的存在，双手紧抱胸前伫立于廊下。那情形似乎令人感觉，美丽的火焰和烈焰中受难的女人身姿，令之产生了无限的喜悦。

　　更加令人不可思议的是，你以为良秀是在愉快地观赏独生女儿的临终之苦吗？其实不仅如此。此时的良秀已非人类，他一脸怪异的庄严表情，好似梦中所见的狮王愤怒。连那些受了意外大火惊吓、聒鸣飞翔的无数夜鸟，也不敢接近这个头顶便帽的怪老头儿。或许在无心的鸟儿眼中，良秀的头顶也是圆光高悬，显现出不可思议的威严。

　　鸟儿亦如是，何况我等与众多杂役。所有的人都屏住了气息，身心震颤，心中充满了随喜（佛），目不转睛地盯着良秀，仿佛瞻仰着开眼之佛。空中呼啦作响的火车烈焰和惊魂失魄、呆然伫立的良秀，体现了何等的庄严、何等的欢喜呀。然而唯有落座廊下的大公，脸色铁青，嘴角翻沫，面目全非。他双手紧紧抓住自己的紫色外罩膝部，像干渴的野兽一般呼哧直喘……

二十

大公在雪融御所焚烧毛车的事件,不知通过何等渠道传扬得满城风雨。大公为此受到来自各方的指责。他为何要烧死良秀的女儿呢?最多的猜测和传言便是,因为恋情引致了怨恨。然而大公的真正意图绝非要烧车杀人,而是要惩治屏风画师良秀的邪恶根性。这是大公亲口对我说过的。

此外,良秀也被视为铁石心肠的恶汉——为了屏风绘画,竟然眼睁睁看着女儿烧死。有人骂他是个混蛋,为了绘画竟然忘却父女之情,简直是人面兽心。那位横川的僧都亦时常赞同这般观点。他说:"无论你在艺能方面多么优秀,都不可忘记人之五常。否则唯有堕入地狱。"

时过月余,良秀终于完成了那幅地狱变屏风。他急切地将屏风携往御邸,恭敬地请大公过目。恰巧僧都也在现场,面对屏风扫过一眼。那帖天地之中肆虐的狂暴烈焰,令之惊恐不已。此前还一副苦脸瞪着良秀的僧都,不由得大腿一拍喊道:"好画!"然而令我至今无法忘却的,却是大公闻听此言时的一脸苦笑。

打那之后,至少在大公的官邸当中,无人再说良秀坏话。无论何人,无论他平时多么憎恨良秀,只要看见了这幅屏风,就会为奇妙的庄严之心打动,亦会如实地感受到炎热地狱的无尽苦难。

此时此刻良秀业已不在人世。他在屏风完成之后的翌日深夜,在自家的房屋里悬梁自尽了。独生女儿先行一步,他哪里还能安闲地苟且偷生?良秀的遗骸如今埋在了他家的坟茔中,前方是一块小小的墓碑。想必经过数十年风风雨雨之后,碑上也将生出苔藓,人们将无从知晓墓碑的主人。

大正七年(1918)四月

文明的杀人

魏大海译

　　下文展示者，是最近从本多子爵（化名）那儿借阅的、已故北田义一郎（化名）医师的遗书。其实，即便说出北田医师的真名，如今恐亦无人知晓。我自己也是因为结识了本多子爵，才了解到明治初期的少许逸事，也才有机会率先听到了医生的大名。这一人物的品行如何呢？想必他的遗书，便是一个注解或说明。加上我所听说的一些传闻，医生的形象便会更加丰满。据说，医生是当时著名的内科专家，同时也是一位戏剧通，在戏剧的改良方面提出了激进的见解。在戏剧方面，医生居然亦有自己的创作，据说那是一部二幕喜剧，将伏尔泰的 Candide（老实人）编排为德川时代的一个故事。

　　从北庭筑波摄下的相片上看，北田医师蓄着英国式的须髯，是个相貌魁伟的绅士。又听本多子爵说，医生的体格超过西洋人，由少年时代开始，他就精力超群。遗书的文字笔墨淋漓，显现出郑板桥式的狂放，同时也显现了医生自身的风貌。

　　当然，我在公开这部遗书之时，也做过诸多篡改。例如，当时尚无授爵制度，我却借用了日后的这般称谓，将人物称作本多子爵和夫人。只是，文章的格调，几乎维持了原文的模样。

本多子爵阁下及夫人：

　　临终之际，予告白三年以来时时存于心底、该当诅咒的一个秘密，借此亦向卿等袒露自己的丑恶心地。卿等读过这封遗书之后，倘若仍将卿等的这个故人记于心中，怀有一丝怜悯，对予自然是喜出望外之大幸。如果，卿等将予视为万死之狂徒，必欲鞭尸而后快，予亦毫无怨言或遗憾。只是，切勿听了予所告白的事实，倍觉意外，便胡乱诬予为神经病患者。予最近数月以来，苦于不眠之症。而予之意识是明白的，且极度敏锐。请稍稍回忆卿等与予二十年来的相识相处（予斗胆以朋友相称），请勿怀疑予之精神的健康。然而没有任何选择的是，正如此遗书所示，予之一生历尽污辱，到头来皆为无用的废纸。

阁下并夫人，予之过去犯了杀人之罪，同时将来亦有犯下同样罪恶之可能。予乃可悲的危险人物。那般犯罪，是卿等最为亲近的人物策划的，而且还在继续策划，卿等想必会感觉到意外之中的意外。予深切感觉到，必须再度发出这般警告。予是完全清醒的，予之警告亦是彻头彻尾的事实。希望有幸获得卿等的信任。万勿将予之生涯的唯一纪念——这短短的几页遗书，当作虚幻的狂人呓语。

予已没有时间这样喋喋不休地强调予之健全。在仅存的短暂时间里，须尽快述明予之杀人动机或计划的实行，进而言及杀人之后的奇怪心境。否则予将悔恨不已。然而，呜呼！当予面对纸砚之时，仍旧感觉到惶惶不安。对予而言，检讨或记载自己的过去，和重新回到过去的生活究竟有何差异？予将被迫再度重温杀人的计划，体验杀人的行为，并再度堕入最近一年令人恐怖的苦闷之中。予堪于忍受否？而今，予向久违数年的我主耶稣基督祈祷。愿主赐予力量吧。

少年时代，予曾爱上予之表妹（请允许以第三人称称呼）——早年的甘露寺明子。回溯与明子相伴的幸福时光，或许卿等感觉不堪卒读。予之心底亦觉犹豫，却无法回避作为例证的、历历在目的一场光景。当时，予不过十六岁的一个少年，明子则是未满十岁的少女。五月某日,予等在明子家草坪的藤架下嬉戏。明子突然问予,单足站立可以多久?予答道,站不多久。明子闻言将左手垂下,握住左脚的脚趾,右手举起保持平衡,用一只脚站了很长时间。头顶上垂下的紫藤,在春天的阳光里摇曳,紫藤下的明子,却像一尊雕塑凝然地伫立。她那几分钟内的如画景致,至今仍历历在目。反省自我,予惊奇地意识到,实际上在那藤架之下,自己已深深地爱上了她。打那以后,予对明子的爱情益发强烈,无时无刻不在思念着她,几近荒废了学业。然而,予是一个懦弱的人,最终却未能向她吐露衷肠。在阴晴无常的悲切情感中,予时而哭泣时而欢笑,这样度过了茫茫数年的岁月。但在予二十一岁那年,父亲却突然命予远赴英都伦敦留学,以承继父亲的医学家业。诀别之时,予欲向明子袒露予之爱情。然而予等那样的严肃家庭,毫不吝惜地为予创造了那般机会;再者,予深受儒教主义教育,亦惧怕桑间濮上(《礼记》,淫乱之意)之闲言,只好抱着无限的离愁,孤笈飘然地去了英都伦敦。

这儿有必要叙说的是,在留学英伦的三年之间,每当予伫立于海德公园的草坪上,心中便无限怀念故园紫藤花下的明子;漫步于蓓尔美尔①街头巷尾,予又会对天涯游子的自己充满怜悯。在伦敦留学的日子里,予梦想着蔷薇色彩的未来,梦想着予等的结婚生活,借此排遣心中的郁闷之情。然而,当予留英归来之时,却获知明子业已嫁人,成为第 X 银行总经理满村恭平的妻子。予当即决心去自杀。然而予生性的怯懦和留学期间皈依的基督教信仰,却不幸麻痹了予之双手。卿等若欲知晓予当时的那般伤心,不妨回顾一下予归国十日之后,意欲再度赴英时招致了父亲的何等激怒。论及当时的心境,其实没有明子的日本,像是故国而非故国。与其滞留

---

① 蓓尔美尔,Pallmall,英国伦敦街名。

在并非故国的故国,枉度精神败残者之生涯,莫如捧着柴尔德·哈罗尔德的一卷①,做个远在万里的孤客,并将遗骨掩埋于异域的土地。予坚信,这样方可获得更大的精神慰藉。可是发生在予身边的事情,却终究令予抛弃了再度渡英之计划。加之在父亲的医院里,予乃留洋初归的博士,来此诊疗的患者络绎不绝,不得已便坐上了那把无聊的座椅。

予向上帝祈求,摆脱失恋,幸获慰藉。当时一位难忘的朋友,是居于筑地的英吉利传教士亨利·塔恩杰德。亨利为予阐释了圣经的数个章节,结果令予对于明子的爱,在经历了无数的苦斗之后,渐渐由热烈的情欲转化为平静的亲情。予时常同亨利一起谈论上帝,谈论上帝之爱,谈论人类之爱。记得一次独自回家,半夜走在行人稀少的筑地居留地。倘若卿等不会取笑予之儿女情长,予即叙说予之当时的感极唏嘘。当时,予仰望着居留地空中的半轮明月,暗暗向上帝祈求着表妹明子的幸福。

予终究获得了爱之新转向。可否以"断念"的心理加以解释呢?无可置疑的是,予虽无勇气和时间详细地加以释明,却靠着那般亲情之爱,治愈了自己的心灵创伤。归国以来,予但凡听到有关明子夫妻的消息,就像遇见了蛇蝎一样恐惧。但是如今,予却靠着亲情之爱,开始希望与明子夫妇接近。予轻率地相信,只要发现他们夫妻是幸福的,就会感到更大的安慰,却不会产生一丝一毫的苦闷之感。

那般信念带来的结果,乃是明治十一年(1878)八月三日两国桥畔施放大焰火时,经朋友介绍,予总算于柳桥万八的水楼之上,在十余艺伎的陪伴下,与明子之夫满村恭平有了初次的一夕之欢。欢?何欢之有?予之心中不由得感叹,要说是苦,才更为贴

---

① 英国浪漫主义诗人拜伦的旅行记。

切。予在日记之中这样写道："予念及，明子怎会嫁给满村这样淫滥的贱货为妻？予真是满肚子的怨愤无处宣泄。上帝教诲曰，予可将明子视为予妹。然而，予怎可将小妹委之于那般禽兽之手？予无法忍受上帝这般残酷而谲诈的游戏。谁能将自己的妻子、小妹送交强人凌辱，却仍在仰天呼唤上帝的神佑呢？从今以后，予断然不再信奉上帝，而要靠自己的双手，将小妹明子从那色鬼的手中救助出来。"

予在书写此封遗书，当时令人诅咒的情景再度浮现在眼前。苍苍水霭，万点红灯，还有那前后相衔、没有穷尽的画舫队列。——呜呼！予终生不忘那夜仰望的、半空之中的焰火闪烁，更无法忘记的是肥猪一般的满村恭平。他右拥花魁，左随雏妓，高吟着猥亵不堪的俚歌，傲然酣醉于凉棚之上。不！不！予至今无法忘却他的黑纱大褂，以及那抱明姜的三条花纹。予坚信，其实从观赏水楼烟花的那晚开始，予便执意要去杀死他。予还坚信予之杀人的动机，由其发生的当初，就绝不仅仅是因了嫉妒之情。毋宁说那是因为一种道德的激愤，或为着惩治不义，祛除邪恶。

打那以后，予潜心关注满村恭平的行为，观察他究竟是否符合给予的那一夕之间的痴汉印象。幸好予之熟人中有几位从事新闻业的记者。不妨说，有关于他的许多淫虐无道行径，纷纷进入了予之视听。予自熟人前辈成岛柳北先生处闻言，满村恭平在西京祇园的妓楼，有位名叫未春的雏妓，两人爱得死去活来。其实亦属同期之事。而且这个无赖丈夫，早已结识了温良贤淑的夫人明子。在明子面前，他就像是一个奴仆，而所有的人看见他，都将之视为人间瘟疫。人们知晓他的伤风败俗，也知道除他之外的扶老怜幼。为此，在予杀害意志的主导下，予又渐渐改变了谋杀计划。

不过，若无下述经历，予之杀人计划的实行，恐怕还要经历更多的踌躇。幸好，抑或也是不幸，命运在这危险之际，让予会见了予之少年时代的朋友本多子爵。予等通宵达旦地在墨上旗亭的柏屋，一面饮酒一面引出了一段哀怨的话题。至此予方初次知晓，本多子爵和明子居然早已有过婚约，却在满村恭平的黄金威压下，无奈地最终毁约。予之愤怒益发高涨。在那画楼帘里黯淡的一穗酒灯下，予同本多子爵交杯换盏，痛骂满村。回想起当时的情景，予至今仍觉肉跳。同时，予至今仍然清晰地记得，当夜乘坐人力车由柏屋返回时，途中想起本多子爵和明子的婚约，曾经感觉到一种无可名状的悲哀。请允许予再度引用日记。"今夕，予会见了本多子爵，更坚定十日之内杀掉满村恭平的决心。听子爵的口吻，他与明子不仅独自定下了婚约，而且真正地相爱着。（予感觉自己今日才发现了子爵独身生活的理由。）毫无疑问，予愿意杀死满村，让子爵和明子结为伉俪。偶然想到，明子嫁给满村尚未生子，实乃天意，亦似助予实现计划。予坚信，只要杀死那人面兽心的巨绅，即可令予之亲爱的子爵和明子，早晚过上幸福的生活。念及于此，口边不禁浮现出微笑。"

而今，予之杀人的计划转变为杀人的实行。予经过反复周密的深思熟虑之后，渐渐地选定了谋杀满村的适当场所和手段。至于那具体的场所和方式，未必需要详尽地叙述。卿等尚记得如下事实否？明治十二年（1879）六月十二日，德国皇孙殿下在新富座剧场观看日本戏剧，满村恭平在由同一剧场返回宅邸途中，突发急病死于马车之上。予在新富座曾对满村说他的面色不好，并劝他服用了予所携带的药丸。一个壮年医学博士的劝告，显然具有说服力。呜呼！卿等请想象一下博士当时的表情。当时，在层层叠叠的红球灯光下，他伫立于新富座的木门前，目送着满村霖雨中奔驰而去的马车。此时此刻，昨日的怨愤，今日的欢喜，统统汇聚于心中，笑声、呜咽同时溢现在唇际，几近忘却了当时的场所和时间。而且，当时的他且泣且笑，迎着潇雨踏入泥泞，归途中仿佛陷入了疯狂。

请勿忘记，当时他嘴里嘟哝不停的，正是明子的名字呀。"予终夜未眠。予徘徊于书斋。是欢喜还是悲哀，予无法辨明。唯有一种无法言喻的强烈感情支配着予之全身，霎时间令予坐立不安。予之桌上有三鞭酒，有蔷薇花，还有那个丸药盒。予仿佛左右了天使与恶魔，开始了奇怪的飨宴……"

打那之后数月时间，予过着幸福的日子。根据法医的验尸，满村的死因和予之想象完全一致——脑溢血。即刻之间，他便置身于地下六尺的黑暗之中，任凭虫蛆蚕食着躯体的腐肉。既然没有任何目击者，予便没有杀人犯的嫌疑。而且有传闻说，丈夫死后，明子的气色并无好转。予带着满面的喜色诊察了予之患者。赋闲之时，予还主动约了本多子爵到新富座看戏。毫无疑问，予是最后的胜利者。那是光荣的战场，每当望见剧场的花雾和墙上的挂毯，予便感觉到奇异的欲望在躁动。

然而几个月之后，在这几个月的幸福时光里，予同时渐渐接近了同予生涯中最最憎恶的诱惑殊死搏斗的命运。这场搏斗无限惨烈，将予步步驱入死地。予到底没有当面坦白的勇气。就连现在书写这封遗书，予仍旧在与那水蛇一般的诱惑，进行着殊死的搏斗。卿等若欲窥见予之烦闷，不妨看看抄录于下的予之日记。

"十月×日，明子以无子为由离开满村家。近日，予可在本多子爵的陪同下，会见六年不见的明子。归国以来，开始是为了自己而无法相见，后来则是为了明子不能相见。光阴荏苒，转眼时至今日。明子的明眸，是否还像六年以前那般明亮呢？"

"十月×日，予今日造访了本多子爵，首次相伴前往明子家。不料，子爵已率先与明子约见了两三次。子爵竟这样疏远了予，令予感觉异常不快。予托辞为患者诊察，匆匆辞别了子爵家。恐怕在予离去之后，子爵又单独造访了明子。"

"十一月×日，予伴同本多子爵造访了明子。明子的容貌减色几分。然而伫立于紫藤花下时，仍旧还是当年的那个少女。呜呼！予已经见到了明子，可是为何予之心中，反而感觉到无可抑止的悲哀呢？予苦于无法获知其理由。"

"十二月×日，子爵似乎决意与明子完婚。这样，予杀害明子丈夫的初始目的，似乎已经达到。然而——然而，予将再度失去明子啊，予无法免除这般异常的痛苦。"

"三月×日，子爵和明子的结婚仪式，预期在今年年末举行。予祈祷着那一天早些到来。在现今的状态下，予将永久无法摆脱那无尽的痛苦。"

"六月十二日，予独自去往新富座。想到去年今月今日死于手下的牺牲，予观剧之中不禁露出了会心的微笑。然而，由剧场返家的途中，予突然想到了自己的杀人动机，顿时感觉到心中索然。呜呼！予为何杀死了满村恭平？是为了本多子爵，为了明子，还是为了自己？予无法回答这样的问题。"

"七月×日，今夕，予陪同子爵和明子，乘马车观赏了隅田川的流灯会。在马车窗外泻入的灯光下，明子的明眸益发美丽，几乎令予忘记了一旁子爵的存在。然而这并非予要说明的内容。马车上，当予听说子爵胃疼时，便伸手在口袋里搜寻，结果摸到了装着丸药的纸盒。予不禁一惊，这正是装有那种药丸的药盒。今宵，予为何要带上这种药丸呢？这是偶然的吗？予痛切地期望那是偶然的，但却未必是偶然。"

"八月×日，予和子爵、明子在予家中共进晚餐。可是，予却始终未能忘却自己口袋底部的那盒药丸。似乎在予心中，隐藏着一头予所无法理解的怪物。"

"十一月×日，子爵终于和明子举行了结婚仪式。予对自身，产生了无可名状的愤怒之感。那仿佛是一个士兵的愤怒，对自己曾为逃兵的怯懦行为，感觉到异常的羞耻。"

"十二月×日，予应子爵之请，赴其病床前诊察。明子亦在一旁，称夜来子爵高烧吓人。予诊察之后，告知不过患了感冒，随即回家亲自为子爵配药。前后大约过了两个小时。'那个药方'却始终持续着令人恐惧的诱惑。"

"十二月×日，予昨夜做了杀害子爵的噩梦，一整天，难以排遣心中的不快。"

"二月×日，呜呼！今天予才了解到，谋杀子爵也就是谋杀自己。那样的话，明子怎么办呢？"

子爵阁下并夫人，以上便是予之日记概略。然而，卿等未必可以了解予之日日夜夜的长期苦闷。予要是杀害了本多子爵，也就必须杀掉自己。可是，倘若将自己和本多子爵统统杀掉了，予当初杀害满村恭平的理由何在呢？倘若自己毒杀满村的理由中，潜藏着无意识的利己主义，那么予之良心、予之道德和予之主张，统统便应拂落在地，予以消灭。当然，予并非具有善忍之术。毋宁说，予坚信杀掉自己要远远胜于精神之破产。为了树立自己的人格，予今宵自用"丸药"药方，要让自己像亲手杀害的牺牲一样，获得同样命运。

本多子爵阁下并夫人，鉴于如上的理由，在卿等得到这封遗书时，予已经成为一具死尸，横卧在予之床榻上。临死之前，详尽告白予该当诅咒的半生秘密，只是为了给卿等留下一片洁净。卿等若要憎恨，那就憎恨吧。感觉怜悯，那就怜悯吧。自憎自怜的予，将会愉快地接受卿等的憎恶与怜悯。予就此搁笔，命予之马车直奔新富座。当演剧中场休息时，予将吞下几粒"丸药"，再度投身于马车之中。节物①变换，靡靡细雨。予仿佛幸而遭遇了黄梅阴雨。如此，予将像那肥猪一般的满村恭平，眼望车窗外面来去闪烁的灯火

---

① 节物，指称四季变换中的花鸟、风景、品物等。卢照邻有诗曰，"节物风光不相待"。

光，耳闻车篷之上淅淅沥沥的夜雨声。予离开新富座尚不算太远，但这无疑是予最终的呼吸。翻阅明日的新闻，或许将先行获得予之遗书，总之卿等将获悉，北田义一郎博士因患脑溢血，在观剧的归途中骤死于马车之中。予之临终，衷心祈望卿等健康幸福。

永远忠实于卿等的北田义一郎拜呈
大正七年（1918）六月

邪宗门

魏大海译

一

日前述说了大公老爷一代的地狱变屏风，令人瞠目结舌。而少爷的一生之中，亦发生了绝无仅有的离奇故事。讲述之前，似应简要述及一件意外——大老爷暴疾而卒。

记得那年少爷十九岁。说是意想不到的疾病，其实约莫半年之前就有了种种恶兆。或官邸上空流星划过，或庭内红梅反季开花，或马厩白马一夜变黑，或池中碧水瞬间干涸，鲤鱼、鲫鱼挣扎于烂泥之中。尤为惧人的是一个女侍的枕边噩梦。她竟梦见了良秀的女儿，乘坐着熊熊烈焰中的那辆毛车。毛车由一个人面怪兽拉着由天上降落下来。车里传出一句柔声细语，召唤道："大老爷，小的接您来啦。"当时，只见那人面怪兽吼叫着昂起头来。即便在梦幻般的黑暗之中，亦可看见那鲜红鲜红的嘴唇。吓得女侍尖声大叫起来。女侍由睡梦中醒转过来，粘唧唧出了一身冷汗，心口怦怦跳着，像火警的钟声。因而北方①和我等均觉心痛，便在官邸的多扇大门前挂了风水师傅的护符，又请经验丰富的法师做了种种祈祷。可即便如此，也无法逃出定业②。

---

① 北方，贵人之妻。
② 定业，前世报应。

一个风雪之日，寒冷彻骨。大公离开今出川①的大纳言②官邸，在归途的马车上突然发起了高烧。马车回到官邸时，大公只剩下微弱的呻吟，且全身透现出吓人的紫色，连床褥上的白色花纹都好像烤焦了一般。此时此刻，那些法师、医生和风水先生纷纷来到床榻边，绞尽脑汁地尽了最后的努力。可他的高烧却越发严重，直烧得老爷由床上滚落在地。落地之后，他突然声音嘶哑地疯狂喊道："啊！烧死我啦！快把这烟雾驱出！"那声音恍若陌生人。过去不到三个小时，他便完全不能说话了。老爷死得太惨。当时的悲哀、恐惧、无奈——回想起来，历历在目的是那迷漫板窗的护摩③之烟，哭哭啼啼、来去走动的众多侍女及其身穿的红色外褂，以及木然呆立的验尸官和术士。简要述说了当时的情状，予已禁不住泪流满面。而在这样的记忆之中，年轻的少爷却神态自若。他只是耷拉着一张铁青的面孔，纹丝不动地跪坐在老爷的枕旁。想到这样的情景，予仿佛嗅到了锋利刀刃的气息。那气息沁入了予之心田。少爷的表现值得信赖，令人产生了奇妙的感觉。

二

虽为父子，可像大公、少爷这样相貌、脾性迥然相异者真不多见。众所周知，大公体格高大肥满，少爷却是中等身材、羸弱精瘦，容貌上亦无大公老爷的那般男子气魄，像威猛的神将。少爷显现出典雅之美。他与那美丽的北方，却生得十分相像。眉毛挑起，目光冷澈，嘴角稍稍有点儿歪斜，生得一副女儿面庞，且奇妙地现

---

① 今出川，京都市的河流，附近为贵族宅地。
② 大纳言，官名，相当于太政官次官。
③ 护摩，梵语 HOMA 的音译，燃烧之意。真言宗秘法之一。燃火祈佛，烧尽一切烦恼、恶业。

出那淡淡、沉静的暗影。尤其是他的装束更加神奇,庄重神圣,有着极端静谧的一种威严。

不过大公与少爷的最大相异之处,还是在于气质的方面。大公的所作所为统统给人以豪放、雄大的感觉,任何事情都要给人以惊异之感。少爷则喜好纤细的感觉,凡事都要追求优雅的旨趣。例如由堀川御所,亦可窥见大公老爷的性情。同样,少爷为亲王建造的龙田院规模虽小,却如菅相丞歌中吟唱的——红叶庭满园,一条清澈的溪流穿过,溪中放养着几只白鹭。桩桩件件,无不显现了少爷独有的典雅。

因此,大公老爷凡事喜好炫耀勇武,少爷却最喜诗歌管弦。他与不同领域中的名流高手亲密无间,甚或忘记了身份的差异。据说他不单是喜欢,也长年潜心于钻研诸艺之奥秘。诸般乐器中,唯有笙是他不会演奏的。据说,自名家帅民部卿以来,乘上所谓三舟者唯少爷一人。在其家族的诗集中,增添了少爷许多优美的诗句。而世上评价最高的,正是良秀绘制五趣生死图时的龙盖寺佛事一节。少爷听了两位唐人的问答,吟咏出那首和歌。当时在一座时磬模样的物体上,铸有八叶莲花和两只孔雀。唐人望着这件物体,一人起句道"舍身惜花思",另一人则答曰"打不立有鸟"。少爷不解其意,周围的看客们便七嘴八舌地为之作解。少爷闻后在手中折扇的背面,字迹秀美、流利地书写了几笔,赐予周围的人群。上面写着那首和歌:

舍身惜花思,打不立有鸟。

三

大公老爷和少爷万事不和。他们似乎天生具有不同的秉性。世间亦有传言称，两人虽为父子，却在为同一内宫侍女争风吃醋。当然不会有这样荒唐的事情。在我的印象里，少爷十五六岁的时候，父子之间已经出现了不和之兆。对此，之前也曾有人提及。少爷唯独不吹笙的理由，亦与之相关。

早先，少爷曾对笙乐持有极大的兴趣。恰巧一个远房表兄熟识中御门的少纳言①，他便做了少纳言的弟子。少纳言是伽陵笙乐的稀世名家，大食调入食调曲谱代代家传。

少爷长期在少纳言身边用功，切磋琢磨。然而，每当少爷期望师傅传授大食调入食调时，少纳言却不知何故总也不肯满足他的愿望。任由少爷死乞白赖地再三请求，师傅就是不肯松口。因而少爷感到非常遗憾。某日，少爷在陪大公下双六棋②，偶然间说出了自己的此等怨言。据说大公老爷闻之，像往日一样傲慢地笑笑，十分亲切地安慰说："别发牢骚啦。过两天就让你得到那个曲谱。"时光过去未足半月，中御门的少纳言却在堀川官邸的酒宴归途中骤然吐血而死。事发翌日，少爷漫不经心地回到内厅，发现那镶着金边的桌子上，莫名其妙地置放着伽陵笙和大食调入食调曲谱。

其后大公又与少爷一同玩棋。他关切地询问道："最近的笙乐大有长进吧？"少爷静静地注视着棋盘，冷冷地答道："不，我永远不再吹笙。"

"为什么不再吹笙？"

"没有什么，只想凭吊少纳言菩提。"

少爷说着，眼睛直勾勾盯着父亲的脸。可大公老爷仿佛没有听见少爷的话，用力投下一个子儿道：

"咳！我又大获全胜啦。"他若无其事地继续下棋。当时的问

---

① 少纳言，日本古时的官名，太政三等官。
② 双六棋，黑白棋子各十五的游戏。

答就此中断。父子两人的关系,也由此出现了隔阂。

四

打那之后直至大公老爷驾崩,父子俩就像空中盘旋的两只苍鹰,互相窥测、盯视而各不相让。不过如前所述,少爷厌弃一切争吵或争论。对于大公老爷之所为,他也从来没有表示过反抗。顶多在他那略呈歪斜的嘴边,浮现出一丝带有讥讽的微笑,或扔出一句刺人的批评话语。

一次,大公老爷赴二条大宫观赏百鬼夜行。诸事太平,京都内外歌舞升平。少爷却带着怪异的表情对我说:

"这叫做鬼神见鬼神,老爷子自然贵体无恙。"之后便有深夜显灵的融左大臣,经大公老爷一声断喝,驱赶得无影无踪。少爷此时亦像平素一样歪嘴笑道:

"融左大臣不是风月才子吗?对他而言,老爷子何足挂齿?他肯定要一走了之啦。"

这些话,老爷听了自然十分刺耳。冷不丁听少爷说出那样的话,老爷心中有愤怒,表面上却只是面露苦笑。另有一次在赴皇居梅花宴的归途中,大公老爷的牛车走偏了道,撞伤了路上的一个老人。此时老人反而拱手道谢,说是被贵人大公老爷的尊牛撞伤,乃是自己的福气。少爷却在这时走到老爷车前,训斥了那个赶牛的童子。

"你这个蠢蛋!既然让牛车歪着跑,干吗不轧死那个贱人?撞了这么点儿小伤,还值得在老爷面前道喜吗?若是命丧车辙,倒会受到圣众迎接,老爷子岂不更加誉满天下?你这个心术不良的家伙!"我等随从听了这些话,心惊肉跳,担心老爷雷霆大怒,举起手中的折扇打将下来。不料少爷又爽快地笑着,露出他的美齿装模作样道：

"老爸，老爸，别生气嘛。我训过赶车童子啦，他好像也已知罪。日后尽量注意就是了。下次一定轧死一个人，让父亲誉满天下。"大公老爷似也无可奈何，脸上带着苦笑，一言不发地继续上了路。

父子俩处于这样的关系之中，所以大公老爷临终前后，少爷的那般姿态并未使我们感觉到丝毫的奇怪。如今回想起来，少爷当时的做派真的颇具冲击力，令人仿佛嗅到了锋利的刀刃气息。同时我们说过，心中也产生了一种奇妙的踏实感觉。当时我们心中的确有一种慌乱的感觉，仿佛就要改朝换代了。——就是说不仅在这官邸之中，普天之下的阳光都将突然地由南方转向北方。

五

所以自打少爷成为户主的那天开始，官邸里便好似春风荡漾，飘拂着过去少有的明朗气息。歌会、花会、情书会，也较之前大大增多。自然，侍女、武士的风俗习惯，也好像逸出了往昔的风俗画卷，开始去附庸风雅。尤其与先前不同的是，如今官邸里宴客时的出席名单，即便仍然是大臣、大将，也得要附加一条——若非在某一才艺方面出类拔萃，就很难入选少爷的这种聚会。再说就是参加了聚会，到场的人物也多是风流才子，乏有才艺的大臣大将们自惭形秽，便也敬而远之。

相反只要长于诗琴书画，即便官位低微的武士，也会受宠若惊地大受褒奖。例如某年秋夜，月光由窗格间泻入。忽闻织机声响，少爷喊道："来人。"便有一年轻武士走近前来。你道怎的？他突然对那年轻的武士说："你在那边听见织机的声响了吗？以此为题，唱首和歌吧。"武士当即立于阶下，倾首沉吟片刻便吟出了最初的一句"青柳"。可笑的是这个词语不合季节。侍女们禁不住笑出声来。武士却接着一字一句地吟出了整个诗句：

　　青柳似纺线，夏去秋来多变幻，夜来织机声。

　　周围顿时鸦雀无声。在窗格间泻入的月光下，少爷赐给年轻武士一领胡枝子花纹的武士礼服。其实那武士是我外甥，是和少爷年龄大致相仿的年轻人。有了这样的良好开端，外甥日后亦屡承少爷之恩惠。

　　少爷平素大致如此。日后将北方迎入麾下，年年加官晋爵。此般情况世人皆知，恕不赘述。言归正传。下面来看看少爷一生中仅有的那次奇异经历。说来，少爷和老爷另有一不同之处，世人还给少爷送了一个诨名："天下色鬼。"说实话，在少爷平安无事的一生中，除此之外还真的没有脍炙人口的逸事。

六

　　事情发生在大公老爷过世五六年之后。当时的少爷爱上了前述中御门少纳言的独生女儿，隔三岔五地写情书。世所公认，那姑娘生得羞花闭月。即便如今，在少爷面前提起当时的那般痴迷，他也总是乐不可支，潇洒地自我解嘲说：

　　"老头子，我知道大把天下好姑娘。可我当时不是鬼迷心窍了嘛。写出那么多傻瓜诗歌，都是爱情作的孽。我想啊，就像是踩进了狐狸精坟地，真正的鬼迷心窍。"不过当时的少爷的确与平素判若两人。他深深地陷入到恋情之中。

　　而这样的鬼迷心窍，倒也并非少爷一人。当时贵族中的年轻人，几乎统统倾心于中御门小姐。小姐打父亲在世的时候起，就一直居住在二条西洞院的宅邸中。而在她家宅邸的周围，那些色鬼们总是不期而至。有坐车的，有徒步的。听说一个夜晚，有两个人影站在宅邸的梨花树下，其中一个头戴礼帽者在月光下吹奏竹笛。

当时，有位名噪一时的秀才菅原雅平也爱上了这位小姐。但他的恋情最终转变成了怨恨。他突然放弃了世间的功名，销声匿迹。有人说他流浪到了边远的筑紫①，有人则说他去了东海之滨的唐土②。这位秀才也是少爷私交甚笃的诗友。据说在互通信息时，少爷自比白乐天，雅平则自比东坡。这般天下无双的风流才子，为了中御门小姐的美貌，为了一时的叹息，就那样将自己的一生寄于边土，总让人感觉是大大的失策。

不过话说回来，这样的结局也实属自然。中御门小姐的确生得羞花闭月。我只见过小姐一次或是两次。她眉如细柳，情似落樱，华丽的和服腰带织锦贯玉。在大殿油灯的明光辉映下，她秀目低倾，那般婀娜的美丽姿影，令人终生难忘。小姐的脾性亦属温柔豁达。她不会中意那些浅薄的纨绔子弟。她目光明敏，一眼即可望穿人之本性。她跟自己宠爱的小猫完全一样。谁要是粗暴地踩躏了它，它就再也不会爬上踩躏者的膝头。

七

所以在恋慕小姐的男人之间，闹出了许多竹取物语故事般的趣谈。其中最最可怜的就是被人称作京极左大辩的那个男人。他生得黑不溜秋，又被京童们称作乌鸦左大辩。尽管如此，人之情感不会有变。他也在恋慕中御门的小姐。然而此人虽说能言善辩，表面上

---

① 筑紫，九州之异者。
② 唐土，中国。

却十足的小家子气。不论对于小姐的恋慕到了何等程度,他都不敢亲口去挑明。当然对他的朋友伙伴们,也是绝对地三缄其口。但他总要忍不住去窥望小姐。这也瞒不过世人的眼睛。所以当时他感觉特别窘迫的就是,那些朋辈总是千方百计地刨根问底,试图探听出一些隐秘的迹象。乌鸦左大辩苦不堪言,唯有一个遁词便是:"哪儿呀,我怎会单相思呢?实际上是小姐那边有了表示,我才会那样的嘛。"左大辩为了将此谎言编排得更加可信,便将小姐那边弄来的一些文句、诗歌等,无中生有地统统捏合在一起,以让人感觉到小姐那边的心焦似火。当然那些喜好恶作剧的朋辈们将信将疑,他们马上草拟了一封小姐的假信,绑在一根合适的藤枝之上,送到左大辩家中。

京极左大辩收到此信,受宠若惊却又丈二和尚摸不着头脑。他慌忙打开信封,万分意外的是,小姐竟在信中以凄切、哀婉的笔触写到,她对左大辩怀有绵绵忧思,却是苦于无缘相聚。她说现已绝望了此般恋情,决意出家为尼。啊?大辩做梦也未曾想到,小姐竟然那般痴情。乌鸦左大辩自己也无法辨明,自己是感觉悲哀呢还是感觉高兴,半晌儿处于茫然的状态之中。他将信函摊在面前,傻傻地叹了一口气。他想,无论如何总得见过小姐一面,把久久藏于心中的思念向之倾诉。时值梅雨季节的一个黄昏,他由一个童子伴随着,撑着一把大雨伞悄悄来到二条西洞院宅邸。大门紧闭,任你怎样叫门,就是无人应答。来来去去折腾了一阵,天色已暗。人迹稀少的灰泥路上,只听得青蛙的聒鸣。雨越下越急,无情的雨水淋湿了衣服,眼前一片昏暗。

过了很长时间,大门总算打开了。一名称作平大夫[①]的私邸老侍,递过来同样的一封藤枝信函,而后一言不发地关上了门。

[①] 大夫,古时官名。

左大辩流着眼泪回到家,拆开信函一看,仅有一首古时的和歌:

> 思念肠寸断,不觉时光移进缓,世事皆枉然。

不消说,那位喜好恶作剧的少爷,已将事情的原委告诉了小姐。小姐也已知晓了左大辩的鲁莽和不解风情。

八

话说至此,也有人觉得与凡常的贵族小姐们相比,小姐的品行未必真实。可我现下要讲的是我所效忠的少爷,有何理由编造假话呢?当时京都城里时有传闻,说到另外一位小姐的怪癖——特别喜欢小虫子,甚至在家里饲养毒蛇。述及其他小姐,自然尽属闲话。就此打住吧。如前所述,中御门小姐父母双亡,宅邸中唯有平大夫一个大管家和贴身使唤的几个男仆女侍。小姐出生于一个幸福的家庭,从小生活得随心所欲。自然,她的美貌、豁达和任性使她并不谙熟世事凡常,也习得了那般豪放的性格。

世间总好相信谣传。也有人说,小姐本是少纳言的北方和大老爷所生,那么父亲的骤死便像是缘起于旧情遗恨,是遭到了大公老爷的毒害。然而,少纳言骤死的原因此前业已有所描述,根本不是那么回事儿。那般传说不值一提,统统都是捕风捉影的谎言。不然少爷怎会那样倾心于小姐呢?

据说开始,无论少爷怎样苦苦热恋,小姐都是一脸冰霜。我外甥也曾替着少爷,去小姐府上转递情书,却像乌鸦左大辩一样吃了闭门羹。不知何故,那平大夫将堀川官邸的人视若仇敌。当时,春日明朗梨花飘香,泥灰地面外甥的白头发十分扎眼。他身着丝柏皮的狩衣便服,袖子高高挽起,死乞白赖地在门外呼叫。

"嗳!你小子大白天行盗呀?那俺可不客气!你胆敢踏进大门一步,平大夫的大刀就将你劈成两半!"他气势汹汹地大声喊道。我要在现场,没准儿就得留下刀伤。外甥却平安而归。他在路边捡起一团牛粪,用飞石送信的方法投掷了进去。当然用了这种方法,小姐即便顺利地收到情书,也绝对不会回信的。少爷呢,也并不将此事放在心上。隔个三两日,他又差人送上新的情书、诗歌或美丽的绘画。三个多月,从无懈怠。正像少爷时常说的那样,"当时我已神魂颠倒,为了表达自己的热恋,每天书写那幼稚的诗歌。"

九

恰巧也在这个时期,京都城里来了一位怪异的教士,他开始传播闻所未闻的摩利教。一时间已被传得满城风雨,诸位或许亦有耳闻。之后时常在一些带有插图的小说中,写到中国渡来的天狗①。恰巧,说到鬼魅附身的染殿皇后时,也涉及这个教士。

而我自己初次见到那个教士也是在那段期间。一个樱花时节的阴天正午,忘记是因何公干归来的途中,路过神泉院墙外,只见灰土路前聚集了二三十人,有的头戴形形色色的风俗便帽,有的头戴市女斗笠,其中还有骑着竹马的孩童,闹哄哄挤作一团。人们疯狂地跳着舞,仿佛福德大神在作祟。我心中暗忖,难道是大意的近江商人遭了渔盗的抢劫?反正吵闹声异常激烈。我漫不经心地挤在后面窥望,不料人堆中央站着一个乞丐模样的教士。他嘴里不停地念叨着,手上还握着一柄旗杆。旗上画的是十分少见的如菩萨。教士的年龄在三十上下,肤色黝黑,眼角高挑,相貌甚是惊人。身上穿

---

① 天狗,一种想象中的妖怪,人形,有两翼,脸红鼻高。

的呢，则是皱皱巴巴的黑色法衣。他头发翻卷着垂于肩上，脖颈上还挂着一个奇怪的黄金十字架护符。总之教士不像是一个平常的法师。当时神泉院的樱花树叶在我头顶上飘散洒落。看着那般怪异的身影，我只感觉非属人类，而是将翅膀隐匿在法衣之下的智罗永寿眷属。

当时，我身边一位壮实的铁匠一把从孩童手中抢过竹马，大声怒斥道：

"你这小子，怎么老说地藏菩萨是天狗？"铁匠骂完，横甩竹马重击到教士脸上。被击的教士露出一种轻蔑的微笑，且高举起如菩萨的画像，像落花一样地翻动着斥责道：

"今生今世，穷尽世间荣华富贵，亦不可违逆上帝的教诲。否则命终之时，便将堕入阿鼻叫唤的地狱，不断忍受业火烧烤皮肉之痛苦。且永远不得解脱。遑论命终之时，翌日便将受到上帝遣臣摩利信乃法师的鞭笞，还将受到诸天童子的惩罚。他将浑身伤痕累累。"

慑服于此等气势，我带着惊恐的目光注视那疯狂的教士。铁匠也是半晌没有反应，只顾手里挂着那当作武器的竹马。

十

说时迟那时快，铁匠重新拿起竹马，气势汹汹地喊道：

"还敢在此胡言乱语！"说完，冲着法师猛扑上去。

我和围观的众人当时以为，铁匠的竹马将会重击在法师脸上。不料竹马只在那黝黑的脸上加了一道红印。竹马横扫而过，亦将落花击落在绿色的竹叶上。之后便有一人咕咚倒在了地上。竟然不是法师，而是那气盛一时的铁匠。

众人见状，吓得纷纷往后退缩。那些头戴便帽的看客更没出息,一个个掉转头来,由法师的周围四散逃窜。抬眼望去,铁匠手持竹马,仰脸倒在法师脚下,口吐白沫,就像癫痫病患者。半晌,法师似在窥测铁匠的呼吸,而后抬眼望了望周围的我等,傲然说道:

"看见了吗?我说的话是千真万确的。诸天童子挥动无形之剑,一剑击倒了蛮横的霸道者。还好,算他有福,未被击碎脑壳,血染京城大路。"

此时从鸦雀无声的人群中,突然传出哇哇的大哭声。原来,是先前那个骑着竹马的孩童。他此刻披头散发、连滚带爬地扑向倒在地上的父亲身旁。

"爸!爸爸!你醒醒!爸!"

孩童不停地呼唤。可铁匠却已全无反应。铁匠唇边的白沫,依旧在樱花时节阴天的和风吹拂中。白色的礼服洇湿了大片。

"爸爸!你醒醒!"

孩童仍在不住地呼唤。铁匠却无反应。此时,孩童突然杀气腾腾地跳将起来,双手抓起父亲手里的竹马,毫无畏惧地向着法师冲来,且抡起竹马照直劈下。法师漫不经心地举起彩绘旗杆,轻轻将竹马拨向一边,而后同样带着他那恼人的微笑,假装和善地责备孩童说:

"这样不好嘛。杀你父者并非我摩利信乃法师呀。况且你这样跟我作对,父亲还是无望生还的呀。"

此番道理孩童恐是无法理解。反正要跟法师打斗,是无望取胜的。铁匠的小儿子挥动竹马搏击了五六下,最终哭丧着脸,孤零零站在大道的中央。

十一

摩利法师见状，兀自嗤笑着走近孩童的身边，说道：

"看来，你是个懂事的、少年老成的聪明孩子。这样诚实，诸天童子也会喜欢。再过一会儿，你爸爸会苏醒过来。我正在祈祷呢。你也要像我这样，信赖上帝的慈悲。"

说完，法师张开双手拥护着旗杆，跪坐于大路中央。他毕恭毕敬地低垂着头。他还闭起双眼，高声唱诵着给人以怪异感觉的陀罗尼。就这样不知过了多长时间。法师周围不知不觉间围成了一个圆圈，众人都在观望着这般奇妙的祈祷。约莫过了半个时辰，法师睁开眼睛，依然跪坐着伸手罩于铁匠脸上。眼见得，铁匠的脸上恢复了暖色和血色，他发出痛苦的呻吟，一缕长长的白沫从嘴里流溢出来。

"呀！爸爸又活了！"

孩子一把扔掉竹马，高兴得手舞足蹈，跑近父亲的身边。他拼命想用手将父亲抱起来。铁匠呻吟了一声，近乎同时，他像喝醉酒的醉汉一样，颤悠悠地慢慢坐起身来。法师见状，亦悠悠然站起了身，一副满足的表情。他用那幅如菩萨的彩绘，罩在父子二人头顶，仿佛是在遮挡阳光。他庄严地说道：

"上帝的威德就像天空一般广大无边。还在怀疑吗？"

铁匠父子仍旧跪坐于土地上，紧紧地相拥一处。法师惊人的法力使他们魂飞魄散。父子俩仰望着如菩萨的彩绘，虔诚地合起双手，浑身战栗着顶礼膜拜。此时站在周围观望的众人当中，有两三个人摘下斗笠，亦有人整理了一下便帽，有人则对着彩绘的菩萨像祈拜。唯有我一人与众不同。我由衷地感觉，法师及如菩萨彩绘染有魔界气息，面目可憎。所以当我看见铁匠苏醒过来，便匆匆离开了现场。

　　日后听人说，法师宣讲的是中国传来的摩利教。摩利信乃法师本人，也是中国出生或业已成为唐土之人。此言确否，不得而知。还有一个说法，即法师本非中国之人，而是来自遥远的天竺。据说，他只在白天像凡人一般行走街市。到了夜间，他那黑色的法衣就会变成翅膀，飞翔于八阪寺塔的空中。当然，这些传说皆无确切的根据。不过这些传说的流行亦有其自身的理由——摩利法师的所为，给人以各种各样的幻妙感觉。

十二

　　首先要说说摩利信乃法师的怪异法力。他凭借奇异的陀罗尼，可转瞬之间治愈多种疾病。他让盲人重见光明，让瘫子重新站立，让哑巴开口说话。这样的事例不胜枚举。而传诵最多的，则是令摄津守苦恼万分的人面疮。摄津守曾将予之外甥派赴远方，遂抢夺了外甥的女人。作为报应，他的左膝盖上长了一个大疮。奇异的是，疮面上有张外甥的脸。大疮不分昼夜，剜骨一般疼痛，令摄津守痛苦万分。然而在法师的祈祷下，眼见得那副面容变得和缓起来。在那像是嘴巴的地方，竟还冒出了"南无"二字，又迅疾消失得无影无踪。当然话说至此，令人不禁联想到狐狸精、天狗或不知其名的妖魅鬼神。只要拥有了那枚十字护符，就会像飓风发威，瞬间将蚕食树叶的害虫刮落在地。

　　关于摩利信乃法师法力的传说，还有许许多多。其中也包括我于街市的见闻。即当有人诽谤摩利教或谩骂摩利教的信徒时，法师的祈祷便会让对方即刻遭到严厉的神罚。据传在他的祈祷之下，井水变为腥臭的血水，家田中的稻苗一夜之间喂了蝗虫。更有甚者，据说白朱社的巫女①曾要咒杀摩利信乃法师。结果受到的报应却是，法师仅望了她一眼，她的身上就长满了可怕的白色癞疮。因此更多的人相信，法师确为天狗的化身。据说那天狗中了一箭，而专程从鞍马星座赶来的猎手，也被诸天童子一剑刺瞎了眼睛。最终，二者皆成为摩利教的信徒。

在这样的情势之下，男女老幼的摩利教信徒日益增多。同时在成为信徒之时，还增加了头顶洒水之类近似于灌顶的仪式。倘未经历这一程序，就无法建立皈依上帝的证据。以下乃吾外甥亲眼所见。一天，他走过四条大桥，看见桥下的河滩边聚集了很多人，便想凑近前去探个究竟。走近一看，又是那个摩利信乃法师，正在给一个关东人模样的武士做灌顶仪式。外甥说，当时的景观非常有趣，樱花的落英在加茂川的河水中顺流而下，河水倒映出正襟危坐、腰佩大刀的关东武士和手捧十字护符的怪异法师。这样的仪式很是少见。——说到这里，倒忘记了本应早早述说的情况。摩利信乃法师一开始就住在四条河滩的一间非人小屋中。那是一间草席搭成的草庵。他始终孤寂地、独自一人居于小屋中。

十三

言归正传。因了一桩意外事件，少爷和心仪已久的中御门小姐，有了一次促膝长谈的机会。意外事件发生在一个夜晚。那晚的天空似要降雨，空气中散发着橘花的清香，尚可耳闻杜鹃的啼鸣。可是夜色渐浓时，月亮却从乌云中稀奇地钻了出来，朦胧之中竟可分辨出人脸的模样。少爷悄悄地从一位侍女居处归来。为了避免引起注意，他只带着一两个随从。明亮的月色中，牛车缓缓而行。可

---

① 巫女，日本神社中从事奏乐、祈祷、请神等仪式的未婚女子。

不论怎样说已是深夜。人烟稀少的大路上，只能听见远处田里的蛙鸣以及车轮的辘辘声。特别是走到荒芜的美福门墙外，不时地有磷火在闪烁，令人感觉到一种鬼气逼人。拉车的老牛全然无心，令人感觉走得太慢。此时，对面的灰泥路阴影里突然传来一声怪异的咳嗽。接着便是月影下雪亮的刀光闪闪。一些强盗一样的蒙面人，有六七人的样子，冲着少爷的牛车凶猛地袭将而来。

与此同时，赶车的牛童和几个身着杂色衣物的随从，早已吓得魂飞魄散。他们呀呀地喊叫着，转眼间朝着来时的方向，乱哄哄抱头鼠窜。强盗们似乎并不在意，其中一人麻利地抓住了老牛的缰绳，将牛车拉到马路中央停下，而后白亮的刀剑围立四周，密密的，像一道围墙。一个头儿模样的强盗傲慢地掀开帘子。

"看看？有没有弄错了人？"他扫了一眼周围的同伴，确认似的问道。惊吓之余，少爷感觉到有些奇怪，这些强人并不像是真正的盗匪。少爷一直用折扇挡着面部，从缝隙中窥测着对方的动静。此时，强盗中一个沙哑的嗓音答道：

"没错，正是此人。"那嗓音令人憎恨。少爷感觉似在何处听到过这样的嗓音。他更加感觉怪异，明亮的月光中竭力循着说话的声音望去。那人脸上蒙着面纱，但是显而易见，正是长年侍奉中御门小姐身边的平大夫。刹那间，连处变不惊的少爷也感到了恐惧，全身的毛发不由得倒竖起来。这是为何呢？原来少爷早就听说，这平大夫将堀川一家视为可恶的仇敌。

此刻，平大夫确认过后，强人齐声吼叫起来。他们将刀尖指向少爷的胸口，厉声喊道："今天就要你的狗命！"

十四

不过保持着镇静心态的少爷立即恢复了勇气。他悠悠然摇动着

手中的折扇,仿佛事不关己似的说道:

"慢着,慢着。要取予之性命,轻而易举。不过,诸位为何要取予之性命呢?"此时那个头领模样的强盗,将刀刃渐渐逼近少爷的胸膛说道:

"还记得中御门的少纳言老爷吗?是谁害死他的?"

"予不知晓。不过予确切地告诉你断然非予所为。"

"不是你,便是你的父君。反正你是我们的仇敌。"

头领这样说道。手下的喽啰们也都蒙着面纱,异口同声地呵斥道:"对!你是我们的仇敌!"平大夫也在其中咬牙切齿。他像野兽一般窥测着车内,且用大刀指向少爷的面颊,带着嘲弄般的语调说道:

"少说废话!还是求佛保佑吧。"

少爷仍旧镇定自若的样子,仿佛没有看见胸前的白刃。他接着脱口问道:"请问,诸位统统都是少纳言的亲属吗?"众人一时语塞,不晓得如何回答是好。平大夫见状,马上厉声呵斥道:

"是的!你又想怎么样?"

"不,不想怎么样。予只是猜想,或许有人并非少纳言的亲属。予想到,此人一定是天下头号的蠢猪。"

少爷这样说道,而后露出他好看的牙齿,晃动着肩膀大笑。这笑声,令那些亡命的强盗也感觉一时的胆战。逼近胸前的大刀,也自然退回到车外的月光下面。

"为何这样讲呢?"少爷继续说道,"尔等杀害了予,日后见到检非违使时,统统将被判处极刑。当然对少纳言的亲属而言又当别论。舍生取义亦是理所应当。如若不是少纳言家亲属,而只为了少许金钱对予白刃相向,且以自己最为重要的生命作代价,那他不是蠢蛋是什么?不是这个道理吗?"

盗人们听说至此,恍然大悟地面面相觑。唯有平大夫一人疯狂地跳将起来。

"混蛋！说谁是蠢猪？你死在蠢猪的大刀之下，才是蠢过百倍的大蠢猪呢！"

"这么说，你便是那个蠢猪喽？那么，诸位当中还有少纳言家的亲属吗？这就更加有趣啦。我有句话，要对那些兄弟们讲。尔等杀害予，真的只是为了那么一点儿金钱吗？如果真是这样，那么予有更多的金钱奖赏。要多少，有多少。不过予也有一个要求。既然都是为着金钱，那么予之奖金更多，你们应当站到予这边来。权衡一下，是否这个道理？"

少爷从容不迫地微笑着，折扇在外褂的膝头敲击着，和车外的强盗们进行谈判。

十五

"这么说，非得遵照少爷您的旨意不可啦？"

周围寂静得令人生惧。强盗中的头领战战兢兢地问道。少爷神态满足，啪嗒啪嗒敲着折扇，依然以轻松的语调说道：

"无须重复。予要尔等所做之事并不十分困难。那边的老爷子才是少纳言老爷的亲信，名叫平大夫。世间早有风闻，他平日即将予等视若仇敌，总在找机会取予性命。真是无法无天。毫无疑问，今天的这个阵势，也是平大夫唆使的结果。"

"没错。"

三四个蒙面强盗，异口同声地说。

"所以，予所要求尔等者，就是将这个祸首老头儿拿下，将长久的祸根斩断。可以借助尔等之力，将平大夫捆绑起来吗？"

少爷的这番话令强盗们非常吃惊，一时间不知如何回答为好。围绕在牛车周边的蒙面强盗们，面面相觑之后有了一阵骚动，旋即又恢复了平静。突然，强盗当中传出一个沙哑的嗓音，宛若夜鸟的啼鸣。

"混蛋！这么呆着做甚？不要听这个乳臭未干的家伙花言巧语！手上的利刃是烧火棍子吗？不要脸的东西！无情无义！怎么可以照他的要求办呢？好啦好啦，不用你们动手，不就是取其一命吗？看平大夫这大刀，一刀了结了他。"

话音未落，平大夫迅疾地扑向少爷，大刀一扬，照面门劈将下来。而与此同时，强盗头领斜刺里跃将出来，迅疾地探出大刀，架住了老头的大刀。其余的强盗则纷纷将刀剑收回鞘内，像蝗虫一般四面扑向平大夫。老头儿本已上了年纪，加之寡不敌众，只好束手就擒。转眼之间，老头儿就被牛车缰绳捆了个结实，又被拽到月光之下的大路上。此时的平大夫就像是掉进了陷阱的狐狸，只有龇牙咧嘴的份儿。他于心不甘地气喘吁吁，身上却在瑟瑟地发抖。

少爷看见这般景象，打了一个大大的呵欠，笑道：

"啊——辛苦辛苦。这样算是除予一块心病。尔等索性护卫牛车，牵上老糊涂，一同返回堀川官邸吧。"

事已至此，强盗们唯有服从。就这样，强盗一行替代了原先的仆役，赶着牛车，簇拥着被绑的平大夫，在月光中鱼贯而行。天下之广，未曾听说有伴强盗而行者。少爷恐怕是空前绝后。当然这异常的队列并未行进至官邸。我等接到报急迎出之后，便就地分发了承诺的赏银，令之无声无息地退散而去。

十六

少爷将平大夫带回官邸，然后将他绑在马厩的柱子上，派遣仆役专门看守。翌日的清晨阴霾密布，少爷却早早将老头儿传到院里。

"平大夫,你为少纳言老爷复仇,实在是非常愚蠢。不过话说回来,你倒是搞得挺神妙呀。特别是在那样的月夜之下,你竟然驱使了许多蒙面大盗刺杀予。这种举措倒是很风流嘛。不过,美福门的近旁可不是一个好去处呀。予喜欢质森一带的老树荫下。那里有夏天的月夜,脚下流淌的潺潺溪流,还有隐约间显现的卯时白花,更添了一缕风情。当然,也许你所期待的予,不会去那样的地方。不管怎样讲,有幸的是你带来了那般奇妙和风趣,此番予就饶恕了你的罪行吧。"

说完,少爷脸上露出了凡常一样愉快的微笑。他接着说:

"不过尔特意至此,顺便将此书信转呈小姐,可以吗?予可是认真的呀。"

当时,我看着平大夫的脸,仿佛看见了世界上最最怪异的表情。他不怀善意地面带苦色,显现出哭笑不得的模样。唯有那圆瞪的双眼,焦虑地滴溜溜转动。看见那模样,我好容易才止住了笑意。少爷也按捺住自己的笑容,对抓住绳头的仆役发出了宽恕的指令。

"解开解开,快把绳子解开吧。别让平大夫委屈太久。"

过了片刻,平大夫在夜色之中弓着腰,肩上插着少爷那封柑橘枝上的书信,狼狈不堪地逃出了后门。在他身后,另一武士也随之悄悄地出了后门,那便是我的外甥。外甥的出动少爷并不知晓,他只是不露声色地尾随老头儿,担心他损毁少爷的书信。

两人的距离大约有半町①远近吧。平大夫似已完全放松了心情,他无力地曳动着那双光脚,步履蹒跚地走在灰泥土路的都城大道上。天空依旧阴沉沉的,路边可以嗅见柿子树嫩叶的清香。走错道儿的卖菜女不时地回头观望,疑惑地目送着十分少见的怪异信

---

① 町,日本的一种长度计量单位,一町相当于109米。

使。可是老头儿却无心回望卖菜女。

看样子不会再出意外,外甥便也打算中途返回。可他被节庆之前的特殊景象吸引,又尾随着老头儿走了一程。在将要转出小路的道祖神庙前,正好一个怪异的僧人拐过路口,与平大夫差点儿撞个满怀。外甥一眼就看出,正是那手持如菩萨旗幡、身着黑色法衣、胸佩十字怪符的摩利信乃法师。

十七

摩利信乃法师差点儿撞上平大夫。他一闪身躲了开来,却不知何故又停下了脚步,盯着平大夫望了半晌儿。可是那个老头儿似乎并不介意,他只是往一旁让了两三步,仍旧迈着孤寂的蹒跚步伐。我外甥心里揣摩,或许连那般神通广大的摩利信乃法师,都对平大夫异样的装扮感觉诧异?当他走近法师身边时,发现法师忘却了自身似的伫立在道祖神庙前。法师的眼神那般犀利,仿佛真是天狗的化身。不,相反,他的眼神失去了平日的凶悍光芒,却飘浮着和善的湿润——仿佛眼中饱含着泪水。他的头顶,沐浴着枝丫伸向小庙屋脊的青郁的柯树叶影,肩上斜倚着那面如菩萨旗幡,久久地目送着平大夫离去的身影。我外甥告诉我,他牢牢地记住了法师的那一刻。且一生之中唯有此次,令之回想起那般孤寂的立姿。

过了片刻,我外甥的脚步声惊动了法师。摩利信乃法师像由梦中醒来似的,慌张地转过头来。他突然高高地举起了一只手,神态怪异地念起了九字真言①。他的嘴里反复念叨着咒文,且匆匆地大步离去。据说咒文中可以听到中御门之类的字眼。说不定,那只是外甥耳中的错觉。当然此时的平大夫照旧背着柑橘枝,拖着无精打

---

① 九字真言,一种护身咒。

采的脚步，目不斜视地越走越远。我外甥也东躲西藏地跟随其后，一直跟到了西洞院官邸。他说自己时常痛苦地感觉到心中不安。因为只顾惦记着摩利信乃法师的奇异举止，以致忘记了少爷的文书。

然而，少爷的文书似乎顺利地交到了小姐手中。稀罕的是，此次小姐竟然破天荒地马上写了回信。我等属下，真不敢相信这是真的。也许如您所知，这是因为小姐的豁达。或许小姐也已知晓了平大夫深夜寻仇之事。她也会初次体验到，少爷是个品性高尚的人。打那以后，他们又有过两三次通信。最后终于在一个细雨之夜，少爷在我外甥的陪同下，悄然拜访了叶柳树荫遮掩的西洞院。如此看来，那平大夫还真是一个爽快之人。虽说那天夜里凶神恶煞，可他即便在我外甥跟前，也从来不说他人闲话。

十八

打那以后，少爷几乎每夜都去西洞院。有时也会携上我这样的老头儿。大约亦是在此前后，我初次见识了小姐炫目的美貌。有一次，少爷和小姐把我叫到身旁，让我讲讲今昔的世事流变。没错，就是那一次，夜幕中垂帘的间隙中池水荡漾，明媚的星光洒落在水面上，空气中飘来淡淡的、残落紫藤的气息。在这凉爽的夜幕中，身边伫立着几位侍女，我们静静地交杯换盏。少爷和小姐营造出来的这般美感，宛若出自传统的倭画①之中。尤其是洁净美丽的小姐，几件单衣上，罩着淡纯色调的华贵外衣，真的是美若天仙。

当时，酒兴中的少爷突然转向小姐说道：

"正像阿叔所描述的，在这狭小的京城之内，同样也是沧海巨变。世间的一切法则都是这样，永无止境地生灭流转。《无常经》

---

① 倭画，日本的传统风俗、风景画。

云,'未曾有一事,不被无常吞。'或许我们的恋情,也无法逃出这个定数。予所惦记者,只是何为开始何为终结。"少爷当作玩笑一般地闲聊。小姐却装作闹别扭,有意避开大殿里明亮的油灯光亮,温柔地瞪着少爷说:

"哎呀,说这些讨厌的话儿干吗?看来,你是一开始就打算甩掉我。"小姐这样说,少爷越发心情愉悦。他端起酒杯一饮而尽,接着说道:

"你错了。一开始就并非真心,正是予最最担心的结果。"

"讨厌。你总是欺负我。"

小姐带着异常可爱的笑容说道。突然间又出神地望着垂帘外面的夜色,自言自语地说道:"难道人世之间的爱情,都似这般无常吗?"

少爷像平常一样露出整洁的牙齿,由侧旁盯视着小姐的面庞,面带笑容接话道:

"无常正是世间的真理呀。可是我们人类,却忘记了万法之无常,总在恋情之间,享受瞬间的莲花藏世界妙乐。不,可以说唯有在这样的时间里,才能忘记恋爱的无常。在予看来,每日耽于恋情的业平,才是真正的有识之人。而我等为了祛除红尘之中的众苦,为了居于常寂光土,唯有像《伊势物语》[①]中的人物一样去恋爱。你不这样认为吗?"

十九

"那么,可以说恋爱的功德是千万无量。"

少爷的目光渐渐地离开了低垂双眼、感觉羞赧的小姐,将他陶

[①] 《伊势物语》,日本古典小说。

醉的面庞转向了我。

"对不？阿叔是否也这样想？当然对阿叔而言不是恋爱啦。换作好酒，可以吧？"

"哪里哪里，过奖了。少爷真是后生可畏呀。"

我一面用手挠着头，一面慌不择言地应答道。少爷仍旧带着愉快的微笑。

"哪里。您的回答最为贴切。阿叔说到后生可畏。而往生彼岸之心，却将此祈为暗夜灯火。世间的忘却无常之心，都是一样的。看来，阿叔也认为佛教与恋爱别无二致。然吾等见解全然相同。"

"这又不合情理了呀。当然小姐之美貌胜似天间美女。可爱归爱，佛归佛，二者与我所喜好的美酒，不是一回事儿。"

"您这样说，乃因心胸狭窄。在予之面前，弥陀和女人都是令我们勿忘悲哀的傀儡。"

少爷这样子固执己见。小姐突然偷偷地窥望了少爷一眼，且小声说道：

"你怎么说女子都是傀儡？我讨厌这种说法。"

"如果说傀儡不好，可以说是佛菩萨呀。"

少爷毫不退让地答道。忽然，他仿佛想到了什么似的，盯着大殿油灯的灯光。

"以前，我与亲密朋友菅原雅平时常一起论战。你知雅平与我不同，他生性耿直，易轻信于人。实际上，予在唱诵世尊金口御经时，也调侃般地如诵恋歌。每逢此时，雅平便大动肝火，总是将予斥之为烦恼外道①。他的骂声犹在耳际，却不知现在的雅平身在何方。"他以从未有过的沉郁嗓音，嘟囔着这样的感人故事。被少爷那般神态所吸引，小姐和我都半晌无言以对。寂静无声的房子里，

---

① 外道，信邪教的人，坏蛋。

唯有紫藤花的清香更加怡人。不过，这种状况也给人些许冷场的感觉。一个女侍战战兢兢地找话说道：

"听说了吗？最近京都城里流行什么摩利教，据说是一种便于忘却无常的新方法。"

另一女侍则特意挑了一挑大殿油灯的灯芯，接着话茬说：

"是呀。没听说吗？关于那个传教的和尚，还有各种各样的奇谈怪论呢。"

女侍们说得令人作呕。

二十

"什么？摩利教？其中一些教义十分新奇吧。"

少爷像是在思考着什么。他若有所思地端起酒杯，盯着方才说话的女侍说道：

"所谓摩利，好像是祭奉摩利支天①之教吧？"

"不，说是摩利支天亦无不可，但该教的正尊，据说却是诸位眼生的女菩萨神。"

"那么，没准儿是波斯匿王②之妃宫茉莉夫人吧？"

于是，我逐一描述了日前在神泉苑墙外见到摩利信乃法师的情形，然后表明了自己的观点：

"那女菩萨的形态，并不像是茉莉夫人。应当说，形态上不像以前的任何佛菩萨。区别在于，那怀抱赤裸婴儿的慵懒形态，简直像吞噬人肉的母夜叉③。总之，那是日本本土所未曾见过的邪宗

---

① 摩利支天，不露形迹，却无处不在、具有自在通力的女神。祛除灾难、掌握隐身术的印度神。
② 波斯匿王，梵语。舍卫国之王，与释迦同日出生，后追随释迦归依佛。
③ 母夜叉，显现为女体的凶恶鬼神。这里指称者，似为圣母玛利亚像。

门佛。"

小姐闻言，美丽的眉毛微微一皱，叮咛一般地问道：

"那么，那个名叫摩利信乃的男子，真的像天狗化身吗？"

"是的。看那模样，仿佛从火山之中振翼飞出。反正在京都城里，没听说大白天有这等怪物出没。"

少爷此时，又像平时那般冷冷地笑着说：

"哪里，话也不能这么说。在延喜①天皇之世，五条附近的柿树枝丫上，就有天狗神佛现形七日之说，树上放射白毫光②。此外，平日欺凌佛眼寺③仁照阿阇梨者看似女身，其实亦为天狗。"

"哎呀！别光说这些吓人的话。"

小姐说。两个侍女也在一旁附和，层叠的和服宽袖姹紫嫣红。少爷的酒兴更浓，和颜悦色。他接话道：

"三千世界④原本广大无边。而人类智能却十分有限。例如，说不定，那化作僧人的天狗也在挂念邸里的小姐，某个夜晚会偷偷从屋顶上面的天空，伸下唯有长长指甲的双手。对不？"小姐吓得面色苍白，与少爷更加贴近了。少爷用手温柔地抚摸着小姐的后背，像哄孩子一般笑着抚慰道：

"不过，幸好那摩利信乃法师并没有窥望到小姐芳姿。至少在此之前，无须担忧魔道之恋呀。所以没事没事，不必那么害怕的。"

---

① 延喜……，源自《今昔物语卷二十〈天狗现佛坐木末语〉第三》，或《宇治拾遗物语卷二〈柿木佛现事〉十四》。
② 白毫光，佛之眉毛之间射出的光芒。
③ 佛眼寺……，源自《今昔物语卷二十〈佛眼寺仁照阿阇梨房托天狗女来语〉第六》。
④ 大千世界，广阔世界。

二十一

　　大约过了一个月的时间，什么事情也没有发生。正值盛夏的一天，太阳光照耀在加茂川的河面上，十分晃眼。天气炎热，河道里往来的拖船不见踪迹。我那外甥平素喜好垂钓，便大热天来到五条桥下，钻入河滩边的艾草中坐了下来。幸好，唯有此处凉风习习。外甥将钓线下入水量减少的河川中，连续钓上了几条鲶鱼。不料头顶的栏杆处，传来十分熟悉的话语声。外甥漫不经心地瞅了一眼，你道是谁？只见平大夫手摇高扇，身子倚在栏杆上，旁边站着的是摩利信乃法师。两人正在专心交谈。

　　此情此景，令之前小路岔道上摩利信乃法师的那般奇异举止，油然浮现于心头。看来，他们两人之间倒还真的具有某种因缘。——我外甥心中这样嘀咕着。他的眼睛仍旧盯着自己的钓线，耳朵却在倾听桥上的对话。天气炎热，道上早已人迹稀少，寂寥中的谈话放松了警惕。两人完全没有意识到他人的存在，因而谈话无所顾忌。

　　"阁下正在弘扬的摩利教，说实话在偌大的京都城里无人知晓。连我也是刚刚听阁下说起。之前在哪儿似曾相识，却又全然没有印象。想来这也并不奇怪。想到阁下年轻时，在那春花月夜下吟唱的樱人小曲①，或时下暑天你这令人惊悚的奇异形象——裸行的天狗，即便去问打卧的巫女②，也无法相信同出一人。"

　　平大夫的高扇啪嗒啪嗒呼扇着，口气轻侮地说道。摩利信乃法师的语气更加傲慢，仿佛是谁家的老爷。

---

① 《樱人》，伴着日本雅乐"地久乐"的旋律吟唱的催马乐。
② 打卧的巫女，出自《今昔物语卷三十〈打卧御子巫语〉第二十六》或《大镜》兼家项。

"洒家见到汝,满足之至。日前在那小路上的道祖神庙前,曾有过一面之交。可你当时目不斜视,无精打采地背着柑橘枝文书,摇摇晃晃、心满意足地去往官邸。"

"是吗?实在无礼。老朽枉活这大岁数。"

平大夫仿佛也回想起那天凌晨的邂逅,他一脸苦相地说道。旋即又用力啪嗒啪嗒地晃着高扇说:

"可是今日之相会,则完全仰仗了清水寺观世音菩萨的护佑。平大夫一生之中,从未像今日这般快活。"

"哎,在予之面前,别提神佛之名。予虽不肖,却是负天帝神敕,专来日本传播摩利之教的沙门①。"

二十二

摩利信乃法师突然间紧皱起眉头,表情严峻地插话道。可那平大夫却全然没有惶恐之态,反而高扇与舌头同样急速地运动起来。

"是啊是啊!如今的平大夫显然已衰老不堪,什么事情都干不成。照你这样讲,我是不能在你面前提及神佛了。当然,平日里我这老头儿也已信心不足。方才突然提到了观世音菩萨,也是因为难得一见、过分高兴的缘故。说来,要是小姐知道了幼时熟识的你平安无事,该会多么高兴呀。"老爷子一反往常,非常雄辩地说出这些话。搁在平时,他与我等谈话时常常懒得应承,显得天生口拙。他的话令摩利信乃法师无言以对,好半天只有点头应承的份儿。然而当话题涉及小姐之时,他却压低了嗓音抢话道:

"说到小姐,正是予约你出来密谈的缘由。"接着又说道,"平大夫万请帮忙,今夜让我见见小姐好吗?"

---

① 沙门,出家人,僧侣。

说到这里，桥上的高扇摇动声戛然而止。与此同时，我外甥则勉强探头仰望着栏杆上方。他担心一不留意，被发现自己潜藏于此。于是，他只好仍旧盯着河滩艾草中流过的水面，同时屏住气息留意着桥上的动静。此时，平大夫又失去了刚才的精气神儿，变得沉默寡言起来。就这样过了好久好久，桥下的外甥被熬得浑身筋骨刺痒。

"虽说住在河原①，也算是居于京都。所以知晓堀川少爷经常会见小姐。"

过了一会儿，摩利信乃法师仍旧以平和的语调，自言自语似的继续说道：

"不过，予并非在恋慕小姐。予之憧憬业欲②之心，早已在漂泊唐土时灰飞烟灭。予曾一度流落唐土，在那里聆听红毛碧眼③的胡僧④，传扬天帝的教诲。予所感觉心痛的只是，那般如花似玉的小姐，竟不知晓天地万物的创造者天帝，却信仰神佛之类的天魔外道，且在仿造的木石面前供香奉花。这样在不久之后的生命终期，必将忍受永劫不灭的地狱之火燎灼。予每每虑及于此，眼前便鲜明地浮现出阿鼻大城⑤阴暗地狱，美丽的小姐倒悬着向下坠落。昨晚，予又做了这样的噩梦……"

说到这里，僧人仿佛感慨万千。只见他紧紧咬住嘴唇，半晌一言不发。

---

① 河原，前出地方的四条河原。贱民街。
② 业欲，人生而有之的五欲。感觉性情欲。
③ 红毛碧眼，西洋人。
④ 胡僧，异国僧人。
⑤ 阿鼻大城，八个地狱中，惩戒罪孽最多者的地狱。

二十三

"昨晚,出了什么事儿吗?"

过了一会儿,平大夫有点儿担忧地问道。摩利信乃法师突然清醒过来,依旧以那般平静的语调,一字一顿地陈述道:

"不,并未发生什么事情。只是昨晚,予独自迷迷糊糊沉睡于那间草棚之中,竟然梦见身着五柳华装①的小姐,款款行至予之枕旁。与现实相异者只是,烟雾迷蒙中,小姐平素那光泽耀人的黑发中,插上了一枚金钗,闪烁着怪异的光芒。予久久地沉浸在会面的愉悦之中,不由得脱口说出了'见到小姐真好'。小姐垂下悲哀的眼帘,坐在予之面前,却没有一句应答。在她那红色的裙裾上,仿佛有什么东西在蠕动。仔细看来,不仅是裙裾之上,她的肩膀上和胸脯上,都有一种蠕动的感觉。在她的黑发之中,竟然还流露出一种似笑非笑的感觉……"

"你说了这么多,我还是无法明白。究竟发生了什么事?"

此时,平大夫不知不觉被那僧侣圈入套中,叮问的语调也听不出先前的气势了。摩利信乃法师仍旧以其优雅的口吻,接着说道:

"要说究竟发生了什么事情,予自身也不太清楚。予只是看见小姐的全身,有水蛭一样的怪虫,在成堆成堆地蠕动。虽说是在梦中看见的,予还是感觉悲伤万分,不由得放声大哭起来。小姐看见我哭,也便不住地流泪。就这样持续了很长的时间。不知何时听见了雄鸡打鸣,才将予之梦幻打断。"

摩利信乃法师说完,平大夫却缄口不言,只是重又摇起了半晌不用的折扇。我的外甥一直在伸着耳朵倾听,竟至忘却了钩上的鲶

---

① 五柳华装,青色服装外罩白裣,正月至四月的节日服饰。

鱼。桥上在诉说着那般梦话，桥下却不由得感觉到凉意彻骨。他竟然产生了一种奇异的感觉，仿佛自己亦在朦胧之中，看见了小姐悲哀的身影。

桥上再度传来摩利信乃法师深沉的语音。

"予以为，那些蠕动的怪物正是妖魔。一定是天帝怜悯身负堕狱之业的小姐，才托梦令予施之教化。所以，予欲仰仗大夫帮忙，以见小姐。你听懂予之请求了吗？"

平大夫闻言，似乎犹豫了片刻，终于用收拢的折扇轻轻敲打着栏杆说道：

"好吧。当初在清水坡下遭遇恶徒，受了刀伤险些送命，多亏师傅将我救出重围。当然，小姐是否愿意归依摩利教，还得根据小姐的意愿。小姐与师傅多年不见，想必不会拒而不见。总之我会想办法，尽我的力量让你们见面。"

二十四

时过三四天后的一个早晨，我才听外甥详细述说了密谈的原委。武士的寓所里平素人来人往，当时却只有我和外甥两人。朝阳炫目，凉爽的微风，不时从梅树丛绿叶的间隙中吹出，令人感受到秋日的悸动。

外甥说完了事情的经过，更加压低了嗓音说道：

"我真是感觉非常奇怪，摩利信乃法师怎么会认识小姐的呢？总之此事很不吉利，那僧人盯上小姐，咱家少爷就容易遇见意想不到的凶变。可是，这事跟少爷去说也是白搭，他那样的性格，绝对不会当作一回事儿。所以依我个人之见，不能让那僧人和小姐见面。舅舅您的意见如何呢？"

"当然，我也不想让那鬼怪一般的天狗法师与小姐见面。可是你我只有遵从少爷的调遣呀。我们无法顾及西洞院官邸的护卫。那么，你如何阻止摩利法师接近小姐呢……"

"对，这正是一个要点。我们并不知道小姐是怎样考虑。小姐身边还有平大夫那个老东西。所以摩利信乃法师要去西洞院，我们是很难阻止的。不过那个僧人，每晚都居于四条河原的那间草棚小屋。所以我想，可否让他永远消失在京城？"

"那你还能永远守在小屋旁边？你的话云里雾里，我这种老头子实在无法理解。你究竟要如何对付摩利信乃法师呢？"

我十分疑惑地问道。外甥好像担心旁人听见，一面瞅着梅树绿叶阴影下房屋前后的动静，一面贴近我的耳朵说道：

"没有其他办法。只有夜深之时潜入四条河原，除掉那个僧人。"

听他这一说，连我这样的人都惊吓得半晌无语。外甥年轻气盛，考虑问题直来直去。

"他充其量不过是个乞丐法师，找上两三个人，除掉他轻而易举。"

"可这是不是有些无法无天？当然，摩利信乃法师是在传播邪教。可是除此之外，他并没有犯下任何罪过。杀死法师，无异于滥杀无辜……"

"不，理由总是可以找到的。倘若任由僧人借助天帝之力，诅咒少爷和小姐，舅舅与我等还有何脸面领取少爷的俸禄呢？"

外甥的脸涨得通红，没完没了地强辩道。我说的话，他根本就听不进去。恰巧此时，两三个武士手摇折扇走进屋里，谈话也便就此打住。

二十五

三四天后是个星月晴空，夜深之后，我和外甥无声无息地来到四条河滩。而即便事已至此，我的心中仍然七上八下，不知是否应当杀死那个天狗法师。可外甥不肯放弃原先的计划。让他独自干，我又莫名其妙地心中不安。最终只好忘记自己年事已高，跟随外甥顶着河滩苇草的露水，鬼鬼祟祟地摸近了摩利信乃法师的茅草小屋。

众所周知，河滩边并列着一溜肮脏的茅草小屋。此时，居住这里的无赖乞丐们，正在蒙头大睡，做着我等所无法想象的怪梦。我和外甥蹑手蹑脚地走过小屋前，只听得草席墙壁后，呼噜打得震天响。周围却是一片寂静。唯有一处篝火的余烬，在无风的夜空下垂直地冒着白烟。有趣的是，白烟的尽头接上了天河，斑驳陆离。仰脸望去，漫天的碎星仿佛要倾泻到京城的夜空中，一尺一尺，一寸一寸，恍惚听得见星星滑落的声响。

此时，外甥似已确定了目标。他用手指着加茂川细流边的一间茅草小屋，向河滩苇草中站立的我转过身来，说道：

"就是那间。"正当此时，那篝火的余烬吐出一缕火苗。透过那微弱的光亮，看得见小屋比所有的草屋更小更破。草屋的竹柱和旧草席铺就的屋顶，与临近的茅屋并无差别。但是这间草屋的屋顶上，却有一个树枝扎成的十字架，夜晚仍旧显现出某种威严。

"是那间吗？"

我的心中发虚，言不由衷地反问道。实际上，此时我仍旧无法做出决断。是否应该杀死摩利信乃法师呢？而外甥却不管这一套，他只顾头也不回地注视着那间小屋。

"没错。"他冷冷地答道。此刻的心情难以形容，手中的大刀将沾满血迹，我不禁感觉到浑身在战栗。外甥整理了一下自己的装束，将大刀的鞘扣合上，仿佛忘记了我的存在。他轻轻拨开河滩边的苇草，像蜘蛛趋近猎物一样，无声无息地向小屋逼近。篝火余烬的朦胧火光照耀在草席墙壁上，清晰地映现出外甥向内窥望的身影。那身影令人毛骨悚然，真像一只偌大的蜘蛛。

二十六

到了这个份儿上，我自然也无法袖手旁观。于是，我也将衣袖绑在身后，跟在外甥后面摸到了草屋的屋外，且由草帘的缝隙中窥测着里面的动静。

首先映入眼帘的是那旗幡上的如菩萨绘像。此时，旗幡倚在对面的草壁上，无法清晰地看到绘像的全景。入口的粗草席帘处，泄出了屋内的篝火亮光。美丽的金色光轮闪烁着，宛若朦胧的月食景象。篝火之前，横卧着白天累得疲惫不堪的摩利信乃法师。但见法师的睡姿半掩着一件衣衫，他背对篝火，衣衫恍若传说中的天狗羽翼，或天竺国里的火狐裘皮……

我和外甥见此情景，悄无声息地从两边包抄了法师的小屋，且小心翼翼地退下了大刀的刀鞘。可不知何故，我一开始就有一种奇妙的畏缩感觉。我的双手不由得战栗起来，护手居然发出了尖利的声响。说时迟那时快，草帘对面无声无息的摩利信乃法师，似乎腾地跳起身来。

"何人？"法师问道。事已至此，外甥和我已骑虎难下，除了杀死法师别无他途。于是法师的话音未落，我和外甥便掩着大刀，一头撞进了茅草小屋。紧接着噼里啪啦地一阵乱响，刀剑声、竹柱断裂声和草壁解体的声响响到一处。可外甥却突然往后跳了两三步远，大刀对着前方痛苦地喊道：

"这家伙,逃往何处了?"

我闻声大惊,赶紧闪退出来,透着燃烧的篝火,直直地望着对面。哇!你道怎么?在这毁坏殆尽的小屋前,那令人胆寒的摩利信乃法师竟然身披浅色的柔软法衣,像猴子一样蜷起身子,将他的十字架护符贴在额头,一动不动地观望着我俩的举动。我将此看在眼里,恨不能冲近前去一刀结果了他。却不知何故,法师蜷身的周围漆黑一片,我不知怎样才能靠近他。或者说在那黑暗之中,存在着某种无形的旋体,使大刀无法确定劈砍的对象。我外甥似乎也有同样的感觉。他不时地呐喊着,嘴里喘着粗气,而手中的利刃却久久高举过头,漫无目标地画着圆圈。

二十七

此时,摩利信乃法师缓缓地站起身来,手中的十字护符左右晃动着,用暴风雨般的嗓音厉声训斥道:

"喂!不要枉费心机啦。尔等还未悟及上帝的威德吗?在尔等昏花的眼睛里,我摩利信乃法师不过披着一件黑色的法衣,其实却有诸天童子和十万天军守护着我呢。不信的话,尔等可刀剑过来呀。来与法师身后的诸多圣徒,车马剑戟地比试比试吧。"

末了的几句话,带有嘲弄的意味。

当然我们并未被法师的话语唬住。外甥和我听了那番话,反倒像出笼的野牛一般,挥刀由两个方向,朝那法师劈杀而去。可是结果如何呢?在我们挥起大刀的一瞬间,摩利信乃法师又拿出他的十字架护符,在自己的头顶挥舞了片刻。但见那护符的金色像闪电一样劈向天空,我们眼前瞬间出现了恐怖的幻影。呜呼!那恐怖的幻影为何会借我等之口说东道西呢?即便真是如此,也没有太大的差异,顶多不过指鹿为马罢了。如果说这个幻觉并非真实,那么我感觉当初的护符在升上天空时，河滩的暗夜唯有在摩利信乃法师的身后突然地断裂开去。在那处暗夜的断裂之中，无数的火焰之马和火焰之车，显现出龙蛇一般的奇形怪状，飞溅的火花像狂风暴雨，眼看着洒落于我等头顶。总之，天上仿佛布满了浮雕一般的影像，且成百上千的物什在天空中翻腾闪耀着，有旗幡，有刀剑，发出的声响犹若狂暴的大风海浪。河滩上面则有如沸腾的水锅，咕嘟嘟飞沙走石。法师背对着那般景象，仍然身披着浅色的法衣，手持那十字护符庄严地伫立。法师奇异的身姿，恰如来自异境的大天狗，率领着地狱的妖魔鬼怪，下凡到这沙滩之中……

我和外甥大惊失色，大刀不由得掉落在地，且一头扑在了法师左右，跪拜着谢罪。此时，我们头顶传来摩利信乃法师威严的斥责声："还想活命吗？快快向上帝谢罪来！不然转瞬之间，护法百万圣众便将尔等碎尸万段。"法师的斥责如雷贯耳。事到如今，想起当时那般极度的恐惧，我仍会感觉到浑身战栗。当时的恐惧确已到了极限。我将双掌合在一起，闭上眼睛，战战兢兢地口中念叨着"南无天上皇帝"。

二十八

说起前述经历，实在感觉羞耻，所以我想尽量说得简短一些。莫非，在我等祈祷了天上皇帝之后，可怖的幻影才倏然间消隐无踪？而被刀剑声惊醒的妖魔们，却将我和外甥团团围在了中央。这些家伙大多是摩利信乃法师的信徒。幸亏我俩已将大刀扔在地上，否则看那架势，还不得为之吃尽苦头？这帮男女嘴里骂骂咧咧，里三层外三层，面带憎恨地窥测着我们的脸，仿佛在观望落入陷阱的狐狸。但见一张张凶神恶煞的面容，映照在重新燃起的篝火光亮中，前后左右的头颅几乎遮挡了星月夜空，令人毛骨悚然，仿佛下了阴间地狱。

而摩利信乃法师毕竟与众不同。他大声地安抚住大吼乱叫的妖魔们，面带平素的怪异微笑。他走到我和外甥跟前，态度恳切地讲述着天上皇帝的无量威德。而此时我尤其担心的，却是法师肩披的、浅色色调的美丽法衣。这样的浅色法衣虽非世间稀物，却极有可能是中御门家小姐的衣物。万一真的如此，便可推断小姐不知何时已见过法师。或许，小姐亦已皈依了摩利教？想到这里，我几乎无法平心静气地听他说话，有点儿六神无主。这副模样，不定还会遇见什么可怕的事儿。摩利信乃法师的表情，似乎也对我等轻侮神佛的行为感觉到愤怒。想必他已明晓我等的夜袭行为。幸好，他似乎并未觉察我等是堀川少爷的属下。我们有意不看法师的浅色法衣，就那样呆坐在河滩的沙地上，假装老实地倾听着他的诉说。

这在对方看来，应当是值得褒奖的。进行了一番说教之后，摩利信乃法师的面色变得和缓起来。他将十字护符举在我等头顶，神态优雅地说道：

"尔等的罪业全在于蒙昧无知，上帝自会大大地宽恕尔等。我呢，也不想过多地惩戒尔等。没准儿不久之后，今晚的夜袭也将成为一种缘分，尔等或将皈依摩利教。皈依之前，尔等就此退下吧。"当然恶徒们又在眼前显露出闻所未闻的可怕景象。但见法师一声断喝，真的为我们打开了归途之门。

我和外甥顾不上大刀入鞘，踉跄仓皇地逃离了四条河滩。当时，我的心情真是无以言表。说不上是欣喜，是悲哀，还是懊悔。河滩渐渐远去，但见红色的篝火闪耀晃动，周围聚集的泼皮像蝼蚁一般，正在唱着怪异的歌谣。那歌谣时而隐约地传入耳中。我俩只顾埋头走路，一个劲儿地唉声叹气。

二十九

打那之后,我们但凡有机会聚首一处,便要揣摩摩利信乃法师与中御门小姐的牵涉。议来议去,总是觉得须远离那天狗法师。可是想起那令人恐怖的梦幻境界,又实在没有好的办法。外甥毕竟较我年轻气盛,他仍旧固执己见,不肯放弃原先的想法。有时一帮子公仆聚集一处,又产生再度袭击四条河滩茅草小屋的邪念。然而在此期间,不曾想摩利信乃法师奇异的神变法力,又令我等大惊失色。

那是在一个秋风初起的季节,长尾的律师①在嵯峨建了一座阿弥陀堂以举行佛事。佛堂至今仍未褪色,且一眼便可察知,佛堂的建造汇集了各地良材,并由诸多名匠参与建造,更毫不吝惜地花费了大量的黄金。规模虽说不大,却给人以异常的庄严之感。

特别在佛堂举行佛事的当日,除了上达部的殿上人②,还有众多夫人前来参与。东西两厢的回廊边停置着各色车辆。环绕各处回廊楼座边的是边缘织锦的挂帘。挂帘边缘凸现的胡枝子花、桔梗花和女萝花等,在晴日的阳光下艳丽夺目。佛堂境内,景色很美。莲花宝土般的景象映满眼帘。回廊周边的庭院池中,开满了人工种植的红莲白莲花。花间一艘龙舟荡漾,悬着织锦的帐幔。身着蛮绘布衫的孩童们持画棹戏水,飘扬出美妙的乐音。那悠然的一举一动令人热泪盈眶,不由得虔诚祈拜。

注视正面,更是令人感动不已。佛堂防犬栅上的螺钿闪闪发亮,其后是名香的香烟缭绕。香烟的正中是本尊如来,旁边则有势

---

① 律师,次于僧都的僧官名。僧都上面是僧正。
② 殿上人,被许可上殿的贵族。

至观音和诸佛的御姿。佛面的紫磨黄金和玉珮璎珞，若隐若现。诸佛前庭，中央是一大礼盘。耀眼的宝盖下置有讲法师傅的高座。协同作法的几十位僧人，也都身着艳丽的法衣或袈裟，青红相间。念经声，摇铃声，还有那白檀、沉香的香气，不断由庭内飘向晴朗的秋空。法事正在进行之中，看客们聚集于四方御门之外，亦对庭内的事情一目了然。突然之间，仿佛发生了什么变故，不知从何处传来隆隆噪响，仿佛海上的暴风雨一波一波。

三十

佛堂的门头儿见此情景，急忙跑近前来，高高地挥舞着一把大弓，希望挡住乱拥而入的看客。然而，此时身着异样装束的摩利信乃法师出现了。他分开人潮走近前来。佛堂门头儿见状，立刻扔下手中的大弓，让开眼前的通道跪伏在地，仿佛对天帝的降临顶礼膜拜。一度嘈杂的人们，在门内觉察到外面的骚动，突然变得鸦雀无声，随后相互间窃窃私语着："摩利信乃法师，是摩利信乃法师。"私语声宛若苇叶渡来的和风，此起彼伏。

摩利信乃法师的装束一如往常，长发散披于身着黑色法衣的双肩，胸前的黄金色十字护符闪闪发光。他的脚上没有穿鞋，看着都令人感觉寒冷。凡常的如菩萨旗幡置于身后，在秋日的阳光下显现出庄严。不过举旗者乃随行之人。

"信徒们，我是摩利信乃法师，奉神谕在日本传扬摩利教。"

法师从容地回应着门头儿的膜拜。他不慌不忙地迈入敷沙的庭院中，语调庄严地说。门内众人闻言，又是一阵嘈杂声。还是那些检非违使见过世面，虽说惊讶于眼前的奇事，却并未忘记自身的职责。只见两三个挑头儿的顺手提溜着家伙，面对嘈杂的人们大声呵斥，且冲着法师奔将过来。转眼之间，四面八方皆有人奔将而来，

企图将法师捉拿归案。摩利信乃法师憎恨地望着那些挑头儿的,嘲笑般地说道:

"要打便打,要抓便抓,而上帝将即刻施与惩罚。"

此时,法师胸前悬挂的十字护符,在阳光的照耀下闪闪发光。袭击者们竟纷纷扔下了手中的武器,跌倒在法师脚下,仿佛遭遇了晴天霹雳。

"诸位看见了吗?上帝的威德正如方才之景象。"

摩利信乃法师摘下胸前的护符,在东边、西边的回廊下,来来去去举着护符夸耀说:

"看见了吗?这般灵验不足为怪。说来,上帝正是创造天地、独一无二的天神。唯有知晓这位天神,人们才会竭尽诚心,将阿弥陀如来那般妖魔统统地束之高阁。"

或许这般粗暴的言辞令人无法容忍,方才已停止诵经且茫然注视事态发展的僧徒们,突然间躁动起来,不住地咒骂、叫喊着:"杀了他!""绑了他!"却无一人站起身来,去惩治摩利信乃法师。

三十一

于是,摩利信乃法师傲然地怒视着僧徒们,声嘶力竭地呼喊道:

"中国的圣人说过,知过而改为智者。一旦知晓佛菩萨皆为妖魔,就应及早地皈依摩利教,而颂扬上帝的威德。倘尔等仍对摩利信乃法师所言持有怀疑,或分不清菩萨、上帝何为妖魔或邪神,那就比较一下二者的法力吧,或可就此辨别正法之所在。"

然而,大家方才都已看在眼里,那些捕快们居然昏倒在法师面前。因而帘内帘外的僧俗们,并无一人胆敢去尝试法师的法力。不消说长尾的僧都啦,就连当日在场的山中住持,或仁和寺的僧正,也都对摩利信乃法师表现出极大的敬畏。拜佛的庭院中，龙舟的音乐和选手的吆喝声已停息了半晌儿，院里寂然无声，仿佛听得见人造莲花拂动日光的声响。

法师或许由此获得了更大的法力。他手举那枚十字架护符，像天狗一样嘲笑道：

"实在可笑。南部北岭的确也有颇多圣僧呀，怎就没有一人出来跟我摩利信乃法师比试法力呢？算啦，那么就信奉上帝吧。在诸天童子的神光下惶恐吧。皈依我摩利信乃法门，可是无分贵贱老少的呀。来吧，就在这儿，让山中住持给你们一个个举行灌顶仪式。"

法师逞强般地大声喊叫。但话音未落，西边回廊上有一陌生的僧人从容跳落于院中。他身穿金线织花的锦缎袈裟，手捻水晶佛珠，脸上有白色的双眉。毫无疑问，这是名冠天下、功德无量的横川僧都。僧都年事已高，缓慢地挪动着肥胖的躯体，且以庄重的步伐走到摩利信乃法师跟前。

"你这个下流的东西，在这儿胡说些什么呢？你何曾知道在佛堂供养的庭院中，列有无数的法界龙像？人们惯于投鼠忌器。难道就没有一人出来，与这下流的家伙比试法力的高低？说来，你理应自觉羞耻。快快由此神前佛前逃离吧。如今说什么比试神通，实乃奇怪至极。想必你这邪门和尚，是在何处修得了一点儿金刚邪禅法。那么老衲便与你比试比试吧。一试三宝之灵验，二试避尔摩缘，拯救众生于无间地狱。即便尔之幻术可驱鬼神，也未必可以触动护法加佑的老衲一指。看到如此奇特佛力，还不快快受戒？"说罢大狮子吼一声，捺下了一个手印。

三十二

　　由捺下手印的手中骤然升起了一道白气，影影绰绰地缭绕半空。说时迟那时快，僧都头顶升腾起一团宝盖似的雾霭。不，更确切地说或为一团奇异模样的云气。倘若是雾，那么对面佛堂的屋顶便会朦胧不清。而云气只是虚空中无见形迹的存在，天空的蓝色还像原来一样晴朗清澈。

　　佛院周围的人们，都为这云气而惊异。此时，不知何处传来沙沙的风声，拂动着佛堂的挂帘。风声未止，但见重新结印的横川僧都，脸上的赘肉缓缓地抖动着，口里吟诵着秘经咒文。转瞬之间，云气中朦胧出现了两尊金甲神，威猛地挥舞着手中的金刚杵。其实，那完全是一种感觉上的幻象，若有若无。不过飞舞空中的身影堪称神威，仿佛要在摩利信乃法师的头顶，重重地击下一杵。

　　然而摩利信乃法师却像平时一样昂着高傲的头。他瞪着两尊金刚神，连眉毛都不动一动。在他那紧抿的嘴唇边，浮现出以往骇人的微笑。他仿佛在竭力抑制住嘲笑的表情。他那勇敢的神态令人不安。横川僧都急忙收了法，晃动着水晶的佛珠。

　　"嗨！"他用嘶哑的嗓音一声断喝。

　　伴随着这声大喝，飞舞的金甲神和云气一并退隐空中。而与此同时，下方的摩利信乃法师也将十字护符贴在额头，发出一种尖利的叫声。转瞬之间，天空升起了彩虹一般的光带，金甲神早已消失得无影无踪。僧都的水晶佛珠反由中间断为两截，佛珠哗啦地雪珠一般洒满一地。

　　"师傅的手段已经领教。原来师傅修的正是金刚邪禅呀。"

　　获胜的法师引得大家哄然大笑。他止住众人的笑声，那样诅咒道。横川僧都听了诅咒何等沮丧，在此按下不表。如若不是弟子们争先恐后拥前护持，恐已无法平安地退返廊下。而此时的摩利信乃法师，则更加高傲地挺起了胸膛。他环顾着八方说道：

"我知道横川僧都是当今天下法誉无上的大和尚。但在本法师眼中，欺蒙上帝照鉴，才是真正乱使鬼神的现世俗僧。将佛菩萨称作妖魔，将释教称为堕狱业因，并非摩利信乃法师一人之误。来吧，废话少说，众生愿意皈依摩利教，则不计前嫌，都到这里来，感受一下上帝的威德吧。"

此时，东边回廊下有人冷冷地应答道：

"哦。"此人站起身来理理装束，悠然地走下佛院。不是别人，正是堀川少爷。

大正七年（1918）十一月

基督徒之死

艾 莲译

纵令人生三百岁，逸乐至极，较之恒久无尽之乐，犹如梦幻耳。

——庆长译《Guia do Pecador》（向善书）

唯向善求道者，方可知圣教中不可思议之神妙。

——庆长译《Imitatione Christi》（教徒景行录）

一

话说古时日本长崎有座教堂，名圣露其亚，堂内有位本邦少年，叫罗连卓。这罗连卓原于某年圣诞之夜，饥寒交加，倒在教堂门口，经前来礼拜的会众救助，神甫心怀悲悯，将他收留堂中。却不知何故，问他身世，答称家在天国，父名天主，总若无其事，笑笑支吾过去，众人终未知其详。见他腕上系着青玉念珠，谅其父辈当非异教徒。神甫与合堂法众遂不以为歹人，悉心照料。说起这少年道心之坚，竟不像一个年少之人，实令众长老惊叹不已，故而人人称他为神童转世，虽不知其身家姓氏，却是倍加呵护。

却说罗连卓面若冠玉，声音纤丽若小女子，深得众人怜爱。就中有个叫奚美昂的修士，待罗连卓情同手足，进出教堂二人必携手相伴。这奚美昂本出身于武士之家，世代侍奉诸侯。身材伟岸出众，性情勇猛刚烈。教堂每遇异教徒投石滋事，神甫常令他挺身抵御，也非止一次两次。如此一个奚美昂，却与罗连卓和睦相亲，真可谓老鹰之伴乳鸽，或曰黎巴嫩山上之巨柏，有红葡蔓攀缠，绽开了花。

岁月如流，不觉三年有余，罗连卓也将及弱冠。此时，忽起流言，说是离圣露其亚教堂不远，城里有家伞铺，其女同罗连卓相好。伞铺老爹是个笃信天主之人，常携女来教堂礼拜。祈祷时，那女子目不转睛，只管觑定手执香炉的罗连卓。每入教堂必打扮得花枝招展，频频向罗连卓眉目传情。这些尽数落在教众眼中。有人说，曾见到女子经过时，故意去踏罗连卓的脚；有人甚至扬言，尝见二人传递情书。

想是神甫觉得此事不宜置若罔闻，一日，便将那罗连卓唤来，手捻白须，温言问道："听到些闲言碎语，事关你与伞铺女子的事，想来未必是真吧？"罗连卓面带愁容，连连摇头，噙着泪珠，坚称："绝无此事。"神甫也不禁心软，念其年幼，平素道心坚定，见如此回答，谅无谎言，便未再深究。

神甫所疑固然已解，来圣露其亚礼拜的教众间的风言风语，却难平息。而那如同兄长般的奚美昂，比之别人尤为担心。起初对这件丑事，也曾严加追问，可是，自家都深以为耻，不消说开口去问，甚至见他的面都难为情。一日，在圣露其亚教堂后园，拾到那女子给罗连卓的情书。趁屋内无人，将信掷到罗连卓面前，连吓带哄，百般套问。却说罗连卓，把张俊脸羞得通红，只说道："那小姐是一厢情愿。我仅收其信，从未与她交谈。"想那世间之流言，无风不起浪，奚美昂硬是刨根问底。罗连卓眼含幽怨，痴痴望着奚美昂，不禁诘问道："难道我会骗你不成？我是那种人吗？"说毕，如同飞燕般掠出屋内。见他如此说话，奚美昂自知疑心太重，不免愧悔，怏怏地正要离去，忽见罗连卓跑进屋来，一头扑在奚美昂身上，搂住他的颈项，啜嚅着道："我不好，饶恕我。"奚美昂还未及开口，罗连卓猛地推开奚美昂，像是掩饰脸上的泪痕，旋即又奔了出去。罗连卓所说"我不好"，莫非指他同女娘私通之事？抑或自觉对奚美昂过于冷淡而心存歉疚？实在让人捉摸不透。

随后不久，又闹出一桩乱子，说是伞铺女孩有了身孕。那女子对老爹一口咬定，腹中子之父，乃是圣露其亚教堂的罗连卓。伞铺老爹大怒，当即一五一十告到神甫面前。事已至此，罗连卓是百口莫辩。当日，神甫会同合堂修众裁决，应予逐出教门。他一旦被逐出教堂，离开了神甫，眼见得就会无以为生。然而，若将这等罪人留在堂内，事关主的荣光，故而日夕与他相亲的众兄弟，不得不含泪把罗连卓逐出门去。

其中最伤心的，莫过于亲如手足的奚美昂。把罗连卓逐出教堂固然痛心，被罗连卓所骗，却让他格外气愤不过。那么一个让人心疼的少年，在料峭的寒风里，黯然走到大门口。这时，奚美昂从一旁奔上前去，挥动老拳，重重地打在那张俊脸上。罗连卓禁不住这痛打，顿时倒伏在地，好半天才爬将起来，一双泪眼望着天空，颤声祷告道："请主饶恕。奚美昂丝毫不知我的隐情。"奚美昂见状也自是泄气，只是立于门首，朝天挥舞老拳。众修士百般劝解，奚美昂也见好便收，铁青着一张脸，就像暴雨之前的老天一样难看。罗连卓悄然走出圣露其亚教堂的大门，奚美昂贪恋地望着他的背影。当时在场的教众说，寒风里，罗连卓垂首而行，迎面，夕阳瑟瑟，行将沉落在长崎西侧的天际，而那少年优雅的身影，宛如笼罩在满天的火焰之中，看得极是分明。

自此，罗连卓便栖身在城外的悲田院内，成了世上一个可怜的乞儿，已非昔日圣露其亚教堂内的提灯童子。更何况身为基督徒，原本便遭异教徒的嫉恨，视他如屠夫一般下贱。现在街头行走，非但要受无知小儿的欺侮，还屡尝刀棍瓦石之苦。何止如此，罗连卓曾一度染上热病，倒卧在长崎街头七个日夜，痛苦难当，呻吟不绝。幸有天主垂怜，以其无边无量之爱，每每救他一命；即便得不到钱米施舍之日，也往往让他弄到山间的野果，海里的鱼蚧果腹。虽然如此，罗连卓仍晨昏祈祷，不忘旧日在圣露其亚教堂时的日课，腕上的念珠不改其青玉本色。尤当夜阑人静之时，这少年便悄悄离开悲田院，踏着月光，前往那熟悉的圣露其亚教堂礼拜，求主耶稣基督的加护。

且说同门教众，人人疏远罗连卓，连神甫都不怜悯他，更不消说别人。却也难怪，革出教门当日，深以为是个无耻的少年，谁能料到，竟会夜夜独自前来教堂祈祷，是个道心坚定之人。这也是缘于主之无量智慧使然。在罗连卓来说，虽说不得已，却也是件可叹之事。

话分两头，却说这边伞铺女孩，自罗连卓给逐出教堂不上一月，便产下一女婴。伞铺老爹虽顽固，想必是初得外孙之故，早把气恼丢在一旁，同女儿两人悉心抚育。或抱或哄，间或当作玩偶，以为乐事。老爹如此原也不足为奇，可怪的倒是那位修士奚美昂。这位连恶魔都能击退的大力士，自打那女子生下女婴之后，暇时每每造访老爹，笨拙地抱着娃儿，哭出呜咽，噙着一包眼泪，想是心念弱弟，忆起罗连卓俊雅的面庞。罗连卓离开圣露其亚教堂之后，那女子便再也没见他人影，故而心怀怨望，连奚美昂登门都没个好脸色。

正如俗话说，光阴似箭，转瞬又是一年多。不料想，其间发生了一桩祸事。一场大火，一夜之间便烧掉半个长崎城。当时景象之惨烈，好似最后审判的号角声，冲破漫天的火光，响彻人间，真个是令人毛骨悚然。说来不幸，伞铺老爹家恰在下风口处，眼见得给烈火吞没，一家老小慌慌张张逃了出来，一看，不见了婴儿。定是只顾逃命，忘了婴儿还睡在屋内。老爹顿足大骂；若无人拦阻，女子会冲到火里去救。然而,风势愈刮愈猛,烈焰亦呼呼狂啸,似要将天上的星辰烧焦。前来救火的街坊也乱作一团,除了安抚发疯一般的女子,也别无良策。正当此时,有人推开一干人众,奔向火海。原来是修士奚美昂。说时迟那时快,这位在枪林弹雨中如入无人之境的勇士,一头扑向烈焰。想必是火势太猛,令他逡巡不前。但见他两次三番冲进浓烟,却次次猫着腰落荒逃了出来。于是来到老爹和女子面前道:"万事但听主的安排。此终非人力所能及,唯有认命而已。"这时,老爹身旁不知何人,高声喊道:"主啊,保佑我!"奚美昂觉得这声音甚熟,便扭过头循声去找。一见那人,看官道是哪个?不是别人,正是罗连卓。清癯的面庞,映着火光,熠熠生辉;黑发及肩,在风中纷纷飘拂。虽然其状堪怜,却依旧眉清目秀,一眼便能认出是他。已成乞儿的罗连卓,立于众人之前,目不转睛,望着烈焰熊熊的房屋。一阵狂风吹过,扇得火焰愈加猛烈。眨眼之间,罗连卓早一纵身跃入火柱、火壁、火梁之中。奚美昂不禁遍体冒汗,当空高画十字,祷告说:"主啊,保佑他!"却不知是甚缘故,心中忽现罗连卓离开圣露其亚教堂门首时,那清丽而悲戚的身影。

却说周围的教众,对罗连卓奋不顾身的壮举,虽感惊讶,终究难忘他昔日破戒之事。本已群情骚然,顿时议论纷纷,怪话连连:"毕竟敌不过父子之情!想那罗连卓,做出那等丑事,自家都羞于见人,在这一带连个面儿都不露。嚄,为救亲生骨肉,这会儿倒肯往火里跳。"七嘴八舌,骂个不休。就连老爹也有同感,自打方才见了罗连卓,说来奇怪,心里已然乱成一片。许是拼命掩饰的结果,站也罢坐也罢,烦躁不堪,便高声大叫,把些蠢话一吐为快。唯有那女子,发疯似的跪在地上,两手捂住面孔,一心不乱地祈祷,身子动也不动一下。头上的火星如雨一般降落,地上的滚滚浓烟扑面而来,女子依旧垂首不语,浑然忘记身家世事,进入祈祷之三昧境界。

不多时，大火前忽又人声鼎沸，只见罗连卓头发散乱，双手抱着幼儿，自乱窜的火舌中现出身来，仿佛从天而降。正在其时，一根燃尽的屋梁，突然断裂，伴着一声震天巨响，烟尘暴起，烈焰腾空，顿时失却了罗连卓的身影，眼前唯见珊瑚树一般的冲天火柱。

当此千钧一发之际，奚美昂、老爹和在场的教众，早忘却前嫌，个个惊得目瞪口呆。那女子只管号啕大哭，一度跳将起来，连小腿都裸露出来；忽而又好似遭了雷击，跪倒在地。且说女子手里，不知何时竟紧抱着生死不明的幼儿。啊，主的无量智慧与无边法力，不知人间尚有何赞美之辞。那是罗连卓压在烧塌的房梁下时，拼着性命将幼儿扔了过来，正巧滚落在女子的脚下，却毫发无伤。

女子俯伏在地，喜极而泣。与此同时，老爹高举双手，口中赞美仁慈的主，声音里不由得透着庄严。真个是庄严神圣至极！再说奚美昂，一心要救罗连卓于火海之中，便一个健步跳将进去。老爹的祷告，再度变得忧虑沉痛，高高地响彻夜空。岂止老爹一人，在场的教众无不哀泣，齐声祷告："求主保佑！"如此这般，圣母玛丽亚之圣子，人主耶稣基督，将人间之悲苦，视为己之悲苦，终于听到众人的祷告。且看罗连卓，已给烧得惨不忍睹，由奚美昂抱在怀里，从浓烟烈火之中救了出来。

当夜之变故，不仅此也。众教友七手八脚抬起命若游丝的罗连卓，让他先卧于上风口的教堂门首，事情正发生在此时。一直将幼儿紧抱胸前的伞铺女子，已自哭成个泪人儿，见神甫从门内走出，咕咚一下，跪在神甫脚下。孰料，竟当着众人面前忏悔道："怀中女娃并非罗连卓之骨肉。实是与邻家异教徒之子所私生。"那女娘声音发颤，不胜懊恼，一双泪眼闪闪发光，似不像有半点儿虚假。好个忏悔！只见众教徒挨肩擦背，吃惊得把个漫天大火都忘诸脑后,张口结舌,大气儿都不敢出一声。

女子忍住泪水,接着说道:"小女子先前倾慕罗连卓,因他道心坚笃,凛然峻拒,于是心生怨恨,佯称腹中子乃罗连卓之骨肉,好让他知晓小女子心中的苦楚和不平。谁知罗连卓心仁德高,小女子犯此大罪,竟毫无怨恨。今夜,承他忘记自家的安危,甘冒地狱般的烈火,救了我儿一命。他的仁慈和德行,堪称天主耶稣基督再世。想到小女子的种种大恶,哪怕有魔爪将小女子立马撕成寸断,也无怨无悔。"女子不等忏悔完毕,便已哭倒在地。

恰在此时,围得水泄不通的教众中间,忽然接二连三有人喊道:"这是殉教!""是殉教!"喊声此起彼伏。罗连卓以慈怜悲悯之心,奉行天主耶稣基督之圣迹,不惜沦落为乞儿。即便视同慈父般的神甫,情同手足般的奚美昂,也未解其心意。如若此非殉教,又能是什么呢?

听到女娘忏悔,罗连卓仅能微微颔首,人已烧得发焦皮烂,手脚动弹不得,哪里还有张口说话的气力!老爹和奚美昂听后,心如刀绞,蹲在罗连卓身旁,虽想救治,无奈罗连卓气息愈来愈急促,想是大限将近。唯有那双星眸一如平日,遥望天宇。

神甫凝神细听女娘忏悔,夜风中白髯飘拂,背对圣露其亚教堂的大门,少顷,庄严宣布道:"能改悔者,终得福乐。想那福乐,岂能得自人的惩罚!不若将主之戒命深深铭刻于心,静待末日之审判方是。罗连卓笃志励行我主耶稣基督之意旨,其德行在本邦教众中,诚为罕见。况且,他以少年之身……"咦,是何缘故?神甫说到此处,突然噤口。仿佛瞥见天国的灵光,瞧着脚下罗连卓的身姿,不由得怔住了。神甫神情恭谨,两手发颤,可见事情非同寻常。哦,干瘦的面颊上,老泪纵横。

奚美昂已看在眼里,伞铺老爹也瞧得分明!那名不虚传的美少年,无声地横陈在圣露其亚教堂门首,一身映着火光,其色红于我主耶稣基督之血。胸上衣服焦破处，赫然露出如玉般的双乳。容貌虽已烧得面目全非，却仍不减其温婉。哦，罗连卓竟是个女子！罗连卓竟是个女子！众教徒背对猛火，环立如堵，也已一目了然。因破色戒而被逐出圣露其亚教堂的罗连卓，竟与伞铺女子毫无分别，赫然是一明眸皓齿的本邦女郎！

霎时间，众人肃然起敬，如闻主之圣音，自杳然不见星光的天外传来。圣露其亚教堂前的教众，好似风吹麦穗，一个个归心低首，齐刷刷跪在罗连卓的身旁。此时，但闻万丈火焰在空中呼啸。不，还有不知何人在哀哀啜泣。莫不是伞铺女子？抑或自认是兄长的修士奚美昂？良久，神父高举双手于罗连卓之上，诵起经文，声音一派庄严悲悼，打破周遭的静默。待等经声停下，人称罗连卓的这位如花少女，仰望暗夜彼岸天国的光明，安然含笑而逝。

却说这女子的生平，除此之外一无所知。究竟是何道理？概而言之，人生刹那间的感铭，实千金难求，至尊至贵。好有一比，人之烦恼心如茫茫夜海，当一波兴起，明月初升，能览清辉于波上，岂非生命之意义？如此说来，知罗连卓之最后，亦足可知其一生耳。

二

在下藏有《圣徒金传》一书，系长崎耶稣会印行。乃 LEGENDA AUREA[①] 之翻译。其内容未必即是西方所谓的"黄金传说"。除记载该地圣徒言行，还收录了本邦西教信众勇猛精进之事迹，以作福音布道之助。

---

① LEGENDA AUREA，西方圣徒传说的集大成。原文为拉丁文，由意大利人大主教 Jacobus de Borgine（1235—1298）所著。

书分上下两卷,以美浓纸印刷,草书中杂以平假名,甚不鲜明,亦不知是否为活字印刷。上卷扉页横排拉丁文书名,书名下,竖排两行汉字:"千五百九十六年,庆长二年三月上旬刻。"年代两侧有画像:天使吹喇叭图。技巧稚拙,颇有憨趣。下卷扉页,除"五月中旬刻"之字句外,余均与上卷无二。

两卷各约六十页,所载"黄金传说"上卷八章,下卷十章。各卷卷首尚有无名氏所著序文及拉丁文目录。序文不甚通畅,间或有欧文直译之语法,一见之下即疑为出自西人神甫之手笔。

以上所录《基督徒之死》,系据该书下卷第二篇,约为当时长崎某西教堂遗事之实录。所记大火曾否发生,经查《长崎港草》等书,均未得证实;事件之准确年代,亦无从确定。

且说《基督徒之死》,出于发表之需要,在下于文字上稍加修饰。倘无损原文平易雅驯之笔致,则幸甚。

大正七年(1918)八月十二日

鲁西埃尔

魏大海译

　　天主初成世界，随造三十六神。第一钜神云辂齐布尔（中略），自谓其智与天主等，天主怒而贬入地狱（中略）。辂虽入地狱受苦，而一半魂神做魔鬼游行世间，退人善念。

——左辟第三辟裂性中艾儒略答许大受语

一

　　如众所周知，有一部诘难天主教的古书题为破提宇子，作者乃元和六年（1620）加贺的禅僧巴鼻庵①。当初，巴鼻庵是居于南蛮寺②的天主教徒，之后因着某一缘由舍弃了 DS③ 如来，而皈依佛门。由其著述可以推知，他也是一老儒之学造诣甚高的才子。

　　破提宇子较为流行的版本，是华顶山文库藏本。该藏本于明治戊辰年间，连同杞忧道人鹈饲彻定的序文一并出版。不过应当说，还有一些不同的版本。现予所收藏之古旧版本，有些内容便不同于流行的版本。

　　其中，同书第三段论及恶魔起源的一章，予之藏本的内容就比

---

① 巴鼻庵，Fucan Fabian（不干巴鼻庵），佐久间宗远之号。
② 南蛮寺，在织田信长的认可下，1586 年建于京都、安土的基督教堂。
③ DS，Deus 之略。

流行本丰富许多。巴鼻庵本人目击的恶魔记事，在那辛辣的诘难、攻击之间，亦有专门的引证。此等记事为何不曾载入流行本呢？理由或许在于，后者性质标榜为破邪显正之作，对于那些过分荒唐无稽的记事一类，或有意漏脱为善。

予在此绍介异本第三段。诸君不妨了解一下巴鼻庵出现之前的日本 Diabolos（恶魔）。而期望更多了解巴鼻庵者，则可阅读新村博士有关巴鼻庵的论文。

二

提宇子的缩略字母为 DS，乃一类无色无形实体，间无须发，充满于天地之间，而为显现威光，施乐善人，"被除不祥"，则于诸天之上造就极乐世界。在造就人类之前，先行造就了无数称为安助（天使）的天人。却迄今未现尊体。天戒曰：不可企望僭越之位。守护此一天戒，即可修成功德，拜见 DS 尊体，穷尽不退之乐。若破天戒，则将堕入众苦充满的地狱，受尽毒寒毒热之煎熬。基于此义，被造的天人尚无一刻超越。即在那无量安助中，一位自称鲁西埃尔的安助自夸为善，且为 DS 化身，劝诸众膜拜于己。而无量安助中赞同鲁西埃尔者仅三分之一，多数示以反对。这里的 DS 鲁西埃尔包括赞同他的三分之一安助，都被赶下了"地狱"。就是说，由于安助犯了傲慢的罪过，变成了叫做"嘉宝"的天狗。

破，提宇子，述说该段，无异于作茧自缚。首先应当述说一个理念，"DS 满在"犹若充塞真如法性本分之天地，亦为六合（天地四方）遍满。应当说，似是而非。或有人称，知晓 DS 即三世了达呀。那么亦当了解，其造就了安助之时，亦随之造就了罪过。殊不知，论及三世了达之知，纯属虚谈。再者，知之而造，乃为贪婪之首。无所不能的 DS 啊，欲阻止安助之罪过之堕落吗？唯有停止其制造。任由其堕入罪过，无异于大量地制造天魔。如此制造无用的天狗，制造无尽的烦恼，简直是荒唐至极。这个世上，并非原本没有"嘉宝"一般的天狗，只是在此辩明，DS 制造安助且变成安助恶魔的道理。

"嘉宝"的形成如前所述。令人感觉疑惑不解者，乃其如何变换为穷凶极恶的鬼物。往昔，吾在南蛮寺留住时，曾亲眼见过恶魔鲁西埃尔，他亲口述说了未受规诫的理由，且感叹人类多半不知"嘉宝"。住口。说到巴鼻庵和天魔的愚弄，其说法混乱而可疑。慑于天主威名，不解正法之明的提宇子牢骚满腹。在吾看来，异口同声念唱"圣母玛丽亚"的教士居多，而像恶魔鲁西埃尔这样发表议论者竟无一人。且将一己之"嘉宝"会面，粗略地记述如下。以南蛮的话来讲，此乃"经外之传"。

岁月有着至关重要的作用。某年秋末，我独自走在南蛮寺境内繁茂的花木丛中。行路中想起了同宗的一位天主教门徒。她是一位高贵的夫人，曾流着眼泪做过忏悔。那位夫人对我说："有这样一件怪异之事。不知何故，耳边有人日夜私语，而守候身旁的却唯有丑恶的丈夫。世上多情的男人数不胜数，但闻其声，就将神魂恍惚，恋慕之情油然而生。自己并不企望与之山盟海誓，只是哀叹自身之年轻之美貌，徒然地身心憔悴。"当时，予便对之述说了宗门的戒法，并严肃地加以规劝："尔说的那般声音，必定是恶魔之所为。总之'嘉宝'中有七种可怕的罪孽，对人类具有诱惑力。一是傲慢，二是愤怒，三是嫉妒，四是贪婪，五是色欲，六是饕餮，七是懈怠。七种罪孽染其一，都将经历堕入地狱之恶趣①。而 DS 与大慈大悲的源泉互为表里。倘'嘉宝'系万恶之根本，那么唯

---

① 佛教语，作恶之人死后必须体验的苦恼世界。分地狱、饿鬼、畜生三途。趣为境界之意。

有天主之教诲，警示信众万万不可接近其爪牙。惟有专念祈祷，仰赖 DS 之德行，才能避免万一堕入地狱之业火。"予继而向夫人详细描述了南蛮绘画中可怕的恶魔形象，夫人也更加深入地认识到"嘉宝"之可惧，她浑身战栗着说道："总是看到蝙蝠的翅膀、山羊的蹄子和毒蛇的鳞片，仿佛时时刻刻守候耳边，述说着淫乱的恋情。"夫人的这般话语，始终萦回予之心头。予分开异国移植过来的、不知其名的草木香花，走在光线暗淡的小径上。突然抬眼望去，距离不足十步远的前方，有位教士模样的人影。教士转眼之间，像微风一样地飘然而至，旋即问道："知道我是何者吗？"予定睛打量来者，其面容像昆仑奴一般黢黑，眉宇之间并无卑琐之气，身着长曳下摆的法衣，颈项上悬挂着黄金的饰物。予毕竟不曾见过，回答曰，不知。来者遂以嘲弄的口吻说道："我是恶魔鲁西埃尔呀。"予十分惊讶地说："胡说，你怎么会是鲁西埃尔呢？你的体格与人类无异，也没有蝙蝠的翅膀、山羊的蹄子和毒蛇的鳞片。"对方答道："其实恶魔与人类并无差异，是那些画匠们，将予等描画得丑恶无比。予等同类像我一样，并无翅膀、鳞片和蹄子。说到底，没有那般古怪的模样。"予不服，继而说道："可是，恶魔仅仅是在表面上与人类相同。在他的心里，却存在着毒蝎一般的七种罪孽。"鲁西埃尔再度以嘲弄般的语调争辩道："你知道吗？毒蝎一般的七种罪孽，也存在于人类的心灵之中。"予闻言大声地喊叫道："恶魔！滚开！予之心灵，乃是映现 DS 诸善万德的镜面，没有尔等之存身之地。"恶魔呵呵大笑起来，继而道："愚蒙哪，巴鼻庵。尔这般唾骂予，正是傲慢之表现呀。傲慢乃七罪之首呀。恶魔与人类没有差异，尔本身即为实证呀。倘若恶魔真像尔等沙门所想象之那般，是穷凶极恶的鬼怪，那么普天之下将一分为二。尔与 DS 乃是安定的因素。然而光亮之处，必有黑暗。DS 的白昼与恶魔的黑夜共同统辖着这个世界，谁能否定它的合理性呢？予等恶魔一族虽属性恶，却并未忘记了善。予等右眼看见的是地狱中无尽的黑暗；左眼则时时仰望上天，闪烁着吉祥之光。恶魔未必十恶不赦。DS时常为着天人而受苦。尔可知晓？正是予鲁西埃尔，在日前向尔忏悔的夫人耳旁，口吐淫亵之言。不过予之心软，未下狠心诱惑夫人，仅仅伴着黄昏，在其身边来去徘徊。予看着夫人手持珊瑚念珠，手臂竟似象牙一般。那幅图景像幻觉一般美妙绝伦。倘若予乃尔等沙门感觉恐惧的、凶险无道的恶魔，夫人哪里还会在尔之面前流淌忏悔的眼泪？早就沉迷于私通的快乐，即成就了堕狱的业因。"予惊讶于鲁西埃尔的爽快辩舌，结结巴巴无言以对，只顾望着他黑檀木一般、闪闪发光的面容。他一把抱住予之肩头，以悲切的语调小声说道："予常常期望堕入地狱；同样，予也常常力图摆脱地狱。尔说，予等恶魔是否知晓可悲命运？且看，予将夫人诱至淫亵的陷阱，最终却并未将其捕获。予喜欢夫人的洁净气质，渐渐产生了玷污之念。予之感觉恰恰相反，予更加喜欢者是夫人遭到玷污之后的那般纯洁。予与尔等又是相同的。尔等总是规诫自己不要犯下七种可怕的罪孽；予等却在时时规诫自己，不要种下七种可怕的德行。唉！引诱我等恶魔不断从善者，或许正是尔等DS？或者，是统于DS之上的神灵？"恶魔鲁西埃尔在予耳边叨叨着。但见他仰望着薄暮的天空，身影迅疾地像雾霭一般，淡化、消失在浅色的秋花丛林中。予神色慌张地尾随教士追去，鲁西埃尔却留下一语："无知的教士，归去吧，勿信我言。"时过数日，予悖逆了宗门的内心悟道，滥加苛责。然而对亲眼所见、亲耳所闻的恶魔鲁西埃尔，予却充满了怀疑。恶魔性善？断然非世间万恶之根本？

唉！提宇子，尔对恶魔有何了解？何况天地作者的方寸之心？切断蔓头之葛藤。咄！

大正七年（1918）八月

枯 野 抄

艾　莲译

> 召丈草、去来，终夜未合目。忽生一念，遂命吞舟书录，各吟句一首。
> 病卧羁旅中，梦萦枯野上。
>
> ——《花屋日记》

元禄七年（1694）十月十二日下午。大阪的商人一清早起来，犹自睡眼惺忪的，不由得朝着瓦屋顶的对面，远远望过去：本来满天红艳艳的朝霞，怎么又像昨日一样，难道要下阵雨不成？幸好柳叶款摆，却也并非烟雨迷蒙的景象，虽说天阴，过一会儿，就又将是个微明而寂静的冬日。在一排排市房之间，缓缓流过的河水，也失却往日的光彩，变得白茫茫一片。水面上漂着葱叶子，那青绿色，看着倒也没一丝寒意。何况岸上来往的行人，无论是包着圆头巾的，还是穿着皮袜子的，全忘了这寒风肆虐的天地，茫然不觉地赶路。门帘子的颜色也罢，络绎不绝的车辆也罢，还有打远处传来木偶戏的三弦声——都在暗自维系着这冬日的微明和寂静。桥上的栏杆尖，藻饰成宝珠形，宝珠上的尘埃连动都不动……

这时，坐落在御堂前南久太郎街上，花屋仁左卫门家的后客厅里，当年受人景仰的一代俳谐大师芭蕉庵松尾桃青，虽有各地赶来的门人精心护理，到底在五十一岁上便终其一生，"残火虽尚温，渐渐冷如灰"，正安详地要咽最后一口气。时辰大约将近申时中刻吧。——隔扇已经卸了下来，空荡荡的客厅里，只有枕头上方点着一炷香，青烟袅袅。虽说天地间的寒气给挡在院子里，新拉门的纸色，也只有在这屋才显得暗黝黝的，可屋里照旧冷得刺骨。枕头朝着拉门，芭蕉寂然不动地安卧在那里。围着他的，首先是大夫木节。他把手伸进被子里，一直把着脉，脉跳得极慢，木节忧心忡忡地锁着眉头。蜷缩在他身后的，准是这次从伊贺一路跟随芭蕉的老仆治郎兵卫，从方才起就喃喃念着佛号。挨着木节的，不论谁一看便知，应当是彪形大汉晋子其角，和仪表堂堂的去来。去来穿着古铜色的捻绸衣裳，上面印着方块形的小花纹，已经大腹便便，歪着肩膀。两人不眨眼地瞅着师傅的病情。其角的身后是丈草，像个出家人，手腕上挂着一串念珠，一动不动地端坐着。坐在丈草身旁的是乙州，不停地抽鼻涕，必是忍不住涌上来的悲哀吧。和尚打扮的矮个子惟然僧，正不转眼地盯着乙州。僧袍的袖子补了又补，表情冷漠地撅着下巴，同皮肤浅黑、有点刚愎自用的支考，并排坐在木节的对面。其余几个弟子，有的在左，有的在右，静悄悄地守着病床，大气儿都不敢出一声。一个个为这死别，有无限的留恋难舍。可是，其中只有一个人，趴在屋角落里，紧贴在席子上，放声痛哭。那该是正秀吧？尽管如此，后客厅里，笼罩着冷冰冰的沉默，鸦雀无声，就连缭绕在枕边的线香，都一丝不乱。

方才，芭蕉一阵痰喘，用嘶哑的声音留下的遗言，让人无从捉摸。然后，就那么半睁着眼睛，像是昏睡了过去。脸上有几粒麻子，瘦得只剩下颧骨，四周布满皱纹的嘴唇，早就没有一点血色。尤其叫人揪心的，是他那双眼睛，已经茫然无光，呆呆地望着远处，仿佛望着屋顶对面一望无际、意态清寒的天空似的。"病卧羁旅中，梦萦枯野上。"——这是他三四天前写下的辞世的俳句。此时，或许他就像自己所吟诵的那样，散乱的视线里，是荒郊枯野上的苍茫暮色，没有一星儿月光，如梦一般飘忽。

"水!"

半晌,木节回过头来,冲着一动不动坐在身后的治郎兵卫吩咐道。这位老仆,早就把一盅水和一支羽毛做的牙签儿预备好了。他小心翼翼地把两样东西摆在主人的枕边,然后,又一心一意地急口念起佛号来。治郎兵卫是山里长大的,他以为芭蕉也好,凭谁也好,要想往生净土,一律得靠佛陀的慈悲。这种坚执的信念,在他朴实的心里,恐怕已经根深蒂固。

而另一方面,木节要水的一瞬间,忽然寻思道:身为大夫,自己果真想尽一切办法了吗?这疑问一向就有,此时又冒出头来。他随即在心里勉励自己,而后转过脸,默默地朝身旁的其角示意。也恰好在这当口,围着芭蕉病床的众弟子,心里猛然一紧,越发感到不安。可是,在紧张的前后,又有一种松口气的感觉——换句话说,要来的终于来了,如释重负一般,谁心里都闪过这个念头,这是不争的事实。只不过这种如释重负的心情十分微妙,以致谁都不愿意承认自己有过这念头。在场的人里,数其角最讲实际,同木节面面相觑的刹那间,从对方眼神里,看出彼此心思一样。这时,就连其角也没法儿不悚然一惊。他慌忙将视线移开,若无其事地拿起羽毛牙签。

"僭先了。"向身旁的去来打了声招呼。然后,一面拿牙签在茶盅里沾水,一面将肥厚的大腿往前蹭了蹭,偷偷地凝视着师傅的容颜。说实在的,今生同师傅永诀,必定会很难过,他事先不是没想过。可是,真到要给师傅点送终水,自己的实际心情,简直是冷漠之极,较之原先设想的,像做戏似的,截然不同。非但如此,更想不到的是,师傅临终时,真正瘦成了皮包骨,那瘆人的样子,让他生出一种强烈的嫌恶之情,甚至忍不住要背过脸去。不,强烈两字,还不足以表达。那种嫌恶,就同看不见的毒药一样,引起生理上的反感,最叫人受不了。此刻,他难道想借这偶然的机会,把自己对一切丑恶的反感，统统倾泻到师傅的病体上去吗？抑或是，在他这个乐"生"的人看来，眼前所象征着的"死"，是自然的威胁，比什么都该诅咒不成？总而言之，其角看着芭蕉垂死的面容，有说不出的腻味，几乎没有一点儿悲哀。他用羽毛牙签往那发紫的薄嘴唇上，点上一点水，便皱着眉头，马上退了下来。不过，在退下来的一刹那，心里也曾掠过一丝自责，先前感到的那种嫌恶之情，在道德上理应有所忌惮，只是实在太强烈了。

其角之后，拿起羽毛牙签的是去来。方才木节示意的时候，去来心里就开始发慌。他素以谦恭有礼著称，向众人微微颔首，便凑近芭蕉的枕旁，望着老俳谐师恹恹无力的病容，心里出奇的乱：既满意又悔恨，两种感情交织在一起。虽不情愿，却不得不哑摸着。所谓满意和悔恨，就好比一阴一阳，互为因果，不可分离。其实，从四五天前，谨小慎微的去来，心情不断为这两种情绪所困扰。因为，他一接到师傅病重的消息，就从伏见乘船赶来，也不顾三更半夜，便敲开花屋家的大门，打那时起一直护理师傅，可以说没有一天怠慢过。此外，还一再恳求之道，让他找人帮忙啦，打发人上住吉的大明神社求神保佑病体早日康复啦，又和花屋商量，添置要用的东西啦，所有这些千头万绪的事，全靠他一个人张罗。当然，这是他自己揽过来的，压根儿就没想到要谁领他的情，这倒是不假。然而，等他意识到，是自己在尽心尽力照料师傅时，一下子便在心底大大滋生出一种自得之情。只不过没意识到这种自得之前，做什么事心里都是美滋滋的。在行住坐卧上，没觉得有什么拘束。要不然，夜灯下看护病人，跟支考闲聊当中，就不会大谈什么孝道义理，抒发侍奉师傅如侍亲的抱负。可是当时，踌躇满志的他，一看出为人很差的支考面露苦笑，马上觉出一直平和的内心，陡然间乱了起来。他发现，心乱的原因，在于他刚刚意识到的自得，以及对这自得的自责。师傅大病不起，朝不保夕，自己一面护理，一面用得意的眼光，打量自家辛劳的情景，俨然一副担心病情的样子。——正直如他，免不了会感到内疚。打那以后，自得和悔恨这两种情绪便相互抵触，去来也发觉，不论做什么事情，必受其掣肘。虽说是偶然，却偏巧看出支考眼里的笑意，倒更清楚地意识到了这种自得，结果常常是自怨自艾，觉得自己卑劣不堪。这样一连过了几天，直到今儿在师傅枕边点临终水的时候，有道德洁癖的他，想不到神经格外脆弱，心里七上八下，完全失去了镇静，说来可怜，却也难怪。所以，去来一拿起羽毛牙签，浑身就僵得出奇，亢奋得了不得，以致用白毛尖上沾的水去抹芭蕉嘴唇时，手直发抖。幸好睫毛上噙满了眼泪，其他弟子见了，就连尖刻的支考，恐怕也以为，他那么亢奋，是悲痛的缘故。

不大会儿工夫，去来直起穿着古铜色衣裳的身子，畏首畏尾地退到座位上，把羽毛牙签递给身后的丈草。一向老实巴交的丈草，毕恭毕敬地低眉垂首，嘴里喃喃念叨着什么，轻轻把水沾到师傅嘴唇上。那样子，恐怕谁看在眼里，都是庄严虔敬的。可是，就在这庄严的时刻，蓦地听见客厅的角落里，发出一阵瘆人的笑声。或者说，至少当时觉得听见了笑声。那声音，简直像是从丹田发出来的大笑，经过嗓子眼和嘴巴时，想忍而没忍住，结果转从鼻孔断断续续迸发出来。当然，在这种场合，谁都不会放声大笑。声音其实是正秀发出来的，方才他就悲痛欲绝，忍了又忍，此时终于撕心裂肺，恸哭起来。他之恸哭，不用说，准是悲怆到了极点。在场的弟子，大概有不少人想起了师傅的名句："荒冢亦惆怅，悲怀一恸声断肠，萧瑟秋风凉。"乙州也同样在哽咽抽泣，对正秀凄厉的恸哭，觉得有些过分——即便不说他不够稳重，至少也太不自制，所以，禁不住有些不痛快。说到底，他的不痛快，是出于理智。不管他脑子是否情愿，心上却忽然为正秀的哀恸所动，不知不觉，眼里也汪起一包泪水来。方才他觉得正秀的恸哭让人不快，现在也不认为自己的眼泪就多纯净，彼此并没什么两样。可是，眼里的泪水越冒越多——乙州终于两手拄着腿，禁不住呜呜哭出声来。这当口，唏嘘做声的，不独乙州一个人。守在芭蕉床脚的几个弟子，也接二连三响起抽鼻涕的声音，打破了客厅里冷寂的气氛。

在这凄凄惨惨的悲泣声中，手腕上挂着佛珠的丈草，依旧静静地坐回原处。接着，坐在其角和去来对面的支考靠近枕边。支考号称东花僧，出名地爱挖苦人，大概神经没那么脆弱，不会受周围感情的带动，轻易掉泪。他浅黑的脸膛一如往常，照旧摆出藐视一切的神气，而且同平时一样，照旧俨然不可一世，漫不经心地往师傅嘴上沾水。不过，当此场合，即便他支考，也难免生出些许感慨，这自不在话下。"曝尸荒野上，心中戚戚未曾忘，秋风浸身凉。"——四五天前，师傅曾一再向弟子们道谢："我原以为，日后会敷草为席，以土为枕，命丧荒野。没想到能睡在这样华美的被上，得偿往生的夙愿，实在是欣慰至极。"可是，无论是在荒野上，还是在花屋这间后客厅里，两者并没有多大分别。现在自己这么往师傅嘴上点水，其实，打三四天前，心里就惦记着，师傅还没留下辞世的俳句。而后，昨天终于盘算好，等辞世后，把师傅的俳句辑录成集。今天，直到此刻，师傅临终之际，自己始终用一副审视的目光，饶有兴味地在观察这个过程。要是刻薄一点往坏处想，自己这么观察，难说心里就没转过这样的念头：日后该提笔写篇临终记，这就是其中的一节。既然如此，自己一面给师傅送终，一面满脑子盘算着：对外人是沽名钓誉，对同门弟子则是利害相争，或是只顾一己的兴趣——这些事，与垂死的师傅毫不相干。不妨说，师傅毫无忌讳，在俳句里的屡次预言，竟成了谶语，到头来等于曝露在无限人生的枯野上。我们这些弟子，谁都没有哀悼师傅的去世，而是在自怜失去师傅后的自己；没有叹惋穷死于枯野上的先师，而是自叹薄暮时分失去先师的我们。可是，倘从道德上来责备这一切，那么，我们这些人，生来就人情冷漠，又能把我们怎么样呢？支考一面陷入这种厌世的感慨之中，同时，又对自己能这样深思，颇为得意。给师傅点完水，把羽毛签放回茶盅，随即向抽抽搭搭的同门弟子，嘲笑地扫了一眼，从容地回到自己座位上。像去来这样的老好人，一开头就给支考那冷冷的神气镇住了，此刻又像方才那样惶惶不安起来。唯独其角，对东花僧的脾气压根儿看不顺眼，脸上一副哭笑不得的样子，八成感到很不受用。

接着支考的，是惟然僧。黑僧衣的下摆拖在席子上翻了起来，小身子爬过来的时候，芭蕉眼看着就要咽气了。脸上更加没有血色，湿漉漉的嘴唇中间，不时透出一点气来。隔一会儿喉咙才使劲咕噜一下，无力地吸进一丝气。喉咙里堵着痰，轻轻响了两三下。呼吸好像渐渐平缓下来。惟然僧正要把羽毛牙签的白尖儿触到师傅嘴唇上，这时，突然一阵恐惧袭来，竟同死别的悲哀毫不相干。师傅之后，下一个该不会轮到自己死吧？他居然无缘无故害怕起来。正因为是无缘无故，一旦恐惧上身，就没法抵御。他本来就是那种人，一提到死就会胆战心惊。从前每逢想到死，哪怕云游时正风流快活，也会吓得汗流浃背。这种事他经历过不止一次。听说别人死了，心里也要想："哦，幸好死的不是我，谢天谢地。"这样才能踏实。反过来，又要担心："倘若自己死了，那可怎么办？"他这么怕死，就算在师傅芭蕉这种场合也不例外——晴朗的冬日照在窗纸上，园女①送的一盆水仙，散发出一阵阵清香，众弟子聚在师傅枕边，吟诗对句，聊以慰问病体。这时，一明一暗两种忧虑，开始在他心里盘旋。等到师傅弥留时——记得那天秋雨初降，连一向爱吃的梨，师傅都无法进食了。看到这情形，木节忧心忡忡地摇摇头。从那一刻起，惶恐就一点点扰乱了他平静的心；及至最后，

---

① 园女，芭蕉弟子之一。

"下一个死的，没准就是自己了"，这种惶恐不安，像道凶险而恐怖的阴影，冰冷无情地在他心头弥漫开来。所以，等他坐到枕边，往师傅嘴唇上小心翼翼地点水时，因为恐惧作祟，对师傅临终时的面容，几乎不敢正眼去看。不，以为是看过一眼，偏巧芭蕉嗓子里堵着痰，有轻微的响动，刚鼓起勇气来，就给吓了回去，没敢再看。"师傅之后，没准死的就是自己了。"——这种预言，不断在惟然僧的耳畔絮聒。他回到自己的座位上，小小的身子缩成一团，脸子绷得越发紧了，光翻白眼，尽可能谁也不瞧。

接下来，是乙州、正秀、之道、木节，以及围在病床旁边的弟子，轮番往师傅嘴上点水。期间，芭蕉的呼吸一次比一次细，间隔也一次比一次长。喉咙已经不动了。瘦削的脸盘，有几粒浅浅的麻子，仿佛蜡做的；失神的瞳仁，凝望着遥远的天宇；下巴上的胡子，白得像银——这一切都让冷漠的人情给凝住了，一动不动，看上去像在梦想着不久将要往生的净土。于是，低着头闷声不响，坐在去来身后的丈草，那个老实巴交的禅客丈草，觉得随着芭蕉的气息越来越微弱，一种既无限悲痛，又无限安然的情感，渐渐充满自己的胸次。悲痛是用不着说的了。安然的心情，则像黎明前的寒光，在黑暗中越来越亮，有说不出的明朗。这种情感，一点一点荡尽各种杂念，眼泪也毫无刺心之痛，终于化作清纯的悲哀。他为师傅的灵魂能够超越虚无的生死，回归极乐净土而欣喜。不过，这一点他自有无法承认的理由。要不然——唉，谁还会一味地彷徨犹豫，敢愚蠢地欺骗自己呢！丈草这种安然的心情，那是一种解放了的喜悦，他的精神，长久以来一直为芭蕉的人格力量所桎梏，白白地给压抑着，而现在，他靠自己的力量，身心正在自由地舒展开来。他沉醉在悲哀的喜悦之中，手捻着佛珠，周围啜泣的同门兄弟，宛如不在眼内，丈草嘴上浮出微笑，向临终的芭蕉恭谨礼拜。——

这样,古往今来无与伦比的一代俳谐宗师芭蕉庵松尾桃青,在"无限悲痛的"众弟子簇拥之下,溘然长逝。

大正七年(1918)九月

毛利先生

刘光宇译

岁末的一个黄昏,我和一位评论家朋友一起,沿着小职员经常过往的街道,在一片光秃秃的夹道柳荫下,朝神田桥方向走去。夕照下,下级官吏模样的人们跟跟跄跄地在我们身边走着。从前,岛崎藤村曾愤慨地说过,应当"把头抬得再高些走路"。他们或许都不期而然地怀着郁闷的心情无法排遣吧。我俩身着大衣,肩并肩,稍微加快了脚步,直到走过大手町电车站,几乎未做一声。这时,我这位评论家朋友朝着红柱子下等电车的人瞥了一眼,见他们冻得哆里哆嗦的样子,不禁打了个寒噤,自言自语似的嘟哝道:"我想起了毛利先生。"

"毛利先生是谁?"

"是我中学的老师。我没跟你说过吗?"

我默默地低了一下帽檐,表示否认。下面便是当时那位朋友边走边对我谈起的有关毛利先生的回忆。

大约十来年前,我还在一所府立中学读三年级。教我们班英语的年轻教师安达先生,因患流感并发急性肺炎于寒假期间病故。由于事发突然,来不及物色合适的后任教师,无奈我们中学便请时任某私立中学英语教师叫毛利先生的一位老人,临时代替安达先生迄今担任的课程。

我初次见到毛利先生,是在他就任当日下午。我们三年级学生为迎接新老师的好奇心所驱使，走廊里刚刚传来先生的脚步声，便前所未有的肃静，等着上课。那脚步声在阳光已逝的寒冷的教室外面停住了，门旋即开了——啊，我现在说起这事来，当时情景仍历历在目。开门进来的毛利先生，给人第一眼印象便是矮个子，令人联想起常在节日里演杂耍的小丑。然而，从这种感觉中抹去了阴暗色彩的，是先生那甚至可用"漂亮"来形容的光溜溜的秃头。虽然他后脑勺上仍残存着少许华发，但大部分与博物教科书上所画的鸵鸟蛋毫无二致。最后先生风采的超常之处，是他那身古怪的晨礼服，名副其实古色苍然，几乎令人忘却原先曾经是黑色的。可是在先生那有点脏的翻领下面，竟郑重其事地系着一条极其鲜艳的紫色领带，犹如一只展翅的蛾。这点也出乎意料地残存在我的记忆里。所以，在先生走进教室的同时，不期而然地从各个角落发出强忍住笑的声音，当然也没什么可奇怪的了。

然而，毛利先生两手捧着教科书和点名簿，仿佛没看见学生似的，显出一副从容不迫的态度，登上高出一阶的讲台，回答了学生们的敬礼，在他那张非常和善而苍白的圆脸上露出亲切的笑容。他尖声招呼道："诸位！"

在过去三年中，从这所中学的先生那里，我们从未享受过"诸位"的待遇。因此，毛利先生这声"诸位"，自然令我们刮目相视。同时我们想，既然有了"诸位"这句开场白，后面一定是当前教学方针之类的长篇大论，于是便屏息等待。

然而毛利先生说过"诸位"之后，环顾了一下教室，暂且什么也没说。尽管他那肌肉松弛的脸上，挂着一丝悠闲自得的微笑，但嘴角上的肌肉却在神经质地颤动。他那有点像家畜的兴奋的目光里，不时流露出烦躁不安的神情。他虽然没有开口，但似乎对我们大家有所恳求，遗憾的是先生自己也搞不清那到底是什么。

"诸位！"毛利先生几乎用同一声调重复着，然后恰似要抓住这声音的反响似的，慌慌张张地接着说："今后由我来教诸位选读课。"

我们的好奇心益发强烈，全场鸦雀无声，都热切地盯着先生的脸。然而毛利先生这么说的同时，又用恳求的目光环视教室，突然像松弛了的弹簧似的坐到椅子上，然后把点名簿放到已打开的文选课本旁边，翻开定睛瞧着。他这番开场白结束得如此突然，令我们非常失望，或者莫如说是超过了失望，而令人感到可笑，恐怕没有再说的必要了。

所幸的是我们还未笑出声来，先生那对家畜般的眼睛便从点名簿上抬起，立刻点了班上一个同学的名字，并称他为"君"。不消说，是让他马上起立进行译读的意思。于是那学生站起来，以东京中学生所特有的机灵劲儿译读了《鲁滨逊漂流记》中的一节。毛利先生不时地摸摸紫色的领带，误译不消说，就连发音上的一些细微毛病都仔细加以纠正。他的发音格外做作，可大致正确清晰，先生自己似乎对这点心里也特别洋洋得意。

然而，当那个学生回到座位上，先生开始译读那一段时，同学们当中失笑声又此起彼伏。因为发音惟妙惟肖的先生，一旦翻译起来，他所知道的日语词汇竟然少得令人难以相信他是日本人。或者即使知道，临场也无法立即反应过来。例如，只翻译一行，也要大费口舌："鲁滨逊·克鲁索终于决定饲养……决定饲养什么呢？就是那种奇异的动物……动物园里多得很……叫什么名字呢？……嗯，常玩把戏的……喂，诸位也知道吧。就是，红脸儿的……什么，猴子？对对，是猴子。决定饲养猴子。"

连猴子都是这样，不消说碰到稍复杂些的句子，不兜几个圈子，简直就找不到恰当的译词。而且毛利先生每次都搞得十分狼狈，频频把手放到领口，令人担心他是否会把那紫色的领带撕碎，同时迷惘地抬起头来，慌慌张张地瞥我们一眼，立刻又两手摁住秃脑袋，羞愧难当地把脸深深地埋在桌子上。此时，先生那本就矮小的身子，犹如一只泄了气的气球似的，窝窝囊囊地缩成一团，令人觉得连那从椅子上耷拉下来的两只脚仿佛都悬在半空。学生们都觉着挺有意思，哧哧地窃笑。先生反复译读了两三遍，这中间，笑声越发肆无忌惮，最后连最前排的学生也公然哄笑起来。我们这种笑声让善良的毛利先生该多难堪啊！——如今回想起那片刻薄的噪音，连我自己都不禁一再想捂起耳朵。

尽管如此，毛利先生仍勇敢地继续译读下去，直到响起课间休息的号声为止。他终于读完了最后一节，重又以原先那种悠然自得的态度，一面回答着我们的敬礼，一面像压根儿忘记了刚才那场苦战恶斗似的，镇静自若地走出教室。紧接着，我们便哄堂大笑，故意乒乓作响把桌子盖掀开又关上，继而又跳上讲台，模仿毛利先生的姿态和声调，表演起来。……啊，有件事，我怎么能不记得呢？当时，甚至连佩戴班长袖标的我，也由五六名同学簇拥着，洋洋得意地指点先生的误译之处。但哪些误译呢？其实当时就连自己也搞不清是否真的误译，不过是任性逞强罢了。

三四天后的一天午休时辰，我们五六人聚在器械操场的沙坑那里。身上穿着毛哔叽制服，冬日温暖的阳光晒着背后，我们喋喋不休地谈论着即将来临的学年考试的事。体重六十八公斤的丹波先生跟学生一起正吊在单杠上，他一面大声喊道："一、二！"一面往沙坑里一跳。他戴着运动帽，只穿着一件西装背心，来到我们中间问道："新来的毛利先生怎么样啊？"

丹波先生虽然也教我们年级的英语，但以爱好运动闻名，并长于吟诗，因而在讨厌英语的柔道和剑道选手之类的豪杰当中，似乎很有名望。

先生这样一说，一位豪杰摆弄着拳击手套说："嗯，不大——

行。大家好像都说不怎么样。"他回答时的忸怩样子，与平日简直判若两人。

于是，丹波先生一面用手绢掸着裤子上的沙子，一面洋洋自得地笑道："连你都不如吗？"

"当然比我强。"

"那还挑剔什么？"

那位豪杰用戴着拳击手套的手挠挠头，怯懦地哑口无言了。然而，这回我们班的英语秀才正了正深度近视眼镜，用与年龄不符的语气辩驳道："可是，先生，我们几乎都想报考专科学校，所以还是想请最好的老师教我们。"

然而丹波先生仍旧朗声大笑道："哪儿的话，只不过一个学期，跟谁学还不是一个样？"

"那么，毛利先生只教一个学期吗？"

这个问题似乎击中了丹波先生的要害。老于世故的先生故意不答，却脱下运动帽，用力掸落了平头上的灰尘，突然环视了一下我们大家，巧妙地转换了话题说："那是因为毛利先生是个非常守旧的人，跟我们有所不同啊。今早我坐电车，看见先生坐在正中间。可是临近换车的地方，他却高声叫唤'售票员，售票员！'我觉着又好笑又难为情。总之，他是个古怪的人，这倒错不了。"

不用丹波先生说，毛利先生这方面的事情，令我们惊讶的地方太多了。

"而且，听说毛利先生一到雨天就身着西装，脚穿木屐来上班。"

"老是挂在腰下的白手绢包儿，八成是毛利先生的盒饭吧？"

"听说有人在电车上看见毛利先生抓住把手时，他的毛线手套上全是窟窿。"

我们围着丹波先生，七嘴八舌喋喋不休地讲着这些蠢话。我们越讲声越大，引得丹波先生也来了劲儿，把运动帽挑在指尖上转着，兴致勃勃地讲了起来："还有比这更逗的呢。那帽子简直是件老古董……"

就在此刻，不知是哪阵风吹来的，小个儿的毛利先生悠然地出现在器械操场对过，离我们只有十步远的二层楼校舍门口，戴着那顶古董圆顶礼帽，一只手做作地摁着那条平日系着的紫色领带。有六七个大约是一年级的孩子似的学生正在门口前面玩着人和马什么的，他们一见到先生的身影，都争先恐后恭恭敬敬地行礼。毛利先生也站在照到门口石阶上的阳光当中，像是举起圆顶礼帽笑着答礼。大家见此情景，毕竟感到羞愧，热闹的笑声停了下来，顿时鸦雀无声。然而，其中唯有丹波先生怕是羞愧、狼狈到极点，不光是缄口不语，把刚说过"那顶帽子可真是个老古董"的舌头一伸，赶紧戴上运动帽，旋即转过身去，一面高声喊道："一！"一面将他那只穿了一件西服背心的肥胖身躯突然蹿到单杠上，又将"鱼跃式"的双脚一直朝上伸展，再喊到"二"时，便巧妙地划破冬日的碧空，快活地上到单杠上了。当然，丹波先生这个可笑的遮羞动作，令大家忍俊不禁。器械操场上的学生们，瞬间屏住气息仰望着单杠上的丹波先生，像是声援棒球比赛似的哇哇地鼓掌喝彩。

我当然也和大家一起喝彩。然而，在喝彩过程中，我竟一半是出于本能地恨起单杠上的丹波先生来了。话虽如此，却也并非对毛利先生报以同情。可以证明这点的是，当时我为丹波先生鼓掌，同时也间接含着对毛利先生示恶。现在剖析当时的心理，或许可以说，自己既在道德上蔑视丹波先生，又在学力上瞧不起毛利先生。或者可以认为丹波先生"那顶帽子可真是个老古董"的话，使我对毛利先生的蔑视有了根据，越发地发肆。所以自己一面喝彩，还一面端起肩膀，昂然回首，向校舍入口处张望。只见我们的毛利先生犹如一只贪图阳光的越冬苍蝇一般，依然一动不动地站在石阶上，聚精会神地照看着一年级学生天真无邪的游戏。那圆顶礼帽和那条紫色领带，当时是毋宁作为笑料而映入眼帘的，不知何故，那番情景至今也无法忘怀……

毛利先生就任的当天，因其服装和学力使我们产生的轻蔑感，自从丹波先生那次失策之后，在全班更加强烈了。其后，没过一周，有天早晨又发生了一件事。前一天夜里开始，雪不停地下，窗外，室内体育馆延伸的屋檐上，已是一片积雪，连瓦的颜色都看不见了，但教室里却是炉火正红，窗玻璃上的积雪甚至来不及反射出淡蓝色的光，便融化了。毛利先生把椅子放在炉前，像往常一样扯起尖嗓子，热情地讲授《英语选读》中的《人生颂》。不消说，学生中没有人认真听讲。非但不听，像我邻座的一个柔道选手，竟在课本下面摊开武侠小说，这不，正在读着押川春浪的惊险小说。

大概过了二三十分钟，忽然毛利先生从座位上站起来，就着正讲着的郎费罗的诗歌，大谈起人生问题来了。讲了些什么，我已经记不得了，与其说是议论，恐怕是以先生的生活为中心发的一通感慨罢了。因为我依稀记得，先生犹如拔掉毛的鸟似的，不停地把两手举起又放下，用匆忙的语调，喋喋不休地讲的那些话中，有这样一段："诸位还不了解人生，对吧？就是想了解，也还是无法了解。唯其如此，诸位是幸福的。到了我们这把年纪，对人生洞若观火，虽然洞彻人生，但苦恼的事也多。是不是？苦恼的事真是不少，就拿我来说，有两个孩子，于是就得送他们上学。一上学……嗯……一上学……学费怎么办？就是嘛，就得交学费。是不是？所以苦恼的事多着呢……"

连对不谙世事的中学生都要诉说生活的艰辛，即或是不想诉苦却不由得诉起苦来，先生的心绪我们当然是无法理解的。莫如说我们只是看到诉苦这一事实的可笑的一面，因而先生正述说时，大家不由得又窃笑起来。但是，并未变成往日那种哄然大笑，那是由于先生褴褛的衣衫和尖声细气谈吐的那副表情，犹如人生苦难的化身，多少引起了同情之故吧。然而，我们的笑声虽未变得更大，但没过多久，与我邻座的柔道选手突然撂下武侠小说，气势汹汹地起身质问："先生，我们是来向您学英语的，所以，如果您不讲英语，我们就没必要进这个教室。如果您还继续这样讲下去，我立刻到操场上去。"

说完话，那个学生竭力绷着脸，怒不可遏地又坐回座位上。我从未见过像当时的毛利先生那般难堪的表情。先生像遭了雷击，半张着嘴，呆立在炉旁，朝着那个剽悍的学生的脸直盯了一两分钟。过了一会儿，他那家畜般的眼睛里，闪过一丝低三下四乞求的神情，突然用手正了正平日系的紫色领带，秃脑袋朝下低了两三次，说道：

"哦，是我不对，是我错了，郑重道歉。的确，诸位是为学英语来上课的。不教诸位英语，是我不对。我错了，我郑重道歉。好吗？我郑重道歉。"他面带着似哭的笑容，再三重复着同样的话。映着从炉口斜射过来的红红火光，他上衣的肩部和腰部的磨损处，更加显眼了。于是，先生每低一下头，他的秃脑袋上便染上了好看的赤铜色，越发像鸵鸟蛋了。

但是，这可悲的情景，当时的我也仅仅认为是徒然暴露了先生的教师劣根性罢了。毛利先生甚至不惜讨好学生，也是为了避免失业的危险，所以先生当教师是为了谋生，迫于无奈，并非由于对教育本身有甚兴趣。……在我脑海中恍恍惚惚恣意地这样批评，那已不仅是对先生的服饰和学力的轻蔑，甚至是对其人格的侮辱。我臂肘支在《英语选读》上，手托着腮，向着那站在烈火熊熊的炉前，精神肉体俱受烤刑的先生，几次发出得意忘形的大笑。不消说，这样做的，不只是我一人。正在先生大惊失色地向我们赔不是的当儿，让先生当众出丑的那个柔道选手，却回头瞥了我一眼，露出狡黠的微笑，即刻又读起那藏在《英语选读》下面的押川春浪的惊险小说来了。

直到响起下课的号声为止，我们的毛利先生比平日更加语无伦次地专心致志地翻译那值得怜爱的郎费罗的诗句。"Life is real, life is earnest（人生是真实的，人生是诚挚的）。"——先生那气色很坏的圆脸上冒着虚汗，像是不停地哀求着什么，他那尖利的朗读声，仿佛哽咽在喉头里，至今仍萦回在我的耳畔。可是，那尖嗓音中潜藏着几百万人的悲号，当时刺激着我们的耳鼓，其意义实在是太深刻了。然而，我们当时只觉得不胜厌倦，甚至像我这样无所顾忌地打哈欠的人也不在少数。然而，矮小的毛利先生挺立在火炉旁，全然不理会玻璃窗前的飞雪，那势头仿佛他头脑中的发条一下子松开了似的，不停地挥舞着教科书，声嘶力竭地喊道："Life is real, life is earnest. ——Life is real, life is earnest. （人生是真实的，人生是诚挚的。——人生是真实的，人生是诚挚的。)"

情况既然如此，一个学期的雇用期过去，未再见到毛利先生的身影，我们只是高兴，绝无惋惜之情。不，或许可以说，我们对先生的去留那么淡漠，甚至连高兴的意思都没觉出来。特别是我对先生全无感情，打那以后的七八年间，从初中到高中，又从高中到大学，随着渐渐长大成人，连先生存在的本身，几乎都忘得一干二净。

大学毕业的那年秋天——将近十二月初，时值黄昏之后，常常雾霭弥漫的季节。林荫道上的柳树和法国梧桐早已发黄的树叶瑟瑟发抖。那是一个雨后的夜晚。我在神田的旧书店里耐心地寻觅着，买到一两本第一次世界大战爆发后锐减的德语书。晚秋夜间的冷空气阵阵袭来，我竖起大衣领子挡寒，恰巧路过中西商店时，忽然留恋起那里喧嚣的人声和热乎乎的饮料来了。于是，不经意地一个人走进那里的一家咖啡馆。

可是，进去一看，窄小的咖啡馆里，空空如也，连个顾客的影子都没有。排列着的大理石桌面上，只有糖罐上的镀金冷冰冰地反射着灯光。我的心绪，仿佛受了什么欺骗，十分孤寂，走到墙上镶着一面镜子的桌前，坐了下来。接着向过来询问的服务员要了咖啡，仿佛想起什么似的掏出雪茄，划了几根火柴才点着。一会儿，我桌上出现了一杯热气腾腾的咖啡，然而我那郁闷的心绪犹如外面飘着的雾霭，却轻易不会散去。刚才在旧书店买来的哲学书，字体很小，在这种地方，即使是著名的论文读上一页也是很吃力的。无奈之下，我把头靠在椅子背上，交替品尝着巴西咖啡和哈瓦那雪茄，漫不经心地茫然打量眼前那面镜子。

镜中首先映现出通往二楼的楼梯侧面，以及对过墙壁、白油漆门、挂在墙上的音乐会的海报，像是舞台上的一部分，清晰而又冷冰冰的。不，此外还能看见大理石桌子和一大盆针叶树，从天棚上吊挂的电灯，大型陶瓷制煤气暖炉，以及围在炉前聊个不停的三四名服务员。我依次审视镜中物像，又把视线移向聚在炉前的三四名服务员。这时，围在他们中间、桌子对面的一位顾客让我吃了一惊。刚才他之所以没引起我的注意，恐怕是因为他混在服务员中间，我无形中认定他是咖啡馆的厨师什么的缘故吧。不过，我惊奇的不仅是由于这儿又出现了一位原先没见过的顾客，而且是由于镜中虽然只映出顾客的侧脸，但不论是那鸵鸟蛋似的秃头外表，还是那件古色古香的晨礼服，还有那条永是紫色的领带的色调，一看便知，他正是我们的毛利先生。

当我看见先生的时候，与先生睽违七八年的岁月顿时浮现在脑际。中学学《英语选读》时的班长，以及现在坐在这儿静静地从鼻孔喷着雪茄烟雾的我——对自己而言，这岁月绝非短暂。然而，时光的流逝能带走一切，唯独对这位超越时代的毛利先生，难道竟一点也奈何不得他吗？如今，在这夜晚的咖啡馆里，与服务员共桌的先生，依旧是往昔那位在夕阳都照不到的教室里讲选读的先生。无论是秃头抑或是紫色领带，还有那尖嗓门儿都依然如故……说起来，先生此刻不是也在扯着尖嗓门儿忙不迭地给服务员们讲解着什么吗？我不禁莞尔一笑，忘却了不佳的心绪，凝神谛听着先生的声音。

"喂，这个形容词管着这个名词。嗯，因为拿破仑是人名，所以叫名词。知道了吧？然后看看这个名词……紧接着它后面——紧接着它后面的是什么，你们知道吧？啊？你怎么样？"

"关系……关系名词。"一个服务员结结巴巴地答道。

"什么？关系名词？没有所谓的关系名词。是关系……嗯……关系代词吗？对，对，是关系代词。因为是代词，喂，便可以代替拿破仑这个名词。喂，代词不就是这样写的吗——代替名词的词。"

看样子，毛利先生仿佛正在教这个咖啡馆的服务员们英语呢。于是，我把椅子往后挪了挪，从另一角度朝镜子里窥视，果然看见桌上摊放着一本像是入门的书。毛利先生不停地用手指戳着那一页，不厌其烦地讲解着。这点先生也是一如往昔。然而，周围站着的服务员们与当时我们那些学生截然不同，他们挤在一起，个个聚精会神，目光炯炯，老老实实地听着先生那匆忙的讲解。

望了片刻这镜中光景，我不由得对毛利先生渐渐产生了一种温情。我索性也过去，与久违的先生叙叙旧吧？可是先生恐怕不会记得只在教室里与他见过短短一学期的我吧。即使记得……我突然想起当时我们对先生发出的不怀好意的笑声，便改变主意，心想，归根到底，还是不报姓名，向先生遥致敬意更好吧。刚好咖啡喝完了，我扔掉雪茄烟头，悄然起身，虽然自以为动作很轻，但还是扰乱了先生的注意力。我刚离开座位，先生便把那气色很坏的圆脸，连同那稍微弄脏了的翻领西服和紫色领带一起向这边转过来。刹那间，先生那家畜般的眼神同我的目光在镜中相遇。然而，正如我方才所预料的那样，先生的目光里，果然未浮现出与故旧相遇那种表情，有的只是像过去那种恳求什么似的可怜的神情。

我俯首看着服务员递过来的账单，默默走到咖啡馆入口处账房去付款。同我面熟、头发梳得很整洁的服务员领班，百无聊赖地在账房侍立。

"那边有人在教英语，是咖啡馆请来的吧？"我边交款边问道。

服务员领班望着门外的街路，索然寡味地答道："哪里是请来的，不过是每天晚上过来教教得了。听说是个老朽的英语先生，哪儿也不聘他，大概是来消磨时间的吧。要杯咖啡，就在这儿耗一个晚上，我们并不欢迎他呢。"

听了这些，我脑海中即刻浮现出我们的毛利先生那哀求的目光。啊，毛利先生！我好像现在才理解先生——理解他那可敬佩的人格。如果说有天生的教育家的话，那的确就是先生吧。对先生而言，教英语，如同呼吸空气，须臾不可间断。如果硬是不许他教，他那旺盛的精力便即刻枯竭，犹如失去水分的植物。正因有这种教英语的兴趣，才促使他每晚特意独自到这个咖啡馆来品咖啡。不消说，这绝非服务员领班所认为的，是什么消遣，毫无悠闲的意味。况且我们从前怀疑先生的诚意，讥笑他是为了谋生，实在是大错特错了，至今内心里感到愧疚。我以为，不管说他是为了消遣抑或是为了谋生，世人那庸俗的理解，不知让我们的毛利先生何等苦恼。不消说，在这种苦恼之中，先生仍总是一副悠然的态度，系着紫色领带，头戴圆顶礼帽，操守严谨，比唐·吉诃德还要勇敢、坚定、百折不挠地译读下去。然而，先生的眼里，不是也时常痛苦地向听他讲课的学生们——恐怕也是向他所直面的整个社会——闪烁着恳求同情的目光吗?

刹那间,我思前想后,感动得不知是该哭,还是该笑。我竖起大衣领子,匆匆离开咖啡馆。可是,毛利先生在亮得使人心寒的灯光下,趁着没有顾客,依旧扯着尖嗓门儿高声教那些热心学习的服务员们英语。

"因为这个词代替名词,所以叫代词。喂,代词。懂了吗……"

大正七年(1918)十二月

魔笛与神犬

——献给郁子

侯 为译

一

古时候，大和国葛城山脚下住着一位名叫"发长彦"的年轻樵夫。因为他容貌如同女性般秀美，甚至头发都长得如同女性般绵长，所以人们给他取了这个名字。

发长彦笛子吹得出神入化。上山伐木时，劳动间歇时，他都要取出插在腰间的笛子自娱自乐一番。而且不可思议的是，似乎所有鸟兽和草木都能享受笛声的乐趣。发长彦笛声一响，萋萋芳草也翩翩起舞，葱葱碧树也款款摇摆。更有鸟兽聚拢四周，直听到曲终才散。

可是有一天，当发长彦照例坐在大树下忘情吹笛时，眼前突然出现一位佩戴碧玉的独腿大汉对他说："你的笛子吹得很不错嘛！我从很久以前一直住在深山洞中，净做些上古时代的旧梦。自从你来伐木，我就为笛声所迷醉，每天浮想联翩。所以，今天我要表示谢意。你想要什么都行。"

樵夫想了一会儿回答道："我喜欢狗，请给我一只狗吧！"

于是大汉笑着说道："你就要一只狗？看来你也是个知足常乐的后生。不过我非常赞赏你的知足常乐，就送你一只举世无双的神犬吧！我是葛城山的独腿大仙。"接着，他吹出声震天外的口哨。一只白狗应声从树林深处奔来，踢得落叶四下翻飞。

独腿大仙指着白狗说道："它叫嗅嗅，无论多么遥远的地方发生任何事情，它都能够嗅得出来。好了，你要替我善待它一辈子。"话音未落，独腿大仙仿佛化作仙雾一般，消失得无影无踪。

发长彦喜不自胜，带着白狗回了村。可是当他翌日上山吹笛时，又不知何处而来一位佩戴墨玉的独臂大汉。

"昨天我哥哥独腿大仙送你一只白狗。今天，我也想聊表谢意。你想要什么都行。我是葛城山的独臂大仙。"

于是，发长彦回答说："我想要比嗅嗅更出色的狗。"独臂大仙马上吹响口哨，叫出一只黑狗："它叫飞飞，不管谁骑着它，都能在空中腾飞百里、千里。明天还有我弟弟向你送礼物呢！"话音未落，也仿佛化作仙雾去无影踪。

第三日，发长彦取出笛子还没吹，一位佩戴赤玉的独眼大汉如同旋风一般从天而降。

"我是葛城山的独眼大仙。大哥二哥都向你送礼道谢，我也送你一只不亚于嗅嗅和飞飞的好狗。"话音未落，口哨声已经响彻森林。一只哈巴狗龇着牙飞奔过来。

"它叫咬咬。无论怎样可怕的鬼神，都会被他一口咬死。不过有一点：我们送给你的狗不论身处何处，必须听到你的笛声才会回来。没有笛声是不会来的。你可要牢牢记住！"

说罢，独眼大仙又旋风般腾空而起，搅得树叶瑟瑟颤抖。

二

四五天后，发长彦吹着笛子，带了三只狗来到葛城山下的三岔路口。从左右两侧悠悠然来了两位骑着高头大马、身佩弓箭的年轻武士。

发长彦见此,先将笛子插在腰间,再恭恭敬敬深施一礼。"二位将军,你们这是要去往何方?"

两位武士先后回答:"近日,飞鸟国大臣的两位公主在一夜之间不知去向,疑是鬼怪胁持。"

"大臣心急如焚,宣令无论谁找到公主,必定重赏。所以我俩也来四处查询。"

说完,两位武士对俊俏樵夫和三只狗不屑一顾,急急赶路而去。

发长彦闻听此讯好不高兴,立刻摸着白狗的头顶命令道:"嗅嗅、嗅嗅,赶快嗅出公主们的去向!"

于是白狗迎着阵风不停抽动着鼻子,随即浑身一激灵并回答道:"汪汪!公主姐姐被住在生驹山洞里的食餍人掳去了。"食餍人就是古时喂养八头八尾巨蟒的凶神恶煞。

樵夫立刻用双臂将嗅嗅和咬咬左右搂起,然后骑在飞飞的背上并大声命令道:"飞飞,快飞,去生驹山食餍人的山洞!"

话音未落,一股强烈的旋风从发长彦脚下刮起。眼见得飞飞犹如一片树叶翩然飘向空中,笔直地向远方青云遮盖的生驹山峰飞去。

三

没过多久,发长彦就来到了生驹山,果然看到山腰里有一座大山洞。洞中一位头戴金簪的美丽公主正掩面而泣。

"公主,公主,我接你来了。不必害怕。来,赶快准备一下,我接你回家。"

听发长彦这么一说,三只狗也叼着公主的衣袖和裙摆叫道:

"来，赶快准备！汪、汪汪。"

可公主却仍然眼泪汪汪，还悄悄地指指山洞深处。"可是，把我抢来的食餍人刚才喝醉了酒，还在里面睡觉呢！他一醒来，立刻就会追上来的。那样的话，你我就都没命了。"

发长彦笑眯眯地说道："不就是个食餍人吗？我为什么要怕他？不信？我把他除掉让你看看！"然后，拍拍咬咬的背，厉声命令道："咬咬、咬咬，把洞里那个食餍人一口咬死！"

于是咬咬立刻龇着尖牙，雷鸣般低吼着，勇往直前地冲进深处，很快便叼着食餍人血淋淋的头颅摇着尾巴出来了。

正在此时，云雾遮盖的峡谷中奇妙地卷起一团仙气，只听里面有人柔声细气地说道："发长彦君，多谢！救命之恩永生不忘。我是生驹山里深受食餍人欺侮的阿驹公主。"

不过，公主正在为九死一生而庆幸，似乎没有听到仙音。随后她转向发长彦满怀忧虑地说："幸亏你来救我。可我妹妹如今生死未卜。"

闻听此言，发长彦又抚摸着嗅嗅的头顶命令道："嗅嗅，嗅嗅，赶快嗅出公主妹妹的去向！"

嗅嗅马上抽动鼻子，然后抬头看着主人叫道："汪汪！公主妹妹被笠置山洞里的土蜘蛛掳去了。"土蜘蛛就是古代神武天皇曾经讨伐过的凶神恶煞一寸法师。

于是发长彦又挟起两只狗，并和公主姐姐骑在飞飞背上。"飞飞，飞飞，赶快去笠置山土蜘蛛的山洞！"

一声令下，飞飞立刻腾空而起，如同离弦之箭，向青云缭绕的笠置山奔去。

四

当他们到达笠置山时,老谋深算的土蜘蛛立刻满脸堆笑地迎出洞来。

"欢迎,欢迎,发长彦君。大老远的你真辛苦了。来,快请进洞吧!我这儿没有什么好招待的,请用一点儿生鹿肝,要不就来点儿熊胎儿?"

可是发长彦一摇头,义正词严地呵斥道:"不!我是来解救公主的。赶快把你抢来的公主交出,否则就像杀食蜃人一样杀了你。"

土蜘蛛畏畏缩缩用颤抖的声音说道:"好,好,我一定交出来。我怎么会拒绝您呢?公主独自呆在洞深处。请别客气,进去把她领出来吧!"

于是,发长彦带着公主姐姐和三只狗进了洞厅。果然,一位头戴银簪的公主正伤心地低声抽泣。

觉察到有人进来,公主急忙抬头张望,一眼便望见了姐姐。

"姐姐!""妹妹!"

两位公主转悲为喜,扑向对方相拥而泣。发长彦见此状也跟着流泪。突然,三只狗鬣毛倒立狂吠不止。

"汪汪!土蜘蛛这个畜生!"

"可恨的家伙!汪汪!"

"汪汪汪!走着瞧!汪汪汪!"

发长彦猛醒般回头一看,那个狡猾的土蜘蛛早就从外面用巨大的岩石将洞口堵得严丝合缝。他还在外面拍着手狂笑。

"活该!臭小子发长彦。这下子不过一个月,你们就都瘦成皮包骨头饿死了。你该佩服我的老谋深算了吧?"

发长彦的确为上当受骗而懊悔不迭。幸而他想起腰间插着的笛子。只要吹起笛子，鸟兽们自不待说，连草木都听得出神入迷。所以，那狡猾的土蜘蛛也未必不动心。于是，发长彦重鼓勇气，一边安抚狂吠不止的神犬，一边全神贯注地吹响魔笛。

果然，在婉转悦耳的笛声中，十恶不赦的土蜘蛛也渐渐陷入忘我的境地。它先是将耳朵贴在堵门巨石上静静聆听，后来终于陶醉了，并一寸一寸地挪开了巨石。

就在巨石被挪开人体宽的缝隙时，发长彦的笛声戛然而止。他拍着咬咬的脊背命令道："咬咬，咬咬，赶快咬死洞口站着的土蜘蛛！"

土蜘蛛闻声丧胆拔腿就逃，可惜为时已晚。咬咬闪电般蹿出洞外，易如反掌地将土蜘蛛消灭。

此时又从峡谷中奇妙地卷起一团仙气，里面有人柔声细气地说道："发长彦君，多谢！救命之恩永远不忘。我是笠置山里深受土蜘蛛欺侮的阿笠公主。"

五

随后，发长彦带着两位公主和三只狗，骑在飞飞的脊背上，从笠置山顶径直向飞鸟国都城的大臣家奔去。在飞行途中，两位公主不知出于什么打算，将自己的金梳银梳拔下，悄悄地插在发长彦的长发里。发长彦浑然不觉，只是俯瞰着美丽的大和国原野，一个劲儿地催促飞飞再快些。

不久，发长彦一行来到当初走过的三岔路口。只见曾经相遇的两位武士像是远途归来，正朝都城方向赶路。发长彦见状，忽然想将自己的功劳讲给两位武士听。

"降落、降落！到三岔路口去！"他向飞飞命令道。

这边的两位武士找遍各地却徒劳无功，正垂头丧气地驱马回城，猛然看到公主们和俊俏的樵夫一同骑在黑狗脊背上翩然而降，惊讶之情可想而知。

　　发长彦落地后，又恭恭敬敬深施一礼。"将军，我与二位分别之后，即刻赶往生驹山和笠置山，就这样将两位公主接回来了。"

　　然而，被卑贱樵夫轻而易举地捷足先登，两位武士又嫉又恨，真是气儿不打一处来。他俩表面上装作高兴，百般夸奖发长彦，最后终于打探清楚三只神犬的来历和魔笛的妙用。于是趁发长彦得意忘形，先偷偷抽出胜败攸关的魔笛，再猛然跳上黑狗的脊背，紧紧挟着两位公主和两只狗齐声大叫："飞飞，飞飞，赶快去飞鸟国大臣居住的都城！"

　　发长彦大惊失色，立刻向他们扑去。但此时旋风乍起，飞飞早已紧紧卷起尾巴腾在半空了。

　　面前只剩武士抛弃的两匹马。发长彦扑倒在三岔路口哀号良久。

　　此时，从生驹山峰吹来一股仙风，风中响起柔声细气的话语："发长彦君，发长彦君！我是生驹山的阿驹公主。"

　　几乎同时，笠置山也吹来一股仙风，风中响起柔声细气的话语："发长彦君，发长彦君！我是笠置山的阿笠公主。"

　　然后，她俩异口同声地说道："我们马上去追回笛子，你不必担心。"话音未落，狂飙呼啸着朝飞飞追去。

　　没过多久，那两股仙风又回到三岔路口上空，并柔声细气地说着落了下来。"那两个武士已经和公主们回到飞鸟大臣面前，还得到了很多奖赏。来，赶快吹响魔笛，把三只神犬叫回来吧！我们趁此机会，帮你挽回弄巧成拙的面子。"

　　话音刚落，那胜败攸关的笛子、金铠甲、银头盔、孔雀羽毛箭、香檀木硬弓、威武堂皇的大将戎装，如同雨点冰雹一般落在眼前。

六

片刻之后，身背香檀木硬弓和孔雀羽毛箭，俨如战神一般的发长彦骑在黑狗脊背上，挟着嗅嗅和咬咬落在了飞鸟大臣的宅第前。那两个武士顿时慌作一团。

不，连大臣本人也惊诧不已。他恍若身处梦境一般，呆呆地望着发长彦的威武身姿。

发长彦却先摘下头盔，恭恭敬敬地向大臣鞠躬。"在下乃本国葛城山下的发长彦，救回两位公主是我所为。那两个武士在我消灭食厣人和土蜘蛛时根本不在场。"

武士们听到发长彦在揭露自己谎报功绩，立刻变脸截断对方的话头。"他才是信口雌黄的家伙。砍掉食厣人首级的是我们，看穿土蜘蛛诡计的无疑也是我们。"他们说得煞有介事。

此时，站在中间的大臣似乎真假难辨，来回巡视武士和发长彦，随后对公主们说道："那就只好问问你们了。到底是谁把你们救回来的？"

两位公主一齐依偎在父亲胸前报颜相告："是发长彦把我们救回来的。我们插在他浓密长发上的梳子就是证据。请父亲大人过目。"大臣一看，发长彦头上果然有金梳和银梳在闪闪发光。

事已至此，武士们无话可讲，只是浑身颤抖着跪倒在大臣的面前。"说实话，是我们滥施诡计，将发长彦救公主的功劳据为己有。我们都坦白。千万留我们一条性命。"

以后的事无须细说。发长彦得到很多奖赏，还成了飞鸟国大臣的乘龙快婿。两个武士被三只狗追赶着，连滚带爬地逃出宅邸。不过，到底是哪位公主做了发长彦的妻子呢？只因此乃古时往事，如今已无从知晓。

大正七年（1918）十二月

文友旧事

侯　为译

　　本文或许不可称之为小说。但此类体裁究竟应该如何划分，我自己却不得要领。我只是尽量不拘一格，原原本本地将四五年前自己和周围的事情描述下来。因此，对于我或我与文友们的生活及心态毫无兴趣的读者，可能会感到索然无味。尽管顾虑重重，但归根结底所有的小说体裁都大同小异，所以我也就心安理得地决定发表。附带说明一下，虽说是原原本本地描述，但事件排序却未必依照原样。当然，事件本身确属事实。

一

　　十一月的某个晴朗的早晨，我时隔多日又穿上拘谨憋屈的校服去学校。在正门前遇到成濑，他也穿了校服。我招呼一声"嗨！"他也回应一声"嗨！"戴着学生帽的我，同他并肩走进旧式砖木结构的人文法学系。门厅告示栏前还见到穿着和服的松冈，我们再次"嗨！"

　　三人站着谈论起最近将要创刊的同人杂志《新思潮》。松冈说，前不久曾挺稀罕地来过一次学校。进了西洋哲学史之类的课堂，坐下等了好半天，别说老师，连学生也没见着一个。他纳闷地出来问勤杂工，却说是放假了。他带一角钱出门要乘电车，可半道上却改变主意进了香烟铺，还漫不经心地说："来一张往返票。"

他就是这么个人,此等怪事倒也司空见惯、习以为常了。这时罗锅儿勤杂工摇着上课铃,急急忙忙地跑过门厅。

上午的课,是当时仍健在的劳伦斯先生的《麦克佩斯》讲习。我与松冈告别,跟成濑到了二楼教室。已有很多同学,正在核对课堂笔记或聊天。我们也坐在角落的座位上,谈起向《新思潮》投稿小说的事。墙面上方挂着"禁止吸烟"的牌子,然而我们说话之间便从衣袋里掏出"敷岛"烟来抽。当然,别的同学也在满不在乎地吞云吐雾。此时,劳伦斯先生突然挟着书包进来。我已抽完一支"敷岛"烟,烟头也扔出了窗外,且泰然自若地翻开了讲义笔记。成濑还叼着烟卷,此时便赶快扔在地上用脚踩灭。幸好劳伦斯先生并未发觉,我们桌下升腾着一缕青烟。签到之后,我们便一如既往地听讲。

课程枯燥乏味是当时的公论,而那次格外乏味。一开头便连篇累牍地给我们灌梗概,而且用"第一场——第二幕"的腔调照本宣科。其呆板单调,简直堪称非人待遇。以前每逢此时往往悔不当初,怎么阴差阳错地上了大学?然而现在我已彻底认命,迫不得已也得听此等非凡的授课。所以在课上我也机械地操纵笔杆,坚韧不拔地记录帝剧梗概的英语译文。记着记着,我就因教室暖气太足而困倦起来,自然顺势睡了过去。

懵懵懂懂记了一页左右,劳伦斯先生不知何故发出怪腔怪调,我就醒了。最初以为,他发现我打盹儿在呵斥我。定睛细看,却见先生挥舞着《麦克佩斯》,得意洋洋地模仿看门人的腔调。想到自己亦属看门人之类,便突然感到可笑,睡意顿消。身旁的成濑边做笔记边不时地看看我,还哧哧窃笑。又涂完两三页笔记,下课铃声终于响起。于是,我们跟在劳伦斯先生身后,鱼贯而出拥向走廊。

站在走廊上,俯瞰着校园里缀满黄叶的秋树,却见丰田实君走来说:"让我看一下你的笔记。"我便打开笔记本让他看。哪知丰田君偏偏要看我打盹儿时的那段，着实令我尴尬不已。丰田君说句"算了"，随即悠然而去。"悠然"一词绝非随意形容，本来你丰田君就总是悠然信步的。丰田君现在何处、在做什么我不得而知，但在对劳伦斯先生心怀好感，或劳伦斯先生心怀好感的同学当中，我们——若此言不妥则至少也是我自己——属于始终互有一定好感的那群。即使在撰写此文的现在，一想起你悠然的步态，就希望与你再度站在大学的走廊，互致平淡无奇的季节问候。

此时铃声再次响起，我俩要到楼下教室去。接下来是藤冈胜二博士的语言学课程。其他同学都去占了前排座位，懒惰的我们，却总是最后去占领角落座位。那天仍一如既往，在视野开阔的二楼走廊垂头徘徊，直到上课铃响。藤冈博士的语言学讲习，只听那朗朗嗓音和诙谐的妙语，就有充分理由认可其存在的权利。当然，对我这等天生缺少语言学天分者，只凭以上两点妄加评论想必无妨。所以，我那天也是记记停停，多半是依靠上述评论的支撑，津津有味地聆听马科斯·缪勒的故事。当时，我看到前排坐着个长发同学，他的头发不时沙沙地扫过我的笔记本。我未知其名，至今无缘向他询问，出于何等心态留此长发？反正我在这堂语言学课上，发现了一个问题：留长发或许符合其本人的审美要求，却可能与他人的实际要求相冲突。好在我听课的实际要求并不强烈，所以将那长发扫过的部分留下空白。随后就连长发不曾扫过的部分，我也不做笔记而改为画画儿。可我才将那不知其名却极端时髦的同学侧影画过一半，该死的铃声已经响起。铃声告知下课时间，也昭示着午饭时刻来到。

我们都去学校前面的"一白舍"二楼，要了苏打水和两角钱的盒饭，吃着饭还辩论各种话题。我和成濑亲密无间，且当时思想上一致观点颇多。尤其是我俩不约而同地开始读《约翰·克里斯朵夫》，并同时对其深感钦佩。所以每逢此种场合，尽管天天见面,谈话仍然高潮迭起。此时侍者阿谷走来,说起行市的话题。"稍有败笔,可得准备干我这行啊!"说着,将手背在身后兴奋不已。成濑说了声"去你的吧",并不认真理会。当时,我正构思小说《钱包》。从各种意义上讲,行市的话题至关重要。所以一直同阿谷聊到吃晚饭,且一次就学到十个有关行市的奇妙术语。

下午没课。我俩离开"一白舍",就到在附近神社后面寄宿的久米君那里去玩。久米比我俩还懒,几乎不太上课,关在屋里写小说和剧本。到他那儿一看,果然桌旁搁着暖炉在读《卡拉马卓夫兄弟》。他叫我们烤火,我们就在暖炉旁坐下。立时,被褥油腻味儿和炉火烟熏味儿扑鼻而来。久米说他欲将自己幼时父亲自杀写成短篇小说。首次写小说,相当于处女之作,所以正为无法下笔而烦恼。然而他精神头儿倒一直不错,丝毫没有烦恼的表现。后来他问我:"你怎么样?"我回答说:"好歹把《鼻子》写了一半儿。"成濑也着手写今夏去日本阿尔卑斯山的故事。此后三人喝着久米煮的咖啡,长谈创作感想。从文坛资历来讲,久米是我们的大前辈。其表现手法亦高过我等一筹,确属事实。尤其是可在短期内写出独幕剧或三幕剧,且易如反掌。其手笔之非凡,令我惊叹不已。因此,我等之中唯久米拥有自信,占领或即将占领文坛。另一方面,他的自信对连连自愧眼高手低的我们,也有唤起自信的感召力。实际上像我这等凡人,倘若不是久米和文友们,或者说若不是经他煽动得到人工制造灵感的机会,此生将只满足于充当一介书生,或许不会去写小说之类。所以,一谈起创作感想——莫若说一谈起有关文坛的话题,便总是由久米勇执牛耳。那天也是以他为中心,由他把握着辩论议程。记得由于某种缘由,我们时时谈到田山花袋先生。

时至今日平心而论,自然主义运动之所以对文坛产生了如此巨大的影响,田山先生的人格力量无疑堪称举足轻重。在这方面,不管他的《妻子》和《乡村教师》怎样味同嚼蜡,也不管他的"平面描写论"怎样天真幼稚，确仍足以引发我们后辈的敬意——至少也是引发兴趣。然而遗憾的是，当时的我们缺乏雅量，不能公正地评价先生激情四射的人格。故而我们从先生的小说中，除了月光和性欲之外总是别无收获。同时，每当听到先生的感想文和评论中怪异的于斯曼斯的宗教生活时，首先会想到徒遭我们冷笑的杜尔塔尔与先生的滑稽对照。那么，我们是否完全将先生看作哈姆伯格？倒也未必如此。我们认为，小说家和思想家并非先生的本质，他首先是纪行文学家。伤感的风景画家——这是我当时给先生起的绰号。其实，先生在撰写小说和评论的间隙，仍然坚持不懈地撰写纪行文。不，稍微夸张地讲，他的很多小说也就是纪行文，只不过在其中点缀了些维纳斯利班蒂娜的善男信女而已。而且，写纪行文时的先生那么自由、快活、正直，犹似得到青草的驴子，保持着纯真无邪的心态。因而完全可以说，田山先生在此领域独树一帜。然而如今却很难认定，先生堪称兼具自然主义小说家和思想家的文坛泰斗。不客气地讲，先生在自然主义运动中的功绩遭到了轻蔑："那不过是时代所使然。"

如此这般地嚣张一番，我又和成濑离开久米的住处。出门时，天短的冬日已在大路上投下长长阴影。我们步行到熟悉而时常令人怀念和兴奋的本乡三丁目街角，然后各自乘上电车。

二

三四日过后，又是一个好天气。听完上午的课，我与成濑去久米的住处一起吃了午饭。久米给我们看了家住京都的菊池早上寄来的剧本原稿，是以德川时代著名侍臣为主人公编写的独幕剧《坂田藤十郎的爱情》。他让我看，我便看了。剧名颇有情趣，且诸如友禅捻丝绸之类的台词挺多。总觉得像是在觅拾永井荷风及谷崎润一郎的牙慧，因而立刻贬为败笔。成濑看了后，也说不敢苟同。久米听过我等评论也表示赞同："我也不敢恭维。总的来说，学生腔太重。"然后，决定由久米代表我们，写信向菊池宽表明批评意见。此时，恰好松冈也来玩。我们三人专攻英国文学，而唯独他专攻哲学。当然，他与我们同样，也在打算从事创作。在我等文友当中，他与久米最为亲密。有段时间他俩一同寄宿，住在炮兵工厂后面的制服作坊。现实生活中久米就是幻想家，此时他穿着蓝色制服，说要在画坊般的书斋里摆上西洋书桌，并将书斋取名为"久米正雄工房"。真是痴人说梦。我去那里走访时，总会想起久米的这个梦想。但松冈打那时起，似乎有了与制服无缘的思想与心态。虽未去掉多愁善感的毛病，心中却常常激扬澎湃着宗教色彩的思潮。他一边构建既非东洋亦非西洋的耶路撒冷，一边手不释卷地读基尔凯卡德，还涂抹一些怪异的水彩画。在他当时的水彩画中，有一幅倒着看才像绘画。我对此记忆犹新。后来久米搬到神社后面住时，松冈搬到本乡五丁目寄宿，如今仍在那里。他正在创作三幕剧，取材于《释迦传》。

我们四人又品味着久米亲自泡制的咖啡，一边吞云吐雾一边起劲地高谈阔论。恰逢武者小路实笃即将登上诗坛巅峰，因此他的作品及主张也常常成为我们谈论的话题。总的来说，武者小路实笃打开文坛的天窗，放进了清新的气息。我们感到十分愉快。恐怕只有接踵而来的我们的时代或我们以后时代的青年，才能深切感受这种愉快。因此，在我们前后的文坛内外，鉴赏家对其评价高低有别，这也实属无奈。恰与我们前后的人们对田山花袋的评价存在着差异毫无二致。（问题只是差异的程度。武者小路实笃与田山花袋二者，何者更接近真实？为慎重起见略作说明。）当时的我们并未将武者小路实笃看成文坛救世主，而是将其作为作家或作为思想家来看待——两种眼光之间本身又有区别。作为作家，武者小路实笃有对作品急于求成的缺憾。形式和内容不即不离的关系，在其《杂感》中常有表述。尽管如此，他在更加依赖激情而否定忍耐的创作中，常常对这种微妙关系等闲视之。所以，他历来对形式冷眼相看。在《那个妹妹》之后，形式逐渐走向叛逆。而且，其剧本渐渐失去了卓越的戏剧要素。（并非全部。就连一些批评家称之为非戏剧的《一个青年的梦》，倘若一节一节地看，尚存较具戏剧性表现的部分。）宣示自我的功能不断进入作品，替代了宣示自己的性格。且作品中叙述的思想或感情，越是借助缺乏必然性的戏剧性表现，就越比《杂感》中的表现稀薄化。我们从《一个家庭》问世的过去开始接近他的作品，觉得他当时——《那个妹妹》以后的此类倾向中，有很多不尽如人意之处。但与此同时，他《杂感》中的多数文章却又蕴含着狂飙般的雄伟力量，足以扇旺我们心中的理想主义烈火，放出绚丽的光焰。这也是事实。常常有部分评论家指出，他的《杂感》有缺乏逻辑支持的缺陷。然而，为了承认只有逻辑论证的才是真理，我们已拥有了过量的人性素质。不，在拥有人性素质之前，至关重要的应该是认真。这才是他阐明的伟大真理之一。当长期被自然主义淤泥涂抹得面目全非的人性，像埃玛奥的救世主一样再次现身于"夕阳西斜近黄昏"的文坛时，我们是怎样地与他感同身受了"热血沸腾"啊！其实，像我这等被世人认为与他倾向完全相反的作家，再读其《杂感》，也常常重温过去那种澎湃的兴奋及怀念之情。我们——至少我自己，是通过他而得到了先例的启示，为迎接"骑着驴驹几点来"的人性而"以衣铺路或砍树铺路"。

　　畅所欲言之后，我们一起离开久米的住处。然后在本乡三丁目与成濑及松冈告别。久米和我乘电车去银座，在"雄狮"咖啡屋提前吃了晚饭，然后到歌舞伎剧场走进站席。当时正好演到第二幕"新狂言"。梗概当然不懂，就连剧目都不知所云。戏台背景是制作粗糙的茶室，做道具的白梅树枝上点缀了贝雕花朵。茶室廊沿上，现代的中车武士在向歌右卫门的女儿示爱。我在东京平民区长大，却对江户题材毫无兴趣。我对戏剧亦同样冷淡，故而很少能够产生戏剧性幻觉。（或许我生性冷漠无情。我从两岁时起，就常跟着家人看戏。）所以，我觉得戏子的演技比戏文更加妙趣横生。而观赏十间屋面积的楼座，更比观赏戏子的演技情趣盎然。当时，身旁还有一位店员模样的观众。他头戴鸭舌帽，口吃糖炒栗子眼观戏台。我对他的兴趣，不亚于对天下名角的兴趣。刚才说到此君既关注舞台也关注糖炒栗子。但见他手刚伸进怀里，立刻抓出一颗栗子，掰去壳即塞进嘴里。刚刚塞罢复又伸进怀里，抓出立刻去壳食之，且二目始终不离戏台分寸。我惊叹于他机敏地将视觉与味觉分而用之，一时间只顾看他的侧脸。终于想问他，食栗与看戏何者更为上心。然而此时，我身旁的久米突然冒失地大声喝彩："橘屋——"我吓了一跳，转眼向戏台望去。原来如此！戏正演到除了勾引女人别无所能的年轻武士羽左卫门从容不迫地从院子走来。可身旁那个店员却似对久米的喝彩充耳不闻，照旧口食糖炒栗子眼观戏台。此刻我又觉得，他的滑稽举动认真得过了头。我还觉得，其中隐含着类似小说的意味。尽管"橘屋"难得地登了场，在戏台上却比池田辉方的绘画庸劣有加。我终于等不到一场戏演完，便趁舞台旋转换景的空当儿拽了久米走出剧场。

来到星光灿烂下的大街，我说："你喊的那一嗓子真傻！"久米却不无自豪地说："哪儿呀！我那就算相当精彩的啦！"他就是不肯轻易承认自己的愚笨。如今想来，那恐怕是在"雄狮"咖啡屋喝的威士忌酒在他身上作的祟。

三

"说到底,大学的纯文学科真是荒诞不经的玩意儿。虽说还有国文、汉文、英、法、德等文学科,可你说那些都是干什么的?说实话,连我也莫名其妙。当然,无疑是研究各国文学。文学当然是艺术的一个领域。但研究文学的学术,到底是不是学术啊?(或可说是不是一门独立的学术?)如果是学术——说得复杂些,它必须具备作为科学而成立的条件。可这样一来,它不就跟美学一样了吗?不,不光是美学,文学史打从开始就跟史学没什么两样。确实如此,现在的纯文学讲义中有很多与美学及史学都无缘。但有很多科目,从情理上讲也不能当作学术看待。往好里说,那是阐述老师的感想;往坏里说,那都是些胡言乱语。所以我认为,大学的什么纯文学科真应该取消,将文学概论之类并入美学,将文学史并入史学。其余科目皆属胡言乱语,应该逐出大学校门。如果胡言乱语的说法不妥,或可说,由于文学过分高尚,不适合以研究学术为目标的大学。这的确是目前的紧迫任务。否则很容易给天下一个误导:虽然皆属胡言乱语,但在大学讲则比在报纸杂志上评论等级更高。这其实也是因为,报纸杂志面向社会,而大学只是面向学生。如此辩解即不会露出马脚。此等安全的胡言乱语若再镀金,无论怎么想都有失公平。其实我进大学,目的就是在图书馆随意读书。若想认真搞研究却不得要领,那可是天大的麻烦。当然,像市河三喜先生那样从语言学角度研究英国文学,必定是全面而透彻的。但若照此法研究,莎士比亚的作品就不是戏剧,弥尔顿的作品也不是诗,而全都成了英文字母的罗列。真若如此,我也没有兴趣搞研究了。因为即使研究了,也弄不出个名堂来。当然,也可以满足于胡言乱语。那就没必要费尽千辛万苦进大学了。此外,若从美学或史学的角度去研究，则可将它放在其他科目中。这可真够聪明。如此看来，纯文学科存在的价值，顶多也就是图个方便。但无论怎样图方便，若害处太多倒不如没有。既然如此，取消它便是顺理成章的。——什么呀，那是出于培养初中教师的需要！我不是在讽刺，这也是极其认真的辩论。若讲培养初中教师，有正儿八经的高等师范。若说取消高等师范，那才真是本末倒置。依据此理，应该取消的亦应是大学的纯文学科。应该尽快让高等师范将它合并。"

当年某日，我拉着成濑君，在旧书店鳞次栉比的神田街上边走边发议论。

四

十一月即将过去。某晚我跟成濑君两人到帝国剧场去听爱乐者音乐会，到那儿就碰上同样穿了制服的久米。那时我是几人中的音乐通，因为大家皆与音乐无缘，我才得以获此美誉。其实我也是随处瞎听，别说鉴赏音乐，只说略知一二，别人都难以置信。首先，我了解最多的也只限于曲目。曾几何时，我在帝国宾馆听蓓茨奥尔多老太太演奏李斯特的《月光波影中的脚步》（我想是这个曲目。若有误敬请谅解）。钢琴的每个音符都那么明快流畅，且不可思议地在我眼前展现出清晰鲜亮的画面。其中有无尽的波澜涌动，且波澜之上还有人的腿脚走动，每一步都振荡出潋滟清漪。上空是辉煌霞光，犹如风中艳阳在高空徜徉。屏息凝望这幅明亮幻景的我，在演奏结束掌声响起、音波振荡消失而周边寂寞空虚时，深深感到某种冷漠无情。不过此情正如前文所讲，因为李斯特已艺达巅峰，贝多芬之类的玩意儿要说好就好，要说不好也就不好，更加难以定论。所以即使去听爱乐者音乐会，我也从未表现出艺术家风度，只是装模作样地竖起耳朵，漫不经心地聆听发自乐器森林的交响风暴而已。

因为当晚闲院宫殿下也光临剧场,所以包厢和我们前排的座位几乎坐满了身着盛装的太太和小姐。连我旁边也正襟危坐着一位涂脂抹粉的、皮包骨似的老妇人。她手上金戒指,颈下金怀表。和服腰带上别了金别针还嫌不够,满口都镶了金牙(在她打哈欠时看到的)。但与此前在歌舞伎剧场站席所见不同的是,今晚令我兴趣盎然的并非绅士淑女,而是肖邦和舒伯特。所以,我不再仔细观察被脂粉黄金包裹的老妇人。当然,看上去她们像是自我夸大的非幻景的豪杰,对台上舞动指挥棒的山田耕作不屑一顾,却频频地左顾右盼。

山田夫人独唱后,即到剧场休息时间。我们三人同去二楼吸烟室,看到入口处站着一个人。他身穿黑西装,内衬红坎肩,个子不高,正与一个穿礼和服的同伴吸"金嘴"香烟。久米看到那人,就凑到我们耳边说:"那是谷崎润一郎呀!"我和成濑走过那人面前,偷偷瞟了一眼这位有名的耽美主义作家的面孔。那是一副由动物性的嘴唇和精神性的眼睛互为张力的、颇有特色的面孔。我们坐在吸烟室长凳上,分享一盒"敷岛"香烟,并议论一阵儿谷崎润一郎。当年,谷崎在他所开拓的、妖气暖孁的耽美主义田野中,培育了诸如《艳杀》、《神童》、《阿才与巳之助》等名副其实的、阴惨惨的《恶之华》。但这种花猫般色彩斑斓的美丽恶花,释放着与他为之倾倒的坡和波德莱尔相同的、庄严而腐败的香气。而在某一点上,谷崎却与他们的意趣完全不同。他们病态的耽美主义,在背景上有着可怕的冷酷心灵。由于他们具有小鹅卵石般的心灵,所以不得不违心地抛弃道德与神灵,且不得不违心地抛弃爱情。他们身陷于颓废的古朽泥潭,即便如此,仍不得不直面难以收拾局面的心和"无桅破船漂泊于可怕的无垠海面"的心。故此,他们的耽美主义,就是从遭此心威胁的他们灵魂深处飞出的一群妖蛾。因此在他们的作品中,总有"啊!上帝,赐予我勇气和力量吧!请勿见弃我的家园和我的身躯"一般日暮途穷的叹息声,如同瘴气纠缠不去。我们之所以感受到来自彼等耽美主义的严肃的感激,是因为被迫地看到了那种"地狱中唐璜"般冷酷心灵的苦闷。然而谷崎的耽美主义毫无那般执著的苦闷,却具有过多享乐的余地。他凭借着搜寻金山般的热情,在罪恶夜光虫闪烁的海面上悠然驾船行进。这就是令我们感到他在模仿他所轻视的戈蒂耶的原因。戈蒂耶的病态倾向与波德莱尔的一样,即使带上了世纪末的色彩,也还是充满着活力的病态倾向。形容得再俏皮点,就是一种不堪宝石重负的肥胖苏丹的病态倾向。所以,戈蒂耶与谷崎都缺乏坡和波德莱尔共通的紧迫感。反而言之,在叙述感觉美的方面,他却具备了搅起千里大江滚滚波涛般的惊人雄辩。(最近,广津和郎评论谷崎,指出他憎恨过分的健康,其实就是这种充满活力的病态倾向。无论怎样充满活力,只要肥胖症患者得以存在,他的耽美主义无疑仍然是病态倾向。)而且,不满于这种耽美主义的我们也不得不承认其非凡能力,即他那口若悬河般的雄辩之辞。他筛选出所有日语词汇和汉字词汇,将所有感觉上的美(或丑)镶嵌螺钿般地点缀在《文身》之后的作品中。他那 Les Emaux 和浮雕画自始至终以朗朗节奏的丝线巧妙贯穿其中。如今读他的作品,比起一字一句的涵义,我更会从那畅流无阻的文章节奏中得到生理上的快感。当年他也与今天一样,堪称无与伦比的语言编织大师。纵然未在晦暗文坛的上空点燃"恐怖之星",却也在培育的斑斓猫色花朵之下,不合时宜地降临了日本魔女的"安息日"……

不久,响起后半场开始的铃声。我们停止了关于谷崎润一郎的议论,回到楼下的坐席。久米边走边问:"你到底懂不懂音乐?"我答道:"应该比旁边那个金粉皮包骨懂一些。"随即,又坐回老妇人旁边,欣赏肖尔茨的钢琴演奏。那是肖邦的《梦幻曲》。有一则广告，说名叫西蒙兹的男子幼时即能听懂肖邦的《葬礼进行曲》。我望着肖尔茨那灵活敏捷的手指心想，即使年龄之差忽略不计，我在此处无论如何比不上西蒙兹。还是死了那条心吧！后来演奏了什么，现已记不太清。音乐会结束来到场外一看，乘车处周围已经排满了马车、小轿车，无路可走。其中一辆汽车前，那位金粉老妇人将面孔埋在毛皮衣领里正欲上车。我们将外套领子立起来，穿过车缝好不容易来到寒风凛冽的大街。蓦然抬头，警视厅那座煞风景的大厦黑黢黢地矗立于夜空。我边走边无端地为警视厅矗立其处深感不安，于是脱口说了声："莫名其妙！"成濑追问："什么莫名其妙？"我胡乱用了个否定词，便搪塞了过去。此时，身边已有很多马车和汽车驶过。

五

爱乐者音乐会的第二天，上午听完大冢博士的课（题目是"李凯尔特的哲学"。这是我听过的、得到启发最多的课程），便跟成濑在朔风中特意去"一白舍"吃两角钱的盒饭。此时他突然问道："你知道昨晚在我们后排坐着的女人是谁？""不知道。只知道旁边是个金粉皮包骨。""金粉皮包骨——那是什么？""管她是什么，反正肯定不是后边的女人。不过，你是不是迷上了那个女人？""怎么可能呢？根本不认识。""什么？真没劲。既然如此，她存在与不存在不都一样吗？""可是回到家里，母亲问我看到后边那女人没有。也就是说，那是我的妻子候选人。""那就是要相亲喽！""还没到相亲那一步。""可是问你看到没有，不就是相亲吗？你母亲也真够迂腐的，既然让你相看，叫她坐在前排多好。你要能看见背后的人，还用得着吃这两角钱的盒饭吗？"成濑是孝顺儿子，听我这么一说，表情就不对劲了。不过，他马上又说："如果从那女人的角度来看,我们都在她的前面。""原来如此。若想在那种场合面对面,非得有一方上舞台才行。不过,你怎么回答的?""我说我没看。实际上就是没看,所以无话可说。""那你现在也不能拿我撒气嘛!不过挺可惜的!总之,都怪是在音乐会上。若是看戏,不用求我,我也会把帝国剧场的观众全都物色一遍。"成濑和我都乐得前俯后仰。

当天下午有一堂德语课。但当时我们还要听"抑扬格"课程,所以若成濑君听德语课我就不去,若我听,成濑君就不去。我们轮流在同一课本上标发音,考前共同用它复习应试。当天恰好轮到成濑去听德语课,所以吃完饭我便将课本交给他,随即独自离开了"一白舍"。

来到屋外大街上,西北风卷起沙尘满天扬撒。金黄色的银杏树叶也打旋儿飞舞着,拥进学校前的旧书店里。我忽然想去看看松冈君。他与我(也就是普通人)不同,曾说大风天最好安安稳稳呆在家里。所以我想,那天他一定特别安稳。于是不顾大风几次差点儿吹掉帽子,辗转来到他的住处。房东老太在门口不无遗憾地说:"松冈还在休息呢!""还在睡觉?真够懒的。""不是!他整晚没睡。刚才说要睡觉,便躺下了。""那他也许还醒着呢!总之我上去看看,要是睡着了,我就下来。"我蹑手蹑脚地上了二楼打开第一道拉门,只见挡着两三块门板的昏暗房间中央摆着松冈的被褥,枕边一张古怪的纸漆桌子,上面胡乱摞着稿纸。再看下面,旧报纸上花生壳堆成了金字塔。我立刻想起,他说过要写一部三幕剧。"干得不错啊!"若在往常,我就会坐在桌旁读那刚写完的书稿。可扫兴的是,本该应声的松冈却将胡须蓬乱的脸压在"两头紧"枕头上,死人似的沉睡。我当然不想弄醒正在消除熬夜疲惫的松冈,但我又不情愿就这样无功而返,于是,就坐在枕边浏览一会儿桌上的书稿。其间西北风阵阵刮过,二楼也在巍巍颤动。可松冈却仍鼻息平稳，安详沉睡。又过了一会儿我想，如此久等也不明智，终于心存遗憾地起身要走。此时不经意地再看松冈一眼，却见他睫毛沾满了泪水。不，应该说脸颊上还有泪痕。当我意外地发现他的此种表情时，方才说"干得不错啊"的勃勃兴致瞬间消失，取而代之的是一种焦虑，苦熬通宵奋笔疾书却又无法排遣的重重焦虑。"你这个痴情的家伙！干吗把自己折磨到梦中流泪？累垮了可如何是好？"重重焦虑中，我真想如此教训他一顿。然而心底却在暗暗地赞叹："你真是呕心沥血啊！"想着想着，自己也不禁泪盈双眼。

　　后来，我还是蹑手蹑脚地下了楼。房东老太问我："还睡着吗？"我生硬地答道："睡得很香！"我不愿被人看到自己的哭相，所以赶忙来到寒风刺骨的大街上。街上仍旧是沙尘满天扬撒。空中还传来阵阵令人恐惧的低沉吼声。我心存忧虑地抬头望去，只见一轮缩小了的白日在天心移动。我站在柏油大道上，思忖着自己应该去何方。

大正七年（1918）十二月

开化的丈夫

侯 为译

上野博物馆曾经举行介绍明治时期文明的展览会。一个阴沉沉的下午，我到展览会各展室仔细观览。走进最后一间陈列着当时版画的展室时，看到一位绅士站在展柜前。他正注视着几幅古旧的铜版画。这是一位老者，身材颀长透出洒脱。穿着笔挺的黑色西装，戴着高雅的圆顶礼帽。我一见这身姿立刻想到，他就是四五天前某次聚会上介绍过的本多子爵。我虽识他不久，却早已了解这位子爵生性不喜好交际。因此，我一时不知该不该上前问候。此时子爵似乎听到我的脚步声，慢慢转过头来。随后，那半白胡须圈围着的嘴角闪出微笑。他稍稍掀起礼帽，柔和地招呼道："你好！"我略感心中释然，无声而恭敬地向他回礼，并轻轻移步上前。

本多子爵这样的人物，瘦削面容仍如黄昏阳光一般飘逸着壮年时代的俊俏。不过，同时还有贵族阶层中罕见的、掩藏于心底的苦痛所投下的忧郁阴影。我还记得，上次见面时他也穿同样的黑色西装。当时凝望着他领带夹上发出沉郁光泽的大珍珠，就仿佛在凝望着他的心……

"怎么样？这幅铜版画。是——《筑地居留地即景》吧？构图相当巧妙，而且明暗层次的处理也别具意趣。"

子爵低声说着，并用细手杖的银柄指指展柜里的画作。云母般波光潋滟的东京湾、升起各色彩旗的蒸汽船、道路上行走的男女洋人，还有洋房上空伸展枝条的"广重"画风的松树——其取材和技法中折射出的"和洋折中",体现了明治初期艺术作品中特有的美妙和谐。那种和谐自此永远地从我们的艺术中消失不再,也从我们生活着的东京消失不再。我又点着头说道,我不仅对这幅《筑地居留地即景》铜版画兴趣颇深,更对画中的牡丹花、狮子、"合乘人力车"以及艺伎烧瓷画的特质兴趣颇深。它使我联想到人人矜夸炫耀的开化时代,因而更增添了一种怀念。子爵仍笑容可掬地听着我讲,并静静地离开展柜,缓缓向旁边陈列的大苏芳年的浮世绘走去。

"那你看看这幅芳年的画。这是穿西装的菊五郎和梳着银杏叶发髻的半四郎,在月夜篝火前演出的哀愁场面。此景更令人想起那个时代——那个既非江户亦非东京、昼夜难分的时代,真是历历在目啊!"

现在的本多子爵虽不喜好交际,但我听说,当年他是留洋归来的才子,在官界、在民间皆颇有名气。所以我觉得,眼下在这人影寥寥的展室中,在玻璃展柜及彼时版画的包围中聆听子爵的述说,当然是极为相称的。而另一方面,此情此景又在我心中引起某些反感。因此子爵此话说罢,我便从当年的话题引开,想谈谈一般浮世绘的发展。可本多子爵却又用手杖银柄一幅幅地指着芳年的浮世绘,继续用低沉的嗓音讲述。

"尤其是我这样的人,一看到这些版画,三四十年前那个时代恍如昨日。就连打开报纸,都觉得会有关于鹿鸣馆舞会的报道。说实话,从我刚才进入这间展室开始,就已感到那个时代的人统统复活了过来。虽然我们的眼睛无法看到,其实他们就在各处走来走去。而且那些幽灵时时凑近我们耳边,将往事娓娓道来……这种奇怪念头挥之不去。特别是当今穿西装的菊五郎,极像我的一位挚友。因此当我站在那幅肖像画前时,真想将阔别之情一吐为快。那种怀念之情,甚至令我感到如鲠在喉。怎么样?如果你不反对,我就讲讲那位朋友的往事吧!"

本多子爵故意躲开我的视线,语气中似乎隐含着顾虑和不安。我想起上次见到子爵时,帮我引荐的朋友曾对子爵有所交代:"这个年轻人是小说家,有什么稀罕事儿就请讲给他听。"不过,即使朋友不曾相托,我也想有朝一日参与到子爵怀古的咏叹中去。若有可能,现在就同子爵驱车奔向隐没于往昔迷雾中的、"一等砖瓦"建造的繁华闹市。于是,我低头欣然催促道:"请讲!"

"好,到那边去吧!"

遵从子爵的示意,我同他走到展室中央,一起坐在长椅上。室内已无他人。阴沉冷漠的昏光下,周围排列的玻璃展柜中孤寂地悬挂着古色古香的铜版画和浮世绘。本多子爵将下巴支在手杖银柄上,环视了片刻如同他的记忆般的展室,然后目光转向了我,并用低沉的嗓音开始讲述。

"那位朋友叫三浦直记。我从法国回国时,在船中偶然相识。他与我同岁,当时也是二十五岁。正如芳年画的菊五郎,他肤色白皙、长脸、长发中分头,活脱脱就是明治初期文明造化的一位绅士。漫长航程中我们交情渐渐深笃,成了亲密的朋友。回国后仍来往走动频繁,最长间隔从未超过一周。

"三浦的父亲是下谷一带的大地主。父母在他留学法国之际先后辞世,这位独生子也就成了资本家。我们相识时他的身份已非同一般,除了去第×银行料理一下事务之外,其余便是袖手游玩度日。因此,回国后不久,他就在'两国百本杭'附近的父辈豪宅中,新建了一座西式书斋,过着奢华安逸的生活。

"就在此刻,我也如同看到对面的铜版画,眼前又清晰地浮现出那间书斋。面朝大川的法式窗户、镶金边的白色天花板、摩洛哥红皮椅和长椅、挂在墙上的拿破仑肖像画、精雕细刻的大书架、镶着明镜的暖炉,其上摆放着他父亲的遗爱松树盆栽。一切都令人感到某种古色古香的新鲜，且花哨得令人郁闷。用别样的话语形容，即令人联想到某种走了调的乐器声。总之，此书斋彻头彻尾地属于那个特殊时代。且在那种气氛中，三浦总是盘踞在拿破仑一世肖像下，穿着结城绸套装，阅读雨果的《奥利安德鲁》，恰似铜版画中的情境。如此说来，我仿佛记得那扇法式窗户外面，不时有硕大的船帆掠过。我当时感到非常新奇。

"三浦享受着奢华的生活，却不像同龄的年轻人那样，涉足于新桥或柳桥之流的花街柳巷。他只是天天将自己关在新建的书斋中，丝毫没有银行家的风度，倒像年轻隐士沉醉于读书三昧之中。当然也有个中原因：他身体羸弱几似蒲柳，容不得放纵七情六欲。另有一个原因：他的性情与当时的唯物主义风潮背道而驰，带有超乎常人的纯粹理想主义倾向。因此，他自然心甘情愿地置身于独处的环境之中。事实上，曾是开化模范绅士的三浦，之所以在他的时代颇具另类色彩，皆因带有此种理想主义的性情。毋宁说，三浦酷似上个时代的政治幻想家。

"有事实为证。一天，我俩去某处看戏。上演的是狂言戏《神风连》，即大野铁平自杀那场戏落幕之后的续篇。他突然回头认真地问我：'你有可能同情他们吗？'我本来也有留洋经历，当时也特别厌恶一切陈规陋习。于是我非常冷淡地回答：'不，我绝不同情。尽管颁布了《废刀令》，但发动暴乱的团伙，当然应该自决。'他却好像不服气地摇着头说：'也许他们的主张并不正确，但他们为自己的主张而献身的精神价值，应该远在同情之上。'于是我又笑着问：'那你愿意像他们那样，为将明治社会送回远古神世的幼稚梦想而舍弃唯一的生命吗？'他仍然语气认真、斩钉截铁地说：'就算这是幼稚的梦想，能为信念而献身我认为死得其所。'我当时以为，他不过是嘴上说说而已。可如今细想前因后果，其话语中早已笼罩了不祥的阴云，与其后半生命运攸关。听我继续讲，你自然会彻底明白。

"不管怎样,三浦仍不随大流我行我素。关于婚姻大事,他也主张'不要没有爱情的婚姻'。无论何等金玉良缘,他都毫不珍惜地坚辞拒绝。而且他的所谓'爱情'并非一般恋爱,所以就算有令他可心合意的大家闺秀出现,他也会说'我自认仍然心存杂念,时机尚未成熟',因此很难发展到谈婚论嫁的地步。旁观者都心急如火,我有时也帮忙劝导:'此等事若处处检点自己,非要等到完美之后方予考虑,那就连行止坐卧皆难以为继。你别指望社会也按理想行事,大概合适就应知足!'可三浦反而每次都用哀伤的眼神看着我说:'倘若如此,我何必独身至今?'便干脆不与我理论。朋友见此自不便多言,但亲戚朋友却不无忧虑:本来他就体弱多病,万一断了本家血脉如何是好?因此有人建议,至少要娶一位偏房太太。当然,三浦只将此类忠告当作耳旁风。不,岂止是耳旁风,他极端厌恶'偏房太太'这个词。他平时一见到我就嘲笑说:'日本自我标榜文明开化,如今却还公然对纳妾大开绿灯!'回国后的两三年间,他每天坚持与拿破仑一世为伍发奋读书。何时得以实现所谓'拥有爱情的婚姻',我们做朋友的也无从知晓。

"在此期间,我因官方事务暂去韩国京城赴任。而到任后不满一月,就意外地接到三浦结婚的通告。当时我的惊诧之情你可想而知。同时我也感到,他总算找到了'爱情'的伴侣。所以,我自然发出会心的微笑。通告文字极为简单,只说已与某官商的女儿藤井胜美定了亲。后续信中写到,某日外出散步偶经柳岛的萩寺,巧遇时常出入他宅邸的古董商藤井父女,于是一同在寺内漫步,不知何时便你有情我有意了。要说当时的萩寺,还是哼哈二将把守的茅草盖顶山门。胡枝子丛中尚存诗圣松尾芭蕉的名诗碑刻:'胡枝楚楚承露放,路人纷纷冒雨行。'此情此景浪漫风雅,不言而喻是才子巧遇佳人的绝妙舞台。只是对于外出必穿巴黎定做的西装、处处以开化绅士自居的三浦来说,此等钟情方式太过老套刻板。我等读过结婚通告便忍俊不禁,难掩搔痒般的笑意。说来不难推断,此门亲事也是那位古董商促成。当天福星高照,亲事一拍即成。而且公开的媒人刚刚物色妥当,当年秋天便顺利地举行了婚礼。夫妇之间,自然是琴瑟和谐。尤其是我,既感到滑稽,又艳羡不已。因为本来那等冷静而学究气十足的三浦,在报知婚后近况时,也流露出判若两人的快乐之情。

"他的书信我仍妥为保存。一封封地重读时,眼前便闪现出他那时的音容笑貌。三浦欢喜得犹如孩童,执著地记录了他日常生活的细节并告诉我们:今年栽种牵牛花失败;有人委托他赞助上野的育婴堂;入梅时期多数书籍受潮;常雇的车夫得了破伤风;去都座剧场看了西洋魔术;藏前发生了火灾……细说起来三天三夜都难以尽述。其中最令他高兴的,是委托画家五姓田芳梅为夫人绘肖像画。那幅肖像画替换拿破仑一世悬挂在书斋墙面,后来我也见识过。信上说,那是一幅侧脸像:盘起头发的胜美夫人身穿绣金线的黑花外套,手捧玫瑰花束站在镜前。不过,如今即使仍能看到这幅画作,却再也无法看到当时那般快活的三浦了……"

本多子爵说完轻轻地叹了口气,沉默良久。听得入神的我惶惑地注视着他的脸,推测到子爵自韩国归来时,三浦已然不在人世。子爵似乎早已察觉到我的担忧,慢慢地摇摇头。

"我虽这样讲,不过他并非在我出国期间过世。只过一年左右,我回国内便见到了三浦。他仍旧那般镇定自若,却显得比从前忧郁深沉。他特意到新桥车站来接,我与他阔别重逢握手时,此感十分强烈。不,与其说是感到他镇定自若,不如说是对他过度的冷静感到担忧。其实,一见到他我就颇感意外,还问他:'怎么了?你身体不舒服吗?'可他反倒对我的疑虑颇感诧异,并回答说不光是他,夫人也很健康。说来也是,这才过了一年光景,就算是找到了'拥有爱情的婚姻',他的性情也不可能骤然转变。我也就不再刨根问底,笑着说:'可能是光线不好,看起来脸色就不对劲了。'一句话搪塞过去。发展到无法用谈笑掩饰的地步——即察觉到隐藏于忧郁假面具背后的郁闷,还须两三个月的工夫。不过按照过程的先后顺序,还得先说说他夫人的品行。

"我初次见到三浦夫人,是从韩国京城回来不久,被邀请到他毗邻大川的豪宅共进晚餐之时。听说夫人与三浦年龄相仿。或许因为身材娇小玲珑,见到的人都会猜测她比三浦年轻两三岁。浓密的娥眉,红润的圆脸。当晚身着古雅的蝶鸟图案和服,束一条素花缎带。用那个时代的话来形容,仪态雍容高贵。但是作为三浦所说的'爱情的伴侣',她与我想象中的新娘形象却有某种不吻合。当然,这不吻合缘自何故,连我都自觉雾里看花。这种感觉即从此次与三浦见面起始,后来仍常感到此种不吻合。诚然,当时我也只是偶有所感,并未因此冷却了庆贺他们新婚的热情。与此相反,在明晃晃的汽灯照耀下面对美味佳肴,夫人的才华横溢令我完全折服。俗话所说的对答如流,恐怕就是形容这种口才的吧!'夫人,像您这样的才女,生在法国才对。'我终于态度认真地阐发溢美之词。此时,三浦也呷着酒从旁调侃道:'你瞧!我的话没错儿吧?'这句调侃瞬间令我感到很不入耳,不知是否因我多心。不,此时胜美夫人从旁边不无嗔怨地斜瞟他一眼,那眼神辜负了她露骨的娇媚。这不知是否我的妄自推断,总之我顿时感到他俩的平日生活,在这简短的对话中撞出了火花。如今想来,那是我见证三浦生涯悲剧的序幕。而在当时,却只是不安的一闪念而已,随后便又融洽如初,与三浦热热闹闹地交杯换盏。所以,在当晚名副其实的一夜尽欢之后,离开他的豪宅坐在车上,任由大川河风吹拂我微醉的头脸时,我还一遍又一遍地为他成功找到拥有爱情的婚姻祝福。

"一个月过后(当然此间我仍与其夫妇经常来往),某日我受一位医生朋友的邀请，到上演《於传假名书》的新富座剧场去看戏，发现正对面的包厢中坐着三浦夫人。当年，我每次看戏必定带上望远镜，因而燃烧般的红挂毯和胜美夫人也就首次出现在圆形镜筒中。她束发上插的好像是玫瑰花，双下巴搁在素雅的衬领上。在我发现这张面孔的同时，对方也抬起妩媚的双眸微微致意。于是我放下望远镜，也回敬了注目礼。而不知何由，三浦夫人又慌忙向我这边回礼，且远比前一次恭敬得多。我终于明白，她前一次的注目礼并非送给我。我下意识地巡视周围的高台坐席，寻找她答礼的目标。此时我发现，旁边的木格坐席中有一位身穿花格子西装的男人，似乎也在寻找胜美夫人答礼的目标。他叼着烟味很浓的雪茄，目不转睛地盯着这边，正好与我视线相遇。我从那张微黑的面孔读出了某种不快的特征，所以立刻转移视线又拿起了望远镜。我看到，对面三浦夫人所在的包厢里坐着另外一个女人。说到楢山这位女权论者，恐怕是无人不知。她是当时颇有名气的代言人楢山的夫人，极力主张男女同权，还总是绯闻不断。楢山夫人身穿黑色和服，端着肩膀，戴着金边眼镜。她俨如保护人一般，与三浦夫人并排而坐。此景令我不禁产生难以言表的不祥之感。那位高颧骨面孔上略施粉黛的女权论者，一边留意着自己的衣领一边不时地向我们这边——恐怕是向旁边那个穿花格子西装的男人频送秋波。我那天都没能尽情欣赏菊五郎与左团次的好戏，只顾留意那三浦夫人、花格子西装的男人以及楢山了。这绝非夸大其辞。虽然耳听激越的伴奏声，眼观绚烂的垂樱花，心思却与戏台毫不相干，自始至终被不祥色彩弥漫的想象所困扰。所以在戏过半场不久、那两个女人从包厢消失之后，我才实实在在地松了一口气。当然，女人们退场之后，花格子西装仍在旁边吞云吐雾，并不时地瞟我一眼。三人之中少了两人，我也就不像先前那样，总被那张微黑面孔分散注意力了。

"听来像是我在胡乱猜疑,但这是因为,那个年轻男人的微黑面孔脸莫名其妙地招我反感。总觉得我和那个男人之间——或我们和那个男人之间,从最初见面就开始充满敌意。所以其后未过一月,当三浦在那座毗邻大川的书斋里介绍此人时,我不禁感到自己置身于云山雾罩之中。据三浦说,此君是他夫人的表弟,是个年轻有为的职员,在当时的××纺织公司里颇受重用。介绍完毕,在围坐品茗、吞云吐雾、东拉西扯的时候,我也立刻察觉此人很有能耐。不过就算是个人才,仍无法改变我对其人品的好恶。罢了,既然人家已多次说过是夫人的表弟,那么在剧场里互相致意不是无可厚非了吗?我极力使自己理智一些,甚至尽可能地努力与那男人套近乎。可每当我的努力即将成功之时,他却必定要出声地呷一口红茶,抑或粗野地将烟灰掸落在桌子上,抑或对自己的俏皮话放声大笑一阵。总要做出些令人不快的举动,令我更加反感。所以半小时后,当他说要去参加公司的宴会告辞离开,我便不由自主地起身,将面向大川的窗户全部敞开,真想尽扫客厅中的庸俗恶气。此时,三浦一如既往地坐在手捧玫瑰花束的胜美夫人肖像下,用告诫的口气说:'你特别讨厌那个男人吧?'我说:'我与此等人实在是格格不入。无可奈何。他居然是你夫人的表弟,我更觉得匪夷所思。'三浦说:'匪夷——所思?'我说:'倒也没啥,只是觉得他太另类了。'三浦沉默着,纹丝不动地凝望了片刻反射着夕阳余晖的河面,然后没头没脑地说:'怎么样?改天出去钓鱼吧!'我也巴不得赶快躲开那个夫人表弟的话题,于是立刻兴奋地应承道:'太好了!我钓鱼可是比外交更加自信。'三浦这才面露微笑地说:'比外交自信?那我——或许比谈情说爱更自信。'我说:'也就是说,会得到比夫人更好的收获喽。'三浦说:'如此便又能叫你羡慕我了。难道不好吗?'三浦这番话的深意,令我感到一种刺耳的反响。不过,透过余晖看去,他的表情依旧冷静,并执拗地凝望着法式窗外的大川波光。我问：'什么时候去钓鱼？'三浦说：'什么时候都行。拣一个你方便的日子吧！'我说：'那我给你写信吧！'随后，我慢慢地从红色摩洛哥皮椅上起身，默然与他握手之后，走出这间神秘昏暗的书斋，正要经过更暗的走廊静静地独自离去。此时，我意外地发现房门口有个黑色人影，似乎悄悄站在那里偷听房中动静。而且那个人影见我出了房门，立刻近前娇声嗲气地问：'哎呀！你这就要走啦？'我感到了瞬间的窒息，冷眼瞅瞅依旧戴着玫瑰花的胜美夫人，仍旧默然地点点头，随即匆匆向门厅等我的人力车走去。此时我心乱如麻，自己都无法理清头绪。只记得车过两国桥时，口中连续不断地念叨着达利亚（塞莱阿女神）的名字。

"打那以后，我觉察到三浦忧郁外表掩盖着的秘密。毋庸赘言，这个秘密顿时在我心中刻上了理应忌讳的'通奸'二字。然而倘若果真如此，三浦这位理想家何故不决然离婚呢？是否因为没有证据？抑或因为即令有了证据却还深爱着胜美夫人，故而犹豫不决？我热衷于揣测各种可能性，竟连钓鱼之约也彻底忘掉。半月之内虽然时有写信，却再没踏进过那座曾经频繁出入的大川河畔的豪宅。但这半月过后，我又偶然听到了意外传闻，于是终于决定利用履行先约的机会，直接表述我内心的疑虑。

　　意外传闻是这么回事。某日，我仍与当医生的朋友到中村座去看戏。归途中与号称'珍竹林主人'的《曙光报》资深记者一同，冒着傍晚的阵雨到当时位于柳桥的生稻酒馆去喝酒。在酒馆二楼听着憧憬江户时代的远三弦乐曲，享受小酌的陶陶乐趣。此时，具有开化作家风范的珍竹林主人忽然兴致大发，边说俏皮话边津津乐道地透露那位楢山夫人的丑闻。据说，夫人以前曾是神户洋人的小老婆，还曾将三游亭圆晓召为男妾。时值夫人的全盛时代，光是金戒指就戴了六个。而到了两三年前，她因违法贷款债台高筑而陷入窘境……珍竹林主人还揭露出她更多的幕后劣迹，其中最令人作呕的，是风传她近来不知从哪儿弄来个年轻的跟包女人，而且这个年轻女人常跟女权论者一起，带着男人到水神区一带开房。听到此番叙述，三浦那若有所思的面容便执拗地浮现在眼前。本该畅快淋漓地推杯换盏，我却无法强作欢颜。幸亏医生似已觉察我的不快，便招呼同伴喝酒并巧妙地岔开话题，谈起与楢山夫人无关的事情。我终于从沉重的心情中缓过劲儿来，幸免令大家扫兴。然而那晚的意外传闻对我来说，不啻厄运当头。关于女权论者的议论，早已使我懊丧不已。晚酌之后，与同伴在门厅正要乘车回家，突然有一辆人力车，棚顶闪着水光旋风般地飞驰进来。而且几乎与我上车同时，对面的乘客也噌地跳下了车。我扫一眼那人的身影，随即顺势钻进车内。在车夫抬起车辕的刹那间，我感到了异样的兴奋，不禁脱口低语：'是那家伙！''那家伙'不是别人，正是三浦夫人的所谓表弟，微黑面孔，花格子西装。随后，在雨打车顶的声响中，在灯火通明的大道上飞驰时，我仍在想象那辆人力车上的另一个人物，并且几次被可怕的不安念头所震惊。那会是楢山夫人吗？抑或是束发间插了玫瑰花的胜美夫人？我被这无法释怀的疑惑所困扰，却又怕这疑惑真相大白。我对自己仓皇上车藏身的畏缩心理极为恼怒。迄今为止，那另一人物是三浦夫人还是女权论者，仍是我无法解开的疑团。"

本多子爵不知从何处掏出一块大丝帕，克制地擤着鼻子并扫视暮色渐浓的展室，又沉稳地继续讲述。

"当然，这个问题以后再说。不管怎样，我认为从珍竹林主人那里听来的传闻值得三浦思考。所以在第二天，我立刻写信通知了去钓鱼顺便散心的日期。三浦很快便回信说，那天刚好是十六，赏月胜过垂钓，计划傍晚乘船到大川去。我当然是'钓翁之意不在鱼'，所以一拍即合。那天傍晚我们在约好的柳桥渔夫客栈会合，未等月出便乘舢板驶向河中。

"那天的大川晚景或许难比往昔的田园风情，但仍然保留着浮世绘的古雅美感。我们经过万八桥下来到大川河面，仲秋黄昏的余晖下波光粼粼。两国桥黑黢黢的栏杆仿若如椽大笔，挥就反翘的'一'字横空而过。桥上来往的马车渐渐被夕霭模糊，匆匆穿梭的手提灯笼已缩小到酸浆果一般，红光点点。三浦说：'怎么样，这里的景色？'我说：'是啊！如此美景在西方可是难得一见。'三浦说：'看来，你还是比较钟情于传统风格的。'我说：'好啦！就算我赏景水平不如你啦。'三浦说：'不过，近来我已对开化厌烦透顶。'我说：'听说，那位口吻尖刻的梅里美看到日本幕府的亲善大使走在法国的大街上时，曾对身旁的大仲马等人说："喂，到底是谁给日本人绑上那么长的刀？"你若不留神，也会立刻遭到梅里美的挖苦。'三浦说：'嗯，我这儿也有个故事。一位名叫何如璋的中国使节住在横滨的客栈，看到日本人的被褥便说："此乃古代寝衣是也。此国尚存夏周时代遗风。"而且表现出无限的感慨。所以说不可以将所有的传统一概斥之。'此时，涨潮的河面骤然黑暗下来。我俩惊讶地四下张望，才知所乘舢板在加快的橹声中早已远离两国桥，来到夜幕中仍旧黑黢黢的首尾松林跟前。我想刻不容缓地提起关于胜美夫人的话题，便赶紧接着三浦的话茬说：'你那么留恋传统，那位开化的夫人怎么对付呢？'随后投出铅坠测探水深。此时，三浦怔怔地望着尚无月光的竹林上空，充耳不闻地沉默片刻，然后死盯着我低沉有力地说：'也无所谓怎么对付，一周前我已经把她休了。'他回答得如此干脆，令出乎意料的我措手不及。我不由得抓住船帮，怪声怪调地问：'那，你也知道啦？'而三浦却依然沉稳镇定，叮嘱般地反问：'你已经无所不知了吗？'我说：'无所不知不敢讲，只听说过夫人和楢山夫人的关系。'三浦说：'那我妻子和她表弟的关系呢？'我说：'只是略有感触而已。'三浦说：'那，我就无可奉告了。'我说：'不过——不过你是从什么时候开始觉察到的?'三浦说:'我妻子和她表弟的事吗?是在婚后三个月的时候——刚好在委托画师五姓田芳梅画肖像之前。'这个回答对我来说更加出乎意料。这你也可想而知。我说:'那为何你又默认至今呢?'三浦说:'不是默认,而是我肯定了的。'我第三次为这出乎意料的回答惊愕不已,只是目瞪口呆地望着他。而三浦却从容不迫地说:'当然不是肯定他俩现在的关系。我那时肯定的是我自己想象中的关系。你还记得我主张"拥有爱情的婚姻"吧?那并非我为了满足利己心而提出的主张,而是我爱情至上的结果。所以当我婚后醒悟到我们之间的爱情并不纯真时,既后悔自己的轻率,也很同情身不由己而与我这等人同居的妻子。你也知道,我本来身体就不强壮。我想疼爱妻子,但妻子却无法疼爱我。不,这或许可以解释为,我之所谓爱情本来就是无法引起对方热情的贫弱之物。所以,如果我妻子与她表弟之间拥有比跟我更加纯真的爱情,我愿果断地为他们的青梅竹马做出牺牲。否则,我这种爱情至上的主张在事实上就是迂腐之物。有朝一日推测真的成了事实,那幅肖像画也就可以作为妻子的替身,留在我的书斋里了。'三浦说着,又向对岸上空望去。但是天空仿佛垂下了黑幕,阴沉沉地扣在椎树松浦区的宅邸之上,丝毫看不出月亮露脸的迹象。我点燃了雪茄催促说:'后来呢?'三浦说:'可是后来不久,我就发现妻子和她表弟爱情的不纯洁。明白地说,我发现那个男人与楢山夫人也有奸情。你恐怕不想问我是怎么发现的,而且事到如今我也不想再讲。总之只能说,在某个偶然的机会,我亲眼看到了他们的幽会。'我将烟灰磕在船帮外边,在心中对那个雨夜里生稻酒馆门前看到的情景做出各种描绘。三浦毫不迟疑,继续讲述:'这对于我是最大的打击。我借以肯定他们关系的理论支持已失去了一半,我自然不能再用以前善意的眼光去看待他们的关系。想必那是你刚从朝鲜回来的时候。当时我每天都在头疼,想着怎样才能把妻子从她表弟身边夺回来。尽管那个男人的爱情有虚假的成分，但妻子却一往情深——我相信这一点。同时还相信为了妻子个人的幸福，有必要为他们发展关系进行铺垫。可是他们——至少是妻子觉察到我的态度后，似乎将此理解为我发现了他们的关系而开始嫉妒。所以从那以后，我妻子便开始对我进行心存敌意的监视。不，从某种意义上说，有时对你也进行了同样的监视。'我说：'如此说来，你夫人还曾偷听我们在书斋的谈话。'三浦说：'没错儿，她确属干得出那种事的女人。'我们默默无言，静静地望了一会儿河面。此时我们乘坐的舢板已经钻过御厩桥下，在夜幕中的河面留下道道涟漪，并渐渐接近驹行的林荫道。此时，三浦又低声讲述起来。

"'但当时我仍未怀疑妻子的诚实。我和妻子无法心心相印——非但无法心心相印，简直就是互相憎恶。我倍感烦闷。从我到新桥去接你直到今天，我不得不与这种烦闷抗争。但在一周之前曾因女佣的差错，寄给妻子的信被送到了我的书斋。我立刻想到了妻子的表弟，而且——我终于拆看了那封信。但那却是我意想不到的另一个男人寄给她的情书。换句话说，妻子对那个男人也并非痴情。当然，这第二次打击具有比第一次打击更令人恐惧的震撼力，它粉碎了我所有的理想。然而事实上与此同时，我又体味到突然减轻了责任的、可悲的慰藉之情。'三浦说完这席话时，恰好从对岸仓房上空升起一轮又大又红的、十六的月亮。我刚才看到那幅芳年的浮世绘，并从穿西装的菊五郎联想到三浦的往事，就是因为当时的红月酷似那场戏开头的圆月。那位皮肤白皙、长脸、留着中分长发的三浦，望着刚刚升起的满月忽然叹了一口气，带着无奈的微笑说：'此前你曾贬斥过，昔日神风连的舍命相争也犹如稚童般的梦想。那么以你的眼光来看，我的婚姻也是……'我说：'是的，或许也犹如稚童般的梦想。但若百年之后再看我们如今所追求的开化，不也犹如稚童般的梦想吗……'"

本多子爵刚刚讲到这里，执勤人员过来告诉我们，闭馆时间已到。子爵和我慢慢站起身来，再次巡视周围的浮世绘和铜版画。然后，我们静静地走出了展室，仿佛自己也是从那玻璃展柜飘逸出来的昔日幽灵。

大正八年（1919）一月

圣·克利斯朵夫[①]传

艾 莲译

小 序

余尝于《三田文学》一刊，发表《基督徒之死》；本篇与该篇同出所藏之耶稣会版 LEGENDA AUREA（圣徒金传）中之一章，唯稍加润色而已。然《基督徒之死》，乃叙述本邦西教徒之轶事，《圣·克利斯朵夫传》则为圣徒传中之一种，自古以来，盛传于欧洲天主教诸国。倘两文互参，对所提及之《圣徒金传》，或能略窥一斑。

传中多有时代与地点错误，几近可笑。为无损原文之时代特色，特不作任何订正。倘诸方家，不疑余之无学，则幸甚。

一 山居

话说很久以前，在叙利亚[②]国的深山里，有个名叫雷普罗保斯的怪人。虽说阳光普照之天下广袤无边，但如雷普罗保斯般的巨人，可说再也找不出一个来。他那身量，怕就有三丈多高吧。葡萄

---

① 圣·克利斯朵夫，原文 Christophoros，意为背负基督之人，救难的圣者。据传，系三世纪叙利亚人，因罗马人迫害而殉教。
② 叙利亚，古代地中海东岸一带的总称，包括现在的叙利亚、黎巴嫩、约旦、以色列。当时主要为腓尼基人生活栖息之地，也是基督教发源地。

蔓似的头发里,不知有多少可爱的小山雀栖居在内。手脚像深山老林里的松柏。走起路来,能震得七山八谷发出回声。要想猎食,动动手指,熊鹿之类便成为腹中之物。有时从山上下来,想到海边捕鱼,便把胡子像海松一样的下巴,往沙上一挨,吸口海水,鲷鱼啦松鱼啦,就会摇头摆尾,刷刷流进口中。货船这时若碰巧从海上经过,就会给这潮水意外的涨落,弄得颠簸不已,慌得掌舵的船夫手忙脚乱。

不过,这雷普罗保斯天性善良,不消说住在山里的樵夫猎人,就是对过往的行人也从不欺侮,反倒会帮人把砍好的树推倒,觅回猎人追丢的猎物,行人背不动的包袱,他就扛在自己肩上,总是助人为乐。所以,远村近廓的山里人,没有一个嫌恶他的。有个村子,走失一个牧童,傍晚,牧童家的天窗给打开了,家里人大吃一惊,抬头一看,只见雷普罗保斯那双簸箕般大的手掌上,托着睡得正酣的小牧童,在星空下,轻轻地放下地来。他丝毫不像怪物,心地是何等可钦可敬!

山里人遇见雷普罗保斯,时常拿出糕饼酒馔相待,亲密叙话。这样,有一日,几个樵夫伐树,走入长满丝柏的密林,遇见从山白竹中慢吞吞走出来的雷普罗保斯。樵夫们一心想要款待他,便燃起落叶,给他烫酒。对雷普罗保斯来说,瓶里那点酒,如同一滴,但却让他十分开心。他把樵夫吃剩的饭撒在地上,让头上的小山雀啄食。盘腿坐定,开口说道:

"咱家既然生而为人,便应建功立业,封侯拜将才是。"

几个樵夫听了,也凑趣道:"中哇!您这样的大力士,攻下个两三座城池,还不易如反掌!"

这时,雷普罗保斯面带难色,问道:"有件事却不好办。咱家一向呆在山里,要想从军打仗,怎知该投奔哪位将军呢?还有,当今的盖世英雄,究竟是哪国大将?不论是谁,咱家都会为他奔走马前,尽忠效命。"

"原来是这事!要说勇武,依我们看,当今天下,怕是没有哪位将军能比得上安提奥基亚①国王了。"樵夫回答说。

雷普罗保斯听了大喜:"那我立即动身。"

说着,站起小山一般的身躯。这时,奇怪的是,他头上的小山雀,一时纷纷振翅飞向枝叶交织如网的空中,就连雏鸟都没有留下一只。那些小山雀停落在枝丫斜伸的丝柏背面,宛如丝柏结的累累果实。雷普罗保斯惊异地望着这群小山雀,不一会儿,回思过来,才同聚在脚下的樵夫殷勤道别,复又像方才一样,踏着山白竹,迈着大步,独自走向深山。

却说雷普罗保斯想封侯拜将的事,不久便传遍远村近郭。没过多久,却又风传一个消息,说是靠近边境的湖边,有艘船陷进泥中,一伙渔夫正自发愁拖不出来。这时,不知哪来一个巨汉,只见他抓住桅杆,不费吹灰之力就拉上了岸。渔夫一个个还在目瞪口呆,那怪人竟早已不知去向。而认识雷普罗保斯的人,已然猜到,这个热心肠的好人,终于离开了叙利亚。每逢望着西面屏立的群山之巅,真是好不惆怅,不由得仰天长叹。再说那牧羊小童,每当夕阳落山,必定高高爬上村头的一株杉树,仿佛忘掉了树下的羊群,哀哀地呼唤着:"雷普罗保斯,我好想你呀!你翻山越岭,去了哪里啊?"列位看官,欲知雷普罗保斯后来如何交上好运,且看下回分解。

二 朝福夕祸

话说雷普罗保斯,顺顺当当便来到京城安提奥基亚。提起安提

---

① 安提奥基亚,古叙利亚首都。

奥基亚,同山里可大异其趣。当年这里物华天宝,举世无双。雷普罗保斯一进城,男男女女便围了上去,把个街衢挤得水泄不通。雷普罗保斯在人海里给推来挤去,径往前行,直到他站在名门贵胄望衡对宇的路口,一队御林军护着御辇恰在这时走来。看热闹的人转眼四散,让出道路,只把个雷普罗保斯一人留在当街。于是,雷普罗保斯跪在御辇前,两只如象腿一般粗的巨掌扶在地上,俯首说道:

"咱家山里人,叫雷普罗保斯。听说当今安提奥基亚国王天下无敌,便不远千里来投奔,愿为陛下效劳。"国王的侍从一见雷普罗保斯的模样,简直吓破了胆,前锋护卫几乎要拔剑出鞘,听了这话,知他没有歹意,便令队伍停下,由近侍向国王奏明事由。国王发话道:

"如此巨人,武力定然超群,当可留用。"并格外垂顾,即命编入御林军当值。雷普罗保斯喜出望外,自不必说,扛起三十个大力士都抬不动的十只御橱,跟随国王一行,喜气洋洋走到王宫。雷普罗保斯扛着小山般的御橱,俯视着一行人马,挥动着巨手,走在队列中间,那奇形怪状的样子,才叫惹人注目哩。

自此以后,雷普罗保斯当上御林军,身穿漆纹麻制军服,腰挎朱鞘长刀,朝夕守卫着王宫。所幸者,建功立业的时机,不久终于到来。那是邻国大军来犯,志在攻占京城。原来这邻国大将,曾手缚狮子王,有万夫不当之勇。贵为安提奥基亚国王,对两国交战,也丝毫不敢怠慢。于是,启用新近收在帐下的雷普罗保斯为前锋,亲自坐镇大营,号令三军。雷普罗保斯担此大任,欣喜若狂,竟不知身在何处,这也难怪他。

不久,万事齐备,金鼓齐鸣,国王令雷普罗保斯一马当先,提大军向国境上的原野进发。但见敌军正严阵以待,寻机觅战,哪里还会耽搁。顿时,旌旗招展,遮天盖地,此起彼伏,杀声震天。说时迟那时快,双方正要厮杀,只见从安提奥基亚阵中,慢腾腾走出一员大将,此非别人,正是雷普罗保斯也。且看巨汉今日这身打扮:头戴牛皮盔,身着铁铠甲,手执柄短刃长之七尺大刀,活生生一座巨塔,大地似都嫌小,真个有撼山动地之气概。雷普罗保斯叉开两腿,立于两军之间,舞动长刀,遥指敌军,声若洪雷,发话道:

"远处的听声音,近处的放眼瞧!咱家乃安提奥基亚国王帐下的猛将,名闻遐迩的雷普罗保斯是也。多承我王厚爱,今日任此先锋大将。现两军对阵,哪个敢与咱家决一死战!"话说古时非利士族勇士哥利亚,曾身披铁鳞甲,手绰大铜矛,叱咤于百万军中。而雷普罗保斯此刻威武勇猛的气概,与之相比,毫不逊色。果然,邻国的精兵勇将,个个哑然失色,好一会儿竟没一个人敢应声儿。见此情景,敌国大将心想:倘不除掉这厮,必败无疑。于是,一身华丽铠甲的敌将,拔出三尺大刀,跃马阵前,大声报上姓名,直取雷普罗保斯。这边厢,雷普罗保斯却全不当一回事,只见他抽出七尺长刀,仅三两回合,便哐当一声,把爱刀一丢,轻舒猿臂,早从鞍上抓起敌将,抛石子一般将他高高抛上天。敌将在空中滴溜溜地翻转,咕咚一声,落在本阵,跌得粉身碎骨。当此间不容发之时,安提奥基亚的大军齐声呐喊,簇拥着御辇,雪崩一般冲向敌阵。敌军立不住阵脚,丢盔卸甲,抱头鼠窜,溃不成军。安提奥基亚国王这天大获全胜,听说斩下敌将的首级,比一年的数目还多。

王心大悦,旋即高奏凯歌,班师回朝。随后,国王封赏雷普罗保斯,位列诸侯,并且还赐宴群臣,一一嘉奖。事情就出在庆功宴的当晚。按照那时列国的习俗,当晚请来一位善弹琵琶的法师。在大烛台的火光下,只听他巧拨弦音,绘声绘色,说唱那古往今来的争战故事。雷普罗保斯夙愿得偿,笑得他合不拢嘴,涎水都快流了出来。此时,只管一杯复一杯,开怀畅饮葡萄美酒。醉眼蒙眬中,忽见对面锦帐中，王上的举动好不奇怪。法师说唱时，每提到"魔鬼"这词儿，王上便慌忙举起手，画一十字。那举止非同一般，甚是郑重其事。雷普罗保斯便冒冒失失，问身旁一武士道：

"王上为啥要那样画十字？"

那武士答道：

"说起来，魔鬼是具有大法力，能将天下人玩弄于股掌之上的东西。王上想必为除魔障，才再三画十字，以保御体平安。"

雷普罗保斯听后，不免生疑，再次问道："我安提奥基亚国王乃盖世英雄，那魔鬼怕是连根指头都不敢碰一下吧？"

那武士摇头道：

"非也，非也。王上之威力，未必及得上魔鬼。"

一听这话，山里大汉顿时勃然大怒，高声吼道：

"咱家效命王上，乃因听说王上英雄盖世。要是连国王佬儿都要向魔鬼俯首折腰，咱家不如走人，给那魔鬼当差去。"说着，将酒杯一摔，便要起身。满座武士，对他今天的战功，本妒忌得了不得，正恨不得除掉这眼中钉，异口同声发喊道：

"好哇，这家伙反了！"立即四面围上去，抢着要逮住他。照理，若在平时，雷普罗保斯岂能轻易让这帮武士得手。可是当晚，他已烂醉如泥，即便如此，尚能力敌众武士，给逮住后又挣脱出来，厮打了好一阵。终因脚下一滑，扑通一下，摔倒在地。众武士齐声叫好，纷纷扑了上去，把个狂怒的雷普罗保斯反剪双手，五花大绑起来。这一切，王上都尽数瞧在眼里。

"恩将仇报的东西，速速丢进土牢去！"

因招王上盛怒，雷普罗保斯当晚便给投进肮脏不堪的土牢，沦为阶下囚，真是可怜可叹！列位看官，欲知囚禁在安提奥基亚土牢中的雷普罗保斯，后来如何交上好运，且看下回分解。

三　与魔鬼为伍

话说雷普罗保斯给五花大绑，投进黑魆魆的土牢，一时之间，唯有像个孩童一样放声哇哇号哭。这时，忽见有个身着红袍的学士，不知从何处出来，亲切地问他：

"啊哟哟，雷普罗保斯！你为何呆在这里？"

巨汉越发泪如泉涌，哭诉道：

"只因说了句要弃王上而去，投靠魔鬼，就将咱家丢进了这土牢。呜、呜、呜……"

学士听后，再次亲切地问他：

"那你现在还想投靠魔鬼吗？"

雷普罗保斯点头答道：

"想着哩。"

听他如此回答，学士大快于心，不禁呵呵狂笑，震得土牢嗡嗡作响。隔了一会儿，第三次亲切地说道：

"难得你有这愿望。我马上放你出这土牢。"说着，便将红袍往雷普罗保斯身上一罩，雷普罗保斯全身绳索当即寸断，真乃怪事。巨汉的惊讶，自不用说，便诚惶诚恐站起身来，仰望学士的面孔，恭恭敬敬谢道：

"您给咱家松绑的大恩大德，咱家生生世世绝不敢忘。可是这土牢却如何才能逃脱？"

学士轻蔑地一笑：

"这有何难！"话音未落，随即展开红袍大袖，将雷普罗保斯在腋下一挟，脚下顿时一片漆黑，只觉得一阵狂风骤起，两人不知何时已然腾空，离开土牢，火花四溅，飘悠悠飞上安提奥基亚城的夜空。听说，当时学士有如一只怪谲的大蝙蝠，乌黑如云的翅膀一字展开,背着行将沉落的月亮,穿行在夜空中。

再说雷普罗保斯,简直吓破了胆,跟着学士飞在空中,好似离弦的箭一般,不禁颤着声儿问道:

"阁下究竟是何许人?咱家以为,这世上怕是没有哪个博士能有这般大神通。"

学士忽然瘆人地一笑,若无其事地答道:

"不瞒你说,我便是能将天下人玩弄于股掌之上,具有大法力的强人。"

雷普罗保斯这才恍然大悟,学士其人,便是魔鬼!这一问一答的工夫,魔鬼如妖星流逝,在空中长飞不停。安提奥基亚城的灯火,早已沉入黑暗的下界。有顷,浮现于脚下的,想必便是闻名的埃及。沙海连绵千里,残月微光下,看上去白茫茫一片。这时,学士伸出指甲长长的手,指着下界说道:

"听说那间茅屋里,住着一位道法灵验的隐士。就先下到他屋顶上吧。"说着,腋下挟着雷普罗保斯,飘飘摇摇落到沙山背后的破屋顶上。

破屋里有位老隐士,正在昏昏灯火之下诵念经文,全然不知更深夜阑。忽然,一阵香风吹过,樱花似飞雪一般纷纷飘落,不知从何处来了一位倾国倾城的美人儿。只见她头插玳瑁梳簪,有如熠熠光环,身着曳地长袍,上绣地狱彩绘,千娇百媚,疑是梦见了天女下凡。老人想必以为,埃及的沙漠,顷刻间变成了日本的花街柳巷!实在不可思议,一时茫然若失,望着美人儿竟出了神儿。这时,美人儿沐浴着如雪的飞花,妖媚地一笑道:

"小女子本是安提奥基亚城的名伎。连日来,一心想慰解高僧的百无聊赖,故不远千里而来。"那声音之美,比之于极乐世界中的神鸟伽陵频伽,恐怕也毫不逊色。终究是位有道的隐士,险些着了她的道儿,心中寻思,值此深更半夜,更兼千里迢迢,岂会有美人儿从安提奥基亚城来到此地之理！心中了然，定是魔鬼的伎俩。于是两眼专注经文，一心念诵陀罗尼咒语。而那美人儿却兀自不肯罢休，一心要制服老人。只见她罗袖款摆，兰香袭人，婀娜多姿，如怨如诉：

"虽说小女子出身风尘，毕竟历经千里河山，才来到这荒漠，怎奈长老全不知怜香惜玉！"那曼妙的姿容，简直令满地落花都为之含羞失色。隐士遍体流汗，只把降魔咒语一遍一遍地念诵，充耳不闻魑魅的鬼话。美人儿见计不成，不免焦躁，冷不防掀起绣着地狱绘的衣摆，斜身偎上隐士的膝头，抽抽搭搭啜泣道：

"为何这样无情！"

老隐士见状，如同挨了蝎刺，跳了起来，迅即掏出贴身挂的十字架，声如霹雳般喝道："孽障，不得对主基督之使徒无礼！"话音未落，啪的一记，便朝美人儿脸上打去。美人儿挨了打，柔弱地倒在落花上，倏忽便不见了踪影。唯见升起一团黑云，奇怪的火星四处乱溅。

"唉哟，痛死啦！又挨十字架的打啦。"呻吟声渐渐升上屋顶，杳然消逝。隐士料定必会有此结局，所以始终高声念诵秘密真言。果然，转眼间黑云散去，樱花也不再飘落，茅屋里，一如方才，唯有孤灯一盏。

然而，隐士觉得魔障尚未尽除，为求经文法力的加护，彻夜没有合眼。不久，天色渐明，觉得有人来到柴门前。于是一手拿着十字架，走出去一看，一个小山似的巨汉蹲在茅屋前。真不知他是由天而降，还是自地底冒出？正恭谨地给自己鞠躬。黑黑的肩头上，勾勒出已呈茜红色的天空。只见他向隐者低头一礼，惴惴地说道：

"咱家名叫雷普罗保斯。家住叙利亚，乃一介山野村夫。最近偶然做了魔鬼的手下，不远千里，随他来到埃及沙漠。魔鬼因难敌主耶稣的法力，撇下我一个人，逃得不知去向。我本一心寻找盖世英雄，愿为他效犬马之劳。所以，我虽愚钝，但请收我做主基督的仆人吧。"

老隐士立在茅屋门前，听了这番话，不禁蹙眉答道：

"哦，有过如此经历，实难从命。凡魔鬼手下之人，除非枯木开花，断无得遇我主基督之日。"

雷普罗保斯再次俯首恳求道：

"我决心已定，哪怕千秋万世，这最初的一念，必要贯彻始终。请告诉我，怎样做才能符合我主基督之意？"于是，老隐士和巨汉两人，郑重地交谈起来。

"足下是否懂些经文？"

"可惜，半句也不懂。"

"能否辟谷修行？"

"那怎么行？咱家是闻名的大肚汉！辟谷修行，怕是办不到。"

"难矣。彻夜不眠，如何？"

"那怎么行？咱家是闻名的瞌睡虫！彻夜不眠，怕是办不到。"

话已至此，连老隐士也无计可施了。有顷，忽然面带喜色，击掌说道：

"由此向南，不到十里处，有条大河，名流沙河。此河水势浩渺，激流如箭，听说人马难渡。然而，足下如此高大，涉水过河，想必轻而易举。那么，往后就请足下做此河的渡公，助来往行人渡河吧。汝能善待人，主必善待汝，即为此理。"

听了这话，巨汉不禁十分振奋：

"好极，咱家就去做那流沙河的渡公！"老隐士见雷普罗保斯一念至诚，也分外高兴：

"既然如此，我现在便为足下洗礼。"说着，亲自捧着水罐，小心翼翼地爬上茅屋顶，这才勉强将水罐中的水洒在巨汉头上。这时，出了一件奇事：洗礼仪式未及做完，只见旭日东升，辉煌灿烂的光芒里，初似祥云缭绕，随后变成一群小山雀，多不胜数，翩翩飞落在雷普罗保斯凌空突立、乱如蓬草的头上。老隐士看到这一奇观，只顾仰望旭日出神，竟忘了洒圣水的方向。过了片刻，恭谨地朝天叩拜，并从屋顶召唤雷普罗保斯道：

"虽说简慢了些，但足下既已受洗，从此就将雷普罗保斯改名为克利斯朵夫吧。看来，天主对足下的志诚也深为嘉许。倘能勤修苦行，永不懈怠，不用多久，必能得见主耶稣之真容。"列位看官，欲知改名为克利斯朵夫的雷普罗保斯，后来如何交上好运，且看下回分解。

四　往生天国

于是，克利斯朵夫同老隐士作别，来到流沙河。那河果然是浊流滚滚，百里惊涛骇浪，岸边的青芦也摇曳不停。这气势，即便驾舟摆渡，怕也难以过去。然而，巨汉身高三丈有余，走至河中央，水位仅及肚脐，打着漩涡流逝而去。克利斯朵夫便在岸边结庐而居，见有行人为渡河而犯难，立即走上前去，自称是这流沙河上的渡公。一般行人乍见巨汉怕人的形景，还以为是什么天魔出世，早吓破了胆，一溜烟逃走了。没多久，知道他心地善良，便经常有人接受他的帮助："那就拜托了。"战战兢兢，爬上克利斯朵夫的后背。克利斯朵夫把行人驮到肩上，一边拄着一根结实的拐杖，那是他在水边连根拔起的一棵柳树，然后，任凭水急浪高，稀里哗啦蹚起水，毫不费劲便到了对岸。这工夫，无数只小山雀，好似杨花飞舞，不停地在克利斯朵夫头上盘旋，欢快地鸣啭。想必是克利斯朵夫虔诚的信念，使天真的小鸟也忍不住要随喜的吧。

这样，克利斯朵夫风雨无阻，在河上当了三年渡公，求渡的行人倒是不少，但像主基督的人，却一次也没遇到过。第三年，有天晚上，外面狂风暴雨，电闪雷鸣，巨汉坐守茅屋，独对山雀，左思右想，深感往事如梦。忽然，一个楚楚可怜的声音，压过倾盆的雨声，传了过来：

"渡公在吗？劳烦送我过河。"

克利斯朵夫站起身，摇摇摆摆地走入屋外的黑夜。没想到，在划破夜空的闪电中，只见是位眉目清秀的白衣童子，年纪还不满十岁，垂着头，孤零零地伫立河畔。巨汉觉得稀奇，便弯下山样的身躯，体恤地问道：

"这样的夜晚，你怎么一个人出门呢？"

童子抬起悲戚的目光，忧郁地答道：

"我要回到父亲那里。"

克利斯朵夫听他这样回答，越发生疑，但见他焦急的样子，一缕怜悯之情油然而生。

"别担心，我送你过河。"说着，双手抱起童子，像往常一样驮在肩上，照例握紧那根拐杖，拨开岸边的青芦，在这风雨肆虐的夜晚，扑通一声，大胆地走进河里。狂风卷起乌云，吹得人透不过气来。暴雨如矢，似要穿透河底，激得水面白茫茫一片。这时，电光划破黑暗，放眼看去，波涛汹涌，水花凌空，似有无数天使正欲展开雪白的双翅飞舞。即便是克利斯朵夫，今夜渡河也倍感艰难。他紧拄着拐杖，有如基础朽蚀的高塔，几度摇摇晃晃，停下脚步。奇怪的是，肩上的童子欲来欲重，尤比风雨更让他吃力。起初，因他刚猛强悍，尚能忍受，将近河心时，白衣童子益发沉重起来，几乎疑心背的是擎天磐石。克利斯朵夫终于给压倒。"就让咱家命丧流沙河吧。"心中正这样打算。猛然，耳边响起小山雀的鸣声，那是一向听惯了的。心中不免疑惑："咦，这样黑的夜，小鸟如何能飞呢？"抬头望天，好奇怪呀！童子头上，有一轮金灿灿的新月形光环，小山雀任凭风狂雨猛，纷纷飞向金光，雀跃不已。巨汉思忖："小鸟尚且如此勇敢，何况咱家生而为人，三年勤修，岂能毁于一夕！"狂风将葡萄蔓似的乱发刮向空中，飒飒作响。波涛澎湃，激荡着他的胸膛。他抓紧几欲摧折的粗拐杖，拼命向对岸奔去。

约莫一个多时辰，克利斯朵夫历尽艰辛，终于像一头斗得筋疲力尽的狮王，气喘吁吁，摇摇晃晃，爬上了对岸。他将粗粗的柳木拐杖插入沙中，从肩上将童子抱了下来，长吁一口气道：

"哎呀，孩子，连高山大海都没你沉哪！"

童子微微一笑，暴风雨中，头上的金光愈加灿烂辉煌，仰起头望着巨汉的面孔，仁慈地答道：

"不错。今晚，正是今晚，你背负的是一身承受着全世界苦难的耶稣基督！"声音如铃声一般美妙动听……

自从那天夜里，流沙河畔再也见不到渡公的身影，那个吓人的巨汉。据说唯一留下来的，就是插在对岸沙滩上那根粗大结实的柳木拐杖。而且，令人称奇的是，枯干的周围，还开着艳丽的红玫瑰，香气袭人。正如马太福音所记："清心的人有福了，因为他们必得见神。"

大正八年（1919）四月十五日

橘 子

刘光宇译

　　一个阴沉沉的冬日黄昏，我坐在由横须贺始发北上的二等客车的一角，呆呆地等着开车的笛声。车厢里早已点上了灯，难得的是，除我之外空无一人。朝外看去，与往日不同的是，昏暗的站台上，今天未见一个送行的人，只有关在笼子里的一只小狗，间或发出几声哀鸣。这景色与我此刻的心绪竟出奇地吻合。我脑子里有一种难以名状的疲劳和倦怠，犹如雪前的天空般阴沉。我两手插进大衣兜里动也不动，连掏出晚报来看看的兴致都没有。

　　不一会儿，开车的笛声响了。我心里略觉舒坦，把头倚在后面窗框上，漫不经意地期待着眼前的车站缓缓地向后退去。然而，火车还未启动，只听见检票口那边传来一阵矮齿木屐的呱嗒呱嗒声。霎时，随着列车员的叫骂声，我乘坐的二等车厢的门哗啦一声拉开了，一个十三四岁的小姑娘慌慌张张走了进来。这当儿，火车猛地晃了一下，徐徐开动了。眼前掠过站台上的一根根廊柱，仿佛被遗忘了的送水车，还有向车厢里给小费的人道谢的红帽子搬运工——这一切都随着刮进车窗的煤烟，依依不舍地朝后倒去。我总算松了口气，点上一支烟，这才懒洋洋地抬起眼皮，瞥了一下坐在对面座位上的小姑娘的脸。

　　那是个地道的乡下姑娘。没有油性的头发左右梳成两个半圆发髻，红得扎眼的两颊上横着道道皴裂的痕迹。脏兮兮的浅绿色毛围巾一直耷拉到膝盖，膝上放着一个大包袱。抱着包袱的手满是冻疮，十分珍惜地紧紧捏住一张红色的三等车票。我不喜欢小姑娘那粗鄙的长相，她那邋遢的衣着也令我不快。她甚至愚蠢得连二等和三等车厢都分不清，就更令人气恼。因此，点上烟之后，也是有心要忘掉这个小姑娘，便漫不经心地把兜里的晚报摊在腿上。突然间，从车外射到晚报上的光线，变成电灯光，印刷粗糙的几栏铅字分外耀眼。不消说，火车现已驶入横须贺线上许多隧道中的头一条隧道。

灯光下，我浏览一遍晚报，上面登的净是些世间寻常事，媾和问题、新婚夫妇、渎职事件、讣告等等，这些都无法排遣我心中的郁闷——进入隧道的一刹那，我产生了一种错觉，似乎火车在逆向行驶，同时，几乎是机械地扫视着一条条乏味的消息。不消说，我始终不能不意识到那小姑娘正坐在我面前，她的表情仿佛就是这庸俗现实的人格化。这辆正在隧道里行驶的火车、这个乡下小姑娘以及净是些寻常消息的晚报——这不是象征又是什么呢？不是这不可理喻的、卑贱而无聊的人生的象征，又是什么呢？我百无聊赖，将未读完的晚报扔到一边，头又倚着窗框，像死人似的闭上眼睛，打起盹儿来。

几分钟后，我蓦地一惊，不禁环顾四周。那小姑娘不知什么时候竟从对面座位挪到我身旁，几次要打开车窗。沉重的车窗好像不大容易打开。她那满是皲裂的脸颊更红了，一阵阵抽鼻涕声，轻微的喘气声，一股脑儿地涌入我的耳鼓。这当然足以唤起我几分同情。暮色中长满枯草的两侧明亮的山腰，此时迫近窗前，眼看火车就要开进隧道口了。尽管如此，这个小姑娘为什么特意要把关着的车窗打开，我觉得不可理解。不，我只能把这视为她心血来潮。因此，我依然抱着一种幸灾乐祸的心理，冷眼望着那双生着冻疮的手，苦苦地要打开车窗的情景，但愿她永远也成不了。不一会儿，火车发出凄厉的轰鸣，冲进隧道；这当儿，小姑娘想要打开的那扇车窗，终于吧嗒一声落了下来，一股乌黑的空气，像是烧化的煤烟似的，顷刻变成令人窒息的烟雾，从方形窗孔呼呼地灌满车厢。本来就患咽喉炎的我，连用手帕蒙住脸都来不及，呛了一脸的烟，咳嗽得气儿都喘不上来。但是小姑娘对我毫不在意，把头伸到窗外，直盯着火车前进的方向，她那挽着两个半圆形发髻的鬓发在黑暗中任风吹拂。在煤烟和灯光中我望着她的身影，窗外不知不觉已亮了起来，泥土、枯草和水的气息冷飕飕地灌了进来，我总算止住了咳嗽，要不然，我准会劈头盖脸地把这个陌生的小姑娘训斥一顿，让她把窗户照原样关好。

然而，这时火车已平安地穿过隧道，正在通过夹在净是枯草的山岭当中的一个贫寒镇边的道口。道口附近，寒碜的茅屋顶和瓦房顶杂乱无章地挤在一起。大概是看道工在打信号旗吧，一面发白的小旗形单影只地在暮色中无精打采地摇晃着。火车刚驶出隧道时，我看见在萧索的道口栅栏对面，三个红脸颊男孩挤着站在一起。他们的个子仿佛叫阴沉沉的天空压得都很矮。穿着的颜色和镇边的风景一样凄惨。他们仰望着火车开过，很快一齐举起手，扯着稚嫩的嗓门拼命尖声地不知在喊着什么。转眼间，从窗口探出半个身子的那小姑娘，一下子伸出长着冻疮的手，使劲地来回摆动，忽然间，令人惊叹的是，沐浴着和煦阳光的五六个橘子，从窗口一个接一个地飞落到送行的孩子们的头上。我不禁屏住气息，顿时恍然大悟。小姑娘，恐怕是前去当佣人，把揣在怀里的几个橘子从窗口扔下去，以慰劳特意到道口来为她送行的弟弟们。

暮色中镇边的道口，小鸟啼鸣般的三个孩子，还有散落到他们头上的橘子那鲜艳的颜色——这一切从车窗外转瞬即逝。然而，此番情景却痛切地铭刻在我的心上。我意识到自己不由得产生了一股莫名其妙的豁然开朗的心情。我昂然扬起头，像看另一个人似的注视着那个小姑娘。她不知什么时候已回到我对面的座位上，浅绿色的毛围巾依旧围着她那满是皲裂的脸颊，抱着大包袱的手里，紧紧捏住那张三等车票。

这时，我才聊且忘却那难以名状的疲劳和倦怠，还有那无法理喻的卑贱而无聊的人生。

大正八年（1919）四月

沼 泽 地

刘光宇译

  一个雨天的下午,我在某画展的一间展室里,发现一幅小油画。说"发现"不免有些夸张,但是,唯有这幅画挂在光线最幽暗的角落里,画框也破旧简陋,像给人遗忘了似的,所以这么说倒也无妨。记得画名叫《沼泽地》,画家也并非什么名人。画面上,只画着浊水、湿土以及湿土上繁茂的草木。大概对一般观赏者来说,的确是不屑一顾吧。

  并且不可思议的是,这位画家尽管画的是葱茏的草木,却没有使用一点绿色。芦苇、白杨和无花果树,遍涂着混浊的黄色,犹如潮湿的墙土一般晦暗的黄色。这位画家难道真的把草木看成了这种颜色?还是别有所好,故意加以夸张呢?——我站在这幅画面前,一边品味着,一边不禁心头产生了这样的疑问。

  我越看越觉得这幅画里蕴藏着一种可怕的力量。特别是前景中的泥土,画得那么逼真,简直令人联想到踩上去时脚底下的感触。这是一片滑溜溜的淤泥,踩上去扑哧一声,会没到脚脖子。在这幅小油画中,我发现了那位可怜的艺术家的身影,他正极力锐敏地去捕捉大自然。如同从所有的艺术品中所感受到的那样,这片黄色的沼泽地上的草木,也令我感受到一种迷离恍惚的悲壮的激情。事实上,悬挂在同一会场上大大小小、风格各异的绘画当中,没有一幅具有如此强烈的感染力,能与这幅画相比美。

  "这么欣赏它呢。"有人这样说道,同时拍了一下我肩膀。我觉着仿佛心里的什么东西被抖落掉似的，猛然转过身来。

"怎么样，这画？"对方一边漫不经心地说道，一边指着沼泽地这幅画，努了努他那刚刮过胡须的下巴。他是一家报社的美术记者，穿着时髦的茶色西服，身材魁梧，素以消息灵通人士自居。这位记者从前给我留下一两次不快的印象，因而我勉强答道："是杰作。"

"杰作——吗？这可有意思。"记者捧腹大笑。也许是被这声音惊扰了吧，在附近看画的两三个人不约而同地往这边望了望。我更加不快了。

"真有意思。这画本来不是会员画的。因他本人曾一再念叨，要把画拿到这儿来展出，遗属恳求审查员，好不容易才挂在这个角落里。"

"遗属？难道画这幅画的人已经去世了？"

"死了。其实，他活着也虽生犹死。"

不知不觉的，好奇心压过我的不快情绪。我问道："为什么？"

"这个画家很早就疯了。"

"画这画的时候就疯了吗？"

"那还用说。要不疯，谁会画出这种颜色的画来呢？而你居然还欣赏它，说是杰作呢。这可真有意思！"

记者又得意地放声大笑。他也许算定我会对自己的无知感到羞耻，要么进而想使我对他的卓越鉴赏力留下印象。但他这两个期望全落空了。因为在听他说话的同时，一种近乎庄严的感情，宛如难以名状的波澜撼动了我的整个身心。我肃然起敬，又一次凝视着这幅沼泽地的画。在这块小画布上又一次看到了被恐惧的焦躁和不安所折磨的艺术家的痛苦身影。

"不过，听说他似乎是因为不能随心所欲地画画才发疯的。要说可取的话，这点倒是可取的。"

记者神情开朗，似乎挺高兴地微笑着。这就是无名艺术家——我们当中的一个，牺牲了自己的生命，从世上换来的唯一报偿！我周身感到异乎寻常的战栗，第三次望了望这幅忧郁的画。画面上，灰蒙蒙的天与水之间，潮湿的黄土色的芦苇、白杨、无花果树，长得那么生机勃勃，令人犹如看到了大自然本身……

"是杰作。"我凝视着记者的脸，昂然地重复道。

大正八年（1919）四月

龙

刘光宇译

一

宇治大纳言隆国①道:"哎呀呀!午睡一梦醒来,今日似乎格外的热呢。没有一丝风,连缠在松枝上的藤花都一动不动。平素听上去有凉秋之感的泉水声,夹杂着秋蝉声,反倒令人觉得闷热起来。嗳,再让小的们给扇扇风吧。

"什么?路上的行人都集合了?那就去吧。小的们,别忘了扛上那把大团扇,且跟我来。

"喂,诸位,我就是隆国。恕我赤膊,失礼了。

"说来今天我有求于诸位,才特意劳诸位大驾来宇治亭。近来我偶到此地,也想跟别人一样写点小说,细想之下,偏巧我也没有什么值得一写的故事。不过,像我这样的懒虫,最怕动脑筋,独出心裁。故从今日起,请过往的客官,每人讲一个过去的故事,好让我编成小说。这样,一定能多方收集到想象不到的奇闻逸事,车载斗量。可否劳驾各位,满足我这个愿望呢?

"什么,各位愿意鼎力相助?上上大吉!那么,就马上依次听大家讲吧。

"喂,小的们,用大团扇给各位扇扇风,这样能稍微凉快些。

---

① 宇治大纳言隆国(1004—1077),日本平安时代中叶的文学家。

铸工和陶工都不必客气,你俩快过来,靠这张桌子坐。卖饭团的妇女,为防太阳晒,桶最好搁在廊子的一角。法师也把铜锣摘下来好不好?那边的武士和山僧,都铺上竹席了吧?

"好了吗?要是准备就绪,那就先请年迈的老陶工闲聊点什么吧。"

二

老陶工说:"哎呀,这可真是!您可太客气了!您说还要把我们这些下贱人所讲的——写成故事——我这种人,可实在不敢当。但要谢绝的话,反倒辜负了您的好意,那么我就不客气了,讲一段无聊的故事吧。占用点您宝贵的时间,请您听一会儿。

"我们年轻时,奈良有个法师叫藏人得业惠印,无奈他的鼻子非常大,而且鼻尖像被蜜蜂蛰过似的,长年红得吓人。奈良城的人给他起了个外号叫鼻藏——起先称他大鼻藏人得业,可后来嫌它太长,不知不觉地便称鼻藏人。不久,还嫌长,正因为如此,便鼻藏鼻藏地叫开了。那时我在奈良的兴福寺内亲眼见过他一两次,真的要骂他鼻藏了,简直是世上绝顶漂亮的红天狗鼻了。这个外号鼻藏、鼻藏人、大鼻藏人得业的惠印法师,一天晚上,没带徒弟,只身一人悄然来到猿泽池畔,在采女柳前的堤上高高地立起一块告示牌,牌上粗笔大书'三月初三龙从此池升天'。然而,惠印其实并不晓得猿泽池里是否真的住着龙。况且,说此龙三月初三升天,完全是信口胡说。不,莫如说不升天倒来得准确些。那么他为什么要开这样荒唐的玩笑呢?因为奈良的僧俗平日动辄讥笑他的鼻子,惠印对此非常不满,想要好好戏弄他们一番,出出气。您听了肯定觉得可笑,无奈已是旧话,那时哪里都有好恶作剧的人。

"且说第二天第一个发现这个告示牌的,是每早都来瞻仰兴福寺如来佛的一个老太婆。她手上挂着念珠，拄着竹拐棍莽莽撞撞地来到雾霭蒙蒙的池畔，发现今天采女柳下面新竖起一块告示牌。老太婆觉得有点蹊跷，心想：哎呀，要是佛事的告示牌，怎么会立在如此奇怪的地方呢？可无奈她目不识丁，想就这样走过去，赶巧对面一位身披偏衫的法师路过此地，她便请法师给念念。不管谁听到'三月初三龙从此池升天'都会大吃一惊的，老太婆也吓呆了，一边伸直弯曲的腰板，一边猛地抬头望着法师的脸，问道：'这池子里有龙吗？'据说法师反倒泰然自若地向她说起法来：'很久以前，中国唐朝有位学者，眉毛上面长个瘤子，奇痒难耐。有一天，忽地满天阴云密布，电闪雷鸣，大雨如注。那个瘤子突然裂开，从中只见一条黑龙挟着云彩一字升天而去。连瘤子里都有龙，更何况这么大的池子底下，说不定盘踞着几十条蛟龙毒蛇呢。'老太婆平日里深信出家人不打诳语，听了这话，吓得肝胆俱裂，说道：'果不其然，听您这么一说，我也总觉得那边水的颜色好像是挺怪的。'虽然还没到三月初三，老太婆却气咻咻地念着佛，连竹拐棍都来不及拄，丢下法师便溜之乎也。要不是怕被别人看见，法师真要捧腹的。其实那个肇事者得业惠印，绰号叫鼻藏的，居心叵测，心想昨晚立起告示牌后，该有鸟儿落网了，于是一边在池畔闲逛，一边查看。老太婆走后，却又来了位妇女，像是早起旅行的，让随从的仆人背着行李。她戴着女商人斗笠，垂着一道薄绢，独自仰脸念着告示。于是惠印一面也站在告示前假装念，一面小心翼翼地拼命憋住笑。而后像的确觉得惊诧似的，用他那大鼻子哼了哼，然后慢悠悠地朝兴福寺返回。

"在兴福寺南大门前，他与住同一僧房的叫做惠门的法师不期而遇。惠门见到惠印，平素倔乎乎的两道浓眉又皱了皱，说道：'难得师父起得这么早啊，真是太阳打西边出来啦！'此话正中下怀，惠印满面笑容，洋洋得意地答道：'也许太阳真会打西边出来哩。听说三月初三龙要从猿泽池升天哪。'听到这里，惠门满腹狐疑地朝惠印的脸瞪了一眼，紧接着嗓子眼儿里咯咯地冷嘲热讽道：'大和尚，您做了个好梦吧。哦，我听说，梦见龙升天可是个好兆头。'说着，扬起眉宇舒展的头，正要走过去。这时仿佛听见惠印自己嘟哝'哎呀，无缘众生难化度啊'的声音，惠门便把脚上那双麻制木屐的高齿向后一扭，不胜厌恶地回过头来，拿出宣讲佛法那种劲头诘问：'你说龙要升天，可有证据吗？'惠印故意慢条斯理地指了指旭日方升的池子，以轻蔑的口气答道：'你要是怀疑愚僧所言，那就还请读一下那棵采女柳前的告示吧。'这下子连倔犟的惠门也气馁了。他迷惘地眨巴一下眼睛，有气无力地说了声：'唔，还立起了一块告示牌吗？'便溜之乎也，边走边歪着他那眉宇宽阔的脑袋，一副若有所思的样子。鼻藏人目送着他的背影，您也许能体察出他心里觉得有多可笑。惠印只觉得红鼻子里头痒痒的，当他煞有介事地登上南大门的石阶时，不由得噗地笑出声来。

"'三月初三龙从此池升天'的告示牌在当天早上便产生了效应，过了一两天，猿泽池的龙的传说传遍奈良城的大街小巷。本来还有人说'那个告示怕是有人在恶作剧吧'，可当时，京都城里传说神泉苑的龙升天了，因此连持此看法的人心里也半信半疑，觉得这桩奇事或许会发生呢。打那以后不到十天又发生了一件意外的怪事。春日神社有个神官，他的独生女儿今年九岁，一天夜里枕着母亲的膝盖似睡非睡的，梦见一条黑龙云彩般从天而降，全用人的话说：'我终于决定三月初三升天了，但决不给你们城里人添麻烦，请放心。'女儿醒来后，立即原原本本地对母亲讲了。霎时间，又闹得满城风雨，说是猿泽池的龙托了梦。有人又添油加醋，说什么龙附在童子身上，作了一首和歌啦，又在巫女身上显灵，授予神谕啦，真好像猿泽池里的龙眼看要将脑袋露出水面似的，好一阵闹腾。不，岂止脑袋，甚至有人说，他亲眼看见了整条龙。这是一位每天早上到市场卖河鱼的老头儿,那天他摸黑来到猿泽池,只见拂晓前满满一池水,采女柳低垂、竖着告示牌的堤下,微微有点亮光。当时一些关于龙的传闻刮得正厉害着呢,老头儿心想:'准是龙王降临了。'他说不出是高兴还是恐惧,只是浑身打战,撂下那担河鱼,蹑着脚悄悄地挨近,紧紧抓住采女柳,瞪大眼睛偷偷地窥视池子里的动静。只见微微发亮的水底下,一只黑锁链般难以名状的怪物,盘作一团,纹丝不动。它似乎一下子被人的声音吓住了,突然伸直了蜷缩的身躯,池面上转眼间出现一条水路,怪物消失得杳无踪迹。老头儿见了,吓得浑身是汗,旋即来到他撂下担子的地方。这才察觉,挑去卖的一共二十条鲤鱼、鲫鱼,不知何时竟不翼而飞了。有人讥讽道:'八成是叫老水獭骗了。'但出乎意料,似乎多数人认为:'龙王镇护的池子里不会有水獭,肯定是龙王怜悯鱼的生命,把它们招到自己呆的池子里去了。'

"且说鼻藏惠印法师,自'三月初三龙从此池升天'的告示牌闹得满城风雨以来,他暗自得意地嗤笑着。但没承想再过四五天就到三月初三的时候,惠印那位在摄津国樱井当尼姑的姑妈,竟不辞远途劳顿,一定要观龙升天。惠印这下可为难了。他又吓又哄,竭力劝他姑妈回樱井去,但姑妈却说:'俺已经这把年纪,只要能看上一眼龙王升天,就虽死无憾啦。'她对侄子的话听不进去,依然我行我素。事已至此,惠印也不便坦白那块告示牌原来是他的恶作剧了。他终于让步,不得不同意一直照料姑妈到三月初三为止,而且答应当天陪她一起去看龙王升天。他想,就连当了尼姑的姑妈都听到了关于龙的传闻,那么不消说大和国,连摄津国、和泉国、河内国,也许播磨国、山城国、近江国、丹波国一带都传遍了吧。也就是说,他的恶作剧本想愚弄一下奈良的老少,不料竟欺骗了各地数万之众。这样想来,惠印与其说是觉着好笑,莫如说是十分害怕,就连朝夕为老尼姑带路,去参观奈良寺院时,也提心吊胆的,就像是要瞒过警察和法官的罪犯。但偶听路人说,近来那块告示牌前供着香和花,他虽然心里不痛快,可又像立下了殊勋奇功似的欣喜。

"光阴荏苒,终于到了龙升天的三月初三。惠印有约在前,事到如今,无奈只得勉强陪着老尼姑来到兴福寺南大门石阶上,从那儿,猿泽池尽收眼底。正好那天万里无云,连吹响门前檐下风铃的一丝风都没有。不消说奈良城,八成从河内、和泉、摄津、播磨、山城、近江、丹波等地都有对这天翘首以盼的参观者蜂拥而来。站在石阶上一望,不论是西边抑或是东边,全是人山人海,无边无际。各式各样的古式礼帽像波涛汹涌般哗哗作响,一直绵延到二条大街雾霭缭绕的尽头。有些地方还夹杂着蓝纱车、红纱车、栋檐车等相当考究的牛车,凛然镇住周围的人潮,钉在顶篷上的金银饰器,在和煦春光的照耀下,熠熠生辉。此外,还有打旱伞的,高高地挂起帐幕遮阳,或者煞有介事地在路上搭起一排看台的——下边池子周围那副喧闹景象,好像加茂祭不合时令地提前举办了。惠印法师见此情景,他做梦也没料到刚刚立了块告示牌竟引起如此轰动。他十分惊讶地回头望望老尼姑,冷漠地说:'哎呀,怎么来了这么多人!'这天他连用那大鼻子哼哼的精神头儿都没了,窝囊地蹲在南大门的柱子脚下。

"然而,老尼姑无法晓得惠印内心的秘密,她拼命伸长脖子环顾四周,头巾都快掉下来了,拉着惠印聊起什么'龙王住的池子,风景的确不一般'啦,'既然到场的人这么多,龙王保准会出现'啦。惠印老坐在柱脚下也受不了,无奈抬起身子望了望。这里,头戴软礼帽、武士礼帽者人山人海,惠门法师也夹在里边,眉头紧锁的他比旁人高出一头,直勾勾地望着池子。惠印一时忘却了心绪的冷漠,只是因为愚弄了这家伙而暗自窃喜。于是招呼声'师父',然后冷嘲热讽道:'师父也来看龙升天了吗?'惠门倨傲地回过头来，未曾想一本正经地连浓眉都没皱一下地答道：'不错，同你一样，早就盼望了。'惠印寻思：这个玩笑我开得有点过分了。他自然发不出兴高采烈的声音来了，又像原来那样惶惶然呆呆地俯瞰着人海对面的猿泽池。池水已经变暖了，发出幽暗的光，周围堤岸上种的樱树和柳树清晰地倒映在水面上，纹丝不动，等多久也没有龙要升天的迹象。尤其是周围数里观众拥挤不堪的缘故吧，今天池子比平日显得更狭小了，使人觉着谁要说池子里有龙，便是天底下头号谎言。

"然而，众人都紧张地屏住气，耐心地等候着龙升天，竟不觉时间在一分一秒地过去。大门下人山人海，越聚越多。过一会儿，有些地方牛车辐辏，多得成堆。观此情景，惠印联想前面的经过，心里何其冰凉，便可想而知了。然而，这时发生了一件怪事。不知咋的，惠印心里也觉着龙真的会升天——最初是觉着未必不会升天。立告示牌的本来就是惠印本人，是不应该有这种荒诞不经的想法的，可是望着宛如起伏的波涛般的这片礼帽，他便总觉得定会发生这件大事。这是众人的心情无形中感染了鼻藏，还是只因他立了告示牌，引发了这场闹腾，总感到有些内疚，不知不觉地祷念起龙升天来了呢？这些暂且不论。总之，惠印深知告示牌是自己写的，尽管如此，心里的冷漠却渐渐淡化，自己也同老尼姑一样，百看不厌地眺望起池面来了。的确，若不是有了这种想法，怎么可能勉勉强强地站在南大门下等了将近一天，翘望那不可能升天的龙呢。

"可是，猿泽池一如往昔，反射着春天的阳光，没有一丝涟漪。晴空万里，观众仍密密麻麻堆在旱伞和遮阳下面，或坐在看台栏杆后面。他们似乎连日影的移动都忘了，从早上到中午，从中午到傍晚心急火燎地企盼着龙王的出现。

"惠印来到那里之后，大约过了半日时辰，空中飘起一丝香雾般的云彩，瞬间变大，原本晴朗的天空骤然间阴沉下来。正巧这时,一阵风刷地掠过猿泽池,在镜子般的水面上描绘出无数朵浪花。观众虽有精神准备,但也惊慌失措。俄顷,下起白蒙蒙的倾盆大雨。不仅如此,突然间,雷电交加。风将层云撕开个三角形口子,顺势卷起池水如柱。刹那间,惠印隐隐约约看见,在水雾云彩之间,一只十丈多长的黑龙,闪着金爪一字形升空而去。然而,听说那只是一瞬间工夫,而后只见在风雨中,环池的樱花朝着漆黑的天空飞舞。至于慌神失态的众人怎样东躲西藏地四下逃窜,在闪电下涌起一股不次于池子里的人潮,那就毋庸赘言了。

"且说不久大雨停了,云间露出蓝天,惠印那副神色,仿佛连自己鼻子大这点都忘了似的,惊慌失措地瞪着眼睛四下张望。莫非刚才那条龙真的是自己看花眼了不成?——正因为告示牌是他本人立的,这样想来,总觉得龙好像不会升天。但他又的确看见了,所以越寻思越觉得奇怪。于是便把旁边柱脚下像一摊死尸的老尼姑扶起来,未免带着几分腼腆,怯懦地问道:'您看见龙了吗?'姑妈叹了口气,一时语塞,只是提心吊胆地一个劲儿地点头。一会儿又用颤抖的声音答道:'当然看见啦,当然看见啦!不是一只有着净是闪亮的金爪子、浑身漆黑的龙王吗?'这样说来,看见龙并不是鼻藏人得业惠印眼花的缘故。后来听到传闻说,那天在场的男女老少,大体上都说曾看见黑龙穿云破雾升天而去。

"后来,不知怎的,惠印坦白,其实那块告示牌是他自己立的愚弄人的。据说惠门以及法师伙伴对他的坦言谁也不信。那么他立告示牌这出恶作剧,到底是否达到了目的呢?即便去问绰号鼻藏、鼻藏人、大鼻藏人得业的惠印法师,大概也难以答出吧。"

三

宇治大纳言隆国:"这故事真怪。从前那个猿泽池里好像住过龙。什么？不晓得从前是否住过？不，从前肯定住过。从前天底下的人们都笃信水底有龙。既然如此，龙则自然而然地在天地之间翱翔，像神一般时常显现出奇异的形象。别让我讲个没完了，还是请你们给我讲故事吧。下回该轮到游方僧了。

"什么，你要讲的是名叫池尾禅智内供的长鼻法师的故事吗？刚刚听完鼻藏的故事，这个肯定更精彩。那么，快讲给我听吧……"

大正八年（1919）四月

疑　惑

罗　嘉译

事情距今已有十多年了。一年春天，我应邀去讲实践伦理学，在岐阜县的大垣镇，前后逗留了一个星期。地方上一些热心人的盛情款待，常令人为难，我对此一向感到发憷，所以此次，便事先致函招待我的教育家协会，希望对一切迎送、宴请、参观名胜，以及借讲演的名头白白消磨时间一类的事，予以拒绝。这样一来，大概当地很快便风传我是个怪人。不久我到了当地，由于协会会长大垣镇镇长的斡旋，一切安排不仅如我所愿，就连住宿也特意避开普通旅馆，住到镇上一户世家 N 氏清幽的别墅。下面要讲的，就是这次逗留期间，在别墅里偶然听到的一桩惨剧的始末。

别墅坐落在巨鹿城关，远离花街柳巷。尤其八叠席大小的起居室，是书院式格局，只可惜光线不大好，不过，隔扇和拉门倒也颇具雅趣，果然是个安静的所在。别墅里一对看门的夫妇照顾我的起居，没事时，总是待在厨房里。所以，这间八叠大小的昏暗房间，没有一点人气，异常冷清。玉兰花枝低垂在花岗岩洗手钵上，不时落下几朵白花，四周静得连这落花的声音都清晰可闻。我只是每天上午去讲课，下午和晚上就待在房间里，日子过得极是清静。除了几本参考书和换洗衣物装在皮包里外，我别无长物，不免时时会有孤寂之感，愈觉春寒料峭。

虽说如此，下午也偶尔有客人来，正可解闷儿，所以，倒也不觉得太过寂寞。可是，一旦点上那盏古色古香的竹筒灯，活生生的人间世界，顿时全部凝缩在我周围——那盏微弱灯光所及的地方。然而，我丝毫不觉得周围有什么安全感。身后的壁龛里，庄重地摆着一个没插花的铜瓶。上面挂了一幅奇怪的杨柳观音，装裱在发了黑的织锦缎上，墨色模糊，难以辨认。有时看着书，偶尔抬起眼睛，回头望见那幅陈旧的佛像时，总觉得闻到一阵阵线香味儿。其实，压根儿就没点香。房间里笼罩着一种寺庙般的静寂，所以我经常睡得很早。可是上了床，又总是难以入眠。挡雨板外夜鸟的声音忽远忽近，不断吵扰着我。鸟声使我心里展现出屋顶上的天守阁。白天望过去，总是这样一副光景：天守阁的三层白墙掩映在蓊郁的松林里，飞檐的上空，数不清的乌鸦凌乱地盘旋。——不知不觉，迷迷糊糊睡了过去，却仍感到心底荡漾着似水春寒。

于是，有天夜里——演讲的日期已快结束，我照常盘腿坐在灯前，漫不经心地看书。突然，挨着隔壁房间的拉门，静静地开了，静得有些瘆人。本来，我下意识在盼着别墅的守门人来，等察觉到门打开的工夫，心想，正可求他把刚写好的明信片寄出去。无意中朝那边瞥了一眼，门边昏暗的光线下，端坐着一个四十来岁的男子，我从未见过。说实话，那一瞬间，我与其说是惊愕，不如说，不由自主地感到一种神秘的恐怖。而那男子，也确有吓人之处：浑身罩在模糊的光影中，简直形同幽灵。两人目光相遇时，他按老式规矩，高高支起两肘，恭敬地低下头，呆板地寒暄，声音比想象的要年轻：

"这么晚，还在您百忙之中来打扰，实在抱歉得很。但有点事想求先生，便顾不上失礼，冒昧前来。"

我这才从惊愕中恢复镇静，趁他说明来意的工夫，开始从容地打量他。他额头挺宽，两颊消瘦，灵动的眼睛与年龄不大相称，头发已经半白，人很斯文。和服上虽然没印着家徽，但穿着外褂和裙裤，倒也不寒酸，而且膝盖前还端端正正摆着一把扇子。猛然间，我发现他左手少了一指,这一下又刺激了我的神经,目光不由得赶紧躲开那只手。

"您有何贵干?"

我合上正读的书,冷淡地问道。不用说,对他的唐突到访,既感意外,也很恼火。而且,别墅的守门人对来客的事,竟不通报一声,我也有些讶异。可来人并不在意我的冷淡,再次头低到席子上,依旧照本宣科似的说:

"没来得及告诉先生,我叫中村玄道,每天去听先生的讲座。当然了,那么多人里,恐怕先生未必记得我。今晚也算是我们的缘分吧,今后还请先生多指教。"

总算明白了这个男人的来意。但清静的夜读被打断,我仍然感到不快。

"这么说,是对我的演讲有什么疑问吗?"

与此同时,心里已拟好颇为得体的下文,准备将他挡回去:"有问题,请明天课堂上再提吧。"可是,对方表情纹丝不改,视线始终落在膝盖上。

"不,不是有问题。我没什么问题,只想就自己的行为和对善恶的判断,请教先生。现在算来,大约在二十多年前,发生一件意想不到的事,结果我对自己,竟怎么也弄不明白了。因此,我想若能请教您这位伦理学界的大家,一切自会有分晓。所以,今晚冒昧造访,还望先生鉴谅。在下的遭遇虽说乏味,可否烦请先生一听?"

如何回答,我多少有些踌躇。诚然,从专业来讲,我的确是个伦理学家,但是,很可惜,我不是那种机灵的主儿——活用专业知识,随机应变,当即解决眼前的实际问题。我不敢自负有这种本事。对我的犹豫不决,他大概早已察觉,抬起一直落在膝盖上的视线,胆怯地看着我的脸色,声音比刚才自然多了,恭敬地恳求说:

"当然,我并不勉强先生非给我一个正确的判断不可。只是我已到了这个年纪,一直为这事所困扰,哪怕向先生诉说一下我的痛苦,对自己多少也是一个安慰。"

给他这么一说,出于情理,我也该听一听这个陌生人的话。但同时,一种不祥的预感和一份模糊的责任,沉甸甸地压上了心头。我一心想拂去这种不安,故作轻松,隔着昏黄灯火招呼他靠近些:

"好吧,那就听你说一说吧。不过,听完后,能否谈出什么意见供你参考,就另当别论了。"

"哪里,只要先生肯听,已经足矣。"

这个自称中村玄道的人,用那缺了一指的手,拿起席上的扇子,不时抬眼偷偷看我一下——不如说是偷偷看一眼墙上的杨柳观音——声音仍是那么呆板忧郁,断断续续地讲了起来。

事情发生在明治二十四年(1891)。您知道,明治二十四年,正是浓尾大地震的那年。打那以后,大垣完全变了样。当时,镇上有两所小学,一个是藩主建的,另一个是镇上修的,分成这么两所。我在藩主建的那所K小学就职。在此前的两三年,我以第一名的成绩毕业于县师范学校,稍后又得到校长格外器重,年纪轻轻,每月就拿到十五元的高薪。现下的十五元月薪可能是捉襟见肘的,可二十多年前,虽然说不上富裕,可也衣食无忧了。在同事中,不论哪方面我都是众人称羡的对象。

家里上无老下无小,只有妻子一人,刚结婚还不到两年。妻子是校长的远亲,从小离开父母,嫁给我之前,校长夫妇一直当作亲生女儿一样抚养她。名字叫小夜。这话或许不该我来说,她非常柔顺、爱害羞,而且话也不多,总像一片淡淡的影子,似乎生来就很苦命。像我们这样的夫妇,虽说没什么大喜大乐之事,日子倒也过得平平静静。

然而发生了那场地震——我怎么也忘不了，十月二十八日，大概是早上七点多吧。我正在井边刷牙，妻子在厨房盛饭。——之后房子就倒了。就那么一两分钟的事儿，宛如狂风般响起了骇人的地鸣，转瞬之间房子就倒塌下来，然后只见瓦片纷飞。没等我回过神来，就被突然落下的房檐压在下面。我拼命挣扎，随着不知从哪儿涌来的震波摇摆着，好不容易从暴土扬烟的房檐下爬出来一看，眼前是我家的房顶，就连屋瓦上的杂草也被压扁了。

那时我的心情，说不出是惊恐还是慌张，失魂落魄，只管瘫坐在地上。仿佛在暴风雨的大海上，前后左右，满眼是各家坍塌的屋顶，地鸣声，屋梁砸下的声音，树木折断的声音，墙壁倒塌的声音，还有数以千计的人四处逃窜的惊叫声，我茫然听着这些杂然交织在一起的声音。蓦地，发现对面房檐下有个东西在动，我猛地跳起来，恍如刚从噩梦中惊醒似的，嘴里大声喊着，立刻奔了过去。我妻子小夜下半身压在屋檐下，正痛苦地挣扎着。

我抓住她手，拼命去拉，想把她的肩膀扶起来，但压在身上的房梁，纹丝不动。我惊慌失措地搬开一块块檐板，不停地给妻子打气："要挺住！"难道这仅仅是对妻子说吗？或许也是勉励我自己吧？小夜说："太难受了。"还说："快想想办法呀。"用不着我给她打气，她面无血色，拼命想挪开房梁。那时，我见妻子两手染满鲜血，连指甲都看不出来了，颤巍巍地摸索着房梁。那情景，至今还留在我痛苦的记忆中，历历如在眼前。

过了很长很长时间——我突然发觉，不知从哪儿冒出滚滚的黑烟，刮过房顶，扑面而来，熏得我透不过气。与此同时，浓烟的方向发出猛烈的爆裂声，火星像金粉一样，噼里啪啦，在空中飞舞。我发疯似的抓住妻子，再次拼命想把她从房梁下拽出来。可妻子的下半身纹丝不动。我全身笼罩在浓烟里，一条腿跪在房檐上，和妻子说了些话。说了什么呢？我想您会这么问。您一定会问的，可我真的什么也记不得了。唯一记得的是，妻子沾满血的手紧紧抓住我的胳膊，嘴里叫着我。我望着妻子的脸——没有任何表情，只有眼睛睁得老大，神情好恐怖。紧接着，不光是烟，火势挟着火星猛袭过来，呛得我头晕眼花。我心想，这下完了。妻子会给活活烧死的。活活烧死？我握着妻子血淋淋的手，大声喊着什么。妻子也反复地叫着我。她对我的呼唤，当时在我听来，含有无穷的意义，无尽的感情。活活烧死？要活活给烧死吗？这回我又喊了起来。记得像是说："那就死吧！"似乎还说了句"我也一起死！"我没意识到自己在喊什么，这工夫顺手捡起一块掉在地上的瓦片，砸在妻子头上，一下又一下。

以后的事，任凭先生想象了。我一个人活了下来。整个镇子笼罩着浓烟和烈火，家家的屋顶像小山一样，堵塞了街道，我从中逃了出来，好歹捡回一条命。这到底是幸运还是不幸？我什么都弄不清了。那天晚上，依旧燃烧的火光照亮了黑暗的夜空，我和一两个同事在倒塌的校舍外的地震棚里，眼望着火光，手里攥着刚做得的饭团儿，禁不住泪流不止，我至今都忘不了。

中村玄道沉默了半响，胆怯的目光盯着席子。突然听到这一席话，更觉得空旷房间里的春寒沁到了脖颈，我连一句话都说不出来。

房间里只有灯芯吸油的声音，还有放在桌上的怀表嘀嗒的计时声。细听之下，似乎壁龛里的杨柳观音也动了动，轻轻地叹息。

我抬起怯怯的目光，打量着悄然坐在对面的男人。那声叹息是他发出的吧？要么是我？——没等我想明白，中村玄道又低声慢慢说了起来。

不用说，妻子的临终，我为之痛苦。不仅如此，有时在校长和同僚的亲切慰问下，还会在大家面前不顾脸面地落下泪来。唯有在地震中我杀妻这件事，竟没有漏一点口风。

"与其活活给烧死，不如我动手让她死吧。"——这事要是说出来，准会把我送进班房。不，兴许反而倒会有更多的人同情我。每次刚要出口，却不知怎么回事儿，喉咙像给堵住似的，话到口边，竟连一个字都说不出来了。

全因我当时太胆小了。其实，还不仅仅是怯懦，还有更深一层的原因。这个原因，直至我准备再婚，正要重新开始新生活时，我自己都毫无察觉。等我明白时，才知道自己在精神上，完全是个可怜的失败者，已经没有资格再过正常人的生活了。

提出再婚这事的，是形同小夜父母的校长。我知道，这纯粹是为我着想。实际上，那时地震刚过一年多，校长正式提出之前，私下里不止一次探过我的口风。可是听了校长的话，颇感意外的是，对方正好是先生现在下榻的 N 家的二女儿。当时，我除学校的课程外，还兼做家庭教师，她恰巧是我教的一个普通四年级学生的姐姐。不用说，一开始我回绝了这头婚事。首先，身为教员的我和富绅 N 家门不当户不对。再说，我一个家庭教师，保不准会无端遭人猜忌，说婚前有什么不清不白的事，那就太没意思了。而且，我不起劲的另一个理由是，去者日已疏，虽不像当初那么铭心刻骨，可我亲手打死小夜的情景，仍像彗星的尾巴一样，还依稀纠缠着我。

校长知道了我的心思，便摆出种种理由，耐心劝我，说我年纪轻轻，往后过独身生活，会困难重重；何况这桩婚事是对方提出来的，他又亲自做媒，别人不会有什么闲话；而且，平日我一直想到东京求学，结了婚，这事就好办了。给校长这样一说，我不好再固执己见，一口回绝。听说姑娘人长得不错，尤其让您见笑的是，对方老大的家产也叫人没了主意。禁不住校长的再三劝说，我渐渐动了心，便说："让我再好好考虑考虑。""好歹过了今年再说吧。"转过年，明治二十六年初夏，万事齐备，只等秋天办喜事了。

就在一切已成定局时，不知为什么，我反而闷闷不乐起来，干什么事都无精打采，连自己都觉得奇怪。比方说在学校里，我总是靠在桌子上发呆，胡思乱想，常常连上课的打板声都没听见。要说有什么可担心的，其实自己也说不清。只是觉得，脑子里像有个齿轮没合上齿——而且，没合上齿的那面，盘踞着一个秘密，超出我的智力，令人极为不快。

这情况大约持续了两个来月。就在暑假期间，一天傍晚，我出去散步，顺便到本愿寺僧舍后街的书店看看。店前有五六本当时评价颇高的《风俗画报》，同《夜窗鬼谈》、《月耕漫画》摆在一起，封面还是石版印刷的。于是，我便站在店前，随手拿起一本《风俗画报》，封面是倒塌的房屋和火灾现场的画面，两行大标题是"明治二十四年十一月三十日发行，十月二十八日震灾新闻"。一看之下，我的心狂跳起来。耳边好像有人幸灾乐祸地说："是的，是的！"店内还没有点灯，借着昏暗的光线，我慌忙翻开封面。首先映入眼帘的是一家老小被压在梁下惨死的情景。接着，是小女孩两腿陷在断裂的地里，即将被吞没的画面。不用再一一列举了，那本《风俗画报》，再次给我展现出两年前大地震的情景。长良川铁桥塌陷图、尾张纺织公司毁灭图、第三师团官兵尸体发掘图、爱知医院伤员救护图——一个个凄惨的画面，又勾起我那该死的记忆。我的眼睛湿润了，身体颤抖着。那种感情，说不清是痛苦还是快乐，震撼着我的精神，令我无从取舍。等到最后一个画面呈现在眼前时，我的惊愕，直到今日还清清楚楚烙印在心上。画面上是一个女人，给落下的房梁砸在腰部，痛苦地扭动着身躯。横梁那头，黑烟滚滚而来，不时吞吐着红红的火焰。这若不是我妻子能是谁？不是我妻子临终的场面又能是什么？手里的画报差点儿掉到地上，我险些喊出声来。就在那一刻，更把我吓一跳的是，周围突然亮了，一股烟味儿像着火似的扑鼻而来。我强自镇定心神，放下画报，惊恐地朝店内扫了一眼。店里，小伙计刚点上吊灯，正把还着着的火柴棒扔在暮色的街道上。

从此以后，我变得更加忧郁了。以前，我只是感到一种莫名的不安在威胁我，而后来，一种疑惑便在我脑中盘旋，不分昼夜地呵责我，折磨我。我的意思是，大地震时我杀掉妻子，难道真是出于不得已吗？——说得再明白些，我对妻子，莫非早就起了杀心不成？只不过大地震给了我机会也未尝可知。——这正是我所疑惑的。对这种疑惑，我不知有多少次想断然否定："不是的，不是的！"可在书店里，却有个声音在耳边低语："是的，是的！"每当这时，那声音就会嘲弄地逼问我："那你杀妻的事，为什么不敢说出来呀？"一想到那件事，我心里必定会咯噔一下。啊，杀了就杀了，为什么不敢承认呢？做下那么可怕的事，为什么还要拼命隐瞒，一直隐瞒到现在？

这时，在我记忆里，鲜明地浮现出一件可怕的事实：我当时心里正恨我妻子小夜。如果怕难为情不说，您会莫名其妙。我妻子是个不幸的女人，她身体有缺陷（以下省略八十二行）……直到那时，虽说我有过动摇，可我相信，我的道德感毕竟战胜了一切。然而，发生了大地震那样的天灾人祸，一切社会的约束都已隐遁消失的时候，我的道德感怎么会不随之产生分裂呢？我的利己心怎么能不像火焰般地腾然而起呢？我没法不疑惑，我杀她，不正是想杀才杀的吗？我愈来愈忧郁了，可以说这是命中注定了的。

不过，我又为自己开脱："在当时那种场合，即使不杀她，她也准会活活叫火烧死。这样看来，杀她并不能说就是我的罪过。"可是，有一天，季节已从盛夏过渡到了残暑，学校已经开学了，我和其他教员在教员室里围着桌子喝茶，随便闲聊。不知什么工夫，话题又落到两年前那场大地震上。只有我缄口不言，充耳不闻——什么本愿寺僧舍的房梁掉下来啦，栈桥的堤坝塌下来啦，俵町的马路裂开来啦等等，左一件右一件越说越起劲。后来一个教员讲了一件事：中街备后屋酒馆的老板娘，给压在房梁下面，身子动不了，这时火烧了起来，多亏房梁烧断了，才捡回一条命。听了这话，我突然眼前一黑，一时间好像连呼吸都停止了似的，完全失去知觉了。等我苏醒过来，看到同事们都围在我跟前。他们见我脸色忽地变了，连椅子都快要一起倒下去，不禁大吃一惊，又是喂水，又是拿药的，正忙作一团。可是我根本顾不上向同事们道谢，满脑子都是那可怕的疑团。我岂不是成心把妻子杀掉的吗？虽说给压在房梁下，我难道不是怕她万一得救，才动手打死她的吗？要是当时不这么做，她也许会像备后屋的老板娘那样，碰上运气，能够死里逃生。我是那么无情，竟用瓦片一下就把她打死了。——想到这里，我的那份痛苦，唯有请先生明鉴了。在这种痛苦中，我决意，哪怕把N家的婚事推掉，也要给自己减去几分罪孽。

但是，眼看要办喜事时，好不容易下的决心，却因割舍不下这一切，反又退缩了。大喜的日子愈来愈近，到了这节骨眼上，突然提出解除婚约，势必得和盘托出地震时杀妻的事，说出至今藏在心中的苦闷。我这人一向谨小慎微，一旦到了紧要关头，不论如何鞭策自己，也不会拿出勇气去贸然行动。我一直责备自己不中用。但说归说，却没做出任何举动。残暑已过，又逢晓寒，洞房花烛之日终于近在眼前。

那时，我已很少开口说话，人变得极其消沉。不止一两个同事劝我，把婚期往后拖一拖。校长也再三劝我去看看大夫。对众人的关心，哪怕表面上敷衍一下也好，说我会注意健康，可我竟连这点儿气力都没有。而且，我利用大家的担心，假装抱病，拖延婚期，现在想想，真觉得没出息。另一方面，N家的主人还误以为我消沉的原因，是长期独身的缘故，几次三番催我早日完婚。日子虽然不是同一天，月份恰在两年前发生大地震的十月里，婚礼终于在N家的正宅举行了。连日来，我心力交瘁，穿着新郎礼服，让人引进围着金屏风、富丽堂皇的大厅时，心里对今日的自己，真不知有多么羞愧呀！甚至觉得自己简直像个恶棍，要避人耳目，去做罪大恶极的勾当。不，不对！我简直就不是人，实在是个隐藏起来的杀人犯，是个要把N家的女儿连同财产一起盗走的大坏蛋。我的脸发烫，胸口越来越痛楚。要是可能，我真想当场把杀妻的罪恶一一供认出来。这念头，仿佛狂风暴雨，在脑中激烈翻滚。这时，我座位前的席子上，梦幻般地出现一双雪白的夹布袜。接着，看到和服下摆上绘的花样，霞光缭绕的波浪之上，隐约可见松柏与仙鹤。再后来，是金线织的锦缎腰带，荷包上的银锁，白色的衣领。依次看上去，直到高岛田发髻，上插沉甸甸、亮光光的玳瑁梳和簪子，映入眼帘时，一种身陷绝境的恐惧，逼得我快透不出气来，不禁双手伏地，声嘶力竭地喊道："我是杀人犯！罪大恶极的杀人犯！"……

中村玄道讲完后，盯着我的脸看了一会儿，嘴角强挤出一丝笑容。"后来的事，就不用再说了。但有一件事应该告诉先生。说来可怜，打那天起，我就不得不背上疯子的名声，来了此残生。至于我究竟是不是疯子，一切听任先生明断吧。不过话又说回来，即便是疯子，使我发疯的，难道不正是潜藏在我们人类心底的怪物吗？只要那个怪物存在，今天嘲笑我为疯子的那些人，明天没准儿也和我一样，会变成疯子。——我是这么想的，不知先生以为如何？"

春寒中，灯火在我和这位阴森的客人之间，依旧闪烁不已。至于询问他缺一指的原因，我连问一声的气力都没有了，唯有背对着杨柳观音，默然坐在那里。

大正八年（1919）六月

路　　上

侯　为译

一

午炮鸣响的同时，原先几乎无人的大学图书馆在不到三十分钟内，座位就几乎全被占满。

面朝书桌的多数是大学生，其间也有两三个穿短和服套装或西装的长者。在被读者整齐规则地占满了的宽阔空间对面，上方是镶在墙里的大钟，下方则是微暗书库的入口。且在入口两侧，排列着高须仰视的大书架。上面摆放了多层的皮脊书卷，俨如护卫学术的堡垒。

然而尽管人满为患，馆内却寂静无声。或者说，这里被一种人数众多时才能感受到的沉默所统治。翻书页声，笔走纸面声，偶尔还会有一两声咳嗽。但这些声波似乎都在沉默的重压之下，在传至天花板前即被吸收殆尽。

俊助坐在这图书馆中的靠窗座位上，一直专心致志地将目光投在细小的字里行间。他是一位肤色微黑、体格健壮的青年，校服衣领上的"L"字母表明他是文科学生。

他的头上方有一扇高高的窗户。窗外茂密的橡树叶间隙透出细碎的天幕，频频被云影遮蔽，连早春的明媚阳光也极少透射到地面。即使透射下来，和煦春风中的婆娑枝叶亦未及向书页投下阴影，便已消失殆尽。书页中的多行字下，都被红铅笔画了线。且随着时间的推移，红线也从上一页向下一页延伸。

十二点半、一点、一点二十分……书库上方的大钟一刻不停地准确移动。后来差不多到了两点左右，入口的目录柜前，忽然出现了一位身穿黑棉布外套和小仓布裙裤、戴着学生帽的小个子。他大大咧咧地将双手插在怀里，漫不经心地挟着笔记本。从本子上的署名可知，他也是文科学生，名叫大井笃夫。

他在那里站了片刻，只是巡视般地物色书桌。一眼看到俊助在对面窗户漏泄的微弱阳光中聚精会神地翻书，便快步走近前去喂地小声打了个招呼。俊助吃惊地抬起头来，微黑的脸庞上立刻浮起了微笑。"你好。"他简单地打个招呼。大井也戴上学生帽，略收下巴回礼。随后，以一种洋洋自得的傲慢腔调说话。

"今早在郁文堂碰到了野村，他叫我向你传话。如果没别的事，三点钟以前到钵木的二楼去。"

二

"是吗？谢谢你。"俊助说着掏出一块小金表看了看。此时，大井从怀里抽出手来，摸着刮青了的下巴瞅了金表一眼。

"你还有这么精致的物件哪！还是一块坤表。"

"这个么，是我母亲的遗物。"俊助略皱眉头，胡乱将金表揣回衣袋，然后慢慢站起魁梧的身躯，开始收拾桌上零乱的彩笔和小刀。

此间大井拿起俊助读过的书籍，随意地翻开看了看。"唔，马里厄斯——享乐主义者！"语气中带着冷笑，随即憋回去一个哈欠。"俊助，享乐主义者的近况如何？"

"不好。毫无起色，陷入困境。"

"别谦虚了。只要挂着女式金表，就比我强得多。"大井将书撂下，双手插进怀里开始穷哆嗦。当俊助开始穿外套时，他像是恍然记起般一脸正色地询问："喂，有人向你推销《城》同人音乐会的门票吗？"

所谓《城》，乃是最近四五位文科学生标榜"为艺术而艺术"发行的杂志名称。他们举办的音乐会将在筑地的精养轩举行，俊助早已从法文科告示栏中得知。

"还没。我很幸运。"俊助坦率地回答着将书挟在腋下，戴上洋溢着时代气息的学生帽，同大井一起离开了座位。

大井边走边狡猾地转动着眼珠。"是吗？我以为早有人向你兜售过。那你这回一定要买他们一张。当然我不是《城》的同人。但同人之一藤泽委托我推销，我正发愁呢！"

俊助颇感唐突，未及回答是否要买，却先禁不住苦笑起来。可大井却已从黑布外套袖兜里掏出两张花哨地印着《城》同人标记的门票，显示花骨牌似的让俊助看。

"一等票价是三元，二等是两元。哎，你要哪种？一等还是二等？"

"哪种都不要。"

"不行不行！你戴着金表呢，有义务买一张。"

两人你一言我一语地穿过坐满读者的书桌间，终于来到久经风吹日晒的门厅。此时恰好有个戴着大红土耳其帽、身穿铜扣短外套的干瘦大学生风风火火地冲进来，迎面看到大井，立刻用女人般柔和的嗓音打招呼。

"你好！大井君。"表情殷勤得很不自然。

三

"你好！失敬。"大井站在鞋柜前，腔调还是那么趾高气扬，接着又像是担心俊助悄悄离去，用刮青的下巴傲慢地指指土耳其帽，应景似的做了番介绍。

"你还不认识这位先生吧？他是法文科的藤泽慧君，《城》同人的台柱子。上次的《波德莱尔诗抄》就是他翻译的。……这位是英文科的安田俊助君。"

俊助也无奈地堆起应景的微笑，脱帽致意。藤泽的态度却与不谙世事的俊助相反，显得非常周到圆滑。

"久闻大名。大井常向我提到您。听说您在搞创作，今后发表大作，请惠赐予《城》同人杂志。请别客气，我们随时恭候。"

俊助仍然微笑着，却只有随声附和的份儿。此时，以嘲讽的目光在两人之间穿梭的大井，又拿出了刚才的门票。

"我正在为《城》的同人跑腿卖力呢！"他自我夸耀地说。

"啊，是吗？"藤泽迅速看看俊助又看看门票，然后用令人反感的讨好眼神看着俊助。

"那，送俊助一张一等票吧！恕有不恭。买票之事请别费心。您能来听音乐会吗？"

俊助一脸狐疑，反复婉拒。但藤泽仍然讨好地笑着一再邀请："请一定拨冗光临！"无论如何不肯收回递出门票的手。岂止如此，那副笑脸深处露骨地透出担心万一遭拒的不快神情。

"那，我就先收下了。"俊助终于妥协。他不情愿地接过门票，且冷淡地道了谢。

"请收下。当晚还有清水昌一的独唱。请一定光临。要不就让大井陪您去。你知道清水吧？"至此，藤泽似已心满意足，揉搓着修长的双手叮嘱大井。大井一直满脸诧异地听着两人对话，心知此时开不得玩笑，便用鼻孔嘘出长气。

"当然不知道。我从来都是忌讳音乐家和狗的。"

"对，对，你最讨厌狗。歌德也讨厌狗。或许天才都讨厌狗。"

土耳其帽似乎想要得到俊助的赞同，故作姿态地高声笑了起来。

但俊助仍旧低着头，似乎对那尖声怪笑充耳不闻。随后抬手扶一下那顶洋溢着时代气息的学生帽，交替巡视着两人的脸色说："那我就失陪了。回见！"他应景般地说完，快步走下了石阶。

四

俊助离开他们，突然想起还没向学校事务处报告自己更换住址的事，又掏出金表瞅瞅，离约会时刻三点钟还有不到半个小时。于是决定先去一趟事务处，便把双手插在外套暗兜里，向大学法文科的旧式红砖大楼缓缓走去。

空中突然滚过一阵春雷。仰头望去，天色不知何时变得如同搅乱的染缸。夹带着潮气的南风朝宽阔的石子路吹来。俊助口中嘟囔着"快下雨了"，人却还是挟着书本四平八稳地踱着方步。

就在他自言自语声音未落之时，又隐约传来一声闷雷。接着，便有一滴凉冰冰的雨点打在脸上。紧接着又是一滴擦过帽檐，闪出一道细若蚕丝的银光。再看那红砖墙的颜色，也变得越发冷峻。当他踏上向校门延伸的银杏林荫道时，高耸的树梢间已是烟雨迷蒙。春雨淅淅沥沥地飘落下来。

走在雨中的俊助心情沉重。耳边回响着藤泽的话音，眼前浮现出大井的面孔，继而又想起他们所代表的俗世。他眼中映现的一般俗世，具有始终都在实施行动的特色，或具有实施行动之前坚信不疑的特色。然而他却被与生俱来的性格和如今接受的教育所困扰，早已失去昔日那种珍贵的信赖功能。更无须说，他已无法鼓起实施行动的勇气。因此他无法与俗世为伍，无法果断地投身于瞬息万变的生活漩涡中去。他只能作壁上观，不能越雷池一步。在此局限下，他不得不体味那种由俗世剥离出来的孤独。他虽与大井交往，却被戏称为"享乐主义者俊助",也是因此缘故。更何况戴土耳其帽的藤泽之流……

思绪漂流到这里,他不经意地抬起头来。雾雨中只见前方第八教室古色古香的门厅,那灰浆剥落的墙壁已被濡湿。而意想不到的是,在那石阶上形单影只地站着一位女子。

雨下得大小暂且不说,那女子似乎在等待雨停,静静地望着阴沉的天空。披散于额前的秀发下,水灵乌黑的双眸像是在眺望远方。她的双眼皮与白皙的——莫若说是苍白的脸色和谐相配。身着黑丝绸地和服,绣着水仙花样的披巾从浑圆溜肩随意地搭在胸前。除此之外,俊助一概视而不见。

那女子在俊助刚刚抬头时,将出神的乌黑双眸从远方天空转移到他的上方。与他视线相遇时,女子的视线非动非静地飘忽了片刻。刹那间,他觉得那双长睫毛深处摇曳着一种超乎自己感受的、难以捉摸的神情。但瞬间之后女子又抬起星眸,仰望对面讲堂屋顶的雨帘。俊助耸耸肩膀,视而不见地漠然走过。天空响起震颤乌云的第三声春雷。

五

被春雨打湿的俊助来到钵木的二楼。此时,面前已摆上咖啡的野村正百无聊赖地望着窗外的大街。俊助将外套和学生帽递给侍者,急忙赶到野村桌旁说"等久了吧",便咚地坐在弯木椅子上。

"嗯,等了一会儿。"野村身体滚圆臃肿,以至令人感到笨重不堪。他用粗壮的指尖整整"大岛绸"衣领,眼睛透过细金属框眼镜悠然地望着俊助。"来点儿什么?咖啡还是红茶?"

"什么都行。……刚才,响雷了。"

"嗯,好像有点儿那个意思。"

"你还是那样麻木不仁。还在绞尽脑汁地思索'认识的依据在何处'吗?"俊助点着了"金嘴"香烟,轻松地说完话,眼睛盯着桌上的黄水仙花钵。不知何故,脑海中刹那间清晰地浮现出刚才在学校里看到的女子的美眸。

"我哪儿想过……我跟狗玩来着。"野村犹如孩童般微笑着稍稍挪了一下椅子,随手将脚旁卧着的狗从桌布下拽了出来。那狗摇摆着长毛耳朵,打个大大的哈欠就又滚倒在地上,并仔细地嗅着俊助鞋子的气味。俊助一边往鼻孔里吸烟,一边无心地抚摸一下狗脑袋。

"前两天把栗原家的狗要来了。"野村将侍者端上的咖啡向俊助推过去,又用粗壮的手指整了一下衣领。"最近他们全家都迷上了托尔斯泰,所以也给这家伙起了一个冠冕堂皇的名字叫皮埃尔。我想要的不是它,而是那只叫安德烈的。但因我本人就是个皮埃尔,所以他们硬要把皮埃尔给我。我也只好接受。"

俊助将咖啡杯端到嘴边,坏心眼儿似的微笑着,并嘲讽般地瞥了野村一眼。

"好吧,就算皮埃尔我也满足了。不过将来它还可以和娜塔莎喜结良缘。"野村似乎又觉得此言不妥,脸色变得红一块白一块的,但说话却仍旧慢条斯理。

"我不是皮埃尔。我也不是安德烈……"

"不管怎么说,反正初子女士是娜塔莎。这你总该承认吧?"

"那倒是。尽管我无法接纳她的野性……"

"你会全部接纳的。……不是说,初子女士最近在写《战争与和平》式的长篇小说吗?怎么样?该杀青了吧?"俊助将烟头扔在灰碟里,冷嘲热讽却又不露锋芒地问道。

六

"说实在的,今天就是为了那部长篇小说约你来的。"野村摘下金属框眼镜,认真仔细地用手帕擦拭镜片上的雾气。"初子说,她特别想写一部新的《女人的一生》,就像《托尔斯泰的一生》那样的。结局是,女主人公被多舛的命运所捉弄……"

"然后呢?"俊助将鼻子凑到黄水仙花前,兴趣索然地追问。

野村的眼镜腿挂在耳后,仍旧是慢条斯理的腔调。"然后在某家疯人院中命归西天。她还想描写该疯人院的生活。可不巧的是,初子还没去过那种地方,所以,想找人介绍一家疯人院去看看……"

俊助又把烟卷点着,这次却是用几分嘲弄的眼神示意:"然后呢?"

"然后,就想请你向新田引荐一下。可那个新田,是个物质主义医学家对吧?"

"是的……那就先写封信问问他是否方便。我想不会有什么问题。"

"是吗?如果你能帮忙,我真是感谢不尽。初子当然也一定会喜不自禁。"野村满足地眯缝着眼睛,又整了整"大岛绸"的衣领。

"这阵子她为《女人的一生》简直不顾一切。碰到亲戚的女儿也没完没了地净说这事。"

俊助默默地吐出"埃及"烟圈,眼睛俯视着窗外的大街。雾雨迷蒙,飘飘洒洒,人行道边细瘦的银杏树刚刚抽芽,众多形似龟甲的洋伞在树下移动。不知何故,此景又令他想起不久前刹那间看到的女子双眸……

"你不去听《城》同人音乐会吗?"沉默良久,野村恍然记起似的问道。

此时,俊助感到心中有过几分钟的空虚,犹如白纸。他微蹙双眉将凉透的咖啡一饮而尽,便立刻恢复了原先的精神。"我打算去。你呢?"

"我今早在郁文堂托大井传话时,他死乞白赖地劝我买,不得已买了四张一等票。罢了,反正再让栗原买我三张就是了。……喂,皮埃尔!"

一直卧在俊助脚旁的黑狗此时突然站起,望着楼梯口可怕地低吼起来。野村和俊助见状惊讶不已,隔着黄水仙花面面相觑,又同时转头望去。此时,那个戴土耳其帽的藤泽与戴黑礼帽的大学生一起,正将淋湿了的外套递与侍者。

七

一周之后,俊助去筑地精养轩,听《城》同人举办的音乐会。看来准备工作尚未做好,到了预定的六点仍未开演。大厅隔壁房间已有很多听众涌入,灯光在弥漫的青烟中模模糊糊。其间还有一两位洋人教师。俊助站在安放了巨大橡皮树盆栽的房间角落,倒也没那么急不可耐,只是无心地听着周围的谈话声。

此时,大井笃夫不知从哪儿转悠过来。他挺稀罕地穿了身制服,仍旧那样傲慢地走到俊助身旁。两人微微点头致意。

"野村还没来吗?"俊助问道。

大井双手插在胸前,挺胸凹肚地巡视周围说:"好像还没来。不来才好呢!我是被藤泽硬拽来的,已经干等了近一个小时。"

俊助嘲弄地微笑。"你就是偶尔穿上制服,也不会有奇迹发生。"

"这个吗？这是藤泽的制服。他说，你一定要找我借制服。我把制服借给你，就有理由找老爷子借晚礼服了。我这才迫不得已穿了它，来听这该死的音乐会。"

大井毫不避讳地高声喧哗，并又一次环视周围。然后为俊助指点，那边那个是某某知名作家，这边这个是某某知名画家。并且津津乐道地将那些名流的丑闻也说给俊助。

"那个穿和服的作家先是勾引某律师的妻子，然后把事情经过写成小说再献给那位律师。真是色胆包天。旁边那个系围巾式领带的诗人，是染指女佣的老手。"

俊助本是对此类丑陋内幕兴趣盎然的人，但态度却又极端冷漠。更何况当时的特殊心态，令他颇为关切那些艺术家的声誉。等到大井缓口气的空当，他才摊开了用门票换来的节目单，将话题引向当晚演奏的曲目。

但是，看来大井对此漠不关心。他用指甲肆意地薅着橡皮树叶说："总之，那个叫清水昌一的独唱家，听藤泽说他可是个大色魔。"便又将话题拽回了社会生活的阴暗面。

幸好此时响起了开场铃声，门扇终于打开。听众已等待得疲惫不堪，此时犹如退潮一般涌向各个入口。俊助也和大井一起被卷入人潮，途中不经意地回头瞅了一眼，心中不禁啊地惊呼了一声。

八

俊助找到座位后，似乎仍未从刚才的惊愕中回过神来。他心中感到从未体验过的震撼，其中隐含了辨别不清是欢喜还是痛苦的因素。他也怀有听任这震撼摆布自己的愿望，但同时又感到此念不妥。于是，为了抑制那般震撼，他竭力不让视线离开舞台。

金色屏风围绕的舞台上，首先出现了一位穿大礼服的中年绅士。他不时地将耷拉下来的额发撩回头顶，温润轻柔地演唱了一首舒曼的歌曲。那是一首以"我无法接受，我无法相信"开头的沙米索①诗歌的艺术歌曲。俊助从那矫揉造作的演唱中，无法抗拒地感受到一种可怕而不健康的异样芳香。他感到这种芳香令他烦躁的心更加焦灼不安。因此在独唱结束后响起喧嚣的掌声时，他略舒一口气抬起眼睛，求救似的扭头去看身旁的大井。而此时的大井却正将节目单卷成圆筒当望远镜，朝舞台上鞠躬的舒曼演唱者瞭望。"果不其然，清水真有大色魔之相！"大井念念有词。

俊助这才注意到，那个中年绅士就是清水昌一。于是，他再次将视线投向舞台。接着是一位身穿印花下摆长裙的豆蔻小姐，在喝彩声中抱着小提琴款款登台。她像洋娃娃一样可爱。遗憾的是，她仅仅是毫厘不差地演奏着乐曲。不过幸运的是，俊助此次免于蒙受甜腻刺激的威胁，得以愉快地沉浸在柴可夫斯基的神秘世界中。而大井却似乎仍感枯燥乏味，将后脑勺靠在椅背上，不时毫无顾忌地打着响鼻。

过了一会儿，他好像又想起了什么。"喂，你知道吗？野村君来了。"

"知道。"俊助小声地回答，视线并不离开金屏风前的小姐。

大井感到对方的回答过于简略，脸上浮现出不怀好意的微笑。"而且，还带了两位大美人儿！"他进一步着重强调说。

可俊助却什么都没说。他更加专注地倾听舞台上传出的小提琴纯美的音色……

后来，在钢琴独奏和四部合唱结束后，是三十分钟的幕间休息。俊助从椅子上直起魁梧的身躯，扔下大井到橡皮树盆栽会场隔壁去找野村。留在座位上的大井仍旧傲然交叉双臂，只管把脑袋垂

---

① 沙米索，德国诗人。

在胸前。他似乎浑然不知上半场结束，舒坦地发出微弱的鼾声。

九

来到隔壁大厅，只见野村同栗原的女儿初子站在大暖炉前。初子面色红润，眉目间活力四射，身材显得比她的实际年龄娇小。看到俊助，她立刻现出酒窝，爽快地微鞠一躬。野村也将穿着缀金纽扣制服的宽阔胸膛转向俊助，深度近视镜后洋溢着善意的微笑，并落落大方地颔首致意。俊助看到背对暖炉镜子、系着印度花布腰带的初子与制服包裹魁梧身材的野村相向而立，刹那间对他们的幸福和睦感到了嫉妒。

"今晚迟到了。都怪我俩，为穿衣化妆浪费了太多时间。"与俊助攀谈三言两语之后，野村手扶大理石炉台，又开玩笑似的说。

"哎哟！我们哪里浪费时间了？是野村你自己来晚了！"初子故意皱着浓眉娇媚地仰视野村，然后立刻又将目光转向俊助。

"上次委托的事，你觉得有些奇怪吧？给你添麻烦了吗？"

"不，哪里。"俊助向初子微微点头，然后仍做出与野村攀谈的姿态说，"昨天新田回话了，星期一、三、五都乐于奉陪。所以过几天方便时就可以去参观。"

"是吗？太感谢了。那，初子什么时候去？"

"什么时候都行，反正我也没什么事。野村看情况定吧！"

"我决定？让我也陪着去吗？这可有点儿……"野村的大手摩挲着寸头露出畏缩之态。此时的初子眼含微笑，说话却是别别扭扭的腔调。"可我也从没见过那位新田啊！光我们去怎么行？"

"没事儿。带上安田的名片，他们会引荐的。"

两人这么说话间，突然一位身着晓星学校制服的少年钻过人缝，虎虎生风地出现在眼前。他一见俊助就骤然直立不动，憨态可掬地行了一个举手礼。这边三人忍俊不禁,笑声最大的就是野村。

"民雄你好!今晚你也来了?"俊助双手按着少年的肩膀,捉弄般地看着他。

"啊,大家一块儿乘汽车来的。安田,你呢?"

"我乘电车来的。"

"真抠门儿!还坐电车呢。回家时坐我们的车吧!"

"啊,好吧!"此间俊助注视着少年的面孔,下意识地感到有个人跟着民雄走近他身旁。

十

俊助抬眼看去,果然初子旁边站着一位同龄年轻女子。她身穿藏青地儿蓝条和服,束着芦花纹腰带,典雅地亭亭玉立。她比初子身材高大些,眉目间那惹人心疼的双眼皮都比初子凄美。双眼皮下,明眸中闪动着近乎忧郁的晶莹波光。在入口前蓦然回首时,令俊助怦然心动的就是这双美瞳中若有所思的、秋水潋滟的神采。现在与这双美眸的主人近在咫尺相向而立,他再次无法抗拒地感到了心中的震撼。

"辰子,你还不认识安田吧?……她叫辰子,从京都女子学校毕业。现在终于学会东京话了。"初子用很亲热的口气向俊助介绍着。辰子苍白的面色中隐约透出红晕,娴静典雅地颔首致意。俊助也放开民雄的肩膀,郑重躬行初见之礼。幸亏他一反常态的热烈激情被微黑的面色遮掩,没有被人发现。

此时野村从旁插话,显得今晚特别愉快:"辰子是初子的表妹,这次打算来东京上美术学校。不过,初子每天跟她说自己的那部小说,使之受害不浅,所以,最近的健康状况似乎不太好。"

"看你,都说些什么呀!"初子和辰子异口同声。不过,辰子那几乎听不见的柔声细语,早已被初子的大嗓门所淹没。然而俊助却从初次听到的辰子嗓音中,觉察到温柔、慈善下潜藏的违心意味。这倒使他信心倍增。

"学美术——也是西洋画吗?"从对方嗓音中汲取了勇气的俊助,在初子和野村还在相视而笑时进一步向辰子询问。

"是的。"辰子低垂双眼看着腰带上的翡翠别针,却意外地朗声应答。

"画儿画得很好,跟初子的小说不相上下。所以,辰子,我有个好主意,今后要是初子谈起小说,你就大谈特谈画画的事。不然的话,你如何消受得起?"

俊助只以微笑向野村作答,然后再次向辰子询问:"你身体不太好吗?"

"是的,心脏有点儿……不是什么了不得的病。"

此时,一直处于观望而被冷落的民雄一个劲儿地拽着俊助的手。"辰子吧,上台阶都喘不过气来。我都能一步迈两个台阶呢!"

俊助与辰子对视一下,终于会心地微笑了。

十一

辰子苍白的腮边蹙起一朵酒窝,娴静地将视线从民雄移向初子。"民雄真棒!刚才还骑在楼梯扶手上要滑下去呢。对吧?可把我吓坏了,掉下去摔死可怎么办——是吧?民雄。当时你说,我还没死过,所以不知道怎么办。可把我逗死了。"

"这话说得不错!相当有哲理。"野村又声震四座地大笑起来。

"咳!他是个淘气精。所以姐姐总是说,民雄是个大傻瓜。"

炉火烘烤得室内热气腾腾,初子脸色灿若桃花。她乜斜了民雄一眼,以示责备。而民雄却仍然拉着俊助的手。"不,我才不是大傻瓜!"

"那你是小精豆儿啦!"俊助也发话了。

"不,也不是小精豆儿。"

"那是什么?"

民雄看着问话的野村,眉间闪现出近乎滑稽的严肃表情,一语道破地说:"中不溜儿吧!"

四人失声大笑。

"中不溜儿才好呢!要是大人也能这样想,肯定一辈子幸福。也许初子这样的人,更能细心地体会到这些。辰子倒不必操心……"笑声落定,野村在宽阔的胸脯上叉着胳膊,对比着两位年轻的女子。

"随便你怎么说吧!今晚野村净欺负我了!"

"那,我怎么样?"俊助开玩笑般地挺身而出。

"你也不怎么样。你是个不甘心当中不溜儿的人。不,不光是你。近代人都是些不甘心当中不溜儿的家伙,所以一股脑儿地都成了利己主义。但这种利己不光给他人带来不幸,也使自己遭受不幸,所以不能不防。"

"那你是中不溜儿派吗?"

"那当然啦!否则,我怎么能这样泰然自若呢?"

俊助用怜悯的目光扫了野村一眼。"不过,利己主义既给自己,也给他人都带来不幸,对吧?所以,如果世人都成了利己主义者,那么中不溜儿派也会感到惶恐不安。因此,为了跟你一样泰然自若,就必须比中不溜儿派更加信任非利己主义的世道——纵非如此,也必须首先信任你自己的、非利己主义的人际环境。"

"那当然信任啦!可即使你信任了……打住!你是不是谁都不信任啊?"

俊助仍旧微笑着,既没说信任也没说不信任。他感到初子和辰子都充满好奇地注视着他。

十二

　　音乐会结束后，俊助终于被大井和藤泽留下，不得不参加《城》同人的茶话会。他当然不愿意参加，但又对其他《城》同人不无好奇。况且，人家还赠票与他，他担心断然拒绝会驳人家面子，便无可奈何地跟着大井和藤泽去了大厅隔壁的小房间。

　　过去一看，房间中央已有四五个大学生与身穿大礼服的清水昌一围坐在小桌旁。藤泽向俊助介绍了在座各位，其中德文科学生近藤和法文科学生花房特别引起俊助的注意。近藤比大井还矮小，戴着宽大的夹鼻眼镜。他拥有《城》同人第一"绘画通"的好评，曾在《帝国文学》义正词严地发表对于"文展"的批评。所以，至少他的名字给俊助留下了深刻印象。那个戴黑帽叫花房的，在一周前曾与藤泽一起去过"钵木"。他除了会英法德意四国语言之外，还会希腊语和拉丁语，是位非凡的"外语通"。而且他以"Hanabusa"① 署名的英法德意希腊拉丁文的书籍，常常摆在"本乡"大街的旧书店中。所以，俊助对这个青年早有耳闻。与这两人相比，《城》的其他同人都缺乏特色，但衣冠楚楚并胸前佩戴红玫瑰小绢花的外表却同出一辙。俊助落座于近藤身边，不禁感到大井笃夫的粗蛮举动夹在这些时髦者中间，实在是滑稽出众。

　　"承蒙您赏光，今晚真是盛况空前啊！"身穿晚礼服的藤泽，用女人般的软声细语先向独唱家清水致意。

　　"不不，我最近总觉得嗓子疼，所以……不过，《城》的销量如何？至少收支可以保持平衡吧？"

---

① Hanabusa，"花房"的英译音。

"哪里,若真能达到收支平衡也就心满意足了……不过,我们写的东西原本就卖不出去。这世上除了人道主义和自然主义,就没有其他艺术流派的立足之地了。"

"是吗?不过,不会长此以往吧?要不了多久,你的《波德莱尔诗抄》就会像插上翅膀一般畅销了。"

清水说着露骨的奉承话接过侍者端上的红茶,继而转向旁边坐着的花房。"你最近发表的小说我拜读过,很有意思。素材是从哪里得到的呢?"

"这个嘛,是从《盖斯特·罗马诺尔姆》。"

"哦?是盖斯特·罗马诺尔姆啊!"清水不知所云,似懂非懂地附和着。此时,一直用扁平烟锅抽着焦臭十足的烟丝的大井,在桌上手支下巴毫无顾忌地甩出一句话:"干什么的?那个叫盖斯特·罗马诺尔姆的家伙。"

十三

"那是一本收集了中世纪传说的书,出版于十四十五世纪前后。原文是艰涩的拉丁文……"

"连你也读不懂吗?"

"还行,不过费点劲儿。因为还有不少可供参考的译文……据说,乔叟和莎士比亚也都从中取材。所以,这个盖斯特·罗马诺尔姆不可小觑!"

"那就是说,你至少在取材方面与乔叟和莎士比亚并驾齐驱啦?"

俊助闻听此番对话,发现了一个奇妙的现象:花房的嗓音和态度都酷似藤泽。因此颇感不可思议。若真有"离魂病"的话,花房简直就是藤泽的离魂体。不过,哪个是离了体的魂,哪个是离了魂的体，俊助却无从判断。所以在花房说话之间，他不由自主地偷看不时整理玫瑰绢花的藤泽。

此时，藤泽用缝边手帕擦拭着喝过红茶的嘴角，又转向身旁的独唱家。"今年四月，《城》也要出版特刊。届时想劳烦近藤君张罗一下展览会。"

"这是好主意！可是，要举办哪方面的展览会呢？还是只展览各位的作品……"

"是的。我想就展览近藤君的木版画，加上花房君和我的油画——此外还有西洋画的摄影版。只是这样一来，警视厅又该忙不迭地下令撤掉裸体画了。"

"我的木版画倒没什么出格儿的作品。你和花房君的油画可得注意。特别是你的《歌麻吕的黄昏》。你看过那幅画吗？"说着，戴夹鼻眼镜的近藤抽了一口大烟斗，吐着浓烟瞟了俊助一眼。

未等俊助回答，桌子对面的藤泽插话了："那幅画儿你还没看过呢！我想抽空儿请你看的……安田看过画本《歌枕》吗？没有？我的《歌麻吕的黄昏》是其中一幅装饰画。属于哪一类的？近藤，用什么称谓合适呢？既不是莫里斯·多尼，也不是……"

近藤闭着夹鼻眼镜后的眼睛，沉思片刻，刚要郑重地宣布，大井咬着烟锅又从旁边插嘴了："也就是……我说，春画一类的吧！"这简直是胡诌八扯。

而藤泽似乎并未生气，仍旧流露出和善得瘆人的微笑。"是啊，也许这么说更直截了当一些。"他倒满不在乎地赞同了大井。

十四

"原来如此，那倒挺有意思。不过，怎么说呢？所谓春画，也还是西洋的水准比较高吧？"

清水这么一问，近藤便悠然地磕掉烟斗灰，用在大学通读讲义时的腔调，缓缓阐述着此类西洋画。"虽然一概称为春画，但大致分为三类。第一类，是画了××××的作品；第二类，是只画了前面后面的作品；第三类，是只画了××××的作品……"

俊助当然不是对这种话题大发义愤的道德高尚者，但事实上近藤那种美的伪善——在自我的卑猥趣味上粘贴艺术金箔的行为，令他颇感不快。所以，当近藤得意洋洋地用下作的口吻鼓吹艺术真谛皆在于此时，俊助即便碍于情面，也还是在吐出的烟雾中皱起了眉头。

近藤对此似乎浑然不觉，远至古希腊陶画近至近代法国石版画，详细地说明了此类画作的所有形式。"有趣的是，就连那貌似严肃的莱姆布朗特和丢勒，都画过此类绘画。且莱姆布朗特那厮还运用'莱姆布朗特光线'直接照射某个部位，可真够别出心裁。也就是说，即便是那样的天才，竟也沾染了此类作品的俗气……唉，这与我们似有相通之处啊！"

俊助终于听不下去了。而趴在桌上支着双颊半闭双眼的大井嗤地一笑，像是把哈欠憋回去了似的发言道："嗨！顺便发表一下你的论证如何？论证莱姆布朗特和丢勒与我们同样，也免不了放臭屁。"

近藤从宽大的夹鼻眼镜后面狠狠地瞪了大井一眼。而大井却毫不在意，吧嗒吧嗒地抽着烟锅。"或者'百尺竿头更进一步'？反正都是放臭屁，所以你也可以号称天才画家。这不是更加有趣吗？"

"大井君，别说了！"

"大井君，你说够了吧？"花房和藤泽好像也看不下去了，温和地同声说道。此时，大井用狡黠的目光盯住面色苍白的近藤。

"失敬失敬！我可没有惹你生气的意思。非但没有，我对你博学多识素感钦佩。所以,请千万要息怒。"

近藤固执地缄口不语,眼睛一直盯着桌上的红茶杯。大井说完此番话,突然站了起来,甩下呆若木鸡的众人快步走了出去。众人大眼瞪小眼,好一阵儿没人打破难堪僵局开口说话。后来,还是俊助向大井若无其事离去的方向微微颔首示意后,微笑着说:"我先告辞了……"

这就是他在场时吐露的第一句话,也是最后一句话。

十五

时隔不到一周,俊助就在开往上野的电车中与辰子邂逅。

那是东京的初春常有的、尘风阵阵的下午,俊助从学校去银座的八咫屋定做画框。归途中在尾张町街角乘上电车后,在满了座的乘客中看到辰子孤寂的脸庞。俊助站在车厢门口看到,她仍披着那条黑绸巾,谦和的目光注视着膝头打开的妇女杂志。当她蓦然抬头看到近前抓着吊环的俊助时,立刻蹙起腮边一朵酒窝,仍正襟危坐着向他点头致意。

俊助顾不上还礼,先挤过来抓住辰子面前的吊环,再平平淡淡地招呼道:"多谢那晚关照……"

"该我谢你……"

仅此一来一往,两人便缄口不语。眼望车窗之外,尘风不时刮过大街,街面顿时灰蒙蒙一片。尘风过后,银座街容又从沙尘中浮现出来,轰然倒塌般地向后退去。俊助看着端坐于此种背景下的辰子,片刻便感到沉默变成了痛苦。于是,他尽量语气轻松地再次开口。

"今天这是……回家吗?"

"我去一趟哥哥那里,他从家乡来。"

"学校呢？放假了吗？"

"还没开学呢！下个月五号开学。"

俊助觉得，他俩之间那种冰封般的距离感在融化。此时，插着大红旗的广告商将喧闹的喇叭声、锣鼓声从车窗外送了进来。辰子不由自主地松垂肩膀，扭头向窗外望去。此刻，她小巧的耳垂在斜阳映射下变成红色半透明体。俊助感到其美无比。

"上次，音乐会结束你就回家了吗？"辰子回望了一眼俊助，亲切地问道。

"是啊。大约一小时之后回家的。"

"你家也在本乡区？"

"是的。在森川町。"俊助摸索着制服暗兜，掏出名片递到辰子手中。同时观察到她的手，纤细的小指上戴着镶蓝宝石的金戒指。俊助又觉得简直是美轮美奂。"就在大学正门前的小街里。有空请来玩儿！"

"谢谢。哪天跟初子一同去吧！"辰子将名片揣在和服胸襟内，嗓音低柔，几乎听不见。

两人又缄口不语。耳中轰鸣着车声和风声，还有大街上的喧闹声。对这第二次沉默，俊助已不感觉那般痛苦，反倒从这沉默中清晰地体味到某种安详的幸福感。

十六

俊助的寄宿处在本乡区森川町较为幽静的地段，且是京桥一带酒家老板的闲居之所。因托别人只租了二楼，所以席铺及家具比一般寄宿处都高级得多。他在屋中央安放了大号书桌和安乐椅，看上去有点儿憋屈，却整理得像一间舒坦的西式书斋。说到点缀其间的色彩，却只有塞满书架的排排洋书。墙面挂着的画框中，也大都是些西洋名画的平庸摄影版。他对此总不满意,便时常买来盆景花草放在拼木桌上。今天桌上也有一只藤条花篮,篮中花盆里细长的樱草茎上端,簇拥着红花朵朵……

在须田町换车的俊助,与辰子分别一小时后坐在这二楼窗前桌边的转椅上,悠然自得地抽起了"金嘴"香烟。面前摆着正在阅读的书,打开的那一页夹着象牙裁纸刀。然而现在的他却无心咀嚼书页中充填的思想。脑海中辰子的身影宛如缭绕的青烟,永远牵动着一种曼妙的感觉。他将头脑中的遐想,看作电车中幸福感觉的余波。同时,他还看到了更多幸福的前兆。

桌上烟灰碟中已有两三个"金嘴"烟头。此时,他听到吃力地登楼梯的脚步声,随即有人来到拉门外面站下。

"喂!在吗?"熟悉的粗声大嗓。

"进来吧!"

俊助话音刚落,拉门哗啦一下打开。摆放樱草花篮的桌子对面,野村晃动着肩膀慢吞吞地将肥胖的身躯挪进门来。

"真安静啊!我在门厅招呼了好几声,连个女佣都不出来,我只好就这么上楼来了。"初次到这儿来的野村仔细打量了屋里,然后扭转肥臀在俊助指给他的安乐椅上落座。

"女佣可能外出办事了。房东耳朵背,所以听不到你招呼。……你刚从学校回来?"俊助取出西式茶具摆在桌上,并瞟了一眼身穿制服的野村。

"不,今天我想这就回老家去……后天正好是老爷子三周年忌日。"

"那可够你呛!你老家光跑一趟就够辛苦的。"

"没啥!已经习惯了,不在乎了。不过,乡下办忌辰倒真是……"野村故作为难似的皱了皱近视镜后的双眉,随即振作一下精神。"说实话,我来你这儿是有事相托。"

十七

"什么事啊?这么郑重其事的。"俊助将一杯红茶放在野村面前,自己也坐在桌前椅子上,迷惑不解地注视着对方的眼睛。

"没有郑重其事。"野村反而更加难为情了,他摩挲着寸头开了口,"说实话,就是上回商量的去疯人院的事……怎么样?你替我带初子去参观,行吗?我要是回了老家,恐怕一个星期都回不来。"

"那怎么行?就算需要一个星期,你回来再带她去,不行吗?"

"可初子说要尽早去的呀!"野村真的愁容满面,眼睛却在挨个儿浏览墙面挂着的摄影版名画,竟然看定了达·芬奇的《莉达》。

"哎,你这幅画挺像辰子的嘛!"他冷不丁地扯出意外的话题。

"是吗?我倒不这么看。"俊助回答着,却明显地觉察到自己在撒谎。这种觉察对于他自己来说,当然毫无意义。不过,内心却又潜藏着一种小小冒险的快感。这也是事实。

"像,像!要是辰子再胖点儿,简直如出一辙。"野村从近视镜下仰视《莉达》许久,然后转向樱草盆花,并且深吸一口丹田之气。"怎么样?看在多年的交情上,替我带她去吧!我想你会帮我的,所以已经写信通知了初子。"

"那你是自作主张!"这句话刚到俊助的舌尖尚未出口,脑海里突然清晰地浮现出辰子内敛腼腆的姿容。

野村似乎看出了他的心思,敲打着安乐椅扶手说:"只带初子一人,也许你有些顾忌。不过,辰子可能也……哦,她说她一定要去的。所以你不必多虑。"

俊助将茶杯托在掌上,思虑良久。不知是在思虑该去与否,还是在思虑以何种借口，挽回已经拒绝的委托——他自己亦不知有何思虑之必要。"去也行嘛！"他既为自己的势利之举感到羞耻，又不得不为自己的承诺做出解释，"这样我也能见见久违的新田。"

"哎哟天哪！这我就放心了。"野村好像真的放下心来，将胸前的纽扣解开了两三个，并呷了一口红茶。

十八

"日期嘛——"俊助的眼神更多地停留在掌中的茶杯上，"定在下星期三下午。如果你不方便，星期一或星期五也行。"

"没事儿，星期三刚好没课。栗原那儿，要我去找她吗？"

野村已将对方眉间痛下决心的神情看在眼里。"不，我让她到你这儿来吧！路顺。"

俊助默默点头，并燃着了闲置许久的埃及烟。随后舒展地头靠椅背，辟出一个新话题："你已开始写毕业论文了吗？"

"参考书倒是读了一些……可什么时候能有完整的思路，我也毫无头绪。特别是近来杂事太多……"野村说到这里，眼中又露出担心遭到冷嘲热讽的神色。

俊助却格外认真，他追问道："杂事太多……那是怎么回事儿？"

"好像还没对你讲过。我母亲住在乡下，她说等我毕业后就来跟我住在一起。如果那样的话，老家的田地房产就都得妥善安顿。所以打算趁这次回去为老爷子做忌辰，也把这事办一办。我总觉得，这些琐事远不像读一本哲学史那么简单。真烦人。"

"那当然啦！特别是你这种性格的人……"

俊助与野村是东京高中的同桌，所以常有机会听他说到家里的事。野村家是四国岛南部名声显赫的世家。父亲与政党有所牵连之后，家业有些衰微。但即便如此，在当地仍是屈指可数的望族。初子的父亲栗原，是他母亲的异母兄弟。作为政治家奋斗到如今位置上，也多亏野村的父亲多方关照。其父逝去后，不知何处冒出一个自称庶出的女子，于是闹起了难缠的官司……俊助了解这一切背景，大致也能想象到，野村此次不得已回乡的背后，纠缠着多少复杂纠葛。

"目前，倒还不至于像施莱艾尔马赫的哲学那么令人头疼。"

"施莱艾尔马赫？"

"我的毕业论文。"野村有气无力地说完，无精打采地低下了寸头，眼望着自己的手脚。不久他又像勉强地振作了精神，扣好胸前的金纽扣说："我得走了。去疯人院的事，就拜托你多多费心了。"

十九

野村不让俊助远送，俊助不干。他戴上鸭舌帽，披上斗篷，两人一起走出了森川町的住所。幸好冷风似已停歇，大街柏油路面被春寒中的夕阳映得微微发亮。

两人乘电车去了中央车站。野村将手提箱交给行李员，走进已亮起电灯的二等候车室。墙上的挂钟指针离发车时间还有一大截儿。俊助站下，抬下巴指指挂钟。"怎么样？吃了晚饭再走吧？"

"是啊！那也行啊！"野村从暗兜里掏出怀表，与挂钟对照了一下。"你到对面等我。我去站前买车票。"

俊助独自去了候车室旁的食堂，里面已几乎坐满。即便如此，他仍站在门口巡视。热心周到的侍者告诉他，附近有个空位，却见那桌旁，已有一对貌似实业家的夫妇对坐用餐。他想按照西方的礼节回避，可别处又无空位，只好跟了过去。当然那对夫妇毫不介意,照样隔着细颈花瓶用大阪话高谈阔论。

俊助点过菜,侍者离开。不久,野村抓着两三张晚报匆匆进来。听到招呼声好不容易找到俊助,毫不理会旁边的夫妇就胡乱拉过一把椅子。"我刚才买票时,看到一个特像大井的人。难道会是他吗?"

"大井也不见得就不来车站嘛!"

"不,好像还带着个女人呢!"

此时汤菜已经端上,两人就此将大井抛在一边,转到了春意盎然的旅行话题,诸如岚山樱花花期尚早,濑户内海的汽船想必好玩儿等等。

在等待上菜的空当儿,野村恍然想起似的说道:"刚才我给初子打过电话了。"

"那,今天她们都不来送你吗?"

"谁会来呢?为什么问这个?"听到问为什么,俊助也无言以答。

"今早才给栗原发了一信,此前从未提过回乡之事。刚才她在电话中说,信刚刚到。"野村似乎在为没来送行的初子极力辩解。

"是吗?怪道今天碰到辰子,也没说起此事。"

"你碰到辰子啦?什么时候?"

"午后在电车上。"俊助口中回答心里琢磨,刚才在住所还曾提到辰子,却又为何一直瞒着她们?不过,他自己也无从判明,那是偶然还是故意。

二十

站台上一如既往,送行的人成群结队。且不仅人头攒动,车窗里面也亮亮堂堂。野村亦从车窗探出头来,放心不下似的向站台上的俊助叮嘱几句。他俩都被周围人群的情绪感染，体味着既盼车开又怕车开的复杂心情。尤其是在话头中断时，俊助几乎是用充满敌意的目光扫视左右的人群，躁动不安地磕打着木屐。

后来，发车铃声终于响起。

"那好，再见了！"俊助抬手碰碰帽檐。

"再见！那事儿就拜托你了。"野村一反常态，又郑重其事地说道。

火车立即开动。俊助没有在站台上长久地感伤的习惯，他再次扶扶帽檐，随即毫无眷恋地混在人群中，向出口的石阶走去。

可就在此时，掠过他眼前的车窗中，意外地出现了大井笃夫的面孔。他身披斗篷，臂肘支在窗框上挥动着手帕。俊助不由得止住了脚步，同时想起刚才野村说过看到了大井。但大井似乎并未觉察到俊助，眼瞅着与车窗一同远去，还在不停地挥动手帕。俊助像被狐狸精蛊惑了一般，身不由己地茫然目送远去的火车。

当他从意外之中醒过神来，却又急欲寻见大井挥动手帕的目标。他耸着肩膀左顾右盼，在涌动的人群中寻觅。当然，他脑海里还回响着野村说大井带着女伴的话语，但他却无法找到目标。或者说，那个目标总在人群中游移不定。哪个是真正的目标，更加无法判断。他不得不放弃搜寻。

出了车站，在仰望丸内区空旷的星月夜空时，俊助仍旧无法摆脱刚才那匪夷所思的心境。他感到大井挥动手帕，比不约而同地乘上一趟火车更显得矛盾而滑稽。众所公认品性阴毒的大井笃夫，为何会有那种做戏般的举止呢？抑或是以恶人恶语为面具，掩饰他老实巴交的纤弱本质……俊助在多种揣测中彷徨着，沿新开发的宽阔大道走到城河边，然后乘上了电车。

翌日到校，走进纯文学科哲学概论的公共课教室时，却意外地看到了本应在昨晚七点乘快车离去的大井。

二十一

当天俊助到校比平日稍迟,所以只能坐在最后排的座位。然而当他坐下时,两三排前略低的座位上,坐着个身穿熟悉的黑布和服的人,一本正经地手支下巴。俊助颇感奇怪,难道昨晚在中央车站看到的不是大井笃夫?可他立刻又确信无疑。不,肯定是大井笃夫呀!此时,昨晚看到大井挥动手帕时产生的妖狐蛊惑之感,变得越发强烈。

而后,大井不知何故蓦然回首张望,看上去仍是那般桀骜不驯。这副理所当然的表情令俊助感到玄妙出奇,同时他用眼神送去问候。大井也由肩畔微微颔首回礼,旋即回头去与身旁穿制服的同学交谈。俊助心中骤然涌起解开昨晚谜团的欲望,但为此而离座是既麻烦又愚蠢的。于是,他借给钢笔吸水时稍稍欠起身来。此时,担任哲学概论课的著名教授 L 先生挟着黑书包慢悠悠地进了教室。

L 教授与其说是哲学家,莫若说更具实业家风采。他那天穿着流行的茶色西装,抬起戴金戒指的手从包中取出讲稿,令人觉得,他不如离开讲桌站到老板桌旁。此后,那令人头痛的康德哲学范畴论,便与其风采毫无关联地开始了。俊助对哲学课和美学课的热衷程度,甚至超过了英国文学专业课。所以,在大约两节课中,他认真而熟练地挥笔记录。即令如此,当他间歇中抬头看到支着下巴难得动笔的大井背影时,仍不能不感到昨晚的蛊惑之感仿佛迷雾一般,弥漫在康德与大井之间。

不久,下课了。当满教室的学生蜂拥而出时,他站在入口的石阶上与随后出来的大井会合。大井仍旧双手插在邋遢的衣襟里,笔记本露在外面,见到俊助立刻喜笑颜开。

"怎么样?那晚见到的美女们都好吗?"他反倒抢先冷嘲热讽

起来。

从教学楼出来的大群学生陆续经过他们身边，向两侧的石阶涌去。俊助露出苦笑，噤口不答。他脚不停步地走下一段石阶，来到发了芽的榉树下才回过头来。

"你没看见我吗？昨晚在东京车站。"他先试探地问了一句。

二十二

"啊？在东京车站？"大井的眼神与其说狼狈，莫如说是难下决断。他狡猾地瞅一眼俊助。可当那眼神被俊助的冷峻目光挡回来后，他便大模大样地承认了。"是吗？我一点儿也没注意到。"

"而且，还有美人儿送行。"得势的俊助乘胜追击，想套出对方实话。然而大井却意外镇静地嘴边浮起微笑。"美人？那是我的……算了，不说了。"他故弄玄虚地搪塞着。

"你到底去哪儿了？"大井用"那是我的……"虚晃一枪，使俊助有点儿怯阵。俊助干脆彻底舍弃了战术策略，正面追问大井。

"到国府津去了。"

"然后呢？"

"然后就回来了。"

"为什么？"

"什么为什么？就是情况使然嘛！"

此时，丁香花的芬芳甜腻腻地扑进了两人鼻孔。他们几乎同时抬头一看，不觉之间已经来到狄更斯铜像前。丁香在环绕铜像的草坪上沐浴着明媚的阳光，绽开着簇簇紫花。

"所以嘛！我问你，是什么情况？"

大井却很开心似的放大声音。"你真爱管闲事。我说情况使然，就是情况使然嘛！"

不过,俊助已不会再轻易吃他这虚晃一枪。"就算情况使然,去一趟国府津也用不着挥动手帕呀!"

话音刚落,大井霎时满脸惊慌失措。不过,口气却仍旧那样傲慢不逊。"那是因为,其他的情况使然嘛!"

俊助想乘胜追击,再进一步挖苦逼问,可大井似乎早已感到形势不妙。此时,两人已来到通向正门的银杏林荫道上。

"你去哪儿?回家吗?那我失陪了。我去一趟图书馆。"说完,他巧妙利落地丢下俊助急忙走掉了。

俊助目送大井的背影,禁不住露出苦笑。可他已无意追上去刨根问底,于是出了正门,直接来到隔着有轨电车大街的郁文堂书店。刚一进门,微暗的店内深处,一位正在搜寻旧书的男子悠然向他转过身来。

"安田君,好久没见!"那人亲切地打着招呼。

二十三

书店里几乎整天夕暮般昏暗,但却足以辨认戴着红色土耳其帽的藤泽。俊助脱帽回礼,并莫名地感到,那尘土味十足的旧书与藤泽鲜亮花哨的穿戴之间,存在着怪异的反差。

藤泽一只纤手搭在大英百科全书的书架上,满脸现出近乎妩媚的微笑。"你每天都见大井吗?"

"是的。刚才还一起听课呢!"

"我从那晚到现在,还一次都没见到他……"

俊助想到,近藤之所以与大井有矛盾,是因为他俩都是《城》同人。而藤泽恐怕也被卷入其中。然而藤泽说起话来更加柔声细气,似乎在极力避免此种误解。"我曾到他的住处去过几次,但每次都不凑巧,屋里没人。不管怎么说,大井是公认的唐璜,或许为了那事儿，正忙得神魂颠倒吧！"

俊助进大学后才认识了大井，他至今从未想过，穿黑布和式礼服的大井竟如此缠绵于脂粉。所以他不禁发出惊讶的感叹："啊？他也是个花花公子吗？"

"这个……是不是花花公子——总之，他确实很使女人痴迷。在这方面，他从高中时代起就一直是先行者。"

说话间，俊助脑海里又清晰地浮现出昨晚在车窗里挥动手帕的大井。同时还想到，藤泽是否对大井有些怀恨在心，故而不动声色地恶语中伤？可藤泽却随即歪歪脑袋，送来谄媚的微笑。"听说最近又跟哪家餐馆的女侍打得火热，真让人羡慕呀！"

听藤泽这样一说，俊助倒觉得他在为大井的名誉辩护。同时越发感到，脑海里大井挥动手帕的身影散发着浓烈的脂粉气。

"真能折腾！"

"是够能折腾的！当然，也就更没闲工夫见我这样的人。而且他叫我去，是为了讨要精养轩音乐会的门票钱。"藤泽边说边拿起手边账台上的纸封皮旧书随意翻看，突然将封面呈示给俊助。"这也是花房卖的书。"

俊助意识到，自己的嘴角油然浮起了微笑。"是梵文书吧？"

"是的。好像是印度的《摩诃婆罗多古诗》。"

二十四

"安田君，客人来了。"

听到女佣招呼，已经换上制服的俊助含混地应对了一声。随后强打精神一般，楼梯踏得咣当作响地下了楼。下楼一看，是梳着中分发式、手持长柄紫色阳伞的初子。她逆光站在玄关木格门里，比往常更显神采焕发。俊助站在地板台沿时，一种令人目眩的感觉猛然袭来。

"你一个人?"他问道。

"不,辰子也来了。"初子略倾腰身,透过格门向外望去。外面有一块三米见方的铺路石,再外面是老旧的院门。俊助循着初子的视线看去,只见洞开的院门外是似曾相识的藏蓝竖条和服。袖兜摆动,戏弄着春日的光影。

"上楼来喝杯茶再走吧!"

"谢谢了。不过……"初子嫣然一笑,又朝格门外瞅了一眼。

"好吧!那我马上就陪你们去。"

"总给你添麻烦!"

"没事儿!反正今天闲着。"俊助麻利地掀起绳帘,将外套搭在胳膊上,随手抓起学生帽便跟着初子出了院门。

辰子拿着同样的紫色阳伞,看到俊助便默默地将一双纤手并在膝前,郑重其事地鞠躬行礼。俊助近乎冷淡地答过礼,还一边担心,这样是否会给辰子带来不愉快的感觉。同时还想,在初子眼里,是否即令如此仍然保留着亲切感。虽然他在违心地掩饰着自己的真情,可初子却对两人的交流并不在意,她已斜举起打开的紫色阳伞。

"从哪里乘电车?正门前面?"

"是的。那里近一些。"

三人走在窄巷里。

"辰子说她今天无论如何不能去。"

俊助以眼神示意"是吗?"并看看身旁的辰子。她薄施脂粉的脸上,朦胧地罩着一层紫色阳伞的漫光。

"当然啦!去疯子待的地方,我真害怕。"

"我不怕。"初子把洋伞骨碌一转,"有时我还真想疯一疯呢!"

"哟!你真够呛!为什么呀?"

"我觉得，那样会比现在的活法更加丰富多彩。你不这样想吗？"

"我？我不想丰富多彩。现在这样就已经够了。"

二十五

新田先将三位客人让进医院的会客室。室内有此类场所特有的窗帘、地毯、钢琴、油画等设施，装饰得华而不俗。且钢琴上还摆放着别致的青铜钵，随意插着早开的玫瑰。新田请三人坐下，并回答俊助说，这是医院温室培养的花。

然后，新田转向初子和辰子，按照俊助事先的委托，伶牙俐齿地介绍了精神病学的常识。他是俊助的前辈校友，从高中开始就对不同类型的文学饶有兴趣，所以在介绍中列举了各种精神病患者实例，尼采、莫泊桑、波德莱尔等名人频现其中。

初子认真地聆听解说，辰子显然也颇感兴趣——虽然她大都是低眉顺眼的神态。俊助从心底里非常羡慕吸引了她们注意力的新田。而新田对两位女士却几乎完全是公事公办的态度，表情淡定自若。同时，他的条纹西装和素雅领带也朴实无华，令人感到他能列举出世纪末艺术家的名字，真是一件不可思议的事情。

"不知为什么，听着你的解说，我感到自己也似乎不正常了。"解说告一段落，初子更加神情认真地叹口气说道。

"不，其实严格地说，普通的正常人与精神病患者的界限意外地模糊不清。至于那些被称作天才的人们，可以说他们与神经病患者之间毫无差异。这是著名的精神病学家隆布罗索的科研成就。"

"我希望，你也能通过研究证明，他们之间有所差异。"俊助从旁说笑似的提出异议时，新田冷峻的目光移向这边。

"如果有差异，我当然会指出。但实际上并无差异。"

"天才终归是天才,疯子终归是疯子,对吧?"

"这种差异,在夸大妄想狂和受害妄想狂之间也有。"

"但是混为一谈,太不合理。"

"不,是应该同等看待的。诚然,天才是有所作为的,而疯子当然是背道而驰。但这是人们对他们的作为给予的价值差异判定,而并非自然存在的差异。"

了解新田一贯主张的俊助与两位女子会心一笑,就不再开口。新田也像是在自嘲过度认真,先咧嘴笑笑,随即恢复了严肃表情,并巡视着三人的面孔。

"现在我陪你们转转去吧!"说罢轻松地站起身来。

二十六

三人看到的第一间病房中,有一位束发小姐在全神贯注地弹奏风琴。风琴对面是铁栅栏窗,窗口倾泻而入的春光冷冷地照在她的鹅蛋脸上。俊助站在门口看到满窗的山茶花时,恍若置身于西方修道院中。

"她是长野县一位资本家的小姐,据说因婚事不顺而导致精神错乱。"

"好年轻啊!"辰子柔弱的嗓音喃喃自语着。然而初子的眼神,与其说是同情,莫若说是充满了好奇。她死死地盯着小姐的侧脸。

"她好像只记得弹风琴呢!"

"不只是风琴,这位患者还画画儿,也会裁缝,字写得特别漂亮。"新田向俊助说完,离开三人静静地走近风琴。可小姐仿佛浑然不觉,手指依然在琴键上跃动。

"你好!感觉怎么样?"新田反复地问了两三次,小姐却仍然面对窗外的白色山茶花,毫无回应之意。非但如此,她还凶猛地撞开新田轻轻搭在肩上的手,而自己的手却仍毫厘不差地弹奏着与病房气氛相仿的抑郁乐曲。

三人感到很恐怖,无言地退出病房。

"她今天可能心情不好。开心的时候,她特别可爱。"新田关上小姐的房门,不无失望地说道。随后,他又打开隔壁的房门。"你们来看!"他抬手招呼三位客人。

进去一看,只见形同澡堂三合土地面中央,有三个埋了陶缸的坑穴。每个坑穴上方,安装着一个水龙头。且其中一个坑内有位光头青年男子,从土黄色袋子里露出脑袋,像柱子一般立在那里。

"这是帮助患者镇静的治疗室。他时不时好端端的就闹腾起来,所以必须装在这样的口袋里。"

果不其然,水龙头的流水像细细瀑布一般,毫不间断地浇在袋里男子的光头上。他混沌的双眼呆望空中,煞白的脸上毫无表情。

俊助克服了恐惧心理,开始产生愤懑不平的情绪。"这未免过于残酷!监狱看守和疯人院医生,简直不是人干的行当!"

"过去的理想主义者与你一样,他们也曾抨击过人体解剖,说这有悖于人道主义。"

"难道那样不痛苦吗?"

"当然,既痛苦,也不痛苦。"

初子面不改色地冷然俯视坑中的男子。辰子呢?俊助猛然想起转眼寻找,然而病房中早已不见了辰子的身影。

二十七

俊助心生不快,撇下初子和新田退回微暗的走廊。只见辰子正背对白墙,惶然无措。

"你怎么了?感觉不舒服吗?"

辰子抬起那双灵秀的星眸，倾诉般地望着俊助。"不，我觉得他们好可怜。"

俊助不禁微微一笑。"我也感觉很不愉快。"

"你不觉得他们可怜？"

"我不知道他们可怜不可怜……总之，我不想看到那种人的那种情状。"

"你不为那人着想吗？"

"在此之前，我先想到我自己。"

辰子煞白的腮边透出似有似无的笑意。"你是个冷漠的人。"

"或许是冷漠了些。不过，假如事关自己的话……"

"你会善待？"

此时，新田同初子走出房门。

"接下来……嗯，到那边的病房去看看吧！"新田似乎完全忘记了辰子和俊助的存在，很快经过俩人面前，向走廊远处尽头的房门走去。而初子看看辰子的脸，微微皱了皱浓密的眉头。

"怎么啦？脸色不太好嘛！"

"是的？有点儿头疼。"辰子轻声回答着摸摸额头，随即恢复了往常的清晰嗓音。

"走吧！我没什么事儿。"

三人各自想着心事，先后跟着新田走向微暗的走廊。

他们来到走廊的尽头。新田打开那间病房门，回头望望身后的三人，做了个"请看"的手势。这是一间宽敞的席铺病房，令人联想到柔道训练场。席铺上有大约二十名女患者，全都穿着灰条患者服，如同杂乱的羊群一般蠢蠢挪动着。俊助看到高高天窗泄漏光线中的疯人群体，意识到刚才那种不快感又被强烈地激活了。

"她们都相处得不错嘛！"初子的眼神像是在观望一群家畜，并向站在身旁的辰子私语道。而辰子只是默然点头，口中却无言以对。

"怎么样?进去看看吗?"新田浮现出捉弄似的微笑,巡视一下三人的脸孔。

"我是看够了。"俊助答道。

"我也看够了。"辰子说完,无奈地轻轻叹了一口气。

"你呢?"

初子兴奋得面露红光,妩媚地直盯着新田。

"我要看!"

二十八

俊助和辰子回到刚才的会客室。进门一看,方才未见的阳光现已斜穿玻璃窗落在钢琴腿上。或许是被那阳光烤灼的缘故,花瓶里的玫瑰花飘散出令人愈加烦闷的甜香。最后,那位大家闺秀弹奏的风琴声简直像疯人院建筑的叹息,不时地从走廊的对面传入耳中。

"那位小姐还在弹琴呢!"辰子仍站在钢琴前面,朦胧的目光向远方飘去。俊助点着了香烟,疲惫不堪地坐在钢琴对面的长椅上。

"就为了失恋,也会发疯吗?"他自言自语道。

此时,辰子文静地将视线转向俊助。"你认为不会吗?"

"这个嘛……我觉得不可能。不过,你会怎么样?"

"我?我会怎么样呢?"辰子漫无目的地自问道。她苍白的脸庞泛起了红晕,视线落在白布袜上。"我不知道。"她小声回答。

俊助叼着"金嘴"香烟默默地望了辰子片刻,然后故作轻松地开了口。"你放心吧!你是不会失恋的。但是……"

辰子文静地抬起双眼,凝眸在俊助的眉宇之间。"但是?"

"也许会让别人失恋。"俊助感到自己半开玩笑的话语,却意外地带有认真的口气。他同时感到害羞,自己怎么会有如此讨厌的认真?

"别这样说。"辰子立刻垂下双眼,然后转过身去轻轻掀开钢琴盖子,仿佛要驱赶笼罩着两人的、充满玫瑰芬芳的沉默。她叩动了两三个琴键。或许是因为手轻乏力,钢琴只发出微弱的音响。而俊助在听到琴声的同时意识到,平日不屑一顾的感伤主义甚至险些将自己也牢牢控制。对他来说,这无异于一种危险意识。然而在他的心中,此时却毫无脱离险境的满足。

不久,初子和新田一起出现在会客室门口。此时,俊助变得比往常开朗爽快。

"怎么样?初子,找到小说的原型了吗?"他探问道。

"找到了。多亏你们帮忙。"初子分别向新田和俊助殷切致谢。

"我真是长了不少见识。辰子也在就好了。那个女的真可怜,她认定腹中怀有胎儿,一直坐在角落里唱摇篮曲。"

二十九

初子对辰子说话时,新田轻拍一下俊助的肩膀。"哎,有个去处要带你看看。"说完,转向两位女子说道:"你们在这儿休息一会儿。马上给你们倒茶喝。"

俊助听从新田的召唤,跟他离开明亮的会客室来到微暗的走廊。这次,新田带他去了相反方向的大病房。只见这里有大约二十名男患者,穿着与那边相同的灰条患者服,横七竖八地倒在席铺上。只见其中有个梳中分发式的年轻男子,张口流涎,伸展双臂,跳着振翅飞翔的奇怪舞蹈。新田拽着俊助毫无顾忌地走进患者群中,然后抓住一位抱膝危坐的老者。

"怎么样?有什么变化吗?"他一本正经地问道。

"有啊！听说这个月底之前，磐梯火山又要炸裂……昨天晚上，各路神仙都到上野去商讨对策。"老者瞪着糊满眼屎的双目，细声细气地说道。新田却毫不理会，回头看看俊助。

"怎么样？"他捉弄似的问道。

俊助只是微笑，对那句"怎么样"并不作答。于是，新田又走到一个戴着镍框眼镜、看似脾气暴躁的男子跟前。

"就要缔结和平条约了，你也该清闲下来了。"

可那个男子抬起阴郁的双眼，死死盯着新田说："根本闲不下来。因为克莱曼索不批准我辞职。"

新田与俊助对视一下，确认对方现出微笑后又默默走向病房的角落。那里有一位花白头发的风雅男士，自刚才起就盯着他俩。

"怎么了？夫人还没回来吗？"

"是啊，妻子是想回来啊……"那位患者说着，突然满眼狐疑地转向了俊助，语气认真得瘆人。"大夫，你领来的这个人可了不得，他就是那个有名的色狼呀！勾引我妻子的……"

"是吗？那我马上把他送到警察局去！"新田随口附和着，又转向俊助。"我说，这些人死后，在他们脑髓上可以看到，微红皱褶交叠处有蛋清状的物质。只有沾满指尖那么一点儿。"

"是吗？"俊助仍然在微笑。

"也就是说，磐梯火山炸裂、给克莱曼索提交辞职书、色狼一样的大学生，都来自这蛋清一样的物质。就连我们的思想和情感……啊，其他的你应该能推测出来。"

新田巡视周围蠕动着的灰条患者服，仿佛向谁挑衅似的挥挥手。

三十

初子和辰子乘上开往上野的电车。电车半边沐浴着春日的夕阳，静静地驶出车站。俊助掀了一下帽檐，向车窗内抓着吊环的两位女子致意。她俩都在微笑。他特别觉得辰子那注视自己的双眸，微笑深处潜藏着忧郁的神色。辰子在老旧讲堂门厅避雨的身影，闪电般地划过他的心田。此时电车已经加速，窗内的两位女子也从他的视野中消失。

目送电车远去的俊助仍在感受激情燃烧的兴奋，他不甘心就此乘上开往本乡区的电车回到寂寥的二楼，于是，便在夕阳余晖中向相反方向信步前行。熙攘的大街渐近黄昏，行人越发多了起来。不仅如此，橱窗里、柏油路上，还有林荫树梢上，到处都飘逸着春天的气息。这里正是他直接宣泄胸臆的境地。他漫步街市，心中流淌着妙不可言的喜悦，犹如承接夕照却不染霞光的天空一般……

当天空完全黑下来时，他在那条大街的一家咖啡屋里削了一个餐后苹果。面前有一只细颈花瓶，插了一支百合绢花。身后有一架自动钢琴，正在连续奏鸣着《卡门》。左右几群客人在白色大理石餐桌旁围坐，与打扮漂亮的侍女肆意地谈笑风生。他置身于此情此景之中，回味着疯人院会客室中那充满忧郁的午后沉默。温室培养的玫瑰、窗口泄漏的阳光、隐约柔弱的钢琴声、低垂了眼帘的辰子——俊助被甜美红酒温暖了的心中，交替出现着那些令人愉快的景物。不久，一位侍女端来红茶打断了他的思绪。他不经意地将视线从苹果上移开。恰在此时，玻璃门打开，身穿斗篷的大井笃夫从华灯闪烁的大街慢悠悠地走了进来。

"嗨！"俊助顺口向他打个招呼。大井满眼惊愕，在乌烟瘴气的咖啡馆内巡视着，很快便找到了俊助。

"嗨!你怎么到这种地方来了?"说着就走到俊助的桌旁,连斗篷都不脱就坐下了。

"这种地方你挺熟嘛!"俊助挖苦着瞥了一眼献媚逢迎大井的侍女。

"我是波希米亚式的流浪艺术家,可不是你那样的享乐主义者。所有的咖啡屋、酒吧还有小酒馆,我都是熟客。"大井似乎已在别处喝过酒,满脸涨得通红地大放厥词。

三十一

"不过,就算是熟客,我也绝不靠近赊过账的店。"大井突然压低嗓音自嘲般地笑笑,旋即将上半身转向账台。

"喂!来一杯威士忌。"他蛮横地命令道。

"那,所有的店,你都不靠近?"

"别小瞧我。就我这样——至少还可以到这儿来!"

此时,个头最低、年纪最小的侍女端着放了一杯威士忌酒的洋托盘,小心翼翼地走了过来。她长了双下巴,一双大眼睛,脂粉下透出琥珀色的皮肤,是位年轻健康的姑娘。她暗暗地向大井送去亲热的眼神,并将满得快要溢出的威士忌酒杯移放在桌子上。俊助自然忆起两三天前,郁文堂那位头戴土耳其帽的藤泽曾说过大井的风流韵事。而大井却毫无羞赧之色,自顾将红脸转向那位侍女。

"别那么一本正经的。我来了你该高兴就高兴,有什么不好意思的?这是我的好朋友安田,是位贵公子。当然,虽说是贵公子,却没有什么爵位。区别只是,他比我稍微有钱而已。这是我未来的妻子,叫阿藤。在这店里是第一美人。下次你来,多给些小费。"

俊助点着了香烟,微笑不语。而姑娘脸上却泛起纯真的胭霞,其羞怯之情与此行内女子不太相称。她像面对兄弟似的乜了大井一眼,随即将"铭仙"绸衣袖口一翻赶快逃向了账台。大井目送其背影故意纵声大笑,随即呷了一大口威士忌。

"怎么样,是个美人儿吧?"他开玩笑似的征求俊助的赞同。

"嗯!看上去挺温顺的,是个好姑娘。"

"不对,不对,我说的是阿藤的——阿藤身段的美,而不是什么温顺之类的精神美。那玩意儿对大井笃夫来说,有没有都一样。"

俊助不接他的碴儿,只是从鼻孔里呼出"埃及"烟雾。此时大井探出手臂,从俊助的玳瑁壳烟盒里取了一支"金嘴"烟卷。

"你这样的城里人,对那种美很盲目。不行。"他开始向奇妙的目标喷出了火舌。

"我当然没有你那种眼光。"

"别开玩笑了,这话得让我来说。藤泽那小子把我叫做'唐璜',可你近来比我更来劲儿。怎么样,那两位美人儿?"

俊助实在不想在这种场合谈论这种话题,于是像没听见似的将话题引向那位叫做阿藤的侍女。

三十二

"多大了?那个阿藤。"

"今年十八,属虎的,八白星。"大井又大口呷着威士忌,盘着腿高高地坐在椅子上。"从流年来讲,也不算很温顺。不过这倒没什么,温顺不温顺反正都是女人,总是很乏味的。"

"你别歧视女人。"

"那你尊重女人吗?"

俊助只好又微笑着妥协。

于是,大井将第三杯威士忌放在面前,又将满口的浓烟喷向对方。"女人是都很乏味的。上至乘轿车的,下至住平民区的,全部加起来也不过十几种。要是不信,你尽管浪荡两三年试试,很快就会看遍各种女人。真的很乏味。"

"那就是说,你早已觉得很乏味啦?"

"乏味啦?笑话!……不,你要是想讽刺就讽刺吧!可尽管我说乏味,我还是要继续追女人。你可能觉得我挺傻。不过,我说乏味也是真心话。同时,我说有滋有味也是真心话。"

大井要了第四杯威士忌后,平日的傲慢渐渐低落,蒙眬醉眼中闪现着泪光。当然,俊助正满怀好奇地注视这一连串的变化。可大井却似乎毫不在意俊助作何感想,继续第五杯、第六杯地喝着威士忌,语调也越来越兴奋。

"所谓有滋有味是说,如果不追女人就更乏味了。可即使追到了女人,也还是乏味。那么怎样才能有滋有味呢?……如果我能搞得清楚,也就不会如此乏味了,我总是对自己这样说。但怎样才能有滋有味呢?"

俊助稍稍安慰他一下,然后半开玩笑地缓解着对方的激动情绪。"让别人追你嘛!那样不就有滋有味了吗?"

可大井反倒变得厉颜正色,并挥起拳头捶一下大理石桌面。"但在别人追你之前,倒还可以忍受乏味,一旦有人对你痴迷,那可就万事皆休了呀!失去了征服的自豪感,也再不会产生好奇心,剩下的,就只有可怕的极端乏味了。女人这东西,当关系发展到一定地步必定会对男人痴迷,所以很难理清摆平。"

俊助不禁被大井的激动所感染。"那怎么办呢?"

"所以嘛!所以我一开始就问,怎么办才好?"大井说着皱了皱杀气腾腾的浓眉,艰难地喝干了第七杯抑或第八杯威士忌。

三十三

俊助沉默了片刻，只见大井指间的"金嘴"烟瑟瑟颤抖起来。突然，大井将烟蒂扔进烟灰碟，隔着桌子抓住了俊助的手。

"哎！"他语气非常急迫。

俊助没有应声，却睁大双眼看着大井。

"哎！你还记着吧？那晚七点，我在快车窗口向送行的女人挥动手帕。"

"当然记着啦！"

"那你听我讲，我和那女的以前一直同居呢！"

俊助来了好奇心，同时想把带酒精味儿的感伤主义暂且抛置一边。岂止如此，他甚至对周围桌旁顾客们的狐疑目光亦颇感不快。于是他敷衍着大井，并向账台边的阿藤示意。可不等阿藤动身，最初接待他的侍女就赶忙来到桌前。

"结账。连这位先生的一块儿。"

此时大井放开俊助的手，眼中仍然含满泪水，频频瞄着俊助。

"喂，喂，我什么时候叫你付账啦？我只是叫你听我讲话。你愿意听就听，不愿意听……对了，不愿意听就赶快回家去吧！"

俊助付账之后，又叼上一支烟点着，抚慰地微笑着看看大井。

"我听啊！听嘛！不过我们坐着不走，给酒吧添麻烦了呀！所以不如先到外面去，我再听你说嘛！"

大井终于同意了。可是刚一离开椅子，腿脚便不听使唤，远不如口舌那么灵便。

"你行吗？喂！当心点儿！"

"笑话！不就是十几杯威士忌……"

俊助尽量不去碰大井的手，向着入口的玻璃门走去。阿藤早已将门扇洞开，不安地睁大双眼等待两人出门。在顶棚吊着的中国灯笼光线中，她比刚才更显天真无邪。俊助越发觉得她妩媚动人。而大井却像浑然不觉阿藤的存在，背倚俊助粗壮的手臂，一声不吭地走过阿藤面前。

"谢谢您！"

跟大井出了门的俊助，从阿藤道谢中听出对他照顾大井的感激之情。他回头看看阿藤，没忘了向阿藤送去会意的微笑。他俩来到大街上，阿藤仍然双手握在白围裙前，站在明亮的橱窗旁眷恋地目送他们远去。

三十四

来到街灯照亮的梧桐树下，大井立刻靠在俊助的臂膀上，执拗地继续着刚才的话题。

"那你听我说。别嫌麻烦。听我说。"

俊助这次颇守信用，不再敷衍搪塞。

"那个女人是护士，我去年春天扁桃体发炎时……啊，说这个没用。总之和那女人，从去年春天开始交往。但你知道我为何会与她分手吗？就是因为这女人痴迷于我。或者说，偶然地让我发现她痴迷于我。"

俊助频频留意着他的脚步，踩着路灯下时长时短的身影沿柏油路前行。他还要忙着收拢自己散乱的心绪，倾听对方的述说。

"其实，也没有什么精彩的故事。她就是因为有人给我写信，所以醋意大发。当时我看透了她的心思，顿时产生了厌烦情绪。她只当是自己不该吃醋……啊，说这个没用。我想跟你说的，是有人给我写信。"大井说着呼出熏天的酒气，且窥伺着俊助的脸色。

"发信人用了女性的名字，实际上是我自己发的。吓你一跳吧？连我自己都吓一跳，别说你了。那我为什么要写那封信呢？因为我想知道，这女人会不会吃醋。"

此时，连俊助自己也觉得触到了神秘莫测的东西。"你有毛病啊！"

"有毛病吧？因为我十分清楚，一旦那女的痴迷于我，我就会厌烦于她。而当我厌烦于她时，就越发觉得人世乏味。当时，我已几乎百分之百地知道她在吃醋。于是，我就写了信。我不能不写。"

"真是个怪人！"熙熙攘攘的人群中，俊助呵护着步履怪异的大井，又发感叹道。

"所以，我这个人就是这样——为了厌烦女人而迷恋女人，为了更加乏味而行乏味之举。但我心底却偏偏一点儿也不想厌烦。你说我惨不惨？惨吧？没有比这更惨的了。"大井酒劲儿似乎愈加发作起来，激动得嗓音都带了哭腔。

三十五

随后，两人乘坐开往本乡区的电车，来到热闹非凡的十字路口。此处灯火辉煌，映照着幽暗的天空。灯下电车、汽车、人力车川流不息，从四面八方滚涌而来。俊助若想将半醉的大井领过马路，则须当心周围的杂沓拥挤，亦须留意大井险象环生的步履。

然而当他俩辗转来到大街对面时，大井却毫不在意俊助的关照，很快便找到了这条街上的啤酒厅招牌。"哎，我说，咱们进去喝一杯再走吧！"说着，就要随手掀开绛紫色门帘。

"算了吧！你都喝成这副德行了。"

"别、别那么说。你陪陪我。这回我请你。"

晕晕乎乎的俊助一下子清醒过来。他可不愿再陪大井喝酒，再听他讲述独具特色的恋爱史。他松开托着大井脊背的手臂。"那你自己去喝吧!这白喝的酒我是喝够了。"

"是吗?那就没办法了。我还有故事想让你听呢……"大井手扯门帘,站稳脚跟沉吟了片刻,然后将酒气熏天的面孔凑到俊助鼻尖上。"你不知道那天晚上我为何要去国府津吧?也是为了离开厌烦了的女人。"

俊助将双手交叉着伸进外套里,与大井相向而视。

"啊?为什么?"

"还能为什么——我在信上写了必须回乡的理由嘛!接着就是男女洒泪诀别的悲戚场面。那晚在车窗挥动手帕是全剧的高潮。总之,说到底是在演戏。那女人可能现在还真以为我回老家了呢!因为经常有寄往老家的信转寄到我这儿来。"大井说着自嘲地笑笑,将硕大的手掌搭在俊助肩头。

"我自己也不想永远保留那副伪装,但在剥掉它之前还是得保护它。这种心情你恐怕不会理解。你不理解——就不理解吧!也就是说,即使我与厌烦了的女人分手,也要尽量减少对方的痛苦。尽量——哪怕撒下弥天大谎。当然,我不想做什么乖乖娃。但为了对方,为了女人,我觉得有义务那样做。你一定会觉得我很矛盾吧!矛盾意味着深刻。我就是这样的人。这一点我恳求你理解——好啦!失陪了,我亲爱的安田俊助。"

大井做了个稀奇古怪的手势,再拍拍俊助的肩膀,随即顺手掀起门帘,就晃晃悠悠地进了啤酒厅。

"真是怪人一个!"俊助心中说不出是轻蔑还是同情,再次念叨着这句话。然后,他静静地走过令人眼花缭乱的梅花牌洗衣粉广告灯下,向车站的红色立柱方向走去。

三十六

回到住处，俊助脱掉制服换上和服，先在蓝罩的台灯下浏览外出期间寄来的信件。有野村的来信，亦有本月的《城》杂志，腰封上盖有"请赐高见"的印章。

俊助打开野村的信时模模糊糊地推测，信中恐怕一半都是与其父三周年忌辰有关的纷繁家事。然而读了又读，却完全没有那般消息，通篇皆是咏叹大自然和乡间生活的美辞丽句。矶山已是嫩叶满枝，上空游荡着夏日的海云。云下晾晒着捕捞珊瑚的丝网，在明媚的阳光中闪亮。自己也想有朝一日乘上大伯的渔船，捞起大海深处的珊瑚枝……这些描写不像出自哲学家笔下，莫若说更像诗人热情奔放的抒怀。

俊助从这些绚丽多彩的辞藻中，感受到了野村现时的心境。信中充满了他对初子的纯真爱恋，字里行间透射着温情的喜悦。还能隐约听到叹息之声，不时窥见动情的泪光。所以，只要亲历了这种心境，野村眼中的大自然和生活就会给自己的爱心投下彩虹般的光环。嫩叶也好，海云也好，捕捞珊瑚也好，从无限的意味上讲，只能是超越地界的现实而存在的某种天示。因此，他的长信就成为一种特殊的启示录。唯有能够同情朴素爱情幸福的人，才能够读懂。

俊助微笑着卷起野村的长信，又打开了《城》杂志的封袋。封面印着比尔兹利画的坦华瑟，上面又套红印着"为艺术而艺术"的细小铭文。浏览目录，排头是藤泽创作的抒情诗戏剧《褐色的玫瑰》，然后是近藤的《罗普斯论》，花房翻译的阿那克里翁作品，不一而足。俊助近乎冷酷地审视着标题目录，随即看到了"《倦怠》——大井笃夫"的字样。于是，刚才大井的身影便倏然清晰地浮现于脑海之中。他立刻翻到卷末刊载的小说。尽管采用第三人称叙述的手法，其实就是将今晚大井的告白印成了文字。

俊助只用十分钟左右，便轻松读完了《倦怠》。随即又打开野村的长信，将恍然大悟般的惊讶目光投在那美妙淋漓的字里行间。野村信中大势磅礴的爱与大井小说中和盘托出的爱——透过一个初子看到了天堂的野村与透过多数女子看到了地狱的大井——他俩之间的天壤之别出自何方？不，莫若说，何者堪称真正的爱？是野村的幻觉，抑或是大井的利己之心，抑或从各自角度来看，全都堪称无私的爱？那再进一步说，自己对辰子的爱呢？

俊助在蓝罩台灯下，将野村的信和大井的小说并排摆放好，叉着双臂沉静地端坐在桌前。

（以上是《路上》的前篇，后篇容待后日完成。）

大正八年（1919）七月

于连·吉助

侯 为译

一

于连·吉助是肥前国彼杵郡浦上村人。

他自幼离开父母,在当地一位叫做乙名三郎治的人手下听差。但是,生来愚笨的他总是受到周围人的欺侮,被迫去做牛马活儿。

吉助十八九岁时,暗恋着东家的独生女儿阿兼。阿兼当然对这位听差下人的恋情不屑一顾。非但如此,心怀叵测的同伴觉察此事便开始捉弄吉助。吉助愚笨,却难以忍受苦恋愁情,于是,某晚从寄居多时的三郎治家偷偷出走。

此后三年之间吉助杳无音讯,无人知道他的下落。

后来他变成乞丐返回浦上村,且同往日一样又成为三郎治的听差。他对同伴们的轻侮毫不在意,一心只顾好好干活儿。特别是对于小姐阿兼,更是忠实如家犬一般。阿兼此时已经招赘,夫妻和睦,令人艳羡。

一年、两年,岁月就这样平平淡淡过去。此间同伴们却无意中察觉,吉助添了些奇异的举动。出于好奇,他们开始严密监视吉助,发现吉助每日早晚必在额前空画十字,握手祷告。于是,将此事告诉了三郎治。三郎治似乎害怕日后有难,立即将他送进浦上村公所。

吉助被衙役们押到长崎监牢时,仍然毫无畏惧神色。不,听人说，愚笨的吉助当时的神情，宛如天光映照一般充满了奇妙的威严。

二

吉助被推到判官面前。他坦诚地公开了自己信奉基督教的事实，然后与判官之间展开了如下对话。

"你信奉的宗门神主何姓何名？"

"他是古希腊幼君，名叫耶稣·基督。邻国公主叫圣·玛丽亚。"

"他们都是何等模样？"

"我等梦中所见之耶稣·基督殿下，身穿紫色长袖衫，是一位俊秀青年。圣·玛丽亚公主身穿金线和银线缝制的长罩衫。"

"这两人因何成为宗门神啊？"

"耶稣·基督爱上了圣·玛丽亚公主，相思而终。他们是拯救吾等烦恼众生的宗门神。"

"你于何处、师从何人习得此道？"

"三年来我遍访各地，在一处海滨师从陌生红毛人习得此道。"

"传授此道时有何仪式？"

"先沐圣水，再赐'于连'之名。"

"其后，红毛人去往何方？"

"此事委实蹊跷。他们踏浪而去，消失在波涛汹涌之间。"

"事到如今，如若说谎必定严惩不贷。"

"我又何必说谎。此事并无半点虚假。"

判官感到吉助所说之事颇为费解，与此前所有盘查过的基督徒完全不同。然而不管判官怎样审问，吉助绝不改口。

三

遵照天下大法，于连·吉助终被判处磔刑。

当日，他被拉去四下游街。然后在桑托·蒙塔尼之下的刑场上，被残忍地绑上了木架。

在周围的竹栅栏上空，木架高高地画出了十字。他仰望天空，不断地高声祈祷，面无惧色地接受了非人的酷刑。随着吉助的声声祷告，他的头顶上空涌起一团彤云。不久，一场雷电交加的沛然大雨降临刑场。当天空再次晴开之后，被绑在十字架上的于连·吉助已经气绝身亡。竹栅栏外的人们却觉得，吉助的祷告声仍在空中回荡。

他的祷告朴实古雅："希腊幼君，你在何方？请你赞美吧！"

当他的尸体从十字架上放下时，人们都对尸体散发的美妙芳香惊愕不已。仔细看去，却见吉助口中匪夷所思地开出一朵鲜嫩的百合花。

这就是于连·吉助的一生，散见于《长崎著闻集》、《公教遗事》和《琼浦把烛谈》等文献中，也是日本殉教者中我最喜爱的神圣愚人的一生。

大正八年（1919）八月

妖　婆

侯　为译

您也许不相信我讲的这个故事。是的，您肯定怀疑我在胡编乱造。古时有无此等怪事我不得而知，而它却发生在大正年代太平盛世，且发生在我们久住熟知的东京。一出门，满眼便是往来穿梭的电车和汽车；回头进屋，耳畔不时响起电话铃声。打开报纸，映入眼帘的是同盟罢工和妇女运动的报道……就在这样的一天，就在这大都市的一角，发生了似曾在坡以及霍夫曼小说中读过的、令人毛骨悚然的怪事。空口无凭您当然不信。然而，东京街区何止百万灯火，却无法燃尽紧随日落降临的夜幕，令城市重返白昼。同样，尽管无线电通讯和飞机征服了大自然，但它毕竟不可能揭示出隐藏于大自然深处的神秘世界的地图。那又怎能断定，在文明阳光照耀下的东京，那些平常只在梦中上蹿下跳的精灵们，不会在时空中展现奥厄巴赫作品中描述的魔窟般的光怪陆离呢？它们从来不受时空的限制。您若瞧得仔细就会发现，那令人惊异的超自然现象犹如夜半开花一般，始终在我们身边神出鬼没。

比如说，冬日午后您在银座大街上走路，准会看到落在沥青路面上的纸屑。数来约有二十片，集聚一处随旋风打转。若仅此而已，倒也没有故事可讲。倘若您愿意试试，不妨数数纸屑打转有几处。从新桥到京桥之间，必定是左侧三处，右侧一处。且无一例外，都在十字路口附近。若说此乃气流所致，倒也没错儿。但您仔细观察又会发现，每簇纸屑中肯定有一片是红纸——或是电影广告,或是"千代"花纸的边角乃至火柴商标。种类再多,红色必居其中。它俨似纸屑们的首领,一旦阵风袭来便率先翩翩起舞。此刻,微尘中便响起窃窃私语之声。散落于各处的白色纸屑,旋即消失在沥青路上空。不是消失,而是一齐轻盈地画出弧线流萤般飞起。风渐停时亦然,即如刚才我之所见,红色纸屑率先飘落。看到此处,您也会称奇叫绝。我自然深感诧异。其实,我曾两三次伫留街头,在橱窗大股倾泻的灯光下,凝神观察飞舞的纸屑。其实当我做此观察之后,平时人眼难辨之物即如夜幕中的蝙蝠,也变得隐隐约约依稀可辨。

不过,东京令人百思不解的不只是银座大街上的纸屑,深夜乘电车时屡屡发生的怪事也令人感到匪夷所思。最可笑的,是那驶过杳无人影街区的红色电车①和蓝色电车②。即使车站台上空无一人,它也要规规矩矩地停下来。您若对我所说的表示怀疑,即请在今晚躬亲验证。同是市内电车,据说动坂线与巢鸭线的此类情况居多。就在四五天前的夜晚,我乘坐的红色电车,一如既往地戛然停在无人上下的动坂线"团子坂下"站台。乘务员手拉铃绳向大街探出上半身,例行公事地招呼:"有人上车吗?"我就坐在票台旁,抬眼向车外望去,只见薄云遮月,洒下朦胧微光。车站支柱下自不待说,两侧人家亦关窗闭户,午夜的大街空空如也。我正暗自纳闷,乘务员拉响了车铃,无人上下的电车随即启动。我空望车外,站台渐渐远去。此刻,我眼中却莫名其妙地出现了人影,在月光下渐渐缩小。毋庸多说,这是我心恍神迷。可那位赶路的红色电车乘务员,为何要停在无人上车下车的站台?而且,遇此怪事者并非仅我一人,熟人中也有那么三四位呢!难道说乘务员在停车前打盹儿了

---

① 红色电车,倒数第二班车。
② 蓝色电车,末班车。

吗？据说，我的一位熟人还曾抓住乘务员指责："不是没有人上下车吗？"而乘务员却满脸狐疑地回答："我总觉得，有很多人上下车的。"

如果逐个列举，还有炮兵工厂烟筒黑烟逆风而飘，尼古拉教堂大钟午夜不敲自鸣，两台相同牌号的电车相随通过日暮时分的日本桥，空荡荡的国技馆每晚传出观众喝彩声……所谓"自然夜晚的侧影"，恰似美丽蛾子的穿梭飞行，也在繁华东京的大街小巷时隐时现。因此，我要讲的故事并非与您熟知的现实世界相去甚远，并非子虚乌有。不，您已了解东京夜晚的某些秘密，所以切勿藐视我讲的故事。若您听完故事仍感到有"鹤屋南北"般的鬼火味道，那么与其说故事有失实之处，莫如说是我的罪过。因为我讲故事的本领，尚无法同坡以及霍夫曼相比。一两年前，故事的主人公在某个夏夜与我相对而坐，一五一十地讲述了他的遭遇。当时，一种阴森森的妖气笼罩四周，令我至今难忘。

这位男子是日本桥附近出版商的少东家，我们常来常往。一般情况下，谈完业务他便早早回家。刚好那天傍晚下起了阵雨。本想雨停就走，可不知何故，就那么耽搁下来。皮肤白皙、眉宇清秀、身材消瘦的少东家，正襟危坐在"盆节"灯笼微光映照的廊沿上，山南海北地聊着就过了初更。闲聊之间他说"有件事一直想说给先生听"，随后便满脸忧虑地缓慢开讲。他讲的，自然是我要讲给您听的妖婆的故事。他身穿肩头染着一抹淡墨的上等麻布褂，将西瓜盘放在面前。那种生怕别人听到似的耳语姿态，我如今仍然记忆犹新。话说到此，还有一幕情景也深印脑海挥之不去。少东家上方挂着一盏"盆节"灯笼，圆鼓鼓的灯体映现出秋草的花样。对面远方，雨霁夜空散乱着黑压压的云团。

故事的要点如下。少东家新藏（为避嫌暂用此名）二十三岁那年，去找家住本所区一丁目的跳神婆婆算命。大概是六月上旬某日，新藏拽着在附近经营和服店的商业学校同学，一起去与兵卫寿司店小酌，不打自招地透露了心事。同学阿泰立时郑重其事地热情建议："那你去找阿岛婆掐算掐算。"仔细一问方知，这位跳神婆婆两三年前从浅草一带迁居至此。她能掐会算，还擅长念咒，几乎到了差神使鬼的地步。"你也知道的嘛！就在前些日子，鱼政店的女老板投河自尽……可就是不见尸体浮起来。找阿岛婆讨来护身符从头道桥往河里一丢，当天就浮起来了，而且就在丢护身符的头道桥桩跟前。恰巧傍晚涨潮，立时便被那里泊靠运石船的老板发现。人们嚷嚷着：'啊，是房客！''是土左卫门！'随即赶去桥头派出所报案。我路过时，巡警已到现场。我从人群外朝里一看，刚捞上来的女老板尸体盖着破席放在那里。席片下露出泡胀了的双脚，脚底紧贴着……你猜，是什么？就是那道护身符！连我都吓得打哆嗦了。"听到这里，新藏也感觉脊梁发冷。晚潮的暗色，桥桩的轮廓，还有河面漂着的女老板身影……这些景象忽地展现于眼前。不过，他还是不肯示弱，兴趣盎然地向前挪身说："真有意思！我一定找她掐算掐算。""那我帮你引见引荐？几天前我找她算过财运，现在也算有点交情了。""那就拜托你了。"如此这般，两人叼着牙签出了店门，用草帽遮挡梅雨间歇中的夕阳，身着单裋肩并肩地前往跳神阿婆的住所。

我该说说新藏的心事。他家女佣阿敏姑娘与他暗恋一年多，却不知何故，于去年年底探望生病的姨母时一去不返，音信皆无。不仅是新藏深感意外，连照管阿敏的新藏母亲也很牵肠挂肚。找了保人之后，又委托多方打探，费尽周折仍不明去向。有传闻说当了护士，又有传闻说当了谁家小妾。闲言碎语倒是不少，可一旦追根问底，却又都说不明详情。新藏先是忧心忡忡，后又怒气冲天，近来便只是发呆和郁闷。母亲看到他失魂落魄的样子，隐约觉察到两人关系非同一般，更添了一层忧虑。于是叫他去看戏，叫他去洗温泉，或叫他替父亲参加应酬客户的酒宴。百般劳心费神，就是想让新藏振作起来。那天，母亲支使他去察看本所一带的零售店。其实是让他游玩消遣，还给纸袋里装了几张零花钱。恰好东两国区有儿时的伙伴，他就拽着阿泰到附近久违的与兵卫寿司店喝酒去了。

因有如此来龙去脉，新藏虽然喝得微醉，但去找阿岛婆的目的仍很明确。在头道桥向左拐，沿着行人稀少的竖川河岸向二道桥走百十来米，泥瓦匠铺和杂货铺之间，夹着一座灰头灰脑的竹格窗、格子门房舍。这好像就是那位跳神婆婆的家。新藏先自意识到，自己和阿敏的命运竟取决于这位怪阿婆的一句话，不祥的预感陡然涌起，将醉意驱赶得一干二净。况且，阿婆的住所外观上令人丧气。这是一座低檐平房。门口被梅雨浸润的檐溜石湿漉漉、绿茸茸的，令人诧异，仿佛青苔之间眼看就会长出蘑菇来。且与杂货铺相邻处有棵一抱粗的垂柳，密密匝匝的枝条遮蔽了窗口，使整个屋顶笼罩在暗影下面。阴森森的氛围中，那扇拉窗的深处似乎隐藏着极不寻常的秘密。

然而阿泰却毫不理会这些，走到竹格窗前才站下回头，恍若刚刚想起似的吓唬说："好了，马上就要拜见鬼婆婆了，你可别吓着了哟！"新藏当然也嬉笑着说："我又不是小孩子，能让一个老太婆吓着？"听他甩出这句话，阿泰反倒不满似的瞪了他一眼："哪里呀，不是看到阿婆吓着，是有一位你意想不到的小美人儿，所以提前打个招呼。"说着，便伸手搭在格子门上，并粗声大嗓地喊："有人吗？"随之传来闷声闷气的应答："哎！"轻拨拉门，跪坐在门里的是一位十七八岁的温顺姑娘。果不其然。难怪阿泰说"别吓着"，此话没错。姑娘面庞娇小，鼻梁挺拔，白白净净，发际姣美。那双水灵剔透的星眸动人心魄……可这张脸庞却无缘地透出令人心疼的憔悴。连那蓝地白花单裯上的红瞿麦花和服腰带，也似乎在挤压她的胸脯。阿泰见到姑娘，便摘下草帽问道："你母亲呢？"

姑娘现出一脸无奈:"真不凑巧,母亲出门了。"像是自己做错了事,姑娘眉目周围泛起红晕。突然,她冷眼瞟了一下窗外。"哎呀!"她轻唤一声就想站起身来。阿泰思量此处地形特殊,会不会来了过街歹徒。慌忙回头一看,刚才站在夕阳余晖中的新藏已不知去向。没等阿泰回过神来,跳神婆婆的女儿早已跪在他膝前急切地恳求:"请你一定告诉刚才那位同伴,千万不要再来这里,否则他性命难保!"听姑娘断断续续说完,阿泰简直一头雾水,呆呆地站在那里。好在他还清楚已然受人之托,便应了句:"好的,我一定照办!"随即慌得草帽都没戴,冲出门外就去追赶新藏,一追就是五六十米远。

五六十米开外正好是荒寂的石岸。上半截是被夕阳映染的电杆,此外别无他物。新藏垂头丧气地呆立在那里,交叉双臂,眼睛盯着脚面。阿泰终于赶到,气喘吁吁地对他说:"你真是胡闹!我说别把你吓着,可你倒把我吓得够呛。你到底把那个小美人儿……"可新藏却又朝下一道桥头跌跌撞撞地走去,嘴里还激动地说:"我当然认识。那姑娘……我告诉你,就是阿敏!"阿泰又吓了一跳——也该着他再受惊吓。说来说去,新藏找阿岛婆算命,正是要寻找阿岛婆的女儿。可是,阿泰也不能只为姑娘的嘱托,没完没了地担惊受怕,于是他把草帽一戴,立即把阿敏的话原模原样地学给了新藏。新藏先是俯首静听,随即皱着眉头露出狐疑的目光气愤地说道:"叫我别去她家这能理解,可去了就性命难保?简直莫名其妙。真是岂有此理!"然而阿泰也只是受人之托传话,且没问缘由就跑了出来,所以尽管心里很想安慰对方,却除了罗列一些应景的话,哪还有什么灵丹妙药?这样,新藏更像与己无关似的闭了嘴,并且加快了脚步。不一会儿,他们又来到了与兵卫寿司店号旗下。新藏突然转向阿泰,不无遗憾地脱口道:"我真该见见阿敏。"阿泰则若无其事地挖苦说:"那就再去一趟呗!"如今想来,这话等于给新藏想见阿敏的念头火上浇油。待了一会儿，新藏告别了阿泰，立即重返回向院前的"和尚斗鸡"菜馆。先要了两三壶酒自斟自饮，等待天色完全黑下来。天色黑透他便冲出酒馆，喷着酒气把单褂袖筒甩在身后，直奔阿敏家——也就是那位跳神婆婆的家。

漆黑夜空星月全无，地气蒸腾溽热难耐，时而掠过一丝凉风，是梅雨季节常有的天气。新藏当然放心不下，憋着劲儿要得到阿敏的真心话。他不会无功而返。泼了墨一般的夜空下矗立着大垂柳，树下的竹格窗里透出黯然灯光。新藏也不管那小屋阴森瘆人，猛地拉开格子门，站在狭小门厅里就喊："有人吗？"里边恐怕已知来者何人，柔弱含混的应答似有几分颤抖。俄顷，拉门轻轻地开启。手撑地板、身披邻屋灯光的阿敏出现了。她面容消瘦憔悴，像是刚刚哭过。然而新藏却是酒足饭饱。他草帽扣在后脑勺上，冷冰冰地俯视着阿敏。"哎！你母亲在家吗？有点事儿想请她掐算掐算。能见我吗？你去通报一声！"他毫不理会阿敏的表情，自顾自痛快地发号施令。阿敏心中难过，并手伏身。她已悲伤得濒临崩溃，浑身无力地只说了声："是。"却把泪水咽在肚里。正当新藏呵着映出彩晕的酒气又要催促时，邻屋隔扇门里传出阿岛婆无力的、鼻腔中哼出的、癫蛤蟆自语般的嗓音："哪一位呀？外边那个。别客气，进这屋来吧！""外边那个？"太不像话了！你这幽禁阿敏的罪魁，我先把你整治整治。新藏气势汹汹猛蹿上来，顺手脱去单褂，又把草帽扣在阿敏慌忙拦挡的手上，昂首走进邻屋。可怜的阿敏被撂在一边，紧紧靠在隔扇门上。她顾不上整理客人的单褂和草帽，泪汪汪的明眸直直仰望着顶棚，且将纤纤玉手合在胸前，口中不住地祈祷。

进了屋，新藏毫不拘束地把坐垫铺在膝下，旁若无人地四下打量。屋内正如想象，破烂的八铺席房间，黑黢黢的顶棚和支柱。正面有块六尺见方的木地板，墙面上方挂着写有婆娑罗大神的挂轴。

下置神镜一面,供酒两壶,还毕恭毕敬地摆放着红、蓝、黄纸剪成的小纸币三四札。左侧套廊外就是竖川河道。或许是错觉,透过格窗仿佛听到淙淙水声。却说阿婆,人在哪儿呢?木地板右方有个衣柜,柜上摊着点心盒、汽水、砂糖袋、鸡蛋盒等礼品。一位穿着黑地儿无领衫褂的大块头阿婆盘踞于柜前,几乎占满一铺席。她剪发头、塌鼻梁、大嘴巴、青紫脸色,闭着睫毛稀稀落落的双眼,叉着浮肿的双手。刚才讲到阿婆说话像蛤蟆哼哼,眼前所见,俨然一个非同寻常的蛤蟆怪,伪装成人样在喷吐毒气。新藏竟也心惊肉跳起来,觉得屋顶电灯都黯然无光。

不过,他当然早有精神准备,斩钉截铁地说:"那就拜托阿婆帮我看看,我的姻缘命该如何。"或许阿婆没有听清,她努力睁开眼缝,一只手搭在耳旁重复问道:"什么姻缘?"随后,又嬉笑着用那特有的含混嗓音说:"客官想要女人了吗?"新藏强忍即将迸发的怒火说:"正因如此,才来找你。否则谁会到这种……"他也顾不得身份不身份了,不肯示弱地同样哼笑着回答。可阿婆却泰然自若,像蝙蝠振翅般呼扇着耳旁的手掌,讪笑着打断新藏道:"我不会说话,你别生气。"然后改了口气,貌似认真地问:"年龄多大?""男方二十三岁,属鸡。""女方呢?""十七。""属兔啊!""出生月份是……""行了,只需知道年龄便可。"说完,阿婆在膝头掐着手指,像是在数星星。不一会儿,她微抬松垂的眼皮朝新藏瞟一下说:"不成不成。大凶,大凶。"她先是危言耸听,后又自顾自宣判似的嘟囔道:"要是结了缘,两人之中必有一人命丧黄泉。"新藏怒火中烧。看来,就是她在背地里散布谣言,说我的姻缘危及性命。他忍无可忍,打着饱嗝喷着酒气破口大叫:"大凶就大凶。男人一旦钟情,性命又算得了什么!烧死、砍死、淹死,都值得。"此时阿婆又微睁双眼,嚅动厚唇讥笑地说:"那,男人先死了,女人怎么办?更别说死了女人的男人,一样是痛不欲生嘛!"老婆子,看你敢碰阿敏一根手指头。新藏瞪着阿婆激愤地说:"男人和女人同生同死!"面对新藏的怒目而视,对方仍旧叉着手,抽动着菜色的腮帮子,嬉笑着反唇相讥:"男人啊!"新藏后来说,当时他不由自主地打了个冷战。也难怪,这就如同向对方下了战书,所以他感到不寒而栗。阿婆反唇相讥之后看到了新藏的畏缩,猛地扯了一下黑单褂衣襟,嗲声嗲气地说:"不管怎么讲,人算不如天算!你别自不量力了!"随后突然翻起白眼,煞有介事地双手搭耳道:"瞧瞧!证据就在眼前!你听不到有人在叹息吗?"新藏禁不住身心紧张地侧耳倾听。除了隔扇后阿敏的动静,别无任何声响。此时阿婆眼珠转得更快。她说:"听不到吗?有一位跟你一样的年轻人,在河边石头上唉声叹气呢!"阿婆向前膝行几步,映在身后衣柜上的影子越发放大。新藏闻到了阿婆身上的怪味。拉门、隔扇、神酒壶、神镜、衣柜和坐垫,都在阴森森的妖气中走了样,呈现出奇形怪状。"那位年轻人也跟你一样色迷心窍,违抗了附在阿婆身上的婆婆罗大神。因此大神立即降罪,年轻人转眼殒命。他就是你的榜样。你好好听听吧!"话音如同无数苍蝇振翅般聒噪,从四面八方钻进新藏的耳朵里。正在此时,拉门外竖川边传来了什么人投河挣扎的喧嚣,撕破了夜幕。闻声丧胆的新藏再也坐不住了,连最后威胁阿婆的硬话都说不利索。他甚至忘了正在啜泣的阿敏,跌跌撞撞地冲出阿岛婆的家。

新藏回到日本桥自己家中,翌日刚起床便看到报纸报道昨夜竖川有人投河自尽。那是龟泽町木桶匠的儿子。原因是失恋,地点在头道桥和二道桥之间的石岸边。想必此事对新藏打击太大,他突然发起了高烧。此后三日卧床不起。可他躺着也是心事重重。不用说,还是为了阿敏。当然现在看来,阿敏并非已移情别恋。她突然告假又不让新藏再来,无疑都是阿岛婆的阴谋。他不好意思再怀疑阿敏。另一方面却又百思不解:与自己无冤无仇的阿岛婆,为何如此煞费苦心？再说，阿敏跟此等唆使别人跳河的鬼婆婆同住，恐怕时日不久，就会被赤身裸体地绑在祭祀婆娑罗大神的房柱上，点着松枝给烤了。想到这里，新藏再也躺卧不住。第四天一离开寝榻，即欲找阿泰讨教妙策。恰在此时阿泰打来电话，且不为别的，正是阿敏的事。阿敏昨夜很晚去找阿泰，说一定要面见少东家说明详情。当然，她不能直接往东家打电话，只能托阿泰传话。新藏也想见到阿敏，于是紧贴着送话器急切询问阿泰："她说要在哪里见面？"巧嘴利舌的阿泰先卖个关子："这个嘛……"然后才说："不管怎样，才见过两三次面，这个腼腆姑娘就说要到我家来，恐怕也是被逼无奈。我也被她感动，立刻与她合计你俩如何见面。她对阿婆谎称去洗澡，倒是能出得了家门。河对岸远了点儿——可又没别处可选，就告诉她到我家二楼。她却怕给我添麻烦，说什么也不肯。我想她这样客气也没错儿，就问她自己有没有想好的地方。她倒一下子红了脸，小声说明天傍晚少东家能否到附近石岸边见面。真是'野外幽会不问罪'，真是妙不可言。"阿泰似乎在强忍笑意。新藏可是笑不出来，他急不可耐地确认道："说好在石岸边见面啦？"阿泰回答："我没有别的办法，只好这样说定了。时间是六点到七点之间。谈完之后，你再到我这儿来一趟。"新藏应允并道了谢，紧接着挂上了电话。不过，现在到傍晚这段时间漫长难熬，一刻三秋。新藏拨了一会儿算盘，又帮着对了对账，再吩咐一下送中元礼事宜。此时他仍无法掩饰自己焦急的神情，只顾盯看窗格上挂钟的时针。

痛苦中熬过了后晌，新藏终于在斜阳西照将近五点时出了店门。此后便怪事连连。新藏跂拉上小伙计摆好的木屐，刚从散发着油漆味的新刊书籍广告牌后边向柏油路上迈出一步，就有两只蝴蝶擦着他的草帽飞过。可能是大凤蝶，翅膀上泛着瘆人的青光。当然，那时他并没太在意。两只蝴蝶追逐嬉戏着向斜阳飞去。他瞟了一眼上空的蝶，跳上恰巧路过、开往上野的电车。在须田町换车到国技馆站下车时，又是那两只蝴蝶纠缠飞舞在草帽前。他并不认为是日本桥那两只蝴蝶追踪到此，所以仍不理会。离约好的时刻还有些时间，于是他拐进第一条巷子，找到一家招牌上写着"薮"的、清爽整洁的荞面馆，边吃晚饭边做准备。当然，今天要表现得风度翩翩，所以他滴酒未沾。可他又觉得胸口堵得难受，喝了一杯凉麦茶，这才稍有缓解。大街已昏暗下来，他像躲人耳目的逃犯一般，悄然撩开门帘来到店外。此时，一对蝴蝶又像跟踪一般，忽而飞到纳闷愣神的新藏鼻尖前。还是那种蝴蝶，黑丝绒般的翅膀上涂着青色荧光粉。可能是幻觉，飞向前额的蝴蝶，似乎将冷飕飕的夜气剪切成了乌鸦般的形状。新藏不禁惊诧驻足。此时，却见蝴蝶倏然变小，互相追逐着消失在苍茫暮色中。反复出现黑蝶怪状，新藏便又胆战心惊起来。弄不好，自己站在石岸边也要失控跳河。他变得犹豫不决。然而今夜来会面的阿敏更令他为之担心。因此他重又振作精神，走过夜幕之下人影恍如蝙蝠的回向院门前，目不斜视地直奔约会地点。就在此时，从河边花岗岩狮子上方，又翩翩飞来两只泛着青光的蝴蝶。先是翅膀相互纠缠，忽而又被晚风拂扫，消失在昏暗的电杆根部。

这样一来，在石岸边徜徉等待阿敏的新藏也没了好心情。他一会儿扶正草帽，一会儿又瞅瞅收在袖管里的怀表。这不到一个小时的时间，比刚才在店里账台上那会儿更令人焦躁。然而，阿敏仍迟迟不来。他不由自主地离开石岸，向阿岛婆家走了几十米。右侧有一家澡堂，大大的彩绘仙桃上方挂一块仿唐刷漆招牌，写着"根治百病桃叶汤"。阿敏出得家门借口去澡堂，会不会到了这里？——恰在此时，有人掀开女池门帘来到昏暗街面。正是阿敏！她的打扮与上次见面毫无二致：腰系红瞿麦花纹的针织腰带，身穿藏青地儿碎花单褂。今晚刚刚沐浴，更显光鲜亮丽。银杏髻下鬓发乌黑润泽，还留着梳印。湿汗巾和皂盒款款捧在胸前，有所畏忌的眼神不安地顾盼左右。她一下子就发现了新藏，闪动着忧心忡忡的目光嫣然一笑，倏然轻盈地走到新藏身边，心事重重地问："让您久等了！""哪里，没等多一会儿。倒是你，出来一趟不容易吧？"说着，就和阿敏一起向石岸边慢慢走去。阿敏仍是惴惴不安，神色慌张地向后观望。新藏故意用挖苦的腔调说："你怎么啦？好像有人跟踪似的。"阿敏一下子面红耳赤，仍旧不安地说："哎呀！你特意来看我，我还没感谢你呢——多谢光临！"这样一来，新藏也忐忑不安起来。他仔细询问原委，直到岸边。阿敏只是苦笑着答道："要是被人看到就糟了。不光是我，连你也会倒大霉的。"她也只应答了这两句。不一会儿，两人来到约好的石岸边。阿敏看了一眼蹲在暗处的石狮，紧张的心情终于释然。从石狮前走下河边，那里横躺着好多从船上卸下来的根府川石料。到了这里，阿敏终于停下脚步。新藏则战战兢兢地跟着来到石岸边。幸好这里被石狮子挡着，街上的人不会看到。新藏一屁股坐在晚露打湿的石料上，催阿敏回答刚才的问题："说与我性命攸关，说我要倒大霉，到底是怎么回事？"阿敏望了一会儿漫浸石墙的暗青色河水，口中念念有词地祈祷了几句。然后她回头看着新藏，莞尔一笑轻松地说："到这里就不要紧了。"新藏像被狐狸蛊惑，一言不发地盯着阿敏。随后，阿敏坐在新藏身旁，断断续续地悄声述说起来。看起来，两人的确遭遇了凶恶的敌手，若是时间地点选择不当，即刻便有杀身之祸。

人们都以为阿岛婆是阿敏的母亲，其实她是阿敏的姨妈，父母生前从不与她交往。继承祖业当了神社木匠的阿敏父亲说："那个阿婆可不是凡人。不信你看看她的肋巴，长着鱼鳞呢！"在街上碰到阿岛婆时，他要么赶紧用火镰打火驱魔，要么撒盐避邪。可是父亲去世不久，阿敏的儿时伙伴、母亲的外甥女、一个病魔缠身的孤女成了阿岛婆的养女。于是阿敏家和阿岛婆家也就成了亲戚，相互往来了。但是只有一两年的光景，阿敏的母亲也撒手人寰。阿敏没有舅舅，所以不过百日，就到日本桥的新藏家去做帮工，也与阿岛婆断了交往。阿敏怎么又到了阿婆家呢？容后细表。

说起阿岛婆的身世，过世的父亲或许知道一些。阿敏却一无所知，只听母亲她们说过，阿婆从前是个招魂巫婆。阿敏认识阿婆时，她已在凭借婆娑罗大神的魔力跳神和算命。那婆娑罗大神也和阿岛婆一样不明来历，有人说是那天狗所变，有人则说是由狐狸变来，不一而足。阿敏的守护神隶属天满神宫，对于她来说，神宫的神官之类肯定是龙宫里的人物。或许出于这个原因，每天夜里钟报二时之后，阿岛婆就爬下后院竖川里的梯子。她将腰身和脑袋全都泡在河中，一泡就是小半个时辰。若在阳春三月的现在倒也罢了，然而在雨雪纷纷扬扬的寒冬腊月，她也只裹着一层浴衣，人面水獭般扑通地扎入河水。阿敏有时放心不下，一手提灯，一手推开套窗悄悄向河面望去。只见对岸的一溜儿仓库房顶残留着皑皑白雪，更映出阿婆那漂在黢黑水面的浮巢般的剪发。既然付出如此代价，阿婆跳神算命便很灵验。但表面看似为民排忧解难，其实，暗中给阿婆使黑钱，咒死父母、丈夫、兄弟姐妹者也大有人在。前不久从这石岸边投河自尽的青年，听说也是阿婆不费吹灰之力给咒死的。那是受了某米店老板之托。因为该老板也看中了柳桥的一名艺伎。但是，不知因何隐秘缘由，在阿婆咒死过人的现场，咒语便不会再次灵验。不仅如此，现场发生的一切皆可瞒过阿婆的千里眼。所以阿敏特意邀约新藏到此会面。

阿岛婆极欲拆散阿敏和新藏，其实另有一层背景。今年春天，有个证券商来找阿婆掐算财运，看上了貌美温顺的阿敏。他斥巨资诱阿婆就范，要娶阿敏为妾。但若仅此而已，花些金钱即可办妥。可这时偏偏出了怪事：离开阿敏，阿婆便不会跳神也不会算命。阿岛婆一旦开始跳神,先要请婆婆罗大神降临阿敏身上,然后再从神灵附体的阿敏口中逐一请示神旨。说来神灵应该附在阿婆身上才对。不过进入那种亦真亦幻的恍惚境界中,即便此刻通晓了仙界消息,清醒之后也会忘得一干二净。无奈,只好请神灵附在阿敏身上,借以聆听旨意。因了这层原因,阿婆也就更不能让阿敏离开。可那证券商趁机却又暗自盘算:只要娶了阿敏为妾,阿岛婆定会跟来。让她掐算股市行情,搞好了可以富甲天下,财色双收。

从阿敏自身来看,虽然身处非真非幻之中,但阿岛婆的为非作歹却都是按自己的命令行事。因此,抛开心无良知者不提,善良的阿敏必定会为自己被作为害人工具而感到莫名的恐惧。如此说来,那位养女在阿岛婆家同样沦为害人工具。那姑娘本来就是病弱之身,越折腾病情越重,终因自责于罪恶感,趁阿婆熟睡之际自缢身亡。阿敏请假离开新藏家,正是那位养女自尽后不久。可怜的姑娘给幼时伙伴阿敏留下了遗书,却正中阿婆下怀。她想让阿敏接班,巧借此机诱使阿敏请假过来,还放言说杀了自己也不会放阿敏回去。阿敏与新藏约好见面的那晚本也打算乘机逃回,可对方也在小心戒备。阿敏每每向格子门观望时,总会看到一条巨蟒盘起小山在把守。她到底没能鼓起勇气迈出一步。其后阿敏仍多次谋划瞅空逃脱,可就是难以如愿,令她自己也百思不解。于是只好无奈地认命,虽属违心也只能就范。

当不久前新藏来访之后,阿婆就看穿了两人的关系。平日就残忍无道的阿婆,此时已不仅限于恶语相加。她时常殴打、拧掐阿敏。等到夜深人静,还使怪招将阿敏的双臂吊起,或让大蛇缠绕在阿敏颈间,用令人发指的手段百般折磨。更令阿敏心痛的是,在责打的间隙,阿婆还狞笑着恫吓说,倘若仍不死心就叫新藏折寿短命,也决不把阿敏拱手交出。如此一来,阿敏更是一筹莫展。事到如今,万念俱灰只好认命。万一给新藏带来无法挽回的厄运,那才是最可怕的结局。她终于下定决心，将一切都告诉了这位青年。新藏听完前后经过，感到阿婆手段何等了得，且更令人鄙夷、厌恶。阿敏在去阿泰家之前曾踌躇彷徨，进退两难。讲完了如此这般，她又抬起一如往日的苍白脸庞，盯着新藏的眼睛说："阿敏如此苦命之身，无论怎样痛苦、哀伤，都只能痛断情思。就像过去一样，只当我们素不相识吧！"说完阿敏已无法忍耐，依偎在新藏的膝前，咬着袖口哭了出来。惊慌失措的新藏只能抚挲着阿敏的后背，呵斥一番又鼓励一番。然而欲与阿婆对抗，则不得不遗憾地说，他俩的恋情想要如愿以偿是毫无胜算可言的。不过新藏为了阿敏，决不会向阿婆示弱。他强打精神说道："没事儿，不用怕，过不多久就会见分晓。"虽然这是一时应景的安慰，阿敏终究止住了泪水。她离开新藏时，仍然哽咽着说："时间充裕或许还能设法挽救，可阿婆说后天又要请神了。到那时，万一我说话走了嘴……"她还是一副束手无策的愁容。见此情景，好不容易打起精神的新藏又不禁泄了气。后天请神！那么两天之内就必须想出对策。否则不光是自己，连阿敏也将坠入无法自救的不幸深渊。仅仅两天，用什么办法能够制服那个怪老婆子呢？就算是向警察举报，法律也无法适用在幽冥境界发生的犯罪。再说，社会舆论也只会把阿岛婆的罪恶行径当作可笑的迷信而置之不理。想到此处，新藏又着胳膊茫然呆坐。事到如今已无法可想。痛苦的沉默之后，阿敏抬起泪眼仰望着闪烁微弱星光的夜空喃喃自语："倒不如干脆死了的好。"随即像惊弓之鸟一般提心吊胆地环视周围，又说："耽搁太晚阿婆又要训斥我。我得回去了。"阿敏已是疲惫不堪。哦，算起来到这儿已经半个小时了。夜色伴着涨潮的腥风笼罩了他俩，对岸的柴堆、下面泊靠的乌篷船也已隐入苍茫之中。只有竖川河面微光粼粼，仿若大鱼翻起了白肚皮。新藏搂着阿敏的肩膀，轻柔地吻了她说："不管怎样，明天傍晚还到这儿。我也要尽快想出办法来。"他拼命地给自己壮胆打气。阿敏用湿巾轻轻拭去腮边泪痕,悲伤无助地默默点头。然后垂头丧气地从石料上站起身,与同样无精打采的新藏一起经过石狮子前来到寂寥的大街。阿敏猛然又涌出了泪水,痛苦地低下头。星光之下,颈间发际仍是那样姣美。"唉!我真不如死了的好。"她又一次喃喃细语。就在此时,刚才蝴蝶消失的电杆下突然显现出一只巨大的人眼。没有睫毛,蒙着淡青色薄膜,瞳仁混浊,似曾见过。那只人眼大逾三尺,先是水泡一般突然鼓出,随后离开地面少许飘起,接着呆滞片刻。旋即,那混沌灰黑的眼瞳乜斜到一边。不可思议的是,这巨眼融混于街面流动的夜幕之中,虽然神色模糊不清,却难掩无以言喻的祸心。新藏下意识地握紧双拳呵护着阿敏,且拼命要看清那个幻影。说实在的,当时他浑身的毛孔都像是吹进了阴风,从头顶到脊梁到脚底全都凉透,几乎要窒息。他想呼喊,舌头却动弹不得。那只巨眼也在拼命显示憎恶之意,反目直瞪新藏。幸而对峙之间巨眼变得模糊起来,最终当贝壳般的眼皮脱落之后,就只剩下电杆,没有了任何怪物的踪迹。只是,那蝴蝶似的怪物翩翩飞起,用某种眼光看去恰似贴着地面飞行的蝙蝠。其后,新藏和阿敏像噩梦初醒般惊恐失色。他们相视片刻,读出对方目光中惊恐的、决心赴死的含义。手也不自觉地紧紧相握,浑身颤抖不已。

又过了半个小时,新藏仍旧神色惶恐地坐在通风良好的里间客厅,向店主阿泰小声地叙述了当晚光怪陆离的奇遇。两只黑羽蝶、阿岛婆的秘密——对现代青年来说皆属荒诞无稽之谈。阿泰曾经领教过老婆子的怪异咒力,也就没有表示怀疑。他先端上一碟冰淇淋,然后屏息专注地倾听。"当那只巨眼消失之后,阿敏脸色煞白地说:'这可怎么办?阿婆已经知道我在这里跟你见面了。'可我逞强地说:'事到如今,咱们和那老婆子之间的斗争就算开始了,管她知道不知道。'麻烦的是,我已与阿敏约好明天还在石岸边见面。今晚会面已经暴露,恐怕明天老婆子再不会放阿敏出来。就算终究能把阿敏从老婆子魔爪下救出,也得在今明两天之内想出好办法。如果明晚见不到阿敏,所有的计划就全部泡汤。我看,现在神仙佛祖都见死不救了。我和阿敏分手后往这儿走时,就觉得脚不沾地,飘飘忽忽的。"新藏说完整个经过,恍然想起似的扇着扇子,满怀忧虑地望着阿泰。意外的是,阿泰却不慌不忙。他先自望了一会儿檐头吊着的被风吹得打转的葱草,终于扭头看看新藏,又皱皱眉,似乎蛮有信心地说:"也就是说,你想达到目的必须渡过三道难关。第一道,你必须从阿岛婆手中毫发无损地夺回阿敏。第二道,此事必须在后天之前完成。为了配合行动,你必须在后天之前见阿敏一面——这是第三道难关。这第一、二道难关在破了第三道难关之后即可迎刃而解。"新藏还是垂头丧气的样子,怀疑地问道:"为什么?"于是,阿泰露出令人恼火的镇定自若说:"没有为什么。如果你见不到的话……"他突然环视一下周围才说:"这个嘛,要保密到最后关头。听你刚才说的,那老婆子好像已在你身边布下天罗地网,所以千万别走漏了风声。其实,第一关和第二关也并非牢不可破。好了好了,一切包在我身上啦!不说这些了。今晚喝足啤酒,好好壮壮胆。"最后,他貌似轻松地敷衍一笑。新藏对此当然又急又气,可喝下啤酒之后却又觉得阿泰言之有理。因为当他俩谈论毫无兴致的市井见闻时,阿泰忽然发现桌上鲑鱼碟旁的酒杯中,泡沫已然消失的啤酒仍旧满盈盈的,一口都没动。于是他握着滴水的啤酒瓶催促新藏:"来,痛痛快快地干一杯嘛!"新藏也没多想,端起酒杯要一气喝干,却见杯口直径二寸左右的表面,映出顶棚的电灯和身后的苇帘窗。刹那间,又出现一副颇不顺眼的面孔。不,准确地说只是不顺眼,是否堪称面孔尚未可知。让我说,似鸟又似兽,或说它像蛇、像青蛙也挨得上。与其说是面孔,莫若说是面孔的一部分。特别是从眼睛到鼻子那块儿,正越过新藏肩头偷偷朝杯中窥探。那面孔遮挡了灯光,将暗影清晰地投入杯中。说时迟那时快,前文也曾提到,刹那之间,一只说不清道不明的怪眼在酒杯中与新藏对视瞬间,随即消失得无影无踪。新藏将端到嘴边的酒杯放下,骨碌着眼珠四处乱找。可电灯依然明亮,檐草依然旋转。这阴凉怡人的里屋,找不出丝毫暗藏妖气之物。阿泰问道:"你怎么啦?杯子里飞进虫子了?"新藏无可奈何地抹了把额头冷汗,难为情地答道:"没有。我看到杯口映出一张怪面孔。"听到此话,阿泰像回声反射般重复道:"映出一张怪面孔?"随后也瞅瞅杯中。不消说,杯中除了阿泰的面孔别无他物。"你神经过敏了吧?难道那个老婆子会把手伸到我这儿?""可不是嘛!你自己也说过,我身边已被老婆子撒下的天罗地网罩得严严实实。""很有可能。总不会是那老婆子伸出舌头喝了一口酒吧?那就干杯吧!"阿泰千方百计要将情绪低落的新藏鼓动起来,而新藏却越发垂头丧气,终于连那杯啤酒都没喝完,就准备打道回府。阿泰迫不得已,只能热心地为新藏再三鼓劲,而且说坐电车不放心,还给新藏叫了人力车。

当晚新藏睡觉时净做怪梦,几次猛然惊醒。可尽管如此,天一亮他还是赶紧打电话要为昨晚的事儿道谢。接电话的是管家,说:"老爷一大早就出门,不知上哪儿去了。"新藏猜想阿泰去了阿岛婆家,可又不能挑明了问。再说即使问了,又有谁知道这档子事呢?于是叮咛管家,阿泰一回来就通知自己,然后放下了电话。时近正午,却是阿泰打来电话。不出所料,他真的去了阿岛婆家,说是请阿岛婆去看房产。"幸亏见到了阿敏,好歹算是把我的计划信塞给了她。明天才能回话。此事非同寻常,阿敏也会积极配合的。"听到阿泰这些话,新藏就觉得百事皆顺,于是越发想知道阿泰的计划。"你到底打算怎么办?"阿泰又露出昨晚打电话时的嬉笑貌说:"好啦,再等两三天吧!对手可是那个老婆子,连打电话都不能掉以轻心。总之，有机会我给你打电话。再见。"挂上电话，新藏一如往常坐在账台木格墙后。可是，想到自己和阿敏的命运就要在这两天之内决定，也不知心中是担忧害怕呢还是焦躁兴奋，更兼有几分期待之情。他连账本和算盘都不想碰了，于是借口高烧未退，午后就到二楼起居室睡觉。然而即便在此时，他也总感到有人在盯着自己的一举一动，执拗地纠缠在周围。其实，下午三点左右，二楼木梯口的确像是有什么人，蹲在那里透过苇帘朝自己这边张望。新藏立即起身出去察看，只见擦得锃亮的走廊地板朦胧地映出窗外的天空，却连个人影都没有。

　　如此这般地到了第二天，新藏越发坐卧不宁，只盼阿泰快来电话。好不容易挨到昨天的同一时刻，他终于如约被叫到电话机前。阿泰的声音比昨天更加精神。"真不容易呀！我说啊，阿敏回话了，一切照我的计划实行。什么？怎么得到回话的？再找点儿闲事，本人亲自出马去那个老婆子家呗！昨天送信时说好的，所以阿敏出来迎客时，顺手就把回信塞给我了。满可爱地用假名写着'阿敏遵命'。"阿泰洋洋得意地回答。可今天的事却更加奇怪，阿泰说到一半儿时，电话中夹杂了另外一人的声音，说什么内容一点儿也听不真切，总之与阿泰响亮的嗓音正相反，瓮声瓮气，有气无力，上气不接下气。那种嗓音夹在阿泰话语间歇中，就像阴阳两界的声音一起传了过来。新藏最初以为话线串音了并没在意，只顾催问其后的情况。他太想知道令他朝思暮想的阿敏处境如何。然而不久，阿泰也听到了那种怪声，问道："怎么这么吵？是你那边吗？"新藏答道："不，不是这边。可能是串线了。""那就挂上重拨。"尽管他两次三番地埋怨接线员，执著地重拨电话，可那蛤蟆哼哼般的嘟囔声仍然不绝于耳。阿泰最后也泄了气。"真没辙！可能是哪里出了故障。不过，话归正题。我觉得既然阿敏已经答应，计划就定能实现。你就静候佳音吧！"回到刚才的话题，新藏又惦记着阿泰的计划，于是又像昨天那样问道："到底打算怎么做？"对方还是卖关子，半开玩笑地说："再忍耐一天。在明天这个时辰之前，你一定能得到回话。好了，别那么着急上火，权当上了大船，就等靠岸吧！不是说'有福之人不用忙'吗？"话音未落，耳边突然响起另外一个含混的声音说："别瞎折腾了！"这回可是明显的嘲笑。阿泰和新藏不禁同时问道："怎么搞的？哪儿来的怪声？"可听筒中却杳无声响，就连瓮声瓮气的哼哼声也丝毫听不到了。"这可不行。刚才的声音，我说啊，是那老婆子的。弄不好，费尽心机做的计划也要……好吧，一切都看明天了。那我就挂了。"阿泰边说边挂电话，语气中显然包含了几分狼狈。实际上，阿岛婆既然注意到了他俩的电话，那么阿泰和阿敏交接密信也无疑受到了监视。阿泰心慌意乱也属自然。更何况在新藏看来，尽管不知计划的内容，但若被那老婆子乘虚而入，岂非万事皆休？所以，新藏离开电话后，就像丢了魂儿似的昏昏然上了二楼，在起居室遥望窗外的蓝天直至傍晚。也许是错觉，那空中又不时出现几十只瘆人的蝴蝶。它们成群结队地飞舞着，交织成气氛不祥的泡泡纱纹样。新藏身心疲惫，对那怪异景象已经麻木不仁。

　　当晚新藏仍然噩梦不断，根本没睡安稳。不过天亮时分又恢复了几分心劲。吃过味同嚼蜡的早饭，他就赶紧给阿泰打了电话。"这么早？太荒唐了！我不喜欢早起，这会儿打来电话简直是害我嘛！"阿泰用慵懒的嗓音抱怨。新藏却不搭这茬儿，不依不饶地说："昨天打完电话，我就不能在家里傻等下去了。我这就去你那儿。要去。只在电话上听你说，我放心不下。等着，我马上就去。"阿泰听他情绪激动，也别无他法。"那就来吧！我等你。"听到阿泰痛快应允，新藏挂上电话，只板着脸看一下面带忧虑的母亲，也不说去哪儿便一步蹿出门外。出得门来，却见天空阴云密布，而东边云缝间却散逸着紫铜色的光芒，天气格外闷热。新藏当然顾不上多想,立刻跳上电车。幸好乘客不多,他便坐在了中间。此时,似已消除的疲惫不怀好意地卷土重来,新藏便又萎靡不振。他甚至感到头部剧烈疼痛,仿佛硬茬儿草帽在渐渐箍紧。他想排遣一下,转移注意力,便将一直盯着木屐尖的视线转向周围。他发现此节车厢也有怪异之处——本来车顶两侧整齐排列的吊环随电车晃动像钟摆一样悠荡,可面前那只却始终不动。最初他也觉得奇怪,只是没往心里去。但没过一会儿,一种被人盯梢的不愉快感便越发强烈。他觉得坐在这只吊环下面不妥,便特意换到了对角的空座。换位坐下猛一抬头,只见刚才摆动的吊环突然都像固定了一般静止不动,而那只不动的吊环却像喜获自由般地悠然摇摆起来。尽管怪事已屡见不鲜,但新藏此时仍感到了恐惧。他甚至忘却了头痛,求援般地环视周围的乘客。斜对面坐着一位不明来路的闲居老太。她的视线越过黑罗披风的领口,透过金边眼镜反扫了新藏一眼。当然,她肯定与那个跳神阿婆无关。但新藏在感受到那视线的同时却立刻想到阿岛婆青肿的脸。他已不堪忍受,猛地将车票塞给乘务员便噌地跳下电车,比那没掏着包儿就露了马脚的扒手还要神速。可电车毕竟仍在飞驰,新藏脚一沾地草帽就飞了,木屐的袢儿也断了。而且摔了个大马趴,膝盖也蹭掉了皮,磕得不轻。岂止如此,要不是爬起来得快,恐怕就要置身于卷起尘土的大货车轮下。新藏满身泥土,又被迎头喷了一股尾气。他望着疾驰而过的大货车黄漆后门上的蝶形商标,又在为自己身怀绝技、大难不死而庆幸。

事发地点在鞍挂桥站前四五百米处。此时碰巧过来一辆人力车,先上车再说。新藏惊魂未定,急催车夫快去东两国。一路上他余悸难平,膝伤锐痛。再加刚才那通折腾,他又产生了不祥的预感,担心这人力车不定何时也会翻掉,简直绝了他的活路。特别是车到两国桥时,只见国技馆上空乌云密布,层层叠叠地镶着银边。宽阔的大川河面,形如蚬蝶翅膀的船帆聚拢一处。新藏悲壮地感到自己即将与阿敏生离死别，不禁热泪盈眶。所以在车过大桥、终于在阿泰家门口落下车把时，悲乎？喜乎？他自己也浑然难辨，真是百感交集。他迅速向诧异的车夫手中塞了超额的车钱，仓皇地挑帘进店。

　　阿泰一见新藏，呵护着将他让进了里面客厅。转眼看到他手掌、膝头的擦伤和撕破的单裤，惊讶地问道："怎么搞的，弄成这副样子？""我从电车上掉下来了。在鞍挂桥跳车没跳利索。""你又不是山里人没坐过车，再笨也不能笨到这个份儿上。你干吗要在那儿跳车？"于是，新藏把电车中的遭遇一五一十地说给阿泰。认真听完前因后果，阿泰不知不觉皱紧眉头喃喃自语道："看来情况不妙啊！恐怕是阿敏坏了事。"新藏听到阿敏的名字，突然一阵心惊肉跳，逼问似的说："坏了事？你到底要叫阿敏做什么？"可阿泰却避而不答，困惑地叹口气说："当然，发展到如此地步，也许是我难脱罪责。我要是不在电话中说出给阿敏送信的事，那老婆子也不会察觉到我的计划。"新藏越发着急，颤抖着嗓音一个劲儿地埋怨："都到这份儿上了，你还不告诉我是什么计划。你也太残酷了吧？为此我已吃尽了苦头。"阿泰摆手劝阻道："好了，那也是在所难免。我非常清楚。但既然敌手是那个老妖婆，你就要体谅我此举实属迫不得已。其实就像刚才所说，我要是不告诉你我与阿敏通过信，也许一切都会顺利。不管怎么说，你的一言一行都在阿岛婆监视之下。不，没准儿那次电话以后，我也被那老婆子盯上了。不过到现在为止，我还没碰上你那样的怪事。我的计划是否真的败露尚未可知。不到水落石出，你再怎么恨我，我也都得忍着。"阿泰循循善诱地解释，好言安慰。可新藏听了，即使同意阿泰的看法，却不会打消对阿敏安危的挂念。他眉间仍然存留着恼怒的神情。"就算你说的对吧。可阿敏她没伤着吗？"他单刀直入地追问阿泰。阿泰仍露出忧心忡忡的眼神，只说了一声："不清楚啊！"

随即陷入了沉思。不一会儿，他瞟了一眼里屋的挂钟，狠下心似的说："我也担心得要死。那就先别去老婆子家，只去附近察看一下吧！"新藏也是坐卧不宁，自然不会拒绝。两人一拍即合，没过五分钟，穿着单褂并肩出了门。

可离开阿泰家还没走出五十米远，后边就呱嗒呱嗒地追来了一个人。他俩回头一看，不是什么怪物，却是阿泰店里的小伙计，扛着一把蛇眼伞来追主人。"送伞来啦？""是。管家说像要下雨，请您带上伞。""既然如此，为什么不给客人也送一把？"阿泰苦笑着接过那把蛇眼伞。小伙计大大咧咧地挠了挠头，又浑身不自在地鞠了个躬，便撒欢儿似的往回跑了。说要下雨还真准，满天彤云已经黑压压地弥漫开来。云缝中漏泄的亮光仿佛打磨发亮的钢柱，透着几分可怕的阴森。新藏同阿泰边走边凝望着此般天色，又被一种不祥的预感所笼罩。自然也就话少，只顾加快脚步。阿泰总是落在后面，不得不小跑几步跟上，慌里慌张地擦着汗水。之后他便放弃紧随不舍，就让新藏领先几步，自己则提着蛇眼伞，同情地望着伙伴的背影悠然自得地跟在后边。当两人在头道桥畔向左拐，来到阿敏与新藏黄昏时看到虚幻巨眼的石岸边时，后边过来一辆人力车掠过阿泰身边扬长而去。阿泰抬眼一看车上的乘客，立刻皱着眉头尖声呼叫新藏停步。新藏只好站住，不情愿地回身看看对方，不耐烦地说："什么事嘛？"阿泰急急追来，没头没脑地问："你看到刚才坐在车里的人了吗？""看到啦！一个戴黑眼镜的瘦男人嘛！"新藏狐疑地说完抬腿又要走，阿泰更无顾忌，用比刚才还庄重的语气说出了意外的情况。"你听着，那是我们家的大主顾，叫键惚，是个投机商。我想，没准儿就是他要纳阿敏做妾。你说呢？啊，倒也没有什么根据，只是直觉而已。"新藏还是闷闷不乐地甩出一句："咋能只凭直觉而已呢？"他连那块"桃叶汤"的招牌都不看就向前走去。阿泰用蛇眼伞指着前进的方向说："未必只凭直觉而已。你瞧！那辆车不是停在阿岛婆家的门口了吗？"说完，阿泰得意地回头望着新藏。抬眼看去，真的是刚才那辆车。干旱渴雨的垂柳绿荫下，背印金徽的车夫坐在踏板前，正优哉游哉地歇脚。看到此情此景，新藏阴沉的表情才微微活泛起来，却仍然没有彻底改变最初的郁闷。他烦躁地说："可是你想，来找那老婆子算命的投机商，恐怕不只是键惣一人吧？"说着话，两人已经来到与阿岛婆家相邻的泥瓦匠铺前。阿泰不再分辩，一边谨慎地察看周围动静，一边保护新藏似的肩并肩慢慢走过阿岛婆家的门口。两人边走边用眼角余光注视着房里的动静。只见与往常不同的，只是多了那辆车子。与刚才相比，那车已近在咫尺。刚好在泥瓦匠铺的下水道前，粗粗地碾出两道辙印。车夫耳后夹着"金蝙蝠"烟头，煞有介事地看着报纸。但是除此之外，那竹格窗，黑黢黢的木格门，乃至苇帘未换的木格门里老旧隔扇的颜色，所有一切都毫无变化。不仅如此，看上去屋内也会是一如既往，仍旧阴森静谧。别说侥幸能够看到阿敏的身影，就连那温婉可爱的蓝地白花小褂的袖口都不曾闪现。所以两人经过阿岛婆家门口走到相邻的杂货店时，尽管紧张感有所缓解，热切的期盼彻底落空却使他俩倍觉沮丧。

来到杂货店前，只见上方吊着一溜写有蚊香字样的大红灯笼。店前摆着浅草纸、椭圆棕刷、洗头粉等一应杂货。摊前站着一个人，正与杂货店老板娘说话。那不就是阿敏吗？没错！他俩不禁面面相觑。刻不容缓，两人撩着单褂下摆，大模大样地鱼贯而入。有所觉察的阿敏回头瞅着他俩，苍白的腮边眼看着泛起隐约的红晕。可是当着杂货店老板娘的面，她不能不有所掩饰。弯垂于店前的柳条仍然披在肩头，勉强地按捺着激动的心情，阿敏只轻轻哎呀地惊呼一声。此时，阿泰镇定从容地抬手略触帽边，不动声色地搭话问道："您母亲在家吗？""是的，在家。""那，你在做什么？""客人要用白纸，我来买……"阿敏话未说完，垂柳遮蔽下的店前忽地昏暗下来，霎时有一道雨丝闪着白光斜刺里掠过大红灯笼。顷刻间响起隆隆雷声，震得柳叶瑟瑟发抖。阿泰踏着雷声迈出店外一步。"那就给你母亲捎个话，说我又有事想求她掐算掐算。刚才我在门口喊了好几次，没有人应声。原来重要人物在这儿偷懒闲聊哪！"边说边左右顾盼阿敏和老板娘，潇洒快活地笑了起来。一无所知的老板娘当然没有看破阿泰的高超演技，还急忙催促说："阿敏，那你快去吧！"然后就去收回大红灯笼，以免雨大了淋坏。于是阿敏打个招呼："大妈，回见了！"便夹在阿泰和新藏中间出了杂货店。三人当然没在阿岛婆家门口停步，而是用蛇眼伞挡着啪啦啪啦砸来的大雨点，朝头道桥方向奔去。其实在这短短几分钟内，不用说两位当事人，就连平日生龙活虎的阿泰，都觉得命运赌局到了一决胜负的关头。三人不约而同地低头走到石岸边，仿佛连瞬间浇下的倾盆大雨都浑然不觉。他们默不作声地继续前行。

不久便来到花岗岩狮子对面，阿泰终于抬头回身看着两人说道："这里就算最安全了。到里面躲躲雨，顺便歇口气儿吧！"于是，三人凑在一把雨伞下面，穿过垒起的石料堆间隙，来到岸边一间石工干活儿的席棚下。此时雨越下越猛，隔着竖川遥望对岸已是白茫茫一片，席棚也无法挡雨。不仅如此，浓雾般的雨沫与潮湿的土腥味一起扑进席棚，三人即使躲在席棚里，也还得靠一把蛇眼伞挡雨。他们在雕琢门柱的花岗岩石料上紧挨着坐了下来。新藏立即开口："阿敏，我以为再也见不到你了！"说话之间，又一道青白色电光斜劈雨帘，紧接着一声撕裂密云般的炸雷。阿敏不禁将梳起银杏叶髻的头伏在膝上，一时间不敢动身。过后，她抬起失了血色的脸庞，恍惚的眼神茫然望着棚外的雨帘，用平静得可怕的口气说："我也已经横下心了！"听到此话的瞬间，"殉情"这个不祥的字眼犹如白磷涂写一般刻印在新藏的脑海中。坐在两人中间使劲撑开蛇眼伞的阿泰向两边投去困惑的目光，语气却是强打精神：

"喂！你可不能认输啊！阿敏也要鼓起勇气。紧要关头，催命鬼要来敲门的……这个暂且不说，刚才的客人就是那个叫键惣的投机商吧？是啊，我也略知一二。想纳你为妾的，就是他吧？"他直截了当地切入实质性问题。此时阿敏也像梦中猛醒，明澈的双眸盯着阿泰懊恼地答道："是的，就是那个人。""你瞧！让我猜中了不是？"说着，阿泰不无得意地回头看看新藏，随即恢复了认真的语调，怜恤地对阿敏说："雨下得这么大，键惣怎么也得在你家等上二三十分钟。借这个机会，你先说说我的计划进行得如何？万一计划落空，男子汉理当赴汤蹈火。我这就到你家去，直接向键惣摊牌。"阿泰斩钉截铁的话语，让新藏也深受鼓舞。此时，雷声越发激烈。天色未黑，但耀眼的闪电激越着毫无停歇的瀑布般的暴雨。阿敏想必已经忘记悲伤，做好了以死相拼的准备，凄美的面庞更带上了几分冷峻。她颤抖着永不变色的美丽双唇说："计划全都败露了……一切全完了！"她的声音那么细弱却十分清亮。然后，阿敏在这雷雨交加中的席棚下，万般窝心地急促喘息着，断断续续讲述了两日内发生的一切。听罢阿敏的叙述两人得知，对新藏都保密的计划早在昨晚就发生剧变，彻底败露了。

阿泰最初听新藏说，阿岛婆请神附在阿敏身上借以得到神谕，当时心中顿生一计：让阿敏做出神灵附体的架势，好好收拾那老婆子，岂不直截了当。于是如前所述，在请阿岛婆看风水时到她家去，悄悄地将计划塞给了阿敏。阿敏虽然感到此项计划如履薄冰，但事到如今也想不出别的消灾妙计，于是翌晨痛下决心，递给阿泰"阿敏遵命"的回信。然而到了当晚十二点，在老婆子去竖川泡澡后又要祈求婆婆罗神显灵时，方知那完全不是人力所能规避的孽障。要想说明个中详情，还须解释老婆子的神通所在。此乃当今世人无法想象的道法。阿岛婆请神时，粗暴地命令阿敏只裹一层浴巾，并将其双手反剪吊起，扯乱头发熄灭电灯，在屋中央面北跪下。然后自己也是赤身裸体，左手点燃蜡烛右手拿起镜子，站在阿敏面前口念咒语，并反复把镜子戳向对方，全神贯注地祈祷……不用说，只是这一折腾就足以令一般女子昏厥。此后念咒声一浪高过一浪，那老婆子竖起镜子一分一寸地逼近，最后将双手反绑的阿敏逼得向地铺仰倒，仍然不肯罢手。将阿敏逼倒之后，老婆子便像啃噬尸肉的爬虫类一般伏在阿敏的胸部，令阿敏长时间正面仰视烛光映照的、令人毛骨悚然的镜面。不一会儿，那个婆婆罗神就像古潭底升起的瘴气一般悄然潜入黑暗，偷偷地附在女子身上。阿敏渐渐变得目光呆滞、手脚抽搐，在老婆子连珠炮般的逼问下，上气不接下气地说出秘密。那晚，阿岛婆仍用这套手段乞求大神降临。阿敏则遵守与阿泰的约定，表面做出失神状，而内心却不敢松懈。她打算瞅准机会即煞有介事地假传神谕，叫老婆子不要妨碍他俩的恋情。当然，她当时是拿定了主意，对老婆子的刨根问底佯装无法抗神，不作半句应答。尽管烛光如豆，但凝视炯炯闪烁的镜面时仍旧难以自持。心神渐渐变得恍惚虚幻，甚至不自觉地忘乎所以。而老婆子念咒之声却毫无间歇，且目不转睛地监视阿敏的表情，使她无法抽空将视线从镜面移开。于是，镜面吸定了阿敏的视线，放射出更加怪异的光芒，一寸一分地咄咄逼近，令人感到厄运的降临。青肿脸老婆子那瞬息不止的咒语，亦如无形蛛网从四面八方束缚了阿敏的心，将她拖入非梦非醒的境地。不知过了多久，阿敏连其间情形的朦胧记忆都没留下。仿佛过了整整一夜，阿敏的苦心终无结果，最后还是落入老婆子的圈套。幽暗烛光闪烁之中，大大小小形形色色的黑蝴蝶勾勒出无数圆圈忽地飞上了天空。眼前的镜子消隐不见。阿敏仍如往常，死人般沉沉睡去。

　　雷鸣暴雨声中，阿敏的双眸、双唇都在竭尽全力地控诉阿婆肆虐的经过。一直凝神倾听的阿泰和新藏，不约而同地长叹一声又面面相觑。尽管事先已有精神准备，但仔细听过之后才真切地意识到，如意算盘已似竹篮打水。绝望之感重重袭来，两人哑巴似的噤口不语，怅然若失，自顾自聆听天崩地陷般的雷雨轰鸣。不过阿泰很快便又振作起来，面对由极度兴奋转为抑郁消沉的阿敏鼓励地问道："当时的经过都不记得了吗？"阿敏垂下眼帘答道："是啊，都不记得了。"随即抬起哀诉般的双眸忐忑不安地看着阿泰，怨恨地补充说："好不容易醒过来，天已大亮。"阿敏猛然以袖掩面，泣不成声。此刻，棚外空中豁出一道云缝，隆隆雷声响彻穹宇，炸雷似乎随时都会落地。刺眼的电光频频闪耀，将席棚内映得雪亮。此时，一直呆坐身旁的新藏不知何故猛然起身。他一副骇人的凶相，挺身要向风雨雷电里冲去，手中还提着一根石匠忘下的钢钎。阿泰见此状迅速甩掉蛇眼伞，冲上去从背后搂住双肩将其摁住。"咳！你疯了？"阿泰忍不住地呵斥着，要把新藏拽回来。新藏此刻判若两人，拼命地尖声嘶叫："放开我！此时不是我死，就是我杀了那个老婆子！""别干傻事！今天键惣不是也来了吗？就让我去……""键惣是个什么东西?！想纳阿敏做妾的家伙，会听你的话吗？少啰嗦！快放开我！看在朋友的份儿上放开我！""你不管阿敏啦！你这样寻死觅活的，她怎么办？"两人争执不休时，新藏感到阿泰友善地搂在颈肩的手臂在颤抖，且十分有力。他又看到，阿敏满含泪水的双眸极度悲凉地注视着自己。最后，在滂沱暴雨的轰鸣声中，一句微弱得几乎听不见的话语传入耳中："就让我俩一起死吧！"顷刻间附近落下一声炸雷，如同划破长空的霹雳，眼前炸开紫色的火花。被恋人和挚友搂抱着的新藏昏然失神。

几天过后，新藏终于从噩梦般的昏睡中醒来，发现自己静静地躺在日本桥家中的二楼上。额头镇着冰袋，枕边摆着药瓶、体温表。还有一盆小小牵牛花，开着温馨可爱的深蓝花朵。想必还是大清早。暴雨、雷鸣、阿岛婆、阿敏……他在追寻依稀朦胧的记忆。接着一转眼，他意外地看到了苇帘门旁坐着的阿敏。银杏叶髻蓬乱着，腮边仍是那样苍白，一副忧心忡忡的模样。不，她并非只是自顾自坐在那里，看到新藏醒来，登时腮染胭霞，腼腆地招呼道："少东家，您醒过来了？""阿敏？"新藏怀疑自己仍在梦中，口中念叨着恋人的名字。此时，枕边又响起一个声音："好啊！这下可以放心啦！哦，别动别动，一定要安心静养。"新藏又意外地听到了阿泰的声音。"你也在呀！""我也在。你母亲也来了。医生刚刚回去。"问答之间，新藏的目光离开阿敏，怔怔地转向另一方，仿佛在眺望远方之物。没错儿，阿泰与母亲就坐在枕边，宽心地对视着。好不容易苏醒过来的新藏，还弄不清在那场可怕的大雷雨之后，自己是怎样回到日本桥家中的。他呆呆地望了三人一会儿。母亲慈爱地望着新藏说："一切都已风平浪静。所以你也要好好休息，早点儿养好身体。"母亲说完安抚的话，阿泰也显得比往常更加快活地说："放心吧！你俩的真情感动了神灵。阿岛婆在跟键惣说话时，被炸雷给劈死了。"新藏喜出望外。他被无以言表的感动激荡着，不禁泪挂腮边，紧闭双目。照看他的三个人只当他又昏厥过去，慌忙地张罗起来。新藏闻声睁开了眼睛。刚刚起身的阿泰回头看看两个女人，故意夸张地咂着舌头说："啧啧！吓唬人呢！大家别慌，刚才的哭鸦现在又笑了。"其实，新藏想到那个怪老婆子已不在凡世，嘴角已悠然浮现笑意。过了不久，在充分享受了幸福微笑之后，新藏将视线投向阿泰问道："键惣呢？"阿泰笑着说："键惣吗？键惣只有干瞪眼的份儿了。"不知何故，阿泰略显踌躇，但转眼间又像改变了主意说："我昨天去看过他。他亲口说，神灵附在阿敏身上时反反复复地告诫，若是妨碍你俩相爱，那老婆子性命难保。可那老婆子却当成了诳语。所以第二天键惣去时，她便口出狂言说，即使大开杀戒也要拆散你俩。我的计划无疑是失败了，但实际发展的结果却达到既定目标。正是阿岛婆以为阿敏在说诳语，终究导致自取灭亡。这事儿怎么琢磨都出乎意料。如此看来，婆娑罗神也是善恶难辨了。"听到阿泰慨叹世事难料，新藏越发惊异于翻弄自己于股掌之上的幽冥魔力。他忽而想到自己雷雨之后的经历，便问："那我……"这次是阿敏替阿泰真真切切地答道："我们赶快叫车把你送到附近的大夫那里。可能是暴雨浇身，你高烧不止。傍晚回到这里之后，你也一直昏睡不醒。"听到这里，阿泰也很满足似的向前挪身，热情地鼓励说："多亏你母亲和阿敏，高烧总算退尽。三天来你不停地说胡话。为了照顾你，阿敏自不必说，连你母亲都没合过眼。当然，阿岛婆也送了葬，是我操办的。两头儿都有你母亲劳心费神。""母亲，多谢您了。""什么话？还不赶快谢阿泰？"说话之间，母子俩，不，阿敏、阿泰都热泪盈眶。阿泰毕竟是条汉子，很快振作起来说："快到三点了吧？我也该走了。"说完便要起身。新藏疑惑地皱眉问道："三点？现在不是早晨吗？"阿泰对新藏的奇怪发问惊讶不已，问道："开什么玩笑？"并随手从腰间取出怀表，揭开盖子要给新藏看。又转眼看到新藏盯着枕边的牵牛花，于是笑逐颜开地说："这盆牵牛花呀，是阿敏在老婆子家精心培育的。可在那个雷雨天开的花，唯有这朵深蓝的至今不败。真是奇了。阿敏多次对我们说，功夫不负有心人，只要这朵花不败，你就一定会康复。你终于醒过来了。同样是匪夷所思，可这档事儿真够人情味儿！"

大正八年（1919）九月二十二日

魔 术

艾 莲译

　　一个秋雨霏微的夜晚。一辆人力车拉着我，在大森一带的陡坡间，几度爬上爬下，终于停在一处翠竹环绕的小洋房前。大门很窄，灰漆已渐剥落，借着车夫打的提灯光，见钉在门上的瓷门牌上，用日文写着：印度人马蒂拉姆·米斯拉。门上只有这块门牌是新的。

　　说起马蒂拉姆·米斯拉，也许各位并不陌生。米斯拉生于加尔各答，长年致力于印度的独立，是个爱国分子。同时还师从一个著名的婆罗门——一个名叫哈桑·甘的人，学得一套秘诀，年纪轻轻即已成为魔术大师。恰在一个月前，经朋友介绍，我同米斯拉有了交往，一起谈论政治经济等问题。至于他变魔术，我却一次都没见过。于是，我事先写去一信，请他献艺，为我演示一下魔术，所以，今晚我催促着人力车夫，急急赶往地处大森尽头、僻静的米斯拉公寓。

　　我淋着雨，借着车夫提的那盏昏暗的灯，按响了门牌下的门铃。不一会儿，门开处，一个身材矮小的日本老婆婆探出头来。是米斯拉的老女仆。

　　"米斯拉先生在家吗？"

　　"在，一直在恭候您呢。"

　　老女仆和善可亲，说着随即带我朝门对面米斯拉的房间走去。

　　"晚上好，下着雨，还难为您来寒舍，不胜欢迎。"

米斯拉面孔黝黑,眼睛很大,蓄着一嘴柔软的胡子。他拧了拧桌上煤油灯的灯芯,精神十足地同我寒暄。

"哪里哪里,只要能见识阁下的魔术,这点雨,何足道哉。"

我在椅子上坐下来,四下里打量着,煤油灯昏暗的光线,照得房间阴沉沉的。

这是一间简朴的西式房间,正中摆放一张桌子,靠墙有一个大小合用的书架,窗前还有一张茶几,此外,就只有我们坐着的椅子了。而且茶几和椅子都很陈旧,连那块四边绣着红花的漂亮桌布,如今也磨得露出线头,快要破成碎片了。

寒暄过后,有意无意地听着外面雨打竹林的淅沥声。俄顷,老女仆端来了红茶。米斯拉打开雪茄烟盒,问道:

"如何?来一支?"

"谢谢。"

我没有客气,拿起一支烟,划着火柴点上,开口问道:

"供您驱使的那个精灵,好像是叫'金'吧?那么等会儿我要见识的魔术,也是借助'金'的力量吗?"

米斯拉自己也点上一支,微微地笑了笑,吐出一口烟,味道颇好闻。

"认为有'金'这类精灵存在,是数百年前的想法,也可以说是天方夜谭时代的神话。我师从哈桑·甘学到的魔术,您如想学,也不难掌握。其实,不外乎是一种进步了的催眠术而已。——您看,手只要这么一比划就行了。"

米斯拉举起手,在我眼前比画了两三次,像三角形的形状,然后把手放在桌上,竟然摘起一朵绣在桌布边上的红花。我大吃一惊,不由得把椅子挪近些,仔细端详那朵花,果然不错,直到方才,那花还是桌布上图案中的一朵。米斯拉将花送到我鼻前,我甚至嗅到一股似麝香之类的浓重气味。这委实太不可思议了,令我惊叹不已。米斯拉依然微微笑着，信手把花又放回桌布上。不用说，花一落到桌布上，又还原为原先绣成的图案，别说摘下来，就连一片花瓣也休想让它动一动。

"怎么样，很简单吧？这回请看这盏油灯。"

米斯拉说着，把桌上的油灯稍稍挪动一下位置，也不知什么缘故，这一挪动，油灯竟像陀螺一样，滴溜溜地转了起来。不过，油灯以灯罩为轴稳稳地立在一处，转得很猛。开头，我很担心，生怕万一着了火，可不得了，一直捏着把汗。但是，米斯拉却悠然呷着红茶，一点儿也不着慌。后来，我也干脆壮起了胆，定睛注视着愈转愈快的油灯。

灯伞旋转时，生出一股风来，那黄黄的火焰竟在其中纹丝不动地燃着，蔚为奇观，真有说不出的美。这工夫，油灯转得飞快，最后，快得简直都看不出在转动，还以为是透明静止的呢。我忽又发现，油灯不知何时，已恢复原样，好端端的仍在桌上，灯罩不歪不斜，没有丝毫走样。

"奇怪吗？骗骗小孩子的玩意儿罢了。如有兴趣，就再请您看点别的。"

米斯拉回过头去，望了一眼靠墙的书架，接着，把手伸向书架，像唤人那样，动了动手指，于是，书架上的书，一册一册地动起来，自动飞到桌子上。而且那飞法，像夏日黄昏中飞来飞去的蝙蝠，展开两侧书皮，在空中翩翩飞舞。我嘴里衔着雪茄，呆呆地看着这副景象。微暗的油灯光里，一本本书任意飞翔，然后井然有序地一一在桌上堆成金字塔形。可是，等到书架上的书一本不留全部飞过来后，先飞来的那一本立即动起来，依次又飞回书架上。

而最有趣的是，其中一本薄薄的平装书，也像翅膀一样展开书皮，轻飘飘地腾向空中，在桌上面飞过一圈后，忽然书页沙沙作响，一头栽到我腿上。我不知怎么回事，拿起来一看，是新出的一本法国小说，记得一周前刚借给米斯拉的。

"承情借我看了这么久，多谢。"

米斯拉仍然含笑，向我道谢。当然，此时大部分的书，都已从桌上飞回了书架。我恍如大梦初醒，一时忘了客套，却记起方才米斯拉的话："我的这点魔术，您如想学，也不难掌握。"

"您变魔术的本领，虽说早有所闻，却实在没料到会这么高明。您方才说，像我这样的人，要学也能学会，该不是戏言吧?"

"当然能学会。无论谁，不费吹灰之力都能学会。但唯有一点……"米斯拉话说一半，两眼紧紧盯着我，用一种不同以往的认真口吻说，"唯有一点，有私欲的人是学不了的。想学哈桑·甘的魔术，首先要去除一切欲望，您办得到吗?"

"我想能办到。"

我嘴上答应着，可心里总觉得不妥，但立刻又补上一句：

"只要您肯传授。"

但米斯拉的眼里，流露出怀疑的神色。恐怕是考虑到再多叮嘱会有失礼貌吧，终于落落大方地点头说：

"好吧，我来教您。虽说简单易学，但学起来毕竟要花些时间，今晚就请在舍下留宿吧。"

"实在太打扰了。"

我因米斯拉肯教我魔术，十分高兴，连连向他道谢。可米斯拉对此并不在意，平静地从椅子上站了起来。

"阿婆，阿婆，今晚客人要留宿，请准备一下床铺。"

我心里非常激动，甚至连烟灰都忘了弹掉，不禁抬眼凝望米斯拉那和蔼可亲的面孔，他正面对油灯，沐浴在一片光亮之下。

我师从米斯拉学魔术，已一月有余。也是一个秋雨潇潇的夜晚，在银座某俱乐部的一间屋内，我和五六个朋友，围坐在火炉前,兴致勃勃地随便闲谈。

也许这里地处东京的市中心,窗外,雨水虽将川流不息的汽车和马车车顶淋得精湿,却不同于大森,听不到雨打竹林那凄凉的声音。

当然,窗内的欢声笑语,通亮的灯火,摩洛哥皮的大皮椅,以及光滑锃亮的木块拼花地板,这一切,也绝不是米斯拉那间看着就像有精灵出没的家可以相比的。

我们笼罩在雪茄的烟雾里,谈论起打猎、赛马的事,然后,其中一位朋友把尚未吸完的雪茄丢进火炉,转向我说:

"听说你近来在学魔术,怎么样,今晚给我们当场变个看看,如何?"

"当然可以。"

我把头靠在椅背上,俨然一副魔术大师的派头,自命不凡地回答。

"那么,一切拜托了。请来个神奇点的,要那种江湖上变戏法儿的耍不来的。"

看来大家都很赞同,一个个把椅子挪近,催促似的望着我,于是,我不慌不忙地站了起来。

"请你们仔细看好。我变魔术,既不弄虚,也不作假。"

说着,我卷起两手的袖口,从炉火里随便捞起一块炽热的炭火,放在手掌上。这点小把戏,或许已经把围在我身边的朋友吓坏了。他们面面相觑,呆呆地凑到跟前,生怕我被火烫伤,否则那可了不得,宁可要我打退堂鼓。

而我,反倒越发镇定自若,慢慢把掌心上的炭火在所有人面前挨个展示一番,接着,猛地抛向拼花地板,炭火激散开来。刹那间,地板上骤然响起一种不同的雨声,盖过了窗外的淅沥声。那是通红的炭火,在离开我的掌心同时,变成无数光彩夺目的金币,雨点似的洒向地板。

几个朋友都茫茫然如在梦中，竟忘了喝彩。

"就先献丑来这么两下吧。"

我面露得意之色，慢条斯理地坐回椅子上。

"这些，全是真的金币吗？"

他们一个个惊得目瞪口呆，好不容易有个朋友开口问我，那已是五分钟后的事了。

"地地道道的真金币。不信，可捡起来看看。"

"不会烫伤吧？"

一位朋友小心翼翼地从地板上捡起一块金币，查看起来。

"一点不错，是真金币哩。喂，茶房，拿扫帚和簸箕来，把这些金币扫成一堆。"

茶房马上照办，把地上的金币扫到一起，在旁边的桌子上堆成一座小山。几个朋友围着桌子，你一言我一语，对我的魔术赞不绝口。

"看起来，总值二十来万元吧。"

"哪里，似乎还要多。要是堆在一张精巧细致的桌子上，我看足以把桌子压垮呢。"

"不管怎么说，你学的这手魔术可真了不起呀。顷刻之间，黑煤就变成金币了。"

"这样下去，不上一个星期，你就足可同岩崎啦，三井啦分庭抗礼，成为百万富翁啦。"我依旧靠在椅子上，悠然地口吐烟圈，开口道：

"哪儿的话，我这手魔术，一旦利欲熏心，就不灵验了。所以，尽管是堆金币，诸位既然看过，我就该马上把它抛回原来的火炉里去。"

几个朋友一听，便合力反对起来，说把这么大一堆钱，还原为煤火，岂不可惜。但是，我和米斯拉有约在先，便固执地和朋友们争执起来，非要把金币抛回火炉里不可。这时，有一位素以狡猾著称的朋友不屑地讪笑起来。

"你要把这堆金币还原为煤火，而我们则不愿意。这样争论下去，还用说，永远没个完。依我之见，不妨用这堆金币做个赌本，咱们来玩把纸牌。要是你赢了，这堆金币随你的便，变成煤火也好，别的也好，爱怎么处理就怎么处理。一旦我们赢了，这堆金币就得乖乖地归我们。这样一来，不就无人说三道四，皆大欢喜了吗？"

对于这个建议，我仍然摇头，不肯轻率地表示赞同。然而，这位朋友越发连讥带讽，狡黠地来回打量着我和桌上的金币，说：

"你不和我们玩纸牌，恐怕是心里不愿让我们几个得到这堆金币吧？你说什么变魔术，要舍弃欲望啦什么的。如此说来，你下的这份决心，岂不是大可怀疑吗？"

"不不不，我并不是舍不得给你们，才要把这堆金币变回煤火的。"

"那好，咱们就玩牌吧。"

这样三番五次，争来争去，我给逼得左右为难，最后只得照朋友的办法，把桌上的金币作为赌本，和他们在牌桌上一争胜负。他们当然是皆大欢喜，马上取来一副牌，围着屋角的一张牌桌，"快点快点"，一再催促仍在犹豫的我。

于是，万般无奈之下，我和朋友们勉强玩了一阵纸牌。但不知怎么回事，我平时玩牌一向手气不佳，唯独那天晚上，却大赢特赢，令人难以置信。而且，更奇怪的是，开头我并无兴致，渐渐觉得有意思起来，没过十分钟工夫，就忘乎所以，竟玩得着了迷。

他们几个原打算把我那堆金币一分不留地瓜分个精光，才故意安排一场牌局，可如今这么一来，一个个简直都急得变了脸，不顾一切，也要争个输赢。但是，不论他们如何拼命，我不仅一次没输，末了反而还赢了一大笔，差不多有这堆金币那么多。于是，方才那位诡计多端的朋友，像疯子一样，气势汹汹地把牌伸到我面前，嚷道：

"来吧，抽一张。我拿全部财产做赌注，地产、房产、马匹、汽车，倾其所有，同你赌一把。而你，除了那些金币，还要加上赢的这些，统统都押上！"

刹那间，心中的私欲抬头了。这次要是不走运，不但桌上堆积如山的金币，甚至连我好不容易赢到手的钱，最后都得叫这几个对家悉数掠走。但是，这一把倘若能赢，对方的全部财产，转手便统统归我所有。在这千钧一发之际，如不将魔术借来一用，那苦学魔术还有什么意思！这样一想，我迫不及待，暗中使了一下魔术，以决一死战的气势说：

"好吧。你先请。"

"九点。"

"老K！"

我得胜而骄，大叫一声，把抽出的牌，送到脸色发青的对方面前。然而，奇怪的是，牌上的老K像是附了魂，抬起戴冠的头，忽然从牌里探出身子，拿着宝剑，彬彬有礼地咧开嘴，露出瘆人的微笑，用一种仿佛耳熟的声音说：

"阿婆，阿婆，客人要走啦，不必准备床铺啦。"

话音一落，不知怎么搞的，连窗外的雨声，都骤然变成大森竹林间那凄凉的潇潇细雨了。

猛然间我清醒过来，环视一下四周，发觉自己依旧与米斯拉相对而坐，他沐浴在煤油灯微暗的光亮之下，脸上露着宛如纸牌上老K一样的微笑。

再看夹在指间的雪茄上，长长的烟灰仍未掉落，我终于恍然，所谓一个月之后，只不过是两三分钟内的一场幻梦。但这短暂的两三分钟里，无论是我，还是米斯拉，都已清清楚楚地明白，我这个人，已没有资格学哈桑·甘的魔术了。我羞愧地低下了头，有好一阵儿开不得口。

"要想学我的魔术，首先就要舍弃一切欲望。这点修为，你看来还差着点儿。"

米斯拉露出遗憾的目光，胳膊支在四周绣着红花图案的桌布上，平心静气地劝导着我。

大正八年（1919）十一月

大 葱

侯 为译

　　明天即到截稿日期。今晚,我打算一气呵成这篇小说。不,是必须一气呵成。要问写了些什么,读完正文便知。

　　神田区神保町的一家咖啡屋,有位女侍叫阿君。听说她年方十五六岁,但看上去更老成一些。也许因为长得玉肤冰肌、瞳眸水灵,所以即使鼻头略显上翘,也还算得是个美人儿。中分的秀发上,插着一支勿忘我花簪。她围着白色围裙,站在自动钢琴前时,活脱脱一个竹久梦二的画中人物。——或因此理由,这家咖啡屋的熟客早就给她起了"通俗小说"的绰号。当然,绰号不止于此。因发簪上插花,便又称作"勿忘我";因酷似美国电影女星玛丽·皮克福特,便又称作"玛丽·皮克福特小姐";且因她是此咖啡屋不可或缺的人物,便又称作"方糖"。Etc,etc。

　　除阿君之外,此咖啡屋还有一位年长几岁的女侍叫阿松,姿色远远比不上阿君。阿君好比白面包,她却好比黑面包。因此,虽说都在一家咖啡屋干活儿,小费收入却大有不同。阿松对这种收入差别当然心存不平。这种不平益发强烈,近来便开始散布一些胡猜乱想的谣言。

　　夏日的一个午后,阿松照看的桌旁坐下一位外语学校学生模样的客人。他划火柴去点嘴上叼着的一支雪茄,不巧邻桌的电扇风势正猛,火柴未及凑近就被吹灭。阿君恰好从旁经过,为挡风头,就在客人和电扇之间止住了脚步。那位学生趁机点着了烟卷，晒黑的面容浮现出微笑说："谢谢你！"。无疑，阿君的热心周到感动了对方。于是，站在账台前的阿松将刚要端上的冰淇淋碟拿起，盯着阿君娇嗔地说："就请你给端过去吧！"……

此类纠葛一周之内发生数次，因此阿君很少与阿松搭话。她总是站在自动钢琴前面，凭借有利位置默默地向更多学生奉献殷勤，或令恼羞成怒的阿松招来无言的讥讽。

不过，阿君和阿松关系紧张并不仅仅来自阿松的嫉妒，阿君内心也鄙视阿松的低级趣味。她确信，那都是从普通的小学校毕业后养成的毛病：听的是"浪花调"之流，吃的是甜凉粉，做的是纠缠男人之类的事。那阿君又有些什么爱好呢？我们暂时离开这家热闹的咖啡屋，到附近小巷深处某家梳发屋去看看吧！阿君在这里租了二楼的房间来住。除了到咖啡屋干活之外，就在这里起居活动。

二楼房间顶棚低矮，六铺席的面积。从西晒的窗口向外看，满目都是瓦屋顶。靠近窗边的墙根，有一张蒙了洋花布的"桌子"。当然，这是为了表达方便而称为桌子，其实不过是破旧的矮脚桌。矮脚桌上摆放着的，也是十分破旧的洋装书。有《杜鹃》、《藤村诗集》、《松井须磨子的一生》、《新牵牛花日记》、《卡门》、《高山望谷底》，再就是七八本妇女杂志。遗憾的是，没有一本是我的小说集。此外，桌旁还有早已磨去了清漆的橱柜。上面摆着一个细脖花瓶，巧妙地插着脱落了一片花瓣的百合绢花。试想，假如那片花瓣没有脱落，肯定还是要摆在咖啡屋桌上的。最后，在橱柜旁的墙面上，用大头针钉着三四张杂志封面画。最中央的是镝木清方君画的元禄美女，下方的小画片好像是拉斐尔的圣母像。那位元禄美女上方是北村四海君的美女雕刻，仿佛在娇滴滴地向旁边的贝多芬频送秋波。不过，这个贝多芬只是阿君想象中的贝多芬，其实却是美国总统伍德罗·威尔逊。这对于北村四海君，简直是三生之大不幸。如此看来，阿君的爱好极富艺术情调已是不言自明。实际上阿君每晚从咖啡屋迟归之后，必定要在这个伪贝多芬真威尔逊的肖像下朗读《杜鹃》，审视假百合花，或沉浸在比新派悲剧电影中月夜镜头更为多愁善感的艺术激情之中。

　　樱花绽放的一个春宵，阿君独自伏案，在桃色信笺上奋笔疾书，几乎熬到头遍鸡叫。但有一页写好的信纸落到了桌下，直到翌日去咖啡屋上班她仍浑然不觉。于是从窗口拂进的一袭春风，将那张信纸掀到摆着遮了金黄布罩衣镜的楼梯口。一楼的梳发女暗知阿君常常收到情书，因此以为这张桃色信纸也是其中之一。好奇心驱使她特意浏览了一遍，意外地发现像是阿君的笔迹。那么，阿君又是给谁的情书写回信呢？只见信纸上写着："想到您与武男离别，我哭得撕心裂肺。"果然，阿君几乎彻夜未眠，在给浪子夫人写慰问信……

　　事实上，我一边编排这段小插曲，一边禁不住为阿君的多愁善感而会心微笑。且我的微笑中毫无恶意。阿君住宿的二楼房间里，除了百合绢花、《藤村诗集》和拉斐尔的圣母照片外，还摆放着自己做饭必备的灶具。它们象征着节衣缩食的东京生活。此种生活至今已不知多少次给阿君造成了伤害。但透过泪眼洞察落魄人生，却会展现一个美丽的世界。阿君为了摆脱现实生活的重压，隐身在这艺术激情的泪水之中。此处既无每月六块钱的房费，亦无七角钱一升的米价。"卡门"既无电费之忧，又可尽情地奏起响板。浪子夫人很辛苦，但也并非买不起药品。简而言之，这种眼泪在人世苦难的黄昏朦胧中，谦和体贴地点亮了人性爱的灯火。啊！在喧嚣即将消失于东京街头的午夜，抬起泪眼在仅有十瓦的昏暗灯光下，我想象着阿君憧憬逗子浴场海风和科尔多瓦夹竹桃的孑然身影——真傻！先别说我有无恶意，长此以往弄不好我也要变得多愁善感。我本颇具理性，坊间评论家皆言我冷漠无情。

阿君姑娘在某个冬夜，从咖啡屋迟归住所。最初，她一如既往地坐在桌前阅读《松井须磨子的一生》。尚未读完一页，却不知何故突然产生了厌恶，狠狠地将书本甩在席铺之上。然后就那么歪身坐着，肘支桌上手撑桃腮，冷淡而漠然地望着墙上的威尔——不，是贝多芬的肖像。此番举动当然非同寻常。是阿君被咖啡屋解雇了，抑或是阿松欺侮人的方式越发毒辣了，还是龋齿突然疼痛起来？不，能够左右阿君心境的，绝非此种凡间俗事。阿君亦如浪子夫人一样，或如松井须磨子一样，陷入了恋爱的烦恼。若要问到阿君心仪何人——幸亏阿君仍在凝望墙面上的贝多芬，半晌没有丝毫挪身的征兆——我就趁此机会，对阿君那位荣幸的恋爱对象作一简要介绍吧！

阿君的对象叫田中，是位无名的艺术家。田中会做诗又会拉小提琴，会画油画又会演戏，会猜百家诗牌又会唱萨摩琵琶调。他是个才子，所以哪行是本行哪行是爱好，谁都无法鉴定。此君长了一张小白脸，头发如油彩般滑亮，嗓音如小提琴般柔润，话语如抒情诗般悦耳中听，降服女人像猜诗牌般敏捷，赖账像唱萨摩琵琶曲般雄壮活泼。他戴着黑色大檐帽，穿着廉价猎装，系着葡萄色的波希米亚领带……这些说起来谁都熟悉。田中这类人自成群体，只要去神田区本乡一带的酒吧、咖啡屋、青年会馆、音乐学校的音乐会（但只限于最低价座位）、兜屋和三会堂的展览会等处，必定有两三位此类人物傲然睥睨俗众。因此，若想更加明了地欣赏田中君的尊容，只需去上述场所即可。我已经写烦了。就在我劳神费力地介绍田中时，阿君已不知何时起身，打开格窗门仰望窗外寒月下的夜色了。

瓦屋上空的月光，也洒在细颈花瓶的百合绢花上，洒在墙壁拉斐尔的小圣母像上，还洒在阿君微翘的鼻头上。但阿君那冷艳的双眸中却没有月光闪耀。似乎下了霜的瓦屋顶也同样没有。田中今夜从咖啡屋将阿君送到这里,且约好明晚一起度过愉快时光。明天恰好是阿君每月一次的休假,于是说好下午六点在小川町电车站会面,然后到芝浦观看意大利马戏团表演。阿君从未与男人出双入对地游玩过,所以,想到明晚要像社会上的恋人们那样同田中去看马戏,便恍然下意识似的脸热心跳。对于阿君来说,田中无异于深谙开启宝窟秘咒的阿里巴巴。当他念动咒语之时,阿君面前将会出现怎样神秘的快乐情景? 从刚才起,有心无心地仰望明月的阿君胸中,如同风起云涌的大海,亦如即将风驰电掣的汽车,汹涌澎湃的心中描绘着即将展开的梦幻世界。那里有一条群芳争艳的玫瑰花幸福路,撒落着无数养殖珍珠做的戒指和翡翠样式的腰带卡。南丁格尔的温柔话语犹如蜜糖一般,从"三越"的旗帜上滴落下来。橄榄花香飘逸的大理石宫殿中,道格拉斯·费班科斯先生和森律子小姐的舞蹈渐入佳境……

不过我要为维护阿君的名誉补充说明:当时阿君描绘的梦幻世界中,时而有晦暗云影不怀好意地游荡,像要威胁一切幸福。当然,阿君肯定爱恋着田中。但是那位田中实际上是阿君赋予了艺术激情的田中,是做诗、拉小提琴、画油画、演戏、猜诗牌、唱萨摩琵琶调的萨·兰斯洛特骑士。所以阿君心存少女般的新鲜直观性,恐怕亦有对这位兰斯洛特颇为怪异的真相的感触。此时,晦暗的、令人不安的云影掠过阿君的梦幻世界。可惜的是,这片云影来去匆匆。任阿君怎样老成,也还是十六七岁的少女,况且是充满艺术激情的少女。除了担心身上的和服被雨淋湿,或对莱茵河落日的美术明信片发出感叹之外,很少将那云影放在心上。这也不足为奇。何况眼下在那开满玫瑰的路上,撒落着无数养殖珍珠做的戒指、翡翠样式的腰带卡……前文已有描述,请参照。

阿君长时间地同夏班的《桑·鸠奴比埃卜》一样,伫立凝望着洒满月光的瓦屋顶。之后打了一个喷嚏,随之咔哒地关上格窗,又歪身坐在桌前原来的位置。直到翌日下午六点,阿君又有何举动,很遗憾我一无所知。你问身为作者的我为何一无所知——从实招来:因为今晚我必须一气呵成这篇小说!

翌日下午六点,阿君在怪异的藏青色大衣上披了奶油色的披肩,比平日略显慌张地赶到夜幕降临的小川町电车站。到那儿一看,田中仍将黑色宽檐帽压得很低,臂挂白铜把儿手杖,竖起宽彩条短大衣的领子,在红灯下款款等候。小白脸比往常刮洗得更加光亮,还隐约散发着香水气味。看来今晚特意拾掇了一番。

"让你久等了。"

阿君抬眼看着田中的脸,喘息不定地发出问候。

"没等。"田中落落大方地回答,隐含不定地微笑着盯住阿君。然后突然浑身一激灵,加上一句:"走走吧!走一会儿。"不,不只是加上一句,他已在弧光灯下人来人往的大街上向须田町方向走去。马戏表演是在芝浦,即便步行,也必须向神田桥方向走。

阿君仍然站在原地,抬手整理被尘风吹起的披肩,并奇怪地问:"朝那边走?"

"啊!"田中只扭头越肩地轻声回答,照旧向须田町方向走去。阿君别无选择,只好跟了上去,两人兴冲冲地走在瑟瑟抖动的柳叶下。此时,田中又用他那隐含不定地微笑着的目光窥探着阿君的侧脸说:"让阿君失望了。听说芝浦的马戏昨晚是最后一场。今晚嘛,就到我的熟人家一起吃饭吧!"

"是吗?那也行!"

阿君觉察到田中暗中抓住了自己的手,因而用充满期待的、胆怯而颤抖的微弱嗓音答道。同时阿君的眼中荡起了感动的泪花,就像阅读《杜鹃》时一样。透过感动的泪花看到的小川町、淡路町和须田町,别提有多么浪漫美好。岁末大促销的管乐、令人炫目的仁丹灯箱广告、圣诞树上的辉煌装饰、放射状悬挂的万国旗、橱窗中的圣诞老人和货摊上摆放的贺年卡与日历……所有的一切在阿君看来,都在欢唱雄壮的恋爱赞歌。世界将永远辉煌,今夜星光不再冷峻。时而卷起衣角的尘世之风,顷刻化为春归大地的暖流。幸福、幸福、幸福……

阿君忽然发现两人不知何时拐入了背街,走在窄巷之中。右侧有一爿小菜店,明亮的瓦斯灯照出了堆成小山的白萝卜、胡萝卜、腌菜、大葱、小蔓菁、慈菇、牛蒡、八头芋、小松油菜、土当归、莲藕、芋头、苹果、柑橘之类。经过菜店时,阿君的视线鬼使神差地落到了大葱堆中竹竿上夹着的引火木条价牌。牌上用浓墨涂抹着"一把四分钱"。如今所有物价都在暴涨,四分钱一把的大葱实属罕见。盯着这块最便宜的价牌,在阿君为恋爱和艺术而陶醉的幸福的心中,现实生活突然从懒觉中觉醒。常言说得好,"机不可失,时不再来。"什么玫瑰、戒指、夜莺、三越的彩旗,刹那间尽逝眼底。取而代之的,是房租、米钱、电费、煤钱、鱼钱、酱油钱、报纸费、化妆品钱、交通费……所有的生活费都与过去的艰苦经历一起,如同飞虫扑火一般从四面八方向阿君稚嫩的心灵麇集。阿君不由自主地停住脚步,将目瞪口呆的田中撇在一边,转向明灯照耀的青菜堆。接着伸出纤纤玉手,指定了标有"四分钱一把"的大葱,用唱《流浪之歌》的嗓音说:"给我来两把那个吧!"

风尘扫地的背街,戴宽檐帽、立起宽彩条短大衣领的田中,臂挂白铜把儿手杖顾影自怜地呆立着。打从刚才起,他的想象中就浮现出街尽头那座木格门房子。房檐下挂一盏写有"松之家"的灯箱。换鞋处的石板湿漉漉的。这是一座简易小二楼。然而站在背街上,那座小巧的房影奇妙地淡出视野,随之渐渐出现的却是插着"四分钱一把"价牌的大葱堆。此时,想象破灭了。一阵风尘过后,如同现实生活般艰辛的、辣得眼泪直流的大葱气味,实实在在地蹿进田中的鼻孔。

"让你久等了!"

可怜的田中眼中透出悲惨世界的目光,盯着判若两人的阿君。中分秀发上插着勿忘我花簪、鼻头略显上翘的阿君,正用下巴轻轻抵着奶油色披肩,手里提着两把共八分钱的大葱,明眸中跃动着兴奋的微笑。

终于一气呵成了。天亮前的时间所剩无几,屋外传来寒鸡啼鸣。我绞尽脑汁地写完了它,却感到异常的颓丧。这是何故?阿君当晚波澜不惊地回到那家梳发屋的二楼。只要她不辞去咖啡屋女侍的活路,难保以后不再跟田中出去游玩。想到那时的故事——不,那时的故事容后再叙,我现在杞人忧天也无济于事。就此搁笔!再见!阿君。今夜亦同那晚,从此屋兴冲冲地出门,勇敢地——被评论家打败!

大正八年(1919)十二月十一日

灵鼠神偷次郎吉

侯 为译

一

初秋的一个傍晚。

在汐留港一家渔夫客栈伊豆屋的正面二楼，两个貌似闲汉的男子久久地交杯换盏。

其中一个肤色微黑，稍胖，贴身随意地衬着一件结城绸单衫，系一条八反布平缝窄腰带，外面套一件舶来古装式藏青地儿红绿窄条薄布短褂，使饱经沧桑的风貌更显英俊。另一个则肤色白皙，个头不高。或许因为延至手腕的文身很抢眼，且身穿脱了浆的蓝绿格纹单衫，腰缠算盘珠纹汗巾，非但毫无气宇轩昂之态，只能透出凶神恶煞般的潦倒。看来此人本领略逊一筹，交谈时总以"老大"称呼对方。不过两人貌似年龄相仿，便显得比江湖哥们儿的交情更浓。这在交杯换盏中已表露无遗。

虽说已是初秋傍晚，但对面仍然可见唐津陶瓦板墙上殷红的落日余晖。夕照中，大垂柳枝繁叶茂。溽热蒸腾，足以令人重温乍凉还暑的秋老虎。尽管客栈正面二楼的苇帘已换成了花纸格窗，盛夏却仿佛仍对江户依依不舍，历历在目地流连在栏杆前的伊予苇帘上、壁龛里忘了换季的瀑布水墨挂轴中、桌上的鲜鲍鱼和冰镇生鱼片之间。其实，隔街渠中的亮丽秋水间，偶尔也会拂来缕缕清风，掀动两个微醉男子的左偏水梳鬓发。由此倒也略感几分爽快，却无仲秋那般凉意。尤其是那小白脸，还敞开着单衫前襟。胸口挂着的银链护身符便频频闪亮。

两人对女侍都避而远之，很投机地密谈了许久，似已告一段落。黑胖子漫不经心地为对方斟酒，又取出膝下的烟荷包说："如此这般，我也终于回到阔别三年的江户啦！"

"是啊。你实在回来得太晚。不过这次回来，不光自己弟兄，江户地面儿的哥们儿全都高兴啊！"

"说这话的，只有你。"

"嘿嘿，你说得对。"小白脸乜了对方一眼，故意阴阳怪气地抿嘴一笑说，"不信你去问问小花姐。"

"那是啊！"被称作老大的男子叼着心形烟管，脸色略显苦涩。可转眼又正儿八经地说："不过，我不在的这三年，江户也大大变样了。"

"不。有变的，也有没变的。要说私娼的萧条，简直令人难以置信啊！"

"不是我老气横秋，如此说来，还是过去令人怀念哪！"

"只有我没变，嘿嘿，总是这么没出息。"小白脸将满杯一饮而尽，顺手一抹嘴角的酒滴，自嘲般地挑动眉梢说，"回首三年前，那简直是人间天堂。对吧？老大，你大闹江户城那阵儿，盗贼中不也有个难以对付的神偷灵鼠吗？尽管他比不上那个江洋大盗石川五右卫门。"

"越说越不像话！哪个地面将我与盗贼相提并论？"

小白脸被烟呛得难受，不禁又现出苦笑。而豪爽的黑胖子却满不在乎，又自斟自酌地灌下一盅说："瞧瞧现在，小偷小摸的家伙遍地皆是，可江洋大盗却杳无踪影。"

"杳无踪影不也挺好吗？国有大盗，家有小贼。江洋大盗还是没有的好。"

"那当然是没有的好。肯定还是没有的好嘛!"

小白脸伸出刺了文身的胳膊,向老大敬酒并说道:"想起当年,嘿嘿,连盗贼都让人觉得怪亲切,简直莫名其妙。刚才说的你也一定明白,那灵鼠的气魄真带劲儿。是吧,老大?"

"这话不假。为盗贼们行方便,开赌局是最好的手段。"

"嘿嘿,这手段厉害。"小白脸说着便耷拉下肩膀。

而黑胖子却立刻精神抖擞地说:"虽说我没必要说他好,不过,听说那家伙钻到财大气粗的官宅专抢现钱,分给吃了上顿没下顿的穷人。原来如此啊!虽说善恶两重天,可是当了盗贼想求善报也是要积点阴德的。唔,我是这么想。……是啊!听起来倒也在理。我是说,次郎吉那小子做梦也想不到改代町的裸松会袒护他。看来真有神佛保佑。"

黑胖子一边敬酒一边格外心平气和地说着,随即恍然想起似的大大咧咧地往前凑凑,蓦地浮起明朗的微笑说:"那好,你听着。我看过一场灵鼠的闹剧,现在想起来都笑得肚子疼。"

开场白讲罢,那位老大又悠然叼起烟管吞云吐雾,朵朵烟圈在夕阳余晖中飘散。故事开场。

二

刚好在三年前,我因赌场争端从江户出走。

东海道有路障不易通过,我须经甲州官道步行到身延。我忘不了腊月十一从四谷荒木町出发,最后装扮成了流浪汉。我那穷酸相你也知道,里外两层结城捻绸裌,腰系博多布腰带,斜插护身短刀,身披棕色短斗篷,头戴草帽。当然,除了褡裢之外,无人与我同行。裹腿草鞋看似轻松,但想到再也见不到爹娘,心里别提多么沮丧。我骨子里还是很传统的,所以一步一回头。

偏偏天公不作美，碰上一个阴沉寒冷的雪天。更何况甲州官道有座黑云压顶的莫名山峰，屏风般横在枯叶无声的桑田上方。天寒地冻，连独立桑枝的金翅雀都噤口无语。又加小佛岭刮来干冷寒风，不断横挑着短斗篷。不出远门的江户人再怎么逞强，碰上这般天气也得狼狈不堪。我手摁草帽，多少次回头张望一大早便离开的四谷和新宿方向。

我不常出门，在路人眼中一定是惨不忍睹的模样。刚离开府中市的客栈，一个貌似规矩的年轻人从后边追赶上来，且喋喋不休地与我攀谈。看他身穿藏蓝斗篷，头戴草帽，是一副常见的旅行装束。但脖子上还围着褪了色的窄彩条包袱皮，里面穿着洗白了的宽彩条布袱，腰系褪了色的小仓布腰带。右鬓有一块斑秃，下巴凹陷得很厉害。看那身架，即使风吹不跑，也肯定是阮囊羞涩。不过穿戴虽然寒酸，人倒似乎不赖。他热心地向我介绍沿途的名胜古迹，我当然也希望有人做伴儿。

"你去哪儿啊？"

"我去甲府。老爷您呢？"

"我去那个——身延。"

"我说啊，老爷是江户人吧？在江户哪块儿住？"

"茅场町的盆栽店。你家也在江户？"

"是啊！在深川六间堀，开越后屋重吉杂货铺过活。"

就这么攀谈起来。都是江户同乡，聊的也是江户人熟悉的事儿，就觉得有了好旅伴，一起赶路。不久来到日野客栈时，天空飘起了雪花。真不敢想只身旅行会是什么滋味儿。时辰已过午后四点。仰望雪天，只觉得河边白鸰鸟也叫得声声揪心。今晚说什么都得在日野住下，所以必须加紧赶路。尽管看似阮囊羞涩，但这个旅伴好歹也是开杂货铺的。

"老爷，雪下得这么大，明天怕也赶不了多少路。今天就走到八王子市吧！"

经他这么一说，也只好如此行事了。我俩在雪中艰难地走到了八王子。天色黑透，房顶早已被积雪染白，在足迹可辨的街道两侧绵延，家家檐下点起红灯笼，迟归的马车铃声渐近，俨如浑然天成的雪景浮世绘。此时，那个越后小子一边踏雪前行一边说道："老爷，我想今晚跟您结伴住宿。"

他死乞白赖地求我，我也不好拒绝。"若能如此，我也就不孤单了。不过，我可是头一次来八王子，不知道哪儿有客栈。"

"没事儿！有一家山甚客栈，我是那儿的老主顾。"

他带我去了一家所谓的新客栈，也挂着灯笼。门厅开得挺宽敞，向里径直通往厨房。我们进门后，没等缩在账台前火盆边的管家说"请客人洗把脸"，一股馋人的米饭酱汤味儿就随着热气和烟气不怀好意地扑鼻而来。女佣提着灯笼过来招呼脱了草鞋，又将我们让到二楼的客厅。先洗个热水澡驱驱寒，再喝上两三盅烫好的美酒。越后屋重吉那小子高兴起来，简直没法儿招架。不喝酒都话多，酒一进肚更是滔滔不绝。

"老爷，这酒喝着对味儿吧？再往甲州那边走可就喝不着了。嘿嘿，说句老掉牙的俏皮话儿：五右卫门的老婆也几次三番地找我……"

说这话时他还若无其事。可酒过三壶之后，眼角也耷拉下来了，鼻头放着红光，还滑稽地摇晃着凹下巴，颤抖着嗓音唱了起来："美酒害人怨恨多，老爷面前没脸说。青楼贪杯毁我身，花容妖女总迷惑。"真拿他没办法，只有叫这小子睡觉了。于是瞅空儿赶紧吃饭。

"好了。明天还要起早呢！睡觉吧。睡觉！"我催促着，好不容易催这酒鬼躺倒。这下省事了。刚才还又唱又闹的家伙，头一沾枕头就打了个酒气熏天的哈欠，又用瘆人的嗓音低唱了一句"啊啊——，花容妖女总迷惑！"随即鼾声大作。哪怕耗子闹腾得再厉害，他连身都不翻一下。

我可是遭罪了。不管怎么说，离开江户这是头一宿。那小子的呼噜声如雷贯耳。奇怪的是周围越安静我就越睡不着。外面还在下个不停，风吹雪花不时将套窗扫得沙沙作响。身旁那个混世魔王，可能在梦中还哼唱陈词滥调。我离开了江户，恐怕会有一两个人为我牵肠挂肚而夜不能寐……这不是讲荤话玩儿——本来就很乏趣。可越想这些越来精神，于是只盼着天赶快亮。

胡思乱想着就听得三更打过，四更也打过。不知何时睡意袭来，渐渐迷糊过去。不久我忽然醒来，发现枕边的灯笼已经熄灭。难道是被耗子拖走了灯芯？且刚才还鼾声如雷的家伙，现在却像死人一般连气儿都不喘。怎么回事？我正觉得蹊跷，一只人手伸进了我的被窝，并哆嗦着摸索我钱袋的绳结。原来如此，真是人心隔肚皮，这孬种竟是个扒手！简直是吃了豹子胆了——我差点儿笑出来。刚才还跟这个扒手交杯换盏来着，我越想越来气。这小子的手刚要解开绳结，我一个鲤鱼打挺起来扭住了他。这小子大吃一惊，慌忙挣扎。我用被子从头蒙住他，就势骑在他身上。这个没出息的家伙硬是把脸露出来，像乌鸡打鸣似的怪叫起来："杀、杀人啦！"我顿时怒火冲天：这不是恶人先告状嘛！刚见面时就看他有点缺心眼儿，原来真是个孬种。我抓起手边的木枕，劈头盖脸一阵猛拍。

这一下，周围的房客可就都被吵醒了。店老板和伙计满脸狐疑地举着烛火蜂拥而至。到二楼一看，那小子在我胯下露出一张怪脸正在抽气。所有人都大笑不止。

"喂，掌柜的，我碰着梁上君子了。惊扰了大家，真对不住。就拜托你，代我向房客们好生道歉了！"我就这几句话，再不多说什么。

伙计们立刻把那小子五花大绑起来，就像活捉了一只"水虎",推推搡搡地从二楼了押下去。

山甚老板拱手作揖,再三道歉:"嗨!真是祸从天降。想必让您受惊了。不过钱财物品都没丢,真是不幸中的万幸。天一亮就把那小子交给官府。我们照管不周,请多多包涵。"

"没什么!我也不知道他是扒手,还跟他搭伴赶路呢!是我多有失察,你不必道歉。这是点小意思,给帮忙的小伙计们买碗热荞面吃吧!"

我取点儿赏钱打发了店老板,翻来覆去地独自琢磨。后来又想,我又没被客栈女郎拒之门外,叉着胳膊缩在被窝里一个劲儿地瞎寻思岂不太傻?不过我也没心思睡觉了。这一通折腾,天都快亮了。不如干脆早点儿走人,哪怕路上黑点儿。主意已定,立刻打点行装,再到账台付账。怕惊动别的房客,我蹑手蹑脚地走到楼梯口。楼下伙计们好像没睡,传来了说话声。我听见他们几次三番地提到你说的灵鼠神偷,就有点儿纳闷,便提着裙裾朝楼下望去。宽敞的门厅中间,那个叫越后屋重吉的孬种被绑在柱子上,大模大样地盘腿坐着。周围是两个小伙计和管家,在大灯的强光下撸胳膊挽袖子。那位管家一手抓着算盘,光头上冒着热气,正咬牙切齿地骂骂咧咧。

"真是的!小扒手现在也成了气候。灵鼠没准儿哪天也能修炼成江洋大盗了!真是的!要真到了那一天,整条街的客栈都要叫他给砸了牌子。倒不如现在就把他杀了,那才真叫积德行善呢!"

旁边一个蓬头垢面、马夫装束的汉子,死盯着扒手说道:"哎呀呀!管家大人,您怎么净说些不着边际的话?这傻小子哪儿有灵鼠的本事?小扒手都是会逞强装横的。瞧他那副德行就知道根底了。"

"没错儿!大不了也就是个黄鼠贼呗!"这回是拿吹火筒当武器的小伙计开了口。

"真是的！看他那野猴样儿，怕是人家的钱袋没偷成，先被人家把兜裆布抽走了。"

"干不了这顺手牵羊的勾当，不如跟小崽子们去偷庙里上香的破铜板呢！"

"什么呀！还不如到我房后谷地里去顶替稻草人！"

众人的嘲弄之中，那个越后屋重吉似乎懊恼一时。可当小伙计用吹火筒挑起下巴叫他抬头时，这家伙突然用江户口音嚷嚷起来。

"喂、喂、喂，你们这帮混蛋！冲谁胡说八道哪？你大哥我可是闯荡整个日本、小有名气的扒手，想损我也得掂量掂量自己！你们这些老土，胡咧咧些什么？"

众人登时哑口无言。说实话，那家伙气焰嚣张，不可一世。正要下楼的我，也在楼梯半腰驻足观望事态的发展。更何况那老好人似的管家，连算盘在握都忘得一干二净，只顾怔怔地盯着那孬种。不过，逞强的马夫还是摸着胡子满不在乎地说："小小扒手，横什么横？三年前那场暴雨中，力擒雷兽的横山客栈勘太就是我。我一跺脚就能把你跺死。"

面对气势汹汹的威吓，小扒手却冷然笑道："哼！你们见过什么世面？还想唬我？竖起耳朵，听听我的来头。帮你们赶瞌睡真是大材小用了。"他开始声色俱厉地呵斥众人，倒也痛快淋漓。可寒气逼人，冻得他鼻下清涕闪亮。且挨了揍的鬓角到下巴都肿胀起来，面部已经扭曲。尽管如此，他的嚣张气焰尚能镇得住乡下人。这家伙怪模怪样地昂首挺胸，滔滔不绝地历数自幼所做恶事。渐渐地，那个力擒雷兽的马夫也不戳他了。这样一来，那家伙越发趾高气扬，晃着凹下巴狠狠瞪着那三人。

"哼！你们这些遭报应的，以为我会怕你们、会求饶吗？告诉你们，以为我只是个小扒手可就错了。你们不记得了吗？去年秋天暴风雨的夜晚，有人钻进这客栈的村长房间，把所有财物一文不剩地全部拿走。那不是别人，就是我！"

"是你？偷了村长……"大家不约而同地惊呼。手持吹火筒的小伙计着实吓坏了，禁不住大声惊叫，并倒退了两三步。

"瞧瞧！这点儿雕虫小技就让你们魂飞魄散，你们也太没见识了。好好听着，前几天在小佛岭有两个送钱邮差被杀，知道那是何人所为？"这小子把清鼻涕吸溜回去，又吹嘘他怎么在府中市撬了仓房，在日野的客栈放火，且在厚木官道附近山中强暴拜神女香客。

然而令人费解的是，如此罪大恶极，管家和两个伙计却莫名其妙地向这孬种献起殷勤来了。那个笨熊马夫叉着粗壮有力的胳膊，目不转睛地盯着那小子低吼："你可真是个大恶棍。"此时我倒觉得滑稽可笑，差点儿乐出声来。况且那小扒手也像是醒了酒，已冻得脸色发白，下巴打战。可嘴上还挺硬，装腔作势地说："怎么样？这下长见识了吧？不过我的本领不止这些！此次是为弄到私房钱勒死了亲生老娘，露了马脚才溜出江户的。"

如此一亮相，那三个人便大气不敢出，仰慕名角似的敬佩这个肿脸家伙。太荒唐了！我再也看不下去，又下了两三级楼梯。正在此时，光头管家不知何故突然击掌尖叫："啊，我明白啦！那个灵鼠，莫非就是你的绰号？"

我立刻改变主意，停在昏暗的楼梯半腰，想听听那家伙还要胡扯什么。可那小扒手盯着管家，自命不凡地嘲弄道："既然叫你猜中，我就实话实说。威震江户的灵鼠，正是本人。"话音未落，他浑身一颤，接二连三地打起了乏趣的喷嚏，好不容易撑起的唬人架势也就白搭了。

尽管如此，那三个家伙还像听到宣告得胜相扑力士的名号似的，给他捧场助威呢！

"我早就知道是你。提起我的大名，谁都知道，是三年前暴风雨中力擒雷兽的横山客栈勘太。小孩儿听见我的名字都不敢哭。可是你见了我,却一点儿都不害怕!"

"没错儿!你的目光挺威猛。"

"真是的!所以我从一开始就说,此人也算得上是一位江洋大盗。真是的!今晚是'老虎也有打盹时,智者千虑必有失'。可你若无一失,二楼房客可就都被偷光了。"就这样,虽然嘴上百般奉承,却没人动手去松绑。

此时,那个小扒手又开始张狂起来。"我说管家,灵鼠住你们客栈是你们老板命好。你们不给我弄酒喝,客栈可就该大祸临头了。赶快弄五升酒来,不用烫了。"

这小子也真够不要脸的。而听得肃然起敬的管家也真够缺心眼儿的。我看到门厅大灯下,光头管家给那酒鬼小扒手用木升喂酒,就觉得不只是这山甚客栈的伙计,世人全都那么俗不可耐。为什么呢?虽说都是歹人,但巧取者比豪夺者罪轻一等,割包者比放火者罪轻一等。所以世人似乎应该仇恨江洋大盗,同情小偷小摸。然而事实并非如此,世人对贱民冷漠无情,而对贴了金的歹徒却顶礼膜拜。对自称灵鼠者以酒相待,若是小扒手就打翻在地。思量起来,我若也是盗贼,决不干小偷小摸。不过,思量归思量,我总不能这么没完没了地看下去。于是故意弄出响声走下楼梯,把行李扔到楼梯口。

"喂,管家,我要早点儿上路。给我结账吧!"

光头管家掩饰着尴尬,赶紧把酒升交给马夫,不停地摸着鬓角。"这么早就要上路……嗯,还请您不要动怒……另外,刚才,嗯,承蒙您破财费心……当然,刚好雪也停了……"

他净说些摸不着头脑的话,我也觉得怪好笑。"刚才下楼时我也听到了,这个小扒手就是赫赫有名的灵鼠,对吗?"

"啊,好像是的……喂!快给客人取草鞋来。草帽和斗篷都在这儿了……听说他真是个江洋大盗呢！啊，这就给您结账。"

管家为了解嘲，一边呵斥小伙计一边手忙脚乱地进到账台里面，装模作样地取下叼着的笔噼里啪啦拨起算盘来。我趁此穿上草鞋，先抽上一袋烟。看那小扒手像是又来了酒劲儿，连鬓角都发红了。到底还是有些难为情，他尽量避免与我对视，眼睛老往别处瞟。此时看到那副寒碜相，倒觉得他挺可怜了。

"喂，越后屋。啊，不，重吉，我不跟你开没用的玩笑。你自称灵鼠，老实巴交的乡下人要是当真，那可就划不来了。"我好心相告，可这个挺尸的却好像还没过够戏瘾。

"你说什么？我不是灵鼠？这么说你还见过些世面啦？我一口一个老爷地叫你……"

"我说啊，你吹得神乎其神，也就能哄哄这儿的马夫和小伙计。这会儿也该知足了吧？首先，如果你真是日本第一江洋大盗，根本用不着沾沾自喜地卖弄过去的劣迹。那对你有害无益。你听仔细了，你要硬说你是灵鼠，没准儿官府真把你当成灵鼠。不过，那你就轻则免不了牢狱之苦，重则躲不过千刀万剐。你还要自称灵鼠吗？——说啊！"

一语命中要害，吓得那个孬种嘴唇都发白了。

"我，我该死。实话说，我根本不是什么灵鼠，只不过是个小扒手而已。"

"我说得对吧？灵鼠哪能像你这德行？不过，既然你又放火又抢劫，也不是什么好鸟，真得掉脑袋啦！"我在门框上磕磕烟灰，继续厉颜正色地捉弄他。

看来他已醉意全消，又吸溜着清鼻涕忍着哭腔说："什么呀？那些也全是假的。我跟老爷说过的，真是开越后屋重吉杂货铺过活。我每年都要在这条官道上往返一两次。不管好歹，总能听到不少传言。所以管不住嘴巴，想到什么就说什么……"

"嗨、嗨！你不是说你是小扒手吗？开天辟地以来，没听说过小扒手开杂货铺。"

"不，我偷人东西今晚是第一次。今年秋天老婆跑了，后来净碰上倒霉事。俗话说'人穷志短'，我一念之差就干了缺德事。"

本来，不管他怎么装傻，我一直认定他就是个小扒手。所以听他这么一说，我很惊讶，端着装了烟叶的烟管说不出话来。马夫和伙计们可气坏了。没法儿不生气。我阻拦不及，那小子已被放倒。

"你小子！竟敢捉弄我们！"

"把他的嘴撕烂！"

吵吵嚷嚷中吹火筒乱舞，酒升狂砸。可怜越后屋重吉肿脸未消，现在又添了满头大包。

三

"故事就讲到这儿吧！"那个黑胖子如此这般地讲完故事，端起桌上半晌没动的酒杯。

对面陶瓦板墙上已不见了落日的余晖，渠旁那棵垂柳也笼罩了渐浓的暮色。此时，三缘山增上寺的钟声波动着楼栏外海腥味的静谧空气，仿佛刚回过神来似的把瑟瑟秋意送进两位食客的心坎。晚风拂动伊予苇帘，御滨御殿森林里的乌鸦啼鸣。两位食客的桌上，洗杯钵中寒光闪闪……不要多久，女侍就会端着火苗摇曳的烛台出现在楼梯口。

小白脸看到对方端起了酒盅，赶忙按住了酒壶。"我的天！竟有这种荒唐事！他把日本江洋大盗的保护神、我崇拜的灵鼠糟蹋成了什么？老大您怎样做不得而知，若换了我，非把他废了不可。"

"用不着心急火燎嘛！连那种缺心眼儿的家伙也敢冒名顶替，灵鼠不就借此威名远扬了吗？灵鼠定会如愿以偿。"

"话虽如此,可你从那生瓜蛋子的口中听到灵鼠的名字……"小白脸似乎又想争辩几句,而黑胖子却浮起了悠然自得的微笑。

"反正我说如愿以偿,那就毫无疑问。我还没挑明呢,三年前大闹江户的灵鼠神偷……"说到这里他仍端着酒盅,鹰眼四下扫视。

"就是我——和泉屋的次郎吉。"

大正八年(1919)十二月

舞 会

艾 莲译

一

时当明治十九年①十一月三日晚，芳龄十七的名门小姐明子，和已见谢顶的父亲，一起登上鹿鸣馆的楼梯，参加今晚在这儿举行的舞会。明亮的瓦斯灯下，宽阔的楼梯两侧，是三道菊花围成的花篱，菊花大得像是人造的假花。最里层是淡红，中间深黄，前面雪白，白花瓣像流苏一样错落有致。菊篱的尽头，台阶上面的舞厅里，欢快的管弦乐声，仿佛是无法抑制的幸福的低吟，片刻不停地飘荡过来。

明子很早就学会法语，受过舞蹈训练，但正式参加舞会，今晚还是有生以来头一回。所以在马车里，回答父亲不时提出的问话，总是心不在焉。她心里七上八下，也可以说，兴奋之中带点儿紧张。直到马车停在鹿鸣馆前，她已焦急地不知有多少次抬眼望向窗外，瞧着东京街头稀疏的灯火一闪而过。

可是，刚进鹿鸣馆，就遇到一件事儿，倒让她忘了不安。楼梯上到一半，赶上一位中国高官。这位高官闪开肥胖的身躯，让他们父女先过，眼睛痴痴地望着明子。明子一身玫瑰色的礼服，显得娇艳欲滴。脖子上系了一条淡蓝色丝带，浓密的秀发里，仅别了一朵

---

① 明治十九年，即 1886 年。

玫瑰花，散发出阵阵幽香——不用说，那夜，明子的丰姿，把文明开化后日本少女的美，展示得淋漓尽致，准是让那个拖着长辫子的中国高官看得目瞪口呆。这时，又有一位身着燕尾服，匆匆下楼的年轻日本人擦身而过。他下意识地回过头来，同样愕然地向明子的背影投去一瞥，随即若有所思地用手理了一下白领带，从菊花丛中朝大门口匆匆走去。

父女两人走上楼。在二层舞厅门前，蓄着半白络腮胡子的主人伯爵大人，胸前佩着几枚勋章，同一身路易十五时代装束的老伯爵夫人相并伫立，雍容高雅地迎接着宾客。伯爵看到明子时，那张老谋深算的脸上，刹那间掠过一丝毫无邪念的惊叹之色。就连这，也没能逃过明子的眼睛。明子那为人随和的父亲，面带笑容，高兴地用三言两语，把女儿介绍给伯爵夫妇。明子半是娇羞，半是得意，但同时，也觉得权势显赫的伯爵夫人，容貌里仍沾有那么一点粗俗。

舞厅里，也到处是盛开的菊花，美不胜收。而且，无处不是等候邀舞的名媛贵妇，她们身上的花边、佩花和象牙扇，在爽适的香水味里，宛如无声的波浪在翻涌。明子很快离开父亲，走到艳丽的妇人堆里。这一小堆人，都是同龄少女，穿着同样淡蓝色或玫瑰色的礼服。她们欢迎她，像小鸟般喊喊喳喳，交口称赞她今晚是多么迷人。

可是，同她们刚待在一起，便不知从哪儿，静静地走来一个从未见过面的法国海军军官。军官双手低垂，彬彬有礼，作一日本式的鞠躬。明子感到一抹红云悄悄爬上了粉颊。这鞠躬的意思，不用问，她当然明白。于是便回过头，把手中扇子交给站在一旁，穿淡蓝色礼服的少女。出乎意料的是，海军军官脸上浮出一丝笑意，竟用一种带异样口音的日语，清楚地说道：

"能不能赏光跳个舞？"

很快,明子和法国海军军官踩着《蓝色多瑙河》的节拍,跳起了华尔兹。军官的脸色给烈日晒得黧黑,他相貌端正,轮廓分明,胡须很浓重;明子把戴着长手套的手,搭在舞伴军服的左肩上,可是她个子太矮了。早已熟悉这种场面的海军军官,巧妙地带着她,在人群中迈着轻松的舞步,还不时在她耳畔,用惹人喜欢的法语,说些赞美之词。

明子对这些温文尔雅的话语,报以一丝羞涩的微笑,一边不时地把目光投向舞厅的四周。紫色绉绸的帷幔,印着皇室的徽章,大清帝国的国旗,画着张牙舞爪的青龙;在帷幔和旗帜之下,一瓶瓶菊花,在起伏的人海中,时而露出明快的银色,时而透出沉郁的金色。然而,起伏的人海像香槟酒一样欢腾,在华丽的德意志管弦乐曲的诱惑下,一刻不停地回旋,令人眼花缭乱。明子与一个正在曼舞的女友目光相遇,匆忙之中,互送一个愉快的眼神。就在这一瞬间,另一对舞伴,像狂飞的大蛾,不知从哪里闪现出来。

明子知道,这期间,法国海军军官的眼睛,一直在关注自己的一举一动。这意味着,一个全然不了解日本的外国人,对她陶醉于跳舞感到好奇。这么漂亮的小姐,难道也会像玩偶一样,住在纸糊和竹造的屋里吗?难道也要用精细的金属筷子,从只有掌心般大的青花碗里,夹食米粒吗?——他眼中含着讨人喜欢的笑意,但又时时闪过这样的疑问。明子觉得又好笑,又得意。每逢对方把好奇的视线投在自己的脚下时,她那双华丽的玫瑰色舞鞋,就在平滑的地板上越发轻快地滑着、舞着。

但不久,军官感到,这个猫咪似的姑娘已不胜疲乏,便怜惜地凝视着她的面庞问:

"还想继续跳吗?"

"Non, merci.①"

明子喘息着，坦率地回答。

于是，法国海军军官一边继续迈着华尔兹舞步，一边带她穿过前后左右旋转着的花边和佩花的人流，从容地靠向沿墙摆着的一瓶瓶菊花。等转完最后一圈，漂亮地把她安顿在一把椅子上，自己挺了挺军服下的胸膛，然后一如先前，恭敬如仪，作一日本式的敬礼。

后来，他们又跳过波尔卡和马祖卡。然后，明子挽着法国海军军官，经过白的、黄的、淡红的三层菊篱，朝楼下的大厅走去。

这里，燕尾服和裸露的粉肩不停地来来去去，摆满银器和玻璃器皿的大台子上，有堆积成山的肉食和松露，有耸立似塔的三明治和冰淇淋，有筑成金字塔似的石榴和无花果。尤其屋子一侧，尚未被菊花埋没的墙上，有一美丽的金架子，架子上面，葱绿的人工葡萄藤攀缠得巧夺天工。明子在金架子前，看到了略见谢顶的父亲，他口衔雪茄，和一班年龄相仿的绅士站在一起。看到明子，父亲满意地略点下头，便转向同伴，又吸起了雪茄烟。

法国海军军官和明子走到一张台子前，同时拿起盛冰淇淋的匙子。明子发觉，即使这工夫，对方的视线仍不时落在她的手上、头发上，以及系着淡蓝丝带的脖子上。当然，对她来说，决不会引起什么不愉快的感觉，不过，有那么一瞬，某种女性的疑惑，仍不免闪过脑际。恰在这时，有两个身着黑丝绒礼服，胸前别着红茶花的德国妙龄女郎经过身旁，她有意透露自己的疑惑，便设辞感叹地说：

"西方的女子，真是美得很呀！"

---

① Non, merci，法语，不，谢谢。

不料，海军军官闻言，认真地摇了摇头。

"日本的女子也很美。特别是像小姐您这样……"

"哪儿的话。"

"不，这绝不是恭维话。以您现在这身装束，就可出席巴黎的舞会，而且会艳惊四座。您就像瓦托①画上的公主一样。"

明子并不知道瓦托其人。因此，海军军官的话所唤起的她对美好往昔的幻想——幽幽的林中喷泉，和行将凋谢的玫瑰，转瞬之间，便消失得无影无踪。敏感过人的她，一边搅动着冰淇淋的小匙，一边不忘提起另一个话题：

"我也颇想参加巴黎的舞会呢。"

"其实不必，巴黎的舞会，同这里毫无二致。"

海军军官说着，扫视一下子周围的人流和菊花，忽然眸子里露出一丝讥讽的微笑，停下搅动冰淇淋的匙子。

"岂止巴黎，舞会，哪儿都是一样的。"他半自语地补上一句。

一小时后，明子和法国海军军官依然挽着手臂，和众多日本人、外国人一起，伫立在舞厅外星月朗照的露台上。

与露台一栏之隔的大庭院里，覆盖着一片针叶林；静谧中，枝叶相交的枝头上，小红灯笼透出点点光亮。冰冷的空气中，和着下面庭院里散发出的青苔和落叶的气息，微微飘溢着一缕凄凉的秋意。可就在他们身后的舞厅里，依旧是那些花边和花海，在印着皇室徽记十六瓣菊花的紫绉绸帷幔下，毫无休止地摇曳摆动着。而高亢的管弦乐，宛如旋风一般，照旧在人海上方，无情地挥舞着鞭子。

当然，露台上也热闹非常，欢声笑语接连划过夜空，尤其当针

---

① 瓦托，Antoine Watteau（1684—1721），法国画家。

叶林上的夜空，放出绚丽的烟火，几乎所有的人都同时发出哗然的喧闹声。明子站在人群里，和相识的姑娘们一直在随意地交谈。俄顷，她察觉到，法国海军军官仍旧让她挽住自己的手臂，默默望着星光灿烂的夜空，觉得他似在感受着一缕乡愁。明子仰起头，悄然望着他的面孔。

"是不是想起故乡了？"她半带撒娇地询问道。

仍是那双满含笑意的眼睛，海军军官静静地转向明子，用孩子般的摇头，代替一声"不"。

"可您好像在想什么哪。"

"那您猜猜看，我想什么呢？"

这时，聚在露台上的人群里，又像起风一样，掀起一阵躁动。明子和海军军官心照不宣，停止了交谈，眼睛望向庭院里压在针叶林上的夜空。红的和蓝的烟火，在暗夜中射向四方，转瞬即消弭于无。不知为何，明子觉得那束烟火是那么美，简直美得令人不禁悲从中来。

"我在想烟火的事儿。好比我们人生一样的烟火。"

隔了一会儿，法国海军军官亲切地俯视着明子，用教诲般的口吻说道。

二

大正七年的秋天，当年的明子去镰仓别墅的途中，于火车里偶然遇见一位仅一面之缘的青年小说家。他正往行李架上放一束菊花，是准备送给镰仓友人的。于是，当年的明子——现在的 H 老夫人，说她每逢看到菊花，就会想起往事，便把鹿鸣馆舞会的盛况，详细讲给了小说家。听老妇人亲口讲她的回忆，青年小说家自然兴致勃勃。

讲完之后,青年不经意地问 H 老夫人:

"夫人知道这位法国海军军官的名字吗?"

出乎意料,H 老夫人回答道:

"当然知道。他叫 Julien Viaud。"

"这么说是 Loti 了。就是写《菊子夫人》的皮埃尔·洛蒂①。"

青年既愉快又兴奋。H 老夫人却讶然看着青年的脸,喃喃地一再说:

"不,他不叫洛蒂。叫于利安·维奥。"

大正八年(1919)十二月

---

① 皮埃尔·洛蒂,Pierre Loti(1850—1923),法国作家。原名 Julien Viaud,1867 年考入海军学校,毕业后服务于海军,开始四十二年之久的海上生涯。几乎每年都有作品问世,写有《菊子夫人》(1887)等四十余部小说。普西尼的《蝴蝶夫人》(1904),故事就脱胎于《菊子夫人》。

尾生之信

侯　为译

　　尾生从刚才起就伫立桥下，一直在等待女人到来。

　　抬眼看去，高高的石桥栏上，蔓草已爬了半截。缝隙间不时闪现来往行人的素衣下摆，被鲜红的落日映照着，随风悠然飘动。女人却仍未到来。

　　尾生一边轻吹口哨，一边在桥下悠然自得地展望河滩沙洲。

　　桥下的沙洲只剩了四铺席大小，已被河水包围。芦苇丛生的水边，或许是螃蟹的栖身之所，洞开着许多圆孔。每当波浪拍岸时，便发出轻微的嗒噗嗒噗声。女人却仍未到来。

　　尾生似乎等烦了，挪步走到水边，环视无船通行的宁静河面。

　　四周被青葱的芦苇遮蔽得严严实实。而且芦苇丛中处处点缀着河柳，浑圆的树冠郁郁葱葱，因此其间水面并不比整条河面宽阔。一泓清流将云母般的云影镀上金边，悄无声息地蜿蜒于苇丛之中。女人却仍未到来。

　　尾生从水边走开，在不太宽阔的沙洲上徘徊。暮色渐浓之中，他侧耳倾听四下里的动静。

　　桥上似乎一时断了人来车往，已听不到脚步杂沓、马蹄声碎、车轮滚滚，只有晚风呼啸、苇丛喧嚣、潮水滔滔，还有不知何处苍鹭的吵闹。他停下了脚步，发现不知何时已经开始涨潮，洗刷黄泥的水色更加迫近自己。女人却仍未到来。

　　尾生狰狞地倒竖双眉，在桥下沙洲走得愈加急促。此时，河水一寸、一尺地漫上沙洲。水草腥气和水汽在河面弥漫，凉冰冰地侵袭着他的肌肤。抬头望去，刚才桥上鲜红的落日余晖已消失殆尽，只剩石栏的黢黑剪影，轮廓分明地刻印在淡青色的苍穹。女人却仍未到来。

尾生终于被河面的情景惊呆。

河水濡湿了鞋子，且映出比钢铁还要冷峻的光泽，已在桥下泛滥起来。照此下去，腿部、腹部、胸部都必定在顷刻之间被这冷漠无情的潮水淹没。不，说话间水位已愈涨愈高，小腿已经没在了水下。女人却仍未到来。

尾生仍旧站在水中，凭靠仅仅一缕希冀，频频向桥上张望。

淹至腹部的水面上空，早已是暮色苍茫。透过暗淡的雾霭，远近茂盛的芦苇与河柳送来枝叶摩擦声，显得怅然若失。此时，像有一条鲈鱼擦着尾生的鼻尖，敏捷地翻出了白色肚皮。鲈鱼跃起，夜空中已是星光依稀。蔓草攀生的桥栏，也很快在夜幕中模糊。女人却仍未到来……

夜半，月光洒满河道中的苇丛和柳梢。河水与微风窃窃私语着，将桥下尾生的尸体款款送向大海。然而尾生的魂魄却像在恋慕当空的明月，悄然脱离尸骸，向着微明天空的远方朗朗飘升，又仿佛水汽和草香，默默地笼罩着河面……

此后星移斗转数千年，那魂魄历经无数颠沛流离，又不得不托生于人世之间，栖宿于我的体内。因此，虽然我转生于现代却一事无成，过着昼夜不分、梦里梦外的日子，痴情苦等似将到来的神妙尤物，正如尾生在薄暮中桥栏下，痴等那永不到来的恋人一样。

大正八年（1919）十二月

秋

侯 为译

一

　　信子从上女子大学开始，就享有才女的美誉。几乎所有的人都深信不疑：她早晚会成为作家在文坛崭露头角。甚至有人四处张扬，说她在大学读书时就写过三百多页稿纸的自传体小说。但从大学毕业后，由于某些复杂的原因，在守寡照料读女中的妹妹照子和自己的母亲面前，她就不能自作主张了。于是，她不得不在开始写作生涯之前，按老规矩先开始考虑自己的亲事。

　　她有位表弟叫俊吉，当时还是大学文科的在籍学生，也有志于将来跻身作家行列。信子与这位大学生表弟早就来往密切，有了文学的共同语言就更加亲近。不过，与信子不同，他对当代流行的托尔斯泰主义等毫无敬意，并且总是搬出从法国引进的讽刺和警句。这种冷嘲热讽的态度常令不苟言笑的信子生气。不过，生气归生气，她也感受到那些讽刺和警句中，蕴藏了不可轻蔑的内涵。

　　所以，在大学时期她没少跟他去展览会或音乐会。当然，此时妹妹照子也结伴同行。虽然三人在往返途中毫无顾忌地说笑，但妹妹照子往往会被晾在一边。即令如此，照子仍像小孩似的边走边观望橱窗里的遮阳伞啦丝绸围巾什么的，似乎从未因被冷落而不满。倒是信子一有察觉，必定把话题转换过来，立即同从前一样让妹妹也参与交谈。可是每次忘记照子存在的，却又首先是信子自己。俊吉好像浑然不觉，仍然笑话连篇，在行人如织的大街上悠然阔步……

当然，让任何人看到信子和表弟的关系，都会猜测他们早晚是要结婚的。同学们对她的未来，有的羡慕，有的嫉妒。特别是不识俊吉者（这只能视同滑稽）更有此感。信子也总是在否定他们的猜测，却又故意不动声色地暗示确有其事。因此尚未毕业时，同学们的脑海里就清晰地铭刻了她和俊吉的身影，俨如新郎新娘的结婚照。

然而一旦毕业，信子却出乎意料地突然与赴大阪某商社就业的高等商业学校毕业生结了婚。且婚礼过后两三天，就同新郎一起去了大阪。据当时去中央车站送行的人说，信子与往常一样，脸上洋溢着明朗的微笑，想方设法地安慰动辄落泪的妹妹照子。

同学们全都百思不解。在百思不解的心中混杂了奇妙的庆幸和与以前不同意义的嫉妒之情。有人对她表示信赖，将一切归咎于母亲的包办意志。而有人却对她表示怀疑，说她见异思迁。然而他们自己也并非不清楚，此等解释纯属猜测而已。她为何不与俊吉结婚？在后来的一段时间里，他们只要见面，必定将此疑团当成大事来谈论。又过了大约两个月……他们竟彻底地忘掉了信子。当然，也包括说她写长篇小说的传言。

其间信子在大阪郊外，构筑了一个奔向幸福之路的新家庭。他们的新房坐落在那一带最为宁静的松林中。松脂的芳香、太阳的光芒……还有，丈夫总是出门在外，使新租的两层小楼笼罩了生机勃勃的沉默。信子常常在这样的寂寥午后，无由地变得情绪低落。此时她总要打开针线抽屉，翻出最底层叠放的桃色信笺来读。信笺上密密麻麻地写着这样的内容：

"……想到自今日起就再也不能同姐姐在一起，我就忍不住泪水长流。姐姐，请你千万、千万原谅我。姐姐做出了令人惋惜的牺牲,照子我真不知说什么才好。姐姐是为了我才允诺这桩亲事的,这一点即使你否认我也心知肚明。一起去帝国剧场看戏那晚,姐姐问我喜欢不喜欢阿俊。然后又说,如果喜欢,姐姐一定尽力帮我跟阿俊好。想必当时姐姐已经读过我给阿俊的信了。那封信丢失之后,我真的好恨姐姐啊!(请您原谅。仅此一事就已令我万分内疚。)所以,当晚我把姐姐的热心话语也听成了嘲讽。我生了气,答话也不认真。此事姐姐一定不会忘记。但是过了两三天,姐姐的亲事突然就定了。我下定决心,就是死也要向姐姐道歉,因为姐姐也喜欢阿俊。(别瞒我,我非常清楚。)如果不是为了照顾我,你肯定早就自己去找阿俊了。话虽如此,姐姐仍然多次对我说不喜欢阿俊。而且,终于违心地与别人结了婚。我所敬重的姐姐啊!还记得我把报晓公鸡抱来,叫它与即将去大阪的姐姐告别吗?因为我想让我养的公鸡也一起向姐姐赔罪。而这样一来,连一无所知的母亲也伤心落泪了。对吗?

"姐姐明天就要去大阪了吧?但是,请永远别忘妹妹照子。照子会每天早上一边喂鸡一边想念姐姐,背着人哭鼻子……"

信子每次读这封少女情调十足的信,都必定热泪盈眶。特别是想到在中央车站上车前,照子悄悄给自己递信时的样子,心中便涌上难以言状的怜爱之情。但她的婚姻是否真的如同妹妹所说,完全是一种牺牲呢?这种疑虑的产生,往往加重她心头的苦闷。信子为了回避这种苦闷,常常沉浸在愉悦的感伤之中,同时望着屋外照耀松林的阳光,直到变成橘黄色。

二

婚后三个月左右,他们也像所有新婚夫妇一样幸福度日。

丈夫有些女人气,不甚健谈。但每天从公司回来,晚饭后必定要陪信子待上几个小时。信子攒动着毛衣针，也谈论一些近来坊间轰动的小说和戏剧。话语中时而交织了一些带有基督教色彩的、女子大学生崇尚的人生观。丈夫晚饭小酌后脸颊红晕未消，把正在阅读的晚报摊在膝头，颇感新鲜地侧耳倾听。但他从不旁加任何个人的评论。

他们几乎每个周日都要去大阪或郊外的名胜休闲散心。信子每次乘火车、电车时，看到关西人随处吃喝毫无顾忌就心生鄙夷。与此相反，丈夫风度翩翩，很有品位，又使她颇感快慰。事实如此。衣冠楚楚的丈夫夹在那等人群之中，无论礼帽还是西装，或是红色高腰皮靴，都散发着一种淡雅清新的气息。特别是在暑假期间他们远游舞子海滨时，在茶馆巧遇了丈夫公司的同事，经过一番对比之后，她更按捺不住心中的骄傲与自豪。然而出乎她之所料，丈夫却似乎与那些粗俗的同事亲密无间。

时过境迁，信子又想起搁置已久的创作。于是只在丈夫外出期间伏案写作一两个小时。丈夫听说之后，嘴角泛起和善的微笑说："你快成了女作家了吧？"然而当她面对稿纸时，却感到笔头意外地艰涩。她会常常察觉，自己正茫然地手撑下巴，忘我地聆听烈日下松林中的蝉鸣。

从夏暑过渡到秋凉之间的某一天，丈夫出门前换下了汗渍的衬领。可是不巧，其余衬领全都送到洗衣店去了。丈夫酷爱整洁，此时便阴下脸来，边挎西裤吊带边一反常态地挖苦说："你写小说真够投入的。我可惨了。"信子噤口俯首，只知为丈夫掸掸西装。

两三天后的晚上，丈夫读到晚报上关于粮食问题的文章，由此引出每月生活支出能否节约的话题，甚至还说："就说你吧，也不能永远当女大学生吧？"信子心不在焉地应答着，给丈夫衣领绣上罗纱。此时，丈夫又意外执拗地说："就说那领饰吧，买现成的不是更便宜些吗？"一股婆婆妈妈的腔调，更令她无法开口解释。结果，丈夫也觉得自讨没趣，满脸扫兴，便起劲儿地读起商业杂志来。当两人睡下熄灯后，信子背对着丈夫小声地说："我以后再不写什么小说了。"丈夫闻声并不表态。过了片刻，她又更加小声地重复了一遍。又过了片刻，她发出了啜泣声。丈夫训斥了两三句，啜泣声仍然时断时续。不知何时，信子又紧紧依偎着丈夫……

翌日，他们又和好如初，相亲相爱。

此时她又想起，有一天晚上十二点已过，丈夫还没从公司回来。而等到回来时，丈夫已经酒气熏天，醉得连雨衣都脱不下来了。信子皱着眉头麻利地为丈夫换了衣服，而丈夫却毫不领情，嚼着僵硬的舌头冷嘲热讽："今天我回来得晚，你的小说进展不小吧？"他女人气地说过几回此类话语。睡下后信子又不禁潸然落泪。要是让照子看见，一定会陪着抹眼泪的。照子，照子，我能依靠的只有你了……信子常常在心中呼唤着妹妹，又被丈夫呼出的酒气熏得翻来覆去，整夜无法入睡。

然而即便如此，翌晨他们却又重归于好。

这样的别扭反复了多次，季节也进入了深秋。不知始自何时，信子伏案执笔的机会越发减少，丈夫对她谈论文学的兴趣也愈加淡漠。他们每晚隔着长长的火盆，谈论着琐碎的家庭经济来消磨时光。此类话题至少可在晚饭小酌后，使丈夫变得兴致勃勃。信子也只能可怜巴巴的，不时瞅瞅丈夫的脸色。然而丈夫毫无察觉，还咬着近来留长的胡须，深谋远虑之后快活地说："看来该生个儿子了……"

打那以后，每月的杂志上都能够看到表弟的名字。信子在结婚后断绝了与俊吉的通信，似乎已将其忘得一干二净，仅能从妹妹的来信中了解到他的动向——从大学文科毕业了，创办了同人杂志，等等。她倒也无意更进一步了解。不过，看到他的小说登上了杂志，那种亲切感却一如既往。她翻着那些书页，多少次不禁独自发笑。在小说中，俊吉仍像宫本武藏一样运用冷笑和诙谐两种武器。但不知是否错觉，她总感到在那轻松的讽刺背后，潜藏着某种失落的、自暴自弃的口吻。同时，她又无法不为自己的想法感到歉疚。

打那以后，信子对丈夫更加温柔体贴。寒夜中，坐在长火盆对面的丈夫发现，总有明朗的微笑挂在她的嘴角眉梢。那张面孔更比以前显得年轻，还常常薄施粉黛。她一边摊开针线活儿，一边回忆起在东京举行婚礼时的情景。她讲得那么细致入微，令丈夫又惊又喜。"你真行，记得够清楚的！"听到丈夫揶揄自己，信子必定默不作声，只用媚眼作答。不过，她自己也常常在心里纳闷儿：那些事为何如此刻骨铭心？

不久，母亲来信告诉信子，妹妹也行过聘礼了。母亲还在信中补充道，俊吉为了迎娶照子，在山手区郊外置办了新房。她赶紧给母亲和妹妹写长信表示祝贺。"因时下家中无人照料，碍难赴京参加婚礼……"写到这里，她（自己也不知何故）再三辍笔，难以继续。每到此时，她必定抬眼观望松林。初冬的晴空下，松林更显郁郁葱葱。

当晚，信子向丈夫谈起照子结婚的事。丈夫一直面带笑意，兴趣盎然地听她模仿妹妹的腔调。信子不禁感到，她是在对自己述说照子的婚事。"哎，该睡了吧？"两三个小时之后，丈夫抚摸着柔软的胡须，疲惫不堪地离开了长火盆。信子还没有想好给妹妹送什么贺礼，正用火筷在炭灰上写字。可她又突然抬头说："不过，想起来挺有意思的，我也有妹夫了。""那有什么奇怪的？你有妹妹嘛！"听了丈夫这话，她的目光仍显得若有所思。没有任何回答。

照子和俊吉在腊月中旬举行了婚礼。当日将近午时，天降瑞雪。信子独自吃完午饭，口中鱼腥味却总是挥之不去。"东京也下雪了吗？"信子想着，呆呆地靠在微暗客厅的长火盆前。雪越下越大，口中鱼腥味仍旧顽固不化，挥之不去。

三

翌年秋天,信子跟出公差的丈夫踏上了久别的东京土地。丈夫时间紧、公务重,也就是刚到时与信子母亲见了一面,之后再无机会带信子出门。因此,去郊外妹妹妹夫的新居时,仍是她独自一人,从新开发区的终点乘上颠簸的电车。

他们的家在居民区到大葱地一带。街坊邻居都像是新建的出租房舍,鳞次栉比,密密排排。带檐的院门,光叶石楠的树墙,还有竹竿上晾晒的衣物……所有住户完全雷同。此等平俗的新居令信子略感失望。

但是当她叩门时,应声出迎的却是表弟,令她感到意外。俊吉仍如往常一样,看到稀客快活地问声:"你好!"信子发现,他不知何时留了长发。"好久没见!""来!进屋吧!不凑巧,就我一个人。""照子呢?出门了?""办事去了。佣人也去了。"信子莫名其妙地感到有点局促,轻轻地将花哨衬里的大衣脱在门厅一角。

俊吉请她在八铺席大的书房兼客厅落座,屋里是随意堆放的书籍。特别是午后阳光照射的格窗旁,一张紫檀小桌周围堆放着报纸杂志以及稿纸,更是零乱得无法收拾。唯一能够昭示年轻妻子存在的,只有神龛边的一张新古筝。信子看着这一切,一时难收好奇的目光。

"从信上知道你要来,却不知是今天。"俊吉点着了烟卷,到底还是流露出怀念的神情。"怎么样,大阪的生活好吗?""阿俊你怎么样?幸福吧?"信子两三句话说完,过去的亲情感同身受。看来相隔近两年音讯寥寥的时光,那些不太愉快的记忆并未给她留下多少烦恼。

两人在同一个火盆边伸手烤火,说了很多话。俊吉的小说,熟人的近况，东京与大阪的比较，想说的话总无穷尽。但两人不约而同地避而不谈生活话题，更使信子强烈地意识到是在与表弟交谈。

不过，时而也会有沉默降临。每到此时，她的目光落在火盆里的炭灰上，便生出一种淡淡的、几乎不能称之为期待的期待之情。说不清故意还是偶然，俊吉总能很快找到新的话题，从而打消那般期待之情。她终于不由自主地凝视着表弟，而他却气定神闲地吞云吐雾，亦无掩饰窘态的迹象。

不久，照子回来，看到姐姐就高兴地扑了上来。信子也从嘴角泛起微笑，眼角却禁不住泪水涟涟。两人把俊吉撇在一边，相互询问一年多来的生活。照子眉飞色舞，脸放红光。总也忘不了说她养的公鸡。俊吉仍旧叼着烟卷，仍旧面带嬉笑，心满意足地望着姐妹俩。

此时女佣也外出返回。俊吉从她手中接过几张明信片，便赶忙伏在一旁桌上奋笔疾书。照子似乎对佣人同时外出颇感意外，问道："那，姐姐到家时，屋里没人吗？""啊，只有阿俊在家。"信子感到自己回答时似乎强作镇静。俊吉背对她俩说："你得感谢你老公。那茶水，还是我沏的呢！"照子与姐姐面面相觑，调皮地扑哧笑了出来，故意不睬丈夫。

不久，信子和妹妹、妹夫围坐在晚餐桌旁。听照子说，晚餐中用的鸡蛋都是自养的鸡下的。俊吉为信子斟上葡萄酒，并端出了有社会主义色彩的理论："人的生活是靠掠夺维持的。小事如同这鸡蛋……"他虽然嘴上这样说，可自己却无疑是三人中最钟情于鸡蛋的。照子说他滑稽透顶，笑得像孩子一样。而信子在此种气氛中，仍不禁想起远方松林中黄昏时分的寂寥客厅。吃完晚饭，又饕餮一顿水果，他们的欢谈意犹未尽。略带醉意的俊吉盘腿坐在深秋长夜灯下，起劲地搬弄他那一流的诡辩术。其谈笑风生，使信子又一次青春焕发。她眼中闪烁着热望之光，并说："我也要重新开始写小说!"此时,表弟却答非所问地甩出古尔蒙的警句:"因为缪斯们是女流之辈,所以只有男人能够随心所欲地俘虏她们。"信子和照子结成同盟,不承认古尔蒙的权威。"那么,不是女人就不能当音乐家吗?阿波罗不是男人吗?"照子认真地反问。

谈笑之间夜已深沉。信子只好在此留宿。

就寝前,俊吉打开套廊一侧的格窗,穿着睡衣走下狭小的后院。然后,又不知对谁呼唤道:"出来看看!多好的月亮!"信子独自跟了出来,换上庭院的木屐。没穿布袜,赤裸的双足感到夜露冰凉。

月亮挂在院角一棵瘦削的桧树梢上。表弟站在树下,正仰望微明的夜空。"杂草长得真凶!"信子似乎不堪忍耐,提心吊胆地踏过荒芜的庭院走向俊吉。可他却仍然仰望夜空,只是嘴里喃喃自语:"今天初十三了吧?"

沉默片刻,俊吉缓缓地将视线转向信子说:"去鸡舍看看吗?"信子默默点头。鸡舍在与桧树相反的院角,两人并肩缓缓走了过去。但苇席圈中却只有鸡舍气味和模糊的光影。俊吉向里望望,几乎是自言自语地向她说:"睡了。""被人拿走了蛋的鸡……睡了。"信子呆立于草丛之中,若有所思……

两人从庭院回来时,照子坐在丈夫的桌前呆然盯视电灯——仅仅趴着一只蝇子的电灯。

<h2 style="text-align:center">四</h2>

翌晨饭后,俊吉匆匆穿好唯一的高档西装来到门厅,说是要去参加亡友的周年祭奠。"听着,你等我。我中午以前一定回来。"他套上外套,并叮嘱信子。可她却只是用纤纤玉手托着他的礼帽,微笑着默默相视。

照子送丈夫出了门，让姐姐坐在火盆对面，并勤快地端茶招呼。街坊太太的事情，来采访的记者的事情，还有跟俊吉去看外国歌剧团演出……太多快乐的话题，似乎难以尽述。可信子的心却沉甸甸的。她忽而发现自己一直是心不在焉地敷衍应景。这一点也终于被照子看在眼里。妹妹担心地凝视着她问道："怎么了？"然而信子自己也弄不清楚事出何由。

座钟打过十点。信子抬起迷离的双眼说："看样子阿俊一时回不来了。"听姐姐这样说，照子也抬头看了一下座钟，却意外冷淡地只答道："还没……"信子从中察觉到新娘对丈夫的怜爱心满意足的口吻，不由得心情忧郁起来。

"阿照多幸福啊！"信子将下巴掩在衬领里，开玩笑似的说。然而其中自然隐藏着的、由衷的羡慕之情却无法掩饰。照子仍然天真烂漫地微笑着，并瞟了信子一眼说："走着瞧吧！"然后又立刻撒娇似的追加一句："姐姐也明明是很幸福的嘛！"此话重重地打击了信子。

她轻轻抬眼反问："你真是这样想的吗？"问完却又感到后悔了。照子一时莫名其妙，与姐姐对视一下。信子难掩后悔表情，强作欢颜地说："有你这句话，我也算幸福了。"

沉默降临在两人之间，只有钟摆刻录着时光。两人有心无心地聆听着长火盆上壶水沸腾的声响。

"可是，姐夫对你不好吗？"不一会儿，照子提心吊胆地小声问道，分明带有同情的语气。谈论此类话题，信子心中最反感怜悯。她目不转睛地盯着摊在膝头的报纸，故意不回答。那份报纸与大阪一样，也报道了米价问题。

渐渐地，她听到安静的客厅中似有轻微的哭声。信子从报纸上挪开视线，发现长火盆对面的妹妹正在以袖掩面而泣。"别哭了，好吗？"不管姐姐怎样劝慰，照子仍啜泣不止。信子体味着残酷的快感,默默无言地注视着妹妹抖动的肩膀。后来,她担心惊动了女佣,就探身低声说:"要是我说错了话,我向你道歉。只要你幸福,我就比什么都高兴。真的。只要阿俊爱你……"说着说着,她自己也被打动,嗓音渐渐变得感伤起来。此刻,照子突然放下衣袖,抬起泪水纵横的脸。意外的是,她的眼神中既无悲伤也无恼怒,瞳眸中迸发出难以抑制的妒火。"那姐姐……姐姐为什么昨晚还……"话没说完,便又把脸埋在衣袖下面,歇斯底里地放声大哭……

两三个小时之后,信子为了赶到车站,乘上了颠簸摇晃的篷车。车上只能通过镶有赛璐珞的窗口看到外面的世界。窗口缓慢地、接连不断地闪过城乡结合部的人家,还有秋色浓郁的杂木林。若说其中也有固定不动的景物,那就只是飘浮着薄云的冷邃秋空了。

她的心情很平静。但支撑着这种平静的,却只能是充满孤愁的放弃。照子爆发般的哭泣过后,和解伴着新的泪水,轻而易举地使姐妹俩重归于好。然而无法抹煞的事实却仍然萦回在信子心中。当她不等表弟回来就委身于这辆篷车时,一种已然永远成为局外人的感受,不怀好意地将她曾经跃动的心封冻起来……

信子蓦然抬眼,此时赛璐珞窗口出现了表弟的身影。他夹着手杖,正阔步走在垃圾遍地的大道上。她的心动摇了。叫车停下来,还是就此失之交臂?她按捺着重又激动起来的心情,在车篷中徒然地踌躇不已。而俊吉已与她越走越近。他身披秋天微弱的阳光,优哉游哉地走在遍布水洼的大道上。

"阿俊!"她差点儿就喊出声来。实际上此时车旁已经闪现出那熟悉的身影,可她却又畏缩不前。须臾之间,一切浑然不觉的俊吉与她乘坐的篷车擦身而过。混沌的天空,稀稀拉拉的房屋,高高树梢上的霜叶……再有就是人影寥落的远郊街道。

"秋天……"

信子在已有几分寒意的车篷下,全身心地感受着失落。

天凉好个秋。

大正九年(1920)三月

黑衣圣母

侯　为译

……在这泪流成河的深谷中呻吟、啜泣，向你倾吐心中的祈祷。……请你用慈悲的慧眼眷顾我等。……深深的慈爱，深深的悲悯。圣母，玛丽亚。

"你看这个，怎么样？"田代君边说边将玛丽亚观音像放在桌上。

之所以称其为"玛丽亚观音"，是因为在查禁天主教的时代，天主教徒常常以此代替圣母像进行礼拜。多为白瓷制作的观音像。不过现在田代君呈示的，并非博物馆陈列室或收藏家橱柜中的那种瓷像。首先，这尊一尺左右的立像，除了脸庞之外全是乌木雕刻。不仅如此，颈间的十字架形璎珞也是珍珠贝镶金的工艺品，极为精致。而且，圣母的脸庞是以美丽的象牙雕刻而成，双唇甚至略施珊瑚色……

我叉着双臂，默默凝视一会儿黑衣圣母的美丽脸庞。但看着看着，我就感到那象牙雕刻的脸庞上，不知何处泛溢着古怪的神情。不，只讲古怪尚未恰如其分。我甚至觉得，她整个脸庞都弥漫着不怀好意的嘲笑。

"你看这个，怎么样？"田代君露出收藏家共有的矜夸微笑，视线在我的脸和桌上的玛丽亚观音像之间游走，并再次问道。

"这倒是个珍品。不过，我总觉得她面部荡漾着一种瘆人的氛围。"

"也许未到十全十美的地步。说起来,这尊玛丽亚观音像还有一段奇缘呢。"

"奇缘?"我不禁将视线从玛丽亚观音像移到了田代君脸上。他态度格外认真地轻轻拿起观音像,又马上放回原位。

"是的。她不是转祸为福的吉祥圣母,而是转福为祸的不吉利的圣母。"

"真有此事?"

"据说,她的主人的确经历过此种遭遇。"田代君坐在椅子上若有所思,眼神变得深沉阴郁,并打了个手势,示意我坐在桌子对面的椅子上。

"真有此事?"刚坐下我就忍不住怪声怪调地追问。田代君学的是法学,比我早一两年毕业,素享秀才美誉。据我所知,他曾是一位新思想家,学识渊博且从不相信所谓超自然现象。既然出自他口,那么这个奇缘恐怕不是荒诞无稽的鬼话……

"真有此事?"我再三追问。田代君慢慢将划着的火柴移向烟袋锅,然后说道:"那就只能由你自己判断了。但不管你如何判断,据说这尊玛丽亚观音像真有不吉利的来由。你若不嫌乏味,我就讲与你听……"

这尊玛丽亚观音像转入我手之前,在新潟县某镇一个叫稻见的大财主家。当然并非当作古董收藏,而是当作祈求阖家繁盛的宗门神供奉的。

那位稻见家主是与我同期的法学士,与一些公司关系密切。他还参与银行事务,是位实力雄厚的事业家。因为这层关系,我也曾为他提供过几次方便。或许是心存感谢之情,有一年他进京时,顺便把这尊世代相传的玛丽亚观音像送给了我。

我讲的所谓奇缘,就是当时从稻见口中听来的。当然,他本人也根本不相信那种无稽之谈,只不过把母亲所讲这尊圣母像的缘由概述一下而已。

据说,这是稻见母亲十岁或十一岁那年秋天发生的事情。按年代来算,应该是"黑船"在浦贺港闹事的嘉永末年。母亲的弟弟茂作才八岁,当时得了重症麻疹。稻见母亲名叫阿荣。自打两三年前父母因急性传染病过世后,姐弟俩即由年逾古稀的祖父母抚养。所以茂作身染重病之后,已是闲居老太的曾祖母忧心忡忡。即令医生千方百计地抢救,茂作的病情仍不断恶化。没过一周时间,已是濒临死亡边缘。

那天夜里,阿荣酣睡正香。祖母突然来到她的房间,也不管她睡意正浓就硬抱她起来。也不喊佣人帮忙,便麻利地给她换了衣服。阿荣半睡半醒,懵懵懂懂。祖母拉着她的手,打着暗弱的纸灯笼经过空荡荡的走廊,很快把她带到白天都很少进去的仓房。

仓房深处,有一座供着祖传镇火神的白木小神龛。祖母从衣带间取出钥匙,打开神龛门。纸灯笼映照下,只见破旧锦缎门帘后端端正正立着一尊神像。不是别的,就是这尊玛丽亚观音像。阿荣一见神像,立刻感到这连蛐蛐叫都听不到的夜半仓房阴森可怕,不由得抱住祖母的腿啜泣起来。可祖母却一反常态,根本不予理睬。她坐在供奉玛丽亚的神龛前,虔诚地在额前画了十字,开始诵读阿荣听不懂的祈祷词。

祈祷持续十多分钟之后,祖母轻轻抱起孙女,一个劲儿地哄她别怕,并叫她坐在自己身旁。然后,又开始向这尊玛丽亚乌木神像请愿。此时,阿荣就能听懂祈祷的内容了。

"圣母玛丽亚,我对天对地虔诚祈祷。请保佑我今年八岁的孙子茂作,还有茂作的这个姐姐阿荣。正如圣母所见,阿荣也还不到招婿的年龄。万一茂作有个三长两短,稻见家就断了香火。请圣母为稻见家免灾,救茂作一命。若嫌我等虔心未至,至少在我还有口气时让茂作活着。我已老迈,向上帝奉献灵魂的日子近在眼前。在我归天之前,孙女阿荣若无意外也该长大成人了。恳望圣母赐降佑护,在我闭眼之前别让死神利剑触及茂作。"

祖母垂下剪发头,满怀虔诚地祈祷着。当祖母祈祷完毕,阿荣战战兢兢地抬起头时,或许是错觉,她看到玛丽亚观音在微笑。当然,阿荣只是压抑着惊呼一声,就又抱住祖母的腿。而此时祖母似已心满意足,她摩挲着孙女的后背重复道:"好了,现在回那边去吧!真得感谢圣母玛丽亚接受我这老婆子的祷告。"

翌日,祖母的请愿真的灵验了。茂作的高烧已比昨日减退。此前一直昏昏沉沉,现已渐渐清醒。祖母看到这些,兴高采烈地唠叨个没完。据稻见母亲说,她如今仍难忘却当时祖母笑着落泪的情形。后来,祖母见孙子安详入睡,自己也想休息一下,解除连夜护理的疲劳,就在病房隔壁铺了被褥躺下。此种情况实属罕见。

当时,阿荣坐在祖母枕边弹玻璃球玩。祖母似已精疲力竭,很快便睡得如死人一般。过了大约一个小时,护理茂作的年长女佣轻轻打开隔扇,略显慌张地说:"小姐,请把你祖母叫醒。"于是,还是个孩子的阿荣赶快走过去,拽了几下祖母的棉睡衣袖叫道:"奶奶!奶奶!"然而不知何故,平时觉轻的祖母此时却毫无反应。女佣听着奇怪,就从病房过来。看到祖母的脸色,立时发疯一般猛地抓住祖母衣袖喊道:"老太太!老太太!"随即放声痛哭起来。然而祖母仍旧纹丝不动地沉睡,眼圈显得有些黑青。不久,另一女佣急火火地拉开隔扇,也是大惊失色,并颤抖着呼叫:"老太太,少爷他……老太太……"当然,这位女佣喊的"少爷他……",分明是在表示茂作病危。这对阿荣产生了剧烈的冲击。但祖母像是对女佣伏在枕边的哭喊声充耳不闻,仍旧双目紧闭……

茂作在此后不到十分钟时停止了呼吸。玛丽亚观音遵守约定,在祖母咽气之前未曾索取茂作的性命。

田代君讲完这个故事,又抬起阴郁的眼睛,死死地盯住了我。"怎么样?你不认为确有其事吗?"

我犹豫了。"这……不过……怎么说呢?"

田代君陷入沉默。可片刻后又将熄灭的烟丝点着说:"我认为确有其事。不过,那是否由稻见家的圣母像造成,我却心存怀疑。哦,你还没有读过这尊玛丽亚像的底座铭文呢!请你仔细看看这里镌刻着的外国文字——"DESINE FATA DEUM LECTI SPERARE PRECANDO(你的祈祷无法改变上帝的意志)……"

我不禁将恐惧的目光投向这尊象征命运的圣母观音像。她仍旧身裹乌木道袍,仍旧在那美丽的象牙脸庞上永远荡漾着阴冷而不怀好意的嘲笑……

大正九年(1920)四月

复仇之旅

侯　为译

序　幕

熊本县细川家的家臣中,有一名武士叫田冈甚太夫。他以前是宫崎县伊藤家的家臣,流落到此由细川家总管内藤三左卫门推荐,被召为俸禄一百五十石的新知行①。

可是,在宽文七年(1667)春天举行的家臣比武中,他在规定项目枪术中,居然刺倒了六名对手。那次比武,越中太守纲利也与老臣们一起检阅。看到甚太夫枪法如此精湛,他又要求进行刀术比武。甚大夫手执竹刀,又将三名武士打得东倒西歪。接着上场的第四个对手,是给年轻家臣传授新阴派刀法的濑沼兵卫。为给这位教头留点儿面子,甚太夫便想放对方一马。但又想让明眼人理解他的良苦用心,所以还须输得高明。兵卫与甚太夫过招时有所察觉,心中陡生憎恨,便在甚太夫故作败退时猛刺一刀。甚太夫被刺中咽喉,仰面倒下,惨状不堪目睹。纲利虽然赞赏他的枪术,但此回合后却满脸扫兴,连一句抚慰的话都没有。

甚太夫输招的狼狈相,很快成了人们背地里谈论的话题。"甚太夫在战场上枪把被砍掉会怎么样?他连竹刀都使不好。"这些风言风语也不知谁先说出,继而很快在府内传开。其中当然掺杂着同

---

① 知行,官名。

辈的嫉羡。但作为举荐甚太夫的内藤三左卫门，不能不为纲利挽回面子。于是，他叫来甚太夫严厉地说："你如此惨败，恐怕不能怪我看人走眼。要么你再比三局，要么我在太守面前剖腹取仁。"甚太夫若是听任流言蜚语散播下去，自己的武士名分就要丢尽。他马上带着三左卫门的意见，递交了再与刀术教头比武三个回合的请战书。

没过几天，两人又在纲利面前隆重地举行了比武。第一回合甚太夫击中兵卫的臂部，第二回合兵卫击中了甚太夫的面部，但第三回合又是甚太夫狠狠地击中了兵卫的臂部。纲利为褒奖甚太夫，下令加俸五十石。兵卫却捂着臂部肿痕，沮丧地从纲利面前退下。

三四天后的雨夜，府内名叫加纳平太郎的武士在西岸寺墙外遭到暗杀。他是二百石俸禄的知行近侍，一位书法、算学俱佳的老者。从他平生品行来看，绝不是遭人怨恨的人物。翌日得报濑沼兵卫失踪，才知道杀他的仇敌是谁。甚太夫与平太郎虽然年龄悬殊，但体态却极为相像。而且，两人衣背上的家徽都是圆框双蘘荷。看来，兵卫在雨夜中先是被平太郎的随从小头目手提灯笼上的家徽所迷惑，又被平太郎披蓑戴笠的体态蒙蔽，于是误杀了老者。

平太郎有个十七岁的嫡子，名叫求马。他申得官府批准，会同江越喜三郎的年轻党羽，按照当时的武士习俗组成了复仇队伍。甚太夫认为，平太郎之死自己也脱不了干系，便也申请出战当后援。同时，曾与求马互换誓约的武士津崎左近也来请战。纲利赞赏甚太夫的精神，准许了他的请求，但却没有同意左近参加。

操办了亡父的头七忌日，求马即与甚太夫、喜三郎从樱花落尽的南国熊本城出发。

一

津崎左近申请助战未获准许，两三天闭门不出。眼看与求马交换的誓约变成废纸，他感到羞辱难当。不仅如此，他还担心朋辈们会在背后说闲话。然而比这更难以忍受的，是将求马单独托付给甚太夫。于是，他在复仇队伍离开熊本城堡那天夜里，终于背着父母，只留一封书信就离家追随而去。

刚出县境他就追上了队伍。当时队伍正在一家山中驿站茶馆歇脚。左近向甚太夫伏身作揖恳请同行。甚太夫不太情愿地说："你信不过本官的武艺吗？"起先并不轻易松口，但最后还是让了步。他用眼角窥探求马的脸色，借着喜三郎的调解同意左近一同前往。还梳留着额发、女孩般赢弱的求马，自然掩饰不住对左近加入的渴望。左近则喜出望外，眼中噙着泪花，甚至对喜三郎也再三道谢。

一行四人得知兵卫的妹夫住在浅野家府，便先渡过文字关海峡，经中国官道向遥远的广岛城堡进发。可当他们住下并打探仇敌所在时，却又听说，其侍臣的家中女仆闲聊时透露，兵卫曾来过广岛，之后悄然前往妹夫熟人所在的予州松山。于是，复仇队伍立刻乘上伊予的渡船，于宽文七年盛夏安抵松山城堡脚下。

来到松山之后，他们天天压低草笠遮面，搜寻仇人去向。然而兵卫似乎也在用心设防，从不轻易暴露藏身之所。左近曾看到一个传教士体态极像兵卫，结果却是个毫无关联的局外人。不久秋风渐起，城堡外豪宅区中的武士门第窗外，漂满城壕的水草渐渐稀疏，秋水如镜。复仇者们心焦气躁，特别是左近急于找到兵卫，不分昼夜地巡查松山各处。他希望劈出复仇第一刀的是自己。万一落在甚太夫之后，那自己抛下主子加入复仇队伍的意义何在？——他的决心坚定不移。

来到松山两个多月，功夫不负有心人。左近某日经过城堡附近海岸，碰到两个跟轿的年轻武士催促渔夫准备渡船。不久，渡船备好，轿中武士出来。尽管他迅速戴上草笠，却在瞬间闪现出面孔，就是濑沼兵卫。左近犹豫不决。求马没在现场令他遗憾至极。但若现在不出手，兵卫准又逃遁别处。而且走的是水路，无法判明去向。他必须挺身而出，自报家门并发起攻击。左近决心已下，连装束都顾不上整理就甩掉草笠大声疾呼："濑沼兵卫！津崎左近替兄弟加纳求马来报杀父之仇！"随即拔刀猛扑过去。而对手却仍戴着草笠不慌不忙地训斥道："冒失鬼！你认错人了！"左近不由得一怔，刹那间武士手起刀落。左近被抡圆了的加厚长刀劈中。向后瘫倒时，他从压低的帽檐下头一次看清了濑沼兵卫的面孔。

二

偕左近复仇的三位武士在其后大约两年之间，为寻找仇敌兵卫的行踪，几乎走遍了五畿、内河、东海道。然而兵卫却仍杳无踪迹。

宽文九年（1669）秋天，南飞大雁落脚江户时，复仇者也初踏此地。江户毕竟是各地老少尊卑聚集之处，寻觅仇人线索也较为容易。他们先在神田后街暂时住下。甚太夫扮成唱怪曲沿街乞讨的流浪武士，求马扮成背着小百货箱沿街叫卖的小贩，喜三郎则去幕府武士能势惣右卫门家做了收拾草履的长工。

求马与甚太夫每日各自在府内转悠。业已驾轻就熟的甚太夫用破扇子讨小钱，耐心地在闹市中巡视，毫无倦容。年轻的求马以草笠遮掩憔悴面孔，徘徊于日本桥头。虽然秋高气爽，他却担心复仇之旅会以徒劳告终，因而陷于绝望。

又过不久，筑波山风日渐寒冷。求马伤风生病，不时发着高烧。但即使浑身发冷，他也从不停止外出叫卖。甚太夫每次见到喜三郎，必定称赞求马的坚忍不拔。这位年轻的忠勇武士，眼中常常泪水盈盈。但两人却并未察觉，不忍静养的求马，复仇之心已然泯灭。

冬去春来，时至宽文十年（1670）。求马从此开始暗自出入吉原的花街柳巷。相好是和泉屋的阿枫，所谓"散茶女郎"之一。但她已金盆洗手，一心一意侍奉求马。求马也只是在阿枫的身边，才能暂忘落寞，品味一时畅快。

当涩谷"金王樱"的人气在澡堂二楼沸沸扬扬时，他感受到阿枫的真心，终于袒露了复仇大事。此时他却意外地从阿枫口中听说，一个月前，貌似兵卫的武士曾与松江藩的武士们来和泉屋冶游。恰巧阿枫抽到了此人的名签，所以连相貌到携带物品全都铭记在心。不仅如此，阿枫还隐约听到此人两三天后要离开江户去云州松江。求马闻之自然欣喜万分。但要再次踏上复仇征程，他须暂时——也许永远离开阿枫。前思后想，求马踌躇不决。那天，阿枫陪酒，他喝得酩酊大醉，回到住所即吐血不止。

翌日，求马病卧不起。然而不知何故，他只字不提得知仇敌去向之事。甚太夫在外出乞讨的空隙，仍悉心照料求马。但某日他去茸屋町戏园巡查，傍晚回屋却见求马口衔遗书，已在雪亮的灯笼前剖腹自尽，惨烈景象令人目不忍睹。甚太夫强压惊魂先自打开遗书，其中写有仇敌行踪和自尽缘由："鉴于我体弱多病，难以实现复仇夙愿……"这就是他自尽的全部缘由。不过，血染的遗书中还卷着另一封书信。甚太夫浏览过后，缓缓挪近灯笼将信点着。火苗跃动，辉映着甚太夫沉痛的面容。

那是求马今春与阿枫盟定来生的誓约书。

三

宽文十年夏天,甚太夫与喜三郎来到云州松江城堡脚下。初次站在桥上远眺宍道湖和云遮雾罩的群山,两人心中不约而同涌起悲壮的激情。抚今追昔,自复仇之旅离开故乡熊本,这已是第四个夏天。

他们先到京桥一带的客栈住下,次日起便一如既往地开始探寻仇敌的栖身之所。寻觅之间,天气就又透出了几分秋意。此时已经探明,在松平府向武士传授"不传派"的恩地小左卫门宅邸里,藏匿着貌似兵卫的武士。两人觉得此次应该完成复仇使命,不,应该说必须完成。特别是甚太夫,得到消息便不时感到喜怒交集,心潮难平。兵卫已不只是平太郎一人的仇敌,还是左近的仇敌、求马的仇敌。对他自己来说,则首先是三年间令他吃尽苦头的仇敌……想到这里,甚太夫一反平日的沉稳,真想立刻闯进恩地宅邸,与兵卫决一死战。

恩地小左卫门是民间有名的刀客,因此师兄弟和门徒为数众多。甚太夫虽摩拳擦掌,却也只能静候兵卫独自外出。

战机可遇不可求。兵卫几乎昼夜蛰伏于宅邸深处。不久,复仇者落脚的客栈院内紫薇花凋零了,洒落在踏脚石上的阳光也渐失威力。两人在难熬的焦躁中,迎来了三年前反遭暗算的左近的忌辰。喜三郎当晚叩开附近的祥光院寺门,请僧人做法超度亡灵。不过为防万一,他未透露左近的俗名。他意外地发现,该寺正殿中居然供奉着写有左近和平太郎俗名的牌位。法事过后,喜三郎不露声色地向僧徒询问那牌位的来由。岂知回答更令他意外:祥光院施主恩地小左卫门的亲信,在每月两次的忌日里必定来此祈祝亡灵冥福。"今天也早就来过。"僧徒似乎毫无觉察,继续补充说明。喜三郎走出寺门，想到暗中有加纳父子和左近的亡灵相助，顿时感到勇气倍增。

甚太夫听了喜三郎的叙述，在庆幸时运到来的同时，懊悔此前从未察觉兵卫入寺祭灵。喜三郎报完喜讯最后说："再过八天就是老爷忌日。在忌日为老爷报仇雪恨，也是命中注定之事。"甚太夫亦深有同感。两人在灯笼旁对坐，通宵达旦地缅怀左近和加纳父子的生平。然而两人完全不会料到，兵卫也在为其祈祝冥福。

平太郎的忌辰日渐迫近，两人磨刀霍霍，蓄势待发。此刻已非谈论复仇成败之时，所有的悬念只等那一天、那一刻得见分晓。甚太夫早已将完成复仇使命后的潜逃路线拟定。

这一天早晨终于到来。两人早在黎明前，就借着灯笼微光准备行头。甚太夫身着鹿皮短筒裤，上套黑纺绸夹衣。又在纺绸礼服上系根束袖细皮条，腰间佩带"长谷部则长"长刀和"来国俊"短刀。

喜三郎虽未穿礼服，却也多穿了几件内衣。两人喝了一杯凉酒，结过住店的账，雄赳赳地走出了客栈。

街面尚无行人。不过，两人还是压低草笠遮了面孔，朝事先定好的复仇现场祥光院门前走去。可离开客栈才走了不到二百米，甚太夫突然停步说道："等等！刚才结账还差四文钱没找，我得去取。"喜三郎极不耐烦地说："不就是四文小钱嘛！哪用得着再跑一趟？"他想尽快赶到已在眼前的祥光院。但甚太夫却说："乞讨得来的小钱倒也不足吝惜。但若甚太夫这等武士上阵之前竟慌得算不清账，岂不给后人蒙上奇耻大辱？你先走一步，我得去客栈取钱。"——甩下此话他便独自返回。喜三郎钦佩甚太夫的坚定决心，并顺从地独自奔赴复仇沙场。

可是没过多久，甚太夫已与喜三郎在祥光院会合。虽然当日空中飘着薄云，散乱着朦胧阳光，却又不时地飘下雨丝。两人分头在枣叶发黄的寺墙外巡游,斗志昂扬地等待兵卫前来焚香祭灵。

然而时近正午,却仍不见兵卫前来。喜三郎不堪久等,便拐弯抹角地向门僧打听。门僧亦不知兵卫今日为何迟迟不来。

两人压抑着亢奋的情绪,静静地站在寺外。时光无情地流逝。暮色苍茫。乌鸦一边啄食枣子一边聒噪,哀鸣在寂空中回荡。喜三郎心急火燎,凑到甚太夫身旁耳语:"干脆,去恩地宅院吧!"然而甚太夫却直摇头,毫无赞同之意。

不久,夜空云隙间疏星点点,甚太夫靠在院墙边仍在耐心等待。这倒也合情合理:兵卫自知身负血债,极有可能在夜深人静之时前来拜佛。

终于,夜晚的第一声梵钟响起。二更的钟声响起。两人任凭露水打湿衣衫,仍然固守寺外。

然而,兵卫最终仍未露面……

大 结 局

甚太夫主仆二人换了住处,继续监视兵卫。但过了四五天,甚太夫突然在半夜开始剧烈地上吐下泻。喜三郎非常担心,马上要去求医。病人却担心大事败露,坚辞不许。

甚太夫长卧病榻,靠买药维持,但吐泻却未曾停止。喜三郎于心不忍,终于说服病人允许求医诊脉。于是,先求店主请来熟识的医生。店主立刻差人跑去,叫来附近行医的松木兰袋。兰袋曾在向井灵兰门下学习西医,医术高超,名扬远近。他还有性格豪爽的一面,日夜不离杯中之物,却又从来不计黄白之酬。他曾作歌自赋:"腾云驾雾,跋山涉水。普救众生、益寿延年。"来请他号脉开药者众多,上至尊贵的本藩老臣,下至薄命的流浪乞丐。

兰袋连脉都没切,就诊断为痢疾。然而服过这位名医开的方剂，却仍不见甚太夫病情好转。喜三郎悉心照看病人，同时虔诚地祈祷各路神佛保佑甚太夫早日康复。病人日夜忍受枕边煮药的烟熏火燎，祈望活到复仇夙愿实现之日。

时至深秋。喜三郎去兰袋家取药，不时看到水鸟成群结队飞过长空。某日，在兰袋家门口偶遇一人也来取药。听他与兰袋门徒交谈，得知他来自恩地小左卫门宅邸。喜三郎等那人走后，便对已经熟识的兰袋门徒说："看来，连恩地前辈那样的武林豪杰，也难免病痛之苦啊！""不，病人不是恩地老爷，是他家的客人。"慈眉善目的兰袋门徒坦诚相告。

从此，喜三郎每次取药都若无其事地打探兵卫的情况。经过多次探听方知，兵卫恰自平太郎忌日起，也染上了相同的痢疾，痛苦不堪。如此看来，兵卫自那日起不再去祥光院，肯定是因为身染恶疾。听说此情，甚太夫却更加难以忍受病痛。因为倘若兵卫因病而死，就不会再有报仇雪恨的机会。而即使兵卫仍旧活着，自己反丢性命，那么几年来熬过的艰难困苦也将前功尽弃。最后，甚太夫咬着枕头，虔心祈祷自己早日痊愈。同时，也不得不祈祷仇敌濑沼兵卫尽快痊愈。

然而命运对田岗甚太夫过于残酷，他的病情越发严重。服用兰袋的方剂不到十天工夫，就已恶化到朝不保夕的地步。他在极度痛苦中，仍旧念念不忘复仇夙愿。喜三郎听到他在呻吟中，不时地念叨八幡大菩萨。特别是在某夜，当喜三郎照例喂他喝药时，甚太夫怔怔地盯着他，用微弱的嗓音呼唤："喜三郎！"又说："我真是命薄如纸啊！"喜三郎手撑铺席，垂头不语。

翌日，甚太夫突然痛下决心，叫喜三郎去请兰袋。兰袋照例酒气冲天，很快来到甚太夫病榻前。甚太夫看到兰袋立即起身，痛苦不堪地说："先生，承蒙长期救治，甚太夫不胜感激。可我在一息尚存之际，还想拜见先生并有一事相求。不知先生是否愿听？"兰袋豪爽地颔首示意。于是，甚太夫断断续续地讲述了寻找濑沼兵卫复仇的经过。他话音低弱，耗时费力，但却毫无颠三倒四之语。兰袋眉头紧锁，认真倾听。故事讲完，甚太夫已是上气不接下气。他继续说道："我今生最挂念的，就是兵卫的病情。兵卫还活着吗？"喜三郎已是泣不成声。兰袋至此也是老泪纵横。但他向前挪身，对着病人的耳朵说道："你放心吧！今早寅时，老朽看到兵卫前辈已然仙逝。"甚太夫脸上浮起微笑。同时，瘦削的脸颊留下一道冷峻的泪痕。"兵卫……兵卫真是个福星高照的家伙！"甚太夫嫉恨不平地说完，垂下发髻蓬乱的头颅，似乎要向兰袋行礼道谢。但他最终还是没能做到……

宽文十年阴历十月底，喜三郎孑然一身向兰袋告辞，踏上回归故乡熊本的路途。他的褡裢里，收藏着求马、左近、甚太夫三人的遗发。

尾　声

宽文十一年（1671）正月，云州松江祥光院的墓地里新建了四座石塔。施主严格保密，内情无人知晓。石塔落成之日清晨，两位僧侣模样的人物手执红梅花枝走进祥光院寺门。

其中一位一看便知，是本地名医松木兰袋。另一位虽然病得瘦弱不堪，但行止举动威风凛然，透出武士风范。两人在墓前献上红梅花枝，然后依次为四座石塔洒扫祭拜……

后来在黄檗慧林佛会中，出现过一位老衲，酷似当年瘦弱不堪的僧侣。只知其法名为顺鹤，此外概不明了。

大正九年（1920）四月

女　　性

侯　为译

雌蜘蛛沐浴着盛夏的阳光，趴在红蔷薇花底呆呆地想着心事。

忽听空中响起嗡嗡振翅声，立时就有一只蜜蜂跌落在花朵上。蜘蛛猛然抬眼，正午的静谧空气中余音回荡。

雌蜘蛛早已在花底无声地行动起来。此时蜜蜂已经浑身沾满花粉，并将吸吻伸向蕊中的花蜜。

几秒钟残酷的沉默过去。

不久，在迷醉于花蜜的蜜蜂身后，红蔷薇花瓣间慢慢露出雌蜘蛛的身体，紧接着她猛地扑到蜜蜂脖根上。蜜蜂拼命振翅挣扎，并用毒刺猛攻敌人，浑身花粉被翅膀扑打飞散于阳光中。但蜘蛛不管怎样绝不松口。

搏斗是短暂的。

蜜蜂很快就扇不动翅膀，且腿脚开始麻痹。最后，长长的吸吻痉挛着向天空抽搐了两三下。这就是悲剧的尾声，是与人类死亡毫无二致的、冷酷无情的悲剧尾声。瞬间，蜜蜂僵直着吸吻倒在红蔷薇花底，翅膀和腿脚沾满了馥郁芬芳的花粉……

雌蜘蛛纹丝不动，安稳地吸吮蜜蜂的血液。

花底恢复了正午的宁静。阳光恬不知耻地强挤进来，照耀着以杀戮和掠夺为荣的蜘蛛。她的腹部酷似灰色锦缎。她的眼睛使人联想到有孔的黑珠。还有疙里疙瘩像害了麻风病一样丑陋的腿——蜘蛛几乎就是"丑恶"的化身。她永无休止地趴在蜜蜂身上，令人毛骨悚然。

　　这种残酷虐杀的悲剧持续多次重演，但红蔷薇花却每天都在令人窒息的阳光和热浪中美丽着、狂放着……

　　几天后的一个正午，雌蜘蛛恍然觉悟到了什么似的，穿过花叶之间爬上一根枝头。初绽的花蕾在地热蒸腾中萎缩。花瓣被酷暑灼烫得卷曲，却仍逸散出一丝甜香。爬到顶端，她开始在花蕾与枝条间不停地穿梭。于是，无数雪白细丝泛着银光裹住了半边花蕾，渐渐向枝头缠去。

　　不久，枝头出现了一个白绸织成的圆锥形口袋，反射着盛夏刺眼的阳光。

　　雌蜘蛛造好丝巢之后，就在那别致的锥袋底部产下了不计其数的卵粒。然后在袋口编织了厚实的丝盖，自己占据其上，再编织出宛如薄纱一般的天幕。天幕犹似圆圆屋顶，上面只留一眼天窗。天幕将这只狰狞的灰蜘蛛与正午的晴空隔开。但雌蜘蛛——产后的雌蜘蛛却将瘦衰的身体歪倒在洁白的厅堂之中。她像是忘却了蔷薇花，忘却了太阳，忘却了蜜蜂振翅声，孤寂地沉湎于沉思之中。

　　时光又逝去几周。

　　此间，沉睡于无数卵粒中的生命萌动了。最先察觉这一变化的，是在洁白厅堂中断水绝食长卧不起、如今已然极度老衰的雌蜘蛛。当它感觉到丝盖下不知何时蠕动起来的新生命时，便挪动衰弱的腿脚咬破母子之间这道隔层。霎时间，无数的小蜘蛛成群结队地拥进厅堂。换句话说，是那丝盖变为千百颗微粒蠕动了起来。

　　小蜘蛛很快钻过圆顶天窗，拥到向阳通风的红蔷薇枝头。其中一群爬到拼命遮挡炎炎烈日的叶面上去熙熙攘攘；另一群则好奇般地拥进层层叠叠包藏着蜜糖味儿的花蕊里；还有一群，早已开始在纵横于蓝天的枝条之间拉起几乎无形的细丝。倘若它们都有一副歌喉，这株光天化日之下的红蔷薇无疑会像悬挂于枝头的小提琴，随风吟唱似的奏出欢歌笑语。

然而，瘦削如影的蜘蛛母亲却孤单地蜷缩在圆顶天窗前。纵令时光荏苒，它连腿脚都纹丝不动。洁白厅堂的寂寞和凋萎蔷薇的气味——生育了无数小蜘蛛的雌蜘蛛，就在这产房兼坟茔的白纱天幕下，体味着效尽天职的母亲才能拥有的无限欢欣，并走向死亡。那个咬死蜜蜂，几乎就是"丑恶"的化身，度过了盛夏的女性。

大正九年（1920）四月

素戋呜尊

侯 为译

一

高天原之国也终于迎来了春天。

远眺群山,眼前再也找不到残雪斑驳的峰峦。牛马悠然漫步的草场已经依稀点染了嫩绿。天安河水沿着山麓流向远方,涟滟波光不知何时开始透出诱人的融融暖意。且看河畔部落,春燕也已归来。女人们顶着瓦罐取水的泉井边,山茶花早已凋落。水漉漉的石板上,散落着洁白的花瓣。

在这恬静的春日午后,天安河滩上聚集了众多青年,正全神贯注地展开竞技。

他们首先各执弓箭,朝着头顶的天空猛射。如林的弓弦奏出动人心魄的交响曲,又仿佛狂风呼啸此起彼伏。每轮劲射之际,利箭犹如飞蝗腾空。箭羽反射着阳光,向空中的薄霞刺去。不过,其中白鹎翎毛箭总是飞得最高——高得几乎不见踪影。弓箭手身穿黑白格倭衣,是位相貌丑陋的小伙。他手握粗大的白檀硬弓,稳健地搭上大头箭拉弓发射。

每当白翎箭腾空而起,周围的青年们都随之仰头追寻,并交口称赞功力不凡。然而得知每轮都是白翎箭飞得最高,他们又变得表情冷淡。不止如此,居然有人对功力稍逊者滥发溢美之词。

丑小伙毫不在意,继续快活地射箭。此时不知谁带的头,射手们渐渐停止拉弓,眼见得弓林箭雨变得稀稀拉拉。最终只剩丑小伙射出的白翎箭,如同白昼流星般直上九霄。

不久他也停下手来,满脸自豪地扭头环视年轻的伙伴,却无人与他共享优越满足之感。他们早已聚集河滩水边,忘情地投入了跳越天安河面的竞赛。

他们比赛谁跃过的河面最宽。有人运气不佳,落入映射出烧红钢刀般波光的河水,激起耀眼的水花。但多数人都能像小鹿过沟般矫健跃过,然后回望此岸爆出欢声笑语。

丑小伙看到这新颖的竞技方式,立刻将弓箭扔在沙滩,并身轻如燕地跃过河面。他跃过的河面最宽,可其他青年却越发不理睬他。那个跟在他后面的——比他跳得近、跳得轻松的高个儿美男子,却备受吹捧。美男子身穿相同的黑白格倭衣,项下的勾玉和臂腕上的手镯,却比别人典雅精巧。丑小伙交叉臂膀,略显艳羡地抬眼瞅瞅美男子,随后离开众人,独自在艳阳中走向下游。

二

走向下游的丑小伙,在无人跃过的、约有三丈宽的岸边站下。曾经湍急的河水到此骤缓,两岸沙石间澄清着一泓碧水。他目测一下河面宽度,接着后退两三步,又突然像抛石器弹出的石弹一般向对岸蹿去。然而此次没能成功,他头朝下栽进深水,溅起了大朵水花。

他落水的位置距其他年轻人不远,其失败早被看在眼里。有人捧腹大笑,好像在说"活该!"也有人也哄笑一番之后,仍给予更多的同情和鼓励的话语。这群心怀善意的人中,也有那位佩带精巧勾玉和手镯的美男子。因为丑小伙惨遭失败,伙伴们又像对待世间弱者一般,开始显示亲近。不过,他们很快又恢复了先前的那种沉默——暗藏敌意的沉默。

因为他已像落汤鸡似的爬上对岸，立刻执著地准备再次跳过那段宽阔河面。不，不是准备，他已然蜷腿腾空，身轻如燕地飘过明矾色的水面。只是落在对岸时摔了个仰八叉，激起云霞般的沙尘。这更使伙伴们大笑不止。这是庄严得过了头的滑稽。当然，他们既未喝彩也未欢呼。

他拍掉手脚上的沙尘，挣扎着撑起湿淋淋的身躯，又望望年轻伙伴。然而他们却似乎早已厌倦了跳越河面的竞赛，又开始寻找别样新奇的角力竞技。伙伴们兴致勃勃地欢闹着向上游奔去。但即便如此，丑小伙也仍未失去快乐。或者说，他根本不可能失去快乐。因为他弄不懂他们为何不快。依此来看，他实际上是个头脑简单的人。而这种头脑简单，又是一切强者特有的烙印。这也是事实。所以，当看到伙伴们走向上游时，他却浑身滴水，手搭凉棚遮挡艳阳，慢吞吞地跟在后面。

此时，其他青年已开始用河滩滚石比赛举重。石块有的大如牛身，有的小如羊羔，在阳光中七躺八卧。青年们全都撸起了袖子，倾全力抱起更大的石块。不过，除了五六个膀宽腰圆的大力士之外，其他人只能抱起不大不小的石块。因而举石比赛的范围自然缩小，所剩参与者都能轻松地抱起巨石并投出。特别是穿红白三角花倭衣、满脸蓬乱胡须、粗脖矮个的小伙，挽起袖口搬起别人无法撼动的巨石随意摆弄。围观的年轻人对他非凡的膂力赞不绝口，他也像是要回报众人的赞赏，还要搬起更大的石块。

正在此时，丑小伙来到现场。

三

丑小伙叉着双臂，观望一阵儿五六人显示力量的表演，随即也难耐技痒，跃跃欲试。只见他卷起湿漉漉的衣袖，耸起宽厚的肩膀，像出洞黑熊一般四平八稳地走进赛场，且将无人能够搬动的石块抱起，毫不吃力地举过肩头。

可众人依然对他冷眼相看。只有刚才得到喝彩的粗矮小伙，似乎意识到出现了不好对付的竞争者，不停地用嫉羡的目光扫视他。丑小伙将扛在肩头的巨石来回一摇，猛然向对面无人的沙滩投去。粗矮小伙犹如饿虎扑食一般蹿到那块巨石旁，猛地抱起巨石，毫不逊色地高高举过肩头。

这一串举动雄辩地证明，他俩的膂力远超他人。方才自不量力的逞能者都自惭形秽，面面相觑，无奈地退到旁观人群中去。留下的两人尽管往日无冤，近日无仇，争到此时却骑虎难下，一决雌雄已在所难免。众人见状，便在那粗矮小伙投出巨石的同时爆发欢呼，而目光却一反常态地集中在浑身湿透的丑小伙身上。不过他们只关心胜负，却并非对他大发善心。这在他们不怀好意的目光中已表露无余。

即便如此，他仍从容不迫地唾唾手，走向更大一圈的巨石。然后双手按着巨石调整呼吸，紧接着运气发力将巨石抱至腹部，最后将双手翻转向上，眼看着又潇洒地将巨石举至肩头。不过此次并不投出，却用眼神招呼粗矮小伙，善意地微笑着说："来，你接着！"

粗矮小伙原先站在几步开外，不时咬咬胡须嘲弄地看着他，随即答道："好啊！"然后大摇大摆走上前去，立刻将那巨石接在小山一般的肩头，又走出两三步将巨石举过眼眉并全力投出。巨石发出震耳欲聋的轰响落在围观者面前，扬起银粉般的沙尘。

众青年又像刚才一样欢叫起来。可欢声未落，粗矮小伙又在水边抱起了更大的巨石。

四

两人不知较量了多少回合,渐渐地面露疲惫神色。脸上和手脚汗滴如雨,且倭衣都已涂满泥沙,不辨青红皂白。纵然如此,他们仍气喘吁吁地举石传接,不决出胜负誓不罢休。

众青年看到他俩越来越疲劳,兴致反倒更加浓厚,这与观看斗鸡、斗犬一样残忍而冷酷。他们已经不对粗矮小伙表示特别的好感,对胜负的关注已将人心强有力地笼罩在狂热的罗网之中。他们呐喊煽动,交替着为两人加油。那是自古以来令无数的斗鸡、斗犬、斗士无谓地洒下宝贵鲜血的、注定会使所有人发狂的呐喊煽动。

这种煽动当然对两个斗士不无作用。他们相互看到,对方充血的眼球迸发出可怕的憎恶之情。特别是粗矮小伙更加露骨,投出的巨石滚向丑小伙脚下。这很难解释为偶然所为,但丑小伙对此险情毫不在意。或许是对迫在眉睫的决战过分关注,他反而显得满不在乎。

他先是闪身躲过对方投来的巨石,最终鼓起勇气走到岸边,准备挑战那块牛身一般的巨石。巨石斜刺里分开了水流,湍湍春水洗梳着石身上的千年青苔。举起这块巨石,恐怕对高天原国第一力士手力雄命来说也非易事。而他在沙滩单腿跪下,双手抱石使出浑身力气,已将陷入沙中的巨石拔出。

如此超人膂力震慑了围观者。他们瞠目结舌,甚至忘了呐喊助威,只顾屏气凝神地注视掀起千钧巨石的丑小伙。他停顿了片刻,大汗淋漓表明他已竭尽全力。坚持片刻,鸦雀无声的众青年不约而同地爆发出欢呼声。不过这欢呼已非刚才那种别有用心的起哄,而是情不自禁脱口而出的喝彩。因为此时他已肩扛巨石,一点点地挺直了半跪着的腿。随着他挺起腰板，巨石一分、一寸地离开了沙滩。当众小伙再爆惊呼时，他已将突兀巨石扛在了肩头。额前长发凌乱着，他俨如撕裂大地叱咤迸出的土雷神，威武不屈地挺立在乱石林立的河滩上。

五

他肩扛千钧巨石在河滩上踉跄两三步，然后从拼命咬紧的牙关中吟唤着招呼对方："来吧！接着！"

粗矮小伙迟疑不前，他至少在一瞬间从对方那凄壮的身姿感到了震慑。但他仍立刻鼓起绝望般的勇气，咬紧牙关回答说："好吧！"然后奋然张开臂膀，就要去接巨石。

巨石开始从丑小伙的肩头移向粗矮小伙的肩头，缓慢得仿佛云峰的飘移。而云峰的飘移势不可挡，又是那样冷酷无情。粗矮小伙挣得满脸通红，咬紧狼牙般的犬齿，想以宽厚的肩膀扛起渐渐压迫过来的千钧巨石。然而当巨石完全移过来之后，他的身体却在刹那间像狂风中的旗杆一般摇摇欲倒，且脸上无胡须遮掩的部分眼看着失去了血色，从煞白的额头沁出了汗珠，接二连三地滴落在耀眼的沙滩上。紧接着，肩头的巨石与刚才方向相反，一分、一寸地将他压低。他用双手拼力撑住巨石，想要坚持到底，而巨石却像不可抗拒的命运一般倾压下来。他的身躯开始弯曲，头颅开始低垂。现在不管怎么看，他都像是巨石下垂死挣扎的螃蟹。

围拢来的青年们被惨状惊呆，茫然地注视着悲剧的发生。以他们的手段，很难救他于千钧巨石之下。不，就连丑小伙能否从他背上接下刚刚举过的巨石也令人怀疑。因此，他的丑脸也交替现出恐惧和惊愕，却只能呆然凝视对手。

终于，粗矮小伙被巨石压得跪在沙滩上，同时口中传出难以言喻的痛苦声音，不知是惨叫还是呻吟。丑小伙闻此即如噩梦初醒，猛然前冲欲将巨石掀开。然而双手未及碰到巨石，粗矮小伙已经倒下。随着骨头断裂声响起，他的双眼、口中血如泉涌。可怜壮士一命呜呼。

丑小伙拱手俯视倒下的对手，片刻之后抬起头颅，眼中痛苦的目光像在寻求无言的应答，环视着畏畏缩缩的众青年。可他们呆立在艳阳下，全都默然垂眼，无人抬眼看他丑陋的面孔。

六

自此，高天原国的众青年不能再对丑小伙故作冷淡。一伙人开始露骨地对他的非凡膂力表示嫉妒，另一伙却像哈巴狗一样盲目追崇他，还有一伙则对他的野性和愚勇加以无情的嘲笑，其余数人则对他由衷折服。不过无论站在何等立场，人们都开始在他身上感到一种威胁，这是无法否认的事实。

周围人们的态度变化当然躲不过他的眼睛。不过，粗矮小伙因他而惨死的印象长久地刻印心底。无论旁人表示好感还是反感，他却永远抹不去那段记忆。他无法回避对这种困惑的体味。特别是与崇拜者们相处时，他常常自我感觉少女般的羞怯。可这却更强烈地吸引了友善的目光，同时也使敌对者更加反感。

他尽量躲开人群，且大多时间都孤身一人在部落周围的山中度过。大自然对他非常友善：森林万树萌芽开花，同时不忘向孤苦的他送来令人眷恋的绿鸠啼鸣；池畔芦苇新生嫩叶，同时不忘在水面映出暖意融融的朦胧春云，以此慰藉他的孤寂心灵。灌木林中夹杂着荆豆，山白竹丛飞出了雉鸡，还有峡谷深潭中逐波弄影的香鱼……在几乎所有的景物中，都能找到众青年无法给予的安详和宁静。此处毫无爱憎之别，一切生灵都平等地享受阳光和春风带来的幸福。然而……

然而，他毕竟是个人。

他时而在山涧石上观看岩燕掠过水面穿梭飞舞，时而在峡谷辛荑丛下静听醉饮花蜜的牛虻振翅。此时，他常常骤然被无以言状的孤寂感包围。他不知这种孤寂感从何而来。不过，他又觉得这与几年前失去母亲时的悲伤相同。他注定会被这种无处寻母的失落感击垮。此时的孤寂当然难比丧母的悲伤，但他还有比思念母亲更大的心愿。为此他不得不在山间春色中鸟兽般地流浪，不得不在享受幸福的同时品味匪夷所思的不幸。

不堪孤寂困扰时，他常常爬到山腰冠如伞盖的大槲树上，出神地眺望远处山脚的光景。他的部落中，茅庐仿佛棋子一般星星点点地排列在天安河畔。时而还能看到几柱炊烟袅袅升起。他骑在粗壮的槲树枝上，笑迎部落上空吹来的熏风。熏风摇曳着春光里的枝梢，不时送来新芽的清香。然而，熏风拂过耳际，却似乎变成了窃窃私语。

"素戈鸣啊！你在寻觅何物？你要寻觅的既非在此山中，亦非在那部落里。跟我走吧！犹豫什么？素戈鸣啊……"

七

然而素戈鸣不愿随风流浪。那又是何物使他对高天原国依依不舍呢？扪心自问时，他总会羞红了脸膛。因为丑小伙暗恋的姑娘在这里，还因为他总觉得像自己这样的野人不配爱她。

他初次见到那位姑娘，也是独自爬上山腰这棵槲树顶的时候。当时他也在出神地眺望山下银链般蜿蜒的天安河。突然，树下意外地响起女子的爽朗笑声，宛如碎玉撒落冰面，蓦然打破他孤寂的白日梦。他为甜梦被惊醒而气恼，睁眼向槲树下的芳草地望去。只见三位姑娘沐浴着阳春丽日,不知为何笑闹不停,似乎浑然不觉他的存在。

他看到她们肘弯挎着竹篮。是来摘花,采树芽,还是挖土当归?三位姑娘素戈鸣都不认识。不过,她们皆非卑贱人家女子,从其肩头的漂亮披巾即可看出。她们在嫩草地上追赶一只疲于奔命的绿鸠,披巾便在熏风中翻飞。绿鸠从姑娘们的玉臂之间钻过,不时拼命地拍打伤翅。可它无论怎样,却总飞不过三尺高度。

素戈鸣在高高的槲树顶上观望了片刻。此时,一位姑娘撇掉竹篮,差点儿抓住绿鸠。绿鸠又扑腾了一阵儿,柔软的羽毛雪片一般纷纷扬扬。看到这里,他抓住骑着的树枝将身躯悬在空中,忽悠一下便落向树下草地。可是脚一着地就打了滑,于是仰面朝天倒在惊呆了的姑娘们中间。

姑娘们霎时哑然相觑,随即不约而同地开怀大笑。他立刻跳起,虽然很难为情,却又故作高傲地巡视着姑娘们。绿鸠趁机拖了伤翅,扑腾着钻到嫩芽依稀的林中。

"你刚才在哪儿?"一位姑娘终于止住笑,不屑似的问,还直盯着他看。但嗓音中回荡着忍俊不禁的余韵。

"在那儿!那根槲树枝上。"素戈鸣叉着双臂,保持高傲的姿态。

八

听到他的回答,姑娘们又相视而笑。这真让素戈鸣怒火中烧,不过,同时他心中也有几分高兴。他板着丑脸想再吓唬她们一下,所以故意目露恼色:"有什么好笑的?"

然而,他的威吓对她们毫无作用。她们又开心大笑一阵后,终于安静下来看着他。另一位姑娘略显羞赧地摆弄着披巾问道:"可是，怎么又从那儿下来了？"

"我想救那只绿鸠。"

"我们也是想救那只绿鸠的。"第三位姑娘快活地笑着从旁插言。看上去她年方豆蔻，但与两位伙伴相比容貌最美，身段儿超群，且活力四射。刚才甩掉篮子差点儿抓住绿鸠的，肯定就是这位聪明伶俐的小姑娘。他刚与她目光相遇，就莫名其妙地狼狈起来。但他又不愿在她们面前乱了阵脚。

"你们骗人！"他声嘶力竭地呵斥道。但他自己最清楚，她们并未撒谎。

"哎呀！我们怎能骗你呢？真是要救它的嘛！"她急忙申辩。此时，另两位对他的气恼感到好笑的姑娘也像小鸟般叽叽喳喳起来。

"是真的嘛！"

"为什么说我们骗人？"

"又不是只你一人爱护绿鸠。"

他一时忘了回答。姑娘们的声音来自三方，犹似捅了窝的蜂鸣冲击着他的耳膜，令他穷于招架。片刻后他又鼓足勇气，放开胸前叉着的双臂，做出要将她们挨个儿撸倒的架势，雷鸣般地狂吼："烦人！不是骗人就赶快走开！不走我就……"

姑娘们好像真的吓坏了，慌忙躲到一边去。可她们却又转而咯咯笑着，摘下脚边盛开的鸡肠花一齐向他抛来。淡紫色的鸡肠花纷乱地落在素戈鸣的身上，他沐浴着馨香扑鼻的花雨却呆若木鸡。旋即又想起他刚才的狂吼，张开双臂向恶作剧的姑娘们猛冲几步。

她们却转眼间跑出了树林。素戈鸣木然呆立，无心地目送彩巾远去。然后，又将目光投向优雅地点缀着绿茵的鸡肠花。不知何故，一丝坦然的微笑爬上他的嘴角。他就地仰卧，透过萌芽枝梢间隙凝望春天明丽的天空。林外还隐约传来姑娘们的笑声。可是过不多久,笑声也已消失,只剩下孕育草木旺盛生命力的朗朗沉默……

良久,伤了翅膀的绿鸠又战战兢兢地返回。仰卧在草地上的素戈呜却已发出均匀的鼻息。不过在他平仰着的面孔上,既有透过树梢洒下的阳光,还有微笑过后的余韵。绿鸠踏着鸡肠花轻踱过来,窥探他酣睡的脸,歪着脑袋,仿佛在思索那微笑的深意……

九

打那以后,他心中常常鲜明地浮现出那位快活姑娘的姿容。但正如前述,他自己羞于承认这个事实。更何况对伙伴们,更是从来不提此事。其实,想打探他的秘密并非易事。因为素戈呜平日过的,是与恋爱无缘的野蛮生活。

他仍躲避人群去亲近山中的大自然,动辄整夜地在密林深处奔走。他时常遭遇生命危险,曾斗杀过大黑熊和野猪。他有时还翻越春风不度的险峰,射杀栖息岩缝的大雕。但迄今尚未遇到竭尽他非凡膂力的强悍对手。就连穴居深山、以剽悍著称的矮人族遇到他都必死无疑。他常带着从灵魂出窍的对手身上获得的武器和矛头挂着的猎物凯旋。

他骁勇善战的威名,渐渐促成部落中敌对的两大阵营。只要一有机会,他们就毫无顾忌地公然争斗。他当然想尽量阻止这种争斗,可对手们却只为自己着想,毫不理会他的心情。因而几乎所有小事都能引起互相倾轧。其中隐存着某种命里注定、势不可挡的原动力。虽然他对敌我仇视颇感不快,却又不由自主地卷入其中……

曾经发生过这样的事。

一个明媚春日的傍晚,他挟着弓箭独自走下部落后方的青草坡。当时,他脑海中总是浮现出刚才未能射中的公鹿身影,并深感惋惜。当他来到坡间嫩叶勃发的榆树下,俯望夕阳霞光中的部落屋顶时，遇到四五个青年正喋喋不休地与另一个小伙争吵。周围有家畜在吃草，看来他们都是来此放牛放马的。那个孤立无援的小伙，正是崇拜者中奴仆般侍奉他却惹他反感的一个。

看到他们，他立刻对即将发生的事情产生了不祥的预感。但是既然看在眼里，就不能不闻不问。于是他先向那个熟识的小伙搭话："发生了什么事？"

小伙像是见了救星，高兴得眼中放光，滔滔不绝地诉说对方的蛮横无理：他们对他极端怨恨，甚至虐待和伤害他的牛马。小伙愤愤不平地说着，还不时瞪对方几眼，借素戈鸣的虎威说些趾高气扬的话："你们别跑！马上就会遭报应的。"

十

素戈鸣充耳不闻地让他告完状，正欲以平和的态度劝解对方，刹那间，崇拜者似已委屈得忍无可忍，猛然扑向近前的青年，狠狠地抽了对方一个耳光。挨打的青年踉跄着倒退几步，又反扑过来。

"住手！喂！我说住手就住手！"素戈鸣呵斥着，欲将两人分开。可挨打的青年被他抓住胳膊后，却瞪着充血的眼睛向他凑来。与此同时，崇拜者抽出腰间别着的鞭子挥舞着，发疯似的冲向对方。

对方当然不是等闲之辈，立刻分成了两伙。一伙将来者团团围住，另一伙纷纷拔拳扑向被意外弄慌了神的素戈鸣。事已至此，素戈鸣除了应战别无选择。且当对方的拳头终于落在他的头上时，他已经失去理智而怒火冲天。

他们霎时间乱作一团，相互厮打起来。一旁吃草的牛马也被吓得四散逃窜。他们的主人却只顾大打出手，似乎无人操心牲畜的去向。

与素戈鸣交手的人,若非手臂被打折便是腿脚被扭瘸。他们不敢恋战,终于溃不成军,狼狈地逃下山去。

素戈鸣赶走对手,还得回头劝他的崇拜者切勿穷追不舍。"别闹,别闹!想跑就让他们跑吧!"

小伙终于被他松开手,一屁股坐在了草地上。他面颊青肿,显然早已饱尝老拳。素戈鸣见此情状,本来怒不可遏的心中倒生出了几分滑稽感。

"怎么样,受伤了没有?"

"没什么!就算受伤也没什么大不了的。今天算是给他们点儿教训。你呢?伤着哪儿了没有?"

"唔,只起了一个包。"素戈鸣满腔怒火却只凝成一句话,说完便坐在榆树下。夕阳映照山腰,染得通红的部落屋顶浮现在眼前。此景令素戈鸣感受到妙不可言的祥和与安宁,也使刚才那场恶斗恍若梦境。

两人坐在草地上,默默地凝望着闲适黄昏中的部落。

"怎么样,包疼得厉害吗?"

"不怎么疼。"

"听说嚼点儿生米敷上会好些。"

"是吗?这倒不错。"

十一

与这场恶斗同样,素戈鸣违心地使一群青年渐渐成为仇敌。从数量上来讲,他们却是部落青年中三分之二以上的多数。正像将其尊为首领的团伙一样,对方团伙也尊崇思兼尊和手力雄尊等长者。不过,那些长者对素戈鸣却毫无敌意。

特别是思兼尊,反倒对其粗犷性格不无好感。在草坡恶斗两三天后的下午，素戈鸣照例独自去山中古沼钓鱼，在此偶遇思兼尊。对方也是独蹚蹊径而来，毫不介意与他同坐朽木之上，还意外融洽地谈论世事。

长老须发皆白，既是部落第一学者，还享有部落第一诗人的美誉。且部落中的许多女子，还奉他为超凡巫师。这是因为，长老但有闲暇即踏遍群山寻觅药草。

素戈鸣当然毫无理由反感思兼尊，所以抛下钓线便很投机地与长老交谈起来。两人在古沼边缀满银絮的垂柳下，天南地北地谈论了很久。

过了许久，思兼尊说道："近来你的功力名声大振啊！"他脸上浮起微笑。

"仅仅是名声大振而已。"

"仅此足矣。因为一切都是先有名声，后有价值。"

素戈鸣对此说法完全不理解。"是吗？那要是没有名声的话，我再怎么有功力也……"

"那就连功力都毫无价值了。"

"但只要是金子，即使无人发掘，它也还是金子，不对吗？"

"可是，倘若无人发掘，谁会知晓它是金子呢？"

"这么说，如果把微不足道的沙子当成金子发掘……"

"那微不足道的沙子就是金子了嘛！"

素戈鸣隐约感到思兼尊在戏弄他。但感觉归感觉，长老那皱纹密布的眼角却只有笑意，毫无恶意。

"这么一说，我倒觉得金子也微不足道了。"

"当然微不足道啦！倘若估计过高，那才是错上加错！"思兼尊说完，真的一脸微不足道的表情，拿起不知从哪儿采来的蜂斗花茎，聚精会神地品味那馥郁的芬芳。

十二

素戈鸣沉默了片刻。思兼尊又接着话头谈论他非凡的功力。

"你不是曾经跟人比过举石头,还死了人吗?"

"他太不走运了。"素戈鸣感到自己似乎在受责难,不禁将目光投向春光朦胧的古沼水面。幽静古沼看去很深,水面隐约映出周围抽芽春树的倒影。可思兼尊却旁若无人一般,时不时地凑近鼻子去闻蜂斗花茎。

"是不走运。但其行为简直愚顽透顶。依我看,第一,竞技本身已是不合时宜;第二,毫无胜算的竞技更不值一提;第三,舍命竞技可谓愚顽透顶。"

"但是,我总觉得很内疚。"

"没有必要。又不是你杀了他,是其他爱起哄的后生们的罪过。"

"可那帮人反而憎恨我。"

"当然要憎恨你。相反,倘若死的是你,而你的对手胜出,那帮人必定憎恨你的对手。"

"人间之事不过如此吗?"

然而长老却避而不答,倒提醒他说:"咬钩了!"

素戈鸣急忙收线,只见线端一尾真鳟欢蹦乱跳、银光闪闪。

"鱼儿可是比人幸福啊!"长老看着他用竹枝穿系鱼鳃,又笑嘻嘻地讲起他几乎听不懂的哲理。

"在人惧怕鱼钩之时,鱼儿却毫无顾忌地咬钩,欣然赴死。我挺羡慕鱼儿的。"

素戈鸣默默地再将钓线抛入古沼。可不一会儿就又向长老投去困惑的目光。

"你的话我总琢磨不透。"

闻听此话,长老却意外地严肃起来。他捻着下巴上的雪白胡须说:"还是琢磨不透的好。否则,你也会像我一样丧失了斗志。"

"那又是因为什么?"素戈鸣又忍不住开始刨根问底。其实,思兼尊所言当在严肃与非严肃之间,既像蜜糖又像毒药,隐含着深不可测的吸引力。

"虽说吞饵上钩的只有鱼儿,可我年轻时也……"思兼尊那满是皱纹的脸上,瞬间掠过不曾有过的怅然若失。"可我年轻时也有过很多梦幻。"

两人后来久久地各自想着心事,凝望幽静古沼映出的春树倒影。不时有翠鸟划过水面,仿佛投石打水漂。

十三

近来,那位快活姑娘的身影依然牢固地占据着素戈鸣的心田。特别是在部落内外偶遇之时,他仍像在山腰槲树下初见那般无缘无故地脸热心跳。可她却总是目不斜视,就像不曾相识。且从不点头示意……

一天早晨,他上山时途经部落边的泉井,只见姑娘正和三四个女子向瓦罐里舀水。泉井上方还稀疏地开着白色山茶花,枝叶婆娑。源源喷涌的泉水飞沫间光影迷离,勾勒出一道浅淡的彩虹。

姑娘正弯腰从长满青苔的井筒中舀水倒入瓦罐,而别人早已头顶瓦罐,在春燕飞舞穿梭间向自家走去。当他走到这里,姑娘已优雅地挺起腰肢,手提沉重的瓦罐向他瞅了一眼,嘴角不同往常地浮起一丝可人的微笑。

他仍像往常那样,难为情地微微颔首示意。姑娘将瓦罐举到头顶并注目答礼,然后也向春燕如织的村道追赶伙伴去了。他走到姑娘刚才取水的地方,用硕大巴掌捧水喝了两三口润了润口舌。此时回想姑娘的眼神、嘴角的微笑,不知是兴奋还是害羞,他又脸红起来,免不了又是自嘲一番。

此间,女子们的披巾迎风翻飞,头顶瓦罐在朝阳中辉映着渐渐远去。可是没过多久,她们中间又爆发出欢快的笑声。而且有人脚不停步地转过笑脸,并向素戈鸣投来嘲弄的目光。

幸而素戈鸣并未被那目光搅扰。不过,她们的笑声越发使他感到某种奇妙的尴尬,本已喝饱的他便又多喝了一捧水。此时,井中水面霎时间意外地投射出哆哆嗦嗦的人影。素戈鸣慌忙抬眼望去,一个手持牧鞭的青年正走向对面的白山茶树,也在朝他观望。就是前些天在草坡打架将他也搅和进去的牛郎,他的崇拜者。

"你早啊!"牛郎讨好地笑笑,彬彬有礼地问候着。

"你早!"他突然想到,自己刚才的狼狈相也已被他看到,不禁阴沉了脸孔。

十四

可是,牛郎却漫不经心地薅着垂到泉井上方的白山茶花,并开口问道:"打肿的包好了吗?"

"嗯,早就好了。"他认真地回答。

"抹过嚼碎的生米了吗?"

"抹了。你教我的办法挺灵验的。"

牛郎将薅下的山茶花撒在井中,突然又嬉笑着说:"那,我再教你个绝招。"

"什么绝招?"他满腹狐疑地反问。

牛郎仍然意味深长地笑着说:"请把你脖子上戴的勾玉交给我一块。"

"你要我的勾玉？你若想要，倒也可以给你。可你要这个干什么？"

"好了，别问了。你就交给我吧！我不会做坏事的。"

"不行！你不告诉我，我就不能给你。"素戈呜开始着急，生硬地拒绝了牛郎。

于是，牛郎狡黠地瞟了他一眼说："那我告诉你。你是不是喜欢刚才取水的那个十五六岁的姑娘？"

他虎着脸直直地瞪着对方的脑门儿，可心里却狼狈不堪。

"你不喜欢吗？思兼尊的外甥女。"

"哦？那是思兼尊的外甥女？"他的嗓音有些走调。

牛郎见他这模样，凯歌高奏般地笑了出来。"瞧瞧！你越遮掩马脚露得越大。"

他又缄口不语，低头盯着脚旁的石头。春水冲刷的井石之间，稀疏地点缀着羊齿草嫩芽。

"所以，请你交给我一块勾玉。既然你喜欢，办法自然会有。"牛郎摆弄着牧鞭，不失时机地催促。

他的脑海中，立即鲜明地浮现出日前与思兼尊交谈时古沼边的柳絮。倘若那姑娘是长老的外甥女——他的视线从脚旁的石头挪开，仍然虎着脸说："然后，你要把勾玉怎么样？"而他的眼中，却明显地透出了从未有过的期待目光。

十五

牛郎的回答却漫不经心。"不怎么样。把它交给那姑娘，就说是你的心意啦！"

素戈呜迟疑片刻。牛郎的油嘴滑舌令他略感不快，可他自己又鼓不起勇气向姑娘袒露心声。

牛郎见他丑脸上浮现出踌躇不决的神情，故意继续冷言冷语。"你要是不愿意，我也就爱莫能助了。"

两人一时沉默不语。可是没过多一会儿，素戈鸣便从脖子上挂的勾玉中取下一块美丽的琅玕玉，默默地递给牛郎。那是母亲的遗物，他视如己命一般珍爱。

牛郎贪羡地看着琅玕玉说道："这块玉真精美。质地这么好的玉石可不多见。"

"这不是高天原国的玉石，是大海彼岸的工匠用了七天七夜才琢磨出来的。"他气鼓鼓地说完，就拧身大步流星离开井边。可是牛郎却托着勾玉慌忙追了过来。

"请等等！两三天之内，一定给你好消息。"

"嗯！不必着急。"

身着倭衣肩并肩，两人在燕群穿梭之间向山中走去。身后的泉井水面上，牛郎扔下的山茶花还在滴溜溜打转。

那天傍晚，牛郎坐在草坡榆树下，又把素戈鸣托付的勾玉捧在手上看，并思忖着怎样接近那位姑娘。此时，一个青年腰插斑竹笛溜达着走下山来。他是部落青年中无人不知的高个美男子，拥有最精美的勾玉和手镯。

走到这里，他突然发现什么似的停下脚步，向榆树下的牛郎打招呼："喂！小伙子。"

牛郎慌忙抬起头。但他知道这风流小伙是他所崇拜的素戈鸣的对头之一，便一脸不高兴地问道："有事吗？"

"让我看看那块玉。"

牛郎苦着脸，将琅玕玉递到对方手中。

"是你的吗？"

"不，是素戈鸣尊的。"

这回是美男子不由得苦了脸。"那小子总是洋洋得意地戴着它。不错，与这块玉相比，他戴的其他玉都跟顽石差不多。"

美男子口中恶言恶语，手中摆弄着琅玕玉。随后，他也舒坦地坐在树下大胆地说道："怎么样？有事好商量嘛！你做个主，把这块玉卖给我吧！"

十六

牛郎没说拒绝，却鼓着腮帮子不说话。于是对方乜斜了他几眼说："卖给我，我会谢你的。你想要刀就送你刀，想要玉饰就送你玉饰……"

"那不行。那块玉是素戈鸣尊托我转交别人的。"

"哦？转交别人？莫不是哪个女人吧？"对方来了兴致，腔调陡然变得认真起来。

"男的女的又有什么关系嘛！"牛郎后悔自己多嘴，不耐烦地搪塞着。

然而对方并无恼怒之意，倒做出令人生厌的和善微笑。"当然没关系。虽说没关系，但毕竟是托你转交的，还不是由你说了算？换成别的玉饰又有何妨？"

牛郎又闭口不语，避开对方视线盯着草地。

"当然，可能会有点儿麻烦。不过即使摊上点儿麻烦，你却可以得到佩剑、宝玉、铠甲，甚至一匹骏马……"

"可是如果对方不接受，我就必须将它还给素戈鸣尊。"

"如果对方不接受？"对方皱皱眉头，又很快恢复了和善的腔调说，"如果对方是女的，当然不会接受素戈鸣的玉饰。而且这种琅玕玉并不适合年轻女人，倒不如送更华丽些的玉饰，或许更容易成事。"

牛郎开始觉得，对方此言不无道理。其实无论它多么珍贵，部落的年轻女人是否喜欢它的花色尚未可知。

"再说呢……"对方舔舔嘴唇,越发理所当然似的说下去,"再说即使不是这块,只要对方愿意接受,总比原物退回更让素戈鸣高兴吧?所以呢,换一块别的玉饰对素戈鸣也没什么不好。那么既然对素戈鸣也好,你又能得到佩剑和骏马,还有什么不满意的呢?"

牛郎心中清晰地浮现出双刃宝剑、水晶首饰、健硕的桃花骏马。他像躲避诱惑一般不由得紧闭双目,使劲摇了几下头。但是当他睁开眼睛时,面前依然是面含微笑的美男子。

"怎么样?这还不够吗?如果不够……那,不如到我家去一趟!刀剑和铠甲都有适合你用的,马棚里有五六匹马。"

对方极尽巧言令色之能事,然后在榆树下轻快地站起身来。牛郎仍旧默默地沉陷于踌躇之中。然而当对方走开时,他也就跟着迈出了沉重的步伐……

当他的身影完全消失在草坡脚下,又一位青年慢吞吞地下了山。虽然夕阳余晖已变得黯然失色,周围早已浮起淡淡的雾霭,却一眼就能认出他是素戈鸣。

他肩头搭着今天射到的两三只野鸟,悠然自得地来到榆树下歇脚,同时俯望暮色中静卧着的部落屋顶。随后,他嘴角绽开了由衷的幸福微笑。

对刚才发生的事一无所知的素戈鸣,心中又浮现出那个快活姑娘的倩影。

十七

素戈鸣日复一日地等待牛郎的回信,可是牛郎却并不那么轻易地前来报喜。非但如此,不知是故意还是偶然,从那以后牛郎几乎不与素戈鸣见面。他自己猜想，也许是牛郎计划失败而羞于相告。可转念又想，也许是没有机会接近那个姑娘。

一天清晨，他与那个姑娘在泉井边碰面。姑娘照例头顶瓦罐，同四五个女子正要离开白山茶树下。可当看到他时，突然撇撇嘴唇，水汪汪的双眸浮现出轻蔑的神情，并先自昂然走过他的身边。他仍如往常一样红了脸膛，且莫名其妙地体味到一种强加于人的不快。

"我真傻。那姑娘下辈子也不会做我的妻子。"这种近乎绝望的想法，在他心中挥之不去。但是牛郎并未带来否定的消息，让这个心地善良的人留有一线希望。从此，他寄一切希望于永不可知的答案，再不曾痛苦过。他暗下决心，暂时不去泉井。

然而，某日傍晚他走在天安河滩时，巧遇牛郎正在洗马。牛郎显然对此巧遇颇感尴尬。素戈鸣也觉得有话难以启齿。他站在落日余晖下朦胧模糊的艾蒿丛中，注视着淋水发光的黑马。但这种沉默渐渐令他烦闷难堪。为了打破僵局，他指着面前的黑马先自发问。"真是一匹好马！主人是谁？"

出乎意料的是，牛郎闪着得意的目光回答："是我。"

"是吗？那可真……"他咽下了溢美之词，又像刚才那样沉默不语。

牛郎也不能继续装痴卖傻，迟疑着支支吾吾道："前些日子，我收了你那块玉饰……"

"嗯！你转交给她了吗？"他眼中荡漾着孩童般纯真的情感。

牛郎看到这双眼睛慌忙挪开视线，故意斥骂躁动的黑马。"啊，转交了。"

"是吗？那我就放心了。"

"不过……"

"不过？不过什么？"

"她说还不能答复。"

"没事儿，不必着急。"素戈鸣朗声回答。随后便像忘却牛郎那回事儿似的，沿着初春暮色暧昧的河滩向来路走去。他的心中涌起前所未有的幸福感。河滩的艾蒿、天空以及空中正在欢唱的云雀，一切仿佛都朝着他欢笑。他昂首阔步，不时地向隐现于薄霭中的云雀搭话。

"喂，云雀！你是不是挺羡慕我？不羡慕？骗人！那你为什么那样欢唱？云雀！喂，云雀！回答我！……"

十八

其后五六天中，素戈鸣都过着真正意义上的幸福日子。但由此开始，部落中流传起作者不详的新小调。内容是丑乌鸦爱慕美丽的白天鹅，成了所有飞禽的笑料。听到人们唱小调，他感到从前那轮幸福的太阳笼罩了乌云。

然而，尽管心神无定，他却仍旧未从幸福梦幻中惊醒过来。美丽的白天鹅必将接受丑乌鸦的爱恋，所有的飞禽都不会再讥笑他愚蠢，反倒羡慕甚至嫉妒他的幸福。他坚信这一点。至少，他感到自己无法置疑。

所以他再次见到牛郎时，似乎只愿听到同样的答案。他却只轻描淡写地问："那块琅玕玉，真的转交了吧？"牛郎仍旧尴尬地含糊其辞："啊，真的转交了。但还是没有答复……"即便如此，他对"真的转交了"这句话也已心满意足，且再不深究。

三四天后的夜晚，他去山里掏鸟窝。所幸月朗星稀，他独自漫步在部落大道上。此时有人起劲地吹着竹笛，慢悠悠地从淡薄的暮霭中走来。素戈鸣自幼粗野成性，对歌谣音乐毫无兴趣。但在暖春月夜里，在灌木丛花香弥漫中聆听渐近的笛声，却感到风雅曼妙。

不久他与那人面对面近在咫尺。对方虽已照面却仍然吹笛不止。他一边让路一边借着当空皓月打量着对方：俊美的容颜，华丽的玉饰，还有横在嘴边的斑竹笛……无疑是那高个风流的美男子。

素戈鸣当然知道，他对粗野成性的自己向来轻蔑不屑，且是冤家对头之一，本想昂首挺胸不理不睬。可当擦肩而过时，美男子身上的物件却再次吸引了他的目光。凝眸细看，对方胸前挂着的正是母亲的遗物——琅玕玉。美玉沐浴着清冽的月光，放射着冷艳的清辉。

"站住！"他闪电般伸出手臂，死死地揪住对方的领口。

"你干什么?!"美男子不禁打个趔趄，使出全身力气就想摆脱。可素戈鸣的大手犹如虎爪，怎么挣扎都无济于事。

十九

"你小子，这块玉是哪儿来的?"素戈鸣箍住对方脖颈，咬牙切齿地问道。

"放开我，嗨！你干什么？快放开！"

"你小子不说清楚我就不放。"

"你要是不放……"美男子见素戈鸣不放手，抡起斑竹笛横扫过去。素戈鸣此手不松，抬起空手一挡一扭，毫不费力地将笛子夺下。

"快说实话，要不我勒死你！"素戈鸣早已怒不可遏。

"这块玉饰……是我……用马换来的。"

"胡说！这是我给……"不知何故，"那个姑娘"这句话卡在了他的喉咙里。他向对方苍白的脸上喷吐着滚烫的怒气，又一次怒吼："胡说！"

"快放开！你小子……啊，我喘不过气来了……你说要放开的，你小子才胡说！"

"你有证据吗？"

此时，美男子拼命挣扎着挤出一句话："你去问问那小子！"怒火冲天的素戈鸣恍然省悟，"那小子"就是牛郎。

"好吧！那我就去问问。"素戈鸣说走就走。他一把拉起美男子，就向不远处牛郎独居的小屋走去。美男子一路上拼命地想搬开素戈鸣的手，但那虎爪犹如铁钳般箍紧了他的脖子，怎么敲打都不松开。

夜空中春月高悬，大路上依然弥漫着灌木花的清淡甜香。素戈鸣心中却似暴风骤雨的天空，愤怒和嫉妒的雷电撕开了翻腾的疑惑云团。欺骗自己的是那姑娘还是牛郎？要不就是这小子玩弄手段，从姑娘那里把玉饰敲诈到手……

他拖着美男子，终于来到小屋前。看来主人没睡，小屋里一灯如豆。从苇帘缝隙泄出微光，与檐前月华交织融会。来到门口，美男子为脱身而做的最后努力终于成功。

骤然间，一股神妙的旋风席卷美男子的门面，使他整个身体飘在空中。只觉得周围霎时漆黑一团，冥冥中似有火花四溅——来到门口的同时，他就像狗崽一般，被轻而易举地倒栽葱扔进了遮挡月光的门帘里。

二十

屋里，牛郎在陶制油灯下熬夜编草鞋。他惊诧地听到门口有人声动静，赶忙住手侧耳倾听。突然檐下苇帘在夜幕中剧烈翻卷，一个小伙仰面朝天地摔在稻草窝里。

他顿时吓得魂飞魄散，愣怔着盘腿坐着不动，惶惑地望着撞飞了半边儿的苇帘外面。此时灯光映出了满面怒色的素戈鸣，小山一般地堵在门口。牛郎看到素戈呜,顿时面如土色,只把目光在小屋里遛来遛去。

素戈呜风风火火地走到牛郎面前,死死盯着他狠狠地问道:"喂,你小子说过,真把我的玉饰转交给那姑娘了,对吧?"

牛郎没有答话。

"那块玉挂在这个男人的脖子上,到底是怎么回事儿?"素戈呜烈焰燃烧般的目光转向美男子。他仍躺在稻草窝里二目紧闭,不知是昏厥过去了还是装死。

"你说转交了,是骗我的吧?"

"不,不是骗你。真的,真的!"牛郎这才拼命地辩解起来,"就是真的……不过转交的不是琅玕玉而是珊瑚……珊瑚管玉……"

"为什么要这样?"素戈呜吼声如雷,已从精神上击溃惊慌失措的牛郎。牛郎终于把美男子花言巧语蒙骗、以珊瑚换琅玕、以黑马为谢礼的经过,毫无保留地交待出来。听牛郎说完,素戈呜欲泣欲嚎。恼羞汇成风暴冲击着他的五脏六腑,令他窒息。

"你不是说把那玉转交了吗?"

"转交了。但是……"牛郎欲言又止,"虽然转交了……可那姑娘……那样的姑娘……说天鹅怎能配乌鸦……话说得很难听……她不接受……"

牛郎话未说完早被踢翻在地,紧接着硕大的铁拳砸在了头顶。同时灯碗震落在稻草上,立刻燃起熊熊烈火。牛郎的毛腿被火烧燎,惨叫着一骨碌爬起,撅着屁股拼命地向屋后逃去。

狂暴的素戈呜犹如受伤的野猪猛然扑了上去,不,正要扑上去时,脚下倒着的美男子起身拔剑,半跪在火海中疯狂地朝素戈呜的腿部横砍过去。

二十一

　　剑光映入眼底，砰然激活了素戈鸣心中长眠的嗜血野性。他迅速缩腿跃起，躲过对手的武器，并刷地拔出腰间利剑，发出牛一般的吼叫。吼声未落，利剑已接二连三地劈向对手。滚滚浓烟中两剑相撞迸出耀眼火花，炸响着刺耳的铿锵。

　　美男子毕竟不是他的对手。他的利剑纵横捭阖，剑剑追命。不，只几个回合，就几乎取下对手的人头。此时，突然不知何处飞来一只瓦罐直奔他的头颅。幸好未能击中，落在脚旁摔得粉碎。他一边挥剑继续交锋，一边怒目圆睁急速地环视屋内。却见屋后苇帘门前站着刚才逃窜的牛郎，正瞪着红眼搬起大木桶要救对手于险境之中。

　　他又一声怒吼，在牛郎抛出木桶之前将全力凝聚于剑端劈向对方的脑门。但此时大木桶已飞过火焰，呼啸着砸在他的头上。他不禁眼冒金星，脚下踉跄，仿若风中旗杆摇摇欲倒。美男子趁机奋力跃起，一手捅开火帘一手提剑，一溜烟地向屋外春月下宁静的夜幕逃遁而去。

　　素戈鸣紧咬牙关，好不容易才站稳脚跟。但当他睁眼再看时，烟火弥漫的屋里已无他人。"跑了？不成，你想跑我还不让你跑。"

　　尽管头发和衣服都着了火，他还是挥剑撩去门帘跌跌撞撞来到屋外。月华之中更有屋顶烈焰照耀，大路亮如白昼。路上已经黑压压地站满从各家走出的人群。不仅如此，看到他提剑冲出，人群顿时骚动起来。"素戈鸣！素戈鸣！"喊声越发响亮。嘈杂声中，他怔怔地伫立片刻。在他失去理智、杀气腾腾的心中，近乎狂乱的神经已失去了控制。

　　大路上人越聚越多，慌乱的叫喊渐渐带上憎恶的腔调。

"杀死放火的家伙！"

"杀死强盗！"

"杀死素戈呜！"

二十二

此时，部落后方草坡榆树下，胡须长长的长老仰望当空明月缓缓坐下。幽静的春夜里，灌木花的清香包裹在温柔的暮霭之中。猫头鹰的叫声仿佛大山在长吁短叹，令满天稀疏的星光更加朦胧。

然而此时，山下部落中意外地吐出一柱浓烟，笔直地向无风的空中升去。虽然看到烟雾中腾起了火星，长老却仍旧抱拢双膝安然地哼着歌谣，并未流露丝毫惊恐。但部落中很快传来蜂窝倾覆般的吵嚷，而且渐渐演变成了喧嚣，又演变成了激战的呐喊。老人似乎也感到事态非同寻常，皱着雪白的双眉慢慢站起，双手搭在耳旁，凝神倾听部落中不期而发的骚乱。

"不对劲儿，似乎还有刀剑之声。"长老喃喃自语，出神地观望着火星飞溅、直上夜空的烟柱。

没过多久，七八个从部落里出逃的男女气喘吁吁地爬上草坡。有不到十岁、披头散发的孩童，有好像刚从酣睡中惊醒、衣衫不整露出皮肤的姑娘，还有弯弓般佝偻着腰、行动不便的老婆婆。

来到草坡，他们不约而同地停下脚步，回头俯望部落中炙烤夜空的火光。早有一人发觉榆树下伫立的长老，立刻面露焦虑地靠近他。随着"思兼尊！思戈尊！"的呼唤，这群老弱妇孺中传出一片哀叹之声。一位夜色下愈显姣美的姑娘喊了一声"舅舅"，就向转过身的长老轻盈走来。

"那是怎么回事？"思兼尊向大家问道。他仍霜眉紧锁，一手揽住姑娘依偎过来的肩膀。

"素戈鸣尊,不知怎的突然闹腾起来!"答话者并非那快活的姑娘,而是人群中一位连鼻子眼睛都看不清的老婆婆。

"什么?素戈鸣尊闹腾起来了?"

"是的。后来很多年轻人想把他捆起来,但向着他的人却不让,因此酿成多年不见的大恶斗。"

思兼尊目光深沉,望望部落冒起的浓烟,又看看依偎在胸前的姑娘。纷乱鬓发中,那脸庞在月光下苍白得近乎透明。

"玩火的人要当心……不只是素戈鸣尊,玩火的人都要当心啊!……"长老满是皱纹的脸上现出苦笑,远望着蔓延的火舌,抚摸着沉默并颤抖着的外甥女的秀发安慰道。

二十三

部落里的恶斗持续到翌晨。素戈鸣寡不敌众,终于和自己的同伙被对手生擒。平日对他心怀不满的众小伙将他五花大绑,粗暴地滥施酷刑。拳脚相加之下他在地上来回打滚,发出牛叫般的怒吼。

部落的老少全体提出,按村规将其杀掉以命抵罪。可是,思兼尊和手力雄尊两位权威却不轻言赞同。手力雄尊虽然痛恨素戈鸣的罪行,但又对他的非凡功力怀有爱才之心。出于同样理由,思兼尊也不愿轻易处死本领非凡的年轻人。长老不仅反对杀他,且对任何杀生之举都怀有极端的憎恶……

部落的老少为给他定罪争论了三天,但两位长老无论如何仍力主己见。他们只好免定死罪,代之以流放之刑。然而将他送往广阔天地无异于放虎归山,他们仍难赞同如此宽大的处置。于是先将他的胡须一根不留地薅掉,然后毫不留情地将他的手足指甲全都拔掉。松绑之后趁他手脚麻木时用石块砸他,放出剽悍猎犬撕咬他。遍体鳞伤的素戈鸣不敢停留,跟跟跄跄地逃出了部落。

两天之后,他越过了环抱高天原国的群山。下午,天空呈现出怪异的景象。他来到山顶,登上嶙峋的石丛,想眺望坐落着熟悉的部落的盆地。可眼前蒙上了灰白的云海,只能隐约望见部落所在的平地。他又身披朝霞,长久地端坐在岩石上。

此时峡谷的山风一如既往地向他耳边送来熟悉的窃窃私语:"素戈呜啊!你在寻觅何物?跟我来吧!跟我来吧!素戈呜啊!"

他终于站起身来,然后缓缓地下山,向未知的国度走去。

朝霞的嫣红消失,滴滴答答落下雨来。他身上只有一件单衣。不消说,玉饰和佩刀皆被抢走。雨越下越猛,敲打着这个流放之人。山风横扫,时时将衣襟贴在裸露的腿脚。他咬紧牙关,死盯着脚尖蹒跚前行。

其实他只可看到脚下重叠的岩石,此外便是幽闭着峰峦峡谷的灰雾。雾中只可听到远近各处的喧腾,未知是风雨声还是山涧流水声。然而在他心中,还有更加暴烈、孤闷的怒火在熊熊燃烧。

二十四

走着走着,脚下岩石表面有了湿漉漉的青苔。再向前走,青苔变成了深厚茂盛的羊齿草。后来,他走进了高高的山白竹丛……不觉之间,素戈呜已走进山腰的茂密森林。

森林漫无边际,风雨依然不止。冷杉、铁杉的枝梢在高空搅动着灰雾,发出痛苦的嘶鸣。他拨开竹丛盲目向下冲去。竹丛随之将他吞没,不停地甩动濡湿的叶片。整个森林仿佛已被激活,千方百计地阻挡他的去路。

他一刻不停地前进,心中怒火依然旺盛。但尽管如此,这片风雨交加的森林中仍似蕴藏着唤起狂暴喜悦的力量。他更加奋勇地挥动臂膀拨开草木藤蔓,不时高声呐喊着回应狂风暴雨的呼啸。

正午刚过,他终于被一道峡谷激流阻挡了突进的脚步。汹涌河水的对岸,是刀劈斧剁般的峭壁。于是,他拨开竹丛沿河岸前进。行走不久,来到水雾雨帘中一座通向对岸峭壁的、摇摇欲坠的藤萝吊桥边。

对岸绝壁之上,有几个吐着炊烟的大山洞。他毫不迟疑地走过藤桥,朝其中一个洞中看去。里面有两个女人坐在炉火前,都被炉火映照得红彤彤的,像画中人物一般。一个是猴子模样的老婆婆,另一个看来年纪尚轻。看到他出现在洞口,两人同时惊叫一声就要往岩洞深处跑。他看出洞中没有别的男人,立刻冲进洞中先轻而易举地抓住老婆婆。

年轻女子伸手从岩壁上抽出短刀,猛地刺向他的胸口,被他单掌一挥打落在地。女子又拔出长剑顽强地进攻,可长剑也在一瞬间被打落在地,铿锵有声。他捡起长剑,当着她们的面牙咬剑峰,并不费吹灰之力地一折两段。然后,挑战似的冷眼笑看对方。

女子本已手握利斧准备第三次进攻,见他折断长剑便马上撇开利斧伏在地上求饶。

"我饿了,弄点儿吃的!"他松手放开猴子般模样的老婆婆,随即四平八稳地走到炉火前盘腿坐下。两个女人照他的吩咐,默不作声地开始准备饭菜。

二十五

洞中格外宽敞。岩壁上挂着各式武器,全在炉火的映照下放射着华丽光彩。地上铺着好多鹿皮、熊皮。且不知何处飘来淡淡甜香,融会在温暖宜人的空气中。

不一会儿,饭菜备妥。有野兽的肉、山涧的鱼、森林的果实,还有干贝,满满地盛在盘子里、杯碗里,摆在了他的面前。他坐到炉火前，便唤年轻女子斟酒。来到近前看得真切，她是一位冰肌玉肤、秀发浓密的动人女子。

他像野兽般大吃大喝，眼看杯盘即空空如也。女子见他食量如牛，便孩童般地微笑起来。此时，无论如何也找不到一丝刀剑相加的勇猛凶悍了。

"好啦！肚子饱了，该给一件穿的了！"酒足饭饱的他说着，又大大地打了个哈欠。女子到里面取来丝绸衣裳。他从未见过这种刺绣了精美图案的衣裳。穿戴停当，他从岩壁上挂着的武器中取下一把方头柄长刀系在左腰上，然后又回到炉旁盘腿坐下。

"还有什么吩咐？"片刻之后，女子畏畏缩缩地过来问道。

"我等你丈夫回来。"

"等我丈……你打算干什么？"

"我要跟他比武。我不想落个恫吓女人的强盗名声。"

女子拂起遮在脸前的秀发，露出鲜朗的微笑。"那你可等不到，因为我就是此地主人。"

素戈鸣大吃一惊，不禁瞪圆了眼睛。"一个男人都没有？"

"一个都没有。"

"这附近的山洞里呢？"

"都是我的妹妹们，两三个人住一家。"

他沮丧着脸，使劲摇了几下头。火光、兽皮，还有岩壁上的刀剑，他觉得都像是怪异的梦幻。特别是这位年轻女子，披挂着绚丽的项链和佩剑，宛如仙山公主。不过，冒着疾风骤雨在深山老林中长途跋涉之后，坐在这无须担惊受怕的温暖洞穴之中，无疑是轻松畅快的。

"你的妹妹多吗？"

"有十五个。现在阿婆去叫她们都来见你。"

怪不得，那位猴子模样的阿婆不时何时已经离开。

二十六

　　素戈呜抱着双膝，呆呆地聆听着洞外的风雨轰鸣。此时，那女子向炉中添着薪柴说道："请问——贵姓大名？我是大气都公主。"

　　"我是素戈呜。"当他自报家门时，对方满目惊疑，重又将这个丑陋粗野的小伙打量了一番，显然对其名字并不陌生。

　　"那你以前住在山那边的高天原国吧？"

　　他默默地点点头。

　　"听说高天原国是个好地方。"

　　听到此话，他心中平息一时的怒火又在双目中燃烧起来。"高天原国吗？那里的老鼠比野猪还厉害。"

　　公主莞尔一笑，火光辉映着姣美皓齿。

　　"这个地方叫什么名字？"他故作冷淡地岔开了话题。

　　公主却面含微笑，凝眸注视着他宽厚的肩膀默不作声。他不耐烦地蹙动眉头再问一遍，公主这才像回过神儿来，双眸现出妩媚答道："这里嘛，这里——这里是野猪比老鼠厉害的地方。"

　　此时忽然人声骚然，老婆婆领着十五位年轻女子，不畏风雨地来到洞中。她们全都略施粉黛、乌发高盘。一个个与公主亲切寒暄之后，熟不拘礼地坐在目瞪口呆的素戈呜周围。项链的色彩，耳环的光影，还有丝绸服饰的窸窣之声……这一切占满了薪炎熠熠的洞厅，令他骤然感到略嫌拥挤。

　　十六位女子很快将他团团围住，与此深山大不相称的欢乐酒宴开场了。起先他还像哑巴似的不停喝干敬给他的水酒，可当醉意蒙眬时，却又嗷嗷大叫有说有笑。女人们有的碧玉点妆、妙手抚琴，有的斟酒举杯、恋歌娇吟。洞厅中回荡着莺歌曼曲。

　　弹唱说笑之间，天已入夜。阿婆往炉灶里加了薪柴，又点着了多盏油灯。亮如白昼的灯火之中他已烂醉如泥，任凭前后左右周旋的女子们摆布。十六位女子不时为他你抢我夺，娇嗔之声四起。然而每次都是大公主不顾妹妹们嗔怒，只管独占素戈鸣。素戈鸣早已将风雨、群山还有那高天原国忘得一干二净，彻底沉迷于洞厅里弥漫的脂粉气中。只有那位猴子模样的阿婆，在欢宴高潮中静静地蹲在一个角落，向十六位女子的放浪醉态投去嘲弄的媚眼。

二十七

夜深了。空盘空碗不时滚落在地发出刺耳的碰撞声，地铺上的兽皮也被桌面不停流落的酒滴淋得透湿。十六位女子几乎都没了正形，口中只有傻笑声和难受的叹息。

最后阿婆站起身来，将明亮的灯火一盏盏熄灭，只剩炉灶里即将燃尽的炭火。微光朦胧，映照着被十六位女子肆虐着的、魁梧如山的素戈鸣。

翌日，当他醒来时发现，自己独自躺在洞厅深处铺了丝绸毛皮的寝榻中。寝榻已不是草垫，而是堆得厚厚的桃花。昨夜洞内弥漫着妙不可言的淡淡甜香，无疑是从桃花中散发出来的。他口中哼哼着，双眼只顾呆呆地望着洞顶。于是，昨晚癫狂的记忆梦幻般浮现在眼前。同时，心底莫名其妙地生出恼怒之情。

"畜生！"素戈鸣低吼着猛然从寝榻上跳起，桃花随即漫空飞散。

洞厅中那位阿婆正埋头做早饭。大公主不见人影，不知去向。他急忙穿了鞋，并将方头柄长刀系在腰间，也不理睬与他寒暄的阿婆，便大步走向洞外。

微风很快将他脑袋里的宿醉吹散，他叉着双臂眺望峡谷对面在春风中摇曳的林梢。林梢上方高耸着峰峦。云雾缭绕的山腰之上是裸露的巉岩。旭日照耀之下，巍峨群山似在一边俯视着他，一边无声地嘲笑他昨晚的丑态。

遥望着群山和森林，他突然感到洞中氛围格外令人作呕。现在的他，只觉得那炉火、那酒菜，还有那寝榻上的桃花，全都充满了可憎的腐败气味。尤其是那十六个女子，他觉得她们都是巧扮红粉掩饰死秽的行尸走肉。他在群山面前不禁仰天长叹，随即耷拉着脑袋向洞前藤桥走去。

可就在此时，欢闹的笑声在幽静峡谷中回荡起来，焕发着勃勃生气传入耳中。他身不由己地停下脚步，回头循声望去。只见从洞前小径的另一端走来那十六位女子。领头的大气都公主比昨天更加妩媚动人。她很快发现了他的身影，急切地朝这边赶来，直踢得裙裾翩然翻飞，令人眼花缭乱。

"素戈鸣尊！素戈鸣尊！"

她们像小鸟欢歌般齐声呼唤，那美妙的嗓音命中注定般地使终于抬脚迈向藤桥的素戈鸣意乱情迷。他惊诧于自己的心猿意马，不觉之间却又满脸堆笑地驻足等待。

二十八

从那以后，素戈鸣就在这温暖如春的洞厅中，与十六位女子享受着放纵的生活。一个月的时光就在玩乐中转眼度过。

他每天吃喝玩乐，还去溪谷中钓鱼。上游有瀑布，瀑布周围有四季常开的桃花。十六位女子每早都到瀑布前，在桃花香气熏染的水潭中沐浴。有时他也与她们一起拨开山白竹丛，走到很远的上游去沐浴。

此间，雄伟的山峰、峡谷、对面的森林渐渐与他失去交流，变成垂死的大自然。虽然他朝夕呼吸着幽静峡谷的空气，却已毫无感激之情。而且，他对此种心理变化毫不介意，所以才心安理得地每日花天酒地，享受着梦幻般的幸福。

然而某夜在梦中，他又一次站在山顶石林上眺望高天原国。那里阳光普照，宽阔的天安河面宛如烧红的长刀闪闪发光。他迎着劲风凝望山下景色，胸中突然充满无以言表的孤寂感。随即，他不禁放声痛哭起来。他被自己的哭声惊醒，发现脸颊还留着冰凉的泪痕。他起身环视炉灶微光映照的洞厅，只见同一张桃花榻上，酒气熏天的大公主正在酣睡。尽管这对他毫不新鲜，看上去她的容貌也丝毫未变，但却与垂死的老太婆别无两样。

他恐惧并厌恶得浑身颤抖，咬紧牙关悄悄溜下余温尚存的寝榻。随即迅速穿戴停当，蹑手蹑脚地潜出洞外，连那猴子模样的老太婆都没察觉。

洞外漆黑一片，只能听到溪谷中湍流在轰鸣。他走过藤桥立刻像野兽一般钻进山白竹丛，向着枝不摇叶不动的密林深处进发。点点星光，冷冷凝露，苔藓的腥味和猫头鹰的眼睛……这一切都令他感到前所未有的飒爽豪迈。

他义无反顾地走到了天亮。森林的黎明真美。当铁杉、冷杉那昏暗的枝梢上空被朝霞染得火红时，他多少次放声高呼，庆贺自己逃离魔窟的幸运。

不久，太阳当空照耀。他仰望树梢栖息的绿鸠，后悔忘了携带弓箭。不过，山中到处都有足够充饥的野果。

夕阳西斜时分，他孤苦地待在陡峭崖角。崖下针叶树冠错落有致。他坐在崖角眺望沉向峡谷的红日，怀念那昏暗洞厅岩壁上挂着的剑斧。此时，不知何故他感到群山那边传来十六位女子的笑声，那是充满了难以想象的神奇诱惑的幻觉。他定睛凝望暮色苍茫的山岩和森林，拼命地抵抗着那些诱惑。然而洞厅灶火旁那段回忆，却如同无形的大网将他的心田紧紧罩牢。

二十九

　　一天之后,素戈鸣又回到了那座洞厅。十六位女子似乎对他的出逃一无所知。无论怎么琢磨,那种漠不关心都不像是装模作样。或不如说,她们仿佛生来就具备了不可猜解的麻木。

　　此种麻木曾令他苦恼。但时过一月之后,他反因此种麻木而更加心安理得地沉湎于永不苏醒的、迷醉般的怪异幸福之中。

　　一年光景又像梦幻般逝去。

　　后来有一天,女子们不知从哪儿带回一只狗在洞中豢养。这只公狗浑身乌黑,大如牛犊。她们喜欢这公狗。特别是大公主,拿它当人疼爱。素戈鸣起先也同她们一样把盘子里的鱼肉或兽肉扔给它吃,有时酒后还跟狗玩相扑。黑狗常常直立起来,将烂醉的他扑倒在地。每到此时,她们就拍手起哄,嘲笑他蠢笨无能。

　　黑狗一天天愈加受宠,终于发展到每顿饭大公主都将同样的杯盘放在黑狗面前。有一次,他曾决心板起脸来将狗撵走。大公主却美眸变色,一反常态地责备他横行霸道。他已丧失了冒犯众怒与黑狗计较的勇气,只得与其共餐共饮。黑狗似乎觉察到他的反感,总是舔着盘子冲他龇牙咧嘴。

　　如此尚能勉强忍受。一天早上,他比她们晚到瀑布浴场。虽然季节临近夏天,那一带的桃花却仍在溪谷雾中盛开。他拨开山白竹丛,想跳入漂着桃花瓣的水潭。此时眼中意外地映入潭中沐浴着的××××××(原文此处缺如,下同)黑兽活动的景象。×××××××××××。他立刻拔出腰间长刀刺向黑狗。但女子们却护着黑狗,使素戈鸣无法下手。黑狗趁机浑身滴着水蹄上岸,逃回了山洞。

　　从那以后,十六位女子每晚在酒宴上拼命争夺的不是素戈鸣,而是黑狗。素戈鸣蹲在角落里整夜闷头喝酒，醉了就伤心落泪。他胸中妒火万丈，却丝毫没有意识到自己的浅薄。

一天夜里，他又在洞厅一角捂脸哭泣。忽觉有人悄悄靠近，用双臂将他搂住并嗲声嗲气地绵言软语。他惊讶地抬起双眼，借着远处油灯的微光察看对方，立刻怒吼一声猛然将其推开。对方毫无抵抗地摔倒在地，发出痛苦的呻吟……那正是连腰都直不起来的猴子模样的老婆婆。

三十

推倒老婆婆的素戈鸣泪流满面，紧蹙双眉像猛虎般立起身来。嫉妒、愤怒和屈辱在心中交织沸腾。看到眼前与黑狗狎戏的十六位女子，立刻拔刀不顾一切地冲向她们。

黑狗慌忙翻身，总算躲过刺来的长刀。与此同时，女子们从两旁扑来扯住暴跳如雷的素戈鸣。但他挥开那些纤手玉臂，将刀锋再度刺向黑狗。

然而长刀未能刺中黑狗，却刺中了前来夺刀的大公主胸口。她痛苦地呻吟着仰面倒下。其他女子见状尖声惨叫，四散逃窜。霎时间灯台倒地声、刺耳的犬吠声、杯盘摔碎声四起……刚才还在欢声笑语的群芳佳丽，眼下却似骤然炸窝的马蜂。

素戈鸣不敢相信自己的眼睛。呆立片刻，又赶忙撇下长刀，双手抱头发出痛苦的低吼，旋即如弓箭离弦般抢出洞外。

夜空中，一轮戴晕春月挥洒着朦胧青光。森林向空中交错着黑黢黢的枝杈，阴郁地封盖了峡谷，仿佛在等待厄运的到来。素戈鸣耳目无物般地持续奔走。漫无边际的山白竹丛犹如波浪起伏，弹射着露珠似欲将他吞没。不时有夜鸟蹿跳出来，翅膀闪烁着磷光爬上静止的树梢。

拂晓时分,他发现自己来到大湖的岸边。阴沉的天空下,铅板似的湖面平无波纹。周围高耸的群山呈现出苦闷夏季的墨绿,对于刚刚缓过神的他来说,几乎就是永远无法治愈的忧郁。他拨开岸边的山白竹来到干燥的沙滩上,然后坐下抬眼展望空旷的湖面。远处漂浮着一两只鹛鹛的身影。

此时他心中骤然涌起一阵悲伤:在高天原国时曾以众小伙为敌,而现在一只狗又成了他的死敌……他双手捂脸恸哭了很久。

此间天色剧变,横亘对岸的群山上空划过两三道龙爪闪电,接着传来隆隆雷声。他仍然坐在沙滩上大恸不止。不久,狂风裹挟着暴雨席卷岸边竹丛。湖面顿时昏暗如夜,波涛汹涌。

雷声一阵紧似一阵。对岸群山开始被雨雾笼罩,林中也喧嚣起来。一度昏暗了的湖面,眼看着又从对面泛起白光,素戈鸣这才抬起头来。此时犹如天河翻了个儿,倾盆大雨瀑布般向他兜头泼来。

三十一

对岸群山已浑然不见,湖面在云烟中时隐时现。只是每当闪电划破乌云的瞬间,才能远望巨浪排空的湖面。而此刻必然炸响一连串撕裂长空的惊雷。

素戈鸣已被浇得透湿,却仍然不想离开沙滩。他的心已沉入比天空还要晦暗的深渊,那里全是对肮脏至极的自我的愤懑。而且,如今就连彻底宣泄愤懑的气力——以头撞树、投身湖底这类一举毁灭自己的最后气力都已消耗殆尽。他身心犹如褴褛破船,无助地颠簸在惊涛骇浪之间。他只能默然呆坐,任凭激起白雾的暴雨冲刷。

天色越发昏暗,风雨也更加狂暴。突然,眼前的一切变成亮闪闪的淡紫色,群山、乌云、湖泊都似飘在了半空。紧接着,一声地轴崩裂般的落雷炸响耳畔。他身不由己地像要蹿跳起来,却又扑倒在地。暴雨没头没脑地朝匍匐着的他倾泻，他却把半边脸颊埋在沙中纹丝不动。

几小时过后他从昏迷中醒来，缓缓地从沙滩上站起。宁静的湖面仿若油池一般在眼前展开。空中云团迷乱，只有一束阳光如同绵长的金丝带恰巧落在对岸山顶。只有那束光芒照耀之处，呈现着鲜亮的金绿色。

他茫然抬眼，注视着温存平和的大自然。天空、森林、雨后的空气，这一切对于他仿佛往日梦中的景象，充满了令人怀念的闲适。"在那群山之中，隐藏着我已忘却的东西。"他苦苦思索，长久而贪婪地眺望着山峦与湖泊。但无论怎样追忆遥远的过去，他都很难想透那到底是什么。

时过良久，云游影动。环绕他的群山，须臾之间洒满了盛夏的阳光。覆盖群山的满目葱绿，立刻被波平如镜的湖面映照得分外妖娆。此时，他感到心底传出异样的悸动。他屏气凝神侧耳倾听。从层峦叠嶂的群山深处，传来曾一度忘怀的大自然的召唤，犹如无声的惊雷。

他欢喜得浑身战栗不止。他战栗着折服于大自然召唤的威力。最后，他趴在沙滩上拼命地堵住耳朵。然而大自然却仍滔滔不绝。他除了洗耳恭听，别无选择。

湖面闪耀着粼粼波光，生机勃发地响应着大自然的倾诉。他——趴在沙滩上的一介匹夫，忽而痛哭流涕，忽而喜笑颜开。然而来自群山的召唤却毫不理会他的悲喜交集，仿佛无形的波涛一般，不断地从他头顶滚过。

三十二

素戈鸣下湖沐浴，洗去全身污渍。然后来到岸边巨大的冷杉树荫下，进入了久违的甜美梦乡。梦幻恍若盛夏天空深处飘来的翎羽，娴静无声地落在他身上……

梦境之中黯然昏沉，一棵伟岸的枯树在面前伸展枝丫。

此时，一位不明来历的彪形大汉向他走来。虽然脸孔模糊难辨，但看一眼剑柄隐现着金光的龙头便知，其腰间佩带的是雕饰着金龙的高丽剑。

彪形大汉拔剑一举刺透枯树根部，深达剑柄。素戈呜对其非凡功力惊叹不已。此时耳畔响起一阵嘀咕声："那位大汉是火雷命。"

大汉静静抬手向他打个招呼，手势像在叫他将高丽剑拔出。此时，他猛然从梦中惊醒。

他愣愣怔怔坐起身来，只见冷杉树在微风中轻摇，顶梢上空早已撒下满天繁星。四周除了泛白的湖面，只有回响着山白竹喊嚓声、弥漫着苔腥味的暮色。他回想着刚才的怪梦，漫不经心地向那边望去。

只见十步开外，有一棵与梦中相同的枯树。他不假思索地走上前去。

枯树无疑是被刚才那颗落雷劈裂的，根部散乱着一大片残枝针叶。他脚踏枝叶方知此梦非梦——枯树根部真的贯通着一口高丽剑。雕饰着金龙的剑柄，连护手都刺入了木头。

他双手紧握剑柄，使出九牛二虎之力一举拔出剑身。高丽剑仿佛才经磨砺，自剑根至尖锋都闪耀着逼人的寒光。"神灵在护佑我。"想到这里他心中重又鼓起勇气，跪在枯树下向天界诸神叩拜祈祷。

然后他又回到冷杉树下，紧搂宝剑再次沉沉入睡。三天三夜，像死去一般地沉睡。

素戈呜苏醒之后，为了清洁身体再次来到湖畔沙滩。风平浪静的湖水清澄透彻、波平如镜，鲜明地映射出他伫立岸边的倒影。他已恢复了高天原国时身强志坚的模样，一副俨如丑神的面孔。不过，曾几何时，他的眼圈下已铭刻了历经一年悲哀苦涩的皱纹。

三十三

从此，他独自一人或横渡海峡或翻越崇山峻岭，走遍了列岛诸国。但是无论哪个列国或部落，都不足以令他脚步流连。尽管国名不同，但居民的心地却与高天原国相差无几。

他——已对高天原国毫无眷恋的他，对那些国度虽曾慷慨相助，但从未想过归化其国，直至寿终正寝。"素戈呜啊！你在寻觅什么？跟我走吧！跟我走吧……"

耳畔萦绕着风的呼唤。他离开那个湖泊，已漫无目标地漂泊了七年。第七年的夏天，他出现在出云国簸川溯流而上的独木舟帆下。此时，他正枯燥乏味地望着芦苇茂密的簸川两岸。

苇丛尽头，山间长满茂盛的高大松树。密密匝匝相互挤压的松枝上方，是云蒸雾绕的阴郁群峰。群峰上空，不时有两三只白鹭拍动炫目的银翅斜穿视野翩翩远去。白鹭的身影消失后，河面全都笼罩在令人骇异的亮丽闲适之中。

他依偎船帮，深吸由阳光炙烤散发的松脂香气，任由熏风吹送独木舟久久漂荡。其实，即使这般闲适的河面风光，对于习惯冒险的素戈呜来说已似高天原的岔路口一般凡俗，毫无新鲜感。

时近黄昏，河面渐窄。两岸芦苇渐渐稀疏，随处是疙里疙瘩的松根，在水与泥之间交织出荒芜和凄凉。他一边思虑今晚的栖身之所，一边更加警惕地注视两岸。悬垂于水面的松树枝条纠结成网，固执地遮掩了密林深处的隐秘。不过在野鹿喝水钻出的缺口暗处，偶尔也会闪现朽木上簇生的、瘆人的大红蘑。

夜幕降临，他发现对面临水的巨石上好像坐着一个人。当然自方才起,沿河一带根本没有人烟。所以,发现那个身影时他还怀疑自己的眼睛。他已剑柄在握,身体却仍旧悠然凭靠船帮。

不久,小舟划出扇形波纹接近巨石,人影更加清晰。不仅如此,他已看清那是一位身着长裙的女子。他闪动着好奇的目光,身不由己地站到了船头。微风鼓起桅帆,小舟在遮天蔽日的松枝下渐渐靠近巨石。

三十四

独木舟终于来到巨石前,石上也是松枝铺展。素戈鸣急速降下帆来,单手抓住松枝双脚使劲。独木舟剧烈摇晃,船头擦过巨石棱角上的苔藓即刻靠岸。

那位女子不知他已靠近,独自匍匐石上痛哭。突然又像察觉有人而猛然抬头,看到他后越发放声哭嚎,并向拥绕巨石的松树后面躲去。素戈鸣一只手抓住石棱喊了声"等等!"另一只手猛然抓紧女子身后的裙裾。女子身不由己地倒了下去,并发出短促的惊叫。可她再不起身,仍如方才那样趴着,顾自痛哭不止。

他将船缆系于松枝,轻捷地跃上巨石,然后手搭女子肩头说:"别害怕!我不会伤害你。只是觉得你在此处哭泣很奇怪,所以停了船。"

女子终于抬起脸,在笼罩河面的暮色之中战战兢兢地打量着他。他在刹那间省悟,她就是只能在梦中见到的,那位如同盛夏晚霞般凄美动人的女子。

"你怎么了?迷路了吗?还是被坏人抓来的?"

女子默默地摇头,项下的琅玕玉饰轻微碰撞,牵出一串丁冬。看到她孩童般表示否定的神态,素戈鸣不觉嘴角浮起了微笑。可那女子却越发羞怯起来,腮边染上红晕,又将泪汪汪的双眸垂下望着膝头。

"那……那到底是怎么回事儿？有什么难处，别害怕、只管说。只要我能做到，什么都可以帮你。"

经他好言劝慰，女子似已鼓起勇气，断断续续地诉说起来。原来，她的父亲是此河上游部落首领，名叫足名椎。但因近来部落男女染上瘟疫接二连三地倒下，足名椎急忙命令巫婆祈求诸神赐谕。然而天神降旨却出乎意料：倘若不将独生女栉名田公主供奉给高志的巨蟒，部落中所有的人将在一个月内死光。足名椎被迫无奈，即同众青年划船，从遥远部落将栉名田公主送至此处，抛下她孤身一人。

三十五

听罢栉名田公主的诉说，素戈鸣东张西望，斗志昂扬地环视暮色中的河面。"那条高志巨蟒到底是什么怪兽？"

"听别人说，那巨蟒八头八尾，身长达八条峡谷。"

"是吗？这倒挺新鲜！此怪百年不遇，只听你一说我就觉得浑身来劲。"

栉名田公主静静抬起清澈的眼眸，担忧地看着满不在乎的素戈鸣。"眼下那巨蟒随时可能出现，你……"

"我要除掉它！"他斩钉截铁地回答。然后，仍然叉着双臂沉稳地走下巨石。

"话虽如此，可那巨蟒非同一般，是神兽啊！"

"是的！"

"说不定你会受伤的……"

"是的！"

"反正我是供神祭品，我认命。纵然就此……"

"等等!"他继续走着,像要赶走何物似的挥挥手。"我不想眼看着你成为怪兽的牺牲品。"

"可那巨蟒强大无比……"

"你是说我斗不过它?就算斗不过它,我也要斗一斗!"

栉名田公主再度腮染红霞,摸索着挂在腰带上的镜子并软弱无力地反驳对方。"我成为巨蟒的牺牲品,是天神的旨意。"

"或许命该如此。但是如果没有祭供巨蟒这一说法,你就不会被独自丢到这里。对吗?如此看来,天神的旨意与其说是命令你充当巨蟒的牺牲品,莫若说是命令我除掉它。"

他又返身走近公主,气势磅礴的威严神态在他丑陋的眉宇间闪现。

"可是,巫婆说……"栉名田公主的嗓音柔弱无力。

"巫婆是传达天神旨意的,不是猜解天神之谜的。"

此时,突然有两只野鹿从对面昏暗的松树下蹿出,跳入微亮的河中激起一片水雾,然后并肩拼命游向此岸。

"它们如此惊慌……莫非已经来了?那可怕的神……"栉名田公主狂乱地扑到素戈鸣身边。

"是的。终于到来了,揭开天神之谜的时刻。"他一边注视着对岸一边慢慢地将手伸向高丽剑柄。他的话音未落,山崩地裂般的轰鸣震撼着对岸的松林,直上群峰,直上疏星点点的夜空。

大正九年(1920)五月

老年素戈呜尊

侯 为译

一

素戈呜除掉高志巨蟒之后娶栉名田公主为妻，同时成为足名椎部落的首领。

足名椎在出云的须贺为新婚夫妇建起了八广殿。其正殿恢宏气派，脊木高耸入云。

素戈呜与新娘过着宁静的日子。无论风啸还是浪涌抑或夜空星光，如今已毫无诱惑力，再也无法吸引他到广袤的亘古自然中去漂泊。即将做父亲的素戈呜在这大殿的栋梁之下，在用红白颜料描绘了狩猎图的四壁之间，找到了高天原国不曾给予他的天伦之乐。

他们边吃饭边谈论未来的计划。有时也去周围槲树林中散步，脚踏遍地落英侧耳倾听小鸟们梦幻般的歌声。他对妻子恩爱备至。他的嗓门儿、姿态和目光之中，过去那种粗野已荡然无存。

然而偶然在睡梦里，阴暗角落中蠢动的怪物，无形之手挥舞的剑光，又将他引诱到杀伐争斗中去。不过每次梦醒时分，他都立刻想到妻子和部落的事情，便将梦中所见忘得无影无踪。

不久，他们做了父母。他为自己的儿子起名叫八岛士奴美。与他相比，八岛士奴美更像母亲栉名田，是一位性情随和的男儿。

日月流水般逝去。其间他又娶了几位妻子，成为更多孩子的父亲。这些孩子长大成人后，遵从他的命令率兵去征服列国。

随着子孙后代的兴旺,他的英名蜚声列国。列国纷纷前来进贡。运送供品的船上载有丝绸、毛皮、玉饰,还有前来朝拜须贺神宫的民众。

一日,他在民众中发现三位来自高天原国的青年。他们都像当年的他一样膀大腰圆。他将三人召进神殿,亲自斟酒款待。这是迄今为止,此位勇猛的部落首领的最高礼遇。三人起初难以理解他的意图,似乎心存畏惧。但酒过三巡,他们便依照他的要求,拍打着瓦罐底儿唱起高天原国的小调。

三人即将离开神宫之际,他取出一口宝剑吩咐道:"这是我砍死高志巨蟒时,从它尾巴中取出的宝剑。交给你们,把它送给你们家乡的女王。"

三人拱手捧剑在他面前跪下,发誓绝不违背指令。

后来,他独自送行到海边,一直望着帆船驶向波涛汹涌的海面。一领孤帆在穿破迷雾的阳光下翩然摇摆,仿佛腾空翱翔的海鸥。

二

然而,死亡之神也不会放过素戈呜夫妇。

八岛士奴美长大成人之后,栉名田夫人突然身患疾病,一月之后便溘然仙逝。尽管素戈呜妻妾成群,但视如己命般疼爱的只有她一个。所以,灵堂布置停当之后,他在凄美如生的妻子遗体前默默流泪,守灵七天七夜。

其间,宫中恸哭之声四起。特别是年幼的须世理公主,悲切唏嘘不断。宫墙外过路者闻之,无不伤心落泪。她——这位八岛士奴美唯一的妹妹,与酷似母亲的兄长相反,酷似激情奔放的父亲,是一位不让须眉的女中豪杰。

不久，梻名田夫人的遗骸与她生前使用过的玉饰、铜镜、衣物一起，被埋葬在须贺神宫附近的小山上。素戈鸣为了体恤黄泉路上的妻子，不忘将十一名侍女活埋陪葬。侍女们精心装扮之后，无比欣慰地慷慨赴死。部落的老人们见此情状，无不暗中蹙眉，指责素戈鸣的专断。

"十一个！素戈鸣尊全然不顾部落的规矩。哪有第一夫人亡故，却只让十一个侍女陪葬的理法？总共才十一个！"

葬礼全部结束之后，素戈鸣突发奇想地将王位让给了八岛士奴美。而他自己，则与须世理公主移居远在海峡对面的根坚洲国。

那是他在颠沛漂泊中亲历过的无人岛，风光秀丽，最使他难以忘怀。他派人在岛南的小山上营造草顶宫殿，借以安度晚年。

素戈鸣已然白须如麻，但却老当益壮，炯炯有神的目光中显而易见……不，他的容颜似乎比在须贺宫殿时更显霸气。尽管他自己毫无察觉，但自从迁居此岛之后，休眠于体内的野性也不知不觉地苏醒了。

他与女儿须世理公主一起驯养蜜蜂和毒蛇。养蜂自然是为了酿蜜，而养蛇却是为了提取涂于箭头的剧毒。而在狩猎和出海之余，他则将自己修炼的武艺和魔法悉数传授给女儿。须世理在此般生活中，成长为武艺道法俱佳的女丈夫。然而，她依然保留了梻名田夫人的姿色，而且不失高雅之美。

宫殿周围的糙叶树几度萌芽，几度落叶。他那长满胡须的老脸皱纹渐多，而须世理公主那总是含笑盈盈的星眸却愈加冷峻。

三

一日，素戈鸣坐在殿前糙叶树下，撕剥硕大的雄鹿皮。此时，去海边沐浴的须世理领着一个陌生小伙回来。

"父亲,我刚才碰到了他,就一起回来了。"

须世理说着,向颇不情愿起身的素戋呜介绍远方来客。

这是一位浓眉宽肩的壮汉,佩戴着红绿相间的玉饰和厚重的高丽宝剑,活脱脱就是自己年轻时的威武英姿。

素戋呜支应着彬彬有礼的青年,甩出简慢粗俗的问话。"你叫什么?"

"在下名叫苇原丑男。"

"怎么到这个岛上来了?"

"我想找些食物和淡水,就靠岸了。"青年落落大方地逐个回答。

"是吗?你到那边随便吃点儿吧!须世理,你带他去!"

两人进了殿堂。素戋呜在糙叶树下娴熟地舞弄短刀撕剥着鹿皮,可心里却在不觉之间发生了奇妙的变化。犹如晴空里预示风暴的云雾,给平静的生活投下了阴影。

剥完鹿皮,素戋呜回到殿堂时天色已晚。他登上宽大的木阶,一如往常不经意地掀起客厅门口的白色幕帘。只见须世理公主和苇原丑男如同被搅乱巢穴的亲密小鸟一般,慌忙从草铺上起身。

他板着脸孔,慢吞吞地向内室走去。但立时又用锐利可憎的目光瞪着苇原丑男,以命令的口吻说道:"你今晚就住在这里,休息休息吧!"

苇原丑男尽管欣然从命,却难掩尴尬神态。

"你赶快去那边躺着吧!别客气。须世理——"素戋呜回头去看女儿,突然发出讥讽的腔调,"把这个男人带到蜂房去!"

须世理登时脸色煞白。

"快去!"看到她在迟疑,父亲像发狂的狗熊低吼起来。

"是。那,你请到这边来。"

苇原丑男再次向素戋呜恭敬施礼,随即兴致勃勃地追出客厅。

四

来到客厅外面,须世理公主取下披巾递在苇原丑男的手中悄悄说:"进了蜂房把披巾挥舞三下,你就不会挨蜇了。"

苇原丑男简直弄不懂对方所指何事,可又顾不上问个详细。须世理公主打开蜂房小门,领他进去。

蜂房里黑得伸手不见五指。苇原丑男刚一进门,立刻摸索着想抓住公主,指尖却只碰到公主的散发。紧接着,响起慌忙关门的声音。

他摆弄着披巾呆立了一会儿,眼睛慢慢适应了黑暗。出乎意料,屋内情景依稀可辨。

昏暗中他看到,顶棚垂吊着很多大桶般的蜂巢。蜂巢周围,蠢蠢爬动着好多比他腰间的高丽剑还粗的蜜蜂。

他身不由己地回身扑向门口。可不管他怎么推怎么拽,门板却纹丝不动。而且,已有一只蜜蜂从上方斜刺里飞到地面,发出钝重的振翅声朝他爬来。

他被此景吓得魂飞魄散。趁蜜蜂尚未爬到身边,他手忙脚乱地想踩死它。然而蜜蜂却腾空而起飞到了头顶,嗡地发出更大的振翅声。同时,更多的蜜蜂似已察觉有人而大发雷霆,犹如迎风火箭般相继俯冲下来……

须世理回到客厅,点燃墙面上的火炬。火光映红躺在草铺上的素戈呜。

"你真把他带到蜂房去了?"素戈呜盯视女儿的脸庞,然后用憎恨的腔调问道。

"我没有违背父亲的命令。"须世理公主避开父亲的目光,坐在客厅的角落。

"是吗？那你今后当然也不会违背我的命令吧？"素戈鸣话中夹带着讽刺的腔调。须世理只顾打理玉饰项链，既未肯定，也未否定。

"你不说话，是想要违背我吗？"

"不。父亲为什么那样……"

"如果不想违背我就告诉你，我不许你嫁给那小子。素戈鸣的女儿必须嫁一个素戈鸣看得上的女婿，明白吗？这一点决不能忘记！"

夜深之后，素戈鸣鼾声大作。须世理却独自沮丧地靠在客厅窗边，一直守到暗红的月亮无声地沉入海中。

五

翌晨，素戈鸣一如往常到礁石嶙峋的海边去游泳。此时，苇原丑男出乎意料地追了出来，并冲下大殿木阶。

刚见到素戈鸣，他便露出愉快的微笑问候："您早！"

"怎么样？昨晚睡得好吗？"素戈鸣伫立岩角，满面狐疑地看着对方。这个精力旺盛的年轻人怎么没叫蜜蜂蜇死？如此结局，完全超乎他力所能及的推测。

"是啊，托您的福，睡得很好。"苇原丑男回答着，捡起脚旁一块岩石奋力向海面扔去。石块画出长长弧线，向红彤彤的朝霞飞去，然后落在素戈鸣远不能及的波浪之中。

素戈鸣咬紧嘴唇，目不转睛地追视那块岩石。

两人从海边返回吃早饭时，素戈鸣苦着脸撕咬着鹿腿，并向面对而坐的苇原丑男说："你如果喜欢这殿堂，就再住几天好了。"

坐在一旁的须世理公主暗暗向苇原丑男递眼神，提醒他不可应允这心怀叵测的邀请。可他却正向盘中鱼肉伸出筷子，好像并未注意到她的暗示。

"多谢！那就再打扰您两三天。"苇原丑男高兴地答道。

午后，好不容易等到素戈呜歇息下，这对恋人趁机溜出殿堂，来到拴独木舟的静谧海边礁石岩缝，忙里偷闲地享受一回幸福。

须世理躺在散发香气的海草上，只是梦幻般地仰望着苇原丑男。然后她挪开他的手臂，忧心忡忡地说："今晚你要是还在这儿住，命可就保不住了。你不要管我，赶快逃吧！"

苇原丑男却忽而一笑，孩童般地摇摇头说："只要你在这儿，就是杀头，我也不走。"

"可是，万一你哪天出事……"

"那你现在就跟我离开这个岛，好吗？"

须世理犹豫不决。

"你要是不走，我决心永远住在这儿。"苇原丑男想再一次将她搂在怀里。她却推开他，猛地从海草上起身，满怀焦虑地说："父亲在叫我呢！"随即小鹿般敏捷地向殿堂跑去。

苇原丑男被撇在海边，他仍面带微笑地目送着须世理的身影。在她躺过的位置，又留下一条与昨晚同样的披巾。

六

当晚，素戈呜不用别人帮忙，便将苇原丑男扔进蜂房对面的屋子。

屋里的昏暗与昨晚相同。不同的是，昏暗中处处闪耀着绚丽的光彩，仿佛遍地散落着宝石。

苇原丑男心中纳闷，便想等眼睛适应后看个究竟。过了片刻，视野渐渐清晰。他发现那点点星光，竟是连马匹都似乎能够吞噬的巨蟒的眼睛。不计其数的巨蟒或绕梁而憩，或援椽而卧，或盘踞地面,密密匝匝挤满屋内,令人毛骨悚然。

他下意识地手握剑柄。然而即使他拔剑劈死一条,其余巨蟒仍无疑会轻而易举地将他绞死。瞧!眼前即有一条巨蟒在下方觊觎着他。还有更大的巨蟒倒挂金钩悬于半空,斗大的脑袋早已探至他的肩头。

屋门当然无法打开。岂止如此,白发苍苍的素戈鸣似乎正把守在门外,讪笑着偷听门内的动静。苇原丑男紧握剑柄,浑身上下只有眼球才敢转动。此时脚旁那条巨蟒缓缓松开盘成小山的身体,将斗大的脑袋渐渐抬起,拉开猛扑咬颈的架势。

此时他突然灵机一动:昨晚群蜂扑来时,挥舞须世理公主的披巾得以保命。如此看来,公主遗留礁石的披巾或有同样的奇效。于是,他迅速取出捡来的披巾挥舞了三下……

翌晨,素戈鸣又在礁石嶙峋的海边见到更加英姿勃发的苇原丑男。

"怎么样?昨晚睡得好吗?"

"是啊。托您的福,睡得很好。"

素戈鸣一脸的不快,恶狠狠地盯视对方。却不知他作何想法,又恢复了往常冷静的语调。"是吗?那太好了。你现在跟我去海里耍耍水吧!"口气中似乎毫无恶意。

两人立刻赤裸了身体,向黎明中风大浪高的洋面游去。素戈鸣从高天原国时代起,已是无人匹敌的弄潮儿。不过苇原丑男也毫不逊色,犹如海豚般游得潇洒自在。所以一黑一白两颗脑袋恍若海鸥,眼看着离开了高耸的海崖,越去越远。

七

大海一阵阵地掀起狂涛,将雪白的浪花抛向他俩。素戈鸣在浪花之间，不时地向苇原丑男投去不怀好意的目光。但对手却显得游刃有余，无论怎样凶险的巨浪都能越过。

畅游了半晌，苇原丑男渐渐把素戋鸣甩在身后。尽管素戋鸣紧咬牙关不愿落后一尺，但两三座巨浪滚压之后对手即轻松领先。而且，身影都已消失在层层浪尖的前方。

"本想这回就把这小子沉入海底，除掉这个碍事的家伙……"素戋鸣越想越觉得，不杀掉对手就难以咽下这口恶气。"畜生！叫鲨鱼吃掉那个狡诈的流浪汉吧！"

但是没过多久，苇原丑男便像鲨鱼一般闲庭信步地游回来了。

"再游一会儿吗？"随着涌浪起伏，他脸上一如既往地浮现着微笑，并远远地就向素戋鸣打着招呼。素戋鸣却是再想逞强，也不愿意下水了……

当日下午，素戋鸣又带着苇原丑男，到岛西的旷野去射猎狐狸野兔。

在旷野的边缘，两人登上一座突兀的石崖。极目远眺，遍野枯草在身后吹来的朔风中波浪起伏。素戋鸣默默地注视了片刻莽原的景色，随即张弓搭箭并回头瞅瞅苇原丑男。"今天不巧有风。不过咱们还是比一比谁射得远吧！"

"好啊！那就比试比试！"苇原丑男取下弓箭，信心十足地说道。

"准备好了吗？必须同时发射！"

两人肩并肩全力拉弓，随即同时放箭。两支利箭向草波起伏的莽原直直地飞去。然而两支箭皆未超过对方，只是箭羽在阳光下一闪，旋即在下风头空中消失得无影无踪。

"比出输赢了吗？"

"没有。……要不再射一箭？"

素戋鸣皱着眉头，颇不耐烦地摇头。"射几箭还不都一样？不如你跑一趟，找回我的箭来。那是我最珍爱的朱漆箭，来自高天原国。"

苇原丑男遵照吩咐，奔向冷风呼啸的荒原。他的背影刚刚消失在高过人头的枯草前方，素戋呜便迅速从腰袋中掏出燧石，并在岩石下的枯蒺藜中放起火来。

八

草中蹿起透明的火苗，瞬间便冒出滚滚浓烟。蒺藜和细竹燃烧的同时，响起刺耳的毕毕剥剥声。

"这下看你往哪儿跑！"素戋呜挂着长弓站在石崖上，狰狞的面孔露出得意的微笑。

大火迅速蔓延。无数鸟儿痛苦地鸣叫着，飞上黑红相映的空中。可随即又被卷进浓烟，纷纷落入火海。从远处看去，仿佛风暴中震落的果实。

"这下看你往哪儿跑！"素戋呜再次满足地舒一口气，随后却感到一丝难言的怅惘……

薄暮时分，得胜凯旋的素戋呜叉着双臂站在殿堂门口，遥望烟雾弥漫的旷野上空。此时须世理公主垂头丧气地走来，告诉他晚饭已经备好。不知何时，她已换上为亲属守孝的洁白长衣，楚楚动人地亭亭玉立在夕阳余晖中。

素戋呜一见她的身影，便嘲讽她的悲伤。"你看那边天空，苇原丑男现在……"

"我知道。"须世理低眉顺眼，却意外明目张胆地打断了父亲的话头。

"是吗？那你一定很悲伤吧？"

"是很悲伤。或许父亲去世，也不会让我这样悲伤。"

素戈鸣脸色骤变，恶狠狠地瞪着须世理。但不知何故，他无法更加严厉地惩戒女儿。"既然悲伤你就尽情地哭吧！"

他转身大摇大摆地走进屋去，而且边上木阶边愤愤地咋舌。"要是在往常，我连问都不问，先狠揍一顿……"

他进屋后，须世理公主眼泪汪汪地望了一会儿暗红的天边，随后低头悄然回屋。

当晚，素戈鸣怎么也睡不着。这是因为，烧死苇原丑男使他落下了心病。

"以前曾几次想杀他，可也没像今晚这么不痛快……"他冥思苦想着，在散发着生草气味的席铺上辗转反侧。然而睡意却并不轻易降临于他的身上。

沉寂的拂晓，幽暗大海的远方早已铺展冷峻的朦胧亮色。

九

翌晨，朝阳将灿烂光芒洒满海面。尚未睡足的素戈鸣两眼惺忪地慢慢走出大门。此时他惊讶地看到，木阶上并肩坐着苇原丑男和须世理公主。他俩正在兴高采烈地谈论着什么。

两人看到素戈鸣出来，像是大吃一惊。但苇原丑男立刻快活地站起身来，递上了那支朱漆利箭。

"还算运气不错，箭找到了。"

素戈鸣更是惊讶不已。然而不知何故，看到那青年平安无事，倒又暗自欢喜起来。"你居然没有受伤？"

"是的，完全是偶然得救。那大火烧到跟前时，我刚好找到了这支箭。于是我先是钻过浓烟，拼命向还没着火的地方跑。可再怎么快跑，也跑不过西风扇烈火……"苇原丑男稍微停顿一下，向听得出神的父女俩送去微笑。"这时我意识到，此次必定烧死无疑。可跑着跑着不知怎么那么巧,脚下突然踩空,我掉进了一个大坑。坑里先是漆黑一片,后来坑边枯草烧着,照亮了整个坑内。我看到周围有几百只野鼠熙熙攘攘挤满坑底……"

"幸亏是野鼠,要是毒蛇可就……"刹那间,须世理公主的美眸中闪出泪光和笑意。

"哪里,野鼠也不可小看。这支朱漆箭的羽毛就全是被它们啃掉的。不过,大火只是把坑外烧得根草不留。"

素戈鸣听了这些话,心中又对这个幸运儿产生了嫉恨。岂止如此,既然决定了要杀他,倘若达不到目的就难以满足战无不胜的骄傲心理。

"原来是这样!你运气真好。不过,运气有时也会改变……这且不说也罢。总之既然大难不死,那就跟我到这边来,帮我捉捉头上的虱子。"

苇原丑男和须世理公主无可奈何,跟着走进了朝晖映射着的客厅白幕闱帐中。

素戈鸣满脸不快地盘腿坐在客厅中央,解开自己那盘起的发髻,漫不经心地摊在地板上。枯黄芦花般的长发,宛如流淌的河水。

"我的虱子可是很厉害呀!"

苇原丑男没把这话放在心上,拨开白发就要捏虱子。哪知发根旁蠕动的却不是小小虱子,竟然是毒气十足的暗红色大蜈蚣。

十

苇原丑男犹豫了。此时,守在一旁的须世理公主不知何时偷偷取来一把檓叶树果实和红土,并悄悄地递给他。他响声大作地嚼碎果实,又往嘴里含一口红土,再装出捉杀了蜈蚣的样子吐在地板上。

此时，素戈鸣昨夜未眠而积攒的瞌睡悄然袭来，他迷迷糊糊地睡了过去。

……被赶出高天原国的素戈鸣，用揭掉趾甲的双脚蹬住石缝，正在攀爬陡峭的山路。石缝中的羊齿草，树上的乌鸦叫，还有铁板一般冷漠的天空……映入眼帘的景物全都是那样荒凉。

"我有什么罪？我比他们强大！强大不是罪，倒是他们有罪，是又嫉妒又阴险又没男子汉骨气的他们有罪。"

他愤愤不平，步履艰难地踽踽而行。此时他看见当道的龟背状巨石上摆着一面白铜镜，还系了六只铃铛。他在那巨石前停步，不经意地向镜中望了一眼。只见皎洁的镜面中，清晰地映出一副年轻的面孔。然而那并不是他，却是他几次想要杀死的苇原丑男……他猛然从梦中惊醒。

他瞪大双眼环视客厅，只有明媚灿烂的阳光。苇原丑男和须世理公主却已不知去向。岂止如此，他突然发现自己的长发被分成三股，高高地拴在顶棚木椽上。

"你们骗了我！"恍然大悟的他勃然大怒，狂吼着猛烈甩头。殿堂的屋顶天崩地裂般震响，三根木椽一齐脱出。素戈鸣根本置之不顾，先伸右手取下粗硬的天鹿儿弓，再伸左手取下天羽箭袋。然后，他双脚猛跺，拖着三根木椽犹如云峰倾倒般地向外走去。

殿堂周围的糙叶树林中，轰然回荡着他的脚步声，震得枝间筑巢的松鼠纷纷落地。他像旋风般冲出树林。

林外是断崖，崖下是大海。他屹立崖上，手搭凉棚在海面搜寻。宽阔的远海巨浪排空，连遥远东天的朝阳都微泛青光。千重狂涛之中，一只似曾相识的独木舟向远海驶去。

素戈鸣手拄长弓，凝眸审视那艘小舟。仿佛在嘲笑他一般，小舟翩翩翻弄着苇席篷帆，闪着银光轻捷地乘风破浪。而且，坐在船尾的苇原丑男和坐在船头的须世理公主也清晰可辨。

素戈鸣沉稳地在天鹿儿弓上搭好天羽箭，徐徐将弓拉满，瞄准海面上的独木舟。然而箭在弦上却难以射出，此时他的双眼油然浮出仿佛微笑的神情。仿佛微笑——但同时还有仿佛泪花的亮光。他耸耸肩膀将弓箭胡乱地一扔，然后——爆发般地放声狂笑，犹似瀑布落入潭中。

"我祝福你们！"他站在高高断崖上，向远去的两人挥手。

"你们要砥练出远超于我的功力！你们要修炼出远超于我的智慧！你们要……"素戈鸣稍稍停顿，随即又底气十足地继续祝福。

"你们要比我更幸福！"

他的祝福随着海风回荡在空中。此时我们的素戈鸣远比与大日霎贵搏斗时、远比从高天原国被驱逐流放时、远比斩断高志巨蟒时，更加充满近于天神的浩荡雄威。

大正九年（1920）

南京的基督

罗 嘉译

一

秋天的一个深夜，南京奇望街一所房子里，有个面色苍白的中国少女，独自靠在破旧的桌旁，手托香腮，百无聊赖，嗑着盘里的瓜子。

桌上的灯火幽幽，与其说用来照明，不如说反倒给屋内添了一层忧郁。壁纸几近剥落的角落里，藤床前垂挂着发出霉味儿的床帷，床上的毛毯露了出来。桌子那头儿，也有一把旧椅子，好像给遗忘在那儿一样。此外，再也找不出一件摆设来。

她不时停下嗑瓜子，抬起一双清亮的眼睛，凝望着桌对面的墙。仔细一看，原来墙上的钉钩，端端正正挂着一个小小的铜十字架。十字架上，是雕刻稚拙的受难基督，两臂高高地伸展着，浮雕的轮廓已经磨损，影影绰绰，依稀映在墙上。每当少女的目光落在耶稣像上，长睫毛下隐含的那份孤寂，似乎一瞬间会了无痕迹，代之以一种天真的希望之光，生动地浮在脸上。而视线一旦移开，必定又会叹息，光泽褪尽的黑缎子上衣肩头，不免沮丧地沉下来，重又一粒一粒嗑起盆里的瓜子，打发着无聊。

少女名叫宋金花，是一个年方十五的暗门子，迫于生计，夜夜在此接客。秦淮一带暗娼众多，容貌有如金花的，比比皆是，可性情温和如金花者，能否找出第二个来，倒是个疑问。金花不同于其他妓女,既不骗人,也不任性,每晚脸上都挂着愉快的微笑,同造访这间阴郁小屋的各种客人周旋。这样,来客偶尔会比讲定的多出几个钱。逢上这种时候,她总是高兴地给相依为命、好喝口酒的父亲多来一杯。

金花的这种品性,当然是出于天性。要说还有什么别的理由,正如墙上的十字架所示,从儿时起,她就一直信仰罗马天主教,是已故的母亲领入门的。

——话说今年春天,有个年轻的日本旅行家,来上海看赛马,顺便探访中国南边的风光,曾在金花的房里有过一夜奇遇。当时,他身着西服,嘴里衔着雪茄,把娇小的金花拥在膝上。不经意间,瞥见了墙上的十字架,满脸狐疑地问:

"你是基督徒吗?"用半通不通的中文问道。

"是呀,我五岁就受洗了。"

"那还做这种事?"

他话里带刺。金花一头乌发靠在他胸前,一如平时爽朗地笑着,露出两颗犬牙。

"要是不做,我和父亲都得饿死。"

"你父亲很老吗?"

"嗯,腰都直不起来了。"

"可是,——难道你不觉得,干这种事,进不了天国吗?"

"不。"

金花望了一眼十字架,宛若陷入了沉思。

"我相信,圣父基督的在天之灵,一定能明白我的心思。不然的话,基督跟姚家巷警察局的官老爷,岂不是一回事吗?"

年轻的日本旅行家笑了。从上衣口袋里掏出一对翡翠耳环,亲自给她戴在耳上。

"这是刚买的,本打算带回日本做礼物的,送给你吧,算是今晚的纪念。"

金花自打初次接客就这么认为，自己也一直心安理得。

然而，一个月前，这位虔诚的私娼，不幸染上了恶性梅毒。她朋友陈山茶，听到这事，便劝她喝鸦片酒，说是止痛很管用。之后，另一个朋友毛迎春，好心好意，特地拿来自己服剩的汞蓝丸和甘汞粉。而金花的病，不知怎么回事，即使不接客，自己关在家里，也丝毫不见好转。

有一天，陈山茶来金花屋里玩儿时，煞有介事地告诉她一个迷信疗法：

"你这病是客人传给你的，趁早再传给别人。这样一来，要不了两三天准好。"

金花托着腮，仍不改满面愁云。可山茶的话，也多少引起她的好奇。

"真的吗？"她轻声问道。

"真的，那还有假。我姐姐也跟你一样，得了这病怎么也不见好。可传给客人后，立马就好了。"

"那客人怎么样了？"

"怪可怜的，听说连眼睛都瞎了。"

山茶离开后，金花跪在墙上的十字架前，仰望着受难的基督，一心一意地祷告。

"圣父的在天之灵，为了奉养家父，我做了这种下贱营生。可我做的事，我自己担待，决不给任何人添麻烦。所以，即便这么死去，我想也准能进天国。可眼下，我要是不把病传给客人，这营生就没法儿做下去了。这样看来，哪怕饿死——如果传给客人，说是这病就能好——我想，我得下狠心，决不和客人同床。要不然，我只顾自己得好，就会让一个无冤无仇的人倒霉。可不管怎么说，我毕竟是个女人呀，没准什么时候，又会上钩呢。圣父的在天之灵呀，保佑保佑我吧！除了您，我没别人可依靠了。"

宋金花主意已定，以后不论山茶和迎春如何劝她，总是执意不肯接客。一些熟客时时来她屋里玩，也只是一起吸吸烟而已，决不顺从客人。

"我得的病很厉害，要是挨近我，会传给你的哟。"

即便这样，有的客人借酒撒疯，想对金花为所欲为，她每每如此规劝，甚至不怕拿病患来证明。这样一来，客人也就渐渐不来光顾她的小屋了。与此同时，生计每况愈下，日子越发艰难……

今晚她又倚坐在桌前，久久地发呆，依旧没有客人上门的迹象。不觉间，夜色已自深沉。回荡在耳畔的，只有不知何处低鸣的蟋蟀声。岂止这些，房间里毫无热气，寒气从铺地的石头缝里袭上来，渐渐像水一样漫进灰缎子鞋，浸透鞋里那双娇嫩的小脚。

金花一直呆望着幽暗的灯火出神，不禁打了一个寒噤，翡翠耳坠搔挠着耳朵，她忍住了哈欠没打。正巧这时，漆门猛地给撞开了，跟跟跄跄闯进一个陌生的外国人来。兴许开门的势头过猛，桌上油灯的火焰腾地蹿了起来，火苗红红的冒着烟，顿时在小屋里弥漫开来。灯光正照在客人身上，他先是跌倒在桌旁的椅子上，马上又站了起来，趔趔趄趄地往后退，咕咚一下靠在刚关好的漆门上。

金花不由得站了起来，吃了一惊，望着这个陌生的外国人。客人的年纪有三十五六，穿件咖啡色条纹西服，戴顶同样质地的鸭舌帽，眼睛很大，蓄着胡须，脸上晒得红红的。可有一点让人不明白，虽说是外国人，却分辨不出究竟是西洋人还是东洋人。帽子下面露出黑头发，嘴里叼着已经熄灭的烟斗，挡在门口的样子，怎么看都像个喝得烂醉的行人迷了路。

"您有何贵干？"

金花不免有些害怕，站在桌前没动，责备似的问他。可对方却摇摇头，表示听不懂中国话。然后拿下叼在嘴里的烟斗，流利地说了句外国话，也不知是什么意思。这回轮到金花摇头了，翡翠耳环在灯光下摇曳着。

看到她紧蹙着漂亮眉毛，一副为难的样子，客人扑哧一声笑了出来，漫不经心摘掉鸭舌帽，晃晃悠悠朝这边走来，一屁股瘫坐在桌子另一头的椅子上。金花此时看着外国人的脸，想不起几时在哪儿见过，但确实又眼熟，一种亲切感油然而生。来人毫不客气，抓起盆里的瓜子却又不嗑，直勾勾只管看着金花，隔了一会儿，又打起奇怪的手势，说起外国话。虽说金花不懂是什么意思，隐隐约约倒也猜出外国人好像多少明白她是干什么的。

和中文一窍不通的外国人共度长夜，在金花来说并不稀罕。她坐了下来，出于习惯，露出姣好的笑容，开些对方压根儿听不懂的玩笑。可是，客人居然也说上一言半语，还高兴地大笑，打着各种手势，比先前更加眼花缭乱，简直让人疑心，他能听得懂。

客人满嘴酒气，可那张快乐的红脸膛，仿佛使屋内寂寥的气氛变得光明起来，充满了男性的活力。起码对金花来说，不消说平日在南京见惯了的国人，就连以往见过的一些洋人，无论是东洋人还是西洋人，都没他来得潇洒。不管怎样，这张脸似曾相识，方才的这种感觉，始终打消不掉。金花望着客人额前一缕黑色的卷发，亲切而愉快地招待他，脑子里却极力回忆着，这张脸最初是在哪儿看到的。

"是前阵子和胖大嫂一起坐画舫的那个人吗？不对不对，那人头发的颜色比他红多了。要不然就是去秦淮河夫子庙时，那个给我照相的人。可那人年龄看上去比他大。想起来了，什么时候来着，记得在利涉桥边的饭馆前，聚了一群人，有个人长得和他很像，挥舞着一根老粗的藤杖，打人力车夫背的不是？八成是——不过，那人的眼睛比他要蓝……"

金花这边浮想联翩，客人依旧是那么愉快，不知什么时候点上烟斗，吐出一口好闻的烟味。突然间他说了句什么，咧着嘴乐了，同时伸出两个指头来，在金花的眼前晃了晃，做出姿势表示"？"。两个指头自然是两美金的意思，谁看了都明白。可金花是不留客人过夜的，她灵巧地毕剥嗑着瓜子，脸上带着笑，两次摇头表示不行。于是客人傲慢地支起两肘，探出醉醺醺的脸，在昏暗的灯火下，紧盯着金花，一会儿又伸出三个指头，目光中期待着回答。

金花略微挪动一下椅子，含着瓜子，一脸的为难。心里似乎在琢磨，就算客人真出两美金，身子也不能由他摆布。但他不懂话，实在没法儿叫他明白其中的隐情。事到如今，金花为自己的轻率感到后悔，明亮的眼睛望向旁处，别无办法，再一次果断地摇了摇头。

然而，过了一会儿，外国人露出淡淡的微笑，神情有些犹疑，伸出四个指头，又讲了一句什么外国话。金花束手无策，托住两颊，连笑的力气都没有了。转念一想，事已如此，只有继续摇头，直到他死心。就在这当儿，客人的手像是给一种无形的东西控制着，终于伸开五个指头。

后来，两人一直打着手语，间或掺杂着动作，这样一问一答了好半天。其间，客人极具耐性，手指一根根加上去，到了最后，那劲头，哪怕出十美金，都在所不惜似的。对一个暗门子来说，十美金可是个大数目，即便如此，仍旧没能让金花动心。方才她离开椅子，斜站在桌前，对方给她看两手指时，她焦躁地直跺脚，一个劲儿地摇头。恰巧这时，不知怎的，挂在钉子上的十字架当啷啷掉了下来，落在脚边的石砖上。

她急忙伸出手，赶紧捡起宝贝十字架。无意中看到十字架上受难基督的表情，奇怪得很，与坐在桌对面那个外国人的脸，简直活脱脱一模一样。

"怪不得觉得在哪儿见过呢，原来是我主基督的脸呀。"

金花把铜十字架贴在黑缎子上衣的胸前，不由得隔着桌子惊讶地望着客人的脸。灯火照在客人满是酒气的脸上，不时地吸着烟斗，意味深长地浮出微笑。眼睛朝着她——从白净的脖子，到垂着翡翠耳环的耳际，似乎不住地上下打量她。客人的这副神态，金花觉得，亲切中反透出一股威严。

俄顷，客人停住吸烟，故意歪起头，声音里带着笑，说了些什么。仿佛巧妙的催眠师，在耳畔轻声细语，对金花的心底，起到某种暗示的效果。她好似完全忘掉了自己坚定的信念，缓缓低下含笑的眼睛，手里摩挲着铜十字架，羞答答靠近这个奇怪的外国人。

客人手伸进裤兜，把钱弄得哗啦哗啦响。眼里依旧是淡淡的微笑，有那么一刻，心满意足地望着金花站在那儿的姣好身姿。可是，他眼中的浅笑，转瞬变得像一缕灼人的光，猛地从椅子上站起来，用力紧紧抱住金花，西服袖子散发出酒味。金花像失了魂一样，垂挂着翡翠耳环的头无力地向后仰着，苍白的脸颊，隐隐泛出鲜艳的血色，双眼迷离地望着凑在鼻子前面的这张脸。身子是任凭这个奇怪的外国人摆布呢，还是拒绝和他亲吻，免得把病传给他呢？当然，她此时已经无暇再去多想，听任客人满是胡须的嘴亲吻自己的嘴，只知道这如火一般的爱的喜悦，这生平头一遭唖摸到的激情，正激荡着她的胸怀……

二

几小时之后，屋里灯火已熄，床上两人熟睡的鼻息之外，唯有蟋蟀隐隐的叫声，越发增添几许秋意。然而金花的梦境，轻烟似的，透过尘封的床帷，高高飞向屋上星月灿烂的夜空。

——金花坐在紫檀椅上，正品尝桌上摆满的各式菜肴。燕窝、鱼翅、蛋羹、熏鱼、烤乳猪、海参羹……多得数不胜数。而且，食器精美绝伦，一色儿描着青莲和金凤凰。

椅子后面，有一扇窗挂着绛红纱帘。窗外是一条河，静谧的流水和橹声，不绝于耳。这一切似乎是她自幼见惯的秦淮情境。可此时此刻，她准是身在天国，正在基督的家里。

金花不时停下筷子，打量着桌子的四周。宽敞的屋里，除雕龙画柱，盆栽的大朵菊花，和菜肴冒出的热气之外，不见一个人影儿。

尽管如此，桌上的菜吃完一盘，转眼就有一盘热乎乎的、飘着香味儿的新菜，摆到面前，也不知是哪儿来的。她正在寻思，还没等动筷子，一只烧好的野鸡，扇着翅膀，碰倒了绍兴酒瓶子，扑棱棱飞上了屋顶。

这时，金花察觉有人不出声走到她椅子后，便拿着筷子，悄悄儿回过头去。却不知怎么回事，原以为那儿有扇窗，竟然没了，摆了一把紫檀椅子，铺着缎面儿的坐垫儿上，一个陌生的外国人，嘴上衔着铜水烟壶，慢条斯理坐了下去。

一见这男人，金花就认出是今晚在她屋里过夜的那个人。但唯一不同的是，这人头顶一尺左右的地方，罩着一圈月牙儿似的光环。

这工夫，金花的眼前又摆上一大盘热气腾腾的菜，仿佛是桌中冒出来的，鲜美可口。她马上拿起筷子，正要夹盘中的珍馐美味，突然想起身后的外国人，便扭过头，客气地问道：

"您不过来吃点儿吗？"

"不，你自己吃吧。吃了，你的病今晚就好了。"

头顶光环的外国人，依旧衔着水烟壶，微笑中充满了无限爱怜。

"那你不吃啦？"

"我吗?我不爱吃中国菜。你还不了解我嘛。耶稣基督还从来没吃过中国菜呢。"

南京的基督说着,慢慢离开紫檀椅,从背后在发呆的金花脸颊上,亲切地吻了一下。

天国的美梦醒来时,秋日清寒的晨光,已经弥漫在狭小的房间里。宛若一叶小舟的床笫,挂着满是灰尘气的幔帐,里面尚存一丝微暗,透着些儿暖意。昏暗之中浮现出金花半仰着的面颊,褪色的旧毛毯,掩住她圆滚滚的下颌,这时,睡眼还没有睁开。金花的脸上毫无血色,由于昨夜的汗水,油腻腻的头发散乱地沾在上面,微开的双唇间,隐约可见洁白细密如糯米般的牙齿。

金花虽然醒了,心里仍旧迷迷糊糊徘徊在那菊花、水声、烧鸡、耶稣基督,以及种种梦境里。过了一会儿,床内渐渐亮了起来,她愉快的梦境,让无情的现实给打破了,昨晚和那个奇怪的外国人同上这张藤床的事,清楚地兜上她的意识。

"要是病传给了他——"

一想到这儿,金花的心情便陡然暗淡下来,觉得今早没脸见他。可是既然醒了,却不去看那张太阳晒过、让人留恋的脸,就更受不了。她犹豫之下,怯生生地睁开眼睛,环视着已经明亮的睡床。出乎意料的是,除了盖着毛毯的她,那个酷似十字架上耶稣的他,连个影儿都不见了。

"难道那也是梦么?"

金花赶紧掀开脏兮兮的毛毯,从床上坐了起来。揉了揉眼睛,撩起沉甸甸的床帷,睁着仍旧发涩的眼睛,朝屋里望过去。

屋里,清晨寒冷的空气,近似酷虐地勾画出周遭一切物件的轮廓。陈旧的桌子,熄灭的油灯,还有两把椅子,一把倒在地上,一把对着墙——一切都是昨晚的光景。何止这些,眼前撒落在桌上的瓜子里，那小小的铜十字架，照旧发着黯淡的光。金花有些目眩，便眨了眨，茫然望着四周，冷冷清清地侧身坐在乱七八糟的床上。

"这毕竟不是梦。"

金花一边嘟囔着，一边左思右想，想那个外国人的去向，觉得不可捉摸。其实这也用不着想，她已然想到了，没准儿趁自己熟睡的工夫，偷偷出屋，早溜回去了。可是，他是那样爱抚过她，竟连一句惜别的话都没有，就走掉了，简直让人没法儿相信，或者毋宁说，她不忍心这么想。而且，那个奇怪的外国人答应付的十美金，她都忘记要了。

"他真的回去了吗？"

她心事重重，正想捡起扔在毛毯上的黑缎子上衣披上，突然，又停下手，她的脸色眼看着变得神采奕奕的。是因为听到油漆门外传来那人的脚步声，还是因为枕头、毛毯上沾着他身上的酒气，忽然又勾起昨夜那令人难为情的记忆？都不是，这一瞬间，金花发现，她身上发生了奇迹，恶性梅毒一夜之间全好了，连点痕迹都没有。

"这么说，那人真是耶稣基督了。"

金花不假思索地一骨碌翻身下床，穿着内衣跪在冰凉的石板地上，就像抹大拉美丽的马利亚①，同复活了的主耶稣说话那样，热烈地、虔诚地祈祷着……

三

次年春天的某个夜晚，年轻的日本旅行家再次来到宋金花家，又和她一起在昏暗的灯光下，隔桌相对。

---

① 抹大拉美丽的马利亚，见《新约全书》马可福音第十六章。

"还挂着十字架?"

那晚不知因为什么事,他嘲弄地问道。金花敛容正色,讲起那一夜基督降临南京,治好她病的奇事。

年轻的日本旅行家一边听金花讲,一边独自沉吟:

"那个外国人我认识。那家伙是个日本和美国的混血儿,好像叫 George Murry。曾得意洋洋,对我认识的一个路透社驻外记者说起这事:在南京一个信教的暗门子里,他有过一夜风流,趁那女子熟睡之机,偷偷溜之大吉。上次来时,那家伙恰好和我在上海同一家旅馆下榻,至今还记得那张脸。总是处处夸耀自己是英文报纸的驻外记者,没有一点男人气概,人品不大正派。后来因为恶性梅毒,人疯了。这样看来,或许是这个女人传给他的。而她,至今还把这个无赖混血儿当成耶稣基督。我究竟该不该告诉她,让她开开窍呢?还是缄口不言,让它像古代的西洋传说一样,成为一个永远的梦……"

金花说完,旅行家仿佛也刚回过神,擦着火柴,吸了口味道浓浓的烟卷。然后,故意热心追问道:

"是吗?真不可思议呀。那——那你后来再没有复发过?"

"是啊,没有。"

金花嗑着瓜子,脸上神采飞扬,毫不犹豫地答道。

本篇起草时,于谷崎润一郎氏的《秦淮一夜》,多有参考之处,附笔记此,以志谢忱。

大正九年(1920)六月二十二日

杜子春

艾 莲译

一

春天一个傍晚。

时值大唐年间,京城洛阳西门下,有个年轻后生仰望长空,正自出神。

那后生名叫杜子春,本是财主之子,如今家财荡尽,无以度日,景况堪怜。

且说当年洛阳乃是繁华至极、天下无双的都城,街上车水马龙,络绎不绝。夕阳西下,将城门照得油光锃亮。这当口,有位老者头戴纱帽,耳挂土耳其女式金耳环,白马身配彩绦缰绳,走动不休,那情景真是美得如画。

这杜子春,身子依旧靠在门洞墙上,只管呆呆望着天。天空里,晚霞缥缈,一弯新月,淡如爪痕。

"天色已黑,肚中又饥,不论投奔哪里,看来都无人收留。与其这样活着发愁,还不如投河算了,一了百了,或许更加痛快也难说。"

杜子春独自个儿一直这样胡思乱想,没个头绪。

这时,不知从哪儿走来一位独眼老人,忽然站在他面前。夕阳下,老人的身影,大大地映在城门上,目不转睛瞧着杜子春。

"郎君在此想什么哪?"老人倨傲地问道。

"我吗?我在想,今晚无处栖身,正不知如何是好。"

老人问得突兀,杜子春不觉低眉下眼,如实回答。

"是吗?可怜见的。"

老人沉吟片刻,指着照在大路上的夕阳说:

"待我教你个好法子吧。你立刻去站在夕阳下,直到影子映到地上,等半夜时分,将影子的头部挖开,必有满满一车黄金可得。"

"当真?"

杜子春吃了一惊,抬起眼睛。更奇怪的是,那老人已不知去向,周围连个影儿都没有。只有天上的月亮比方才更白,还有两三只性急的蝙蝠,在川流不息的行人头上飞来飞去。

二

杜子春一日之间,成了洛阳城内的首富。他照那老人的吩咐,记住夕阳下的投影,半夜时分,挖开头部所在之处,一看,果然有一堆黄金,多得一辆大车都装不下。

杜子春成了独一无二的大财主,当即买下一座豪宅,生活之奢华,不让玄宗皇帝老儿分毫。饮兰陵美酒,食桂州龙眼,庭院里种着一日四变其色的牡丹花,还放养了几只白孔雀,把玩玉石古董,身着绫罗绸缎,造香车,做象牙椅……提起他的奢侈,真是说不完道不尽,这故事只怕永无讲完之日了。

知道他发了迹,过去对面相逢不相认的亲友,现在晨昏趋奉,而且与日俱增。半年工夫,洛阳城里知名的才子佳人,没有不到过杜府的。杜子春日日与他们为伍,大张酒宴。那筵席之丰盛,实是一言难表。简单说来,杜子春一边把饮金樽西洋葡萄美酒,一边观看天竺魔术师表演吞刀之术,看得入迷;身旁有二十个美貌佳人,十人头戴翡翠做的莲花,另十人则戴玛瑙雕的牡丹,或吹弄管弦,或莺歌燕舞。

纵有天大的家私,少不得也有用尽之时。想那杜子春如此奢糜,过了一年两载,渐渐空乏起来。正所谓人情薄如纸,昨日还时时趋奉的亲友,今日竟过门而不入。终于到了第三年春上,杜子春一贫如旧,穷得身无分文。偌大的洛阳城,竟没有一处肯收留他。何止是收留,怕是连赏杯茶的人都没有。

却说一日傍晚,杜子春又来到洛阳西门,呆呆地望着天,立在那里一筹莫展。这时,又像前次一样,那位独眼老人不知从何处现身出来。

"郎君在此想什么哪?"

杜子春一见老人,羞愧得只管低着头,半晌做不得声。老人和颜悦色,一再询问,杜子春便同上次一样,小心翼翼回答:

"我在想,今晚无处栖身,正不知如何是好。"

"是吗?可怜见的。待我教你个好法子吧。你立刻去站在夕阳下,直到影子映在地上,等半夜时分,将影子的胸部挖开,必有满满一车的黄金可得。"

老人刚说完,便好似躲入了人群,又不知去向。

翌日,杜子春忽成天下第一大财主。生活依旧挥霍无度。园子里牡丹花开得正艳,白孔雀睡在花丛中,天竺的魔法师表演吞刀之术——与往日毫无二致。

那满满一车的黄金,不上三年,便又荡然无存了。

三

"郎君在想什么哪?"

独眼老人第三次来到杜子春面前,问了同样的话。不用说,杜子春这时又站在洛阳西门下，呆呆地望着晚霞中刚露头的一弯新月。

"我吗？我在想，今晚无处栖身，正不知如何是好。"

"是吗？可怜见的。待我教你个好法子吧。你立刻去站在夕阳下，直到影子映在地上，等半夜时分，将影子的腹部挖开，必有满满一车的……"

老人刚说到这里，杜子春连忙抬手打断老人的话。

"不必了，我不要黄金。"

"不要黄金？看来郎君终于厌倦了奢侈。"

老人疑惑地凝视着杜子春。

"哪儿的话，我并非厌倦了奢侈，而是对天下人感到嫌恶。"

杜子春一脸的愤愤不平，冲撞地说道。

"这倒有趣。为什么对天下人感到嫌恶呢？"

"人皆薄情寡义。想在下身为大财主时，人人百般奉承，个个追随左右。一旦落魄，您瞧，连个好脸都不给。想到这些，即便再成首富，又有何趣！"

听了杜子春这话，老人忽然嘻嘻一笑。

"原来如此。嗯，你不再是个未经世故的后生家，已然是世情通达的成年人了。如此说来，往后打算甘于贫穷，安稳度日了？"

杜子春略显迟疑，随即抬起眼睛，神情果断，望着老人说道：

"这我眼下还办不到。不过，我想拜老丈为师，跟我师修仙学道。别，请莫隐身。老丈是位道行高深的神仙吧？要不然，也不可能一夜之间就让我变成天下第一的大财主。请收我为徒，传授仙术吧！"

老人蹙起眉头，沉默片刻，若有所思，然后笑着说道：

"不错，我是神仙，叫铁冠子，住在峨眉山上。当初见到你，觉得你悟性还不错，所以让你当了两回大财主。既然你这么想做神仙,那就收你为徒吧。"答应得很爽快。

杜子春顾不得高兴,早已趴在地上,向铁冠子连连叩起头来。

"我并不要你谢我。即便当了我徒弟,能不能成仙得道,却要看你自己。不过,暂且先随我一起,到峨眉山看看为好。哦,幸好有根竹杖落在这里,赶快骑上,从天上飞去吧。"

铁冠子从地上捡起一根青竹杖,口里念着咒语,同杜子春一起骑马似的跨上竹杖。说来好不奇怪,那竹杖倏忽如同一条飞龙,猛可间腾空而起,在春日傍晚的万里晴空,朝峨眉山飞驰而去。

杜子春简直吓破了胆,战战兢兢望着下界。夕阳下,唯见青山连绵,京城洛阳的西门,却遍寻不见,大概早为晚霞所遮蔽了。这时,铁冠子任凭两鬓的白发在风中飘扬,放声高歌道:

朝游北海暮苍梧,
袖里青蛇胆气粗。
三入岳阳人不识,
朗吟飞过洞庭湖①。

四

两人骑上青竹杖,转眼便到了峨眉山。

那是一堵面临深谷、宽阔平坦的巨石,巨石高耸入云;挂在半空的北斗七星,星大如碗,璀璨明亮。深山人烟绝迹,四周阒然无声。耳中但闻一株长在后面绝壁上的蟠虬老松,在夜风中沙沙

---

① 此诗为吕洞宾(798—?)作。吕洞宾,相传为八仙之一。会昌年间,两举进士不第。隐居终南山等地修道。通称吕祖。其事迹,戏曲小说中多有描述。据中华书局版《全唐诗》第二十四册九六九六页,"朝游北海暮苍梧"句中,"海"字,应作"越",又作"岳"。

作响。

两人落在巨石上,铁冠子命杜子春坐于峭壁之下,嘱咐道:"我要上天去见西王母,你且坐这里等我回来。我不在,魔障想必会来骗你。不管发生什么事,决不可出声。切记,你一张口,就成不了仙了。明白吗?哪怕天崩地裂,一声也做不得。"

"行,决不做声。哪怕丢了性命,也不出一声。"

"是吗?听你这话,我便放心了。我去去就来。"

老人与杜子春作别,又骑上竹杖,腾空消失在群峰之上。虽说夜色苍茫,也看得出峰峦有如刀削。

杜子春一人坐在石上,静静地瞧着群星。约莫过了半个时辰,正觉衣衫单薄,山中夜气生寒,忽听空中有人喝问:"何人在此?"

杜子春谨记老人吩咐,并不做声。

须臾,那人又厉声喝道:"再不做声,小心,立取你命!"

杜子春仍不做声。

忽然,一只猛虎不知从何而来,跃上巨石,虎视眈眈,瞧着杜子春,高声长啸。这工夫,头上的松枝也剧烈摇曳,刷刷作响。身后绝壁顶上,一条斗桶粗的白色巨蟒,口吐火红的信子,眼见得爬将下来。

杜子春泰然而坐,眉毛都不动一下。

虎蛇争饵,彼此对峙,伺机而动,刹那间,猛地同时扑向杜子春。不知是落入虎口,还是果了蟒腹,正寻思间,虎与蟒竟雾一般随风逝去。而后,只有绝壁上的松枝,依旧沙沙作响。杜子春松了口气,心里琢磨着,不知又该发生什么事。

这时,猛地又起一阵怪风,黑云如墨,笼天盖地,淡紫色的闪电将黑暗一劈两半,轰隆隆的雷声响个不停。非但如此,暴雨也顿时如瀑布般倾泻下来。杜子春端坐不动,任这天象变化,毫无惧怕。风声,雨柱,不绝于耳的电闪雷鸣,俨然要将这峨眉山震得山崩地陷。不一会儿，霹雳轰天，震耳欲聋，一道通红的电火，在黑云中翻滚，朝杜子春当头劈下。

杜子春不由得捂住耳朵，跪倒在石上。待睁眼一看，天空万里无云，一如方才，碗口大的北斗星，仍在对面高山顶上灿然闪亮。显然，方才的狂风暴雨，同猛虎白蟒一样，定是趁铁冠子不在，一些魔障来捣乱。杜子春渐渐放下心来，拭去头上的汗水，在石上重新坐好。

然而，一波未平一波又起，一个披挂金甲、身高三丈、威风凛凛的神将，出现在他面前。神将手持三叉戟，将戟尖直指杜子春胸口，横眉立目，叱责道：

"咄，你是何人？自开天辟地，咱家便住在这峨眉山上。你竟敢只身一人，擅闯此山，必非常人。要想保住性命，趁早离开此地。"

杜子春谨照老人吩咐，并不开言。

"为何不答话？……不答话！好！既如此，随你便。不过，我手下却要将你剁成肉糜！"

神将高举三叉戟，向对面山头一招，令人好不吃惊，顿时神兵如云，布满天空，手上的刀枪剑戟，闪光锃亮，划破夜空，排山倒海般攻来。

见此情景，杜子春险些叫出声来，当即想起铁冠子的叮嘱，拼命忍住，没有做声。神将见他毫不畏惧，怒不可遏：

"你这凶顽！再不做声，咱家说话算数，立取你命！"

神将喝骂之声未落，三叉戟一晃，一下便将杜子春刺死，高声呵呵大笑起来，震得峨眉山轰轰而鸣。随着呼呼的夜风，那些神兵便梦一般消失，神将也不见了踪影。

北斗星意态清寒，复又照在一块巨石上。绝壁上的松树，依旧沙沙作响。而杜子春早已没了气息，仰卧在地。

五

杜子春的身子仰卧在石上,一缕魂魄幽幽,竟自出了窍,下到地狱。

且说这现世与地狱之间,有一条路,名叫阇穴道,终年天昏地暗,阴风飒飒,将杜子春刮得树叶似的,在空中飘飘摇摇。转眼之间,来到一座巍峨殿宇,匾额上,写有"森罗殿"三个大字。

殿前一大群鬼卒,见到杜子春,立刻围了上去,推推搡搡将他拉到阶前,去见阶上一位大王。身着黑袍,头戴金冠,威严地睨视周围。这准是传说中的阎王爷。杜子春战战兢兢跪在阶下,心想,不知会把自己怎样。

"咄!你为何坐在峨眉山上?"

阎王爷声如雷鸣,从阶上发话道。杜子春正要回答,忽然想起铁冠子"不可开口"的嘱咐,便垂头不语,如同哑巴。阎王便举起手中铁笏,脸上的胡须倒竖,气势汹汹骂道:

"你当此地是何处?快快回答便罢,否则,叫你立刻备尝地狱之苦。"

杜子春的嘴唇动也不动。阎王见状,当即发号施令,吩咐下去。众鬼卒应声,一把拉起杜子春,飞到森罗殿上空。

想那地狱尽人皆知,除了刀山血池,还有火坑狱中的火山,寒冰狱中的冰海,尽数展现于漆黑的天空之下。众鬼卒将杜子春依次抛进各地狱。可怜杜子春,备经千般磨难,饱尝万般苦楚——刀剑穿胸,火焰烧脸,拔舌剥皮,铁杵敲骨,油锅煎熬,毒蛇吸脑,熊鹰啄眼,不一而足。杜子春却拼命忍住,咬紧牙关,一声不响。

众鬼卒也拿他没奈何。再一次飞过夜空,回到森罗殿前,如方才一样,将杜子春按在阶下,向殿上的阎王齐声禀报说:

"这罪犯无论如何也死不开口。"

阎王皱起眉，想了片刻，忽似想起一件事，吩咐一鬼卒道："此人父母现入畜生道，速速将他们带来！"

鬼卒当即乘风飞临地狱上空，旋又流星一般赶来两头畜生，落到森罗殿前。杜子春一见之下，早已顾不得惊讶。那两畜生，身为丑陋的瘦马，面目却似死去的父母，那是做梦也都忘不了的。

"咄！你为何坐在峨眉山上？如不快快招来，就要给你父母点厉害看。"

如此这般地吓唬，杜子春却仍不作答。

"你这个逆子！竟然眼见父母受罪，还只顾自己！"

阎王厉声高叫，震得森罗殿几乎都要坍塌。

"众鬼卒，打这两畜生！打他个骨断肉烂！"

众鬼卒齐声道"是"，举起铁鞭，毫不容情，从四面八方抽打两匹老马。鞭风嗖嗖，不分头脸，雨点般落下来，打得两匹老马皮开肉绽。老马——沦为畜生的父母，痛苦难当，眼中滴出血泪，哀哀嘶鸣，令人惨不忍睹。

"怎么样？还不招？"

阎王让众鬼卒住手，又逼杜子春回答。这时，两匹老马已是肉烂骨折，倒在阶前，气息奄奄。

杜子春拼命想着铁冠子的吩咐，紧闭双眼。这当口，耳边传来一丝声音，轻得若有若无。

"别担心！我们怎么着都不要紧，只要你能享福，比什么都强。不管阎王爷说什么，你不想说，千万别出声！"

不错，那确是母亲的声音，令人不胜思念。杜子春不禁睁开眼。一匹牝马倒在地上，已精疲力竭，痴痴地瞧着他的脸，那神情好不悲伤。母亲遭了这样的罪，还能体谅儿子，对鬼卒的鞭笞，没露出一点怨恨的意思。世上的常人，见你当了大财主，便来阿谀奉承,一旦见你落魄,就不屑一顾。相比之下,母亲这份志气,何等可钦!她的志气,多么坚强!杜子春忘了老人的嘱咐,跌跌撞撞奔到跟前,两手抱住垂死的马头,刷刷落下泪来,叫了一声:"娘!"……

六

这一声,让杜子春苏醒过来:他正沐浴着夕阳,站在洛阳西门下发呆。空中的晚霞,白白的月牙儿,络绎不绝的行人,路上的车水马龙……这种种与他去峨眉山之前,毫无二致。

"如何?做得了我的弟子,却做不得神仙吧?"

独眼老人微微笑着说道。

"做不得,做不得。不过,做不得神仙,反倒值得庆幸。"

杜子春眼里含着泪,不禁握住老人的手说。

"即便做了神仙,在森罗殿前,眼睁睁瞧着父母挨鞭打,却要一声不响,实难办到。"

"如果郎君真不做声……"铁冠子突然神情庄重,目不转睛地看着杜子春说,"我当时想,如果你真不做声,我会立即取你性命。……当神仙的念头,郎君恐怕已经没了吧?当大财主嘛,也已厌倦。那么,往后当什么好呢?"

"不论当什么,我想,都该堂堂正正做个人,本本分分过日子。"

杜子春的声音透着从未有过的清朗。

"这话可要记住呀!好啦,今日一别,你我不会再见了。"

铁冠子说着,抬脚便走,旋即又停下步来,回头望着杜子春说道:

"哦,幸好此刻想了起来。我在泰山南山脚下有间茅屋。那间茅屋连同田地，通通送给你吧。趁早住进去的好。这时节，茅屋周围，想必桃花正开得一片烂漫哩。"老人颇开心的样子，临走又加上这样一句。

大正九年（1920）六月

弃　儿

杨　伟译

"在浅草的永住町有一个信行寺。——不过，倒也算不上一座多大的寺院。据说只是因为供奉着日朗①上人的木像，才变成了一座颇有渊源的伽蓝而已。明治二十二年（1889）的秋天，有人将一个男孩扔弃在寺院的门前。其出生年月自不用说，就连写着姓名的纸片也不曾附带一张。——据说孩子裹在一张破旧的黄地褐纹绸里，头枕着一只断了趾绊儿的女式草履，被弃置在寺院的大门口。

"信行寺当时的住持，是一位名叫田村日铮的老人。那天，他正做早课的时候，一个同样上了年纪的门房跑进来向他通报道，寺院门口有一个弃儿。但面对佛像的和尚甚至没有朝门房回过头去瞥上一眼，便若无其事地回答道：'是吗？那就抱进来好啦。'不仅如此，当门房战战兢兢地把孩子抱进来之后，和尚还一边用手接过孩子，一边轻松地逗弄着孩子道：'喔，多可爱的孩子。别哭了，别哭了。从今天起，就由我来抚养你好啦。'——即使过了很久，那个对和尚忠心耿耿的门房也还常常在贩卖芥草和线香的间歇，向前来参拜的信徒讲述起当时的情景。或许你们也知道，日铮和尚这个人，原本是深川的泥瓦匠，但在十九岁那一年，从脚手架上摔下来，一度失去了知觉。不料苏醒之后，竟突然萌发菩提之心。据说，他就是这样一个性情豪爽的奇人。

---

① 日本镰仓时代的和尚，日莲宗开山鼻祖门下的六老僧之一。

"那以后,和尚给这个弃儿取了个勇之助的名字,就像自己的亲生孩子一样把他抚养了起来。但自从明治维新以后,寺院里就不再有女人了,所以,即便单单抚养一个孩子,也绝非一件容易的事情。从看护孩子,到给孩子喂牛奶,都是和尚自己利用念经的闲暇来一手操持的。有一次,勇之助染上了感冒之类的病。偏不凑巧,鱼市一个叫西辰的大施主家里正好要做法事,于是,日铮和尚就把发着高烧的孩子裹在法衣里抱在胸前,一边用一只手搓着水晶佛珠,一边像往常一样平静地念完了佛经。

"但就算是这样也罢,如果可能的话,还是想让孩子见见他的亲生父母呗——或许这就是性格豪爽但却感情脆弱的日铮和尚内心的想法吧。据说只要和尚一登上说教的讲坛——即使现在去信行寺也同样可以看见,在寺院的门柱上还挂着一块陈旧的告示牌,上面写着'每月十六日举行说法'的字样——就会不时引用日本和中国的故事,来恳切地告诫人们:不忘母子之情分,亦即对佛恩的回报。可是,即便说法的日子一次又一次地来临,也不见任何人站出来自报是弃儿的父母。——不,说来在勇之助三岁那年,倒是有过一个因常年搽粉而脸上长满褐斑的女人,自称是孩子的母亲,前来探听过情况。不过,或许只是想把弃儿作为本钱图谋什么不轨吧,所以,一经仔细盘问,就发现她身上有很多可疑之处。于是,脾气暴烈的日铮和尚当场把对方痛骂了一顿,旋即把她扫地出门,就只差动手揍人了。

"到了明治二十七年的冬天,也正是世上因甲午战争的传闻而闹得沸沸扬扬的时候,依旧是在十六号的说法日那天,和尚刚一回到方丈室,就发现一个三十四五岁的优雅女人稳重而沉静地尾随进来。方丈室里生着火炉,火炉上架着一只铁锅,而勇之助就在火炉旁剥着橘子吃。——只看了勇之助一眼,女人就猝然跪倒在和尚面前,双手拄地,压抑着颤抖的声音,十分肯定地说道:'我就是这孩子的母亲。'这下，就连日铮和尚也给愣住了，半晌没有说出一句话来。但女人根本不顾和尚的反应，两眼直盯着榻榻米，嘴里一个劲儿地像是在背诵着什么——话虽这么说，但她内心的激动却早已尽现在身体的每一个角落——对和尚迄今为止的养育之恩，郑重其事地道了谢。

"在女人说了一阵之后，和尚举起朱骨的折扇，打断了她的道谢，催促她首先讲讲自己丢弃儿子的缘由。女人依旧把目光投落在榻榻米上面，开始说了起来。

"说来，恰好是五年前的事情。女人的丈夫当时在浅草田原町开了一家米店，但因涉足股票投机而导致倾家荡产，只好决定趁着夜色逃往横滨。可这样一来，刚刚出生的孩子就成了碍手碍脚的包袱。而不巧的是，刚好女人又断了奶，所以，就在逃离东京的那天晚上，夫妇俩痛哭流涕着，把婴儿扔到了信行寺的门前。

"然后，为了投靠仅有的熟人，夫妻俩甚至连火车也没坐，就来到了横滨。男人进了一家运输行打工，而女人则成了一家丝绸铺的佣人。夫妇俩拼命地干了近两年，不久，或许是福星高照吧，在第三年的夏天，运输行的老板看中了男人干活认真本分这一点，让他在当时才刚刚开发的本牧边的大街上开设了一间小小的分店。不用说，女人也同时辞掉了佣人的差事，开始与丈夫一道操持起了店铺。

"分店的生意相当兴隆，而且，在转过年之后，夫妇俩又新添了一个身体壮实的男孩。毋庸置疑，即便在此期间，关于那个悲惨弃儿的记忆也一直盘踞在夫妇俩的心底。特别是每当女人把少奶的乳头塞进婴儿的嘴里喂奶时，逃离东京的那个夜晚就会栩栩如生地重现在脑子里。不过，店里的生意仍旧非常兴隆，孩子也一天天地长大，而银行里也多少有了一些存款。——总之，夫妇俩终于苦尽甘来，过上了好日子。

"但这种好运也没能持续多久。就在他们好不容易有了笑颜的时候,也就是明治二十七年的春天,男人突然染上伤寒病,卧床不到一周,便呜呼哀哉了。倘若仅仅如此,或许女人倒也认命了,但怎么也无法忍受的是,视如掌上明珠的孩子,也在丈夫去世不到一百天的时候,因身患痢疾而突然夭折了。那阵子,女人痛哭得不分白天和黑夜,简直就像是疯了一般。不,岂止是那一阵子,甚至在随后的半年当中,她都一直是过着失魂落魄的日子。

"当那种悲哀逐渐冲淡之后,女人心中萌发的第一个念头,就是去见被丢弃的儿子。'如果那孩子还健在的话,那么,无论遇到多大的困难,我都一定要把他领回身边亲手抚养。'一想到这儿,她就更是有一种迫不及待的感觉。于是,女人立刻坐上火车。刚一抵达久违的东京,她就径直赶到了朝思暮想的信行寺门前。而时间正好是十六号的早晨,按照惯例,这一天乃是寺院说法的日子。

"女人原本想直奔寺院的方丈室,以便找个人打听孩子的下落。但在说法尚未结束之前,不用说是见不到和尚的。因此,女人尽管等得心急如焚,但还是只能夹杂在本殿里那些密密匝匝的善男信女中间,心不在焉地听着日铮和尚说法——更准确地说,只是在等待着说教早点结束罢了。

"那天和尚也像往常一样,引用了莲华夫人①偶然邂逅五百个孩子的故事,慈祥地讲解着母子之爱的伟大。莲华夫人生下五百只蛋,但那些蛋却被河水冲到了邻国,被邻国的国王所孵育。从五百只蛋里孵出了五百个大力士。他们压根儿不知道莲华夫人乃是自己的生母,有一天前来攻陷莲华夫人的城堡。闻此消息,莲华夫人登上城楼,大声疾呼道:'我就是你们五百个人的生母。瞧,这就是

---

① 莲华夫人,古代印度的仙女。据说脚踩之处均长出莲花。后成为乌提延生的王后,被称为莲华夫人。

证据.'说着,她露出自己的乳房,用美丽的手指挤弄着。只见乳汁就如同五百道喷泉一般,从城楼上的夫人胸前滚滚涌出,分别喷射到五百个大力士的嘴巴里。——天竺的这个古老故事在有意无意之间传入了这个不幸女人的耳朵里,在她心中唤起了非同寻常的感动。正因为如此,等说教一结束,她就两眼噙着泪花,沿着走廊从大殿急匆匆地赶往方丈室。

"听她讲完其中的缘由,日铮和尚马上把炉边的勇之助招呼过来,让他与阔别五年的母亲见面。迄今为止,勇之助还从不知道,母亲长的什么模样。和尚也自然明白,女人的话并非凭空编织的谎言。只见女人抱起勇之助,好一阵子都强忍着,以免失声痛哭。见状,就连豪放豁达的和尚也不知不觉地一边微笑着,一边在睫毛上挂起了晶莹透亮的泪花。

"接下来的事情,即使我不说,你们也能猜个八九不离十吧。勇之助被母亲领回横滨的家里。这之前,女人在丈夫和孩子去世之后,听从好心的运输行老板夫妇的劝告,一直靠招收学徒,向别人教授自己擅长的女红手艺,来维持着虽然节俭但却还算殷实的生活。"

客人一讲完这个长长的故事,马上用手拿起放在膝盖前面的茶碗。但是,他却没有马上把嘴唇凑近茶碗,而是把目光驻留在我的脸上,心平气和地补充一句道:

"那个弃儿就是我。"

我一边默默地点着头,一边把凉开水倒进了茶壶里。其实,就连初次见面的我也早已猜测到,那个可怜弃儿的故事,恐怕就是客人松原勇之助自己的身世。

在沉默了一阵之后,我对客人说道:

"令堂她现在还好吗?"

谁知我听到的,却是一个出乎意料的回答:

"不,她前年就去世了。不过,我刚才讲到的那个女人,其实并不是我的亲生母亲。"

客人看见我惊讶的表情,眼睛里倏然间掠过了一丝微笑。

"关于她丈夫在浅草田原町开了家米店的事,还有去横滨艰苦创业的事,这些都一点不假。但后来我才知道,关于弃儿的事却是编造出来的假话。恰好在母亲去世的前一年,我因为店里的生意——想必您也知道,我们店是做丝绸生意的——到新潟一带去走访客户。当时正好和一个经营盒子袋子的老板坐在同一列火车上,而这个老板就住在田原町我母亲家的隔壁。不等我问,他就主动聊起了我母亲的往事。据他说,母亲当时生下了一个女孩,但不料那女孩在米店歇业之前便猝然夭折了。我回到横滨之后,马上背着母亲去查阅了户口档案,果然就像那个老板说的那样,母亲在田原町生下的婴儿,的确是一个女孩。而且,在出生后的第三天便夭折了。也不知是出于何种考虑,为了抚养我这个并非亲生的儿子,母亲竟然编造了弃儿的谎言。而且,在以后的二十多年里,为了照料我,她甚至废寝忘食,呕心沥血。

"母亲那么做,究竟是出于何种考虑,至今我也百思不得其解。可是,即便不可能知道事实的真相也罢,我认为最能解释得通的理由,就是日铮和尚的说法在失去了丈夫和女儿的母亲心里唤起了非同寻常的感动,以至于在聆听说教的过程中萌发了一个念头:担当起我所不认识的母亲这一角色。而我被收留在寺院里的事,她或许是从当时前来聆听说法的信徒那儿听说的吧。当然,也可能是寺院的门房告诉她的。"

客人缄口不语,露出一副若有所思的神情,然后像是想起了什么似的呷着茶水。

"你不是她亲生儿子这件事——特别是你已经知道自己不是她亲生儿子这件事,你有否告诉过令堂?"我忍不住问道。

"不，我没有告诉她。因为倘若从我嘴里说出这件事来，对母亲而言，未免太过残酷了。直到去世为止，母亲都对这件事守口如瓶。或许是因为她觉得，告诉我这件事，对我来说过于残酷了吧。实际上，在我知道自己并非母亲的亲生儿子之后，我对母亲的感情也发生了很大的改变。"

"你这么说，是什么意思？"

我凝眸审视着客人的眼睛。

"比以前更加依恋母亲了。因为自从知道那个秘密以后，母亲对于我这个弃儿来说，便成了胜似母亲的人了。"

客人静静地回答道，就俨然不知道，自己其实也是一个胜似儿子的人哪。

大正九年（1920）七月

影 子

杨 伟 译

横滨。

日华洋行的老板陈彩,穿着一身西装,手肘拄在桌子上,嘴角叼着已经熄灭的烟头,像往常一样,让忙碌的目光穿梭在堆积如山的商业文件上。

在悬挂着印花布窗帘的房间里,依旧是那种残暑的寂寞几近窒息地笼罩着四周。而打破那种寂寞的,就只有从散发着清漆气味的房门对面,不时传来的打字机的轻响了。

处理完一堆文件之后,陈就像是突发奇想似的,抓起桌子上的电话听筒凑近自己的耳畔。

"请把电话接到我家里。"

奇怪的是,从陈的嘴唇里说出的,竟然是一句底气十足的日语:

"谁啊?是阿姨呀。——去叫夫人来听电话。——喔,是房子吧?——我今天夜里要去东京,所以,就在那边留宿了。——你问我,是不是不能回家?——是的,好像赶不上末班火车呢。——那好吧,家里就拜托你了。——什么?请医生看过了吗?——不外乎是神经衰弱罢了。好的,那就再见了。"

陈把电话放回到原来的位置上,可不知为什么,他却一直阴沉着面孔。此刻,他用粗壮的手指擦燃火柴,开始吧嗒起叼在嘴巴上的烟卷。

……香烟的烟雾、花草的气息、刀叉碰触的响声,还有从房间角落里传出的那种变调的《卡门》音乐……在嘈杂纷扰的背景中,陈只是独自对着一杯啤酒,怔怔地把手拄在桌子上。在他的周围,不管是顾客,还是侍者,抑或是风扇,没有一样东西不在令人目眩地动弹着。然而,唯有他的视线,却从刚才起就一直锁定在收银台后面那个女人的脸上。

乍一看,那女人还不到二十岁。她背对着镶嵌在墙上的镜子,一个劲儿地用铅笔匆匆填写着账单。她额头上的卷发、轻轻涂抹的口红,还有素雅的青瓷色衬领……

陈一口喝干杯里的啤酒,缓缓地欠起硕大的身体,径直来到了收银台前面。

"阿陈,你什么时候才会给我买戒指啊?"

即便在这样问的时候,那女人也没有忘记用铅笔继续填写账单。

"得等那只戒指从你手上消失之后。"

说着,陈一边用手摸索着零钱,一边用下巴指了指女人的手指。在那手指上,两年前便已经戴上了与人订婚的金戒指。

"那好,我要你今天晚上就给我买。"

说着,女人霍然拔下手指上的戒指,和账单一起撂到他面前。

"这可是我护身用的戒指呢。"

在咖啡馆外面的柏油路上,流泻着夏季凉爽的夜风。陈夹杂在涌动的人流中,好多次抬起头来眺望着街道上空的星斗。啊,这所有的星斗,唯有今夜才如此美妙……

这时,响起了有人敲门的声音。于是,陈彩的思绪被一下子拽回到了一年后的现实当中。

"请进!"

他的话音未落,那散发着清漆气味的房门便悄然打开了。只见脸色苍白的秘书今西，已经安静得令人发瘆地走了进来。

"有信来了。"

陈默默地点了点头。在他脸上，笼罩着一种足以让今西不敢贸然开口的抑郁氛围。今西只是冷冷地点头行了个礼，留下一封书信，随即又像刚才那样，无声无息地回到对面的房间里去。

房门在今西的身后关上了。陈把烟头扔进烟灰缸里，拿起桌上的信。只见在白色的洋式信封上，用打字机打着收件人的姓名，与普通的商业信函并没有什么殊异。但就在陈拿起那封信的同时，脸上浮现出了一种难以言喻的厌恶表情。

"又来了，这鬼东西。"

陈紧蹙起粗黑的眉毛，满脸憎恶地咋了咋舌头。尽管如此，他还是把脚搭在桌缘上，跷起脚后跟，近于仰躺在转椅上，也不用裁纸刀就一把撕开了信封。

"拜启：尊夫人有失贞操一事，谨再三忠告于您……至今仍不见足下采取任何果断措施……如此一来，尊夫人遂得以与旧日情夫日夜厮守……房子夫人身为日本人，且做过咖啡馆女侍……我辈不能不对身为中国人的足下寄予万斛同情。……若不与尊夫人离婚，足下必将成为万人耻笑的对象……望体察微衷……敬白。足下忠实的朋友。"

信从陈的手上无力地滑落到地面上。

……陈倚靠在桌子上，借助从花边窗帘上流泻进来的夕阳余晖，仔细地打量着一只女式金表。可是，刻在表盖背面的文字，并不是房子本人名字的第一个大写字母。

"这是怎么回事？"

新婚燕尔的房子就那样伫立在西式衣橱前，隔着桌子朝丈夫送来一张笑脸。

"那是田中先生送给我的。莫非你不知道？就是那个经营仓库的田中先生……"

接着桌子上又出现了两只戒盒。打开白天鹅绒的盒盖，里面分别装着一只珍珠戒指和一只土耳其石戒指。

"这是久米先生和野村先生送的。"

然后又是一个珊瑚的发饰。

"哇，真够古色古香的。这可是久保田先生送给我的呢。"

就像是对接下来还会抖搂出什么新鲜玩意儿难以预料一样，他只是目不转睛地盯着妻子的脸，若有所思地说道：

"这些全都是你的战利品。不好好珍惜的话，可就对不住别人哟。"

于是，房子在夕照的余晖里又一次露出了娇艳的笑脸。

"所以，你的战利品也同样要……"

当时的他真可谓满心喜悦，春风得意。可现在……

想到这儿，陈的身体蓦地打了个寒战，随即把搭在桌缘上的两只脚放了下来。因为桌上突然响起的电话铃声惊扰了他。

"是我。……好的。……那就接过来吧。"

他一边对着话筒说道，一边有些烦躁地揩拭着额头上的汗水。

"谁呀？……我知道是里见侦探事务所。不过，是事务所的哪一位呢？……是吉井君吗？……好的。有事向我报告？……你说谁来过了？……是医生吗？……那以后呢？……或许是吧。那就请你到车站来一趟吧。……不，我肯定会搭乘末班车回去的。……注意千万别出差错哟。那就再见了。"

陈彩放下电话，仿佛神志恍惚，好一阵子都默默地呆坐着。过了一会儿，他才看了看座钟的时针，半机械性地摁下了响铃的按钮。

随着铃声，秘书今西从微微开启的房门后面探出了半个瘦削的身体。

"今西君,你就这样告诉郑君好啦。请他今天晚上代替我去一趟东京。"

不知不觉之间,陈的声音已经失去了那种铿锵有力的调子。但今西还是像通常那样,冷冷地点头行了个礼,然后便很快隐没在房门的后面。

不久,覆盖着一层薄云的夕阳照射在印花布的窗帘上,给整个房间里的光线平添一种混浊的红色。与此同时,不知从什么地方飞进来一只硕大的苍蝇,一边发出钝涩的振翅声,一边在挂着脸颊发愣的陈彩周围,开始画起了不规则的圆形……

镰仓。

在陈彩家的客厅内,仲夏的夜色也渐渐侵入了悬挂着印花布帘子的窗户。尽管日光已经消失殆尽,但窗帘外面那些还盛开着花儿的夹竹桃,却给这房间凉爽的空气增加了一抹令人快慰的亮色。

房子倚靠在墙边的藤椅上,一边抚摸着膝盖上的杂色花猫,一边让忧郁的视线游弋在窗外的夹竹桃上。

"今天晚上,主人也不回家吗?"

这是那个老女佣的问话。她正在旁边的桌子上拾掇着茶具。

"哎,今天晚上又该寂寞和冷清了。"

"不过,只要夫人贵体无恙,那就放心了……"

"今天山内大夫不是也说了吗?我的病只是神经过于疲劳罢了。只要好好睡上两三天,就会没事的……哇——"

老妪用惊讶的眼神打量着女主人。在房子那孩子气的脸庞上,不知为什么,此刻清晰地浮现出了一种恐惧的神色,这是刚才还不曾有的表情。

"怎么啦?夫人。"

"不,没什么。真的没什么,不过……"房子试图强装出笑容,说道,"刚才有人从那个窗户悄悄溜进了这间屋子……"

但一瞬间之后,当老妪从窗户望出去的时候,却只看见夹竹桃在微风中瑟瑟战栗着,将阒无人迹的庭院和草坪一览无余地尽现在眼前。

"啊,真可怕!肯定又是隔壁家的男孩子在恶作剧呢。"

"不,才不是什么隔壁家的男孩子呢。是一个似曾相识的人——对了,就是我和阿姨你去长谷时,那个一直跟踪在我们后面,头上戴着鸭舌帽的年轻人。……要不,就是我自己的神经过敏吧。"

房子若有所思似的故意放慢后半句话的语速。

"如果是那个男人的话,该怎么办呢?再说,主人今天晚上又不回来……不管怎样,姑且先吩咐阿伯去报个警吧。"

"哎,阿姨你真是胆小。那种人无论来多少,我都一点也不害怕呢。不过,倘若真是我的神经过敏,那可就……"

"夫人净开玩笑。"

老妪就如释重负一般微笑着,又拾掇起茶具来。

"不,那是因为阿姨你有所不知呢。这阵子我一个人独处的时候,总觉得像是有人站在我背后似的。不光站在我背后,而且还目不转睛地盯着我看……"

说着,房子就像是变成了自己话语的俘虏一样,陡然露出了忧郁的眼神。

……在二楼那关了灯的卧室里,黑暗散发出淡淡的香水气味,向四周蔓延开来,而唯有没挂窗帘的窗户还透着朦胧的光亮。这无疑多亏了月色。此刻房子沐浴着那种光亮,独自倚靠在窗边,眺望着眼前的松树林。

丈夫今天夜里又不回来了,而佣人们也早已入睡了。就连窗外庭院里的月夜,也只是静悄悄地起着风儿。其间,还断断续续地传来了某种低沉而生涩的响声,想必是大海还在不时地咆哮着吧。

房子好一阵子都伫立在原地。这时,一种不可思议的感觉逐渐在她的心中萌发:某个人正站在身后,将视线一动不动地凝固在自己的身上。

但卧室里除了她以外,显然不可能有其他人容身。倘若真的有人——不,睡觉前不是给房门上过锁吗?那么,自己之所以会萌发这种感觉——对了,就只能是神经高度疲倦所导致的结果了吧。她一边俯视着幽暗的松树林,一边反反复复地思忖着。有人正死死盯着自己看——无论怎样拼命地试图打消这种感觉,都只能是徒劳一场,相反,这感觉变得越来越强烈了。

房子终于下定决心,战战兢兢地回过头一看,果然,卧室里一个人影都没有,甚至看不见那只熟悉的杂色花猫。可自己却仍旧觉得有人,这显然是病态的神经在作祟——但这个念头也仅仅只延续了一瞬间,随即房子又被刚才那种感觉深深地攫住了:有一个肉眼看不见的东西,正潜伏在充斥着这个房间的某处黑暗之中。但让人更加不堪忍受的是,那双眼睛这次是从正面直勾勾地逼视着背对窗户的房子。

房子一边与整个身体的战栗搏斗着,一边把手伸向就近的墙壁,麻利地扭开了电灯的开关。于是,这熟稔的卧室一下子将交错着月色的昏暗扫荡一空,实现了向可靠现实的突变。床榻、蚊帐、梳妆台——这一切此刻都浮现在宛如白昼般的光线中,清晰得令人振奋。而且,与一年前她和陈结婚时相比,所有的物什依旧如故,毫无改变。只要瞧瞧周遭如此幸福的光景,无论多么毛骨悚然的幻觉都……可是,那奇怪的东西,却根本不怕电灯炫目的光线,一刻也不懈怠地瞅着房子的脸庞。于是,她用手捂住整个脸,试图拼命地叫喊。但不知为什么,声音竟然被堵塞在喉咙里,怎么也叫不出来。这时,有一种超越了所有过往经验的恐惧感,占据了她的心灵……

房子深深地呼出了一口气。也正是伴随着呼出的这口气,她得以挣脱了一周前的记忆。而在同一时刻,杂色花猫也蓦地跳下她的膝盖,高高地仰起毛色漂亮的脊背,万般惬意地打了个哈欠。

"那种感觉谁都会有的呀。阿伯不是也说过,当他们给庭院里的松树剪枝时,居然还听到过正午的天空中传来小孩的笑声呢。尽管如此,他们不光没有精神失常,相反,在做事的闲暇里,还一个劲儿地向我抱怨不停呢。"老妪一边收拾起装茶具的漆盆,一边像是哄逗孩子似的这样说道。

听完这话,房子的脸上才露出了笑意。

"那肯定是隔壁家的男孩子在恶作剧呗。如果为那么一点事儿就大惊小怪,那阿伯他们不是早就吓破胆了吗?——哇,说着说着,天都已经黑下来了。还好,因为今天晚上主人不回来,没看见我这副样子,要是平时可就……阿姨,洗澡水烧好了吗?"

"应该好了吧。我这就去看看。"

"不用了,我这就马上去洗。"

房子终于变得轻松了,从墙边的藤椅上欠起身来。

"今天晚上,隔壁家的男孩子们没准又会出来放烟花吧。"

老妪从房子背后静静地走了出去。于是,这儿便只剩下了昏暗而空寂的客厅。而外面的夹竹桃也已经隐没在了黑暗中。那只被两个人遗忘了的小花猫,就仿佛突然发现了什么一样,扑向门口。那姿势就像是用整个身体朝某个人的脚上猛蹭过去一般。然而,在蔓延于房间的暮色中,除了小花猫的两只眼睛放射出可怕的磷光之外,便再也找不到其他人存在的迹象了……

横滨。

在日华洋行的值班室里,秘书今西躺在长椅上,借助灰暗的灯光，浏览着新近出版的杂志。不一会儿，他便把杂志随手撂在旁边的桌子上，百般珍惜地从上衣里兜里掏出了一张照片。只见他一边端详着照片，一边让幸福的微笑久久地荡漾在苍白的脸庞上。

照片上是陈彩之妻房子梳着桃瓣形发髻的半身像。

镰仓。

下行列车的汽笛升腾在星月高悬的天空。走出检票口的陈彩独自留在人流后面，怀抱着一只折叠包，左右环视着冷清的车站。只见一个身穿西服的高个子男人——刚才还坐在墙边的昏暗椅子上——此刻拄着一根很粗的藤条拐杖，慢腾腾地朝着陈走了过来。他豪爽地摘掉头上的鸭舌帽，用低沉的嗓音寒暄道：

"是陈先生吗？我是吉井。"

陈几乎是毫无表情地凝眸注视着对方的面孔。

"今天辛苦你了。"

"刚才给你挂过电话……"

"那以后什么也没有发生吗？"

在陈的语气里，有一种能够将对方的话拒之千里的力量。

"什么也没有发生。在大夫回去之后，直到黄昏为止，夫人都一直和女佣人在一起闲聊着。然后又洗澡吃饭，直到十点以前，似乎都一直在听着收音机。"

"没有一个客人来访吗？"

"嗯，一个都没有。"

"你停止监视，是在什么时候？"

"十一点二十分。"吉井也回答得干练而简洁。

"从那以后，直到末班列车为止，中间都不再有火车了，对吧？"

"是的，没有，不管是上行列车，还是下行列车。"

"那就谢了。回去之后,代我向里见君问好吧!"

陈把手搭在麦秸草帽的帽檐上,甚至没有看一眼正在行脱帽礼的吉井,便朝着车站外的沙砾路面,大步流星地走了过去。或许是因为那模样显得过于傲慢和张狂吧,以致吉井一边目送着陈的背影,一边情不自禁地耸了耸肩膀,但很快又像是并不介意一样,一面吹响轻快的口哨,一面拄着粗大的藤条拐杖,朝车站前面的旅店走了过去。

镰仓。

一个小时以后,陈彩发现自己就恍若盗贼一样,把耳朵紧贴在他们夫妇的卧室门口,一动不动地偷窥着里面的情形。在卧室外面的套廊上,令人窒息的黑暗牢牢地裹挟住了四周。其中唯一能看见的那丝微明,乃是房里的电灯透过钥匙孔流泻而出的光线。

陈遏制住快要炸裂的心跳,把全部精力都集中在紧贴门口的耳朵上。但卧室里却没有传来一星半点的说话声。那种沉默对于陈来说,就俨然是一种不堪忍受的苛责。他不禁感到,在从车站到这儿的途中所发生的种种怪事,又再次浮现在眼前。

……在枝丫纵横的松树下面,延展着一条被露珠打湿的小路。甚至就连天空中那无数澄净的星星,也很难将光芒照射进这枝梢叠嶂的地带。但海风却穿过稀疏的芒草吹了过来,足以证明大海并不遥远。陈只身一人,一边嗅着那与夜色一道逐渐加重的松脂气味,一边小心翼翼地行走在这凄清的黑暗中。

不久,他突然停下脚步,满腹疑虑地窥探着道路的前方。这倒并不仅仅因为,前面几步远的地方已经赫然出现了他们家那道黑黢黢的院墙,还因为在被常春藤掩映着的古老墙垣周围,蓦然响起了轻轻的脚步声。

但或许是因为松树和芒草过于幽暗吧,以至于无论怎样凝神窥探,都没有看见成为目标的人影。唯一能够感觉到的是,那脚步声不是朝着这边逐渐走来,而是朝着相反的方向越来越远了。

"我真糊涂啊。有资格走这条路的,又不是只有我一个人。"

陈就这样在心中斥责着打一开始便怀疑一切的自己。然而,这条路除了通往他家的后门以外,分明不可能再通向其他地方。由此看来——就在陈这样琢磨着的瞬间里,与海风一起,传来了一阵微弱的响声。显然是有人正在打开后门。

"真是滑稽啊。今天早晨,我还看见后门上好端端地上着锁呢。"

想到这儿,陈彩就如同发现了目标的猎犬一样,一边高度戒备地注视着四周,一边静悄悄地逼近后门。但是,后门分明是锁着的,即便是使劲猛推,也丝毫未见动弹的迹象。由此看来,不知什么时候,后门已经恢复了原样,又被人重新锁上了。陈倚靠在门上,好一阵子都茫然地伫立在掩至膝盖的芒草中。

"听见后门被打开的声音,莫非是我耳朵的幻觉?"

而且,无论从哪个角落,都再也听不见刚才的脚步声了。在被常春藤遮蔽住的墙垣上方,自己家那黑灯瞎火的房屋正悄然无声地耸立于缀满星斗的天空中。于是,陈的心里陡然涌起一股莫名的悲哀。至于到底是什么让他如此悲哀,就连他自己也懵然不知。他只是伫立在那儿,出神地倾听着稀疏的虫鸣,任凭泪水冰凉地流淌在脸上。

"房子。"

他几乎是呻吟一般,呼唤着爱妻那熟谙的名字。

也恰好在这个时候,出乎意料的是,只见高高的二楼上,其中一间屋子竟点燃了刺眼的电灯。

"那扇窗户……那是——"

陈屏住急促的呼吸,用手扶住就近的松树树干,踮起脚尖朝二楼的窗户里望去。只见窗户——是的，就是二楼卧室的窗户——正大大地敞开着，让明亮的室内一览无余。并且，灯光从那里流泻而出，照射在围墙内的松树上，让茂密的树枝隐隐约约地浮现在暗黑的天空中。

但不可思议的东西并非仅限于此。不久，二楼的窗户边出现了一个面朝这边的朦胧人影。不巧的是，因为电灯的光源恰好就在那人影的背后，所以，很难判断出那人长的什么模样。但不管怎样，唯有一点是确切无疑的：那人影绝对不是一个女人。陈情不自禁地攀住围墙上的常春藤，以此来支撑住自己快要倒下的身体，并不胜痛苦地发出了断断续续的叫声：

"那封信……怎么可能呢？……不是只有房子……"

一瞬间之后，陈彩轻松地越过了围墙，然后穿越庭院里的松树，顺利地接近了正好处在二楼下的客厅窗户。那儿恰好生长着一丛娇艳欲滴的夹竹桃，只见上面的叶片和花朵都被露珠打湿了……

陈站在外面漆黑的走廊上，一边咬着发干的嘴唇，一边竖起了越来越妒火中烧的耳朵。因为在房门里的地面上，又响起了两三下刚才他听见过的那种小心翼翼的脚步声。

然而，脚步声很快就消失了。不久，陈彩那亢奋的神经又听见——有人在关上窗户。而且，那声音就像是在螫刺着他的耳膜一样。那以后——又开始了一段长时间的沉默。

不久，那沉默就如同榨油机一样，在陈苍白失色的额头上绞出了冰凉的黏汗。他用哆嗦的手摸到了房门的把手。但把手当即就告诉他，门是锁着的。

这一次又传来了梳子或是发卡倏然坠地的响声。但不知为什么，无论怎样仔细倾听，都听不到有人俯身拾掇的动静。

这每一声响动都无一例外地叩击着陈的心脏，每一次都迫使他浑身战栗。尽管如此，他还是顽迷地把耳朵紧贴在卧室的门上。但只要看看他投射在周遭的疯狂眼神，就不难知道，他的神经已经达到了亢奋的极点。

在痛苦难挨的几秒钟过去之后，从房门里面传来了微弱的叹息声。紧接着，仿佛有人静悄悄地上了床。

哪怕是再让这种状态持续一分钟，陈也会就那样伫立在门口，猝然昏迷的。但这时，一股蜘蛛丝般粗细的朦胧光线从房门流泻出来，恍若上帝的启示一般攫住了他的视线。陈立刻匍匐在地上，从把手下面的钥匙孔里注视着房间里面。

刹那间，在陈的眼前展现出了一幅将永远遭到诅咒的光景……

横滨。

秘书今西把房子的照片揣回到上衣的里兜里，静静地从长椅上站了起来，然后像往常一样，悄无声息地走进了隔壁那漆黑的房间里。

就在他摁上开关的同时，房间蓦地明亮起来。房间里的台灯映照出了今西的身影——不知何时他已经坐到了打字机跟前。

霎时，今西的手指开始了令人眼花缭乱的运动。与此同时，打字机一边发出没有间断的响声，一边吐出一页断断续续打印着几行文字的纸张。

"拜启：尊夫人有失贞操一事，我想，已经不必再度陈述。尽管如此，足下却因过于溺爱对方而……"

在这一瞬间里，今西的脸化作了恰好象征憎恶这种东西的面具。

镰仓。

陈卧室的房门已经遭到了毁损。但除此之外，无论是床榻，还是蚊帐,抑或是梳妆台,还有明亮的灯光,全都和一瞬间之前别无两样。

陈彩伫立在房间的一隅,审视着重叠在床铺前面的两个人影。其中一个是房子——更准确地说,乃是一个"物体",一个直到刚才为止,都还一直作为房子而存在着的"物体"。这个整张面孔都肿胀发紫的"物体",此刻吐出半个舌头,用眯缝的眼睛望着天花板。而另一个人影则是陈彩。是与呆立在房间一隅的这个陈彩毫无不同的陈彩。此刻他与曾是房子的"物体"重叠在一起,用两只手猛掐对方的脖子,直到指甲没入对方的喉咙。然后,他的脑袋仰天奄拉在房子裸露的乳房上,不知是活着,还是已经死去。

几分钟的沉默过去之后,地上的陈彩一面痛苦地呻吟着,一面徐徐欠起肥胖的身体。但刚一艰难地站起来,又马上像跌倒了一样,沉重地坐在了旁边的椅子上。

而这时,房间一隅的陈彩则静静地离开了墙边,走到了曾是房子的"物体"跟前。并且把无限悲哀的眼神投落在她那肿胀发紫的脸上。

椅子上的陈彩一发现自己以外的另一个陈彩,旋即像疯子般站了起来。在他的脸上——布满血丝的眼睛里,掠过了强烈的杀机。但刚一看见对方的模样,那种杀机又在顷刻间化作了难以言喻的畏葸。

"你是谁呀?"

他呆呆地站在椅子前面,发出了几近窒息的声音。

"无论是刚才行走在松树林中的人,还是从后门悄悄溜进这儿的人,抑或是站在窗前眺望外面的人,还有杀害了我的妻子——房子的人……"在一度中断之后,他又换成粗暴而沙哑的嗓音,继续说道,"都是你吧?你是谁呀?"

但另一个陈彩却一句话也不回答。相反，他只是抬起眼睛，悲哀地打量着对方。于是，椅子前面的陈彩，就仿佛被这视线一下子击中了一样，睁圆了大得可怕的眼睛，开始向墙缘节节后退。但即便这时，他的嘴唇也还在无声地张合着，就像是在不断重复着："你是谁呀？"

不久，另一个陈彩在曾是房子的"物体"旁边跪下来，静静地将手环绕在她纤细的脖子上，然后用嘴唇亲吻着遗留在脖子上的那些残酷的指痕。

在充满了明亮灯光的、比坟墓还阒寂的卧室里，不久，便断断续续地响起了轻微的哭泣声。两个陈彩——站在墙边的陈彩也像跪在地上的陈彩一样，开始掩面而泣……

东京。

当《影子》这部电影演完时，我和一个女人正坐在某个电影院包厢的椅子上。

"刚才的电影已经结束了吧？"我问道。

女人用忧郁的目光困惑地看着我。它让我想起了电影《影子》中房子的眼睛。

"你是指哪部电影？"

"刚才那部呗。名字就叫《影子》，对吧？"

女人把膝盖上的节目表一声不响地交给了我。可再怎么找，上面就是没有《影子》这个名字。

"这样看来，或许是我做了个梦吧。尽管如此，却不记得自己打过盹，这不是很奇怪吗？更何况那部名叫《影子》的电影，也真是一部奇妙的电影呢……"

我简明扼要地讲述了《影子》的梗概。

"如果是那部电影的话，我也看过呢。"等我一讲完，女人就一边在凄凉的眼底浮现出笑意,一边用几乎听不见的声音回答道,"我们还是相互留心着,不要去搭理那些'影子'吧。"

大正九年(1920)七月十四日

阿律和孩子们

杨 伟译

一

一个细雨霏霏的午后，今年才从中学毕业的洋一正团身坐在二楼的桌子旁，写着北原白秋①式的诗歌。突然，父亲"喂"的一声叫喊，惊悚了他的耳朵。不过，即便在他惊慌失措回头望去时，也没有忘记把诗稿悄悄藏进手边的辞书下面。幸好父亲贤造披着夏天的外套，只是在幽暗的楼梯口朝这边探出上半身，而并没有走进屋来。

"阿律的情况有些不妙，你去给慎太郎发封电报吧！"

"真有那么糟糕吗？"洋一忍不住大声地问道。

"嗯，她平时挺精神的，所以，也不见得一下子就会怎么样吧——不过，还是给慎太郎打声招呼的好……"

洋一蓦地抢过父亲的话头，说道：

"户泽大夫是怎么说的？"

"说还是十二指肠溃疡呗。他还说了，不用担心的，不过……"

奇怪的是，贤造似乎尽量躲避着洋一的视线。

"但我还是拜托了谷村博士明天过来看看。户泽大夫也同意这

---

① 北原白秋（1885—1943），日本诗人、歌人。有诗集《邪宗门》等。

么做。好吧，慎太郎的事就托付给你了。他住的地方你也知道，对吧？"

"嗯，我知道。爸爸，你要出门到哪儿去？"

"我要去一趟银行。喔，对了，浅川的姨妈已经来了，正在楼下呢。"

贤造的身影一旦消失，洋一顿时感到外面的雨声倏地越来越大了。与此同时，他也深知现在可不是磨蹭的时候。于是，立刻欠起身来，用手抓住黄铜的扶手，一溜烟似的下了楼梯。

一下完楼梯，就是一个很宽的店铺，左右两侧的货架上堆满了装着针织品之类的纸箱子。借着店头那些雨丝的光线，只见头戴巴拿马草帽的贤造背对着这边，正将一只脚伸进放在门口的高齿木屐里。

"老爷，工厂来了电话，问您今天去不去那边。"

就在洋一跨进店铺的那一刻，一个接电话的店员正这样问贤造。除了他之外，还有四五个店员正站在保险柜前边或是神龛下面。他们脸上的表情与其说是在目送老爷出门，不如说是在催促老爷赶快上路。

"告诉他们，我今天去不了，要明天去。"

等店员一挂断电话，贤造就撑开一把大伞，快步走上大街。只见他在满是浅泥的柏油路面上投落下模糊的身影，渐渐远去了。

"神山君在吗？"

洋一一边在账台旁坐下，一边抬起头瞅了瞅一个店员的脸。

"刚才他出去给里头办什么事了。阿良，你知道他干什么去了吗？"

"你是问神山君吗？I don't know。"

一个店员这样回答道。只见他蹲在席沿上，随即吹起了口哨。

这时的洋一却用钢笔在电报稿纸上急匆匆地写了起来。此刻他感到,自己脑海的某个角落里又栩栩如生地浮现出了哥哥——去年秋天进了某地方高中的哥哥——的面孔。那是一张皮肤比他更黑,也比他更胖的脸。"母亲病危,速归。"一开始他是这样写的,但马上又撕掉重新写道,"母病速归。"尽管如此,刚才写的"病危"二字,却像某种不祥的预兆一样,死死地纠缠住他的大脑,怎么也挥之不去。

"喂,能不能帮我发一封电报?"

他把好不容易拟就的电报稿交给了一个店员,然后一边把废弃的稿纸撕扯成碎片,一边穿过店铺后面的厨房,走进了即使在晴天也同样光线黯然的饭厅。饭厅那长方形火盆的柱子上,挂着一幅印刷着某家毛线铺广告的大型日历。从浅川来的姨妈刚刚剪过头发,像是被人遗忘了似的坐在火盆旁边,兀自用挖耳勺掏着耳朵。听见洋一的脚步声,她一边依旧继续鼓捣着挖耳勺,一边抬起了那双有些溃烂的眼睛。

"你好!你父亲已经出门去了吗?"

"嗯,刚刚出去。母亲的病也真让人犯难啊。"

"是啊。我还一直以为不是什么大不了的病呢。"

洋一在长方形火盆的对面惴惴不安地蹲了下来。在隔着一道拉门的另一边,正躺着身患重病的母亲。想到这里,他就越发对陪着这样一个旧脑筋的老人说话,感到心烦意乱起来。姨妈在沉默了一阵之后,仰起头来看着他说道:

"据说阿绢马上就来。"

"可姐姐不是还生着病吗?"

"说是今天不打紧的。什么呀,还不就是得了常犯的伤风感冒罢了。"

浅川姨妈的话语里尽管带着一丝轻微的侮辱,但反倒渗透着一种亲昵的口吻。在三姐弟当中,似乎唯有不是阿律亲生的阿绢最讨姨妈的喜欢。说来其中也自有原因，因为贤造的前妻与姨妈乃是亲生姐妹。——洋一一边回想起不知是从谁那儿听来的这档子事，一边不大情愿地把话题转到了多病的姐姐身上。她是前年才嫁到一家和服店去的。

在闲聊告一段落之后，姨妈停止了挖耳的动作，像是突然想起了似的问道：

"阿慎那儿怎么办呢？你爸爸出门前倒是说了，通知他一声为好的……"

"刚才我已经让人发电报去了。不出今天就该收到的吧。"

"可不，又不是像京都和大阪……"

姨妈对地理一窍不通，此刻回答得如此含糊，让人摸不着头脑。这不，它蓦地唤醒了某种潜伏在洋一心中的不安。哥哥是否会回来呢？一想到这儿，他就禁不住觉得，不妨在电报的措辞上更夸张一些才好呢。母亲很想见到哥哥，但哥哥却不愿回来。而没过多久，母亲就去世了。于是，姐姐和浅川的姨妈就会站出来责备哥哥的不孝。——仿佛这样的情景也在一瞬间里清晰地掠过洋一的眼帘。

"电报今天一到，他明天就会回来的。"

不知何时，洋一开始这样嗫嚅道。这与其说是在安慰姨妈，不如说是在安慰他自己。

正在这时，店里的神山蹑手蹑脚地走了进来，额头上挂满了亮晶晶的汗珠。在他穿着的条纹罗褂上，被雨水打湿后的痕迹清晰地留在了袖口边。显然，他果真是外出去了什么地方。

"我已经去了回来。不过，真没想到会等这么久……"

神山向姨妈行过礼之后，掏出揣在怀里的一个信封。

"病人的情况，说是一点也用不着担心呢。至于其中的详情，据说都写在里面……"

姨妈在打开信封之前，先戴上深度的老花眼镜。信封里除了信之外，还装着一张折成四摺的半纸①，上面写着一个"一"字。

"神山，这个太极堂究竟在哪里呀？"

这时的洋一却好奇地探过头去，偷觑着姨妈手里的那封信。

"在第二街的拐角上，不是有一家西餐馆吗？再走进那个胡同，左边就是。"

"这么说来，不是就在教你清元小调的师傅家附近吗？"

"嗯，大致就在那一带。"

神山一边嗤笑着，一边鼓捣着坠在表链上的玛瑙印鉴。

"那种地方原来也有算命先生啊！据说要让病人把枕头朝着南边睡，是吧②？"

"你妈的枕头是朝哪个方向的？"姨妈抬起戴着老花镜的眼睛，用半带训诫的语气问道。

"枕头是朝东边的吧。因为这个位置是南面呗。"

洋一的心情多少变得轻松了一些。尽管他依旧把脸朝向姨妈，而手却在摸索着和服袖口里的烟盒。

"瞧，上面写着，病人枕头朝东也无妨呢。——神山君，你也来一支吧？这就扔过来了哟。真是失敬。"

"谢谢。哇，是E·C·C③牌呢。那我就抽一支吧。——另外还有事吗？如果有的话，就请不客气地吩咐我……"

神山把金嘴纸烟夹在耳朵上，然后欠起穿着夏天罗褂的身体，准备急匆匆地退回到店铺那边去了。就在这时，拉门一下子打开了，只见脖子上缠着药布的姐姐阿绢提着水果篮，径直走了进来，甚至来不及脱下身上的哔叽大衣。

---

① 半纸，一种用于习字和写信的日本纸。
② 在日本，因死人头朝北睡，所以，有不让病人枕头朝北的习俗。
③ E·C·C，Egiptian Cigarette Company 的缩写。是当时流行的埃及产香烟。

"哇,你来了!"

"天上下着雨,你竟然还是……"

这两句话几乎是同时从姨妈和神山的嘴巴里说出的。阿绢一边向两个人点头行礼,一边麻利地脱下了大衣,然后像是有些失望地撇着腿侧身坐了下来。这时,神山从阿绢手里接过水果篮放在地上,匆忙地走出饭厅。只见苹果和香蕉整齐地排列在水果篮里,是那么漂亮而富有光泽。

"母亲她怎么样了?——对不起,因为电车太挤了,所以我……"

阿绢依旧撇着腿侧身坐着,灵巧地脱掉了沾满烂泥的白色布袜。一看见那布袜,洋一顿时从梳着椭圆形发髻的姐姐身上真切地感受到了那还在大街上飞溅的雨水。

"肚子还是疼得厉害,高烧也达三十九度以上。"

姨妈就那样摊开着算命先生的信,和与神山交错进来的女佣人美津一起,开始忙活着沏茶倒水了。

"可电话里不是说,情况比昨天好多了吗?当然,那电话不是我接的。再说,今天打电话来的人是谁呀?是阿洋吗?"

"不,不是我。会不会是神山君呢?"

"是的。"美津一边斟茶,一边轻声插了一句嘴。

"神山?"

阿绢蹙紧眉头,挪到长方形火盆的一侧。

"干吗呀,那副表情?你那边的家人都还好吧?"

"嗯,托您的福,都还好。姨妈家里的人也都好吗?"

洋一一边听着这样的对话,一边吧嗒着香烟,茫然地打量着柱子上的挂历。打中学毕业以后,就算他的脑子里还记得今天是几月几号,也不记得今天是星期几了。想到这儿,他的心竟突然被一丝凄凉牢牢地攫住了。再过一个月,又将迎来他压根儿就不想参加的入学考试①了。倘若考不上的话……

"美津这阵子出落得越来越有女人味了呢。"

忽然,姐姐的这句话格外清晰地传进了洋一的耳朵里。但他一声不吭,只是默默地吧嗒着金嘴纸烟。当然,美津这时早就下到厨房里去了。

"而且,她长着一副特别讨男人喜欢的脸蛋……"

姨妈终于拾掇起膝盖上的信纸和老花眼镜,浮现出了有些轻蔑的笑容。阿绢也露出了微妙的眼神,但很快又转念想到了别的事情,说道:

"那是什么呀,姨妈?"

"刚才让神山去看了看墨色②。——洋一,你去看看母亲吧。刚才她倒是一直睡得挺香的……"

洋一本来就觉得不耐烦,这时,趁机把金嘴纸烟掐进炭灰里,就像是要逃避姨妈和姐姐的视线一般,从火盆前飞快地站起身来,然后,故作轻松地走进了拉门对面的房间。

在房间尽头的玻璃窗户外面,可以看见一个狭窄的庭院。庭院里只有一棵粗大的冬青树,它正好面对着洗手钵。而身穿麻布睡衣的阿律头上搭着冰囊,面朝庭院一动不动地躺着。她的枕边有一个护士,正把一双近视眼凑近摊在膝盖上的病床日志,握着钢笔拼命地写着什么。

护士一看见洋一,马上用柔媚的眼神行了个目礼。洋一显然意识到对方是一个异性,只是冷冷地打了个招呼,然后便绕过被褥的脚边,在一个能够看清母亲脸庞的地方坐了下来。

阿律紧闭着双眼。她那张原本就很扁平的脸今天显得更加憔悴

---

① 当时日本的新学年是从九月开始。
② 一种迷信,让人用墨画押,根据其色泽判断吉凶。

了。可是，当她静静地睁开还在发烧的眼睛，看见洋一关切地注视着自己的脸时，她还是像往常一样露出了微笑。不知为什么，一种感觉在洋一心里油然而生：姨妈和姐姐在饭厅里那样喋喋不休地闲聊，似乎很对不住母亲。

"那个……"阿律在沉默了一阵之后，有些费力地开口说道。

洋一只是一个劲儿地对母亲点着头。这当儿，母亲因发烧而散发出的臭味依旧带给他一种不快。但阿律只开了个头，就再也没有说下去了。洋一感到越发不安起来。莫非是遗言？这个念头霍地掠过了他的脑海。

"浅川的姨妈还在吧？"母亲终于开口说道。

"不光姨妈在，姐姐刚才也来了。"

"给姨妈……"

"找姨妈有什么事吗？"

"不。去给姨妈叫一份梅川的鳗鱼盖浇饭吧。"

这一次是洋一露出了微笑。

"就这样告诉美津，好吗？我要说的就是这个。"

话一说完，阿律就想挪挪脑袋的位置。于是，冰囊一下子从她头上滑落下来。洋一不等护士动手，就自己把冰囊放回了原处。不知为什么，他感到自己的眼圈一阵发热。"不能哭！"这个念头倏然划过他的心里。但这时他早已感到，泪珠已经潸然滴落在自己的鼻尖上。

"你真傻。"

母亲在轻轻啜嚅了一声之后，仿佛很疲倦似的又闭上了眼睛。

洋一涨红着一张脸，因羞于面对护士的目光，垂头丧气地回到了饭厅里。浅川的姨妈抬起头，越过肩膀仰视着他的脸，问道：

"你母亲怎么样了?"

"她醒了。"

"醒是醒了,可……"

中间隔着长方形的火盆,姨妈和姐姐面面相觑。姐姐一边向上翻着眼珠,一边用簪子拨弄着发髻的根部。过了一会儿,她把手伸到火盆上烤着,问道:

"你没说神山回来了吧?"

"没有。姐姐你进去说好啦。"

洋一伫立在拉门旁边,重新系好了松开的衣带。无论如何,都不能让母亲死掉。是的,无论如何——他就这样虔诚地想着……

二

第二天早晨,洋一和父亲面对面地坐在饭厅的餐桌旁。餐桌上还多放了一个饭碗,那是为昨天晚上留宿在这里的姨妈而准备的。不过,因为护士梳妆打扮要磨蹭很久,所以,姨妈现在代替她去照料母亲。

父子俩一边吃早饭,一边时不时三言两语地聊着。近一周以来,都一直只有他们俩像现在这样冷冷清清地用餐。不过,两个人今天比任何时候都更加沉默寡言。佣人美津也默不作声,只顾着给他们添饭上菜。

"今天慎太郎该回来了吧。"

贤造就仿佛期待着对方的回答一样,瞅了瞅洋一的脸。可洋一就是不肯吭声。哥哥今天会不会回来呢?想来,问题的焦点与其说是他今天回不回来,不如说是他会不会回来。在洋一看来,哥哥的心思是那么难以捉摸。

"也可能明天早晨回来吧?"

这一次洋一再也不可能对父亲的问话置之不理了。

"可是,眼下学校不是正好在考试吗?"

"是吗?"

贤造好像若有所思似的,暂时打住了话头,但不一会儿,又一边叫美津给自己斟茶,一边说道:

"你也该好好用功了。要知道,今年秋天慎太郎就要上大学了。"

洋一又添了一碗饭,一句话也没有回答。近来,父亲不让他学喜欢的文学,而只顾着强迫他用功读书。突然之间,他觉得父亲是那么可恨。更何况,哥哥进大学与弟弟用功学习之间,又有什么联系呢?——他不禁在心中嘲笑着父亲这种逻辑上的矛盾。

"阿绢今天来吗?"蓦然间贤造心绪一变,问道。

"据说要来的。反正她说了,一旦户泽大夫过来了,就给她打个电话。"

"近来阿绢他们那边日子也不好过吧。因为这次他们也买进了一些。"

"毕竟也多少有些亏空吧。"

洋一也开始喝起茶来。自从四月以来,市场上出现了前所未闻的大恐慌①。因为大阪一家生意兴隆的同业店铺突然破产,致使贤造这样的店铺也面临着被迫垫付货款的厄运。除此之外,把这样那样的打击计算在内,至少蒙受了三万日元左右的损失。——这些事洋一也有所耳闻。

"但愿亏空不要闹得太大。可不管怎么说,一旦这样萧条下去,没准咱家什么时候也会……"

贤造是半开玩笑似的一边说着泄气话,一边拖着沉重的身体,

---

① 指 1918、1919 年因第一次世界大战爆发而出现的经济危机。

离开餐桌，然后推开中间的拉门，走进隔壁的病房。

"汤和牛奶都喝完了？今天真是了不起。说来也是，不多吃点怎么行啊。"

"接下来，只要还能把药喝下去就好啦。可现在她一喝药就吐掉，所以……"

这样的对话也传入了洋一的耳朵。今天早晨吃饭之前去看了看母亲，发现与昨天和前天相比，她的高烧已经退了很多。开口说话时显得很有精神，翻起身来也轻松和利索多了。"尽管肚子还是很疼，但心情可是好多了。"母亲自己也这么说道。不仅如此，现在食欲也不错，想必康复起来，也就不会像先前担心的那样困难了吧。洋一观察着隔壁的房间，不禁被上述那种乐观的情绪裹挟住了。但与此同时，他的心中又多少抱着一种近于迷信的恐惧：一旦抱着过于乐观的希望，没准母亲的病反倒会因此而恶化吧……

"少爷，您的电话。"

洋一依旧把双手拄在草席上，循着声音回头看去，只见美津用嘴巴衔着衣袖，正在擦拭着餐桌。前来告诉他接电话的，是另一个名叫阿松的年长女佣。阿松来不及揩干湿漉漉的双手，就那样系着袖带站在厨房的门口，从她身后可以瞥见一把铜壶。

"是哪儿打来的？"

"让我想想，是谁呢……"

"真是拿你没办法，什么时候都总是这句话——是谁呢？"

洋一一边大为不满地嘟哝着，一边抽身走出了饭厅。显然，他这么做是别有用心的：让温厚的美津听到自己埋怨倔强的阿松，这对于他来说，乃是一件十分快慰的事情。

一接店里的电话，才知道是从同一个中学毕业的田村那儿打来的。这个叫田村的同学乃是一家药店老板的儿子。

"今天,想不想一起去明治座①看戏?主演是井上②哟。是井上主演的话,你该会去吧?"

"不行,我去不了。因为我妈病了……"

"是吗?那真是失礼了。不过,也够遗憾的。据说阿堀他们昨天还去看过了呢……"

在这样闲聊了一阵以后,洋一挂断了电话。然后很快爬上楼梯,像往常一样走进二楼的读书室里。他伏案而坐,可是,不用说准备考试,就连小说他也无心浏览。桌前有一扇带格子的窗户。从窗户向外望去,只见对面那家玩具批发商的店头,一个穿着号衣的男人正用打气筒给自行车的轮胎充气。不知为什么,这情景让他感觉到心慌意乱。尽管如此,他又不愿意下楼去。最后他竟头枕着桌子下面的《汉日词典》,横躺在地上睡了起来。

他的脑海里又浮现出开春以来一直没有见面的那个同母异父的哥哥。他们俩不是同一个父亲生的。但洋一却从没有因此而感到,自己对哥哥的感情与世间的普通兄弟有什么两样。不,甚至连母亲是带着哥哥改嫁过来的这件事,他也是不久前才知道的。然而,说起兄弟俩不是同一个父亲所生,他的脑子里倒的确是清晰地留下了这样的回忆——

那还是在哥哥和他都上小学的时候。有一天,洋一和慎太郎因玩扑克牌而发生了口角。无论洋一多么激愤,一向冷静的哥哥仍旧不动声色,只是不时地带着轻蔑的神情盯着洋一的面孔,一句接一句地奚落着洋一。洋一终于忍不住勃然大怒,抓起手边的扑克,冷不防甩在哥哥的脸上。只见扑克牌打在哥哥的半片脸上,撒得满地都是。说时迟,那时快,哥哥的拳头一下子击中了他的脸颊。

---

① 明治座,位于东京中央区浜町的剧场。这里经常上演新派剧作。
② 井上,即井上正夫(1881—1950),新派话剧的代表演员。

"你别太张狂了!"

不等哥哥说完,洋一就朝哥哥扑了过去。尽管哥哥的身体远比他魁梧结实,但在莽撞和倔强这一点上,哥哥却绝不是他的对手。好一阵子兄弟俩就像两头野兽一样扭打在一起。

听见吵架的声音,母亲连忙跑了进来。

"你们在干吗?"

刚一听见母亲的声音,洋一就哇地哭了起来。但哥哥却只是低俯着眼睛,绷着脸呆立在那儿。

"慎太郎,你不是当哥哥的吗?和弟弟打架,算什么出息?"

遭到母亲的训斥,就连哥哥的声音也开始颤抖起来。尽管如此,他还是像顶嘴似的回答道:

"是洋一不好。是他先把扑克牌扔在我脸上的。"

"你撒谎!明明是哥哥先动手打的我。"洋一用哭泣的声音拼命反驳着哥哥,"而且,率先耍赖的,也是哥哥。"

"什么?"

哥哥又摆出架势,试图朝洋一这边再迈近一步。

"就因为这样,才打起架来的呗。你明明年龄比他大,却就是不让着他,这不就是你的不对吗?"

母亲一边保护着洋一,一边推搡着拽开了哥哥。这时,哥哥的眼睛里突然迸射出了凶狠可怕的光芒。

"好啊。"

说着,哥哥就像疯了似的伸出手来,想朝母亲挥去。可不等手臂从空中滑落下来,他就用比洋一更响的声音号啕大哭起来……

当时,母亲的脸上究竟是怎样一种表情,洋一已经记不得了,但哥哥那懊恼的眼神至今仍历历在目。或许哥哥只是对自己遭到母亲的训斥感到窝火而已。除此之外,洋一觉得不应该再去做什么更深的猜测了。不过,自从哥哥去了外地上学以后,只要偶尔想到那种眼神，他就不由得感到，哥哥眼里的母亲似乎与自己眼里的母亲是不同的。而且，他之所以会有这种感觉，无疑还因为他记忆中的另一件往事——

三年前的九月，在哥哥动身去外地上高中的前一天，洋一和哥哥特意到银座去采购东西。

"我暂时也要和这大钟①告别了。"当走到尾张町拐角的地方时，哥哥就像是一半在自言自语似的说道。

"所以，进一高不就得了。"

"我才一点也不想进一高②呢。"

"净说些死不服输的话。要知道，去了乡下可不方便哪。没有冰激凌吃，也没有电影看。"洋一脸上到处是汗水，用半开玩笑的口吻继续说道，"再说，往后不管是谁生病了，你都没法马上赶回来的……"

"那是当然的啦。"

"那么，如果是母亲什么的去世了，你怎么办？"

在回答洋一的问题之前，走在人行道边上的哥哥猛然伸出手，揪了一把街边的柳絮。

"就算是母亲死了，我也没什么可悲伤的。"

"你撒谎！"洋一情绪亢奋地说道，"你不悲伤才奇怪呢。"

"我可不是撒谎。"

哥哥的语气显得格外亢奋，这让洋一感到非常意外。

"你不是经常读小说吗？如果是那样，你就应该不难理解，世界上还有我这样的人吧。——真是个可笑的家伙。"

洋一的内心怦然一跳。与此同时，他感到那眼神——哥哥差一

---

① 指挂在银座四丁目服部钟表店外面的大钟。
② 一高，指旧制第一高等学校，位于现文京区向冈弥生町，即现在东京大学农学部的位置。

点就要打母亲时的那个眼神,又清晰地浮现在记忆中。他不动声色地看了看哥哥,只见哥哥两眼眺望着远方,若无其事地迈动着脚步……

一想到这些,他对哥哥是否会马上回来,更是越发没有把握了。特别是一旦考试开始了,或许哥哥会觉得,晚回个两三天也没什么大不了的。即便是晚一些,但只要真的能够赶回来,倒也还值得庆幸,可是……刚一想到这儿,忽然传来了有人沿着楼梯拾级而上的声音。于是,他当即跳了起来。

只见眼睛有些毛病的姨妈已经佝曲着上半身,出现在了楼梯口。

"喔,在睡午觉啊?"

洋一感到姨妈的话语里不无讽刺的意味,但还是把自己的坐垫挪给了对方。谁知姨妈根本就没有用坐垫,而是一屁股坐到桌子旁边,俨然发生了什么重大事件一样,开始小声地说了起来:

"我有点事想和你商量商量……"

洋一不禁被吓了一跳,问道:

"母亲她怎么啦?"

"不,不是你母亲的事,而是那个护士,拿她可真是没有办法……"

然后,姨妈絮絮叨叨地打开了话匣子:

昨天,户泽大夫来看诊的时候,那个护士竟然特意把大夫叫到饭厅里,说道:"大夫,你估计这个病人还能挺多久?如果还能拖很久的话,那我想辞掉这份工作。"当时护士肯定以为,那儿除了大夫以外,就再也没有别的人了。不料厨房里的阿松恰好听见了他们的对话,于是气冲冲地告诉了浅川的姨妈。不仅如此,事后姨妈留神观察,发现那护士在照顾病人时也有种种怠慢之处。特别是今天早晨,她竟然置病人于不顾,梳妆打扮了足足一个小时……

"虽说是雇佣关系,但这也未免太过分了吧?所以呀,依我看,还是换掉她的好。"

"嗯,想来是换掉的好吧。那就这样告诉父亲好啦……"

一想到那个护士竟然在扳着指头估算母亲的死期,洋一与其说是怒火中烧,不如说感到一阵窒息和郁闷。

"可是,刚才你父亲已经出门到工厂里去了。我也不知怎么搞的,竟然忘记告诉他了。"姨妈显得有些急不可待,睁大了那双溃烂的眼睛,说道,"我想,既然要换人,那就还是早换的好……"

"那就跟神山君说说,请他马上给护士协会打个电话……等父亲回来后再告诉他一声就可以啦……"

"是啊,就那么办吧。"

洋一抢在姨妈前面,飞快地跑下了楼梯。

"神山,你帮我给护士协会打个电话吧!"

听见他的叫声,五六个店员从散落在店头的商品背后露出脸来,用诧异的目光注视着洋一。与此同时,神山从账台后面一个箭步蹿了出来,甚至顾不得花哨的哔叽围裙上沾满了毛线头子。

"护士协会的电话号码是多少啊?"

"我以为你知道呢。"

站在楼梯下面的洋一与神山一起查找着电话簿。店铺里的氛围与往日没有任何变化,对他和姨妈的焦虑显得漠不关心,这不能不让洋一萌生了一种轻微的反感情绪。

三

下午,当洋一无意中来到饭厅里时,父亲贤造穿着夏季的短外褂,正坐在长方形的火盆旁边,看起来像是刚从外面回来不久。而姐姐阿绢也坐在那儿。今天她的脖子上没有缠药布,只是把手肘挂在火盆边上,正好朝这边露出了椭圆形发髻下的漂亮脖颈。

"那件事我怎么会忘呢?"

"那就拜托你照办吧。"

洋一向阿绢打了个招呼。阿绢抬起远比昨天还要苍白的面孔,淡淡地回应一声。然后对他有所避讳地浅笑着,小心翼翼地继续说道:

"如果在那方面你不替我想想办法的话,我也会觉得很没面子的。再说,那时候给我的股票如今也全都跌价了……"

"好啦好啦,我全都明白了。"

父亲尽管脸上是一副闷闷不乐的表情,但还是用开玩笑的口吻这样说道。姐姐去年出嫁的时候,父亲原本答应给她的陪嫁,至今仍有一部分没有兑现。洋一深谙这一背景,所以故意坐在远离火盆的地方,默默地摊开报纸,浏览着刚才田村邀约他去看的明治座演出的广告。

"正因为这样,所以我才厌烦父亲呗。"

"你厌烦,我比你更厌烦呢。眼下你母亲卧床不起,而你又净在一旁牢骚满腹……"

听见父亲的这番话语,洋一情不自禁地隔着拉门,凝神倾听着病房里的动静。与往常不同,阿律似乎不时地发出一阵阵痛苦的呻吟。

"看来母亲今天也真够受的。"

洋一这句自言自语式的嗳嚅,霎时足以打断父女俩的谈话。但阿绢当即调整了姿势,瞅了一眼贤造,然后又开始不无感伤地责备道:

"母亲的病不也一样吗?如果当初我那么说的时候就换了大夫的话,也绝不至于落到这步田地吧。可父亲还是犹豫不决……"

"所以,我今天不是请了谷村博士来吗?"

贤造一脸苦涩的表情,无可奈何地说道。就连洋一也觉得姐姐的固执有些可恨了。

"谷村先生会几点来呢?"

"说的是三点来。刚才我还从工厂那边给他打过一个电话呢……"

"可现在已经三点过了——准确地说,是四点差五分。"

洋一抱膝而坐,抬起头看了看日历上面的大挂钟。

"是不是再让人给他挂个电话?"

"刚才姨妈也说挂过了呢。"

"刚才?"

"就是户泽大夫回去后不久。"

在他们这样说着话的时候,阿绢依旧阴沉着一张脸,突然从火盆前面站起身来,急匆匆地走进了隔壁的房间。

"你姐姐好不容易才放过了我。"

贤造这才苦笑着,掏出了夹在腰间的烟袋。但洋一只是看了看挂钟,什么也没有回答。

从病房里依旧传来了阿律的呻吟。或许是心理作用吧,总觉得那声音变得越来越大了。谷村博士究竟是怎么回事?当然,对他来说,病人又不是只有母亲一个,没准现在正忙着巡查病房什么的吧。可是,时钟已经敲响了四点,无论怎么迟到,也早该出了医院吧。说不定很快就会翩然出现在店铺的门口……

"怎么样?"

父亲的声音把洋一从阴郁的想象中解救了出来。定神一看,不知什么时候拉门已经打开了,露出了浅川姨妈那张忧心忡忡的脸来。

"好像很难受。——大夫还没到吧?"

贤造像是味同嚼蜡似的抽着纸烟,从嘴里喷出一口烟雾,然后开口说道：

"真是为难啊。是不是让人再给他打个电话呢？"

"是啊，只要他能救个急，让病人撑过这阵子，以后就靠户泽大夫也不要紧了吧。"

"我这就去挂电话。"洋一立刻站起身来。

"是吗？那么，你就这样说好啦——'请问大夫已经来出诊了吗？这儿是小石川×××号'……"

不等贤造说完，洋一已经从饭厅飞身跑进了厨房里。这时，阿松正挽起袖子，在厨房里用刨子削着干松鱼。洋一从她身边一跑而过，试图一溜烟冲进店里，没想到差一点就与迎面跑来的美津撞在一起。两个人好不容易才相互闪开了。

美津刚刚梳好的发髻散发出一股香味，她羞怯地说了一声对不起之后，便朝着饭厅那边跑了过去，脚下还发出一阵吧嗒吧嗒的响声。

洋一一边觉得怪难为情的，一边把耳朵贴在电话的听筒上。不等话务员出来接话，坐在账台旁边的神山便从背后搭话道：

"洋一，你是给谷村医院打电话吗？"

"嗯，是给谷村医院打呀。"

他手里拿着话筒，回过头看了看神山。可神山并没有朝他看，而是兀自把一本大账簿放回到用金属格子围起来的书挡上。

"刚才对方来过电话了。想必美津已经到里面传话去了吧。"

"电话里说什么了？"

"好像说，大夫已经出门了——是说刚才出门的吧，阿良？"

被他叫到的那个店员正好站在脚搭子上，把成箱的商品从高高的货架上卸取下来。

"不是说刚才，而是说这就该到了呢。"

"是吗？如果是那样的话，美津这家伙早告诉我一声就好了。"

洋一挂断了电话，想再次踅回到饭厅里去，但无意中看了一眼店里的挂钟，就不禁有些纳闷地站住了。

"哇，这钟已经是四点二十分了。"

"你说什么呀？它快了差不多十分钟呢。现在才刚刚四点过十分左右吧。"神山躬下身子，瞅了瞅自己衣带上的金怀表，说道，"没错，是刚好过十分。"

"这么说来，还是里面那只挂钟慢了呗。不过，谷村先生未免也太晚了吧……"

洋一在稍事犹豫之后，迈开大步走向店头，开始对着夕阳西下的寂静街道左顾右盼起来。

"还是不见人影呢。总不至于不认得我们家吧。那好，神山君，我这就出去看看。"

他回头朝神山打了声招呼，就一下子跳下门槛，把不知是哪个店员脱下的木底草履穿在了脚上，并且，朝着汽车和电车川流不息的大马路急匆匆地赶了过去。

大马路就在离他们家的店铺步行不到五十米的地方。街角上有栋泥灰墙的房屋，一半是个小小的邮局，另一半则开辟成了一家洋货铺。在那家洋货铺的橱窗里，陈列着用麦秸草帽和藤木拐杖摆成的各种奇妙组合，其间还有花里胡哨的泳衣恍若真人一般伫立在那里。

洋一来到洋货铺前面，一边背对着橱窗站在那里，一边开始焦急地打量着大街上过往的行人和车辆。就这样伫立了很久，可在这条批发店鳞次栉比的胡同里，还是不见一辆人力车的影子。就算是偶尔驶来了一辆汽车，也不外乎是沾满了烂泥、挂着"空车"招牌的出租车。

过了一会儿，一个十四五岁的店员骑着自行车，从他们店的方向驶了过来。一看见洋一，他就用手扶着电线杆，在洋一身旁灵巧地停了下来，而且，还一直用脚踩着踏板，说道：

"刚才田村家的少爷来过电话了。"

"有什么事吗？"

即便在这样问的时候，洋一也没有忘记观察熙熙攘攘的大街。

"据说倒也没有什么特别的事情……"

"你来就是为了告诉我这个？"

"才不是。我这就去一趟工厂。——喔，对了，老爷说找你有事呢。"

"我父亲找我？"

说到这儿，洋一无意中看了看对面的街道，就忽然撇下对方，从橱窗前面一个箭步跳了出去。原来在人影稀疏的街道上，刚好有一辆人力车从大马路上向这边拐了过来。他跑过去站在车辕的前面，高举起双手，朝车上的青年大声喊道：

"哥哥！"

在这紧急关头，车夫使劲把身体往后一仰，终于刹住了快速转动的车轮。只见车上的慎太郎还穿着学校的夏季制服，头戴白色的条纹制帽，用粗壮的双手把着夹在膝盖中间的皮箱。

"呀——"

哥哥从车上俯瞰着洋一的脸，甚至连眉头都没有动弹一下。

"母亲怎么样了？"

洋一抬头看着哥哥，只感到周身的热血一下子沸腾起来，涌上了脸颊。

"这两三天情况很糟糕。据说是十二指肠溃疡。"

"是吗？那可……"

慎太郎依旧冷冰冰的，也没有再说什么了。但在他那双酷似母亲的眼睛里却闪过了某种表情。那是一种洋一不曾料到，却又在无意识中谋求着的表情。哥哥的这种表情让洋一既感到高兴，又感到

困惑,于是,他用急促而又结巴的声音说道:

"今天好像是母亲最难受的一天。不过,哥哥回来就好了。——哎,还是早点回去吧。"

慎太郎刚一打了个招呼,车夫就又驾着车跑了起来。这时,慎太郎不禁感到,今天早晨自己坐在开往东京的三等客车里的情景,此刻又栩栩如生地映现在了脑海里。当时,他一边用肩胛感受着身旁那个乡村姑娘——那是一个气色很好的女孩——的肩胛,一边沉浸在自己的思绪中:与其亲眼目睹母亲的死亡,毋宁说倒是见到死后的母亲还少一些悲恸吧。而且,即使在这期间,他的目光也一直茫然地投射在勒克拉姆版①的《歌德诗集》上……

"哥哥,考试还没有开始吗?"

慎太郎斜倚着身体,循着声音吃惊地望去,只见洋一趿拉着木底草履,紧挨着人力车向前跑着。

"从明天开始。你……你站在那儿干吗呀?"

"说好今天谷村博士要来的,但因为迟迟不到,所以我就站在那里等他呗……"

洋一一边这样回答道,一边轻轻地喘着粗气。慎太郎真想安慰安慰弟弟。可这种感情一旦真的表达出来,就会不知不觉地演变成一种平凡的话语。

"你等了很久吗?"

"可能有十分钟吧。"

"瞧,那儿不是有店里的人吗?——喂,就是那儿。"

车夫朝前多跑了五六步,又兜了个圈子,回头停在了店铺前面。这个装着一扇厚厚玻璃门的店铺,让慎太郎多么眷念不已啊!

---

① 指德国著名的 Reclarm 出版社出版的文库本。

四

一个小时以后，在店铺的二楼上，以谷村博士为中心，贤造和慎太郎，还有阿绢的丈夫，全都紧绷着脸聚在了一起。等博士为阿律诊察完毕之后，为了听取诊断结果，他们特意把博士请到了二楼上。体格魁梧的谷村博士喝完递给他的茶，用粗大的手指将露在马甲背心外面的金链子鼓捣了好一阵子，然后又环视了一下另外三张被灯光照亮着的脸庞，说道：

"你们也请了户泽先生来吗？就是那个经常给她看诊的主治医生。"

"刚才已经给他挂了电话。说是马上就来，对吧？"

贤造就像是在进行确认一般回头看了看慎太郎。只见慎太郎依旧身穿学校的制服，面带局促的表情跪在正好与博士相对而坐的父亲旁边。

"嗯，是说立刻就来的。"

"那就等他来了之后再说吧。——哎，这天气老是不见晴朗。"谷村博士一边这样说道，一边摸出了用摩洛哥山羊皮做的烟袋。

"今年的梅雨季节似乎特别漫长呢。"

"总之，老是覆盖着一层厚厚的乌云，真让人犯愁啊。不管是天气，还是市况，如果照近来这个样子下去，那可就……"

阿绢的丈夫也在旁边圆滑地附和道。这个和服店的年轻老板正好也来探望病人。只见他的嘴上留着短短的胡须，鼻子上架着一副无框眼镜，一身衣服与其说是像和服店的老板，不如说更像是律师或公司职员。对他们的这种谈话，慎太郎感到一阵莫名的心烦，兀自倔强地保持着沉默。

不过，并没有等很久，户泽大夫便来到了他们中间。他身穿黑

色的罗褂,略带醉意,向初次见面的谷村博士殷勤地寒暄了一番,然后用浓重的东北口音朝坐在斜对面的贤造搭话道:

"已经告诉你们诊断结果了吗?"

"不,还没有,我琢磨着等您来了之后再说呢……"谷村博士把一小截纸烟夹在手指中间,代替贤造说道,"再说,也有必要听听您的判断……"

户泽按照博士所询问的那样,相当详细地讲述了阿律近一周来的病情。慎太郎注意到,在听到户泽为病人所开的处方时,博士微微皱起了稀疏的眉毛,这不禁让慎太郎心里直犯嘀咕。

不过,等对方的谈话告一段落之后,谷村博士还是落落大方地点了两三下头。

"我明白了。毋庸置疑,肯定是十二指肠溃疡。不过,据我刚才的诊断来看,已经并发了腹膜炎。因为病人说,下腹部就像是被人硬顶着一般剧烈地疼痛……"

"什么?下腹部像是被人硬顶着一般剧烈地疼痛吗?"

身穿哔叽裙裤的户泽把粗壮的胳膊挂在大腿上,微微歪了歪脑袋。

有那么一阵子,大家全都屏住了呼吸,没有一个人开口说话。

"不过,高烧好像倒是比昨天退了许多呀,这……"

不久,贤造终于小心翼翼地开口反驳道。但只见博士扔掉手上的烟头,粗暴地打断了他的话头。

"这恰恰很糟糕啊。体温不断下降,而脉搏却反倒增加——这正好是此病的特点。"

"喔,原来是这样啊。说来,我们年轻人也应该了解了解这些知识呢。"

阿绢的丈夫交叉着双手,不时地捋捋胡须。慎太郎觉得姐夫的说法冷漠得简直就如同路人。

"但是,在我看诊的时候,似乎还尚未发现腹膜炎的征兆呢……"

户泽刚一这样说道,谷村博士就做出了非常职业化的礼貌回答:

"或许是吧。想必是在你诊断之后才发作的。首先,病情还并不那么严重……不过,再怎么都可以断言,现在肯定是腹膜炎了。"

"那么,是不是赶快让病人住院治疗呢?"

慎太郎一直是一副严峻的表情,这时才插嘴问道。这话好像让谷村博士深感意外,只见他抬起沉重的眼皮看了看慎太郎。

"眼下病人显然不便移动,只能尽量将腹部焐暖。如果疼痛继续加剧,那就只能拜托户泽先生给她注射了。今天晚上恐怕还会很疼的。尽管没有哪样病是好受的,但还是要数这种病尤其痛苦。"

说完,谷村博士便兀自用抑郁的目光瞅了瞅地面,然后像是想起了什么似的,掏出马甲背心里的怀表看了看,说道:

"那么,我这就告辞了。"

说着,身穿西服的谷村博士欠起了身子。

慎太郎和父亲、姐夫一道,对博士的出诊表示了谢意。他意识到,即便在这种时候,自己的脸上也明显流露着失望的表情。

"两三天之内,想拜托博士再来出诊一次……"户泽在寒暄之后,又低头说道。

"嗯,我倒是随时都可以来,不过……"

这是博士留下的最后一句话。慎太郎远远地落在大家后头,一边走下幽暗的楼梯,一边不能不涌起万事皆休的感慨。

五

在户泽和阿绢回去以后，慎太郎换上一身和服，和浅川的姨妈、洋一一起，围坐在饭厅的长方形火盆旁边。从拉门的对面仍旧不时传来阿律的呻吟。他们三个人一边在电灯下情绪低落地说着话，一边不约而同地注意到，其实每个人都在暗自倾听着那一声声呻吟。

"这怎么行啊。她一直那么痛苦……"

姨妈就那样把火钳拿在手上，茫然地将视线投射在某个地方。

"户泽大夫说了不要紧吗？"洋一没有搭理姨妈，而是转向嘴上叼着 E·C·C 香烟的哥哥，这样问道。

"他说，两三天之内不会有什么大碍的。"

"户泽大夫的说法让人觉得有些靠不住……"

这一次慎太郎什么也没有回答，只顾着把烟灰抖落到火盆里。

"阿慎，刚才你回来时，母亲是不是对你说了些什么？"

"不，什么也没有说。"

"不过，她可是笑了，对吧？"

洋一就仿佛从一旁窥伺着似的，悄悄打量着哥哥那张沉静的面孔。

"唔——可是，一走到母亲身边，就能嗅到一股特别香的气味，不是吗？"

"其实，那是阿绢刚才往地板上洒了她带来的香水。阿洋，那香水叫什么来着？"姨妈就像是在催促着洋一赶快回答一样，用微笑的眼睛望着他。

"是啊，叫什么呢？或许就叫做地板专用香水吧。"

正在这时，阿绢一声不响地从拉门背后探出了她那张看似病人的脸来。

"父亲不在吗?"

"在店里呢。有什么事吗?"

"嗯。母亲找他有点……"

阿绢的话音刚落,洋一就从火盆前面霍地站了起来,说道:

"我这就去告诉父亲。"

他刚一走出饭厅,太阳穴上贴着止痛膏的阿绢就双臂交抱在胸前,蹑手蹑脚地走了进来,然后有些怕冷似的坐到了洋一刚才坐过的地方。

"怎么样?"

"药还是咽不下去。不过,自从换了现在这个护士,单凭她上了年纪这一点,也让人觉得放心。"

"体温呢?"慎太郎插嘴问道,一边味同嚼蜡似的喷出了一口烟雾。

"刚才量了量,是三十七度二……"阿绢把下巴龟缩在衣襟里,若有所思地看了看慎太郎,说道,"比户泽大夫在的时候又降了零点一度。"

三个人缄口沉默了好一阵子。在阒寂之中,传来了有人踏着地板走动的响声。只见贤造跟在洋一后面,从店里急匆匆回来了。

"刚才你家里来过电话了,说是请老板娘回个电话。"

贤造对阿娟说完这句话,就立刻走进了隔壁的房间。

"真是没有办法。家里明明有两个女佣,却一点也不抵用。"

阿绢一边咋着舌头,一边和浅川的姨妈对视了一下。

"说起这个年头的佣人,我家里还不是一样,甚至因为雇了女佣,反倒多惹出了好些事来。"

在她们俩这样发着牢骚的时候,慎太郎一边叼着金嘴纸烟,一边陪着煞是无聊的洋一说着话。

"你在复习功课,准备升学考试吧?"

"嗯。不过,今年我已经放弃了。"

"还是老在写什么和歌吧?"

洋一的脸上露出了不快的神情,给自个儿也点燃了一支香烟。

"因为我又不像哥哥是那种适合考试的人。再说还特别讨厌数学……"

"即便讨厌,也不得不……"

不知何时护士已经来到了拉门边上,和姨妈小声地嘀咕着什么。不等慎太郎说完上面的话,姨妈就隔着火盆对他说道:

"阿慎,你母亲叫你进去呢。"

他扔掉吸了一半的烟头,一声不吭地站了起来。而且,就像是要一把推开护士一般,莽莽撞撞地走进了隔壁的房间。

"到这边来吧。母亲说有话对你讲呢。"

坐在枕头边的父亲努努下巴,向他示意道。他按照父亲的旨意,紧挨着母亲跟前坐了下来。

"有什么事?"

母亲挽了个梳髻,头枕着方枕,在罩着布片的电灯光下,一张脸显得越发憔悴了。

"哎,洋一这个孩子,好像不大用功呢……你可要好好劝劝他……因为这孩子就听你的话……"

"我会好好劝他的。实际上,我们刚才就正好在说这件事呢。"慎太郎回答道,嗓门比任何时候都大。

"是吗?那可别忘了……直到昨天,我都一直估摸着,自己是不是快要死了呢……"母亲强忍住腹痛微笑着,甚至还露出了牙龈,"或许因为得到了帝释天①的御符吧,今天总算是高烧也退

---

① 帝释天,佛法的守护神。

了。照这样下去,或许会好的吧。据说美津的叔叔也得过十二指肠溃疡,但半个月左右就痊愈了。看来也算不上什么难治的病症……"

事到如今,母亲还指望着御符的保佑——慎太郎觉得母亲实在是太可怜了。

"当然会好的。你放心吧,肯定会好的。所以,你要好好吃药哟。"

母亲轻轻地点了点头。

"好吧,那你现在就喝点药吧。"

护士早已回到了枕头边,只见她麻利地将药瓶对准了阿律的嘴巴。母亲闭着眼睛,吮吸了两口。尽管只是一瞬间,但这确实让慎太郎的心里充满了光明。

"还行啊。"

"这次好像倒是顺利地咽下去了。"

护士和慎太郎煞是亲近地相互交换了一个眼神。

"只要能够顺利地服药,那就好啦。不过,或许会拖得久一些,等她病好了,可以起床的时候,恐怕天也该热起来了吧。到时候,为了庆祝她大病痊愈,干脆就用冰小豆汤代替小豆饭来款待亲友吧。"

慎太郎依旧跪着,试图趁贤造开玩笑的时候,悄悄离开母亲身边。这时,母亲突然用疑惑的目光看着他,问道:

"演说?今天晚上哪儿有演说呀?"

听见这话,他不由得大吃一惊,求救似的望着父亲。

"才没有什么演说呢!哪儿会有那种事呀!所以,今天晚上你就还是安安生生地睡一觉吧。"

贤造在安抚阿律的同时,又朝慎太郎递了个眼色。慎太郎旋即抬起膝盖,回到了灯光明亮的饭厅里。

饭厅里，姐姐、洋一和姨妈还在悄声低语着什么。可是，刚一看见他，大家全都一齐抬起头来，那神情仿佛是急于想从他这儿打听到病房的消息一样。但慎太郎却噤口不语，依旧是一副冷冰冰的眼神，在原来的坐垫上盘腿坐下。

"究竟找你有什么事呀？"

率先打破沉默的是气色不好的阿娟，此刻她仍旧把下巴龟缩在衣襟里。

"没什么事。"

"那么说来，母亲只是想看看阿慎罢了。"

慎太郎从姐姐的话语中察觉到了一种恶意。但他只是苦涩地微笑了一下，什么也没有回答。

"阿洋，你今天晚上也守夜吗？"在沉默了半晌之后，浅川的姨妈哈欠连天地问洋一道。

"嗯。今天晚上姐姐也说要守夜的，所以……"

"阿慎呢？"阿绢抬起薄薄的眼睑，目不转睛地打量着慎太郎的表情。

"我怎么着都行。"

"阿慎还是那么黏黏糊糊的，我原本以为你进了高中，会变得更加爽快和果断吧……"

"我说你呀，人家今天不是累了吗？"姨妈用半带规诫的语气，制止了阿绢高声的念叨。

"今天晚上还是让他先睡的好。守夜什么的，又不是只限于今天一个晚上……"

"那我就先睡了。"

慎太郎又给弟弟的 E·C·C 香烟点上了火。与此同时，他是那么憎恨自己的浅薄，因为——虽然才刚刚看过了垂死的母亲，可自己的内心却莫名地轻松了起来……

六

尽管如此,慎太郎最终在店铺的二楼上躺下,却已经是午夜的十二点左右了。正像姨妈说的那样,他确实感到了旅途的疲惫。不料在关灯之后,无论他怎样辗转反侧,也不见有半点睡意。

在他的旁边,父亲贤造已经发出了轻轻的鼾声。至少近三四年来,这还是他第一次与父亲睡在同一个房间里。父亲以前好像是不打鼾的吧?慎太郎不时地睁开眼睛,借着亮光打量着父亲的睡姿,甚至对这种事都感到非常纳闷。

但在他眼睑的深处,却杂乱无章地浮游着关于母亲的种种回忆。其中既有快乐的回忆,也有可恨的回忆。但无论什么回忆,在此刻看来,都显得同样凄凉。"全都是过去的往事了。不管是好是坏,都已经无可奈何。"慎太郎一边这样思忖着,一边茫然地把理成平头的脑袋紧贴在散发着糨糊气味的枕头上。

——那还是在上小学的时候,有一天父亲给慎太郎买了一顶新帽子。那是他早就想要的长檐大黑帽。一看见那帽子,姐姐阿绢就开口对父亲说,下个月她要参加长歌①演习会,这次也得给她做一件和服。父亲只是咧嘴笑着,对她的话没有搭理。于是,姐姐马上就火了,转身背对着父亲,不服气地数落道:

"既然如此,那你就只喜欢阿慎一个人得了。"

父亲有些不知所措,但脸上依旧挂着那种微笑,说道:

"和服和帽子应该不是一码事吧?"

"那么,母亲呢?她前些日子不是才做了一件和服外褂吗?"

---

① 长歌,配合三弦等唱的三弦曲,是江户时代流行的一种较长的歌曲,也用于歌舞伎的伴奏。

姐姐转过身来看着父亲，突然露出了恶狠狠的眼神。

"当时，不是也给你买了发簪和梳子之类的东西吗？"

"是的，是买了。难道不该给我买吗？"姐姐把手伸到头上，摘下白色菊花模样的发簪，冷不防扔在了地上，嘴里还说着，"这发簪算什么呀！"

这下，就连父亲也耷拉下脸来了，说道：

"别做傻事了！"

"反正我就是个傻瓜呗。又不像阿慎那样聪明。因为我母亲就是个傻瓜呀……"

慎太郎铁青着一张脸，注视着这场争执。可是，当听到姐姐放声大哭的时候，他一声不响地抓起扔在地上的发簪，开始动手撕扯上面的花瓣。

"你干什么呀，阿慎？"

姐姐发疯似的猛扑上去，揪住他的手。

"你不是说不要这个发簪吗？既然不要，那不是随我怎么着都无所谓吗？你这算什么呀，还是个女人——如果想打架，随时请便吧……"

不知什么时候慎太郎已经哭了起来，但却倔强地和姐姐争夺着那个发簪，直到把上面的菊花瓣扯落得精光。与此同时，他又不禁感到，在自己脑袋的某个地方异常鲜明地映现出了失去生母的姐姐那种内心的纠葛……

慎太郎无意中竖耳一听，发现有人正蹑手蹑脚地沿着黑暗的楼梯爬了上来。不一会儿，美津便出现在楼梯口，轻轻地朝着这边喊了一声：

"老爷！"

原以为父亲已经睡着了，不料他马上从枕头上抬起头来，问道：

"什么事?"

"太太有请。"美津说话的声音有些发颤。

"好的,我这就去。"

父亲从二楼上下去之后,慎太郎一直睁大了眼睛,仿佛要凝神听清家里的每一个动静似的,一动不动地僵直着身体。这时,也不知为什么,他的脑子里竟然清晰地浮现出了那种与此刻的心境大相径庭的恬静往事。

——也是在上小学的时候,他一个人被母亲领着,去谷中的墓地扫墓。那是一个天气晴好的周日下午,在墓地里的松树和篱笆中间,辛夷绽放着白色的花儿。当来到一座小小的墓前时,母亲告诉他,这就是你父亲的坟墓。而他伫立在墓前,只是随随便便地鞠了个躬。

"这就行了吗?"

母亲一边朝坟墓供上水,一边朝他微笑着。

"嗯。"

他对从未见过面的父亲一直抱着一种朦胧的亲近感,但对于眼前这可怜的石塔,他却无法涌起任何感情。

随后,母亲在墓前合掌而立。这时,突然从附近的某个地方传来了像是气枪射击的声音。于是,慎太郎撇下母亲,循着声音的方向跑了过去。他沿着树篱笆绕了个大圈,来到了路面狭窄的街道上。只见一个比他还大的孩子,正和两个像是弟弟模样的人在一起,用一只手提着气枪,面带惋惜的神情,抬头望着那不知是什么树的茂密枝梢……

这时,他的耳朵里又传来了有人上楼来的声音。他的心中顿时充满了不安,霍地从床上欠起半个身体,朝楼梯口那边问道:

"是谁呀?"

"你还没睡?"

是贤造的声音。

"怎么啦?"

"刚才你母亲说找我有事,所以下去了一趟。"

父亲一边用沉郁的声音说道,一边重新躺回刚才的被窝里。

"找你有事?是不是情况很糟糕?"

"哪里呀。所谓有事,只不过是告诉我,如果明天去工厂的话,要穿的单衣是放在衣柜的上层抽屉里的。"

慎太郎蓦地可怜起自己的母亲来了。不,与其说是可怜自己的母亲,不如说是可怜母亲身为妻子的那份心情。

"不过,还是难办啊。刚才去看了看,她好像还是很痛苦。而且说头疼得厉害,不住地摇晃着脑袋。"

"那就让户泽大夫再给她打一针吧。"

"据说也不能老是打针啊。其实我也在想,如果反正都挺不住了的话,至少总希望减轻她的痛苦吧……"

贤造似乎一直在黑暗中注视着慎太郎的脸庞。

"说来,你母亲一辈子也真够善良的,可干吗还受那么大的苦呢?"

两个人半晌都沉默着。

与父亲面面相觑,而又无话可说,这让慎太郎心里憋得难受,于是他随口问道:

"大家都没睡呀?"

"姨妈已经躺下了。不过,能否睡着那就另当……"

父亲刚刚说了一半,又突然从枕头上抬起头来,侧耳倾听着什么。

"父亲,母亲说叫你去一下……"这次是阿娟爬到楼梯一半的地方,压低嗓门叫道。

"我这就去。"

"我也起来了。"

慎太郎一下子抛开了薄棉睡衣。

"你就不用起来了。如果有什么的话,会马上来叫你的。"

父亲急匆匆地跟在阿绢身后,再次下楼去了。

好一阵子慎太郎都盘腿坐在地板上,过了一会儿才站起身来打开了电灯。然后他就那样坐着,在电灯的刺眼光线中茫然地环顾着四周。突然,一个念头倏然掠过了慎太郎的脑海:不管是否真的有事,或许母亲叫父亲下去,都只是希望父亲陪伴在她身边罢了。

这时,他无意中看见一张写着字的格纸落在了桌子下面。于是,他漫不经心地拾了起来。

"献给 M 子……"

接下来是洋一作的和歌。

慎太郎把那张格纸一扔,用双手抱着后脑勺,仰面躺在了被褥上。蓦然间,美津那有着一双亮丽眼眸的面孔又清晰地浮现在了眼前……

七

慎太郎一觉醒来,看见二楼窗户的缝隙里已经透着白色的微明。姐姐阿绢和贤造正在小声地嘀咕着什么。于是他翻身跳了起来。

"行啊行啊,你呀,还是去睡吧。"贤造对阿绢这样说道,然后又急匆匆地走下楼梯去了。

窗外的房瓦上响起了恍若瀑布飞落的声音。喔,原来正下着大雨呢!慎太郎一边这样思忖着,一边麻利地换下了薄棉睡衣。而解开衣带准备睡觉的阿绢却略带嘲讽的语气对他说道:

"阿慎,早上好!"

"早上好。母亲呢?"

"昨天晚上折腾了一宿……"

"睡不着吗?"

"她自个儿倒是说睡得挺好,但在我们旁边人看来,就连五分钟也没有睡安稳过。后来她又说什么胡话,害得我半夜里毛骨悚然。"

慎太郎已经换好了衣服,伫立在楼梯口上听阿绢说话。从这儿可以观察到厨房里的动静,只见美津正掖起和服的下摆,用抹布揩拭着什么。一听见他们的说话声,她就连忙放下了掖起的下摆。慎太郎把手搭在黄铜的栏杆上,不知为什么,竟对下到那里去感到有些难为情。

"所谓的胡话,究竟是什么呀?"

"她说,半打?!半打不就是六个吗?"

"或许是神志有些恍惚吧。现在呢?"

"现在户泽大夫已经来了。"

"真早啊。"

直到美津离开厨房之后,慎太郎才慢慢地走下了楼梯。

五分钟以后,他走进了病房,看见户泽大夫刚刚给病人打完了一针强心剂。此刻坐在枕头边的护士正护理着母亲。而就像父亲昨天晚上所说的那样,挽着梳髻的母亲在白色的方枕上不停地摇晃着脑袋。

"慎太郎来了哟。"

坐在户泽大夫旁边的父亲高声地说道。然后,又朝慎太郎递了个眼色。

慎太郎在户泽大夫对面坐了下来,与父亲恰好相对着。而洋一则在那儿交叉着双臂,怔怔地守望着母亲的脸庞。

"握握她的手吧!"

慎太郎按照父亲的吩咐，把母亲的手紧握在自己的掌心里。母亲的手因冰凉的黏汗而有些湿漉漉的，让人感到一种恐惧。

一看见他的脸，母亲就用眼神向他示意。然后又把目光转向户泽大夫，说道：

"大夫，我是不是已经不行了？瞧，我的手都开始发麻了。"

"不，才不呢。只要再忍耐个两三天就行了。"户泽大夫一边洗手，一边说道，"很快就会轻松起来的。——哇，这儿可是摆放着各种各样的东西呢。"

只见母亲枕边的漆盆上，密密匝匝地排列着大神宫①和氏神②的护身符，还有柴又③帝释天神的雕像。母亲一边举目打量那只漆盆，一边像是在呻吟似的说道：

"昨天夜里，实在是太难受了。不过，到了今天早晨，腹痛还是减轻了许多……"

父亲小声地对护士说道：

"好像她的舌头有些痉挛。"

"是嘴巴发干吧。用这个给她润点水吧。"

慎太郎从护士手里接过蘸了水的笔，在母亲的嘴巴上润湿了两三下。母亲用舌头舔着笔，吮吸上面不多的水分。

"我还会再来的，一点也不用担心。"

户泽收拾好皮包，朝着母亲大声地说道。然后回过头看着护士，叮嘱道：

"十点左右再给她注射剩下的针药吧。"

护士只是在嘴里答应着，而脸上则露出了不满的神情。

---

① 大神宫，指伊势的皇大神宫和丰受大神宫。
② 氏神，即氏族神，也指土地神。
③ 柴又，指位于东京葛饰区的柴又町。这儿有日莲宗题经寺，此处的本尊乃是日莲手刻的帝释天神。

慎太郎和父亲把户泽送到了病房外面。隔壁的房间里，今天早晨姨妈依旧神情沮丧地坐在那里。当户泽从姨妈面前走过时，他只是用目光回敬着对方郑重其事的寒暄，而对跟在身后的慎太郎搭讪道：

"升学考试准备得怎么样了？"

但他很快就发现自己问错了人，于是便笑了起来，笑得那么快活，甚至达到令人厌恶的程度。

"对不起，我把你认成令弟了，所以……"

慎太郎也忍不住露出了苦涩的微笑。

"这阵子一见到令弟，就老是聊起升学考试的话题。或许是因为我的儿子也在准备升学考试的缘故吧……"

即使在走过厨房的时候，户泽也仍然在嗤嗤地笑着。

当医生在雨中回去之后，慎太郎让父亲留在店里，而自己则迈着急促的步子折回了饭厅。只见洋一嘴上叼着一支香烟，正坐在姨妈的旁边。

"很困吧？"

慎太郎就像是蹲着似的跪坐在长方形火盆的镶沿上，说道：

"姐姐已经睡下了。你也赶紧上二楼去睡一觉吧。"

"嗯。昨晚抽了一晚上的香烟，所以舌头都发麻了。"洋一阴沉着脸，把还没有抽完的一大截烟头扔进了火盆里，"不过还好，母亲已经不再呻吟了。"

"看起来好像是轻松了一些。"姨妈正在烧炉灰，好给母亲装在怀炉里，"一直到四点之前，她都折腾得厉害。"

这时，阿松从厨房里探出了脑袋。只见她头上的银杏髻都已经散开了。

"老太太，老爷请你到店里去一趟呢。"

"好的，我这就去。"姨妈马上把怀炉交给了慎太郎，"阿慎啊,你母亲这儿就拜托你费心了。"

说完,姨妈就走了出去。洋一也强忍住哈欠,欠起了沉重的身子。

"我也去睡一觉吧。"

当房间里只剩下自己一个人之后,慎太郎把怀炉搁在膝盖上,试图好好思考一番。但究竟该思考些什么,就连他自己也懵然不知。唯有一个念头攫住了他的脑海:喧闹的雨声正充斥着屋顶上那看不见的天空。

突然,护士从隔壁房间张皇失措地跑了进来。

"快来人啊,快来人啊⋯⋯"

慎太郎立刻站起身来,一下子冲进隔壁的房间,用粗壮的手臂抱住了阿律。

"母亲,母亲。"

母亲的身体在他的手臂里颤抖了两三下。然后,从她的嘴巴里吐出了青黑色的液体。

"母亲——"

在无人到来的那几秒钟里,慎太郎一边大声地叫着母亲,一边死死地盯着母亲那业已停止呼吸的脸庞。

大正九年(1920)十月二十三日

图书在版编目（CIP）数据

芥川龙之介全集.第1卷/〔日〕芥川龙之介著；郑民钦，魏大海，侯为等译.—济南：山东文艺出版社，2005.3
ISBN 978-7-5329-2367-0

Ⅰ.①芥… Ⅱ.①日…②郑…③魏…④侯… Ⅲ.①芥川龙之介—全集②短篇小说—作品集—日本—现代 Ⅳ.①I313.15

中国版本图书馆CIP数据核字(2004)第100726号

芥川龙之介全集

〔日〕芥川龙之介 著　高慧勤　魏大海　主编

主管单位	山东出版传媒股份有限公司
集团网址	www.sdpress.com.cn
出版发行	山东文艺出版社
社　　址	山东省济南市英雄山路189号
邮　　编	250002
网　　址	www.sdwypress.com
读者服务	0531-82098776（总编室）
	0531-82098775（市场营销部）
电子邮箱	sdwy@sdpress.com.cn
印　　刷	山东新华印务有限公司
开　　本	880mm×1230mm　1/32
印　　张	119.5　插页/21
字　　数	2850千
版　　次	2005年3月第1版
	2012年9月第2版
印　　次	2022年12月第6次印刷
书　　号	ISBN 978-7-5329-2367-0
定　　价	248.00元（全五卷）

版权专有，侵权必究。如有图书质量问题，请与出版社联系调换。